THE WAR AGAINST CLICHÉ

与陈词滥调一战

Martin Amis

〔英〕马丁·艾米斯 著

盛韵 冯洁音 译

人民文学出版社
PEOPLE'S LITERATURE PUBLISHING HOUSE

著作权合同登记号　图字 01-2023-3567

THE WAR AGAINST CLICHE

by Martin Amis
Copyright©2001, Martin Amis
All rights reserved

图书在版编目（CIP）数据

与陈词滥调一战 ／（英）马丁·艾米斯著 ；盛韵，冯洁音译． －－ 北京：人民文学出版社，2024（2024.11重印）
ISBN 978－7－02－018569－6

Ⅰ．①与… Ⅱ．①马… ②盛… ③冯… Ⅲ．①文学评论－世界－文集 Ⅳ．① I106－53

中国国家版本馆 CIP 数据核字（2024）第 059666 号

责任编辑　卜艳冰　潘爱娟
封面设计　钱　珺

出版发行　人民文学出版社
社　　址　北京市朝内大街166号
邮政编码　100705

印　　刷　山东临沂新华印刷物流集团有限责任公司
经　　销　全国新华书店等

字　　数　300千字
开　　本　889毫米×1194毫米　1/32
印　　张　17.125
版　　次　2024年4月北京第1版
印　　次　2024年11月第2次印刷

书　　号　978-7-02-018569-6
定　　价　89.00 元

如有印装质量问题，请与本社图书销售中心调换。电话：010-65233595

献给金斯利和萨丽

目 录

I / 致 谢

I / 前 言

论男性气概及相关问题

3 / 宙斯和垃圾

11 / 在血泊深处我已踩得太远

19 / 一个首相,一个总统,一个第一夫人

33 / 世界与我

37 / 猫王和安迪:美国男人

46 / 噩梦种种

57 / 你最喜欢哪样?

英式文章

65 / 普里切特赞

73 / 死亡之友:安格斯·威尔逊

82 / 艾丽丝与爱

---

① 本书1—174页由盛韵翻译,175—525页由冯洁音翻译。——编注

93 / J.G. 巴拉德

112 / 安东尼·伯吉斯：杰克快点

128 / 冷　遇

141 / D.M. 托马斯现象

菲利普·拉金

149 / 缘起：幼虫拉金

152 / 结局：赫尔的唐璜

正　典

177 / 柯勒律治美妙的疾病

185 / 徒劳的补缀

188 / 为弥尔顿辩护

193 / 狄更斯黑暗的一面

199 / 背道者多恩

203 / 沃的代表作；伍德豪斯的日落

211 / 劳瑞：火山里

争抢风头

219 / 续钱德勒

224 / 侏罗纪公园2

230 / 维持全靠埃尔莫尔·伦纳德

235 / 一半是沃尔夫

239 / 鲍勃·斯尼德打破沉默

弗拉基米尔·纳博科夫

253 / 生　平

257 / 讲　稿

261 / 戏　剧

265 / 书信集

270 / 洛丽塔的小妹妹

美式文章

277 / 梅勒的高潮与低谷

291 / 维达尔的镜子

297 / 菲利普·罗斯与自我

312 / 名叫威廉·巴勒斯

319 / 库尔特的宇宙

323 / 杜鲁门的回忆

327 / 唐·德里罗的力量

337 / 甚至更晚

痴迷与好奇

345 / 象棋是他们的生命

362 / 足球疯狂

374 / 多伊尔流派

377 / 信不信由你

380 / 并非好笑的事情

约翰·厄普代克

387 / 写生课

超凡脱俗

413 / 全都在场

416 / 俄罗斯的幽灵

419 / 没什么是理所应当，一切都逆来顺受

423 / 受过教育的魔鬼

430 / 绝　不

437 / 更多尸骨

伟大的作品

449 / 折断的长矛

456 / 爱情的力量

465 / 与陈词滥调一战

473 / 美国雄鹰

501 / 纳博科夫的大满贯

526 / 人名对照表

致　谢

我一直特别走运,因为遇到的编辑都很好,这里一并致谢:《泰晤士报文学增刊》的 Arthur Crook、John Sturrock、Peter Labanyi 和 Nicolas Walter;《观察家》的 Terence Kilmartin;《旁观者》的 George Gale;《新政治家》的 John Gross 和 Claire Tomalin;《纽约时报书评周刊》的 Harvey Shapiro 和 Charles McGrath;《伦敦书评》的 Karl Miller 和 Mary-Kay Wilmers;《大西洋月刊》的 Jack Beattie;《星期日独立报》的 Blake Morrison;《纽约客》的 Tina Brown、David Remnick、Bill Buford 和(再次)Charles McGrath;《卫报》的 Deborah Orr;《清谈》的 Jonathan Burnham。还要感谢乔纳森·凯普出版社的 Dan Franklin、Pascal Cariss 和 Jason Arthur。

本书的文章是 James Diedrick 教授编选的,在此向他的技巧和勤勉致敬。

前　言

当我在脑海中得意扬扬地计划这本书时，一直想加一个美美的小章节，就叫《文学与社会》，然后把我写过的文学与社会的文章（我写过 F.R. 利维斯、莱昂内尔·特里林，还有不那么出名的人物比如伊恩·罗宾逊和丹尼斯·多诺霍）都收进去。"文学与社会"在一段时间里人人谈论，甚至有了专属缩写：Lit & Soc。我依稀记得"文与社"曾经是我的长期兴趣所在。但当我翻阅厚厚的手稿，只找到了几篇文章，而且全是七十年代初写的（那时我才二十出头）。重读之后，我又考虑是不是该把我这美美的小章节叫作《文学与社会：逝去的争鸣》。然后我决定最好让我的论点也逝去。这些文章都太急切、自负了，还很沉闷。不过起决定作用的，是"文与社"已经死透透了，现在连文学评论都不见了。

那个时代在今天看来已经遥远得面目模糊。我曾经在《泰晤士报文学增刊》打过工，当时就感觉到了差异，我去开编前会（好像是帮忙准备一期文学与社会专刊）时留着及肩长发，穿着花衬衣和三色高筒靴（不过被我裤子的喇叭形裤脚完美遮住了）。我的私生活算中产波希米亚——就算不是直白的放荡，也是嬉皮风加上享乐主义；但只要一涉及文学评论，我就非常有道德。我无时无刻不在读评论，在浴缸里读，在地铁上读；我总是把埃德蒙·威尔逊或威廉·燕卜荪放在手边。我对这事儿很严肃，当时的人都这样。我们探讨文学批评总是流连忘返。我们坐在酒吧、咖啡馆里谈 W.K. 维姆萨特和 G. 威尔逊·奈特，谈理查德·霍加特和诺思罗普·弗莱，谈理查德·波利尔、托尼·坦纳和乔治·斯坦纳①。大概就是在这么一个场合，我的朋友兼同事克莱夫·詹姆斯首次形成了他的重要观点——文学评论对文学来说并非必要，但文学和评论两者对文明来说都不可或缺。人人都同意这说法。我们觉得文学是内核，文学评论探索其重要性并将之普及化，在文学周围制造一种空间，从而进一步提升它。应该加一句，七十年代初有两种文化的大讨论：艺术对阵科学（或者说 F.R. 利维斯对阵 C.P. 斯诺）。也许这一文化时刻最美妙的是艺术似乎占了上风。

文学史家将之称为批评时代。姑且说它始于 1948 年吧，那一年艾略特出版了《关于文化定义的几点说明》，利维斯出版了《伟大的传统》。何时终结的呢？野兽派的回答是一个四字母的词：OPEC（石油输出国组织）。六十年代你只要十先令就能凑合一个礼拜，在别人家地板上借宿，靠朋友施舍，"唱歌换晚饭"。然后突然间，一张公交车票就要十先令了。油价高涨，先通胀后滞胀，文学评论立刻成了有闲阶级庸俗

---

① William K. Wimsatt（1907—1975），美国文学理论家、批评家，他和门罗·比尔兹利（Monroe Beardsley，1915—1985）共同提出了意图谬误（intentional fallacy）的概念；G. Wilson Knight（1897—1985），英国文学批评家，以诠释文学中的神话内容著称，他还是话剧导演、演员，对莎剧颇有研究；Richard Hoggart（1918—2014），英国学者，涉足社会学、文学、文化研究，关注英国流行文化；Northrop Frye（1912—1991），加拿大文学批评家、理论家，其《批评的剖析》(1957) 是 20 世纪最重要的文学理论著作之一；Richard Poirier（1925—2009），美国文学批评家，"美国文库"的联合创始人，当过《党派评论》的编辑；Paul Antony Tanner（1935—1998），英国文学批评家，率先开始研究美国文学；George Steiner（1929—2020），法裔美籍文学批评家、哲学家、散文家、小说家，他的作品多探讨语言、文学和社会的关系，以其广博和才华被誉为二十世纪的文艺复兴人。（此后如无特别说明，脚注皆为译注）

廉价的玩物之一，我们得学着没有它也能过。反正我就这么觉得。但现在回头看，文学评论一早就注定在劫难逃。不管旁人是否看得明白，它的基础是阶层和等级，它只关乎有才的精英。当民主化的各种力量齐齐助推，任他高楼大厦也会化成齑粉。

那各种力量在我们的文化中强势无敌，继续推啊推。它们现在撞上了天然屏障。诚然，有些避难所被证明是可以冲垮的。你没有才华就可以变富（买个彩票说不定就能中个长久没人领奖而积累的大彩），你没有才华也可以出名（放下身段去上电视综艺节目——那种书呆子看的冷门知识竞赛，这可比杀死一个名人继承其光环的老法子要好多了），但你没有才华是没法当才子的。所以，才华必须滚蛋。

现在文学评论几乎完全被限制在学院里，靠用行动反对经典来反对才华。好好研究华兹华斯的诗歌在学院里可不能保证晋升，但研究他的政治立场就可以——比如他对穷人的态度或是他对拿破仑的下意识"评价"，要是你能彻底忽略华兹华斯，而去研究他同时代的那些被（公正地）遗忘的人物就能升得更快些，所有这些都让经典被静悄悄地、一步步地蚕食了。只要打开互联网你就会发现，在这行当的另一个极端，人人都成了文学评论家，至少也是个书评人吧。民主化造成了一种不可让与的增益：情感的平等化。我记得戈尔·维达尔之前就说过这话，没有嘲笑，而是带着生动的怀疑。他说，现如今，没有谁的感情比其他人更真，所以也没有谁的感情比其他人更重要。这是一种新的信条、新的特权。这种特权在当下书评写作中比比皆是，不论在网上还是文学杂志上。书评人镇定地翻开一本新小说或是无名之辈的新诗集，心存戒备地慢慢进入小说的节奏，然后看自己会受哪种刺激，是舒服的还是不舒服的。这一接触的结果会形成书评的素材，完全不用提小说背后的东西。

我恐怕，小说背后的那个东西就是才华，还有经典和我们称之为文学的知识体。

可能有些读者会产生一种印象，觉得我在惋惜事情的走向。并不是。只有闲到蛋疼的人才会惋惜当下，惋惜已经发生的事情。不论你喜欢与否，现实是无可避免的。我已经七十多了，经常荒唐得可笑，还有属于我们的种种"谬误"和我们的七型①（对利维斯的围攻实在荒谬，他最尴尬的难道不是把 D.H. 劳伦斯当成清醒的楷模吗）。情感的平等主义则比较难攻击。某种意义上我也尊重它，但它总有种虚幻的苍白之色。它是乌托邦，也就是说现实无法去支撑它。不过，这些"感受"也很少是纯粹的，它们总是掺杂着群体意见和社会焦虑、虚荣、斤斤计较，以及一切使人为人的东西。

文学的历史性弱点之一，就是它作为研究对象，从来不够难。对那些被压垮的书评人和文学批评家可能是头一回听到，但千真万确。于是有了种种提升它、将之复杂化、系统化的尝试。与文学互动很容易，人人都能参与，因为词语（不像调色板和钢琴）过着双重生活：我们都会说话。于是不出所料，个体感性强势介入，同样不意外的是，文学比化学或古希腊研究更迅速地滚进了民主化大潮。但从长远看，文学会拒绝平均化，回归等级制。这不是什么纯文学作家的清高决定，而是时间的判决，时间会把能传世的文学和不能传世的区分开。

让我再来一个扩展明喻。文学是一个大花园，二十四小时向所有人开放。谁来打理它呢？哔叽工装被汗水浸透的老导游、森林学家、看大门的、停车场看守，这些人如今都不见了；如果你今天看到一个官员或

---

① Seven Types，指燕卜荪的批评名著《复义七型》（*Seven Types of Ambiguity*）。

职业人士，他们多半穿着实验室白大褂愁眉苦脸，来铲平一片森林或削平一座山峰。闲逛的公众总是一惊一乍，或抱怨或讥笑，一人一个意见。他们投喂小动物，踩在草坪上，踏进花坛里。但花园从不叫苦，它当然是伊甸园，永不堕落，无需打理。

我想提醒本书的读者注意每篇文章末尾的发表日期，它们跨越了三十年的时光。随着时间推移，人会变得更放松、自信，也肯定会更友善（至少看上去是）——只要避开你不喜欢的东西就行了。喜欢羞辱别人是一种年轻人的腐败权力。当你意识到别人那么努力、那么介意、那么记仇（安格斯·威尔逊和威廉·巴勒斯哺育了我到死也改不了的吹毛求疵，肯定还有其他人至死不渝），就没有那么起劲了。不可否认，有些评论家到了中年依旧喜欢羞辱人，我经常好奇为何此种现象看上去如此不体面。现在我知道了，那是羊肉打扮成羊羔肉——装嫩。我还惊讶于自己为何要对那些试图影响我的作家（可能是我想多了）痛下狠手，比如罗斯、梅勒、巴拉德。

读者还需要注意引文。引文是书评人的唯一铁证，或者说半铁证。没有引文，评论就是在商店里排队时的自言自语。对文学评论的帝国主义者（尤其是瑞恰慈）而言，苦于没有区分杰作和次杰作的工具。地表最孔武有力的文学评论家也没有设备能判定这行诗：

那泪水通常抵达不了的最深处的思绪[①]

（Thoughts that do often lie too deep for tears）

[①] 英国诗人威廉·华兹华斯同名诗作中的一句。

要好过：

一刹那间我瞥见一丛丛[1]

（When all at once I saw a crowd）

——如果真要这么做，评论家就得说前一句包含了一个附加强调的"do"来支持诗律。反正引文就是我们所有的证据。说得理想化一些，所有写作都是反对陈词滥调的运动，不光反对文字的陈词滥调，也反对头脑和心灵的陈腐。我通常会引用陈词滥调作为批判的样本，也会引用与之相反的清新、有活力、值得回味的文字去赞美。

2000 年 10 月于伦敦

---

[1] 华兹华斯诗歌《我孤独地漫游，像一朵云》(*I wandered lonely as a cloud*) 中的一句。

论男性气概及相关问题

宙斯和垃圾

《铁约翰：关于男性》，罗伯特·布莱著
《男性的思考方式：智性、亲密和情欲想象》，
利亚姆·赫德森、伯娜丁·贾科著
《优涅读者：男人们，到了团结的时候了：男性气概的政治》
Iron John: A Book about Men by Robert Bly
The Way Men Think: Intellect, Intimacy and the Erotic Imagination by
Liam Hudson and Bernadine Jacot
Utne Reader: Men, It's Time to Pull Together:
The Politics of Masculinity

1919年，经过旷日持久的研究，哈佛大学动物行为学家威廉·莫顿·威勒宣称雄性黄蜂"在行为学意义上无足轻重"。也就是说，一个研究动物行为的学者仔细考察公黄蜂后发现——没啥行为。我们可以想象一下公蜂对此判决的反应：刚开始他震惊、受伤；接着他陷入郁闷的反省期；最后他决定要变得更有趣些。《科学美国人》杂志近期称，"长期被忽视的雄性正在引起研究者的强烈兴趣，要归功于这些动物的广泛活动"。人类男性肯定可以跟这些黄蜂界的兄弟们将心比心。在经历过默默无闻的阶段后，我们也能重新振作嘛。事实上，我们好像立刻就恢复了活蹦乱跳，各种博眼球。男性伤口，男性权利，男性豪迈，还少不

了抱怨自己被忽视的男人。

"深刻的男性"到底有什么深刻背景？从公元前十万年到——就说1792年吧（玛丽·沃斯通克拉夫特出版了《女权辩护》[*Vindication of the Rights of Woman*]），"男人"的最大特点用一句话总结就是：他总能逃脱任何束缚、责任和惩罚。从1792年到1970年前后，反正理论上说，"开明男士"一边继续逃脱羁绊，一边同意与女性开始那些将会通往政治让步的谈话。1970年往后，"开明男士"变成了"新派男人"，他们不再想逃脱羁绊——而是相信女性不仅仅与男性平等，还比他们高明。男性培养出这种慕女"态度"可以被视为对一种更好更温柔的原则的向往。新派男人正在变老，可能有些早衰了，考虑到他干了那么多家务；他站在厨房里，一手拿着尿布，一手拿着塔罗牌，他已经感同身受地经历了数次妊娠、潮热、经前紧张症，如今他的老脸也一样愁眉紧锁。时机已经成熟。现在后门开了，他进来了，一阵睾酮风卷着几团耻毛为他开路——老男人，深刻的男人，铁约翰。

诗人罗伯特·布莱的《铁约翰》是一部集心理学、文学、人类学思考于一身的小书，在《纽约时报》畅销书排行榜上"盘踞"将近一年，让我们见识了其对美国生活的许多方面的巨大冲击。不过在英国这儿表现不佳。原因有许多，且让我从最小的讲起。《铁约翰》陷入麻烦——甚至是彻底的灾难，因为书名的第一个字。我也不知道为什么我觉得这特别搞笑（我一定有什么毛病）；我不知道为什么每次想到这就会笑出猪叫。是布莱秒怂了吗？还是因为在英国文化里你根本没法看到"铁约翰"三个字而不想歪了？反正难处在于：在英格兰，"铁"（铁蹄 /iron hoof）有"基佬 /poof"的意思，就像"姜"（姜汁汽水 /ginger beer）有"基佬 /queer"的意思，"油腻"（油抹布 /oily rag）也有"基佬 /fag"的意思。看到"铁"就会想到基佬啊。

我几乎所有的男性友谊都是在帕丁顿的体育俱乐部结下的,那里对"铁"可有的聊了。不久前我参与了一次对话,旨在选出一支"铁"足球队。大家讨论热烈毫无恶意,不过出场球员名单没凑齐。"主席:埃尔顿·约翰。埃尔顿是个'铁',对吧?""中锋:贾斯汀·法沙努,他是个'铁'。他在《太阳报》上承认了。"所以我很容易想象,如果一天早上我走进俱乐部说"嗨,伙计们,有本写男性和男性气概的新书能一揽子解决我们男性身份的所有问题。它说我们应该花更多时间在一起,庆祝我们的毛糙、滑头和糊涂。它还说我们应该把女人留在家里,自己去野营,然后脱光衣服在树林里胡闹。它还说我们应该多跟老男人聚聚。这书叫《铁约翰》"之后,会收获什么不怀好意的眼神。

当然了,要笑话罗伯特·布莱的观念可真太容易了。但为什么就这么容易呢?部分因为他是"那一类"作家,比如F.R.利维斯、赫尔曼·黑塞,他们那种实打实的毫无幽默感总会令读者在脑中跟他们做一番(幽默的)对抗。还因为我们是英国人:我们爱怀疑、爱反讽,等等,不像美国人那样连最基本的问题都要听专家建议,尤其是关乎男子气这样的事情。但主要原因还是跟尴尬有关。美国人基本上无法感受尴尬,甚至还不要命地找尴尬:他们颇有找尬天赋(奥斯卡奖啦,大选初选啦,各种听证会啦,庭审啦,秀兰·邓波儿、克拉伦斯·托马斯、安德丽娅·德沃金、阿尔·夏普顿、罗纳德·里根、吉米·史华格)。而在英国这儿,男性身份本身已是一种尴尬。男性意识、男性骄傲、男性怒火——我们可不想听这些。

布莱当然希望鞭策我们摆脱这种没自信和压抑。他树立的模范是铁约翰的老故事,可能有"一两万年老了",可能"比基督教还要早一千

宙斯和垃圾　5

多年",反正就是老。我们先快速重温一下铁约翰的故事,或者说更有意思的前半部分,且省掉布莱用来让现代读者放松的那些套近乎的大白话("好的";"没问题";"讨厌!")。国王的猎人们总是在森林里消失,一天一个人出来提出要调查一番。他带着狗去森林,狗被一只裸露的胳膊拽进了池塘。池塘被抽干后,底部有一个野人。国王把野人关在笼子里。一天,国王八岁的儿子最喜欢的玩具——一个金球掉进了野人的笼子。他俩谈了条件:金球换野人的自由。男孩同意打开笼子,但找不到钥匙。野人告诉他钥匙在他妈妈的枕头底下。男孩偷了钥匙但是害怕被惩罚。于是野人把他扛在肩上,带回了森林。

从这里故事开始慢了下来,黄金水池、试炼、落回人间、马、战斗,结尾是再寻常不过的荣耀／公主／王国／财宝——而布莱也跟着慢吞吞,愈发沉溺于面面俱到的阐释。在书的后半部分,有大量对男孩的白马的陈词滥调,布莱要让我们知道白色代表了"精液、唾液、水、奶、湖、河……大海、神职……健康、力量和所有好东西……友谊和好的陪伴……儿童和新娘的纯洁……追求更高道德目标的人们……净化……【以及】某种抽象的理想境界"。这都是白色所代表的。无论如何,布莱把这个童话视为一种男性成长的寓言。

披挂着姜黄色毛发的"野人"铁约翰是"深刻的男性""宙斯能量""神圣能量""飓风能量""男性雄壮""太阳般正直"的化身与唤醒者,挥舞着性感、勇气和决心的"金刚王智慧宝剑",主宰着"湿地、沼泽、荒野、未经驯化之土"。铁约翰很难找到,难以约束,释放有风险;但接受他的指导能够带来巨大的回报(他所有的财宝)。童话中钥匙的位置也很关键,因为男孩在从"柔软"变得"坚硬"的过程中要抛掉所有女性化的东西。他其余的发展(学习战栗、吃灰、成为战士)相当于青春期幻想和中年会心小组的交叉，充斥着挫败和原始尖叫。森林是沾着泥土和血的世外桃源。

后来怎么了？女性主义作家对《铁约翰》尽职尽责清晰易懂地进行了批判。再明显不过，布莱是彻头彻尾的男性中心主义者，就连在比喻的时候也不忘叫嚣他的倾向：

"国王"和"王后"将能量下传。他们就像穿透地球大气层的太阳和月亮。哪怕是阴云密布的日子，他们的能量光芒也能穿透云层。

可惜月亮没有能量，也不会发光；王后只是反射了国王的天界之力。不是说布莱忘记了女性的利益，他是想塑造或者说重塑一个世界：男人如此伟大，以至于女人享受被驾驭：

我们知道千百年来男人相互敬重，也被女人所敬重，尤其是他们的活动。男人受到同类感召去开拓危险之地，勇闯瀑布，手擒野猪。

在听了滔滔不绝几小时的吹牛之后，女人会得到回报——在卧室里：

情侣们有时候会找野人（野男人和野女人）来家里做爱；如果我们就是那对情侣，可能会感到原本以为是铅做的身体细胞突然变成了金子。

原来是要说这个：狂野的性。布莱知道女人的升天主义，但他觉得"还是让女人去描述比较合适"，"我们这里要说的是男人的升天主义"。对话最好赶紧开始，不然我这样真假声轮唱也太累了。

布莱是个诗人。打个比方，他是大猫，而不是那种"教人如何做"行当里的花栗鼠或海狸。换个比方，他是雄鹿或孔雀，心满意足地沉浸于"花枝招展的"仪式。打开一本像《男性的思考方式：智性、亲密和情欲想象》这样清醒地对性别差异娓娓道来的书，你会立刻被带入一个极其清淡温和的世界，也是文明的世界、现代的世界、真实的世界。布莱的乌托邦在时间上和铁约翰的童话一样遥远，现在只能被作为一种洛克威尔式①的幻想进行再创作：生硬的父亲们，以及他们的工具和朴实的工装裤。《查泰莱夫人的情人》结尾处，梅勒斯告诉康妮，如果男人每晚穿着紧身红裤子唱唱跳跳，一切都会好的。像劳伦斯似的布莱想不出怎么对待现代风景，只好转身离去。《铁约翰》最终也没有走出鲜活与累赘的怀旧情绪的纠缠。

拿起一本相当老的《优涅读者》杂志（美国"另类媒体"的一份月刊，总是信息量大且有启发），我们面对的是一种令人惊讶、不容挑战的事实：《铁约翰》已经改变了美国的男性意识。这一点毋庸置疑，它已经发生了。野人周末、启动冒险假期之类的现在可是大生意，也可能是昙花一现。但你怎么解释那些脸不红心不跳地喊着"男性解放"和"男性运动"的情况，还有至少六七本杂志专门讲这些（《改变男人》《旅

---

① 此处应指美国插画家 Norman Rockwell（1894—1978），以绘《星期六晚邮报》的封面画而闻名，其作品对美国生活的刻画带有感伤古雅的理想色彩。

行者》《男人！》）。男性论点这样说，男人是"被压抑的"，在寿命、自杀率、吸毒、无家可归和工作时长的指标上都排第二。被绑在一起的政治平台包括联邦政府鼓励下的男孩俱乐部、童子军、男老师教的全男生早期班，一直到对居家就业的男性友好的所得税减免。现在男性成了另一种少数群体，这是前进还是后退取决于"生态-男性气概"，强调丈夫的功能，"肯定男性的'播种'和创造能力"。事实上我心里总怀疑这里面——"布莱主义"——有点什么；我猜我最后将不得不按照现在初露端倪的信念行事。等我的儿子们长到一定年纪，得与母亲保持距离、得学习男性世界的粗犷法则时，我可能会带他们去希尔顿住上一两晚。

我想，应该问一问铁约翰作为丈夫和父亲是什么样子。布莱船长的船够结实吗？他在书封底的照片正就着篝火取暖，银发飘飘，戴着眼镜，穿着印花马甲，配绛红色领巾，下巴紧绷，笑容尽职尽责。他看着不像一个钢铁男人，但肯定有点硬气。他对自己并不苛刻，而且有种幼稚的虚荣（《铁约翰》用整本书展示了一个作者自命不凡的笑话，他大段引用诗人里尔克、安东尼奥·马查多、挪威诗人罗尔夫·雅各布森，还有许多其他人，包括但丁，全部"由 R.B. 翻译"）。布莱先生想要尊重；他有许多鬃毛和刺；就像野马牌厕纸，他不受任何人的气。他就是那种大家都熟悉的"强势人格"。这种力量是天生的，不是习得的，而且总在寻找扩张的途径。"宙斯能量是社会为了自身的利益而接受的男性权威。"它听上去像是摆脱一切羁绊的绝佳借口。宙斯能量，"飓风能量"：这些都是能席卷一切的东西。你会让宙斯去倒垃圾吗？你会让飓风在鞋垫上擦脚吗？

女权主义者经常给性偏见和种族偏见画上道德等号。它们之间有相似处，其中一两处还有点充满悖论地鼓舞人心。我们都会有性别歧视和种族歧视的冲动；我们的父母辈对这些要比我们感受更强烈；我们希望我们的孩子会比我们感受得更少。人们改变或变好得很少，但他们的确在演化。这过程很缓慢。女权主义（无休止地分化，朝着冷淡古板的边沁主义，朝着不可理解的圈子化）、新派男人、情感双性恋、老男人、铁约翰主义、男性危机中心——种种这些都是前进路上的震荡，有些有必要，有些无必要，人们对角色、伪装和形式的追寻加剧了此类震荡。①

《伦敦书评》1991 年 12 月

---

① 1990 年代中期，我在两所美国大学演讲了此文的部分。去密苏里州的圣路易斯时，我特别怕罗伯特·布莱的女儿（她在大学工作）会来听。她没来，她也没去听哈佛的演讲。不过罗伯特·布莱来了。在演讲结束时，我请他反驳我。布莱昂首起身，问我为何如此害怕男性豪迈。我本想说，"因为它就是那么让人害怕"；但我耸耸肩含糊带过，觉得明明已经回答了他的问题。——原注

在血泊深处我已踩得太远

《好莱坞 vs 美国》，迈克尔·梅德韦德著
Hollywood vs. America by Michael Medved

电影里的暴力开始变得暴力是从 1966 年开始的。我记忆中标志暴力升级的电影是阿瑟·佩恩的《雌雄大盗》(*Bonnie and Clyde*，1967)和萨姆·佩金帕的《日落黄沙》(*The Wild Bunch*，1969)。看这些暴力场景让我挺开心的。我觉得它饱满、激烈，（即便在当时）有种令人不安的幽默感；还有点儿颠覆性和反文化。暴力到场了。我还注意到，性和粗口突然间多了起来。未来一片光明。

在那之前，暴力不怎么暴力。人们经常不以为然地说到电影里的暴力变得"程式化"。但以前的暴力也是程式化的：只不过遵循更温和的套路罢了。纳博科夫在五十年代就有评论，他说一部普通动作片里的"拳脚相加"无甚效果，主人公总能飞速从"能让大力士住院的重伤中"恢复过来。我们才没资格说哪种程式更接近生活——是以前暴力那种卡通化的刀枪不入，还是新式暴力这种卡通化的血肉横飞。我们会想象现实的暴力介于两者之间，没有那么戏剧化、跳芭蕾似的，最重要的是很快结束。生活中的普通打架，大概也就一秒钟，一拳就完了。被打的伤了鼻子，打人的伤了手，两人都得去急诊室。要是电影里放伟大的史泰龙在急诊室排队，查克·诺里斯笨手笨脚地摆弄急救包，那还像什么话。

现在，如果你翻出老电影，重看一遍里面最暴力的镜头，会怎么样？我本人头一次实打实地理解尘世间的死亡不是经历亲戚或宠物去世，而是看《锦绣山河烈士血》(*The Alamo*, 1960)里詹姆斯·鲍伊的死去。演他的理查德·威德马克那刺耳的濒死叫喊至今还时常出现在我脑海里。在《野狼》(*Hombre*, 1967)里，我还记得保罗·纽曼用来福枪的枪托砸向别人举起的酒杯。谁又能忘记马龙·白兰度在《码头风云》(*On the Waterfront*, 1954)、《独眼龙》(*One-Eyed Jacks*, 1961)、《凯德警长》(*The Chase*, 1966)中经受过的种种折磨呢？（白兰度以艺术上的"发言权"知名，他对挨打绝对情有独钟。）重温这些场景，你会惊叹于自己先前的感受力。它们看起来很平淡因为它们的确平淡（不是戏剧上的平淡而是技术上平淡），也是因为你打着哈欠用一眨眼的工夫看完了惨烈程度相当于巴雪戴尔战役的三十年屠杀。换句话说，你已经不可逆地麻木不仁了。麦克白——而且是波兰斯基电影里的麦克白——在为你代言：

> 在血泊深处
> 我已经踩远了，我要是不一直向前，
> 踩回来就会同踩过去一样可厌。

有趣的是，现实生活中，麻木不仁正是为暴力张本的品质：赋予它力量，再让它被夺走。在朝向暴力的时刻，非暴力进入了一个充满陌生的剧变的世界。暴力懂得这些。本质上说它们正带着你走向它们的舒适区。你离开家，去它们的家。

我们会注意到，荧幕上的暴力与军火生意关系紧密，借用核武圈子的老话,它常常是技术导向的。《布利特》(*Bullitt*,1968)里的追车场景令人难忘,说来奇怪,后来有那么多更多预算的电影、更大引擎的车、更多愿意花很多年混在赛车手和汽车安全假人堆里磨炼演技的实力派演员,居然也没有超越《布利特》的。不过《布利特》还开设了另一种标准:用枪战追杀污点证人来带动叫人摸不着头脑的情节。突然间,阴森的旅馆房间的门被踢开;门口的警卫被打伤了腿;镜头朝伤口摇了一下,就转向了那个黝黑的探子,他举着双手往后退,爬上了矮床。枪响时,他被射得飞起,在一团血雾里撞到墙上。电影公映后不久,我碰上了导演彼得·叶茨,问了他这一幕,他给我讲了一遍机理:血袋、钢索之类。在过去,演员挨枪子儿了就在枪眼那儿挤烂一袋番茄酱然后作痛苦状。如果他演坏蛋,就直接倒地闭眼。如果他是好人,就会大怒,然后安慰身边花容失色的金发女郎,说枪眼儿只是"刮蹭"或"皮肉伤"。嗯,1968年以后再也没有什么刮蹭或皮肉伤了。有了通电的喷射血袋、上下左右推拉伸缩的钢索后,被猎枪打死可血腥多了,看过之后一时半会儿没法恢复。

在这一背景下,《辛德勒的名单》(*Schindler's List*)标志着一种前进,或许是一种倒退。影片里手枪近距离爆头的结果是血柱喷射,受害人屈膝倒地,堪比《危险关系》(*Dangerous Liaisons*)里乌玛·瑟曼晕倒那样矫揉造作。我们能肯定这样处理是详尽研究的结果,斯皮尔伯格需要艺术上的逼真效果来呈现大屠杀。(在接近大屠杀时,一个外来者会抛弃想象力,专注于文献记录和技术。一旦到了屠杀现场,他最不想做的,就是编造任何东西。)大体上,战争片里的暴力升级没有遭到太多质疑。即便是胆小的人也接受了其天然背景就是机械无情,在面对鹰派训导"你想什么呢?这可是战争"时,公民只能服从。我们对战争的恐怖和悲悯了解得越来越多，但似乎对抢银行、贩毒、连环谋杀、电锯屠杀的恐怖和悲悯还需要更多劝说。

从技术导向的角度看荧幕上的暴力，一种专门的价值体系会随之出现。在军火行业，领薪水的专家绝对不会给你道德指引。你所能听到的解释是"别人都这么干"，因为当你面对的是"能做"，"不做"永远当不了头家。像行动电影公司（Praxis）和视觉概念（Visual Concept Engineering）等公司里的道具部书呆子，还有光影魔幻工业（Industrial Light & Magic）或追梦视觉公司（Dream Quest Images）里的拟音师、动画师都不过是打工的，总有客户想要某种特殊的血液喷溅方式、漂亮的斩首、炫酷的开膛。于是好莱坞被一些人视作企业集团、营销商人和定向推销专家的卫城，一本正经地向公众提供他们觉得想要的东西：更多的暴力。但事实上并非如此。各个"项目"在电影圈转来转去，直到被有话事权的人看中。接下来它们被编剧、制作人、导演"开发"，然后才被送到顶楼的"西装大佬"——通常都是没心没肺只关心经济效益的老板们。顶楼发生的事情，对大家来说都是谜，甚至包括西装大佬。有些项目能继续，有些则不能。一个导演曾经对我说："他们最后决定拍的电影，是那些他们没法不拍的。"这样说来，最后的决定是宿命、尴尬或惰性的结果，也许是办公室政治，反正不是既定方针。所以暴力是导演导向的，或者说创作者导向的。电影变得暴力了，因为创作者希望这样。

除了我之外，还有谁喜欢看暴力？迈克尔·梅德韦德的《好莱坞 vs 美国》一书饱受攻击，论点之一就是电影观众不喜欢暴力。在平装版导言中，梅德韦德大无畏地写道"公众对我作品的激烈反应"；的确，他承受了"过激的怒火"和"人身攻击"，但总体上，梅德韦德说："只要能为推进这一讨论做出任何微小的贡献,我便心怀感激。"《好莱坞 vs 美国》肯定让好莱坞反思了,至少一两周(在摩尔风豪宅的深夜会谈)。它也让美国思考了,它引起的争议甚至上达了珍妮特·雷诺(时任美国司法部长)和比尔·克林顿。这本书、这种情绪的时代到了,人们觉得好莱坞走得太远,跟美国主流脱节了;人们觉得好莱坞喜爱美国讨厌的一切(暴力、性、脏话、吸毒、喝酒、抽烟),讨厌美国喜爱的一切(宗教、父母、婚姻和一夫一妻制、外加军队、警察、商人和美国)。我能肯定梅德韦德先生很少(也许从来不)打架,幸好如此。在读了三百页他的卖弄学问和讥嘲讽刺后,我想象他像讨厌的施瓦辛格那样全副武装,从屁股两边都能掏出机枪扫射。他的论说风格如此刺耳,让你怀疑即便他本人都要被震聋了。他老是问,为什么啊为什么,好莱坞对越南如此执迷,却对科威特的苦苦挣扎无动于衷,后者明明"足够精彩",却没有被拍成电影?如果丹·奎尔①能更聪明一些的话,也会这么说。

尽管一副当代打扮,梅德韦德的主题或者说感慨,跟时间一样古老。这不就是拉丁文里的"先人今何在?"②嘛——往昔的朴素天真哪儿去了?

  在过去加里·库珀、葛丽泰·嘉宝、吉米·斯图尔特、凯瑟琳·赫本的全盛年代,电影行业受到了大量批评,被说制造了大量"高于人生"的偶像,他们那么高尚、人见人爱,根本不像真实世

---

① Dan Quayle(1947—),曾在越战中任美国国家卫队陆军士官,后成为美国第四十四任副总统,因不学无术成为媒体取笑的对象。
② ubi sunt,为 Ubi sunt qui ante nos fuerunt 的缩写,该句是中世纪很多诗歌的开头,直译为"……前人今何在",感慨生命短暂。

在血泊深处我已踩得太远 **15**

界里的人。今天,电影行业则制造了大量"低于人生"的人物,不堪、愚蠢,比我们的朋友和邻居还要不讨人喜欢。

梅德韦德敲打的是娱乐行业。他懂娱乐行业,但他懂艺术行业吗?比如说文学圈,不是已经跟着坐标曲线走了两千年了?如果艺术有支箭,就会指向这条路:一路向下,从半神到娼妇。

电影作为艺术形式还年轻,有责任要在一百年内完成这一旅程。我刚才说(电影里的)暴力从1966年变得暴力,因为那年《海斯法典》被取消,电影朝着导演主导又近了一步,能更自由地朝创作者希望的方向走。现在我们知道,创作者推着它偏离了美国主流,朝当代艺术的主流靠近,同时发挥了其自身的优势——行动力、及时性、感染力。所以说当下的辩论有点儿范畴不清。如果电影只是大众娱乐,那么梅德韦德就是雄辩的唤醒者。如果电影是艺术,那么梅德韦德就只是个吵吵闹闹的庸人。

我们现在进入了一个闭环世界。1966年之后,电影观众分成了两派,至今如此。导演至上对行业的破坏要比电视的普及还狠。梅德韦德用他那些民调结果加上内容分析,收集了许多证据来证明他想相信的:美国人不喜欢暴力(暴力主题和暴力语言),不会花钱去看。(最后一次拿武器打比方:美国人总是说他们支持控枪,但好像还支持得不太够,所以至今没什么变化。)美国人不想要暴力。他们可能也不想要艺术。美国人想要的是逃避——逃避美国的暴力。据说美国暴力会"旅行",让全球的观众着迷,但美国人还得生活在美国,这片暴力之地。荧幕上的暴力提供了一个窗口,或是镜子吗?它是效果,还是原因,还是鼓励,还是助长呢?我觉得本人还是挺有代表性的,我喜欢看荧幕上的暴力,同时坚定地谴责现实生活中的暴力。而且，我还能区分两者。一种发生了，一种没有。一种是真实的，一种是表演。但我们身处后现代时代，一个大众特别容易接受暗示的时代，意象和现实会产生奇异的交织。这大概是当下大众心态里最脆弱的领域，盲从的黑洞正在扩大。

最近在英国，本世纪最轰动的两起杀人案的庭审都提到了同一部租借的录像带：《鬼娃回魂3》（*Child's Play 3*）。一个案子是幼童詹姆斯·巴尔杰被两个十岁的孩子殴打致死；另一个案子是少女苏珊·卡珀被一伙相识的年轻人绑架、凌虐，最后被烧死。由于《鬼娃回魂3》经常上新闻，导致了供不应求。碟片出租店的大公无私的经理们半仪式性地把录像带也烧了。我的两个孩子（七岁和九岁）发现家里书架高处有《鬼娃回魂3》的录像带，说起它总是带着毕恭毕敬的恐惧。在他们学校的巫术圈，《鬼娃回魂3》被认为法术高强，就像天使之尘——通往疯魔的门票。

于是一天下午，我总算看了这部中规中矩的恐怖片，一只叫恰奇的公仔变活了，开始杀人。电影带来的恐惧不算多，可以追溯到弗洛伊德对"怪诞离奇"的定义：一种不死不活的东西。同样陈腐的是，电影触发的恐惧和尖叫不是因为有极为可怕的事发生，而是因为不太吓人的事突然间发生。《鬼娃回魂3》的演员表开始滚动时，我没有什么冲动要出去杀个人。我知道为什么。影片没什么值得夸耀的亮点，但我脑子里想的全是恰奇。恰奇对我能做的最糟糕的事，就是让我开了胃口，想看更多恰奇或类似的东西。

我们必须能想象，某个人在接触恰奇之前，已经满脑子是类似恰奇的东西了。那么即便他混合了精神病理学、愚蠢、道德畸形、总爱做无所不能的虐待狂梦、还是别的什么，恰奇也不太可能会产生更多的影

在血泊深处我已踩得太远

响，除了影响他接下来的暴行的风格。杀人者总得有些念念不忘的东西，他们需要心魔。一百年前，那东西叫魔鬼。现在叫恰奇。当杀人者们折磨苏珊·卡珀时，他们喊出了电影里的台词："我是恰奇，想一起玩吗？"当两个十岁男孩开始扔砖头时，詹姆斯·巴尔杰摔倒了又站起来。一个杀人者说："站那儿别动，我们给你块石膏。"他又扔出一块砖头。这就是恰奇范儿：无价值的玩笑，无价值的招摇。此人已经看过了许多类似恰奇的东西，他的将来除了看更多的恰奇之外没什么可期的。也许，说了那些话的孩子并不懂台词背后的真实含义，结果就是，他实在太想玩了。

《纽约客》1994 年 5 月

一个首相，一个总统，一个第一夫人

《铁娘子》，雨果·扬著

The Iron Lady by Hugo Young

密特朗说她有卡利古拉的眼睛、玛丽莲·梦露的嘴唇。布热津斯基说："她在场时，你会很快忘记她是个女人。她没有给我很女性化的印象。"1979 年，塔斯社叫她"铁娘子"；但到了 1984 年，阿拉法特又叫她"铁男人"。一个采访者告诉格洛丽亚·斯坦纳姆，英国人永远不会相信他们会有一位女首相，斯坦纳姆回答："他们是对的。"于是，当这个食品杂货店主的女儿出入克里姆林宫和白宫，在卢森堡重创施密特，或是在格丹斯克的造船厂令莱赫·瓦文萨叹服不已时，旁观者们似乎有种共同的焦虑：总有一天撒切尔夫人会误入男厕所。里根总是在对冲风险，称她为"我最喜欢的人之一"。而她本人后来总爱用尊贵的"我们"这个词来表达某种公正客观。

撒切尔夫人是不列颠权力政治中唯一有趣的人物，而撒切尔夫人唯一有趣的点在于她不是男人。假设一个叫马文或是马默杜克的撒切尔先生有同样的成就、同样的风格和"远见"，他肯定沉闷得和下雨、伦敦交通、撒切尔治下华而不实的英格兰（至少是东南片那四分之一）有一拼。一份报纸有次东拼西凑了一篇文章讲撒切尔夫人在近期广播节目上的"性感"新嗓音（事实上她只是得了感冒）。"玛格丽特，"一位大臣说，"我在报纸上看到您发展出了一种性感嗓音。"她回答："这么说您以前不觉得我性感？"这是个好问题，应该得到真诚而细致的回答。①这是雨果·扬冗长厚重且无可避免磨人的书中仅有的三四个"温暖"时刻之一。不列颠的政治不像德黑兰和比勒陀利亚那样性感，莫斯科还有机会，华盛顿则一直如此。唉，看完五百四十六页之后，你会想念美国政界里那些班卓琴啦，鼓乐队长啦，挪用竞选捐款啦，汗流浃背的杂耍演员什么的。看着岛国逐渐衰败，变得沉闷保守，不列颠政治早已性感不再。不过暂时还有不少性别话题可以谈论。

她的早年经历简直平庸得吓人。玛格丽特·罗伯茨年纪轻轻就进了保守党（这可不是什么好事），不过她在襁褓里就是保守反动派了。她自幼崇拜的父亲是个林肯郡的小店主、市府参事、太平绅士、苍白而节俭的大忙人。小玛姬在学校里是"习惯良好的模范生，行为举止无可挑剔"；1935年大选中，年仅十岁的她开始为保守党跑腿。1943年她勉强挤进了被战争蹂躏的牛津，学习化学，得到了保守党协会的入场券。

---

① 我有次和克里斯托弗·希钦斯讨论撒切尔夫人的女性特质，他和撒切尔夫人有些交往。他的断语是："噢，她浑身散发着性的气息。"我父亲金斯利·艾米斯在《回忆录》里写道："她的美是如此极致……能让我瞬间觉得自己在看一本插图科幻小说，里面有个漂亮姑娘在2200年当上了太阳系联盟的总统。她的美不是感官的或肉欲的，但这并不会减弱她的性感之美，我觉得性感在她受欢迎（或被讨厌）的诸种因素中被低估了。"无可奈何中我只得搬出了权力魅力的老生常谈。我还能列举另一种陈词滥调来激怒我爸：英国人对惩罚的怀旧。菲利普·拉金跟我爸一样对首相充满激情（"我可喜欢撒切尔夫人了"）。拉金是个伟大的诗人（后文有专门论述），但他的私生活堪称英式胡作非为的明白案例。撒切尔夫人说是他的粉丝，他就让她引用一句他的诗。她眨眨眼说："一整天从容不迫／你的脑海如装满刀子的抽屉般大敞着。"被引的这首诗《蒙骗》（"Deceptions"，1950），是写给一个被下药后强奸的维多利亚时代流浪儿的。——原注

接下来她短暂地干过两份工作，一份是做塑料眼镜架，一份是做蛋糕馅儿。很快，风度翩翩的丹尼斯·撒切尔就开着戴姆勒轿车（牌照是响当当的 DT3）出现在书的前几章。丹尼斯算得上是金龟婿，有一张孩子气的俊脸，还有靠"除草剂和绵羊洗液"发家的财富。在贸易协会的年度舞会上，两人的爱情生根发芽。他们的蜜月是她第一次出国。生完双胞胎后一年，她开始盘算议院席位：要不去奥平顿选区？但没去。雨果·扬的第三章标题挺扣人心弦：《决胜芬奇利》("Finchley Decides")。接下来她当上了绝无可能出彩的养老金部部长。

大约在此处，故事的进程陡然变化。小地方的粗粝和新人的努力现在让位于历史性的扶摇直上。或者这样说吧，非凡的意志力与非凡的运气结合，十五年后这种结合依然稳固。撒切尔夫人十年大权在握，任内没有任何一致的反对声音，这令她的连战连胜格外显眼；就连阿根廷击中英国军舰的三枚炮弹都没爆炸，象征意义再明确不过。整个 1970 年代英国政治中只有一种反动力，就是工会，它击垮了传统政治中的两党，似乎让它们永世背上骂名。撒切尔夫人通过分裂工会联盟中的各代表阶层而分裂了工会。1980 年，失业率是自 1930 年以来上升最快的一年。这可不是货币主义以及"芝加哥革命"所预测的。那场惨痛的大混乱的自我平息不知怎的竟成了撒切尔夫人的政绩。她现在可以马后炮地自夸有女性直觉了吧？她当上首相的第一项法案，是给警察发一万英镑年薪，好让他们忠心耿耿地确保新出现的下层阶级闹不出大事。但 1981 年事态发酵了。当她第一次看到城里的莫洛克族[①]充满仇恨和绝

---

① Morlocks，赫伯特·乔治·威尔斯的小说《时间机器》中的虚构怪物种族，长期生活在地下，被视为工人阶级的隐喻，与生活在地上贪图享乐、代表上流阶层的埃洛依族（Eloi）形成权力对比。

一个首相，一个总统，一个第一夫人 **21**

望地打砸抢的新闻录像时，第一反应是："噢，那些遭殃的小店主太可怜了！"

女人们啊！但她是女人吗？是也不是。她从来不怕当众流泪。从早年当养老金部部长起，如果年资更高的官员表现得不够右翼，她就会挤出几滴新鲜的眼泪。我有次看她在电视上哭了；当时我在一个小酒馆里，差点被周围一阵表示恶心的粗口咆哮给震得掉下凳子。在身边人看来，她强势、暴躁、记仇、喜欢给人忠告，而且永远是对的。一个新人悄悄对内阁说："这么说，你们已经忍了她四年了？"另一方面说，她忠诚起来也是不管不顾——同事算准时机的一个拥抱就可以换来温柔的女领袖的毕生友谊。总而言之，她的正直体现在一人做事一人当、绝无推诿上。虽然她喜欢里根，但她对细节的热爱令她与卡特走得更近，要说对文化"建制派"（她觉得他们反对她）的厌恶、她本人的俗气没文化、还有对秘密的热衷，那她跟尼克松才是亲密无间。

她对女性运动从未表达过欣赏，也从未表示过对女性权利的任何关心。相反，她说："我痛恨一些女性解放者的刺耳论调。"这就有点儿只许州官放火不许百姓点灯了，她似乎希望女人（或者说是其他女人）安分守己，像个维多利亚时代的好主妇。1980 年也是约克郡开膛手最活跃的年份，撒切尔夫人告诉内政大臣她要去利兹亲自主持调查。这一荒谬的提议大概是彼时她对女性团结的唯一表态了。当她说"我们"时，口气是维多利亚女王式的，其实意思是"我"："我们生在不列颠是幸运的，可以说是拥有权力的长者。"不过，她的衣橱似乎霸占了下议院的女议员更衣室，"有六七套衣裙挂在那儿，下面是整整齐齐的一排鞋，至少八双"。1986 年一档叫"英国女人的衣橱"节目里，她向公众展示了家里的衣橱。此时的她喋喋不休，完全是个女人。我们永远不会知道哈罗德·威尔逊在哪里买三角裤，但撒切尔夫人公开声明她的内衣都是玛莎百货买的。

听上去不太可能，甚至未必明智，但玛格丽特·撒切尔是第一位拥抱电视时代的英国政客。在这方面，她可一点儿都不挑剔。她一早就雇了媒体顾问，也很听话。第一次竞选造势时，她笨手笨脚地抚摸着新出生的小牛还是他们塞给她的什么其他小动物拍了宣传照。在马岛战争后，她邀请了《烈火战车》(Chariots of Fire)制片人大卫·普特南和音乐剧《贝隆夫人》(Evita)的作曲家安德鲁·劳埃德·韦伯去首相官邸参加圣诞派对，明显是想引诱他们庆祝她打了胜仗。她的教练们觉得女性身份很管用，就像扬说的，一个女人"很习惯妆容操纵"。

她跟国家剧院的一个老师学习演讲，用哼唱练习来减少她那著名的牙医钻子般的嗓音。"她达到了降噪 36 赫兹。"经过重塑的撒切尔夫人（从这本传记的照片里看得可明显了）在我看来简直是近乎病态的假。电视上那个人，蹙眉如殉道者，笑容悲悯，巧言令色——她到底在干吗呢？拙劣表演，欲盖弥彰？她自己信那种训练出来的宁静吗？

"大多数家庭都有一个像她那样的人，"伊恩·麦克格雷戈写道，这个苏格兰裔美国人是撒切尔夫人拆解工会的得力干将，"她像我的母亲——总是很清楚她要做什么。"然而这个母亲从来没有得到过大家庭的爱，从未被爱过。她首战告捷时个人支持率却差了十九个百分点，这在美国可无法想象。两年后她又成了有民调以来最不受欢迎的首相。即便今天公众舆论依然冷落她，而对那些她坚决反对的"湿漉漉的"观念（共识、共情、集体主义）表现出一种迷惑的、渴望的同情。这个不招人爱的"干巴巴的"母亲到底是谁？她会养出什么样的孩子？他们都觉得内疚——这个母亲能让任何人内疚。但他们内疚的方式不对。他们想念老派的内疚。他们想向比"贪得无厌的个人主义"更好的方向聚集，一种高于人性的东西。他们并不想要一个带着圣徒般微笑的人来监督工作。

《Elle》杂志1989年10月

《林肯传》，赫伯特·唐纳德著
Lincoln by David Herbert Donald

比起他的同代人，他更合我们的口味。林肯现在收获的那种众口一词的清醒仰慕和感激，若是放在美国的血腥青春期，他或者任何其他人都不可能获得。审美潮流的变化甚至夸张地让他的面相也变得顺眼了。老亚伯不算奇丑无比（地痞流氓的那种丑法），但人人都觉得他够丑的了。"我见过最丑的人"，一位温柔敦厚的观察者说，他从林肯那枯槁憔悴的脸上只看到了"下人的粗鄙"。对今天的我们来说，那张脸代表的是威严的真诚。

林肯像树皮般坚硬、棱角分明，站在那一群松松垮垮雌雄莫辨的同僚中就像印第安人首领杰罗尼莫一样鹤立鸡群；相比之下，万人迷如麦克莱伦将军（甚至刺客约翰·威尔克斯·布斯）都不过是留了胡子的小卒罢了。1854年的林肯像拓疆者，而且是好莱坞版的拓疆者——高瘦、冷静，更像罗伯特·瑞恩而不是罗纳德·里根。1865年2月（也就是李将军在阿波马托克斯向格兰特将军交剑投降前两个月）拍的一张照片中，林肯的眼睛和嘴依然有些人性和幽默，但脸上剩下的部分完全被战争折磨得憔悴不堪。

新的《林肯传》是一部充满细节的实用传记：关于案头工作的案头工作。大卫·赫伯特·唐纳德故意拒绝了范围更宽的上下文、大背景和后见之明。现实中正在经历剧变的美国，在书中依然无动于衷；南方没有得到整体上的检视，杰斐逊·戴维斯总统只是一个有名有姓的对手而已；内战的起因、后果及其战略过程都没有讨论。该书是一部白宫深夜的备忘录和派遣信的历史，内战期间的社会动荡和兴奋没有影响叙事。唐纳德教授写的是马拉松式长期焦虑的逼真性。

在读到后三百页的逼真焦虑前，我们先读到的是三百页的默默无闻的林肯。林肯曾经说："谁要是想从我早年生活中发掘出什么意义，都是极其愚蠢的。"的确，在唐纳德这磨人的编年纪事中，仅有几个出彩之处。肯塔基州，接下来是印第安纳州，然后是伊利诺伊州。地名都挺有趣的：陷落之泉农场、鸽溪、波西登陆处。年轻的林肯用秃鹰的羽毛笔写字。他短暂地上过"朗读"学校，此类学校要求学生朗读课文，"老师从来不需要资质，会'读、写、解释'就成"。他当过摆渡工、杀过猪、会劈木头造篱笆；他参加过黑鹰战争，还当过乡村邮政所所长、测量员、律师。挂他名的律所有：斯图亚特&林肯、洛根&林肯、林肯&拉蒙。唐纳德的写作简直琐碎得兢兢业业。猪油厂啦，水车专利啦；林肯代理罗伯特·纳克尔斯起诉埃利亚·培根破坏他的玉米地；林肯为没有还债给珀利·布朗的约翰·P.辛格尔顿辩护。读者读着什么肯特的评论、查迪的辩护词，左耳朵进右耳朵出。此外，唐纳德似乎还搞到了玛丽·林肯的全本购物清单："她买的东西……包括针、纽扣、线、细布、本布、麻纱、鲸鱼骨和胸衣花边。"很快她就要在伊利诺伊州斯

一个首相，一个总统，一个第一夫人　　25

普林菲尔德的家中贴墙纸了——卧室里是深色且大胆的图案，客厅里则明快些。

林肯在政坛的爆红总的来说是偶然现象，而且不怎么光明正大。唐纳德对此的叙述如我们所料，剔除了故事里任何残留的光彩。辉格党的历史性时刻已经过去了，民主党一如既往地"乱成一团"，1850年当堪萨斯州和内布拉斯加州新开拓的领地开始接受泛美定居协议；反对扩大奴隶制的人群汇聚成了一个新的北方政党：共和党。十年后，经过芝加哥的政党大会多次磋商（书里事无巨细地记录了其过程），有"劈木人"之称的初出茅庐愣头愣脑的林肯，突然间成了共和党的提名候选人。他在十个南方州连一张选举人票都没得，就当上了总统。单是他胜选这一事实就加剧了分裂。美国陷入了分裂情绪，好像民主要正面硬杠寡头统治。美国内战也被称为"南北战争"和"废奴战争"，当然了，奴隶制不可避免地定义了这场战争，但林肯这人并没有什么命定的非他不可。

一旦写到入主白宫，唐纳德的方法（就像玛丽·林肯的购物）便真正获得了自主。悲剧开始，主人公先是被孤立，然后接连受到暴击，这看似成了总统的命运。战斗开始后，林肯没有足够的兵力保卫华盛顿。堪萨斯边防军住在白宫东厢。几次败仗后，林肯从国会图书馆借来了军事教科书，想像学法律那样学习战争——说明他有多绝望。他的两个孩子感染伤寒，学习中断了。塔德活了下来，威利没有（林肯还有一个儿子艾迪之前也夭折了）。林肯走进办公室对秘书说："尼古拉，我的儿子没了，他真的没了！"仅此一次，林肯落泪了。明尼苏达的苏族起义造成了美国历史上最大数量的白人被杀，接下来是弗雷德里克斯堡之役——美军历史上最惨的战败。纽约市爆发了征兵暴乱。共和党的各个派系都鼓动林肯动用军事法庭。林肯腹背受敌，但他没有背叛自己。悲剧英雄注定了要失败。林肯没有失败。

内心戏像国家戏一样，无疑与林肯对待黑鬼（或是唐纳德笔下的非裔美国人——这叫法明显不符合时代，但也可能只是权宜之计，因为将来可能会有新的叫法）的态度变化息息相关。林肯不是天生就有远见的。像父亲一样，他一向"自然而然地反对奴隶制"，但并不是废奴主义者。美国建立在"白人基础"上，林肯也反对黑人选举权，反对异族通婚。直到当上总统，他都是殖民主义者——林肯会幻想利比里亚之类酷热难耐之地是自己的故乡。他在白宫能看到七个街区之外（尚未完工的）国会大厦，以及美国最大的奴隶贸易商富兰克林 & 阿姆菲尔德的仓库。林肯似乎对此并无异议。他认为奴隶制只要被限制，就会衰微并消亡（土壤耗竭、人员过剩）。很明显，对他而言，奴隶制是合法的：它是既定事实，宪法对之无能为力。

战争改变了他。1862 年夏天，在去参加埃德温·斯坦顿的幼子的葬礼途中，林肯宣布他"得出了结论，我们必须解放奴隶，否则会被反噬"。接着他开始起草《解放奴隶宣言》，关键是黑奴。整本书中并没有一个清楚截然的转变点，但林肯的情感肯定经历了一种决定性的变化。1864 年夏天，一个粗通文墨的宾夕法尼亚人给林肯写信，提醒他"白人是一等人，黑人是二等人，黑人必须永远被白人统治"。林肯回信说："无论你是白人还是黑人，都无法被视作一个完全不偏不倚的法官。"这就是我们听到并信任的声音。当战斗变得更肮脏、更疲惫、更残酷时，林肯需要一种理想，一种可感知的善来中和丘吉尔所说的"战争导致的道德腐烂"。他必须回到宪法之前的《独立宣言》去。

像肯尼迪一样，林肯被刺后由副总统约翰逊接任总统；但安德鲁·约翰逊可不比林登·约翰逊，简直一塌糊涂。唐纳德的叙述在 1865

年4月14日晚林肯进入E街和F街之间的第十街上的福特剧院戛然而止。战后重建和所有其他大问题都悬而未决，但唐纳德忠于自己的信仰。这本书因其作者和传主的契合而受到赞扬。也许唐纳德跟林肯一样井井有条，但在文学天赋上他可不是差一点点。全书行文不断被假优雅里最糟的一种——"换词求雅"玷污。就举一个例子说明唐纳德的无用灵巧："如果总统看似支持纽约的激进派，在华盛顿他好像撑的是保守派。"[1] 通过不断消耗，本书说服了我们只有林肯能在灾难丛生之中找到出路，能在西部河流中指导航行，"在目力所及范围内，点到点地设置航线"。

《星期日泰晤士报》1996年1月

《举全村之力》，希拉里·克林顿著
It Takes a Village by Hillary Clinton

纽特·金里奇叫她碧池。拉什·林博叫她女权纳粹。一份纽约的周刊叫她人渣。威廉·萨菲尔在《纽约时报》叫她天生的骗子。坊间谣

---

[1] 这一点可能需要进一步解释。福勒在《现代英语用法》中写道，"建议年轻作者绝不要在一个句子里两次使用同一个词，有着致命的影响……"这些年轻人"首先被误解的禁忌所惊吓，接着对新发现的技能着迷，最后对一种无法治愈的恶行上瘾……"唐纳德教授用"看似支持"（seemed to support）和"好像撑"（appeared to back）表达了相同的意思后，你几乎都能听到他满意的咯咯笑。就像福勒说的，这种句子里，"作者绝不是在不同的表达用法里草率地重复一个词，而是在类似的用法里仔细地不要重复一个词；其效果就是，读者会好奇用词变化有什么意义，最后会失望地发现根本没有意义"。福勒继续归纳他写此文的"主要目的"："堆积例句直到令你恶心【以至于以后不会再犯】。"——原注

传总统本人叫她"第一累赘"。还有谣言说希拉里·罗德汉姆·克林顿是个共产主义者、投机政客、狂热清教徒加骗子、荡妇加女同。谣传还多次暗示她与财务顾问文森特·福斯特有染，后者于1993年神秘死亡。到了这一步，我们已经不想知道希拉里是不是睡过福斯特，我们只想知道她怎么杀了他。

美国已经对其第一夫人们失去了耐心。近年来，只有芭芭拉·布什一人免于苛责；也许因为在人们的潜意识里，她的角色不是乔治的妻子而是他的妈。同理，虔诚的罗萨琳·卡特（吉米·卡特的母亲）的首要身份是"莉莲小姐"，在高龄时还象征性地恢复处女身。反正她们不是一本正经就是妖冶贱货，不是杰姬（肯尼迪夫人），就是南希（里根夫人）。这让人好奇为什么咱们英国人对咱们的第一夫人就那么温柔。绝不会有人指责奥黛丽·卡拉汉跟（我随口说一个）弗兰克·辛纳屈有一腿对吧。林肯夫人是第一位拥有"第一夫人"头衔的人，可能也是最糟糕的第一夫人——随心所欲、歇斯底里。不过话要说清楚，1860年那会儿，"第一夫人头衔"是个可怕的主意，散发着虚假位次和好感度比拼的恶臭。我们阴暗的本能总希望第一夫人变成末位夫人。这种怨恨大概有一定的性因素。这些女人的共同点是她们跟总统睡觉。可以肯定，希拉里亦无例外，切尔西就是证明。

再说了，克林顿夫人是有史以来最不受欢迎的第一夫人；更要命的是，她还是第一位面对大陪审团的第一夫人。很明显，她是这一脉里最聪明也最能干的。而且从各种方面说，她也是曝光度最高的。作为一个胎死腹中的医疗计划的始作俑者，她在未经民选、不受监管的情况下行使了准政务权力。人们还说，她无法被炒鱿鱼，虽然总统好像已经把她晾在阁楼上了。她跟着新郎官来到华盛顿，体制尽职尽责地摧残了她。

她碰过的东西都能扯上"什么什么门"的丑闻暗示：饼干门、家畜门、旅行门、福斯特门、白水门；现在，又有了"谢谢你门"。

"谢谢你门"，其实是"没谢谢你门"，跟我今天要评的书有关系。显然，《举全村之力》这书有一村子人动笔，而希拉里却没有感谢村里的长者——《华盛顿邮报》的芭芭拉·费恩曼；好像希拉里还琢磨着怎么少付村民们的工钱。这些争议的事实都不重要，重要的是它能被编排成什么样儿。在美国政坛，你穿过了一重重的大门，来到一重重的房门："观感"之门。

要是这书是个什么别的人写的，我肯定不会写书评。其他人也不会评。一本充斥着唯意志论和社群主义言论的育儿手册，最多会被《泰晤士报教育增刊》或《孕期》杂志提一笔，不过这本书的腰封可是耐心地解释了：希拉里·罗德汉姆·克林顿是"美国的第一夫人""她和总统、还有他们的女儿切尔西住在白宫"。所以这书应被看作自上而下，而不是自下而上的。《举全村之力》看上去是本书，摸上去也是本书，但在最重要的方面，却不是一本书。它是一本再度参选的宣传手册或竞选演说，一份三百页的新闻稿。通读全书我从未怀疑作者的良好初心；它也跟我努力看完的其他书一样真诚。但就是有种糟糕的东西在那儿。它的潜台词比台词多，充满良善、和谐、积极向上的正能量，但是上了丑陋的一课。

首先，我们得想象希拉里在白宫的老行政楼里，与十五位女性员工（还有一个男人：他在那儿干什么？）、芭芭拉·费恩曼及其他助手（"人太多了以至于我无法一一致谢"）一起写稿。她们的目标是把书稿减至人畜无害的水平。这是个大工作，因为当下的文化里，人畜无害和容易被冒犯已经成了两种瘾。她们还要把每一章都给比尔的手下过目，看他们会不会对这里那里不舒服，比尔的人圈出他们不喜欢的部分还给希拉里的人，如此往复，直到你在光天化日之下意识完全清醒的时候白纸黑字地读到这样的句子：

> 芝加哥大学的一项研究显示，到两岁时，那些经常听到母亲对自己说话的孩子比同等经济背景下母亲不那么健谈的孩子词汇量要多。
> 1990年的人口普查显示，没有本科学历的年轻人的赚钱能力要弱于有学历的人。
> 快步走、远足和骑单车都是很好的运动，也是很好的亲子方式。
> 除了照着书读故事，孩子们也喜欢大人讲故事。

等到人人都满意了，我们看到的就是最不会引起争议的内容了。

至于文风，第一夫人不该太过严肃，她也能开玩笑。但我们也不想她听上去轻浮，于是每个玩笑都要戴上一个玩笑徽章：必须加上饱满的感叹号。"有时候妈妈也是最懂的！"或者是，"她对物理学的掌握就谈到这儿！"

俗语只有在加上防篡改的引号时才能用。要说"我们所有人都怒发冲冠"会给人留下过于暴躁的印象，那么"我们所有人都'怒发冲冠'"就暗示坏情绪在可控范围内。讲点比尔和切尔西的故事，再讲点希拉里的"亲戚"的故事，能营造出人类语境；接下来就是消毒过的反诗意的软术语，各种跟进和外拓，还有技术、工具、目标、角色，给与、照顾、给与持续的照顾。

即使是语法学家也不会被希拉里的句法所冒犯，不过也可能有人会鸡蛋里挑骨头。一"光年"是距离单位,不是时间单位。"Nurturance"（养成）是个新词,不用也能过日子。最后,"Stomachachy"（"斯托玛卡奇"）不是去波基普西为竞选造势途中的一站,而是希拉里给肚子疼起的绰号。

解密得当的话,《举全村之力》是一个值得再有一次机会的第一夫人肖像。值得再当一任。这已经不是四年前来华盛顿的那个不会笑的女权主义者,那个追着救护车跑①的母老虎,现在的她温柔多了,有礼多了,居家多了,圣洁多了。作为父母,比尔和希拉里可以说在第一关就栽了跟头,他们给孩子取名切尔西。但之后他们一直在补救。"她还是个婴儿时,我和比尔就轮流读书给她听,和她一起祈祷";白宫的家庭生活,看上去是全职虔诚的狂喜状态。费劲地翻过所有那些秀恩爱和套话,我被一个愤懑的句子打动了:"生命本身就是一门课,像历史、文学、时事,尤其是宗教课。"通过那个考量过的"尤其"一词,希拉里与世俗智性吻别,向下迈入庸众大流。

我总是不安地看封底照片。她戴着珍珠项链,西装上衣扣得紧紧,波浪发型,妆容精致,看上像那种邪恶录像带里的牧师老婆（牧师总会在哪里的汽车旅馆房间的妓女堆里被找到）。美国把希拉里·罗德汉姆扭成了另一种形状。她站在那儿,面带微笑,被拉低智商,抹掉一切本性。

《星期日泰晤士报》1996 年 3 月

---

① Ambulance-chaser,用来比喻美国律师,每次有人送医院急救,律师就会积极争取诉讼机会,怂恿受害人索赔。希拉里在当第一夫人前是律师。

世界与我

《大自然的终结》，比尔·麦克吉本著
The End of Nature by Bill McKibben

环保运动需要一本圣书，维京企鹅出版社也需要，我也需要，我们都需要。我们需要在"大自然的终结"后活下来，可惜同名书可没有其作者比尔·麦克吉本的宣传资料里吹得那么神。此书诚实、体面、有益，但基本上无法引起共鸣；它浮于表面，扯得也有点远。可能当主题是万物毁灭时，一个人就比平时容易敷衍吧。但我们还没走到只能大喊"救命""哇哦"和"老天啊"那一步呢。

说不定也快了。现世大约是所谓的后历史人时代。正当各大物种快要完成掌控荒野的大项目时，也灾难性地将荒野变成了大茅厕。虽然麦克吉本先生知道时间刻度这东西，但他不怎么善于表达其重要性（"当我意识到 2010 年就跟 1970 年一样近，甚至离披头士乐队解散更近时，我总是感到震惊"）。人类肯定很难想象他们的星球在一个世纪里已经老去了四个半 billennia（泛指很多亿年）。这种可怕的速老[①]已经有效地重组了四维，我们面对的边界已经不再是空间的，而是时间的。

当然，我们提到的这本圣书是一本"坏消息《圣经》"。现在我们大部分人都已经听过了更阴惨的景象、模型、闭环、致命打击。我们脑

[①] 原文为法语，coup de vieux。

中有了这种未来形象（多亏《银翼杀手》和《机械战警》的布景人员塑造有功）：戴着电焊工的面罩，皮肤癌扩散，爱斯基摩人整个冬天躲在蚊帐里迎接一波波疟疾、皮癣、脑炎和登革热。为了减少此类恐惧，里根政府的内政部长唐纳德·霍德尔敦促美国人多买墨镜和棒球帽以抵御臭氧层损耗。很明显，当下的恶劣环境要求我们的想象力和处理能力都更上一层楼。备受威胁的森林在等着二十亿吨的二氧化碳被释放；如果海洋温度升高，极地冻土带还会释放十万亿顿的甲烷。麦克吉本先生带着应有的谨慎讨论了这些问题，甚至带着清醒的反感。他是靠谱的，他不会只为给自己的书增加分量而让大自然过快完蛋。

此外，他的主要论点是大自然已经完蛋了，或者说，至少其意义已经无可逆转地改变了。自然不再是"远方"了，因为远方已经跟眼前没什么不一样了。我们在不知不觉中已经改变了地球的化学成分。南极企鹅、撒哈拉的风、巴塔哥尼亚山溪都已被人类污染。我们正确地指出此种灾难是人类的无心之过，并倾向于用挥霍、贪婪和坏毛病（"binge"[①]是麦克吉本先生的常用语）来解释。我们做的有些事的确要比其他事更肮脏、更浪费，但要激发起对稻田和爱放屁的牲口的无比义愤（两者都会制造甲烷）实在有难度。事实上，我们根本无法对自身最糟糕的敌人——人口数量——产生任何真正的反感。我们在篝火旁，听到低吼和咽口水的声音，看到树枝分开——然而，敌人早已不再是"大自然"，敌人就是我们自己。

如果自然已经毁了，那么我们如何修复它呢？我们该做更多，还是更少？进取型解决方案包括用红外线和喷气式机组对大气层进行各种清洗喷涂。比方说，假如你想增加地球的反射率，为啥不在海面上铺一层

[①] 大吃大喝、放纵狂欢。

白色泡沫塑料芯片呢？"多做派"取法普罗米修斯，你看那些生物科技或是基因剪接，说不定会给我们带来"精英"或"高档"森林，更别提"高档"羊排"高档"鸡肉了（无翅无尾无头）。麦克吉本先生自然是"少做派"，他已经做好了少买、少开车的额外准备。就像他说的，"我们搞砸了"，没啥好大惊小怪的；但也许"我们洗心革面"为时未晚。他的建议是谦卑、不生育、某种怯生生的泛神论。他希望我们所有人冷下来。

有人把《大自然的终结》与乔纳森·谢尔的《地球的命运》(*The Fate of the Earth*) 相比较，后者肯定是核问题的必读文献。但这两本书除了标题都特别不谦虚之外没什么共同点。简单说来，麦克吉本先生缺乏言语的分量。谢尔代表全人类说话，自带一种质朴的冷静，而麦克吉本先生（还是我该叫他比尔？）从头到尾都是一个困惑的诚实的存在：每一页的页边空白，到处都有他的指印、墨水点，他失败的开始，以及重新思考等等。比尔经常骑行和远足（虽然语法不总是正确："一次四十分钟的远足把狗狗和我带到了山顶"）①，总是在游泳和划桨；他对身体的"连绵不绝的肌肉快感"感到万分高兴，对自己在阿迪朗达克山的大房子也很满意，此屋有许多环保特性，比如一个"有助于优雅的环保的声音交流"的传真机。比尔过度亲密地承认了他和妻子"努力不去想他们有多想要一个孩子"，但这催生了两种矛盾的想法：一，等到人类进化到不想要孩子还得经过许多代人、生许多个孩子；二、比尔的后代的未来明

---

① 看到这种假装高雅的言辞刊印出版真是太揪心了（最近一周的时间里，我已经看到了两次，分别是埃里克·雅各布斯和朱莉·博奇尔的文章），因为这说明主编和编辑们都不懂。其实特简单，就把"XX 和"删掉，你的耳朵都能替你把活干了。把狗子拿掉，这句子就成了"A forty-minute hike brings I to the top of the hill"，比尔肯定不会写出这样的句子，对吧？——原注

显会更好。如果我们都能像比尔那样的话，就不会陷入这种困境了。

　　只要麦克吉本先生坚持严肃地概述他针对此话题读过的不那么多的书和报告，本书还不算太难读。一旦他开始抒发个人情感——或深思、或不安、或者用玩笑和他那些元气满满的词汇（"了不起啊""深入下去抓细节""哟！"）搞氛围的时候，麻烦就开始了。也许是因为找不到合适的语言，或是现在还没有合适的语言。麦克吉本先生喜爱引用的漫谈自然的文献有点儿过气了：芳香、可爱、土豆色、镶金、和谐、清晰、甜美、健康；另一方面，你又会看到"承压的""易腐的""生物质崩溃"，还有"feedback"和"dieback"，"ips"和"thrips"①。在《地球的命运》中，谢尔带着杀气腾腾（或自杀式）的抗争精神，使用着系统、术语、学究气和委婉语的武器。他振聋发聩，而麦克吉本先生还在呜咽。他必须面对人类愚蠢、人性弱点、人为事故的缓慢堆积。

　　我们无法判断谢尔对人们对待核武器的态度革命有多少贡献。如果要选一个救世主或先知，那么可能跟着戈尔巴乔夫更脚踏实地些。环保运动依然缺一本圣书，不过戈尔巴乔夫也许可以胜任无心插柳的领袖。他宣布了全球"核威慑的皇帝"没穿衣服，皇帝现在光着身子。我们终于有闲心可以关注他的皮肤状况了。

《星期日独立报》1990年2月

---

① 为体现押韵将原文保留，此处两组单词的意思分别是"反馈"和"回枯"，以及"英寸/秒"和"蓟马"。

猫王和安迪：美国男人

《埃尔维斯，我们温柔爱你》，迪·普雷斯利、比利·斯坦利、里克·斯坦利、戴维·斯坦利口述，马丁·托戈夫整理

Elvis, We Love You Tender by Dee Presley, Billy, Rick and David Stanley, as told to Martin Torgoff

1956年的一天，弗农·普雷斯利问儿子："艾尔，咋回事？"埃尔维斯·普雷斯利那年二十一岁，已是百万富翁。"我记得我还在罐头厂上班，你还在开卡车。"埃尔维斯笑道。他后来告诉一个记者："我也不知道咋回事，真的就像天上掉馅饼。"

事情是这样的。普雷斯利家来自美国南方最乡下的地方，被大萧条整得居无定所。埃尔维斯的叔叔韦斯特直到青春期才有了自己的第一双鞋。为了找工作，一家人来到孟菲斯。埃尔维斯第一次参加试镜时还穷得叮当响，一边打着零工，剩下的时间游手好闲。他录的是乡村摇滚经典《没关系，妈妈》——突然间穷打工的就扶摇直上，在"猫王大道"尽头住进了多利克风格豪宅雅园。

本书的作者们是在埃尔维斯被大肆宣传的德国服役期间出现的。迪·斯坦利是驻巴特瑙海姆的某个坏脾气军士的妻子。迪有次闲得无聊，给埃尔维斯打电话，想要展示一下南方人的热情好客。他们约了喝咖啡。到了约定时间，埃尔维斯有演习任务，于是新近丧妻、风度翩翩

的弗农招待了迪……迪一回美国就离了婚,在雅园安了家,还拖了三个小油瓶:比利、瑞克和大卫。

《埃尔维斯,我们温柔爱你》就是他们此后二十多年的故事,在记者马丁·托戈夫的帮助下拼凑成书。猫王的跟班分成 TCB 阵营和 TLC 阵营,前者是负责"经营"的,后者是负责温柔"爱"[1]的。不管哪个阵营,斯坦利家那几个总在埃尔维斯旁边转。他们的书在许多方面都挺遗憾——粗糙、煽情、一塌糊涂。然而文字的粗鄙倒能无心插柳地让人产生一些文学兴趣,回忆录体的毁人大实话也叫人无法质疑其真实性。

托戈夫写道:"埃尔维斯是个谜,一个行走的、呼吸的矛盾体。"呃,才不是呢。事实上你很难想象出一个比猫王更平庸的人物了。埃尔维斯就是个被成功毁了的有点儿天分的乡巴佬罢了——这有什么新鲜的?要说他的与众不同,就是他全心全意地臣服于毒品、女人、金钱和自大妄想,他与生俱来的精神自负和南部联邦的男子汉气概对这些过量需求从无不适。

先说女人。早年路演途中,猫王"决定试试他到底能干多少妞"。他喜欢那类"传统美"的女人,不喝酒,话不多,有"美妙圆润的臀和锥形大长腿的无敌组合"。这些女人被称为"狐狸"——有腔调,跟"狗子"相对。"狗子不许靠近老大"是"TCB 阵营"的规矩。一些狐狸比另一些更容易搞定;碰上难搞的女人,猫王会"甩给她们奔驰或房子……"(顺便说一句,他年轻的太太普莉希拉受够了他的不忠,跟一个空手道教练跑了。)当然了,大王没什么古怪性癖。瑞克说:"埃尔维斯

---

[1] 此处"经营"和"爱"的原文分别为 Took Care of Business 和 Tender Loving Care,前文 TCB 和 TLC 为其缩写。

是个正人君子。"

同理，猫王也从不"随随便便"吸毒，还很鄙视嬉皮的爱好比如大麻和LSD①。他几乎不碰酒。"我的头告诉我我需要一片药。"他会对照顾他的江湖医生这样说。任何处方药对他来说都可以，他为调节生物钟吃的那些兴奋药和镇静药可能导致了最后的心脏衰竭。许多次他想试着戒药，但总有TCB阵营的小跟班把药偷放进他的房间。"他们能得到好处，你知道，比如车。"

路演时，猫王随身至少带两把枪。他偶尔会掏枪威胁那些摩托党，如果他们朝他按喇叭或大喊大叫。他还喜欢开枪打电视机或是酒吧里的水晶灯。碰上打架他从不退缩，不然"你会一辈子觉得像屎一样"，他对继弟们说，"男人就得像男人"。猫王的歌《美国男人》阐释了这一主题："惹我的女人，就是惹我们美国男人。听好了，男——人——，就是我。"

猫王也会时常回安静雅致的雅园修养。这里遵循母系礼节：男孩的房间装修朴素，泳池边的烤肉聚餐不提供酒，饭前要祷告，各式各样的家庭情感都很充沛。猫王在这里对宗教和初级的通灵学进行摸索。他相信自己被赐予了通灵能力，他的跟班显然要花大量时间假装猫王能穿透他们的脑子。他"对奇迹十分着迷"。猫王思考死后的世界，幻想着与死去的孪生兄弟和他无比怀念的母亲重聚。但他还活着，用药物和无聊麻醉自己。在生命的最后那个早上，猫王在浴室里死去。"迪，我的宝贝没了。我的宝贝。"弗农说。

瑞克版本的"矛盾体"是这样的："他是真正的信徒，他创造了自己的规则，将信仰与生活方式融为一体。"这可真轻巧。托戈夫也同意：

---

① LSD，麦角酸二乙酰胺的缩写，一种强烈的半人工致幻剂。

猫王和安迪：美国男人

"埃尔维斯就是埃尔维斯,他就是王者!"这让你想起了什么吗?比如一个被环抱的婴儿的世界观,还没有开始原始尖叫?好像只要见过猫王的人,不管是数字命理学家还是园丁,都在写关于他的书。《埃尔维斯,我们温柔爱你》不会是最平淡的,而且可能是迄今为止最有温度的,它是猫王依旧能点燃狂热情绪的鲜活明证。

《观察家》1980 年 8 月

《安迪·沃霍尔日记》,帕特·哈克特编
The Andy Warhol Diaries edited by Pat Hackett

安迪·沃霍尔的日记虽然鸡糟琐碎、纯天然势利眼、冗长得吓人,但不能说完全没有可爱之处。当然,它甚至都不能算是日记,只是"收集起来的卡带"或"收集起来的电话录音带"。安迪·沃霍尔早上起来习惯给他的前助理帕特·哈克特打个电话,闲扯一通他前一天都干了点啥。她会"事无巨细地"记笔记,趁"安迪的声音还在我脑海里萦绕时"把笔记打在纸上。这就是我们现在看到的——八百页(五十万字)的安迪之声。

不知为何,这种形式竟然颇有效果。"彼得·博伊尔和我猜是他的新太太来过了。""玛丽娜公主(我猜是希腊的)来吃午饭。""内尔好像把衣服脱了。""雷蒙德在外面给大卫·霍克尼当肖像模特——他打个飞的来就为了当模特。"哈克特小姐的编辑让人觉得细致又有爱,但又很正确地没有过度的保护欲。读了一会儿你就会开始信任这安迪之声——

犹犹豫豫的嘟哝，含含糊糊的胡话。《安迪·沃霍尔日记》似乎正是以平淡见长；在日常琐事的消耗中，"小人物"（nobody）和"大人物"（somebody）合而为一。

与此同时，书里出现的"大伙儿"（everybody）之中并没有等闲之辈。"我们去了54工作室，大伙儿都在。""有些地方只有无名小卒。""每个人都有点儿名头……颁奖后大伙儿都来了。费·唐纳薇和拉寇儿·薇芝和大伙儿全来了。"但大伙儿都是些谁呢？或者说，除了大伙儿之外的都是谁？大伙儿有娄娄·德·拉·法莱兹、莫妮克·范·沃伦、三宅一生、佩波·瓦尼尼、布鲁诺·比绍夫贝尔格、圣·斯伦贝谢、苏西·法兰克福、洛基·康弗斯、爱丽丝·古斯特莱、唐·美罗、韦·邦迪、埃斯梅（·马歇尔）、维瓦①、"紫外线"②、廷克贝尔、特丽·托伊、戴安娜·布里尔、比利·纳姆、约瑟夫·帕普、波·波尔克、吉姆·戴恩、马克·里奇、尼克·拉夫，还有约翰·赛克斯。

同理，安迪也到处跑，当然去的都不是等闲之地。他去波道夫·古德曼奢侈百货店的自动扶梯启用仪式，参加胡里奥·伊格莱西亚斯的生日派对，去棕榈滩参加冰淇淋店开张，为某个"事儿"（"thing"是安迪常用的词儿）去绿苑酒廊——宣布唐·金接管杰克逊乐队的经纪业务，去华尔道夫酒店参加芭比娃娃庆典，给麦当娜模仿比赛当决赛评委，以及给裸乳大赛当裁判。你很难想象安迪会拒绝什么邀请。美国大通曼哈顿银行的消防通道整修？长岛市泳装大赛的预赛？当然，也有无所事事

---

① Viva，本名Janet Susan Mary Hoffmann（1938— ），美国女演员、作家，安迪·沃霍为她取的艺名，将其列为其全盛时代的工作室"工厂"旗下一员。
② Ultra Violet，原名Isabelle Collin Dufresne（1935—2014），法国艺术家，安迪·沃霍全盛时代的工作室"工厂"的众多巨星中的一位模特，曾是达利的弟子。

猫王和安迪：美国男人　41

的日子。比如 1981 年 10 月 19 日无精打采的记录："得跟楼里的人套近乎，跟他们喝了香槟。"还有 1980 年 9 月忙碌中的间歇："我努力地想看看电视，但是啥好节目也没有。"唉，可真够努力的。如果你也努力一下，就能让安迪的生活听上去惊心动魄："我拿到了票……咬掉蝙蝠头的摇滚小子"；"刘易斯·艾伦带着人体模型师来过了，要给他的话剧做一个机器人版的我。"但事实上每天都是老调重弹。他偶尔会染眉毛，或是读某位老影后的回忆录，或是看电视追星（《荆棘鸟》[The Thorn Birds] 或《我爱露西》[I Love Lucy]；这可是在一周里三刷《油脂2》[Grease II] 的人呐）。时不时在新闻上露一小脸也不是坏事，哪怕不是真的："自由女神像有个派对，但我已经在官宣里读到我要去，所以我感觉已经去过了似的。"

在日记覆盖的那些年里（从 1976 年到 1987 年沃霍尔去世），地球照样转，但安迪的自我沉迷从未动摇。改变世界史的大事件只会被提到一两句，接着很快被八卦和抱怨淹没。这倒不是说安迪对时事无动于衷。1986 年，美国空袭利比亚严重干扰了他正在做的一档电视直播节目。1985 年阿奇里·劳罗号游轮劫船事件[①]引起了他的注意，因为现在"大家都会去看《爱之船》(The Love Boat) 了……我也参演了一集呢"。伊

[①] 阿奇里·劳罗劫船事件（Achille Lauro hijacking），1985 年 10 月 7 日，4 名来自巴勒斯坦解放阵线（PLF）的男子挟持了这艘来自埃及的客轮，当时游船正从亚历山大航行至塞德港。劫船者劫持了所有的乘客以及船务人员，命令该船航行至叙利亚塔尔图斯港，并且要求释放以色列监狱中的 50 名巴勒斯坦囚犯。当船只遭到拒绝入港时，劫船者立即杀害了一名坐轮椅的乘客莱昂·克林霍弗（Leon Klinghoffer），劫船者将他的尸体丢入海中，之后客轮便获准进入塔尔图斯港。经过两天的谈判后，劫船者同意弃船而改搭乘埃及客机飞往突尼斯。——引自网络，略有改动

朗国王下台时,他想到的是一件委约作品泡汤了("晚饭时伊朗人告诉我画国王的眼影和口红时不要太用力")。安迪就像贝娄笔下的西特林①一般,对他而言,历史是噩梦,他要努力在噩梦里睡个好觉:"有个变态问我们怎么看伊朗的折磨,宝莱特回答:'听着,瓦勒连·里巴尔②此时此地在纽约折磨着我呢。'他是她公寓的软装设计师,她在抱怨已经拖了一年了。"

时移世易。安迪比旁人更有资格反映他生命最后十年的退潮以及社会上日益增长的不信任。1977 年,他还能说一个女性服装设计师"她行为举止像个女商人,白天不嗑药";但到了 1987 年,不光只有安迪喝着巴黎水吃四分之一片安定了。在书的半中间,艾滋病第一次出现了,那是 1982 年 2 月,这病被叫做"同性恋癌"(与"正常癌"区别开来)。到了 1985 年 6 月,它成了"你知道我说的是啥"。日记清晰地展现了反主流文化的超验性,它最终与自我、与身体割席。安迪已经是个重度疑病患者(1968 年他被一个曾经参演过他的地下小电影里的女人开枪打伤了),在美容课、营养学、胶原蛋白、指压疗法、水晶学、运动机能学及其他奇谈怪术之间兜兜转转。到了 1986 年 12 月,艾滋病又被怪异地称为"魔法病"。

要否定安迪·沃霍尔,工作量大,也不值得。他自己都没把自己当回事,也没把任何事当回事。但值得指出的是,对于艺术,他从来没有说过任何有趣的话(就连不荒唐的话都没有)。他会提到自己有了"一个艺术好点子",或是出席了"一场艺术圈派对";也会说"艺术现在

---

① Charlie Citrine,索尔·贝娄《洪堡的礼物》中的人物。
② Valerian Rybar(1919—1990),美国著名室内设计师。

挺热的"。"我们谈论艺术,"他说,读者这时探身想仔细听他对艺术的高论,结果他接着说,"托马斯说了他买毕加索画的事,他花了六万美元从宝莱特·戈达尔①手里买下,拿去给毕加索的一个后代看,结果他们说是假画。他说宝莱特跟他过不去,特别难'伺候',但把钱还给他了。"

书里全是此类水平的话。安迪的经纪人告诉他"别把老年人的皱纹抹掉太多"。还曾有一场研讨会,讨论桃莉·巴顿的美人痣是时髦还是过时了?"我想把它拿掉,但他们要留着,于是我电话鲁珀特(安迪的丝网版画合作人),告诉他美人痣又流行了。"皮娅·扎多拉想买张画,"如果她老公的私人飞机能装得下她就带走,所以他们正在量尺寸"。其余都是些零零散散的汇报,他的名流朋友马龙们、玛丽莲们、利兹们、埃尔维斯们都在买什么。当沃霍尔得到金宝汤罐头的委约后,对他的个人崇拜也达到了巅峰。这令他烦恼——"二十年后的我还得站在金宝汤罐头旁边"——他并不怎么欣赏这种不对称。艺术家曾经敦促我们要重新审视日常物品,沃霍尔现在成了畅销货的商业肖像师。"算上我干的活和宣传效应,应该收他们二十五万美元的。"

简单来说,安迪对钱的态度有点儿滑稽。通观日记,他认真地记录每样东西(能到手的东西)的费用,起先这些括号里的价格标签看上去怪怪的,第一页就有"打电话问路(电话费一毛钱)",但很快我们就适应了。安迪的蟹汤花了六美元,防弹衣花了二百七十美元。"她说马特不理解她(晚饭连小费花了六百美元)。""喝酒聊天望野眼(一百八十

---

① Paulette Goddard(1910—1990),有译为宝莲·高黛,好莱坞传奇女星,曾与查理·卓别林结婚,出演后者的电影《摩登时代》。

美元）。"钱总是让人看上去不怎么公平。安迪请格蕾丝·琼斯吃饭，但其实她可是给他赚了不少大票子。"我去教堂，正跪着祈祷上帝给我撒点儿钱，一个拎着菜篮子的女人走进来问我讨钱。她本来想要五美元然后涨到了十美元。跟维瓦似的。我给了她一个硬币。"嗯，他可以更恶劣的，比如这样说："我给了她一个硬币（五分钱）。"

沃霍尔的势利眼包含方方面面：名气、颜值、体重、身高和年纪。等到他自己老了、病了，被迫在中年同性恋的沙漠里四处乱逛。心智幼稚的他变得多味十足。他的单相思永远得不到回报："现在回头看，我猜我故意不去看那些我不想看的东西。什么时候是个头？人会学聪明吗？"到他生命尽头，不再有邀请函，摄影师对他视而不见，别人不再回他的电话。"我喜欢丑人。真的。反正丑人跟漂亮人儿一样难请到——连他们都不想理你了。"

他最讨人喜欢的时候是跟小动物在一起时。但即便如此，他还是习惯性地容易受伤、容易生气："我带上所有过期的面包去公园喂鸟，但它们没过来，我恨死它们了。"他有两条腊肠狗，阿莫斯和阿奇。一个下雨天，他回家发现一条狗把他的床弄湿了。"我打了阿莫斯一顿。"最恰切、最好笑也最不可救药的是，迪士尼电影剧组问他最喜欢哪个迪士尼动画角色，"我说：米妮老鼠，因为她能帮我跟米老鼠搞好关系"。

《纽约时报书评周刊》1989 年 6 月

噩梦种种

《飞来横祸：挺过核时代的第一个世纪》，罗伯特·麦克纳马拉著
Blundering into Disaster: Surviving the First Century of the Nuclear Age by Robert McNamara

我们经历的世界大战让人身心交瘁，但世界大战如何开始却只限两种模式：萨拉热窝式和慕尼黑式，前者是关键性事故，后者是无法缓和的精神错乱。在一个现有超过五万枚核武器的星球上，纯事故和纯精神病都不太可能引发第三次世界大战；正如罗伯特·麦克纳马拉的书名所言，更可能的是某种混合。唯一能快速触发核打击的正是对核打击的恐惧。你绝不会先动手，除非你认为敌人马上要先动手了；在危机中，他总是看上去要先下手为强，你也一样。撒切尔夫人将天下无核的想法斥为"危险的梦想"。实际上这恰如其分地描述了世界的现状。

应该提前说一点，这本书几乎没写什么新东西，但它显得有分量，其权威感并非来自麦克纳马拉的文字，而是来自他的身份——他曾担任肯尼迪和约翰逊政府的国防部长。书到了三分之二处，就开始了附录、词汇表、笔记、致谢和索引。注解部分的信息你在别处也能获得。更叫人惊讶的是，本书大部分的信息你都能从别处获得。它说了什么不重要，重要的是谁在说。

要想看大国权斗的段子和地缘政治上的失言，这本书肯定不是你的

菜。麦克纳马拉带我们到幕后，但官腔官调又急着完事，好像带旅游团参观五角大楼。的确，我们偶然瞥见或无意中听到醉醺醺的约翰逊接到危机热线时说："见鬼，鲍勃，出什么问题啦？"（问题是1967年6月的中东。）的确，我们在"那个美丽的秋日夜晚"跟着麦克纳马拉上了他的车（1962年10月27日：古巴），他担心"也许活不到另一个星期六了"。第三次核危机是1961年的柏林（这回没有任何一方想开战），在一页半的篇幅中一晃而过。没有椭圆办公室里的僵局，也没有战情室的神经紧张。

剩下的"知情人"内幕也因为公开出版而谨慎处理了，麦克纳马拉出场时总是庄重而沉着。"那个时间点上，我对总统说……"两百字滴水不漏的麦克纳马拉式措辞之后，"总统接纳此建议作为脱困的办法"。要么是："我反对空军的建议。肯尼迪接受了我的判断。"1962年，记者斯图亚特·阿尔索普请麦克纳马拉评论中央情报局提供的苏联正在加强导弹发射基地的证据，麦克纳马拉拖长声音慢吞吞（这是全书难得一见的亲密瞬间）地说："斯图，我从不评论与CIA相关的信息。但让我这样说：如果苏联在加强导弹基地，那真是谢天谢地。"数位国会议员立刻要求麦克纳马拉辞职。他们根本不懂，核威慑（deterrence）要求一种相互性的保证（reassurance）。麦克纳马拉在任上也犯过小错，但他能迅速依靠直觉摸索到一些不寻常的核现实。

当时的先见之明如今已经是共识基础，本书也只是一本不错的入门手册而已。有些要点很新鲜，或尚有新意，我们要感谢他指出了所谓的美国"天使化"——意志坚定地认为自己没有错。据卡斯帕·弖恩伯格说，苏联人"清楚地知道我们绝不会先动手攻击苏联"。他们怎么知道？是因为里根曾经说过"我们比那些恶魔更尊重生命"吗？麦克纳马拉写道，现任政府认为："苏联可以信任我们。不过与此同时，我们制定战略防御计划的首要理由是我们不信任他们。"麦克·马奎尔提出的"认知失调"在这里很有意义。里根和戈尔巴乔夫也许奏响了友善的序曲，但他俩也都为"敌方的"人民准备了海量炸弹。哥斯拉碰上黑湖妖怪也会签份长久和约。

在篇末，麦克纳马拉提出了"最低限度的核威慑"作为和平度过接下来五十年的路径。一方五百枚核弹，多了少了或是隐瞒都会导致失衡。呃，这个数目依旧相当于炸平广岛三万次，外加也许一百万次切尔诺贝利核泄露。很快他又被迫承认"核战略的重大改变需要得到美国人民和北约成员的支持"。换言之，人们需要进行意识的革命。直觉告诉我们革命得从基层开始，但上层的贡献也有特殊的价值。麦克纳马拉和一批杰出的政治家、战略家和军人一起，从危险的梦中醒了过来。有他们在，意识的革命似乎更是一种良知的革命。危梦只会随着职业生涯的结束而结束。罗伯特·杰·利夫顿[①]将这种征候称为"退休智慧"。

乔治·布什在1980年兴致勃勃地谈到核战时说："只有这样才能有赢家。"麦克纳马拉说："作为一个面对过核战可能的人而言，我无法理解这种话。"这最后的评语完全可以再写一本书，不过麦克纳马拉没有这么做。也许拥有过那种权力的人永远不会写那样的书。排斥也是相互的，核政治总是扼制人性的声音。这就是为何我们听戈尔巴乔夫的话（他认为核处境从本质上说是幼稚的）总是充满困惑。也许我们不应该

---

① Robert Jay Lifton（1926— ），美国心理学家、作家，以研究战争和政治暴力的心理原因以及思想改革理论知名，代表作有《纳粹医生：医学屠杀与种族灭绝心理学》等。

问：他是认真的吗？也许我们应该问：他是历史的必然吗？

《观察家》1987年6月

《主保确信：与得克萨克州阿马里洛的导弹安然共处》，A.G. 穆杰塔巴伊著
Blessed Assurance: At Home with the Bomb in Amarillo, Texas by A.G. Mojtabai

穆杰塔巴伊的主题是"核现实和宗教观的交集"；她指的不是教宗通谕、主教致信或其他内心困扰的圣徒的温和行动，她指的是美国原教旨主义，那些重生派基督徒，他们把核毁灭刻在日历上，并以最大的热忱期待这一天的到来。当美国人无法理解别人时，他们会说"去理解别人"。至少穆杰塔巴伊小姐做了一次尝试。

她去了得克萨斯州的阿马里洛，一个地势狭长的铁路终点镇，这里有骤发洪水、尘卷风和极风。阿马里洛经历过起落浮沉，现在牢牢守着好不容易得来的繁荣。本地经济的四分之一依赖于潘特克斯（Pantex）——全美核武器的最后组装线。这里，军备竞赛"对生意好"，"对阿马里洛好"。潘特克斯也让阿马里洛成为苏联导弹的"一级、二级和三级目标"，并且可能成为核事故、恐袭等等的牺牲品（补充一句，阿马里洛正打算成为核废料的"容器"）。潘特克斯的座右铭是：我们潘特克斯人坚信和平共处的基础是强到别人打不过。

在进城的路上，大标牌上写着："阿马里洛，我们就喜欢我们这样

的。"不禁让人怀疑，这些喜欢自己而且喜欢说出自己喜欢自己的人，很快就会说他们不喜欢你这样的。不过没多久，穆杰塔巴伊小姐就用温柔不懈的盘问、无可挑剔的女性气质（以及她身为小说家的观察和聆听）让镇子敞开了心扉。阿马里洛像任何一座美国小镇一样敞开心扉，慷慨、真诚、充盈着集体的精气神。它有各种糕点促销和儿童俱乐部；周日早上有"快乐大巴"送小孩去教堂。就连潘特克斯厂里，也有献血活动、拼车活动，员工有教育经费，还雇了不少不是白人的员工呢。

一个本地人说："在那不勒斯，没人会担心维苏威火山。他们习惯了。"阿马里洛人也不会"担惊受怕"，相反，他们过得可舒心了。潘特克斯的经理杰克·汤普森业余给少年棒球联合会当教练，在儿童中心帮忙，他从每天一小时的"甜蜜劳动"①（帮妻子跑腿干活）中抽空给穆杰塔巴伊小姐说了苏联渗透美国育婴房的事儿（用假护照的婴儿）。朱迪·玛穆以前当过妓女，现在成了福音派，她有一套倾向性极强的说辞针对红/死联盟："如果你红（Red），你就死定了（dead）。"赤色分子死了就是死了，但朱迪·玛穆死了就是"回家"和"在天堂跟上帝在一起"。节日会堂的牧师罗伊斯·埃尔姆斯把1988年定为世界末日，但也买了人寿保险——"万一上帝耽搁了呢"。他的早场或午场布道专讲"成功原则"，《圣经》就是这么说的（"上帝不会容许失败"）；晚场布道全是末日决战——大灾难、基督再临、信徒升天。

世界末日的布景既不是耶罗尼米斯·博斯的画，也不是迪士尼。就在（核）大火毁掉地球前，基督再临提送信徒升天。信众成了宇航员，以每秒186000英里的速度迅速飞向天堂。在地球上，生活照旧，但你会

---

① honey-dos，美式俚语，也有简写为Honeydo's。

注意到身边虔诚的人都不见了,这可不是好兆头。反基督者很快掌权,要么通过联合世界教会,要么通过一帮大企业,也有可能通过欧共体。

接下来就是核灾难。七年后基督复临,在以色列的米吉多山附近的大决战中打败撒旦。在疮痍、血海、大火、黑暗、干旱和污秽之灵之外,还有第七重上帝的愤怒"倾泻而下"——可能是核爆之后的放射性坠尘吧。然后是进一步筛出不信上帝的人,撒旦被缚,一千年后再度反叛又注定失败。然后是新的天堂与人间。

《主保确信》的大部分内容在分析人类编造出的最丰富也最详细的胡话。不过读着读着,这种现象越来越眼熟,它不就是宗教嘛。对不真实的安慰的不真实追寻,为稀奇古怪的苦难设置稀奇古怪的回报,一种想象(或夸张表现)无法想象之事的方式。在这里,宗教适应了核现实,其结果看上去很荒唐。但一切适应了核现实的东西都会看上去荒唐——或丑陋、或疯狂、或只是异常地微不足道。

穆杰塔巴伊小姐生动地描写了自己对财富的尴尬,或者说是对尴尬的尴尬。她并不喜欢对人类的愚蠢幸灾乐祸,她在书末伤感无望的结论也恰如其分。毕竟,在这种恐惧和欲望的大漩涡中,武器是唯一客观的现实——武器,还有青铜时代游牧部落的圣书。看看这两句话:

1. 我读过《启示录》,是的,我相信世界会走向终结——希望是上帝的意志吧——但每天我都在想着快没时间了。

2. 我翻回《旧约》去读古老的预言,还有预示末日决战的迹象,禁不住会想——我们这一代人是不是就会看到末日来临呢?

要是这些话出自什么教士神父或乔叟式的贩夫走卒之口,或是什

噩梦种种　51

么蠢货把它印成海报挂自家墙上，或是"重生教"马戏团的杂耍牧师说出来的，我想都没什么稀奇的，但说第一句话的是美国国防部长卡斯帕·温伯格，说第二句的是罗纳德·里根。

《观察家》1987 年 1 月

《铁锹管够》，罗伯特·希尔著；《捍卫领地》，

阿伦·查尔方特著；《新马奇诺防线》，乔恩·康奈尔著；

《核世界中的星球大战》，祖克曼勋爵著；

《星球战士》，威廉·布罗德著

With Enough Shovels by Robert Scheer; *Defence of the Realm* by Alun Chalfont; *The New Maginot* Line by Jon Connell;

Star Wars in a Nuclear World by Lord Zuckerman;

Star Warriors by William Broad

对付核导弹的最佳时机是它尚未发射之时，还有机会通过谈判或更宽泛的外交手段去处理。对付核导弹的最差时机是它以每秒四英里的速度朝你飞来。这种情况下，可能只有一个赢家：核导弹。但战略防御计划（SDI）[1]或者星球大战的错误，要比那糟得多。它预设了一种绝望或灾难性失败的情势，身处这种情势下的每个人都已经"完了"。它预设了核战争。门外汉可能会耸耸肩说："啥事儿都有可能出错嘛。"但这事

---

[1] SDI（Strategic Defense Initiative），亦称星球大战计划，美国在 1980 年代研议的一个反弹道导弹军事战略计划。

儿可不是其他事。人类历史上第一次整出了一种能消灭一切第二次机会的武器，所以绝对不能出错。

你可能读了大量支持战略防御计划的文献却没有读过任何对该计划或此类文献的评价。若是读过反方的文献，你本来略带怀疑的小嘀咕会变成不信任的咆哮。战略防御计划的拥趸允许太空防御成为有史以来最复杂、最昂贵的项目。可就算总统打个响指就能做到，它也不值得拥有。它从头到尾就是个糟糕的主意，糟糕透顶。战略防御计划能得到如此大力推动真是个谜，比 X 光或粒子束武器的原理还要谜，我们等会儿再来解谜。先看历史背景。

作为核沙文主义者的罗纳德·里根参加大选并获胜。(在签署中程核力量条约[①]后)里根被极右翼斥为苏联"有用的傻子"，其实他才是极右翼多年来操纵的有用傻子。他的幕僚和副总统时常大谈特谈"赢得""大胜"一场持久的核战："会很可怕很混乱，但不会失控"；"核战是毁灭性的，但很大程度上仍旧是一个物理问题。"

罗伯特·希尔的《铁锹管够》(1982)中收集了大量这样的言辞，叫人毛骨悚然。里根政权的早期鲁莽在当时就有争议，现在已经被大部分人忘却，或被解释为里根本人的少年轻狂(比如他挂在嘴上的"获胜能力""占上风"等等)。同样的论调笼罩着中程核力量条约。大报的社论现在说戈尔巴乔夫终于对里根的最初提议"回心转意"。但最初的提议是针对戈尔巴乔夫的前任们，本来就不诚心，提出的基础是从来不指望被接纳。在欧洲的新部署从军事上说无足轻重，只是展示政治意志而

[①] INF (Intermediate-Range Nuclear Forces Treaty)，冷战期间，美国与苏联之间签订的促使双方销毁中程弹道导弹的公约。1987 年 12 月 8 日由时任美国总统里根和苏共中央总书记戈尔巴乔夫作为两国代表在华盛顿特区签署，1988 年 6 月 1 日正式生效，于 2019 年 8 月 2 日正式失效。

已。同时，里根委任了反对军控的人物担任军控要职，谴责苏联是邪恶帝国，并开启了世界历史上最大型的军备竞赛。

尽管有人事后诸葛地声称战略防御计划是对苏联明显领先的迟来反应（所谓的"战略防御差距"），1983年3月总统的"星球大战"演讲，造成除美国战略小圈子以外的大面积恐慌。里根提出战略防御计划是逃避威慑的途径：保护人们免受核武器的伤害。里根的专家幕僚立刻告诉他这是无法达到的。于是战略防御计划又被吹成是加强威慑的途径：通过核武器来免受核武器的伤害。

尽管政策变卦丢人现眼，但这观点毫发无伤。的确，哪怕后果不佳，初衷也能下意识地持续为之提供合理性支撑。1986年6月，里根还在循循善诱"保护我们受核弹侵略的防御就像家里遮风挡雨的屋顶"。"你们难道不想在核弹威胁下得到保护吗？"乔治·舒尔茨（时任美国国务卿）这样反问电视主持人——不是在1983年，不是在1986年，就在前几天。尼克松上台后，他发誓要给癌症找到解药。几十亿花掉了。里根发誓给核武器找解药，他对预防类药物肯定没兴趣。最好的情况，他给我们提供了一场外科手术狂欢，最差的情况，就算高效的尸体处理吧。

1983年的演讲有许多异常状况，其一是里根说战略防御计划会为大型军控计划"铺平道路"。事实上战略防御计划阻碍了大型军控。里根在位时阻止了《全面禁止核试验条约》，退出了"第二阶段限制战略武器谈判"；战略防御计划让《禁止核试验条约》《外层空间条约》和《反弹道导弹条约》寸步难行。苏联违反条约时，会被称作"触犯"；美国违反条约时，就叫"倡议"。阿伦·查尔方特糟糕透顶的新书《捍卫领地》满意地称战略防御计划是"一种全新的取径"。

战略防御计划指向的是另一方向：那条路的路标上写着大大的"更

多"。它还指向上方的太空——新的无边竞技场。查尔方特大人不担心太空军事化,因为他说太空"已经"军事化了。这就像停止担心臭氧层损耗因为臭氧层"已经"受损了。换个词语让吹毛求疵的人无话可说,这就是为什么苏联要用"武器化"来指太空。这些武器许多将以光速飞行,全部都有攻击能力。预警期将大大减少,全体人类根本没有机会参与"决策环"。无人应对此感到安心,哪怕罗纳德·里根也不例外。

威慑理论有个漏洞,这洞已经大到离谱,难看至极,简直让人不屑于指出。一旦到了要动用核武器的地步,等别人先动手没有任何意义。双方都会选择先下手为强,战略防御计划只会增加压力。太空盾对抵挡第一波打击毫无用处(对轰炸和巡航导弹也没用),至多抵御一次蹩脚的反击。苏联会害怕这种场景,并且会因为害怕而行动。战略防御计划并不能提升威慑,只会让洞变得更大。它提升的是先动手的可能性。

在头十分钟里,总统的想法听上去简洁明了棒棒哒。再听,它就不那么简洁了,也不那么棒了。那么这想法是怎么流传下来的,到底有什么吸引力?乔恩·康奈尔的新书《新马奇诺防线》令人信服地论述了一种征服了美国人的前沿技术狂热。祖克曼勋爵的《核世界中的星球大战》提到"物理法则臣服于……政治态度和对科学突破的可控性的历史信念"。威廉·布罗德在《星球战士》中为我们展示了核武专家:一群不切实际的、不平衡的低能特才,受到好胜心、个人野心、小儿科式反共情绪和光棍集体精神(esprit de corps)的感召。此书中的战略防御计划展示了其最粗笨的形式:把苏联整穷;赢了军备竞赛,就赢了战争。

乌托邦思想和卑鄙的骑墙派的怪诞组合在总统身上得到了最佳体现。里根喜欢这主意,部分因为这是唯一一个他这辈子自己想出来的主意,也因为它呼应了他对美国人和美国制度优越性的信念。核资本主义

噩梦种种

必须永远优于核共产主义。他的总统任期里几乎什么都发生了。总统健康堪忧加上第一夫人的抱负，给了我们中程核力量条约。但其更重要的遗产是战略防御计划。

"梦想"或"远见"这种千年大计成了里根政府的忠诚度测试。说它是千年大计有几方面原因，首先是字面上的，它远到公元2000年；更模糊的原因，是它与里根坚信的《启示录》和《以西结书》中记载的末日同步。它还假设邪恶必将消亡，善必将胜利。

且来看千年告别演说。核导弹被战略防御计划的激光、智能火箭弹和杀伤性射线"击落"后会怎样？一些会落地，一些会核爆，一些会"传统"爆炸，然后钚会散布到大气中。它会在二百五十个千年（或两千五百个世纪或四分之一个百万年）中保持致命的毒性。要是人类还能留下什么科技，就得收拾这烂摊子。也许得有种什么太空盾吧。①

《观察家》1988 年 1 月

---

① 民主、共和两党都支持战略防御计划（亦称 NMD——国家导弹防御系统），民主党不情不愿，共和党欢呼雀跃。事实上美国已经深陷其中，对这种情形的解释既有种怪异的后现代感，也有怪异的里根感。在政治层面你已经不可能去告诉美国人民无法得到那些（民调令人不安地揭示）他们相信自己已经得到的东西……冷战的胜利部分是里根的遗产，但你没法真的说那部分是他的成就。他第一任期内不计后果的好战到第二任期调整成了外交上的"强硬"。他的政策可能促使苏联解体提前了一两年。你甚至可以说他对核武器的激进态度源于一种真诚的反感——于是热烈响应了戈尔巴乔夫的"零选择"方案。但也许那种反感得到了南希·里根的加持，我们现在才知道，这位不成功的女演员才是 1980 年到 1988 年领导世界的人。——原注

你最喜欢哪样?

《论坛精选》,亚伯特·Z. 弗里德曼编
The Best of Forum edited by Albert Z. Freedman

由于《论坛精选》[①]是一本随笔和通信集而非专论,书评人的任务主要就是列数,提示读者他们可能会对哪些部分感兴趣。在约稿文章里,性冷淡、阳痿、早泄、维生素 E 的助勃功效、阴蒂高潮的危害、精管结扎、老年性生活、自慰技巧——都得到了《论坛》杂志的性学家们的充分讨论。阴道高潮被斥为老朽的神话;男性被建议延迟插入(女性应该监督),直到女性快要达到高潮时;千万别不好意思向伴侣吐露不同寻常的欲望、幻想、需求。撰稿人们不时陷入油腻的"一起来"腔调("你也试试我的'一夜情'疗法?"),也时常通过不拘小节地提及"古老的生殖仪式"来加强自己的人类学权威感,但总体来说,他们还是比较经验主义,不急不慢。

比较深奥的文章有《阴茎尺寸:女人到底怎么想》(她们觉得她们喜欢大的);《谢谢款待》讲的是组织性派对,但这标题"Thank You For Having It"里的"it"听上去既冰冷又不健康(地板上都是你们扔的床垫

[①] 《论坛》(*Forum*)是成人杂志《阁楼》的子刊,1968 年创办,副标题是"人类关系的国际期刊",内容以读者来信、健康、心理学和社交为主。其读者来信问答栏目尤其受欢迎,本文评论的就是该栏目的精选集。

和"凡士林之类的必备品");还有《性狂欢、鲷鱼、布丁和派》,作者是珍妮·"群交"·法比安,听上去简直像地狱(法比安小姐"需要身边有很多爱")。读者被要求完成一个叫"你能性感到什么程度?"的小问答;你们的书评人得分相当性感,但被马丁·谢泼德博士认为还不够双性恋。的确,彻底的、坚定的天主教信仰是几乎所有问题的关键。如果它兴风作浪,说明你该睡了。

当然,《论坛顾问》《论坛》本身的通讯往来是该杂志的核心;这里(我们觉得)有耄耋老头的异装癖、小尺寸露阴癖、手铐地牢艺术家。一个年轻妈妈发现自己的性生活得靠给(已经十几岁的)儿子喂奶(编辑部回答得很有道理:"很明显,你光着身子一边喂奶一边自慰,跟孩子的饮食需求毫无关系。")。一个露阴癖发现他只有向阿拉伯人露阴时才有用("我已经对所有来我公寓送快递的非洲人露过了")。一对夫妻在六九式时会呼吸困难(买了一个水下呼吸管后顺利解决了问题)。还有家长想知道怎么让小孩早早学会花式自慰("强尼,如果让我逮到你没有用很多种方法打飞机……")。诚然写这些信的是不正常的少数;大部分人则懵懂无知:书里充斥着对正常无偏见观点的愚笨抨击、想象中创伤的讥嘲重演、勇敢地反对压抑和孤独等空谈的现象。

马萨诸塞州牛顿市的 M.W. 写道:"你打算怎么感谢一本不用哭哭啼啼就挽救了你的婚姻的杂志呢?"真是个好问题。自然了,所有《新政治家》的读者都能带着一种舒适的反讽去翻翻这本书。但如果那些信是真心实意的(尽管那些病历听上去像讲故事,而且自曝问题也太老实了),我们就得承认阿尔伯特·艾利斯医生的说法,"《论坛》直截了当的方式,及其不害羞不害臊的精神,为之注入了异常生猛的公共力量"。

很自然地，自由解放的社会也会趋向于自身的招牌式平庸，这本书正是该趋向的体现。

《新政治家》1973年9月

《做爱：情欲奥德赛》，理查德·罗兹著
Making Love: An Erotic Odyssey by Richard Rhodes

我以为性是个很热门的话题，但理查德·罗兹在《做爱：情欲奥德赛》的前言里写道："很少有人挺身而出写下那些亲密体验，除非躲在小说的面具后。"难怪他的参考文献少得可怜，就是因为这。为什么没人挺身而出写，肯定事出有因，因为人人都挺身而出在讲嘛。对写一本像《做爱》这样的书的大面积恐惧也能算充分的理由吧。

罗兹继续说："小说没什么不好，但用小说作为伪装会让亲密经验的独特感消失殆尽。"这观点真是错到离谱。在好的小说里，个体和宇宙是无缝衔接的。在真实生活中，性会削弱人的个体性，让我们只剩下一些寻常可见的私人怪癖和禁忌。无论怎么看，罗兹这书给我们的都是瀑布般倾泻的尴尬。《做爱》是本热辣的书，没错；可惜热气都在腋窝里。

书一上来就是破处。土里土气拿着奖学金上耶鲁的大学生蹑手蹑脚走进一家本地妓院。一切都很"温柔"。因为这是"事实"（"它发生过"），罗兹先生给了自己陈词滥调的自由（就连最不济的小说家都不至于这么写）："我的心开始狂跳。我充满渴望。但我也害怕……加茜的

身体是女人的身体,既慷慨又真是……我躺在床上满心欢喜,与宇宙同在……那是春天,我腾空跃起,在空中用脚后跟击掌庆祝。"我们惊讶地发现,妓女加茜是个好心人儿(也许她只对他好,对她平时接待的那些老年醉鬼们就没那么客气了)。但加茜"真的"是陈词滥调。那么罗兹还要干什么——除了继续给我们陈词滥调?

接下来是自慰、学校里的同性实验、还有一些波澜不惊的滥交。但写到和女生的经历时,"我会恐慌到凝固",罗兹先生写到这里,深怕读者看不明白,还用了明目张胆的直喻,"像一头鹿被开过来的卡车大灯突然照到"。一路上他搞砸了几次绝好机会,至今仍在惋惜那些功亏一篑:"那就是我说的错失:每个她都别具一格,独一无二,在我怀中躺过的那些个体的集合令我陶醉。"每当罗兹先生变得感恩和恭敬时,你就得把句子读两遍,哪怕你根本连一遍都不想读。

接下来是神秘的女性性高潮。罗兹先生写的《制造原子弹》(*The Making of the Atomic Bomb*)得过普利策奖和美国国家图书奖,目前为止他的形象是性生活十分健康,但你禁不住会希望这本书是由一个有趣的性卢瑟写的——比如有食粪癖的养猪农夫或是有施虐受虐狂的殡仪馆经理。尽管罗兹先生的比喻或名言里自带土味沙文主义("像熟李子般肉质丰满""总捣鼓一件事儿""蹦跶得跟野马似的"),他总是想方设法让我们知道他是多么政治正确。比如,"我首先且首要将我的伴侣视作一个人";或者"我尊重女性,并身体力行";或者"利用别人对我来说不那么容易"。不用说,这些清醒的公开声明听上去多么紧绷。读者总想看点儿忏悔啊自曝啊,因为一个(性感的)人的真实性事总是偷偷摸摸、见不得人的。这就是性感的定义啊。

终于我们等到了那个时刻,在床上,有时会以这样的问题开场:

"你最喜欢哪样？"来了来了，暴露癖好的时刻来了。奇怪的是，《做爱》也在无意中变得有趣了。如果说前半本书读上去像原始的自传体小说（想象一下《波特诺伊的怨诉》[*Portnoy's Complaint*]被抹掉所有的才情以后读上去是啥感觉），那么后半本就像狡猾的"无意中泄露"的戏剧化独白，叙述者也不怎么可靠。这可真是自相矛盾。在努力真诚、努力自曝失败后，罗兹先生终于暴露了——不过他自己并不知道。

作者透露自己满脑子性事，必须给这种执迷找到一种多少可控的秩序感。他说自己写一本关于性的书是为了分享和帮助，但更有说服力的理由也许是他觉得很难去想除了性之外的任何事。我们看到罗兹先生用整整十九页的篇幅详细描述了他几乎每天都要对着毛片打飞机。他按部就班地取出凡士林、录像带和遥控器，"我在沙发上铺好双层床单，我会工作，会出汗"。工作？好吧。没多久，书里的罗兹先生就成了性治疗产业的兼职打工人，当枪手写了本书叫 ESO（副标题是"爱侣们的欢愉新保证"；"你和你的爱人如何给对方长达数小时的性高潮"），不但愚蠢且有害地相信："性无非是一种技巧。"

读到现在，罗兹先生还像个麻袋里的甜心[1]，过于热心地乐于助人、推心置腹。本书最后也是最长的一章记录了他与现在的伴侣"G——"的关系，习惯性地贴眼球大特写。他们的性生活从一开始就好得令人尴尬，在"延长高潮"的神庙里直上九霄。到了这个阶段，他们的性疗程（"我们为 ESO 训练焚香沐浴，'对彼此的感官按摩给予言语反馈'"）听上去像某种新式的超自然牵引术。我们只能偷懒地假设面目模糊的

---

[1] 英谚"麻袋里的猫"（cat in the sack）比喻挂羊头卖狗肉，"猫从麻袋里跑出来"表示骗术被拆穿。这里用"麻袋里的甜心"表示罗兹只是表面上甜而已。

G——也同样投入。

可惜不是。书的最后三页里,我们读到G——憔悴地自陈她根本不想要每天下午高潮十四次。罗兹先生生气极了("我这辈子没有这么生气过"),不过大家可以预见他很快就平静下来,为了书结尾几段的正能量。"伦纳德·什哥尔德①写过,你不能什么都要……管够就行。"管他是谁。罗兹先生在结语里敷衍地把自己隐伏的性胁迫行为归因于小时候受过的虐待。

他拉"怎么做"文化当替罪羊可能效果会更好些,至少在我这书评人眼里,他还能维持糊涂的玩物形象——体现在他那些潇洒的不加道德判断的黑话里:没有性高潮的女人是"还没经历高潮的";没有女性环境里的男男性爱是"环境催生的同性恋";找情妇成了"开放婚姻进行时"——这种婚姻注定要失败,于是做好万全准备的罗兹先生读了一本叫《分手》(*Uncoupling*)的书。当然,他尝试把G——变成G点也证明了他是个糊涂玩物。如果给《做爱》这书找伴儿,恐怕只能归入那些"迷狂培养计划"、"加油干"自我提升手册、"样样都好"个人成长小册子,真是迷惘又凄凉。

《纽约时报书评周刊》1992 年 8 月

---

① Leonard Shengold(1925—2020),美国心理分析师,以其对虐童的研究知名。

英式文章

英文文章

普里切特赞

《悬崖边》《搬弄是非的人：英美作家文论》，V.S. 普里切特著
On the Edge of the Cliff; The Tale Bearers: Essays on English, American and Other Writers by V.S. Pritchett

V.S. 普里切特的短篇小说怀旧、乡土、形式散漫、女性化。他的小说艺术不太在意自己有时是否显得过于外围。没有波折、没有清算、没有反转、没有意外横财或顿悟。对于生活，普里切特从不倒着摸毛，只要毛上有一层微光便已心满意足。他使用的是小众艺术的形式与语言，然而却没有人能像他那样写——反正活着的男作家里没有。弗兰克·科莫德说过，"他证明了老传统也能在现代主义横行霸道的二十年代活下来，而且能保持生命力，回应这个世界。"我不太确定这话有多少真实性，或者说它怎么能变成真的；但很明显，普里切特安静而非凡的看待生活的方式提出了批评的核心问题。当然了，这问题的答案可能最后既无关紧要又没意思，因为得先让批评穿透具有如此奇特的脆弱性的艺术。

幸运的是，解说人普里切特奉上了一本新随笔集，为我们提供间接指引。所有的艺术家-评论家从某种程度上说都是自己作品的秘密说客；他们都是间谍。就像普里切特评论格雷厄姆·格林的随笔集，"让学者们去评估，去竭泽而渔，打造他们的超结构吧——艺术家活着的骄傲在于自己看重什么，也在于自己无视什么；谦虚是可耻的"。普里切特的判断受到了这种"艺术家的必备品质"的感召，但他职业的公平心总能保证稳定性。他的短篇总能神奇地让艺术通体透亮。普里切特是镜子，不是灯。他的文学批评是老派的，从生平、书信、创作性情去分析一位作家。当他打断对某人的生平叙述，插入自己的见解时（"我觉得这过于简单了：她的宗教狂是一种骄傲"），不是在提供对立的证据，而只是展现他的艺术自信。新批评派倾向于把经典文本视为当代的、匿名的；在普里切特身上，批评永远要关照历史、人物和偶然的人流。

不可避免地，普里切特的小说也是如此。他对程式化的模范写作没有好感。在写关于博尔赫斯的文章时（收入他的另一本文集《神话缔造者》[*The Myth Makers*]），他赞许了博尔赫斯的睿智和清通的思维，但很快就被博尔赫斯那种全景式的冷静、对生命形态的随意处置搞得一头雾水。结果便是，普里切特几度尝试人性化解读《埃玛·宗兹》("Emma Zunz"）和《阿莱夫》("The Aleph"）这样的短篇却以失败告终，还彻底误读了无法简化的抽象寓言《环形废墟》("The Circular Ruins"）。如果把虚构文学想象成一个地球，现实主义是其赤道带，那么博尔赫斯占据的就是北极的幽灵古堡，而普里切特在热带大汗淋漓。当一个艺术家写另一个艺术家，读者获得的是双倍逆气压效应。我们爱读普里切特受到文化冲击，也注意到他评价距离较近的作家时会小幅度调整时差。

普里切特对格雷厄姆·格林有点不耐烦，"我时常希望他少点儿发明创造，多让人物自己琢磨自己的意义"。于是读者们就会联想，这不就是普里切特笔下的人物么。我们还能找到双重验证，普里切特赞许地观察到"吉卜林的小说人物总是住得很近：故事就长在那些在场的人们的脑海里"；他赞扬弗兰纳里·奥康纳"忠实地呈现了孤独人们在每天那些放松警惕的时刻的内心波澜"。这些话就像是普里切特说给自己听的。他在整本书里暗暗进行的区分在写亨利·格林的那篇文章里显山露水：

> 一些相当不错的艺术家喜欢强行表现，但亨利·格林属于那种自讨苦吃地让笔下的人物自己说话的作家。他们说话的时候可能会暴露一些他们自己不知道的东西：难道我们不都是这样的吗……坚信自己要比自己知道的更多？我们的存在有一种混乱的合理性。我们都寄居在私文化的壳里。

从第一个句子的结构可以清楚地看出普里切特站的是第二种作家，自讨苦吃而不是强行表现。他没用继续说（可能因为他更喜欢警句而不是流派、"模式"之类莫名其妙的泛泛概括）现代派都是强行表现者，而自讨苦吃者属于一种更安静、断断续续的传统。我们还可以做第三重区分：男作家倾向于强行表现，女作家倾向于自讨苦吃。现代派里只有一位女作家弗吉尼亚·伍尔夫，这难道不惊人吗？难怪我们都这么怕她。

普里切特的小说悬置了地点和时间。《悬崖边》里有几个短篇背景是当代伦敦，但它们描绘的那种轻微的动荡感很容易挪到别的地方，比如说战后的切尔滕纳姆。"看看，贝尔法斯特又炸了。"《敬神者们》（"The Worshippers"）中的鲍姆太太小声嘀咕。P.G. 伍德豪斯在吉夫斯系列小说的最后一部里尽职尽责地写到了他在伦敦街头看到的静坐抗议和示威游行，那效果真是糟透了，简直亵渎神明。就像伊夫林·沃说的，伍德豪斯写的是一个永不凋零的绿色世界，这个世界根本没法容纳如此麻利的时事话题。而在普里切特的小说里，这些时空扭曲有别样的含义：你几乎不用去注意它们。普里切特对笔下人物的内陆自我中心主义非常忠诚，他只是提醒我们贝尔法斯特的麻烦对鲍姆太太那样的人来说是多么微不足道。她要操心的事儿可重要多了：楼里有个男的总来烦她，还有人刚把杜松子酒打翻在她的地毯上了。同理，《和比特尔太太喝茶》("Tea with Mrs Bitten")里七十岁的女主人公开始注意到伦敦近年来的变化——"曾经安静的街道……有威士忌和白兰地空酒瓶滚到花园里"——事实上她开始意识到变化这一点很重要（代表了一种士绅焦虑），而不是变化本身。"她现在注意到这些事情，是因为西德尼已经三周没去教堂了……"当两周后西德尼又去了教堂，比特尔太太就不再注意外头的变化了。她又开始操心西德尼的朋友鲁珀特，以及和门房的私仇。我们也是。

普里切特的文风古怪又怀旧。他坚持用一种古早的风格写作，拒绝附和本世纪中叶开始推行的自然主义文风及其伴随的规范化和整洁化。他的标点是纷繁复杂的维多利亚风。他有时候像狄更斯那样用分号——当括号用；他是"停下来喘气"逗号的铁杆拥趸，而这一用法已经被稳步驱逐出英语散文了："当他写了又改，他在科尔切斯特的书店里找到了一幅甘特的铅笔画，朝下看……"；在写比尔博姆的文章里："就算他有秘密，也隐藏在他强烈的生存意愿之下，就好像他和他所见的人都是滑稽的东西。"他也会写出浓密不知所云的句子，或是乱七八糟的关联。以下混乱的段落引自《搬弄是非的人》：

> 他年轻时写的剧院评论和随笔数量惊人，在体面人中间搅起了不小的波澜……他小时候在爱尔兰被绑架，被保姆带去了英格兰，并跟着她生活了三年，很奇怪……他身处的混乱，他的受害感，都

有价值……玛格丽特的照片不错，带着特有的挑剔眼光，思绪从眼前的活人身上飘到了想象中她正在创造的恋爱关系上面。

我们很容易想象一个更有自我意识的平凡评论人写下这些句子："惊人……""很奇怪……"之类。但普里切特的风格是对其思想的状态及方向、丰富及敏捷性的呼应。

普里切特的小说文字也很少对优雅准则表现兴趣。"从老办公室把这死沉的玩意儿抬过走道就像抬死尸似的"；"在贝蕾妮丝的工作灯的直射下，弗洛伦斯·科克看上去更胖（even larger），简直像怀孕了（even pregnant）。"这里重复用了两词"even"，但用法不同，让读者莫名其妙地一震。普里切特肯定意识到了这些词汇的堆砌，因为在别处他展现出一种熟练的故意克制的重复。比如"little（小）"在这句里的重复就是欢快的共鸣："一旦你习惯了生活里的大错（big wrongs），小错们（little ones）也纷纷醒来，带着一嘴刻薄的小牙（little teeth）。"

大部分作家担心自己文字的内在节奏和鸣响到了几乎可笑的程度。纳博科夫的《黑暗中的笑声》(*Laughter in the Dark*) 里有个精彩的笑话形容此现象，流亡的高眉小说家尤多·康拉德不经意地向可怜的欧比纳斯道出实情：他被情人和最好的朋友戴了绿帽子。欧比纳斯踉跄离开后，尤多开始检讨自己的失言：

"我恐怕，"康拉德自言自语地说，"我恐怕刚才说了错话！①

---

① 原句是"I wonder whether I haven't committed some blunder"，wonder 和末尾 blunder 押韵。

（……讨厌的韵脚！"我恐怕……错话？"多难听！）"

在类型小说中，车祸现场般的句子比比皆是，"厨子看了书一眼（The cook took a look at the book）[1]"诸如此类。这类小说作者只是漫不经心或是急着写完挣稿费。而当安东尼·鲍威尔写出"站在码头上（standing on the landing）"这样的句子你会觉得这是政要的漠不关心或贵族傲慢。普里切特的文章里到处是这类扎眼的句子——随手举一例"站在机器显示屏后面（Sitting behind the screen of the machine）"，但效果却全然符合他看待生活的方式。生活就是押韵的，一直都在押韵。生活常常是打油诗。普里切特对日常琐事的响应是他的短篇看上去形式散漫的原因之一；它们不像喜剧、悲剧、言情剧、闹剧或任何有套路的类型文学。普里切特深陷于他在别处称为"天生慵懒"（native ennui）的节奏中。

这无疑是一种女性化的理解风格。普里切特本人对此评价应该不会大惊小怪：他在随笔里对莱昂·埃德尔的雌雄同体式解读亨利·詹姆斯表示了激赏。普里切特既不是詹姆斯式的上流男子，也不是亨利·格林式的聪明的下里巴人。他是直觉主义者，一动笔写作就会忘记所有读过的东西。他的小说有简·里斯、弗兰纳里·奥康纳、克里斯蒂娜·斯特德的那种怪异的确实感。人们经常注意到普里切特写女性时的值得玩味的内向：

"不！"他说，又对她说了之前说过十几遍的话。她喜欢自己的

---

[1] 本段中三句列出的原句都押韵。

公寓里有另一个人的声音，一遍又一遍说同样的话。

还有：

"这小费给的真大方。"这实在的评语让我们凝重的氛围轻松了起来。对我来说，它有种控制欲的弦外之音，给人鼓舞：她站在外面——带着女人们都会假装她们并不在那儿的那种气场，等着我把车开过来。

不过普里切特写男人也是这样。这些都从属于一种更宽泛的思维习惯：用另一种方式看待事物。

对普里切特而言，目之所及的世界中的微小细节都可以被情感点燃；画布是中性的白色的，但细节可以闪闪发光。《副领事》("The Vice-Consul")中的麦克道威尔长着"不可理喻的下巴和情绪化的膝盖"；《和比特尔太太喝茶》中的弗尼先生有"自带责备的双下巴和响亮茁壮的嗓音"。普里切特用情感化的抽象来表现人物几乎已经成了一种惯性知觉抽搐。一个年轻女佣"红的像青春期上脸"；一个在婚礼上的女人"黑头发，包裹着脂肪"；一个被抛弃的妻子的戒指"闪着感伤的光"；在俱乐部，一个男人"可以放心自如地干神秘勾当了"；在公寓里，一个女人坐在"七十年的错误和废墟中"。普里切特总能在死气沉沉的家庭世界中找到不安。他的小说有时读上去像狄更斯风格连环画的压抑版和琐碎版，像狄更斯一样，他没办法确定死掉的东西在多大程度上还活着。一个废弃不用的电暖炉像"一个摩登孤儿"；沙发靠枕有"红边或绿边，这样我们看着像蹲坐在一圈染色胡须上"。《敬神者们》里，鲍姆太太怀

普里切特赞

念着一间曾经红过的宾馆的大堂:"他们站在宾馆的巨大地毯上,几千双鞋可能踩过它。"这"可能"到底是什么意思?"在村里,人们觉得一个像他那样身材的男人独自生活是不自然的……"普里切特的方法其实很简单,却有极大的抱负:他企图用笔下人物的浪漫、紧张和神秘思想去诠释世界,这些人物在他们各自独特的平凡之外鲜有出色之处。如果说他的作品有一以贯之处,那便是他向来夸张地主张寻常之人其实非常奇怪。

V.S. 普里切特和20世纪同龄;他声誉正隆,达到权势顶峰。如果说《悬崖边》里收录的短篇没有达到他的早期杰作,如《盲目之爱》("Blind Love")和《骨架》("The Skeleton")给人带来的满足感,这是因为他对人们所期待的短篇形式更少妥协了。他的艺术正在迈向自然的终点,缓慢地分散播撒奇怪的紧张点。这些短篇看上去老派,只因它们坚持了生活的丰富性,相比之下,现代派总担心生活在失去其多样性和丰富性。普里切特的"热爱生活"不同于利维斯派的主张——利维斯认为生活是他必须长期维护捍卫的,说得好像我们其他人没时间过日子似的。事实上,所有作家都是生活的爱好者,哪怕最阴暗的作家也是;他们都知道生活的一切都值得讲述。少有爱好者像普里切特那样好奇爱打听,像他那样热爱小奇小怪——正如他对索尔·贝娄的评价:"尤其在没什么大事发生的时候保存了一些正发生的事。"

《伦敦书评》1980年5月

死亡之友：安格斯·威尔逊

《好像变魔术》，安格斯·威尔逊著
As If By Magic by Angus Wilson

安格斯·威尔逊作品最引人注意之处，大概是他对家庭表现出的一以贯之的恐惧和厌恶。从《疯人群》（"Crazy Crowd"，1949）中不祥的嬉戏（"考克肖茨一家生龙活虎、逍遥自在、'疯疯癫癫'"）到《不是闹着玩的》（"No Laughing Matter"，1967）中残忍的比利·波普和马修斯伯爵夫人（"他们一直那样生活，一直是那种干着鸡零狗碎勾当的人"），我们读到了一个又一个让人毛骨悚然的家庭：《毒芹及其后果》（"Hemlock and After"）中无情的进步派索尼娅和詹姆斯，成天讲道德卫生和纸面纪律；《盎格鲁-撒克逊态度》（"in Anglo-Saxon Attitudes"）中玛丽·海伦娜那母系氏族的令人作呕的清高；《夜访》（"Late Call"）中"品性端庄的西卡莫一家"定了轮值表，爱说"我们不是一家人，只是好朋友"。对威尔逊来说，家庭单位不仅能展示中产阶级心理的单向本质（小孩听凭父母支配的事实，不论多少人文主义的自我评估都无法摆脱），也能提供一些微小的共鸣——病态的任性、排他的暗号、小圈子游戏的极度严肃、恶意的秘密玩笑、招人怨恨的不公，这些在威尔逊的写作中占据核心位置。

与此相关的还有他对同性关系的兴趣，这种关系被普遍认为"不堪"（nastiness）——该词也常被用来形容威尔逊的小说。威尔逊倒不是特意要消除以往的错误印象——如果那些能算错误印象的话；尽管我们读到了几段长久的"结合"（最成功的是《艾略特夫人的中年》中的戈登和大卫，顺便一提，也是最柏拉图式的），但威尔逊对同性关系的脆弱性相当坦率：自毁的负罪感、疯狂滥交、无趣的埋怨、虚荣、贪婪和痔疾。有人会抱怨威尔逊的小说龌龊不堪并不难理解，哪怕这是对他作品的超出文学之外的回应。但有几件事我会避之唯恐不及，其一是请威尔逊笔下的人物来吃晚饭。他笔下的虚构世界的确是不堪的世界，正如他本人借《不是闹着玩的》中玛格丽特之口所承认的，但这不妨碍他成为一位重要小说家。没有作家能决定自己想象力的偏好，如果人们责备他只因他恰好最擅长写那些内容就太外行了。

在这本新作《好像变魔术》中，威尔逊有两大关注对象：家庭及其替代品，他将两者分别处理，而不是使之产生冲突，所以可能导致了小说缺乏尖锐和紧张。小说有两个主人公哈默·朗缪尔和他的教女亚历珊德拉，哈默是同性恋。他的正职是农学家，在实验室捣鼓如何让水稻高产，他的问题在于不总能正常勃起——好像对象超过二十岁就不行。于是他略带兴奋地去性感的东方出差考察，但这冗长无趣的性流浪冒险却让我们读着越来越没劲。在此期间，怀孕的亚历珊德拉对"布尔乔亚的堕胎习俗"嗤之以鼻，她逃离了自由派怪物父母，跟两个男朋友一起过嬉皮人生，哈默给这两男友取的外号是"胡子"和"雅痞"。虽然威尔逊对年轻人没有许多老龄小说家（C.P.斯诺、威廉·库珀）那样的谄媚，但他观察的不准确到了滑稽的地步，以至于半本书下来就能一笔勾销他的成就，比如："词语……庆祝……你知道，就是屎"——这是胡子第一次见亚历珊德拉父母的开场白，后来他还叽喳过"超级"和"神啊"之类的词。年轻人凭实力极度无聊,威尔逊也就把这一部分给写活了。

结尾很容易预测,但也相当没有说服力——哈默和亚历珊德拉走到了一起。他们相爱了十分钟,就急急忙忙去为跟情节一样破烂的主题服务了。威尔逊最近的几部小说里几乎所有的主人公都开始于某个道德危机的点,结束于不同的模糊胜利:哈默被稀里糊涂的利他主义的高涨情绪给毁了;亚历珊德拉(本书推荐语说她是"讽刺性的"——比如,荒谬地)变的谦虚魔术是:购置房产,然后以相对便宜的租金出租来达到"从内部瓦解整个肮脏体制"的目的。昏昏沉沉的读者也许看到逢迎讨好的偶像集会上的嬉皮训斥会精神一振:"噢!看在上帝分上!天知道你那些幼稚戒备的幽默会中和掉多少以太正能量波?"想知道答案搜本书评人即可。倘若不是因为写得太邋遢,威尔逊还能享受假定无辜的待遇,但看看这些文字:"性唤醒令他心跳加速""微微颤抖地饮泣吞声",美国人说"努约(纽约)""不管怎样",嬉皮像乡巴佬一样用"like"这个词,"可口"一词在许多页上出现了七次,整本书被重复、无意识的押韵、象声词,甚至语病弄得千疮百孔。人们自然不会艳羡威尔逊的骚动远足,但至少可以期待他在将来能更好地利用旅行日志。

威尔逊最近发表声明否认他是社会现实主义者,宣称对实验性越来越有兴趣。《好像变魔术》没有一丝实验性(除了一些英语文学司空见惯的放浪不拘以及间歇性的摸不着头脑),但我们会怀疑威尔逊用这个标签只是为了增加他垂怜的微笑,如果有人耿直到对人物动机和可能性发问。没人让他屈从于现实主义传统,但他打乱形式(比如最近的两部小说)的尝试要比瞎整内容(比如《动物园里的老人》[*The Old Men at the Zoo*])成功得多。这本书的闪耀旅行活力并不适合威尔逊的残忍天赋，这种天赋扎根于社会风俗小说的传统；就像他喜爱的简·奥斯丁，他只需要一个小场景去配那不放过丝毫细节的冷眼。

《新政治家》1973 年 6 月

《小说的多样和深度》，安格斯·威尔逊著，克里·麦克斯威尼编
Diversity and Depth in Fiction by Angus Wilson, edited by Kerry McSweeney

"我想……我怀疑……我想象……我肯定……我大致肯定……我相信，就像我暗示的……我想我应该开门见山……"我想我才应该开门见山说安格斯·威尔逊的批评类文章令人忍俊不禁地私人化、令人刮目相看地外行、令人激动地毫无体系可言。他让我们感受到结构主义大神们的巨大贡献。当文学批评凝固成一种只有学院派科学家才感到自如的行当，一种新的被忽略的学科庄严地走到了前台，就像约翰·厄普代克在《抱岸》(*Hugging the Shore*)中写的："它看着是文学。好景致！"这本书可以和最近出的纳博科夫、普里切特、菲利普·拉金的文学评论集放一起。当然，这些都是艺术家评论家，他们的权威从未像今天这样自然而然地受欢迎。

安格斯爵士的批评世界，带有一种人类堕落前的无邪感。"大部分（简·奥斯丁）的捍卫者都是中上阶层，也过着田园生活。"他写这话是1962 年，一派隐居天真。我们现在知道大部分简·奥斯丁的捍卫者都在学院里，过着公寓楼生活。戴维·洛奇在《换位》(*Changing Places*)里

挖苦了这类人，主人公莫里斯·扎普在尤福利亚大学工作，常年靠研究奥斯丁小姐混口饭吃，不过私下承认她"实在让人头疼。""她的后期小说写的都是人之爱和神之爱，对不？"扎普问一个一头雾水的英国文学学生。"问题出在哪儿？"我们早把人之爱和神之爱挪到《圣经》训诂学和语法结构学和其他辩证法大事（政治、性和种族）上了。我们可以把这种碎片化归因于大学的崛起，它们就算没法把文学研究搞得像哲学或物理学那么难，肯定也得比地理难许多。或者我们可以不客气地说批评理论家（半是大祭司半是文化看门人）不觉得文学本身多有趣，需要下点猛药。

威尔逊没有理论的头脑，本能地一有机会便嘲笑理论。对一个批评家来说假装创意写作在真空里发生可能很方便，但你试试去跟作家说这些。威尔逊最常犯的错误是"知人论世"，因为他知道作家的生平与作品的关系（就算不那么直截了当）就在纸页中，在形象和内容里都能侦测到——试想一下没有黑鞋油工厂的狄更斯，没有寄宿公寓的吉卜林会成啥样？威尔逊还故意犯了"意图谬误"，因为他知道一部艺术作品如果是活的，就会带着作者绕远路、去计划之外的地方：于是有装模作样，有不协调，有失败。威尔逊还自豪地犯了"主观谬误"或"情感谬误"，因为他知道（与纳博科夫一样）艺术的唯一目的"审美狂喜"，评论家的脊髓如音叉一般重要。威尔逊还知道这些都源于经验。实际上，我们也都知道。这就是我们在阅读时的所思所感。

威尔逊生于 1913 年，很晚才开始写小说和评论。他在战后进化成了一个文人（该成长经历也是本书的戏剧化对象），有两大爱恨交织的影响源：一方是百花里群体，另一方是 F.R. 利维斯。对美国读者来说可能很难体会利维斯博士在这段时期内作为思想警察的无处不在和巨大权力。老实说，就算是英国读者也有难度。褊狭、傲慢、激烈的利维斯派

死亡之友：安格斯·威尔逊

想把文学矮化成一种道德审计，一种判定个体读者是否成熟、健康的精密方法。利维斯断言"文学价值"本身是虚幻的，因为"文学批评家关心的评判是对生活的评判"。所以英语文学研究就是要把文学的体量减至成熟且健康的硬核文本。1970年你要是去一个本科生的卧室起居室，肯定会瞥见受到利维斯感召的简易书架：英国诗人（霍普金斯和卡鲁取代雪莱和弥尔顿）、简·奥斯丁（也许）、《艰难时世》(*Hard Times*)、乔治·艾略特、詹姆斯、康拉德、劳伦斯、外加一两个可笑的后来者比如罗纳德·保特罗和伊丽莎白·梅耶斯。这"伟大的传统"——就是利博士觉得OK才算。

本书中，威尔逊对利维斯教义的喜怒无常真是叫人叹为观止。在那篇题为《英国小说中的邪恶》的雄文中，他用了各式各样的暗号："felt life"（被感受的生活），"anti-life"（反生活），以及"伟大的传统"，似乎在暗示与利维斯主义的亲近。但我们很快就意识到那种利式说辞只是当时风行一时的文学黑话而已。而威尔逊身为一个自由派人文主义者，本可能被利维斯的严苛世俗信条吸引，但他太注重文学享受，一个享乐主义者不可能过太久苦日子。很快威尔逊就公开变节了。他写道：

> 我们时代最拐弯抹角和最真诚的文学批评竟然如此竭力捍卫自己的道德健康，以至于容不下狄更斯的杰作中的异端，这种现象令人不安。将如此天赋错付令他堪比堕落天使路西法，但严肃的文学批评不应该如此轻易地堕落为神学的滑稽模仿。

文学和许多行当一样，是一种天才竞赛，每个读者都必须找到自己的伟大传统。威尔逊的伟大传统兼容并包，有时候令人担忧，但说到底这是他的个人选择。

与利维斯派势均力敌的文学影响是百花里文化圈及其头号人物（也许也是该圈唯一一位天才）弗吉尼亚·伍尔夫，事实证明威尔逊受后者影响更持久。利维斯的崛起也许可以视为对百花里文人的一种反动，反对那种势利、那种有钱有闲的上流人士把艺术当玩物。威尔逊出身富裕，年轻时也唯美（其性取向不光会被利维斯博士谴责，也不为大英律法所容），很自然会被伍尔夫的"女性化高度敏感"吸引，而不是利维斯的"刺猬的吹毛求疵"。他的小说观念无论从实践或知识性上都仰仗伍尔夫。十八、十九世纪长篇冒险的优良传统已被耗尽，现实主义和实验主义潮来潮去，并未指明前路方向。所以当代作家必须综合这些脉络，将维多利亚小说的优势和后现代主义的陌生化效果强强联手。伍尔夫对威尔逊的影响时常被提及，我们也能看到他情绪激动的夸张表达："我在《泰晤士报》上读到了她自杀的消息，我的智性战争归于虚无。这是希勒特的胜利……战争最黑暗的时刻。"

这矫揉做作给了我们迟到的提醒，百花里文化圈终究是个狭小的世界，而敏感（情感）作为一种信条亦有其局限。看看这些带着伍尔夫式空灵的段落：

> 南希·米特福德和安吉拉·瑟克尔都试图重塑远去的日子里飘荡在旧礼拜堂托儿所的儿时笑声……
>
> 像菲尔班克一样，【亨利·格林】将自己的文字从绝望的走钢丝变成了一支美妙的芭蕾舞。
>
> 从剑桥吹到百花里，这股魅惑之风横扫了1920年代到1930年代初的英格兰，直到成为中上阶级知识圈呼吸的空气——温暖氤

死亡之友：安格斯·威尔逊

氲，充满了记忆的气息、突如其来的欢乐和莫名其妙的小忧伤。

百花里的自信是一种趣味——taste，带着十八世纪的内涵：教养良好的正直诚实，贵族式的正确思维。正如利维斯学说中一再确认的，一个人的价值判断反映在其伴侣的选择上：他或她的背景、人品、文化修养。当文学批评在五十年代开始变得系统化（民主化），价值判断是最早被抛弃的；这一趋势至今没有反转的迹象，结构主义者看似一样乐意扔掉大大小小的骨头。威尔逊从未追寻过什么中间立场——在过度唯美、尖叫的道德、伪科学中间的某个静止点。他有一个艺术家的把握，并依赖这种把握。

《小说的多样和深度》是一种熟悉且享受的过程。读到最后，我们对裁判要比被评判的对象更有了解。威廉·戈德温的文字"有时无法忍受"；陀思妥耶夫斯基的思想"有时几近疯狂"；萨克雷的"糟糕的'甜智慧'""叫人恶心"；吉辛常常"不忍卒读"，而且"极度反胃"。威尔逊在分析了衣修伍德的小说《夜晚的世界》(*The World in the Evening*)中的对话后，"我觉得说不通"。他破例使用引文支持了自己的观点，但语调呢？我觉得说不通。他的语调呼应的是一种消失的共识，这种共识可能在"远去的日子里"存在过，但已经不复存在。

威尔逊的伟大传统也有一种怀旧的老朽味儿。理查德森的《克拉丽莎》(*Clarissa*)、奥斯丁、维多利亚时代诸大家、梅瑞狄斯（"第一位伟大的艺术小说家"）、赫胥黎、艾维·康普顿-伯内特（"伟大的实验主义者"）、约翰·考柏·波伊斯（"他将与詹姆斯、劳伦斯和乔伊斯比肩"）：这里给人的感觉是这一"脉"的英国小说正在式微，即使将来某一天可能复兴。同理，威尔逊在1967年选出了最新的未来伟人名单：

约翰·伯格、戴维·斯托里、克里斯汀·布鲁克-罗斯、伦道夫·斯托、钦努阿·阿契贝、阿莫斯·图托拉,最后还有 V.S. 奈保尔。

业余性并非纯粹的美德,我们必须说威尔逊文章的业余热情是种持续的干扰。他的文章里常有反天才的押韵、重复、绕口令、震耳膜:"The admirable Admiral Croft""a revolting revolutionary act""the last thing he would have been likely to do would have been to…"有些段落充斥着各种"so":"It is so over-used and so often without a satisfactory content. So—this likeness between Dostoevsky and Dickens, so frequently proclaimed…"我们需要一位比麦克斯维尼先生还要迟钝的编辑去对付威尔逊时不时冒出来的强化词,有时候在仅仅半页纸上我们就会看到"非常震惊""非常恶心""非常可能""非常难""非常确定"和"非常重要"。威尔逊老是说别人总在阻挠他、折磨他,结果把自己套了进去。但说到底,他还是个有爱的男人,我会欢乐地认可他的兴奋、他的不严密、他的思想之丰富敏捷。

《大西洋月刊》1984 年 5 月

艾丽丝与爱

《黑王子》，艾丽丝·默多克著
The Black Prince by Iris Murdoch

在艾丽丝·默多克的这部新小说里，直到一百六十六页，看似无动于衷、古板拘谨的、嗜好读书的文人叙述者布拉德利·皮尔森才和盘托出他的所作所为（"我*觉得*我要昏倒了"——这斜体不是我加的），而且吹毛求疵到了要为不像样的口语词汇"性感"和"家庭主妇"加上引号的地步。布拉德利的文雅生活突然间受到了种种威胁：他（有理有据地）抛弃的妹妹出现了，前妻和她那可怜的唯唯诺诺的同性恋弟弟也出现了，巴芬夫妇的婚姻危机（巴芬是个有胆量也更成功的小说家，妻子更年期了），他们的芳龄二十的女儿朱莉安缠着布拉德利教她莎士比亚。这些乱糟糟的人物得到了不同的待遇：前妻被赶走了，唯唯诺诺的同性恋弟弟受雇照顾他讨厌的姐姐；布拉德利用一通关于正直的说辞故意惹恼小说家，然后跟他的妻子来了一场卧室扭打（只是扭打而已，因为布拉德利没法"让阳具反重力雄起"——这样写的话任何人能做到都算是奇迹了）。当布拉德利在巴芬家进进出出时，朱莉安在用情书和气球做些象征性的事情。

从《黑王子》的一百六十七页起，布拉德利在一个鞋店和给朱莉安讲《哈姆雷特》（*Hamlet*）时各有了一次偶然勃起，接下去他就像个自作多情的大男孩：心烦意乱、柔情低吟、呕吐、哭泣、坠入爱河。因为他相信"沉默自有尊严和力量",读者怀疑他在生活里也会像在艺术上那样一言不发,畏手畏脚,仅以平日无足轻重的"思绪"(pensées)和"概述"(aperçus)去私享这些情感和经验。但布拉德利动情地倾诉衷肠,而易被打动的朱莉安也动情回应。这一对逃去布拉德利的避世居所,等朱莉安想到打扮成哈姆雷特(还配上了骷髅),布拉德利的勃起障碍便成了往事。种种情况导致了典型的狗血结局,其他的不说,他俩的关系被扼杀在萌芽中,没能等到自然枯萎。

我这毫无感情的情节梗概不是要笑话默多克小姐这本复杂而迷人的小说中的"因果关系"。显然,布拉德利教的不是寻常的《哈姆雷特》,他对莎翁最难解的戏剧的狂想曲是小说的核心。《黑王子》正如默小姐的上两部小说,是一种综合之前风格的尝试,是对《钟》之前作品的自惭形秽,亦是对之后作品的人为寓言化。从自然主义的层面上看,布拉德利对朱莉安的爱就是巴芬所嘲笑的:脑子里满是花朵的男人"六十岁时开始种既难看又难吃的野燕麦了"。若我们退一步,就能看出这也是布拉德利对《哈姆雷特》的评语:打造一种"意识的特殊修辞"的手段,在艺术的强光中自我净化;布拉德利的书被朱莉安"奉若神明",于是她成了他从未写过的《哈姆雷特》。

但当布拉德利将他的爱意表述成一种解放,将生活作为逃遁,很明显他还是"靠语言生活的人"。在书的开始处,他要对付两个肥胖、苦哈哈、正在老去、满嘴口臭的女人,她们需要安慰,而他对二人的回应只是:"你真烦人。"布拉德利的妹妹自杀了(不可否认的是,不管用什么人的标准去看,她都是死了更好),他躲避责任,而正是这种行为使他突然失去了朱莉安。布拉德利在沉思中承认人类境况是可悲又可笑的,从根子上就是反讽的,但爱并没有使他接受这样一种现实:混乱在

艾丽丝与爱　83

艺术中跟在生活中一样拥有一席之地。默小姐一直希望两者间达成一致，甚至会强行命令。

布拉德利的吹毛求疵是受了默小姐的教唆。本书叙述者说它既是"一个真实的故事"也是"艺术作品"，还通过一位"编辑"依次提供其他人物的"附言"，各自扭曲了故事，也统统指责本书扭曲了故事。最后是朱莉安出来说话了，读者都急于想知道到底发生了什么（是艺术还是生活？），但我们看到的只是朱莉安的一篇谈艺术理论的小破文，以及"编辑"最后辟谣说他和布拉德利并非只是"一个低微小说家的创造物"。你看到她了，你又没看到她。刻意地隐瞒行迹只会欲盖弥彰。只有在默小姐忍住别把自己跟作品的关系撇那么干净的时候，"低微"才会成为假客气。

《新政治家》1973 年 2 月

《圣洁的和渎神的爱情机器》，艾丽丝·默多克著
The Sacred and Profane Love Machine by Iris Murdoch

艾丽丝·默多克新小说最为持续的挑衅是其书名。除了它本身的支离散漫，还有点招黑的架势——爱挖苦人的黑子们会说《圣洁的和渎神的爱情机器》只是杰奎琳·苏珊小姐那本土气的《爱情机器》(*Love Machine*) 的上流版，从那两个亮瞎眼的形容词就可以看出。策划动机的人物脑子里哲学弯弯绕多一些，心碎桥段没有那么敷衍，人物上床的理由更文艺些，但根子上是一类货色。的确，这本书尤其容易遭致此类

类比；人物、象征物和思想来来去去，一如默多克式的火焰摩天轮，但我们似乎只看到书名的笨重大词及其显著效果。

在布莱斯·贾文德吃力疲惫的一生中，有两种爱。他的妻子哈丽叶特虔诚地打理他们在白金汉郡高雅的家，为周围一切生灵祈福，总是爱意满满地看着花园、宠物、邻居、还有他们的合法儿子大卫。艾米丽是布莱斯的秘密情人，在帕特尼的爱巢中荒淫地打发时光，接待狐朋狗友，还有个私生子卢克。布莱斯在两个家里小心翼翼地分配焦虑，妻子那天使般的宁静和情人那恶魔般的不满对他来说一样都是折磨。不论默小姐对场景的铺陈有多啰嗦，读者都知道这日子长不了：布莱斯的愚人炼狱结束了，他的秘密暴露，他必须选择。

接下来他选啊选。乍看上去，默小姐似乎像在指导几个得克萨斯人写论文。她就不肯好好说这世上有两种爱，一种容易变得无聊而另一种可以保持性感，要是能两者都拥有就好了，可惜我们不能兼得？不过没多久我们就注意到渎神之爱总是比圣洁之爱听上去高级。布莱斯还是会跟哈丽叶特做爱，享受从容的温存，但他对她的爱是附带的，端庄得体，有所保留。相比之下，布莱斯对艾米丽的爱是盲目而绝对的，他们喝醉了摔倒在床上，然后满嘴酒气地吵到天亮；他走的时候没留恋，但总是着急想回来。这符合默多克小姐的奇型浪漫精神，把渎神之爱提升到令人迷失方向的程度："强烈的情欲之爱要调动肉体和精神之最精纯的性感存在，它敬畏甚至可能无中生有地（ex nihilo）创造了精神……"——这其中的神圣性，默小姐在白金汉郡的柔软游移和工具奇想中可找不到。毕竟，这种爱是极度肉欲的，默小姐几乎立刻就使之超乎道德，从而有了超越性。一旦她典型的狗血结尾让渎神的结合变得肃穆，变得无精打采的"圣洁"，就失去了其普罗米修斯式的优势。

再谈谈书名。我很晚才意识到那两个大词不是为了对立而是为了互补——像菲茨杰拉德的《美丽与毁灭》(The Beautiful and Damned) 而不是梅勒的《裸者与死者》(The Naked and the Dead)。当布莱斯从一个女人转到另一个女人，她们俩都因为跟他在一起时缺少的那些东西而明亮了起来。哈丽叶特的温柔成了性烈的冷淡；艾米丽的吵闹存在成了他真正的劳伦斯式"核心点"。每一位都给了他另一位没法提供的——比如说，变化。也许默小姐关心的并不是轻松区分两种爱，而是要强调它们的互相依赖。渣男布莱斯代表了这一不讨喜的倾向，其他的人物也一样。一个狡猾的小说家尽管很讨女孩喜欢，却赖着家里的黄脸婆不肯放；一个发福的同性恋偏要去谈一场最具侮辱性的恋爱。对唯我论者来说，受苦自有其光辉在：它无法被分享。

这种角度带来了一种统一感，因为阅读它的体验也不太可能被复制。默小姐当然有着无尽的洞察力和同理心，本书堪比一本中上阶层心理分析笔记。它缺少的要素（丰富了前作《黑王子》的那种要素）是一种语言的重心，少了重心这小说就会无序蔓延。文学的特质之一是词语的模式，一个作者的工序总能映射在词语的表面。默小姐的文字无所不能，如果她用一打潦草的句子去表达一个词便能搞定的内容，大概是要通过层累来获得某种夸张的效果。小说里包含了许多优美的段落，也有许多马虎的段落，像默多克小姐写作速度那么快的，竟然能写得那么好。但写得太多就无法保证质量了。

我怀疑默小姐的高产里有种矛盾，它既是一种自卫，也是自我抹杀：一年写三百页能让许多批评人闭嘴。自然，她不会修修补补，可能写完就不会再看第二遍；她"立刻就开始写下一部"。假如她能慢下来，假如她允许那些不吉利的"沉默"（比如嘴紧的小说家间歇性"打破"的沉默）稍加积累，她便会承担起一种不同的责任——既是对她的评论人、也是对她自己的非凡才华负责。简言之，她会开始发现自己有多棒，那是一种奇异又惊险的发现。

《新政治家》1974 年 3 月

《修女和士兵》，艾丽丝·默多克著
Nuns and Soldiers by Iris Murdoch

艾丽丝·默多克是个有信仰的人：她相信各种各样的东西。她相信魔法、怪物、视错觉、彼岸艺术、预言之梦、万物有灵、上帝和魔鬼。不过最核心的当然是，默多克小姐相信爱。

她笔下的可怜人儿受苦，狂喜，呻吟，得意——各具典型特征。他们会呕吐，会断片。他们不吃饭。他们会喜极而泣。他们上街闲逛，在禁忌的橱窗前驻足。他们从此幸福地生活。有时那爱是圣洁的，有威严气派：瞬间发生，巨大，无声，不求回报。有时那爱又低级趣味：一次突然的握手，几秒钟里有情人就在床上滚成了猪。无人免俗，无人能抗拒。不管是好是坏（两种情况都有极端案例），人人都必须参与其中。

爱并非反讽对象，但外人热衷于视之为可笑之事。《修女和士兵》的开头是一幕漫长的死亡。盖伊·奥彭肖向癌症屈服，新寡的格特鲁德心烦意乱。在煎熬中，格特鲁德得到了奥彭肖小圈子的无微不至的照顾，这个小圈子包括黄金单身汉银行家曼弗雷德、外号"伯爵"的波兰人彼得、行踪飘忽一文不名的年轻画家蒂姆、新近还俗的修女安妮。(默小姐奇怪地抛弃了她通常爱用的易性癖卡司。那些布莱斯、弗朗西斯、哈特利们哪里去了？我原本以为默小姐这次终于会写叫布奇的女主人公和叫莫琳的男主人公了呢。)

盖伊死前，嘱咐格特鲁德嫁给"伯爵"。毕竟"伯爵""暗恋了她很多年"。现在他"彻底癫狂了"："他的爱……让每一秒钟都充满了紧张的目的。"但"伯爵"也"爱盖伊"，生性胆怯的他没有表白。曼弗雷德可能也爱格特鲁德。格特鲁德哭了一个月：觉得自己像死了一样。安妮照顾她。她们许下了永恒的爱之誓言。

接着，穷得叮当响的蒂姆受他那满嘴脏话毫无魅力的情人黛西的怂恿，跟格特鲁德套近乎要钱。格特鲁德同意让蒂姆去奥彭肖一家在法国的大宅画画。蒂姆独自去了法国，"乐疯了"。为了躲开追求者们，格特鲁德也去了法国。头几天他俩互相看不惯——然后就发生了。蒂姆觉得像"一颗迅速靠近的彗星突然填满了整个天空"："一种巨大的洪荒之力"在推动他。格特鲁德觉得"有一种难以解释的离奇之感"。蒂姆"贪婪又饥渴地"吻格特鲁德的手，说："我爱你。"格特鲁德回答："我想我也爱你。"第二天他们上了床，在草地里跳了莫里斯舞。他们狂享"甜蜜欢愉""甜蜜魔法"：格特鲁德的身体"充盈着神圣的爱之觉醒"。突然曼弗雷德出现了，他们一起回了伦敦。

接着蒂姆甩了黛西，搬去和格特鲁德同住。大家都受不了，安妮搬了出去。"伯爵"又"陷入癫狂"，这次是"悲哀、痛苦和狂怒"。接着蒂姆和格特鲁德分手了，大家都松了口气。蒂姆回到了黛西身边。某种意义上说，格特鲁德回到盖伊那儿，沉溺于对亡夫的"大爱"中。与此同时，"好像她又爱上了'伯爵'"。

接着蒂姆和格特鲁德结婚了。(他们偶然重逢,"冥冥中的召唤","无需多言"。)蒂姆又甩了黛西。同时安妮"狠狠地爱上了'伯爵'"。但"伯爵"还在为格特鲁德癫狂,活在"嫉妒的暗黑魔障中"。安妮保持沉默。她毫不知晓曼弗雷德"狠狠地"爱上了自己。

接着格特鲁德甩了蒂姆,(错误地)以为蒂姆跟黛西藕断丝连。蒂姆又回到黛西身边,"难过得千变万化"。安妮忍受煎熬。"伯爵"发了狂,决定要"比之前所有的爱"更爱格特鲁德。蒂姆又双叒叕甩了黛西。格特鲁德、安妮和"伯爵"一起去了法国。蒂姆跟着他们,又害怕被格特鲁德"恶狠狠地拒绝"。他站在曾和格特鲁德翩翩起舞的草地上。安妮还在念着"伯爵",看到远处走来的蒂姆时有了一种"强烈的狂野的几乎残忍的快乐"。但格特鲁德也看到了他;"噢——蒂姆——亲爱的——亲爱的——感谢上帝,"她说。

接着……好吧,我这篇书评的读者肯定已经觉得受够了这毫无感情的把戏。默多克小姐的小说都是悲喜剧,她笔下的人物大概一半从此过上幸福日子,而修女们和士兵们则继续苦苦坚持。他们都住在一个悬置的、情欲化的世界里,不为健康和金钱焦虑,也没有我们大部分人的半吊子情感。这部小说的主旨是:最不值得的那个人往往在爱情上最幸运,他们追逐幸福的天分不会因为自我保全的顾虑和习惯而偏离方向。他们相信"爱就是他们存在的意义",正如默小姐相信的。

已经很清楚,这本不是默多克的重量级作品。她的小说现在似乎呈 Z 型变化:《黑王子》(精彩)之后是《圣洁的和渎神的爱情机器》(相比之下无足轻重);《词语的孩子》(*A Word Child*)和《亨利和卡托》(*Henry and Cato*)的情况差不多;在《大海,大海》(*The Sea, The Sea*)这部可能是她迄今为止最有趣的书之后,又来了部次要的娱乐作品《修

艾丽丝与爱

女和士兵》。它上气不接下气，喷薄而出，无可救药地铺张——可能为了配合主题需要吧。不过，默小姐的书很上头。就《修女和士兵》来说，恋爱关系也很上头：你就是想知道后来怎么样了，而且肯定不想让它结束。

《观察家》1980 年 9 月

《哲学家的学生》，艾丽丝·默多克著
The Philosopher's Pupil by Iris Murdoch

艾丽丝·默多克的小说容易上瘾，倒也无妨，因为她的产量已经超过了托尔斯泰或乔治·艾略特。在公共图书馆和书店里，到处都是默多克上瘾者像幽灵似的排着队，他们的标配是巨大的鸢尾花[①]。一本新小说，能够短期内缓解他们的干渴……嗯，这次的新小说为戒瘾提供了一次机会。《哲学家的学生》是真货的稀释版，一种长效缓释美沙酮，能减轻突然断瘾的痛苦。

无需情节概要，人生太短，而这小说太长。但我们可以归纳出一种默式模本，自《圣洁的和渎神的爱情机器》之后的小说皆可套用。想象一个玩具城里的大学教员。男的都叫希拉里和朱利安，女的都叫朱利安和希拉里。每个人永远都在休学术年假，但每天不忘去教员公用室搞点致幻的爱情灵药。

---

① 鸢尾花是 iris，和艾丽丝·默多克（Iris Murdoch）的名字一样。

重达二十英石①的经济学家爱九十多岁的文献学者（"一种紧张、痴迷、羞愧、愤怒的渴望"），文献学者爱酗酒成性的古典学者（"一种痛苦、眩晕、激动、急切、压迫之感"）。酗酒成性的古典学者爱容易受骗上当的语言学者（"一种突然的刺痛和执迷的嫉妒懊恼"），语言学者爱精神分裂的社会学者（"为他感到非常非常可惜，噢，满怀保护欲和占有欲的怜惜之爱，一种绝望的为他可惜之情"）。与此同时，镇上人人说着一种过时的奇特俚语（"我还在打桥牌，但那不是你的菜！"）。一边津津有味地围观校园里的莽汉干傻事。

《哲学家的学生》的叙述者是默小姐爱用的吹毛求疵人士。他是个奇特的叙述者，有时享受着作者的全知全能，有时仅是普通演员中的一员而已。他时常情不自禁地依赖谣言和捕风捉影；他也时常有歇斯底里的内心独白，似乎知道所有角色的想法，连宠物狗和野狐狸也不例外。他被称作"N"，像《黑王子》中的布拉德利·皮尔森一样，他在碰上俗语如"气呼呼""通勤族""有益的活动"时会加上双引号，还有"太好了所以太假了""棍子拿错边""保持联络"这类俗话。读者会想，陈词滥调或类似的东西就算挤在引号里，也还是陈词滥调啊。如果我"总是一直""继续"这样用引号，你就知道这会"有多讨厌"了……

"N"除了爱用引号之外，还爱用省略号、破折号、感叹号和斜体，特爱用斜体。每一页都被半打下划线搞得波澜起伏，这通常是风格上优柔寡断的确定信号。如果只读斜体部分而忽略所有罗马正体，你会读到一个叮当作响的超现实（也短得多）版本，比如这样：

---

① Stone 是英制重量单位，1 英石相当于 14 磅或 6.35 千克，但因物而异。二十英石约合 127 公斤。

深刻、重要、糟糕、可怖、揪心、绝对恶心、负罪、指责、秘密、阴谋、去电影院、去散步、完全两回事、一种全新方式、成一个历史学家、成一个哲学家、再也不唱歌、史黛拉、极度、幸福、无赖、蠢透了、上帝、耶稣、发疯、发狂……

不必要的强调和车祸般的形容词偶尔会结合,比如"了不起的独特的私人的权力感"和"可怕的骇人的恐怖的噪音"。这些表达方式(以及"她完完全全不是英国人"或"面对薄而又薄的刀刃"之类的表达)先是让你想到一次兴奋的对话,但行文又没有口语的韵律。这完完全全不是英语的,是空写作、无写作、反写作。

"N"可能会诊断默小姐的文字"失去信仰"或"缺少信念",不然哪来那么多重复和偏执狂发作般的多此一举?但我觉得,答案在另一边。默小姐的文风从来不是以优雅著称,而是清脆精确的,能够保全她那种种惊悚又美妙的观感。这本小说里忙乱蹩脚的文字唯一的功能就是塑造全体剧中人,让他们跳各自的爱之舞。默小姐相信她笔下的人物,无论好坏美丑,点燃这种信念的是爱。那种爱很明显,无节制,强烈得吓人。这种力量过于强大,以至于无法容忍艺术从中作梗。

《观察家》1983 年 5 月

J.G. 巴拉德

《撞车》，J.G. 巴拉德著；《战争》，J.M.G. 勒克莱齐奥著
Crash by J.G.Ballard; *War* by J.M.G. le Clézio

W.H. 奥登曾说过，"要负责全宇宙的幸福可不是什么闲差事"。同理，虚构作品里的末日-顿悟模式可不是二流作家能处理的。应该明确的是，一个作者越是抛弃逼真效果的辅助，他就越依赖于个人风格和机智。实验性的小说可能看上去容易（肯定写起来比读起来容易），但它们的失败率高得吓人，恐怕接近百分之百了。

J.G. 巴拉德最近的"拼贴"小说《暴行展览》（*The Atrocity Exhibition*）对变态这个话题有话要说：在我们这个"后沃霍尔时代"，"暴力是痛苦的观念化……精神病理学是性的观念化体系"。也许对，也许不对。《撞车》没有空谈，巴拉德不是去讲道理，而是去实现——向我们展示内心的变态。这一特定的变态需要所有能调动的实现手段：跟它比，乔伊斯对排泄物的嗜好和巴勒斯对绞刑架的兴趣显得古色古香。

开始处，叙述者的车迎头撞上了一对夫妻：丈夫当场毙命，妻子兼叙述者被送进医院，接着开始了不可避免的一段情。至此还挺性感的——直到叙述者遇上了"暴徒科学家"沃恩并被其吸引，在被撞碎的挡风玻璃、濒死时的铬反应、伤口剖面、外阴残割、死亡性高潮中找到了真正的乐趣。沃恩对撞车有一种彻底的排他性的痴迷，他的终极梦想是跟伊丽莎白·泰勒来一次致命撞击（巴拉德总是过分关注各种名人，从他克制且敏感的短篇《为什么我想操罗纳德·里根》就能看出来）。沃恩训练死亡性高潮的方式包括在人行道上碾狗，在高速路的交流道上突然冲撞女摩托车手寻找性快感，在连环车祸现场自慰并拍照，叙述者在这种肿胀的热雾蒙蒙的机车景观里越陷越深，和沃恩一同畅想"全世界在同一场车祸中死去，百万辆汽车在终点相撞，性液和发动机冷却液横飞"。

这到底有多性感？巴拉德想表示什么？嗯，先别考虑你个人对车祸的反应，它们在真实生活中的确让人不寒而栗，但在赛车场上就没那么糟，在电影里更是相当吸引人。巴拉德反复说，技术和肉体的"变态"（十六次）结合有一种特定的"几何造型"（二十一次），可能会越来越"风格化"（二十六次）。伤疤勾勒的边线和伤口孔洞为情欲可能性提供了新鲜的内容；伤口给人一种对身体的新认识；机车变态（叙述者一边思索，一边在一个女孩的跛脚车里抚摸腿部的固定支具）能提供"皮肤和肌肉组织的奇异变格"。

我想，读者不应去关心这种变态实际发生的可能性，本书的语调既没有幸灾乐祸也没有阴茎崇拜；其描述的呆板单调和不带感情绝非为了引发读者兴奋或想入非非，只是为了表达精神变态者那悚人的孤绝。[1]

---

[1] 《撞车》才华横溢又耸人听闻地完成了这一任务。我最早读到的巴拉德作品是他的硬核科幻小说。（他的科幻长篇不是硬核科幻，我之后还会谈。他的科幻短篇属于硬核科幻，能够跻身有史以来写得最好的硬核科幻短篇。）我过了很久才读到《撞车》，并摸清巴拉德其人。这篇书评写得如此拘谨，以至于我一度犹豫是否要收入本书。但最后我还是决定保留，读者应该与他们感到亲近的作家角力。我也保留了原文同时评论两本先锋作品的设置。我的处女小说在同年年末问世，有一点后现代。巴拉德和小说家艾玛·泰南特一起编了一份很有影响力的文学杂志《香蕉》，当时也是实验性的。1973 年，这一路还存在。就立场而言，我是社会民主派，巴拉德是马克思主义者。不论如何，在这个部分的结尾，我会回到《撞车》。——原注

尽管得到这样的宽大处理，《撞车》依然有硬伤，结构松散，配角处理得敷衍马虎，许多可笑的过度描写很难让人不把它看成一部心血来潮的练习之作。诚然，小说家必须从生活中提炼素材而不是写旁人之不敢写的内容；但巴拉德的执迷也太单一了，调度得也太死板了，不足以支撑一本书。写科幻小说时，巴拉德用紧凑的框架处理那些令人不安的想法；身处疯癫的边缘时，他就只会胡乱大喊了。

勒克莱齐奥的作品里就没有任何夸张（outré）到能称之为执迷的东西，除非是对勒克莱齐奥本人的痴迷——他可是法国文坛的奇迹小子。对生活的意义仍有犹疑的人，应该都能欣赏《战争》。当勒克莱齐奥没有像猫头鹰似的祖鲁人或实地调查的火星人（三页纸写一个百货商店的招贴，四页纸写一个电灯泡）那样漫无边际，我们就开始了带导览的宇宙之旅，一次又一次地沉思令人迷狂的物质主义、类萨特的存在主义和巴黎十六区的虚无主义。

性情乖戾又神经质的女主人公贝亚·B. 的开局文字已经很吸引人："这女孩脱口而出'我什么也不是'，也许是开玩笑，也许只是因为它突然间成了真。"那么到底是哪个？它既不"真实"，也不好笑。但勒克莱齐奥的的确确是个"可能也许"（peut-être）大师，永远被这些不太可能的选项所吸引。既然他是个再明显不过的风格化作家，杰出的西蒙·沃森·泰勒为什么要花工夫去翻译他呢？没有了法语的语言外衣，《战争》简直不忍卒读，让人渴望来点新小说（nouveau-roman）的恶作剧，把最后一百五十页全部留白，以象征晚期资本主义的空虚。可想而知，这里那里的一些灵光闪现只是确认了其实质的飘忽。

《观察家》1973 年 7 月

《混凝土岛》，J.G. 巴拉德著
Concrete Island by J.G. Ballard

任何不熟悉巴拉德作品的人，都会觉得《混凝土岛》薄得不像话；出于不同的理由，该书在巴拉德迷看来也薄得不像话。一天下午罗伯特·梅特兰从办公室开车回家路上出了车祸，从高架上跌入一个两百英尺长的三角形混凝土岛，其中两面是高墙。他没怎么受伤，顺着一处松软的斜坡爬回了高速路堤。四小时后他依然在路边，被一氧化碳熏得恶心，还得对着路过的车挥手叫喊。垂头丧气的他打算穿过一条支路走到主路，结果被一辆超速车撞了，又跌进了混凝土岛。

于是他待在了那里。小说接下来讲的是受伤的梅特兰不再试图逃离这岛而是"占据"它。比如依照荒岛生存传统动脑筋安排物资，还要制服两个藏身于此的人：一个又疯又老的侏儒似的流浪汉和一个年轻流浪女。荒岛生存的内容总是很好看，主人公想喝水的时候想起了"挡风玻璃清洗液的水罐"，他要生火了就会想起"汽车点烟器"，诸如此类。与人的缠斗则疏离得离谱，巴拉德写到人类时总是这样。梅特兰尿了侏儒一脸终于击垮了他，之后流浪女说："我们吃点东西然后我会操你。"再然后，梅特兰就把这岛据为己有了。最后一页模棱两可到了极点，大获全胜的梅特兰筋疲力尽，决定"计划逃离混凝土岛"，但没有任何迹象表示他真的想这样做；现在逃离已经成为可能，但在巴拉德看来，可能性无疑让逃离变得毫无必要、无关紧要。

差不多就是这样了。当然，书里会有一些不可避免的俗套。"早在你出车祸跌进这里之前你就已经在一个荒岛上了"；"你在这儿就像鲁滨逊·克鲁索一样孤立无援"；还有梅特兰"我就是岛屿"的豪言——

此类敏锐观察让人相信意义近在眼前。平心而论，这些俗套比喻也不都是我刚刚列举的那么陈腐。不论多么隐晦，梅特兰孤身探岛呼应了他童年的独自晃荡和成年后的没心没肺。无论与克鲁索的比较是多么意料之中，但克鲁索的卢梭式放逐有种对家庭生活的热爱在，与在城市里郁郁寡欢的梅特兰截然不同；克鲁索是坚忍的土地之子，梅特兰是城市里的乞儿，在冷漠高速路的无尽轰鸣中边走边拨拉那些捏扁的烟盒、糖果包装纸、纸板火柴盒、旧报纸、丢弃的安全套。无论期许这东西是多么难以捉摸，巴拉德都是在世作家中少有的能把主人公对这岛屿半疯的感同身受写出来，因为他是表达错位和增强的知觉的语言高手：

> 当他穿过岛屿时，草丛在身后波动摇摆，化作无尽的波浪。它的通道打开复又关闭，就像是接受了一个巨大而警惕的生物来到它绿色的领地。

> 夜与寂静在高速公路系统之上安歇。钠灯俯照着立交桥的高大跨拱，它耸立于高空，仿佛是一扇不再使用的通向天空的后门。①

尽管《混凝土岛》的情节与文字时有别具匠心之处，但也有粗枝大叶的硬伤。情节和文字上我各举一例。先讲情节硬伤：梅特兰跌进岛时钱包里有三十镑，他一直付钱让流浪汉去附近超市买酒，小说快结束时

---

① 译文引自胡凌云译《混凝土岛》，上海人民出版社，2021年。

他钱包里竟然还有三十镑——这对一本短小精悍的书来说真是扎眼的疏漏。① 再讲文字硬伤：放荡女人在书里只占二十多页篇幅，但她可"壮"了：我们越来越确信她的壮因为她有"强壮的双手"（四次）、"强壮的身体"（四次）、"强壮的下巴"（两次）、"强壮的头"、"强壮的肩膀"和"强壮的手臂"。诚然，巴拉德的小说里时常有类似的前后不统一和重复，本质上说他的小说不是要提出理论，而是去表现；文字只是某种执迷所需的修辞，尽可以稠密、单一、武断，我们没有必要用小说的标准程式去要求巴拉德这样的作家。不过，《混凝土岛》并没有通过这种华丽的方式让传统评论人焦虑，接下来我会解释原因。

巴拉德的四部早期作品表面上看都是温德姆模式的灾变科幻小说。不过，随着文字织体逐渐变得厚重，巴拉德开始关注那片受灾的怪诞土地，灾变不再重要。比如，在《水晶世界》(*The Crystal World*) 中，画面的华丽折射开始自我生成，让世界末日在比较之下黯然失色。虽然这些小说都有各自的理论上的时间框架（都很复杂，也不怎么有趣），但总体上说，它们是推断式的，未来主义的作品。近年来，巴拉德将一个迷人的超自然幻想家的想象习惯用到了当下，为技术社会的钢筋混凝土材料强加上一种过度观念化、过度诗意的视角。在刺激又零碎的《暴行展览》中，巴拉德为自己打造的人设是反常、故障和精神病的辩护者。一脉相承的《撞车》假设了一种"另类性行为"——不牵涉感情，风格化但不色情，是一种对非人化的技术社会景观的恰切回应。我们来抽个样：

---

① 梅特兰并没有付过钱让流浪汉去买酒，酒都是他从自己撞坏的车里拿出来的。流浪汉一直从垃圾堆里捡吃的，流浪女也没有拿过梅特兰的钱。可见艾米斯读书不太仔细。——译者注

事故重症病房里一个断成两半的阴茎的照片旁是一张手刹装置的图片；大面积受伤的外阴特写上方是手握方向盘的老板照片和汽车生产商的奖章。这些被撕裂的生殖器和车身部位、仪表盘的结合，在痛苦和欲望的新货币体系中形成了一系列令人不安的模块和单元。

我想象着心满意足的恋童癖的幻想，他们花钱雇来车祸中致残的儿童，用他们自己那些疤痕累累的性器抚摸浇灌那些伤口，老年恋童癖把舌头伸进做过结肠造口术的少年的人造肛门里。

虽然人们不可避免地厌恶反感巴拉德油腔滑调的怪诞想法，《撞车》依然是一部悲哀的具有催眠魔力的杰作，可能是现代小说里最极端的案例——七万字的邪恶胡言能写得如此美妙动人。

因为巴拉德是最罕见的那种作家——自己浑然不觉的风格家，他在创作上的自恋令他无视任何观众。同理，巴拉德笔下的人物也只代表一种姿态，男人阴郁孤僻、沉迷某物或事，女人如幽灵般毫无存在感，次要人物都是草草写就的怪人。他从来没有值得一"说"的大意义，他的情节只是通往异域的出口。《混凝土岛》是他迄今为止最现实主义的小说，很明显，一个缺乏常识、智慧，也不关心个体境遇的作家与现实主义无关；本书的单薄不是因为这种执迷无法吸引我们，而是因为它明明白白地没能吸引巴拉德。毕竟，巴拉德的合理性倚赖于他精彩的视觉想象力和相得益彰的语言张力。简单来说，巴拉德的构想对现实世界而言也太玄了，它需要极端的变态行为来达到某种高度——而这是好的文字本身就能实现的东西。

《新评论》1974 年 5 月

《摩天楼》，J.G. 巴拉德著
High-Rise by J.G. Ballard

奥登和衣修伍德的《攀登 F6 高峰》(*The Ascent of F6*) 快到结尾处，有恋母情结的自大狂主人公兰塞姆即将登上最高的山顶，他被告知当地的恶魔在山顶等他。兰塞姆独自攀登，当他毫发无损地登顶时（个人的风光时刻和公开的大胜利），看到一个戴兜帽的人背对着他。他走近恶魔，恶魔一回头——是他妈妈。兰塞姆瘫倒在地，恶魔开始给他唱一首温柔的摇篮曲，也是他的挽歌，他觉得生命开始慢慢枯竭。J.G. 巴拉德的《摩天楼》是对 F6 主题的巧妙改写，背景换成了现代城市的钢筋水泥。

摩天楼有一千多间定价过高的公寓，配上泳池和购物广场，巴拉德称之为"垂直城市"，其住户也有传统的地域划分（上层、下层和中层），彼此会反感、鄙视、虚与委蛇，跟在外部世界一个样。但很快，摩天楼的封闭属性就助长、加剧了楼内的攻击行为，其烈度与外部社会没有可比性。在多次抢劫和殴打后，摩天楼内的阶级系统像建筑本身一样退化了，成了一个暴力、冷漠、多疑的肮脏所在。醉醺醺的帮派在黑灯瞎火的走廊里横冲直撞，女人在没有电的电梯里被奸杀，垃圾管道被排泄物、砸烂的家具和吃剩下的宠物尸体堵塞。最后摩天楼有了所有巴拉德式地点的特质：它被悬置了，不再与别的地方有关系，被其自身的超现实逻辑隔断了。

不过，巴拉德还是巴拉德，《摩天楼》不是普通的隔代遗传。这些高空殖民者的精神之旅不是要回到"自然"，而是要回到营养不良的童年状态，小说中一个富裕的无政府主义者兴奋地说："这是自打三岁以来头一回，我们随便做什么都不会改变任何事。"巴拉德笔下陷入困境的人物总是对他们身处的致命而紧张的环境有些着迷，摩天楼里的群氓很快就完全接受了心理上全新的"种种可能性"。书里最阴森又深刻的一幕是一个中层的心理医生打算离开被封堵的破烂公寓，回到医学院工作；他刚走到停车场，外界那尖锐的清晰感就逼着他飞奔回了无情、油腻的摩天楼，决定再也不会尝试离开。书的尾声正如巴拉德的一贯任性，摩天楼的倒退逻辑臻于完满，被动的、被遗弃的女人们成了最后的复仇者。

我希望没人会花时间操心《摩天楼》是否有先见之明、有警示意义或是否人间清醒。因为巴拉德不是为了让你相信或不信，他的人物只是"角色"，情境只是"上下文"：他是抽象的，既不幽默，也不严肃。他的种种视角的意义在于为他提供形象，提供写出好文字的机会，在我看来，这是理解他的小说的唯一门径。《摩天楼》的文笔可能没有《撞车》或《朱红沙滩》（*Vermilion Sands*）那么邪气炫目，但这本书是一个紧张而生动的动物寓言集，会萦绕在脑海，慢慢搅起不安。

《新政治家》1975 年 11 月

《美国你好》，J.G. 巴拉德著
Hello America by J.G. Ballard

J.G. 巴拉德的才华是现代英语小说中最神秘也最紊乱的——也是迄今为止最难归类的。过去二十年里他几乎每年写一本书，这些书都很难归类，既不清楚他是否站在现实主义和现实的对面，也不清楚他的小说要往哪里去。《美国你好》在这些方面都没有给我们帮助，这不奇怪；也许我们可以简单回顾一下巴拉德的创作。

1950 年代末，巴拉德是硬核科幻小说的一分子。他早年的短篇（写过人口过剩、未来的广告等等）不输弗雷德·波尔或阿瑟·克拉克，直截了当，逻辑完备。巴拉德的第一部长篇《八面来风》(*The Wind from Nowhere*，1962）写得如此循规蹈矩，以至于他后来都不想承认这是自己的作品。彼时巴拉德已是科幻界"新浪潮"的领军，打造了"内宇宙空间"一词来勾画他对该类型的专注。

接下来的三部小说都是灾变主题，想象世界（分别）被水、水晶和沙吞噬。关键点是，这些灾异不是可怕的外星物种降临导致的，而是由于人类张开双臂拥抱它们展示出的"超自然可能性"——《水晶世界》中的珠宝幻境、《淹没的世界》(*The Drowned World*) 中的深海梦境、《干旱》(*The Drought*) 中的返祖再发现。世界的突变万象得到了密集实现，在巴拉德的笔下展现出狂暴的美，充满了奇观和焦虑。

《暴行展览》(1970) 开启了巴拉德最具争议的阶段，也就是他的钢筋水泥期。巴拉德在当下的风景里训练科学幻想者的电子眼，他成了写小报头条、手术室、高速路上的运动雕塑的散文诗人。这种风格的短篇代表作是《玛格丽特公主的整容手术》("**The Facelift of Princess**

Margaret")和《为什么我想操罗纳德·里根》("Why I Want to Fxxk Ronald Reagan"),它们粗鄙下流,也像篇名示意的那样揶揄嘲讽……然后到了 1973 年,《撞车》问世了。

这部邪典小说只关心车祸和性。你会以为视角这么窄的书无论如何写不长,就像《济慈的手工艺》(*Keats's Craftsmanship*)和《D.H. 劳伦斯的谦虚》(*The Vein of Humility in D.H. Lawrence*)之类。事实上,巴拉德交给乔纳森·凯普的《撞车》手稿超过五百页,必须砍掉一半才能出版。小说看似对其描写的变态行为毫无知觉,既带着强迫性,又深陷其中,那种麻木又亮堂的质感在人的脑海中挥之不去。这也是巴拉德最造作最文学的书,其跳跃的节奏和奶油般丝滑变化的元音是对波德莱尔、兰波和马拉美的致意。《撞车》似乎将巴拉德内心的某一部分推到了尽头,在两部相同风格但实验性远不如《撞车》的小说《混凝土岛》和《摩天楼》之后,他发现自己的这部分才华已经耗尽了。

接着我们进入了当前的阶段。1979 年,在沉寂了四年后,巴拉德推出了《无限梦想公司》(*The Unlimited Dream Company*),充满了阴郁色情仪式的死与净化,它让《撞车》看起来好像《嘉莉妹妹》(*Sister Carrie*)。巴拉德在这里那里会为"催眠力量""狂热逻辑"等夸张的表达赋予意义;在巴拉德那儿,幻想有一种悬崖峭壁的险峻,让读者产生一种近乎人格解体之感。

《美国你好》可以看出是同一脉络的延续,尽管在形式上回到了巴拉德的早期科幻风格。在公元 22 世纪,一支欧洲探险队出发去后工业时代的美国探索废墟。通过辅助性的科幻写法,我们从当下的零星细节里拼凑出过去,比如曼哈顿的天际线标志物是"两百层高的 OPEC 塔,华尔街的主宰,其霓虹标志指向麦加圣地"。显然 1980 年代能源枯竭导致了人类搬离北美大陆;接下来的控制气候的实验把东海岸变成了沙漠。人们在西迁时发现密西西比河已经枯竭,死谷变成了赤道森林,拉斯维加斯

> 半陷入一个雨水形成的湖泊中,摩天轮不再转,被淹没的沙漠湿地反射着那些豪华酒店即将熄灭的华灯,好像一面暴力的镜子反射着美国所有的失败和耻辱。

起初我们以为这是一个像《淹没的世界》或《干旱》那样向外走的神秘故事。"在穿越美国的幌子下……他们即将开始一次跨越他们自己头盖骨直径的超长途旅行",巴拉德是这么承诺的;但实际上精神长途旅行从未完成。小说更像是美国流行文化标志性往事的灯光秀,小说人物并不比激光投影的约翰·韦恩、加里·库珀,或是到处可以看到的弗兰克·辛纳屈、约翰·肯尼迪的机器人形更有人味儿。《美国你好》是个简单的探险故事,充其量是约翰·巴肯或阿尔弗雷德·亨蒂在时间机器里转来转去。

计划陷入低潮可能要归因于巴拉德的作品没有反讽的加持。他对人类多样性中的喜剧完全无感,这就是为何风景自然而然占领了他的小说。《美国你好》中,巴拉德的真正才华只在边缘处得到施展:在紧张、偷偷摸摸的生活里注入抽象的远景的能力。巴拉德在前两本书里发展出了一种自由飘浮的风格,足够松弛、宽敞地容纳那些或崇高或堕落的发烧形象。《美国你好》并没有在这条路上走多远,但前景仍然能激发人们的兴趣。不过,要预期巴拉德的下一步走向是徒劳的,他肯定会颠覆

人们的期待。我们能肯定的就是，他要写的小说没有别人能写，也没有人能猜出来他要写什么。

《观察家》1981 年 6 月

《创世日》，J.G. 巴拉德著
The Day of Creation by J.G. Ballard

我觉得，巴拉德的铁粉们被《太阳帝国》(Empire of the Sun) 及其巨大成功打乱了方寸。《太阳帝国》是自传体，写的是作者童年在战时中国作为敌侨被日本人拘禁的经历，有夸张和神话性的成分，但并不算有个性。虽然写的全是巴拉德的事，但一点儿都不巴拉德。他的主要作品一直在大众视野之外，然而《太阳帝国》这种一次性的、出乎意料的小说问世，巴拉德就被"重新发现"了——到底是哪个巴拉德呢？1984年，巴拉德成了最被看好能拿下布克奖的人，他的铁杆拥趸觉得好像是街头毒贩子摇身一变成了杜邦制药的主席。我这么说是因为巴拉德是个小众作家（世道起伏，可能将来又会回归小众作家），有真材实料：极端、排他、几乎自成流派。

我不知道那些新被《太阳帝国》圈粉的人会怎么看巴拉德的新小说；但我知道巴拉德的老粉会怎么看。以下对话很容易想象（实际上我本人就贡献了一两句）："我刚读了巴拉德的新作。""怎么样？""像早期作品。""真的？什么元素？""水。""潟湖？""有点儿。主要是一条河。""主角叫啥名字?梅特兰?梅尔维尔?""马洛里。""马洛里顺流而下了?""不。逆流而上。""啊,当然了。逆流。他讨厌河还是喜欢河?""都有点儿。""他就是河?""对。""小说开头是'后来……'吗?""不是。"

"黎明前一小时,我睡在干枯的湖边的房车里,被一条巨型水路的声音吵醒了。"小说一如往常,从已经发生的某件事的后果开始,带着熟悉的疲惫节奏,刚从某种说不清道不明的精神斗争中慢慢恢复过来;风景也很眼熟,那种人类最终放弃了努力的废土。"干枯的湖"在第一段就得到了解释,"废弃的小镇""干涸的河床""弃置的飞机场"。在设定了情绪和故事背景(这两者在巴拉德的小说里几乎就是同一个东西),他继续写他们是如何走到这一步。

巴拉德是《暴行展览》《撞车》和《摩天楼》(这本书的开头是:"后来,罗伯特·莱恩医生坐在阳台上嚼着狗肉,回想件件奇事……")的作者,也是我们时代的技术、色情文学和电视效应的顶尖调查员,他似乎总是站在现代性的顶峰。但他身上也有一些古老的东西,人类堕落前的纯真。在那些野心和弗洛伊德式的夸大之外,《创世日》和《美国你好》一样,是个冒险故事。更深入的悖论是,尽管巴拉德敏感机智,也会深度反讽,但本质上说他没有幽默感。也许他本人能欣赏幽默,但他没有让幽默进入纸页。

《创世日》的背景设在中非,靠近乍得和苏丹的交界处,是非洲大陆"死去的中心"。小说集结了意料之中的卡司:一个受伤的执迷者,周围是一群极度自负的自大狂。他们以姓氏互称,都有本事说出"别犯傻了""我事先可不知道""你被这个荒诞的梦迷了心窍"之类的话。对话都是"风格化的",一如既往且有必要,因为巴拉德没有什么耳力,也没有听觉想象力,他是纯视觉动物。其文风本身也不可能摆脱既有语调:"第二枪响起……被冲力震呆了……我现在成了猎物……决心继续前行……"

巴拉德还有一个古旧的怪癖,他对寻常的代词有一种病态的恐惧。于是在可以用"它""他"或"她"的地方,我们看到的是"这一摊无害的水""这亲切的骗子"或"这悲痛欲绝的女人"。这些优雅的变化也许能更好地召唤出角色:卡格瓦,本地首领("这个亲切却无法预测的警长");松冈小姐,来自东方的摄影师("这个热情而年轻的日本人");瓦伦德太太,附近育种站的站长("这自封的小溪守卫者""这安静麻木的女人""这越发古怪的年轻寡妇");桑格,拍肥皂纪录片的("这三流电视纸片人""这讨人喜欢但鬼鬼祟祟的机会主义者"),还有他的同事帕尔先生(只知道他是"植物学家");努恩,青春期的沙漠姑娘("这古怪的孩子""这没方向的孩子""这水路来的淳朴孩子")。

不过最核心的是,河,也就是马洛里,也是第三条尼罗河,能灌溉南部撒哈拉沙漠,创造一个十倍于塞伦盖蒂平原的自然保护区——"这奇怪的水路""这独一无二的水路""这神秘的溪流""这巨量的水""这巨大的水渠""这不可能的水渠"。就像执迷会导致的,一切都不再重要,除了沉迷之物。在此,巴拉德最后总会胜出,因为他想象力的不屈不挠,而这想象力本身是奇怪、巨大、独一无二且不可能的。在任何意义上来说,这河流是一种原初之造物,美丽而不洁,腐败而朴素,流动起来就像狂野的思绪。

正如一切执迷,巴拉德的小说偶尔沉闷,时常荒唐。其恒定不变的紧张不是书评人能轻松评价的。巴拉德和其他任何人都不一样,他似乎在跟读者大脑里平时不用的那部分说话。你读完书会感到一种困惑和气恼，但这只是其中一半的经历，然后你会坐等小说回来纠缠你。它真的会。

《观察家》1987 年 9 月

《欲望号快车》，大卫·柯南伯格导演
Crash by David Cronenberg

1973 年，《撞车》出版时我写过书评；我还记得当时的书评圈带着一阵紧张的惊愕迎接了巴拉德的小说。当然书评人都不承认他们紧张的惊愕。紧张的惊愕作为一种反应，是永远不会这么叫自己的，再怎么也得打扮成"审美的一丝不苟"或"道德愤慨"去参加舞会。

《撞车》惹得大家纷纷穿上奇装异服。一些书评人找出他们的分类词典，去查"反感厌恶"；冷静一些的人会说他们觉得这小说"沉闷"。我不记得有任何人选择我的伪装：挖苦。我傲慢（又紧张）地给《撞车》下了判决书。那年我二十三岁。同年晚些时候我的小说处女作出版，跟巴拉德一样，我也被控展示了"病态的性"。但跟他比，我的性偏好还有我的小说传统得简直谄媚。

如果你想驱逐《撞车》，它有显而易见的流放地："新六十年代"先锋派——对抗性剧场、观念主义绘画、装置主义雕塑、实验性小说，还有当代艺术中心。巴拉德最初是传统科幻的一分子（也是英国最耀眼

的星）①，他走向成熟的路上也摆脱了类型的桎梏——自成一派。《撞车》从超现实主义、文化激进主义、彻底放纵和麦角酸的背景中诞生。

《撞车》出版后逐渐成为小众经典，巴拉德成了小众作家。我也是这小众信仰中的一员。教徒们会聚在一起整晚整晚互相指引着漫游巴拉德那美妙、过度、程式化的、荒谬地不友好的宇宙。也许这里我应该区分巴拉德的铁粉和普通崇拜者。铁杆信徒虽然也会分享大众对《太阳帝国》的追捧，但无疑感到了一种背叛。不是因为《太阳帝国》收获了更宽泛的读者群，打破了小众信仰的封闭圈，不是这样：我们感到背叛是因为《太阳帝国》告诉了我们巴拉德的想象力来自何方。好比萨满透露了他所有魔法的来源。

现在似乎有了恰如其分的巴拉德式发展：以不羁和小众著称的大卫·柯南伯格把《撞车》拍成了电影《欲望号快车》，他还拍过同样难改编的《裸体午餐》(*Naked Lunch*)。不过从影视角度看，威廉·巴勒斯充满了活力和可能性，不像《撞车》的瞪眼直视——二百二十五页的撞车性爱都不带眨眼的。

小说从叙述者（毫不妥协地也叫詹姆斯·巴拉德）的车迎头撞上一个女医生的车开始，她的丈夫当场死亡。在电影里，这位丈夫从自己车的挡风玻璃里飞出来，再撞进了男主角的车；在书里他老老实实死在了巴拉德的车顶上。两个幸存者瞪着对方。

巴拉德又碰上了她——在医院里，在警局车辆扣留中心。悲伤、内

---

① 我知道我在引用我爸的话。金斯利对早期巴拉德赞赏有加，但出于道德姿态和反实验主义立场非常讨厌《撞车》。一旦他决定不喜欢一个小说家，很少会给他第二次机会。不过对他的儿子，他给了三次机会：《雷切尔文件》《成功》和《时间箭》。——原注

J.G. 巴拉德

疢、挑衅、对多处挫伤和疤痕的共同敏感与麻木，都令人不安又合情合理地导致了一场没有感情（只有车）的情事。大约在这个时候，重要人物沃恩出现了——"高速路上的噩梦天使"，他的皮衣散发着"精液和引擎冷却剂"味儿。至此，《撞车》跟可信度和惴惴不安说再见，全心全意拥抱了执迷。受"仁慈的精神病理学"这种"新逻辑"的支配，所有人都急切地冲向一场伤痕累累血肉横飞的性死亡机车大决战。

柯南伯格得把这种视角直译成电影语言，他还要考虑时间的沧桑变化——距离小说出版已近四分之一个世纪。在我看来，电影的不和谐处都源于这一变化。1973 年，小轿车尚可作为情欲象征，能引发自由和力量的联想。等到电影问世的 1996 年，汽车引发的联想已经指向了相反的方向——平庸，比如拼车、无铅燃料、哮喘等。现如今，汽车能唤起的不过是脏兮兮的忍耐和寡欲。柯南伯格也用了垂直尾翼的古董车、喇叭裤、迷你裙、蜂窝发型，不断强调时代特征和历史地位。电影中的性爱感觉像是艾滋大流行前，工作不忙、耽于肉欲感觉像是通货膨胀前，甚至道路也像交通大堵塞出现之前。这些吹毛求疵也许平淡无奇，但我们都快到千禧年了，车文化早就平淡无奇了。

另一方面，坐在电影院里观看这样一部聪明、不同寻常的艺术电影，有种愉悦的乡愁，成功地怀了旧。柯南伯格找到了巴拉德那催眠凝视的电影语言：邪气，不驯的执迷。通过排除一切常识（乃至一切幽默），执迷自带喜剧效果，《欲望号快车》几乎成了一部好笑的电影。同理，偏执狂也可以很脆弱。柯南伯格的结尾不是巴拉德小说里的，它在荒凉和被动中达到了一种悲剧调制。

小说不像电影，对时间的流逝无动于衷，二十五年过去也毫不失色。它像是慢性休克的临床病例，病人迷糊地还挺享受的。文字依然是更好地呈现执迷凝视的媒介，不仅关乎你写了什么，也关乎你没写什么。巴拉德的节奏控制一切：人群、天气、高速路上的动态雕塑。只有他的短篇小说集《朱红沙滩》(1973)复刻了这种流畅悦耳的精准。

《星期日独立报》1996 年 11 月

安东尼·伯吉斯：杰克快点

《Abba Abba》，安东尼·伯吉斯著
Abba Abba by Anthony Burgess

我记得安东尼·伯吉斯好像是在《乔伊斯语言导引》(*Joysprick*，1973）一书中第一次做出了"A 型小说家"和"B 型小说家"的宏大区分。A 型小说家写的是我们通常视为主流的作品，他们感兴趣的是人物、主题、道德论，以及如何通过行动来展示这些内容（是的，天哪，A 型小说会讲一个故事呢）。更扎劲也更有颠覆性的 B 型小说家对这些也有兴趣，但他们还对别的东西有兴趣，比如机锋智慧、想法、语言的独立游戏（B 型小说不一定非要讲故事）。当然，有抱负的小说家在成长的路上想要更多的 B，更少的 A。《一位女士的画像》(*The Portrait of a Lady*）非常 A，而《专使》(*The Ambassadors*）明显想要成为 B。《玛丽》是心满意足的 A，《爱达或爱欲》(*Ada*）则傲娇地走了另一条路。《一个青年艺术家的画像》(*A Portrait of the Artist*）已经相当 B 了，《芬尼根的守灵夜》(*Finnegans Wake*）则是我们看到最 B 的小说。伯吉斯在《乔伊斯语言导引》中形容自己是"次要的 B 型小说家"，尽管他曾经也是很满足于当 A 的——"马来三部曲"和"恩德比系列"都非常 A。《发条橙》(*A Clockwork Orange*）绝对受了 B 的影响，他近年的作品《M/F》，主人公的肤色（黑色）等到倒数第二页才揭示，这可太不 A 了。我们从

《Abba Abba》的书名就可以知道它是两者的混合，既 A 又 B。

书名还代表了两种类型的分配吗？我想不出什么理由不是，因为它几乎可以指任何事情。当然它也特指彼特拉克体十四行诗的节奏型（小说的第一部分主要是 A 型，写朱塞佩·焦阿基诺·贝利[①]和快死的济慈这两位十四行诗人在罗马见面；第二部分主要是 B 型，内容是贝利写的彼特拉克体十四行诗，由作者的代理人翻译）。但 Abba Abba 还有别的意思，在阿拉姆语里是"爸爸，爸爸"。它代表了一种原始的脱口而出的语言（济慈梦见基督从十字架上喊出这些词），以及诗歌形式的升华。Abba 是作者名字（笔名）缩写的回文反复。它还是一个北欧流行乐队的名字。说不定还有什么我漏掉的意思。

如此调皮，如此让人猜来猜去，正是小说 B 部分的精髓。有些段落似乎与小说主题毫无关联，像是给喜欢双关语和能说多种语言的人的福利。此外，还有许多无法循环利用的文学评论——谈诗歌的不可译，谈创意努力的无趣。贝利的七十多首十四行诗结束了小说，也提供了大量亮点（不禁让人怀疑，是不是先写了这些诗？），背负着 B 型的重任，尝试拾起主文本里提到过的主题。但很遗憾，尽管贝利塞了很多接地气的刻薄和下流话，这些诗读上去并不怎么有趣。使彼特拉克体产生绵延不绝感的至关重要的押韵，在这儿懒惰得吓人（begun/orison, skill/imbecile, fear/Maria, of/dove），诗歌想要表现的顽皮捣蛋没什么精气神，以至于每一首十四行诗都要用机械的污秽狂吠结尾。"浪费了三百个他妈的加农炮弹""我会说：'我还不如去搞个他妈的母鸡呢'""别在它们他妈的背

[①] Giuseppe Gioacchino Belli（1791—1863），意大利诗人，其十四行诗善融入罗马方言。

安东尼·伯吉斯：杰克抉点

上留一根羽毛"，是三首连着的十四行诗的结尾句。

　　A部分面对的是较熟悉的挑战。把济慈写进小说尤其不容易，伯吉斯没有避开许多明显的陷阱。书里有不少那种传记电影式的粗糙桥段（"明天我要北上……可能会见到你的朋友雪莱"；"柯勒律治说了些关于自愿暂停怀疑的话"），有令人吃惊的不得体的话（"你们所谓的宗教改革把你们从欧洲大家庭里赶出去了"；"他能把教宗当早饭吃了"），还有一种大概是时代特色的糟糕而固执的"精力充沛"（"猫是永恒真理，是中午汤的味道，是屁，是鼻涕，是你背上永远挠不到的痒痒肉"），还有一种把作家们放在一起编段子的倾向（济慈这名字有时听上去像比阿特丽斯和本尼迪克的混合体）。不过，小说下的大注还是赌赢了，赢得还不小。济慈之死本身已经是无可超越的痛楚，不会让写死亡的痛楚变得更容易。渎神的危险一直都在，伯吉斯只有通过一种新的文字张力绕开它。他这么写济慈的最后一次高烧：

　　　　要阻止外面的世界（孩子的叫声，一首歌的片段，一只叽叽叫的麻雀，那些墙和墙纸和椅子以为它们能比他活得久但其实不会，一缕阳光透进了门）不是特别难。更大的难题是把他和自己的身体分开——手无力做任何事，任由一绺头发落进眼里，脑子里充斥着字词、想法、意象……他试着不再呼吸，向无息之神屈服，他的身体虽然筋疲力尽，却不愿放弃……

　　当然这段不是十全十美，但有种真实的升华之感，仿佛语言在试着找到自己的节奏，独立于伯吉斯时常忙乱的编排之外。

　　这种有张力的文字是B还是也能成A呢？许多A型小说家在语言

上造诣非凡,并非偶然。伯吉斯对文字很上心,会用力雕琢。每个句子都会有些怪异之处,时常是刻意为之,不像是灵感突现,甚至不顾是否恰当。伯吉斯开始写一个句子,加上一个从句,然后就这样结束了,都不会按照语法加上"and"。他还倾向于展示那种阅兵式的男子气概,一种不必要的生动("谢文回来了……吞了一大块昨天的面包";"贝利拿了帽子……猛扣在那一头黑发上"),往往跟上下文的情绪不符——同样可怕的还有他爱用霍普金斯式新词和"双词技巧"(kenning)。但这部小说的最佳段落展示了一个 A 型小说家的素材能够被 B 型小说家的专注激活。我个人一直相信形式和内容的不可分割,同意纳博科夫的观点——写作只有一种类型,就是天才的类型。写得好的 A 型小说也可以是 B 型小说。**Abba Abba** 两者都沾了点边。

《新政治家》1977 年 6 月

《1985》,安东尼·伯吉斯著
1985 by Anthony Burgess

1976 年的伦敦可紧张了——我敢肯定是那一年,安东尼·伯吉斯开始构思一本未来主义新小说。那年的酷暑,英格兰像煮沸了一样,半是因为危机,半是因为愤怒。英镑跌到惨不忍睹,每次卡拉汉打个喷嚏,英镑就要跌掉一成("兄弟,能给我一镑吗?"是一部流行卡通的图说)。石油国的阿拉伯人开始占领首都,街上到处都是他们的沙漠大袍子——用奈保尔的话说,就是"好像白袍子突然间成了金钱的新神职"。

通货膨胀抵消了威尔逊式的工人阶级大繁荣；政府与工会达成的工薪协议"社会契约"（social contract）被叫作"社会骗术"（social con-trick）；罢工、声明、物价，一切似乎都在为最后一摔做准备。对我们英国人来说，不论是天气还是别的，那都是出汗的年代。还有阶级战争，每个人都能感受到。

伯吉斯是个知道自己也是批评家的小说家，他还是个知道自己也是小说家的批评家。作为评论家，他知道当一个小说家写未来时，他其实写的是最近的历史（过去了的就可以写了，而当下从来不够时间沉淀）。作为小说家，他也知道他眼中的未来行不通——他会自动创造一个"恶托邦"（已经没人再写乌托邦了：即便是过去的乌托邦现在看着也像恶托邦）。于是不可避免地，爱推断的小说家变成了讽刺者，他看看周围，然后把它变得更糟。

不过，伯吉斯身上有些既不是小说家也不是评论家的地方，希望他的描述能够有启发、有帮助，最重要的是准确。那么他做得怎么样呢？伯吉斯总是鼓励如实刻画，但我们也很想知道他在1978年怎么看英格兰。我打赌他对我们的复苏感到沮丧，无论这复苏有多么短暂多么不完全。我打赌他希望世道更动荡些。要是英镑贬成了美元五分硬币，警察暴动刚进入第二个月，伯克利广场上造起了清真寺，读者公众肯定会对他的书更有心理准备。但这一切都没有发生，1985和1984突然间看上去很近了，然而并不是很吓人。

1948年的伦敦也很紧张，《1985》说《1984》写的是1948年。《1985》一半是小说，一半是评论。我的意思不是说它像伯吉斯近年几部小说一样是两者的混合，尝试以一种"次纳博科夫"的方式先发制人地撩拨文学评论。我的意思是它从当中分成两半。第一部分是为第二部分小说内容所准备的评论发射台。这是大胆的设计，包含了许多新的危险，该书获得了意外的一半成功。第一部分还不错，第二部分差得离谱。

人们读到新机场时会说"就像《1984》"。伯吉斯动用了记忆和机智说，实际上，一号空降带的伦敦①一点儿科幻色彩都没有。《1984》里的伦敦的一切几乎都能在1948年找到对应物——那是伦敦的战后萧条年代。一切都在衰败中，什么都不管用。清教主义和低效率主宰着生活。建筑多是维多利亚时代的废墟；剃须刀片很难买到；廉价袜子会滑到脚底。奥威尔笔下的监控"电屏"是对进入中产家庭的普通电视机的一种外推（以前人脱衣服的时候会把电视关掉）。即便无处不在的老大哥海报也有其先驱：伯吉斯告诉我们，贝内特函授学院到处设广告牌，上面写着："让我当你的大哥吧。"还有"101房间"——《1984》中最坏的事发生的地方——就是奥威尔在BBC工作时对印度广播的房间。据我所知，奥威尔在这房间里没经历什么特别可怕的事，你们差不多懂我意思就行了。

伯吉斯会把我们带向何方？我们先是学到了一句显而易见的讽刺格言（尽管这句话让伯吉斯后来陷入了许多令人困惑的自相矛盾）："小说是从感觉材料里来的，不是从想法里来的，只有感官冲击力才算数。"接下来，随着评论式前言的展开，我们被带进了作者容量巨大无所不包的社会政治沉思之中。伯吉斯不拘小节、打破陋习，还有种能同时与多种文化语域对话的愉快技能，他从多个角度审视了尽善尽美的神话：他分析了现代乌托邦传统（扎米亚京的《我们》[*We*]、赫胥黎的《美丽新

---

① 奥威尔的小说《1984》中，英国是大洋国"一号空降带"（Airstrip One）。

安东尼·伯吉斯：杰克快点

世界》[*Brave New World*]),笑话了行动主义者 B.F. 斯金纳和亚瑟·库斯勒(他会浇灭人类反社会的、劣根性的冲动),还简述了无政府主义的历史,用一种好笑、轻蔑的口吻讲述了无政府主义在青年文化中的朽木回春。什么可以尽善尽美?人显然不行,但一部推想小说也许可以。看完第一部分,读者的胃口已经被微妙地吊高了,大家都以为第二部分不仅毫无文学瑕疵,而且极度人性、又好又真。

这种许诺在第一部分最后一章"爱之死"中昭然若揭。伯吉斯先生延续了该部分所要求的逻辑和势头,虽然读上去还是会令人吃惊——他"拒斥"了《1984》。伯吉斯悲伤地说,奥威尔的小说"与其说是语言不如说是绝望的证言……一种无法去爱的个人绝望"。不论多么努力,奥威尔无法"去爱工人";他没有将肉欲之爱视为过得去的选项。伯吉斯断定这是"对人性可能性的极大歪曲",最后一句下了结论:"1984 年肯定不会像那样。"

我们翻到下一页看到了大号标题《第二部分:1985》,心里肯定想,那到时候应该是这样的吧。突然间我们意识到了伯吉斯的胆识,或者是他的无胆无识。拒斥一部被认可的经典作品并没什么错(虽然说多半是无用功),我想,拒斥一个人的灵感之源也没什么错。但伯吉斯更上一层楼:他身体里的小说家拒斥了评论家。他一开始就说,奥威尔并不是真要"预告未来",艺术无论如何"是道德中立的,像一个苹果的味道"。当然有些苹果要比别的苹果更加道德中立。要为小说《1985》扫除障碍之时,伯吉斯开始贬低《1984》,但贬低的理由都是他之前作为评论家大加赞扬的。他贬低《1984》没有预告未来,道德也不中立。但伯吉斯肯定知道,不管他当时头戴的是评论帽还是小说帽,任何小说都不会因为这些个理由而失败。小说要失败只可能因为没才华。"第二部分"就失败了。

伯吉斯的《1985》毫无意外就是添油加醋的1976。"塔克兰"接近无政府状态。库米纳黑帮（斯瓦希里语中的"青少年"）在街头横行霸道，抢劫强奸无恶不作。整体工团主义扼杀了经济（解雇一个超市收银员就会导致军队罢工）。十三岁的女孩懒散地坐在电视前看色情节目自慰。名叫阿尔-多切斯特、阿尔-克拉里奇外加各种阿尔-希尔顿和（经常是）阿尔-衣蝶旅店的禁酒宾馆遍布伦敦。人们讲的是工人英语（"you was"，"he weren't"[1]等等），用不分性别的代词（"zer"，"heesh"等等）。学校里只教工会历史，文化饥饿的朋克叛逆者们得去地下大学学知识。这都是我们的当下。

虽然其描写既不逼真也不极端，但并不能解释为何伯吉斯的这后半部分没能引起人们的兴趣，更别说让人害怕了。我们可以说，乌托邦小说之所以有力量和凝聚力，因其想象的社会映射了人类思想。比如《理想国》(*The Republic*)里，柏拉图设想的毫无吸引力的社会就只是人类智慧的一种形象化：中规中矩、等级分明、对艺术拘谨而严格。同理，恶托邦的逻辑源于病态思想：老大哥是一号空降场感染的精神恶疾，党只是其偏执妄想的工具，懦弱的温斯顿·史密斯颤巍巍地说了一些精神健全的话，很快就被摧毁了。伯吉斯的《1985》过于混乱，无法成为任何隐喻——除了混乱，但还是那句话，这也没法"解释"其毫无魅力。唉，败就败在（令人懊恼的、无趣的、难以言表的）语言上。

伯吉斯近年来的文字都有一种职业化的仓促、一种成为文体家的渴望。结果就是缠绕拧巴、抑扬顿挫、自带假光泽，每个句子、每个短语

---

[1] 这两处表达不符合正规语法。

都有种雄起起的怪诞或别的什么怪味儿："他在留言本上胡乱写了点什么，撕下、折好、给"，以及"'Gay?'迷惑的贝芙"就是伯吉斯劣质扭曲的例子。对话也不忍卒读，"不用告诉我他正好坐在哪儿的转椅上看矿脂喷发"，这是贝芙随口说某个石油贩子。此外，全书里的工人形象都是又咆哮又抱怨的大老粗，伯吉斯在后记里坦言自己对工人不甚公平，跟奥威尔差不多。失败的爱到此为止。那么《1985》到底跟《1984》是什么关系？我猜大概是紧紧抓着那"可能性"，然后越来越蠢吧。

《1985》里有些许对《1984》的歉意。在一个诙谐段落中，贝芙解释奥威尔在西班牙内战中正打算动笔写《向加泰罗尼亚致敬》就死了。那么既然奥威尔还没有写出《1984》，1985 就随便伯吉斯怎么编了。这算是某种修补，但又指向了更进一步的谬误。小说本无所谓真假，奥威尔在别的方面也经受住了时间的考验。不过，这倒给了我们一个好理由去读《1985》：它会让你重读《1984》。

《纽约时报书评周刊》1978 年 11 月

《尘世诸力》，安东尼·伯吉斯著
Earthly Powers by Anthony Burgess

长篇小说分两种。一种是把短篇小说拉长，大部分长篇都属于这类，尤其在美国——那里的作家例行在间谍小说、太空歌剧、家族传奇等等中把林地毁得一干二净。另一种长篇是因为它们必须得长，才能呈现广度和复杂度，对作者和读者都有要求。

《尘世诸力》是第二种长篇，所以加倍可观。在不列颠，长篇小说是一战的连带受难者；安东尼·伯吉斯属于这种文化，但一直是天生的游牧民和侨民，他冷落英格兰不是因为种种常见束缚（比如性事和经济），而是因为其艺术上的谨慎不适应他的天分。他变成了小说传统的颠覆性诠释者，在欧洲的宽松影响下自由发展。《尘世诸力》也有现代美国小说的新维多利亚风的影子：比如赫尔曼·沃克《战争与回忆》(*War and Remembrance*, 请注意书名对托尔斯泰和普鲁斯特的腼腆致意）的无所顾忌的视野，以及索尔·贝娄的《赫索格》(*Herzog*)、《洪堡的礼物》(*Humboldt's Gift*)、《奥吉·马奇历险记》中那种页复一页的智性纠缠。

即便到了六百页，本书读上去依然满满当当，狂热的博学、蒜味双关语、全语种的笑话随处可见。《尘世诸力》的叙述者是八十一岁的肯尼斯·图梅——同性恋、罗马天主教徒、糟糕的小说家。小说人物众多、四处漫游，混合了20世纪历史和私人史（比 E.L. 多克托罗的《拉格泰姆时代》和汤姆·斯托帕的《戏谑》还要诚意、私密），图梅去过巴黎、罗马、纽约、洛杉矶、马耳他、摩纳哥、马来亚、柏林、巴塞罗那和阿尔及尔，与海明威、海塞、乔伊斯、福斯特、吉卜林、艾略特、毛姆、伍德豪斯之类的人打成一片。不出所料，青年图梅被乔治·罗素（作家"AE"）引诱的那一天，正是乔伊斯让罗素在《尤利西斯》中出场的"那一天"。

图梅讲述着他的一生，我们注意到可怕的事情不断发生在他身上/身边。他的妹夫被芝加哥黑帮砍死；他最好的朋友被一个马来亚巫师的巫毒给毁了；他外甥在一次邪教徒集体自杀的惨剧中服毒死了。图梅审视了自然的严苛，经历了不同国家的神经质和歇斯底里（审查制度、禁酒令、墨索里尼的崛起），在解放后的布痕瓦尔德蹒跚通过——"什么味儿？都是人味儿……我自己的气味，全人类的气味"。终极道德或神学，或神正论，或反讽（上帝保全下来的生命未来要死于邪教集体屠杀）严酷而凶猛；这种挑战是文学天主教徒喜欢扔给世界的，好像要证明其信念的男子气概。格雷厄姆·格林的《布赖顿硬糖》（*Brighton Rock*）和伊夫林·沃的《一抔尘土》（*A Handful of Dust*）都是此类，但伯吉斯要比他们更激烈。

为了加剧图梅的艰难，他还是个同性恋，而且他把这种原罪状态视为一种圈套束缚，是对自由意志的否认。可以这么说，图梅不喜欢他本该喜欢的东西，他怨恨上帝让他成了同性恋。图梅勾搭的形形色色的手脚和嘴巴都不干净的娈童无疑会冒犯许多正统同性恋。常年因性向问题被警察骚扰的图梅，也活着见证了一场由大主教主持的同性婚礼；不过男男组合依然希望渺茫。（用"道德大多数派"领袖杰瑞·法威尔的话说："上帝在伊甸园里创造了亚当和夏娃——不是亚当和史蒂夫。"）他最满意的一次爱情是纯柏拉图式的，而且很快就被邪恶力量打断了。"摆脱同性恋身份的唯一方法就是乱伦。"哈夫洛克·艾利斯这样告诉图梅。于是不可避免地，图梅与妹妹霍顿斯既贞洁又肉欲的关系也成了唯一超越小说的纽带。

在图梅的决定论世界里，到底哪种确认才有可能呢？伯吉斯把艺术创作视为人类的唯一类上帝行为，这对一本写艺术与邪恶的书来说恰如其分。图梅当然是最乏味的那一类艺术家（装腔作势却能被人一眼看穿），伯吉斯在写他的种种装逼努力时极有喜剧效果：华丽丽的年代史诗，注定失败的舞台脚本，为音乐剧写的打油歌词，把创世神话改写成多愁善感的同性恋故事，甚至还有对邪恶本性的神学论述（和他的亲戚卡洛·坎帕纳提合写的，此人后来"当了教皇"）。图梅开始创作时，他会体验一种神圣的自信；当作品逐渐成型时，他又觉得捉襟见肘，各种凡俗的妥协和权宜之计把原初纯洁之梦团团围住。于是计划中的激进和纯粹被玷污成了寻常俗物。

不过从某种意义上说，《尘世诸力》既属于图梅，也属于伯吉斯。它的完成度相当高，在设计上广阔而复杂，在执行上一以贯之地精彩，小说中的世界充满了游离不定。长篇小说的形式本身不可避免地有种种缺陷，本书在语言忙碌的表面之下也有不少空洞之处，但不论人类局限何在，它展示了一位作者所能达到的尘世力量的高度。

《纽约时报书评周刊》1980 年 12 月

《小小威尔逊和巨大的上帝：安东尼·伯吉斯忏悔录的第一部分》
Little Wilson and Big God: Being the First Part of the Confessions of Anthony Burgess

没有很多人知道，安东尼·伯吉斯除了给所有知名的报刊定期写稿外，还给不知名的报刊定期写稿。随便拿起一份匈牙利季刊或是葡萄牙小报，都能看到伯吉斯的大名，讨论匈牙利红烩牛肉或是新菲亚特 500 的试驾。"我们被夹在两回永恒的无所事事之间，所以现在没有理由无所事事。"即便如今已是七十高龄，伯吉斯依然一本又一本地写，还有一半时间用来写音乐。他还声称承担了所有家务。

伯吉斯自传的第一卷只有四百五十页那么厚。一般来说我们会以为这卷写的是作者五岁前的生活,但实际上他一路写到了中年,他的写作事业正要迎来飞跃——从那时到现在他又写了五十多本书。他出生时叫杰克·威尔逊;安东尼·伯吉斯是笔名——可能是许多笔名中的一个。

当伯吉斯写到自己十岁时读《堂吉诃德》(*Don Quixote*)时,我们逐渐开始摸清了路数:"我一共读过四遍,第二遍读的是西班牙语原文。"十一岁那年他在《曼彻斯特卫报》上发表了一幅草图,在《每日快报》的儿童角发表了一篇小文章;但这些都只是探索型的副业,跟他喜欢化学和话剧一样。十三岁那年"我决定我要成为伟大的作曲家"。虽然他喜欢亨德尔和早期贝多芬的"简洁调性",但又"看不起这些自然音阶的和声,因为太容易预测了",他的音乐"将会'很现代',像斯特拉文斯基或勋伯格那样"。

这个十三岁的现代主义者在阅读上也没拖后腿,冷静地读着易卜生和叔本华:

> 因为古诺和布索尼,我还知道了浮士德的传说,我还能读西里尔字母,学过……《春之祭》的总谱……在学校作文里,我会用爱迪生文风来指莫扎特的清澈,或是用托马斯·德·昆西文风来指瓦格纳的急躁,结果总是因为如此类比而被老师质疑、被全班同学耻笑。

只是耻笑而已?他没被私刑处死已经很让人意外了。

小杰克醒目的早熟必须放在深深的恐惧和孤立的背景中去看。1919年初,老威尔逊还没复员,被准假回到曼彻斯特的卡里斯布鲁克街,发现尚在襁褓中的儿子在婴儿床里哇哇叫,妻子和女儿的尸体躺在一旁。

西班牙大流感蔓延到了哈伯黑。上帝毫无疑问是存在的，只有无上的天主才能在整整四年史无前例的苦难和绝望之后再来一出加演的短剧。

杰克成长过程中"因为没有母亲的照顾而孱弱无力"，"要么被欺负要么被忽视"，"放学后总是一个人走回家"，"在家里的地位跟动物差不多"，继母冷漠，还有一个"自称是父亲但总是不在家的醉醺醺的男人"。伯吉斯说"不恨谁"，也"不自怨自艾"，但在这反复重申中有明显的怨恨在。也许他的关键时刻来得太早了，频繁的噩梦从未得到真正的安慰，从未缓和。"在经历了如此多的集体恐惧后，一个小孩的噩梦算什么？"

伯吉斯的童年是情感的缺失和失衡，然而童年生活也充斥着无政府主义。本书开头描述的1920年代的曼彻斯特要比1950年代的马来西亚和文莱（本书在那里结尾）看上去还要异域。这是温斯洛夫人舒缓糖浆的世界，香烟叫"婴儿的屁股"，这也是早餐吃五道菜、梅多克红酒十便士一瓶、求爱可以长达四十年、日日有乱伦强奸谋杀的世界。

整个求学期间，杰克·威尔逊总是不知道该拿自己超乎天际的智力、精力和意志力怎么办。他总是利用日常生活的边角时间进行庞大的自学计划。在军队里当下士时，他遇到过许多粗人和恶棍，但努力保住了脑袋——也许因为他的枕边书是《芬尼根的守灵夜》，"往往被认为是一个密码本"。"一个星期天，我在读海明威《流动的圣节》(*Fiesta*)德语版的间歇，为洛尔迦的一首诗谱了曲……"现在轮到读者变成了愁眉苦脸的下等兵，而伯吉斯继续怡然自得地全景展示他的无忧无虑、他

安东尼·伯吉斯：杰克快点

那些过目成诵的羞辱性金句。哪怕互殴（能想象这会频繁发生）也让他"感到无聊"，因为他的脑子里只想更高级的事情。这是一部无所不包的全面回忆派的回忆录；伯吉斯的战争虽然烈度不强，却难以置信地漫长。

如果总在学习没空玩耍，小杰克就会变得沉闷。但杰克玩起来也很疯，他酒量惊人，日吸八十支烟，而且看上去还是泡妞高手。这最后一项，他得到了不少时代助力：对待家务有如封建领主，战时传统女性的大度，第一任妻子践行自由恋爱，还有典型的延迟高潮："这是发自内心地背诵弥尔顿——'高高在上的王座……'（《失乐园》[*Paradise Lost*]第二卷）。"

人们可能会犹豫要不要把伯吉斯的超凡情欲和他的文学分量联系起来，但这两者似乎的确亲密相关。当他去"东方的伊顿"教书时，忙于比较中国人和马来亚人的床上功夫；但他的欲求无度是一种综合的拓扑学尝试。他的女人们是枕边词典。在床上运动的间歇，他会谱写一曲《马来语交响曲》（"尝试将该国的音乐元素融合成一种综合语言，会用到本地鼓和木琴"）或翻译艾略特（"Bulan April ia-lah bulan yang dzalim sa-kali"）。伯吉斯虽然时常恼人地卖弄学识，但他这书唯一真正的吹嘘是副标题"安东尼·伯吉斯忏悔录的第一部分"，这是向卢梭问好呢。在这个自传体已经变成政客和演员的退休收入的时代，哪怕这样也可以被允许作为一种必要的提升。

杰克·威尔逊最伟大的项目就是安东尼·伯吉斯。像所有作家一样，他得系统化出一个自我；他得从自认的缺点（冷漠、粗糙、欲求旺盛）和那无比丰沛的天分之中拼凑出些东西。浮现的那个人是一个由能量黏合而成的合成体——就像物理学家说的"承载能量"。他的眼神一直不太好（"我有次在埃文河畔的斯特拉特福走进一家银行，点了一杯饮料"）；他对牛顿现实的把握总是视情况而定（"偶尔我看实在走不了路了就会跌进一个长椅"）；他的精神畏惧持续了一生，无处不在。然而他用这一手特殊的纸牌搭起了无数豪宅：

> 我已准备好死于对储藏室黑暗的害怕和对空间的恐惧之间。我想要自己头颅范围内的自由，用笔建造一个世界。自打 1925 年以来我没什么变化。

《观察家》1987 年 2 月

冷 遇

《不满者》, C.P. 斯诺著
The Malcontents by C.P. Snow

一般来说,作家会因为刻画离自己生活很远的人物而得到夸奖,比如安格斯·威尔逊的《夜访》和艾丽丝·默多克的《在网下》(*Under the Net*)向我们展示了作家无需经历支撑也能靠想象力写出精彩的作品。C.P. 斯诺的十一部基于事实的系列自传体小说《陌生人与兄弟们》(*Strangers and Brothers*)广受好评,经常有人暗示这肯定会降低作品的文学度、增加历史度。斯诺的近作《不满者》主角是(相对)年轻的异见者,少了刘易斯·艾略特(《陌生人与兄弟们》的叙述者)那虽然有结膜炎但能洞悉世事的双眼。

故事足够轻快利落,斯诺的文风有些用力但能胜任。小地方来的七个破坏分子自称"核心",通过一桩拉克曼式剥削[1]的案子成功构陷了一位影子大臣,但事情败露了(他们中有个叛徒),其中一人不幸身亡,牢狱之灾逼近,他们的计划和野心泡了汤。

这些都没什么问题,但毫无疑问,《不满者》的老派会被相当一部

---

[1] 彼得·拉克曼(Perec "Peter" Rachman),1950 年代到 1960 年代初伦敦诺丁山区的一个地主,以威胁和剥削无权无势的外来移民房客著称。在《牛津英语词典》中,"拉赫曼主义"(Rachmanism)一词是剥削和恐吓房客的同义词。

分书评人注意到,至少跟斯诺一样老,甚至可能更老。年轻一些的读者肯定会对斯诺的无知感到尴尬。这可不是诽谤。如果一个少年人打算写一部自然主义风格的小说,却写到一个老人家里的走道两侧有投币点唱机和弹球机,那就要做好准备接受评论界的冷言冷语。

举个例子,当"核心"聚会时,"问候语是 hallo 和 hi:如今有些人用美语风格了"。平心而论,这里的"如今"是 1970 年 1 月,那么斯诺可不止落后了几十年。还不光是表面上的问题,节奏也磕磕绊绊。有人在一个派对上发致幻剂,七人团里的伯纳德晃着晃着就从五楼窗户跳了下去。剩下的主角们花了许多时间思考是不是有人在他的啤酒里下了药(让伯纳德产生了自己能飞的幻觉),但最后觉得这想法太夸张了所以不可能是真的。除非他们整个大学期间都在严实的百叶窗里埋头学习,不然立刻就应该觉得这想法太太太俗套所以不可能是真的。如今你只要走进小路,很难不看见一些年轻人在那儿扎针呢。

"核心"团体里有两个女生,一个被讽刺,一个被理想化。还有尼尔,一个充满阶级仇恨的愤青化身;兰斯是个嗑药、浮夸的半吊子叛逆者;可怜的伯纳德是严肃犹太知识分子的化身。斯诺的主要关注对象是斯蒂芬和马克,尤其是斯蒂芬。(这两位年轻绅士当然不是小地方的大学生,而是在放假的剑桥生。)与其说他们对抗议和不切实际的意识形态感兴趣,不如说他们更关心的是改善人们的生活品质——你会猜,斯诺年轻时是不是也这样。他们作为人物的真实性跟书封上那些穿着高领毛衣的雅痞男女不相上下,但必须说,斯诺通过这些人物探寻、检验了诸多令人充满联想的主题和逻辑。

马克形容斯蒂芬的社会关怀"类似于一种爱"。有可能斯诺对斯蒂芬的刻画是基于流俗的观念:没有一个像样的社会民主派年轻时没有一点儿革命精神。然而到结尾处，斯蒂芬意识到只有体制最坏的那一面可以让他免受牢狱之灾，他得选择是否要为受迫害的尼尔提供证据而再度牵连自己，接着要给自己寻找这么做的理由——所有这些纠结都得到了细致的描述。撇开滑稽的错误不谈，我们完全可以继续膜拜斯诺的宽容和真诚，他在写行善的可能性和守规矩的困难时下笔如有神。

小说的结尾更多告诉我们的是变老而不是年轻。"他或其他人都无法预测自己的中年。他们不会想到可能在等待他们的怀旧、回归甚至感伤惆怅。"写得很好，但很遗憾，他到老了也一样无法摸透年轻人。

《观察家》1972 年 7 月

《马拉西亚挂毯》，布赖恩·奥尔迪斯著
The Malacia Tapestry by Brian Aldiss

功成名就的科幻作家往往会对科幻感到厌烦——有时是真心的疲惫，更多则是野心作怪，觉得被评论界忽略了。库尔特·冯内古特就是科幻界的叛徒，他说在评论家学会区分"科幻"（SF）和"马桶"（WC）之前，他"要脱圈"。布赖恩·奥尔迪斯已经想脱圈好些年头了，除了他的自传系列（已出版《非母乳哺育的男孩》[The Hand-Reared Boy] 和《一个士兵的勃起》[A Soldier Erect]，还没完结），近年还写了一本科幻批评史（《十亿年放纵》[Billion-Year Spree]）、两本高级幻想小说《解放了的弗兰肯斯坦》（Frankenstein Unbound）和《80 分钟的小时》（The 80-Minute Hour）。《马拉西亚挂毯》是奥尔迪斯在主流小说水域最长的

一次踩水，我恐怕救生员都要紧张了。

马拉西亚是一个虚构的拜占庭城邦，前文艺复兴风格，到处是江湖骗子、叫卖小贩和算命的，像本·琼生《狐坡尼》(*Volpone*)里的威尼斯。提醒一下，这不是真实历史中的世界，而是一种或然世界，神奇野兽和飞来飞去的裸体女孩保持了科幻的外壳。严格说，这些都是陈旧的堆砌，书里所有的"新意"都可以重新译成标准的历史小说术语：比如把大象叫成"投石机"并不比叫它们大象更怪异。马拉西亚社会的压抑和堕落是唯一关乎小说推进的方面，也是对"我们今天的冲突和矛盾"的戏剧化（嗯，书封推荐语算是说对了），在此奥尔迪斯提供了一种不同寻常的尝试：不光是一部历史浪漫主义小说而且是浪漫的历史浪漫主义小说。

如果剥离其间歇性的鲜活背景，本书是对主人公佩里安·德·齐若罗的经历的感伤研究，我要是跟佩里安一样爱双关的话，完全可以把书名《马拉西亚挂毯》改成《汤姆·蛋蛋[①]》，毫无违和。德·齐若罗是个自负又怯懦的丑角，绝不是女孩的好选择；虽然马拉西亚的道德标准相当严格，但他的黄段子、阴阳怪气、做作悲伤的四行诗（"亲爱的贝达拉，在所有我睡过的女孩儿中，你是音乐……"等等）和精力无限的爱抚很少不起作用。

佩里安的悲剧在于他得了太多现代病：双标、社群性倾向中的自我提升、男性沙文主义、对工人阶级性对象的困境漠不关心。在这些方面，奥尔迪斯先生竭尽所能把佩里安写得讨人喜欢，当佩里安决定加入

[①] 作者在这里恶搞想将书名改成亨利·菲尔丁的小说《汤姆·琼斯》(*The History of Tom Jones, a Foundling*)，Jones 前加上表示联合的"co"，cojone 可表示睾丸、胆量。

"进步"运动"明天"(mañana)时,我们也加倍赞成这年轻人的通奸行为。

尽管这些都叫人心烦地老套陈腐,本书大概只能通过一些不落俗套的文字挽回颜面——这是奥尔迪斯擅长的。但你不会因为角色经常说"但愿吧"①、或是佩里安充满异域风情的"我一文古罗马便士不名"就会产生一种异世界之感。同理,"摸索着她胸脯上的美妙小山丘"或"我的眼球像她的乳头一样突起了"之类的句子也不会让书里喋喋不休的下流变得性感起来。类型小说宽泛说来是一种关于想法的小说,它与主流小说的区分很大程度上在于节奏。首先,如果要改变风格,你必须慢下来。奥尔迪斯的《马拉西亚挂毯》没有慢下来。

《观察家》1976 年 7 月

《岩石泳池》,西里尔·康诺利著
The Rock Pool by Cyril Connolly

西里尔·康诺利没有资格写一部好小说。一个闲着无聊的享乐主义者,文学品位崇法,风格拉丁化(追求睿智、沉思伟大):你会觉得此人肯定执着于读书闲话、纯文学和周日文学副刊。然而,康诺利的处女作、也是他唯一一部小说《岩石泳池》(1936)却充满了低级趣味的人间喜剧,一点儿都不装。更不同寻常的是,它今天读来仍未过时。康诺利

---

① 原文是 mayhap,英语古体词,在诙谐语境中经常被用到。

清楚自己的弱点，轻快地给自己铸了个反英雄的模子，把自己的野心抱负都变成了悔不当初的讽刺对象。

二十六岁的埃德加·内勒拿着微薄的薪水，势利眼、戒备心强、暗搓搓地好色，来到了"海里洞"——蔚蓝海岸的一个波西米亚破烂小镇，到处是醉醺醺的不成器的艺术家①、贪心的酒食承包商，还有名字叫托尼、迪基和达夫的大都市拉拉。内勒带着人类学的超脱心态乘游轮来到了这里，慢慢不由自主地在"海里洞"的浑浊岩石泳池里找到了与自己相称的位置。

在小说开头，康诺利跟所有小说家没有不同：他要找到正确的声音，找到诠释别人声音的方式。以任何标准来看，这开头都不怎么样，有许多累赘的陈词滥调（"阴郁的沉默""铁拳紧握"）和打杂的形容词（"迷人的""愉快的"）。康诺利还有种捕捉人类口语的反窍门。美国人爱说"gee"（天呀）和"swell"（棒极了），小说里的英国装逼犯会说："Did yu raow? Did you reide?"为了传达内勒那紧张的自夸，康诺利想出了一个吃力的办法——把他的词都黏在一起不分开，比如："it's oneoftherudestthingsthat'severhappenedtomeinmylife"（这是我一生中经历的最没礼貌的事之一）。这种矫揉造作在第一章之后就被抛弃了；抑或这就是康诺利著名的懒散的证据：他从来不会重读一遍校对错误。内勒在第一次宿醉之后，就稳步走上了理所当然的不归路。康诺利一早就说过主人公"既不是很聪明也不怎么讨人喜欢"——实际上在"海里洞"到处都是这种废物。康诺利准确地捕捉到了其中的反讽，此类社群充斥着愤怒的反传统人士和不羁艺术家，这些形形色色的厌世者除了在展示自我

---

① 原文为法语，artistes manqués。

冷　遇　133

保护的天分和才能之外一无是处。

可惜内勒连在这里也无法大放异彩。他被玩弄、被欺骗、被抛弃，他发现自己毫无吸引力，连同他的英国性就像湿漉漉的衣服黏在身上："索尼娅看了一眼他拉长的空洞的脸。她头一回感觉到了青春和活力的某种古老敌人，于是悄悄地走了。"他只有在有钱的时候才有人注意，即便是可怜的臭名。钱花完后，内勒只得与"海里洞"唯一一个跟他一样没有吸引力的露比结伴，露比是个容易上当的美国醉鬼，过得不是一般的惨。在小说结尾处，内勒喝着免费饮料想交朋友，理所当然地被说成"不过又是一个英国废柴"。但他一直都是啊。

《岩石泳池》是一部短小有趣的小说，总体来说是令人愉悦的惊喜。康诺利本人那惹人烦的渊博在大部分时间都得到了有效的控制，只偶尔挣脱缰绳：羽状的芦苇"像一首中国古诗般哀婉柔弱"，尼斯"像奥芬巴赫一样过时地浪漫"，一个女孩有着"如梅利埃格①之诗"般的泛神论光环，诸如此类。这些观感一半被分配给了内勒，但还有许多段落太复杂了，太格言风了，太优秀了，可不是内勒能驾驭的。《岩石泳池》原本是研究英式势利和无望的三部曲的一部分，这可能要为反讽的不平衡导致的怪异刺痛负责。

最后为什么只写了一部？是什么在与康诺利的承诺为敌？彼得·昆内尔在导言中回应了康诺利的担忧——他读过写过太多小说评论了：他知道这里面所有的胡闹和把戏，他知道太多了。这种理论里的某些真实只与康诺利有限的智性活力或创意胆识相关；我觉得更真实的是这样一

---

① Meleager，或译墨勒阿革罗斯，卡莱敦国王 Oeneus 和王后 Althaea 之子，阿尔戈诸英雄之一，杀死卡莱敦的野猪。

种观念：一个小说家应该不够世故，要有儿童般的稚气，甚至要迟钝和天真。康诺利在其评论文字、在其颤颤巍巍的沉思、在其编辑的《地平线》杂志里，常常是直率的、浮夸的、模糊的。但是没有一个人会说他天真。

《观察家》1981 年 11 月

《忠告》，菲·维尔登著
Words of Advice by Fay Weldon

众所周知，成功对作家来说是危险的：有时社会流动这一简单事实都足够孤立一位英才。当然，在美国，知名小说家可以修建有护城河和电栅栏围绕的堡垒；在英国，小说家可没那么多钱，但他们可以认识有钱人。菲·维尔登的小说就一直在自信地向上爬——从《胖女人的玩笑》(The Fat Woman's Joke) 和《在女人中》(Down Among the Women) 中的邋遢小女生，发展到《女性朋友》(Female Friends) 中的电视台高管和职业女性，再到《记得我》(Remember Me) 中的城郊股票经纪人，现在到了维尔登小姐的第五部小说，终于走运发财，写到了第一位百万富翁。

自然，她的第一位百万富翁是个女人。维尔登小姐的世界一直是坚定的、近乎讽喻的母系社会；她笔下的男人都没什么头脑，只要有事发生，肯定都是女人在背后操纵。哈米什是我们的傀儡百万富翁：一个上了年纪的花盆大亨，住在装潢俗气的乡下豪宅里，稀里糊涂地当着妻

冷 遇　135

子洁玛的棋子，洁玛因身心失调而半身不遂无法生育，但很懂艺术。在他们家暂住的首席客人是英俊的四十多岁的维克多，一位颇有手腕的古董商人，一面因抛弃妻子满怀内疚，一面带着芳龄十八天真无邪的丰满情妇艾尔莎来哈米什豪宅谈生意。百万富翁的豪宅派对的确是纯虚构产物，整个周末充满了私通、社交羞辱和彻底的性互换活动。差不多所有人都侮辱、背叛、睡了其他所有人。

洁玛是主要的操纵者。在这部本已滔滔不绝的小说中，她还是主要的独白人物，在各种微操的间歇，她会回忆自己性格形成的岁月。（读这些独白式演讲，你会觉得维尔登全在为洁玛写作：她俩肯定都喜欢教训人，都爱用史诗级的夸张明喻。）艾尔莎听洁玛的个人史大概耳朵都起了老茧，她自己的社会–性向明显还有待寓言化，以及最终成型。的确，维尔登笔下的女性仍有沉重负担——维尔登笔下的男性。他们要么是被戴绿帽子的有钱人（至少会照顾你，为你的不忠买单），要么是艺术圈特立独行的人物（能点醒你，然后伤你的心，很可能还会伤你的背）。已经对性问题有过彻底思考的维尔登小姐这样说："性不是为了繁衍；而是为了分享特权。"

那么，特权对维尔登小姐笔下的世界起了什么作用呢？最明显的，是特权赋予的风格。维尔登小姐从来不是有社会"关怀"的作家，虽然她对象征地位的硬件目不转睛，但对财富的道德意义并没有兴趣。她视有钱的生活为一种悬置状态。就像他们说的，小说中最自然的场景是维克多的弃妇，在中产的健忘中继续微笑前行——我不禁怀疑，这应该更接近维尔登小姐的自然生态。无论如何，作为这种生动距离感的产物，《忠告》是一部轻浮的开放结局小说，各种荒唐的观念、扭曲的比较和不合拍的主题都被放出来玩耍。加深这种印象的还有书籍排版的支离破碎，在这一创新上，很不幸维尔登小姐没有得到排字工人的完全配合。

　　风格化的写作不可避免地将风格放到了聚光灯下，维尔登的文字通常来说清脆有表现力，但这次成了忸怩害羞的女一号。她希望能越来越有缪丽尔·斯帕克的睿智脱俗之风，但事实很清楚，维尔登小姐的意图是让语言反映她笔下人物的平庸思考。但陈词滥调到底是谁的呢？举个例子，爱"像天空中突如其来的一道闪电"般击中了你，重组了"你的存在"的"最根本"（十七页之后，"最根本"换成了"基础粒子"）；还有，性行为让你"因恐惧和欢愉而大喊，痛并快乐着"。天真之人常有天真想法，但他们是不是天真得太生动了？我以为维尔登小姐应该知道，因为她时刻准备在行动暂停喘口气的档口塞进俗谚："我们做的善事会福泽后代……如果没有坏时光，好时光又算什么？……一代又一代……回想又回想那一代代……所以男人一开始就跟女人说……回应式的性激情会激发和鼓舞另一方……"——也许有点儿痛并快乐着吧。这些诵经台上的布道言论在维尔登小姐无所顾忌的反讽中显得很不搭调，也指向了更大的瑕疵。

　　陈词滥调从小说的语言向内扩散到了其核心。陈词滥调总是在扩散。维尔登小姐可能向上攀爬了社会阶梯，可现在她看上去离低层的代表人物也太远了。即便你有意去表现小说人物可怜地受到经历的限制，但总不能让蠢秘书说出"我会去《玄学周刊》上的'迷信'一栏查阅的"或"所有东西都可以归档。《办公手册》第六课是这么说的"这样的话吧。不出意外，当维尔登小姐选择从这些真人模具里挖掘一些"真实的"情感，便大肆宣称从几行字里就能获得"真正的悲伤"和"真正的爱意"。同理，在一部女主角因身心失调半瘫痪（她要做的就是"想

冷　遇　137

要"说话,等等)的小说里,你肯定不会期待她会真的站起来走路。结果洁玛真的就这么做了——在维尔登小姐塞满男人的结尾处,洁玛试图跟艾尔莎一起突围狂奔。"跑!"洁玛喊道……"你必须跑!你必须为我和我们所有人跑。"当然,社会流动应该向所有人张开手臂;但是我们也看到,它依然风险不小。

《纽约时报书评周刊》1977 年 10 月

《曼蒂萨》,约翰·福尔斯著
Mantissa by John Fowles

如果说约翰·福尔斯是个中眉作家但有时希望自己是个高眉作家可能不太准确,因为他从来没觉得自己不是高眉作家。这其中的区别是实实在在的。

《曼蒂萨》写了一场婚姻(一个作者和他的缪斯的婚姻)里的特定场景,其设定是在作者的脑子里。缪斯叫埃拉托,有各种各样的伪装,会跟名叫迈尔斯的作者过着例行公事的生活。他们经常吵架和做爱。两人都有超自然力量:她的是虚构出来的,他的是作家的,所以到最后会打成平手。小说要探讨的是现实和创造力的本质,艺术的异化,文学演化到当下的自我意识阶段,男性和女性的关系,以及许多别的内容。

但先别考虑那些。让我们回到表面,检验一下表演的质量。福尔斯的小说很少有幽默、欢笑或活力。这次,他总算放松了一回。《曼蒂萨》总体上还是很严肃的,但时不时也会允许"有趣的大不敬"。小说里既有为博学者准备的谜题,也有为熊准备的蜂蜜。

小说的大部分是对话,糟糕的对话。"我可不是什么蠢山林仙女去跟青蛙诗人过下午。"埃拉托警告说。"你可能在女神里算好看的,或是摇摆舞女郎里。"迈尔斯开玩笑。还有:"如果你坐在一整个橄榄树果园里,我不认为你还能认出一根橄榄枝。"没有改进余地了吗?就不能在开头用 grove(小树林)换掉那个 orchard(果园)吗?但前后的文字尽管很糟糕,还是有挺多金句和俏皮话的。

"他抬头怒视她,那反感好像一个一辈子不喝酒的人突然被端上大瓶装的麦芽威士忌。"不喝酒的人真的会那么反感吗?他到底应该有多反感呢?要是福尔斯再加点码(比如,"一整箱百年高地麦芽威士忌")会不会更好笑些?不。这句子就在那儿,渴望着从头来过。

除了一些精彩片段(其中一两个还不错)之外,文字除了填充对话之外并无其他功能。一个场景中,迈尔斯边说话边穿衣。他在试着领带,我们越来越确信这一点:

> 他站着,从椅背上拿起领带。他把领带挂在脖子上……开始打领带……领带打好了……他意识到领带打得有点问题;他生气地把领带扯开,重新打……这次他打得稍微紧些,比第一次要好。

读者多么希望这第二次打领带也是最后一次啊!魔术师福尔斯编织的文字挂毯可真够耀眼的!

"这就是你愚蠢固执的女人逻辑的明证。""得了,我才不会跟着这完全无关紧要的闲扯。"是不是有点儿耳熟?"他挤出一丝惨笑。""她讥诮地朝他笑了笑,别过脸去。""天啊,你太天真了。"拿走笛卡尔、马里沃、朗普里埃的名言和对阿里斯托芬、女神摩涅莫绪涅的尴尬搞笑言论，再删掉假装的博学和幼稚的卖弄，剩下的就是一个作者在次等艺术素材里埋头苦干——福尔斯可能会叫它低级模仿模式：闹剧、情景喜剧、闹忙小说。

虽然福尔斯很久不写小说了，但另一方面说《曼蒂萨》也不完全让人意外。《收藏家》(*The Collector*) 的前半部相当精彩；《法国中尉的女人》(*The French Lieutenant's Woman*) 有不少有趣的内容。他其他的长篇和短篇小说是乔治时代、白银时代的二流作品，充满了陈词滥调。福尔斯的成功（尤其在美国）大概是因为他让文化接了地气——给人们一种获得了文化的假象。他给药丸加糖，但其实药丸本来就够甜了。

一个作家光靠不老实的冷嘲热讽是没法写成这样的。福尔斯真心诚意，所以《曼蒂萨》依然是一部实打实的奇书。剥掉寻常的构架（福尔斯作为中眉讲故事人的天分，他的教学法的保护性釉面），剩下的裸露才华便在寒风中瑟瑟发抖。很少有作家会如此尖锐地当自己的吹哨人。

《观察家》1982 年 10 月

D.M. 托马斯现象

《阿勒山》，D.M. 托马斯著
Ararat by D.M. Thomas

　　这看上去像一个完美的成功故事——在许多方面，它依然是。它有童话故事的那种恬静的光芒。D.M. 托马斯曾经是个无人注意的小说家，一个稳定的、普通的、微微带着些漫不经心的诗人。他是康沃尔郡人（这地方的人挺特别的，像唱民谣的乡下人——但是有凯尔特血统和弥赛亚气质），流浪到了英格兰沼泽地区的赫里福郡，在一所粗鄙的低级职业学校教书。他的上一本小说《白色旅馆》(*The White Hotel*) 踮着脚尖穿过伦敦报刊的评论版，卖掉了五百本，和往常差不多。托马斯的美国出版商似乎对此书有更高的期望。说不定托马斯已经给自己买了个新打字机呢，或是带着家人去安格尔西岛过周末。

　　剩下的我们都知道了。美国书评圈对《白色旅馆》感激涕零，这书开始卖得像创意 T 恤一样快。当托马斯的经纪人打电话到赫里福，一口气说出了平装本销量的多音节词，穷得叮当响的托马斯只能用一瓶烧菜用的雪莉酒来庆祝。尴尬的英国书评人开始重新评估这书到底有多好。《白色旅馆》在康沃尔郡成了畅销书，托马斯差点得了布克奖。他华丽丽地无故缺席了一所将他奉为偶像的美国大学的活动。在八卦专栏里，他的名字和受欢迎的小说家、《牛津英语文学指南》的官方修订者玛格丽特·德拉布尔相提并论（这多么荒谬，又多么让人兴奋呀）……这听上去好像没什么大不了，但对一个英国岛民来说这些事可重要呢。

人人都高兴——或是"真心"高兴，他们会说。托马斯耕耘的区域如此人烟稀少（不是赫里福，而是超现实性爱的类型），哪怕是他的同行也不会过度紧张。何况《白色旅馆》在美国的成功有着很美国的原因，这样想就放心了。在一个对反思大屠杀如此着迷的国度，即便是威廉·斯泰隆的《苏菲的选择》(Sophie's Choice, 简直是陈词滥调堆出来的百科辞典）这种拍着翅膀、狼吞虎咽、喳喳乱叫的火鸡草包都能广受赞誉，《白色旅馆》可实至名归多了。斯泰隆写了性和最后解决方案；托马斯也写了这些，还加上了精神分析——三大项美国痴迷，齐活。不过最重要的是，托马斯写了一本有趣的小说；也许过誉了，但清新、奇异、特立独行。

随着小说成功而来的可预测的潜在倾向至少出现了一种出人意料的形式。警觉的读者发现《白色旅馆》里的娘子谷部分是从阿纳托利·库兹涅措夫[①]的《娘子谷》(Babi Yar) 里译写的。的确，版权页上承认了"使用过库兹涅措夫的素材"，托马斯本人辩解说在叙述的这一阶段，需要一种历史的、证言的非个人声音。类似的指控延伸至了他译的普希金《青铜骑士》，托马斯的反驳迅捷有力：此案驳回。不过借用《娘子谷》的内容依然是一种反常。这不是抄袭，但肯定是种什么案例。当书评人们说到传输和交通事故，只要从《白色旅馆》退房就能平安度过（"我走出房间到花园里，无法言语"，诸如此类），而真正困扰他们的是《娘

[①] Anatoli Kuznetsov（1929—1979），苏联作家，出生于乌克兰，《娘子谷》是其对1941年发生在基辅的娘子谷大屠杀的回忆性小说，仅9月29日和9月30日两天，德国党卫队、警察及辅警就屠杀了33771名留在基辅的犹太人。

子谷》。证言如此有力，令人不堪忍受；这是小说的高潮；用简单的话说，这是小说最好的部分——结果还不是托马斯写的。

在出版业，成功制造了一种离心过程：大热的书会催生副产品。讽刺的是，《白色旅馆》的成功让《娘子谷》重版。最近英国还再版了托马斯常年滞销打折的第二部小说《诞生石》。这到底有多反讽？

> 我不知道哪种行为最令人震惊——侵犯、虐待、盗窃癖还是裸露癖。这就好像说怀疑别人恐怖主义还不够。我可能会因为在店里偷东西和不雅行为而受审。我脑海里有了这样的画面：我躺在橡胶板上大出血时，两个警察在给我录证词。

《诞生石》(*Birthstone*)跟《白色旅馆》有许多相似处，包括时常堕落到一种扁平的、万能积木式的童书文字风格。此外，两书都突出了雌雄同体、陨石干扰、弗洛伊德式的粪便学、梦境、诗歌和滥交。尤其是性，躲都躲不掉，好像色情文学有了各种新式排列组合和变态的升级。它并不是色情文学，因为关心的是闷闷不乐的反色情——对一些口味独特的读者除外：橡胶、灌肠、恋老癖、对连裤袜态度不佳。《诞生石》是个尴尬，它传播了不安；它让你好奇作者的文字效果（拧巴、简单、可笑、平庸）是精心算计的结果还是极度低俗格调的反映。托马斯的处女作《吹笛人》(*The Flute-Player*)也许可以帮着澄清问题，无疑它也在等着被吸血鬼复活呢。

于是，带着种种不安，我打开了《阿勒山》。书里也有种作者的不安，正文之前的感谢和免责声明有整整半页："作者的创造……由作者翻译……来自亚美尼亚诗人纳雷吉……首要来源……事实细节。"翻开引子，开头就是偷欢："谢尔盖·罗扎诺夫从莫斯科去了高尔基市，没什么要紧事，只为了睡一个年轻的盲女。"到了第三页，在短短一段里我已经数到了五处陈词滥调："打破砂锅问到底""睡到不省人事""暴雨猛烈打在窗户上""秋天的树被剥得精光""及时行乐"。我硬着头皮往下读。诗人罗扎诺夫睡了盲女。"奥尔加做爱像杂技，但缺乏巧妙。"奥尔加让罗扎诺夫给她讲个故事。第一部分"夜"开始了。"为什么你如此沉迷性爱？"女医生问苏尔科夫——又是一个诗人。读者伸着头听。苏尔科夫不响。他们上床了；又来了一次对连裤袜的攻击，一边惋惜① 着长筒袜和吊袜带。苏尔科夫在医生的建议下去了一次游轮旅行。他睡了一个体操运动员处女。同船的一个老人芬（一个超赞的喜剧恶棍）被发现其实是恶行累累的战犯。在几页的篇幅里，我们读到了亚美尼亚大屠杀、娘子谷（大屠杀）、吉卜赛人的"毁灭"、清洗富农、古拉格群岛、叶若夫、贝利亚、斯大林和希勒特。这似乎就是托马斯的世界：诗歌、梦、异常强烈的情欲化的图景——性和暴力的宇宙级展示。

接下来本书变得迷人、讨厌又好笑，聪明、巧妙又肤浅。《阿勒山》写了五个诗人，从普希金到叶夫图申科；它也关乎俄罗斯民族性。在即兴创作的主题中，小说有一系列即兴发挥，和所有的梦和幻想一样，每个句子都是即兴的。托马斯经常保持一种迷人的无关紧要、自由落体之感，从因果论的世界中发现让人心醉神迷的自由。在这些时刻，我们会跟着善变的幻想家获得慵懒的愉悦，他们除了引人注目之外也没有别的急事了。

托马斯如此坚持使用陈词滥调，这与他的诗歌和散漫的文风相差甚

---

① 原文是 ubi sunt sentiment，见第 15 页注释。

远，只可能是要获得一种秘密的微妙感——也许是托尔斯泰式的透明，或是普希金式的纯粹。契诃夫和纳博科夫也会利用陈词滥调，尤其在写内心独白时，以暗示角色人物的减损和受限。索尔仁尼琴的陈词滥调表达了一种真诚的坚忍寡欲。D.M. 托马斯在许多偏好上都是彻彻底底俄式的（"陌生化"，喜欢堕落和粗鄙，"多余人"的异化），很明显在追求一种艺术的简洁。但这风格自有其危险，比如对女性美的描述：

……她头发的金色卷卷，她丰盈的双唇，她丰满的身材，她亮晶晶的双眼……她高颧骨的脸蛋是完美的椭圆形。她的黑眼睛闪烁着挑逗……她的红唇在发出邀请……曲线毕露。她的胸部隆济在白色低胸露肩裙上方……

读到这里，我担心作者的脸马上要砸到打字机键盘了；这些句子唤起的只有已经枯竭的想象力。同理，许多被插入故事的散文体如比"自由"，被分行搞得不忍卒读："在床上辗转反侧 / 不停地，你叫我 / 不要抽那么多烟，/ 回忆起某个你亲近的人 / 死于 / 肺癌……"在大部分时间里，托马斯似乎只会在俗套里打滚。但偶尔他也能写出一种奇异的轻盈，这种效果与这雾蒙蒙罗曼史的幽光真是绝配。

《阿勒山》很有可能复刻《白色旅馆》的成功，虽然不会像后者那样大卖，当然成功的定义就是过度的、超预期的，但我不觉得托马斯会因为那种不真实而分心。（但进一步的争议会让他分心：这回他采用的普希金《埃及之夜》——说是"作者翻译"——其实大量使用了基隆·R. 艾特肯的译本，一字不差。）虽然他以喜鹊般的饶舌且驳杂著称，依然算是有原创性的人物；在我看来，他与被低估的小说家 J.G. 巴拉德有一点儿像。巴拉德要比托马斯更风格化，但他俩的文字都有同样的玻璃质感和光泽，同样偏爱离奇和过度。用溢美之词评价的话，托马斯可能是第一位能够把诗人的世界（充满混乱、虚无、无常的元素）翻译成更容易接受的小说形式的人。今天的文学大成功几乎总是会带来民主化趋势。新皈依的信徒们喜滋滋荣幸地受邀前往万神殿（pantheon），不过就托马斯这个例子而言，更恰切的说法是他们被召唤进了魔窟（pandemonium）。

《大西洋月刊》1983 年 4 月

菲利普・拉金

缘起：幼虫拉金

《冬日里的女孩》，菲利普·拉金著
A Girl in Winter by Philip Larkin

二十四岁的菲利普·拉金写了三本书，看上去已经完全准备好成为一个小说家了。三本书里，一本是脆弱的已经半被遗忘的诗集《北行船》(*The North Ship*)，还有两本活力四射的长篇小说《吉尔》(*Jill*)和《冬日里的女孩》。那都是三十年前的事了。此后他每十年才出版一本薄薄的诗集，而且越写越慢（现在平均一年一首诗）。小说是再也没写过。拉金可怜巴巴地解释道，他等啊等着更多小说——可惜啥也没等到。

为什么？可以说前两本小说为我们提供了一些线索。从这个角度看，《吉尔》(1946)不那么重要，因为任何人都能写这么一本书——说得更直白些，不必非得是菲利普·拉金才能写出来。《吉尔》和寻常的小说处女作一样沉迷于主人公的白日梦，叙述了一个工人阶级出身、看似聪明的男生在牛津第一学期的种种笨拙失礼。主人公的社交自卑感让人反胃，他想模仿室友的风流放荡，可惜他粗野的性渴望只会带来可悲又可笑的羞辱。《吉尔》是本好笑、混乱、讨喜、不会令人不安的书。

《冬日里的女孩》1947年在英国出版，与处女作气象大不相同，这是一部拉金式的作品。起先它看着挺眼熟，跟前作就像是同一本小说，只是换成了女性视角。凯瑟琳是个欧洲女学生，应英国笔友罗宾之邀来英非正式度假。罗宾跟他写的书信一样无趣,不过他够英俊潇洒,就像前作中的人物吉尔一样,他很快成了凯瑟琳过度渴望的对象(她整整四周的内心骚动,最后也只表现为汗淋淋的匆匆一吻)。也许书名应该改成夏日里的女孩。

多年后打仗了,凯瑟琳又到了英国,在北方某地的一个冰冷糟糕的公共图书馆工作,我感觉她试着要从悲苦中寻找力量,而不是逃避。在她随手给罗宾写了封信之后,他突然出现了。很显然,他来只是为了跟她上床,然后又走了。现在他成了那个笨头笨脑的角色,暴躁、毫无魅力,孤独和悔恨的折磨也没让他成熟起来。凯瑟琳对罗宾愤愤的开场白无动于衷,但还是顺从了他——这是忘掉他最轻松的办法。小说结束于寒冬的孤寂再度袭来,带着一丝战战兢兢的乐观。

比起《吉尔》,这部小说要神秘得多;它也更不像一部小说。《吉尔》虽然步履蹒跚,文字散漫,但至少有全局的考量,次要人物各得其所,问题得到了解决,主题明晰。而在《冬日里的女孩》中,小说的种种装饰在女主人公唯我论的夺目强光照射下融化成无物。次要人物纯粹是龙套,只为激发凯瑟琳的内省而存在,一旦他们失去功能可以立刻抛弃;小说的道德对立也带着类似的任性。我说的这些不是批评,是线索。答案当然是,拉金已经变得不那么小说家,而更多变成了诗人。

去粗存精的提炼过程有数种方式,有些尖锐,有些用力。比如,拉金也有本事写出淡出鸟的句子("独处也很安慰";"事实上,她没有面对事实"),假如突如其来的情绪化需要这种效果。接着他会用一些平淡无奇的意象来巩固一连串场景——一只象征意义的蜗牛、一群象征意义的鸽子,甚至一只象征意义的青蛙——几乎每隔一章就会以霓虹灯般的惆怅淡出场景:"她把枯萎的花扔进了废纸篓。"诸如此类。不过,《冬日里的女孩》也让我们看到了一种非凡才华的显现。拉金已经为他的特殊天才热好了身：用自然风景和城镇风貌来回应人类情绪。书中的白雪、店面、河流、黑灯瞎火的街道——每一样都各自表达了强烈的隔绝感。

　　这是在幼虫状态的拉金，甚至比他稍早的散文展示得更清晰。如果你去《北行船》(1945)里找合适《冬日里的女孩》的句子，只能找到遥远的召唤：

　　　　拉起窗帘
　　　　看云飞——
　　　　好奇怪
　　　　心无爱，冷如云

　　如果你看《高窗》(*High Windows*，1974)，会发现相同故事的精华，在一首又一首诗中不断被重复：

　　　　月亮飞快穿过
　　　　如大炮冒烟般散漫的云彩……
　　　　好似年轻人的力量和痛苦；它无法重来，
　　　　但在别处，别人身上却不灭不衰。

《纽约时报书评周刊》1976年12月

结局：赫尔的唐璜

诗人去世时，人们往往急于盖棺定论：要么重估，要么报复——总之都是回响。我们能预料诗人死后的际遇。曾经被众人追捧的他突然间就变得轻飘飘、无足轻重，曾经被取笑被降价处理的他突然间被"奇怪地"遗忘了。1985年菲利普·拉金去世时，无疑是英格兰的无冕诗王——战后最受我们喜爱的诗人，单就诗而言比约翰·贝杰曼更受爱戴，贝杰曼讨人喜欢的地方还有个性魅力、著名的咯咯笑、贵族派头的波希米亚范儿、适合上电视的魅力，这些都是拉金明显欠缺的。到了1993年的今天，拉金成了贱民，人们避之唯恐不及。曾经美丽的他突然间变丑了。

"拉金式"（Larkinesque）这个词曾经唤起的是徒然神往、乡土气息、黄昏暮色、悲伤的、无人疼爱的愁绪；如今则让人想到有伤风化和至上主义者。"拉金主义"（Larkinism）一词曾经代表一种保守、体面、谨慎的英国性；如今指明明白白的极右翼。八十年代初，普通人想象拉金是个面带笑容的苦行僧——谢顶、戴眼镜、骑自行车、晚上在破旧图书室的昏暗煤气灯下苦读。九十年代初，我们看到的是一个烂醉的守财奴、老顽固，他那能穿运动背心的健美身躯也被酒精、肛恋、黄色杂志的臭气熏得看不清了。对拉金的反动是前所未有地凶残，也是前所未有地虚伪、充满偏见、自以为是。这种能量不是也不可能是来自文学，而是来自意识形态，或一种更模糊的对新思潮的鼓吹。反正这些都不重要，因为只有诗歌才重要。但奇观能吸引注意力。这是批评的修正主义穿上了博眼球的新装。这反动就像大部分反动一样，只是反应过度。你需要许多过度反应者来获得过度反应，总得有人来做这事。这不，他们全来了，忙着过度反应。

有部分人认为麻烦是从 1988 年的《诗集》开始的。其责编安东尼·斯维特（也编过拉金的《书信选》）决定不区分发表的诗和未发表的诗。于是在三卷清楚明白的成品——《受骗较少者》(*The Less Deceived*，1955）、《降灵节婚礼》(*The Whitsun Weddings*，1964）和《高窗》(1974）——之外，加上了那些被束之高阁的半成品，我们最后看到的是一套松散、混杂的作品集，包含了讽刺短文、只言片语、被舍弃的失败尝试、黄色打油诗、以及自曝式作品——比如可怕的晚期诗作《再次爱了》("Love Again")：

> 再次爱了：三点十分自慰
> （现在他肯定把她带回家了？），
> 卧室热得像蒸笼，
> 酒喝光了，没告诉我怎么
> 过明天，和以后的日子，
> 疼痛依旧，如痼疾。
>
> 别人在抚摸她的乳房和下体，
> 别人淹没在那睫毛大开的凝视里……

你可以说编辑的决定让诗集略带晦暗。你甚至可以说这与拉金的精

结局：赫尔的唐璜　153

神背道而驰。拉金把不少好东西剔除了，他发表的作品（正如他的品位）很少，但都是结晶；他可以绕着一首诗转上好几年，改了一稿又一稿，然后完成，或者扔掉。不管怎样，拉金这个人是开始变得越来越怪了。《诗集》没有让他受到更多的攻击，但可能显示了他柔软的一面。

正面攻击始于 1992 年秋天，正值《书信选》出版之际。打头阵的是"迟暮派"[①]的汤姆·波林，他在英国有点小名，因为他的文学批评、诗歌、好斗以及经常在电视上发脾气。在《泰晤士报文学增刊》的读者来信栏目、以及在电视上，波林发表了一通反对意见，集中控诉拉金有"种族仇恨"——"种族主义、厌女症和类法西斯观点"。他还暗示责编斯维特用省略号阉割掉了比起他准备收录的诗歌更为"暴力的种族主义"段落。波林总结道："对当下而言，这本选集令人困扰，在许多地方甚至令人作呕，它不尽完美地既揭示又掩盖了拉金这座国家丰碑下面的阴沟。"

我还记得读到怒火中烧的波林的第一炮时就想着：我们不会真的要走到这一步吧？但新的时代精神已然就位——是的，我们真的到这一步了。而且是按着波林的节奏来：他的语言为最终突袭定了调，扫尾的是今年春天出版的安德鲁·莫申的《菲利普·拉金：作家的一生。》（*Philip Larkin: A Writer's Life*）。"令人作呕""阴沟"之类的语言从本质上来说是不稳定的，它召唤激情竞赛，希望战斗变得肮脏。（另一位诗人布莱克·莫里森欢迎波林的干预，夸赞他用的所有那些阴沟啊病态啊的话"有益健康"。真应该查查字典里 salutary 这个词的意思。）于是这部拉金

[①] 这里艾米斯用"ageing turk"来嘲讽自以为是"少壮派"（Young Turks）的波林其实已经垂垂老矣。

传导致了各种鼻抽搐，需要经常用到布满头油的手帕、嗅盐和呕吐袋。彼得·阿克罗伊德在《泰晤士报》上将"腐臭的阴险的庸俗"归因于"臭嘴的老顽固"。无独有偶，布莱恩·阿普尔亚德在"这种乡土怪诞"中看出或闻出了"一种反胃的恶臭的不合时宜的男人气"。（"用客观的眼光去看，他几乎彻头彻尾地令人反感。"）A.N. 威尔逊写了一篇标题慈祥的文章《拉金：我从来不喜欢的老朋友》，说"拉金真是个讨厌、早衰的男人"，"真是小资产阶级法西斯"，而且"真是个疯子"。

　　争论的范围之大，我们可以从平时相当平静的图书馆协会《记录》看出来，在"**DNH PL** 评论的新方式"和"**NVQ** 指导小组的拨款难题"之类的文章标题中，有一位匿名专栏作家"老百姓"将拉金与戴维·欧文比较（这位欧文就是坚称大屠杀从未发生过的历史学家，此人不知是偶然的还是故意的，一年比一年更像希勒特了）；"老百姓"还得出结论，拉金的书"应该被禁"。主流媒体那些更为资深的评论家当然不会如此冲动，但被冒犯之感会激发意志力，意志力会让人行动。他们没法禁止——或烧毁——拉金的书，他们能做的是用更斯文的方式进行文学大扫除。第三种办法是把拉金划入那些不讲民主（或前民主）的大作家行列，但他们又不甘心这种干脆利落的处理。于是就有了："一个偶尔优秀的小诗人被提升到了他不配的纪念碑的高度"（阿普尔亚德语）；"本质上是个小诗人，因为纯粹褊狭和暂时的原因暴得大名"（阿克罗伊德语）；"在我看来他越来越边缘……【诗】还不错，但看在上帝的分上，也没有那么好"（威尔逊语）。

　　四月末，安德鲁·莫申的传记面世后的硝烟散去，他在《观察家》的专栏里回顾了这场争议。更悲哀、更明智的莫申（不吃惊，只是失望）指出了反拉金运动中的几种令人遗憾的倾向：缺乏社会历史背景

结局：赫尔的唐璜

("唉",拉金在他的时代和处地是挺典型的);未能区分私下和公开言论("我们应时刻自我提醒,我们在谈的是拉金博士,不是戈培尔博士");"很明显,人们被政治正确的紧身衣裹得透不过气来";还有天真地将"生活和艺术混为一谈"。这种混淆,他继续写道:

> 基于一种假设:艺术只是个性的抽搐性表达。在一些最纯粹的抒情时刻,也许这假设是对的。但更多情况下,艺术在压制个性……它是一种改写,一种放大。那些文学评论人好像根本不懂艺术的存在是要与其创作者保持关键的距离,读他们的文字实在令人失望。

这话听上去——而且的确是,很有道理。但我们也能听到自行车呼呼响:这篇《观察家》的文章实际上像在环法自行车拉力赛里骑倒车。莫申的传记不那么刺耳,有时甚至犹犹豫豫、敏敏感感,但也犯下了他现在大摇其头的所有罪状。有时候不是立场或态度的问题,只是语调。《菲利普·拉金:作家的一生》井井有条,面面俱到;它也集中了当下的一些倾向:刻板、循规蹈矩、失忆健忘。未来的高明史家若要研究拉金起落,无需上穷碧落下黄泉。

拉金的诗真实表现了穷苦落魄的人生,莫申的传记没少引用这些诗,只可惜他听不清或者干脆听不见。拉金的信件中,很少有什么比信封右上角的小字地址和数字更凄凉的了:Flat 13, 30 Elmwood Avenue, Belfast; 200 Hallgate, Cottingham, East Yorkshire; 192A Hallgate, Cottingham, Yorks; 172 London Road, Leicestershire("我在一个阁楼里安身,有一扇小窗、一床、一扶手椅、一藤条椅、一地毯、一盏坏掉的阅读灯、一个坏掉的小电暖炉,还有几本书");Glentworth, King St, Wellington, Salop。他连度假地址都没有什么喜气:比如 Dixcart Hotel, Sark。不,地址还不够。他给一个勇敢的熟人写信说:"我羡慕尔去了斯莱德米尔。"① 他女朋友的妈妈心脏病发作去世,是在"Stourport-on-Severn 的家里"。看过个暑假把拉金给气的:

> 假期逼近就像可怕的障碍赛跑:从马莱格到韦茅斯(可能)都没有卧铺,也不能订座位。他们好像只有平时空位多的时候才让订座位。7月25日和8月1日——一年中最忙的两天——他们不让订座位。我这两天都要乘火车。

有一个重要地址是 73 Coten End,Warwick。这是拉金的父母西德尼和伊娃的家。莫申令人信服地描述了家中的压抑窒息之感,也没有大张旗鼓地声张他发现西德尼·拉金有支持德国——甚至支持纳粹的嗜好。西德尼在三十年代参加了几次纽伦堡的集会;他还在壁炉架上放了个希特勒的机械人像,"按一个按钮人像就会行纳粹礼"。就算是真纳粹也会觉得机械人偶有些太过低俗,不够严肃。老西德尼是会计员,听上去像那种战前英国外省典型的讨厌怪人:极端情绪化,他为周围人设定情绪指标,而且门槛很低。莫申引用了拉金未发表的自传片断:"当我尝试为童年定调,听到的主导情绪永远是恐惧和无聊……每次走出家门都有一种步入更凉爽、更清新、更正常、更愉快的氛围之感。"西德尼于

---

① Sledmere,约克郡的一个小村子,居民仅两三百人,毫无值得羡慕之处。

结局:赫尔的唐璜 **157**

1948年去世,当时拉金二十多岁;伊娃的寡居期跟婚姻差不多长。在那二十九年里,拉金每周给她写几次信。这些信都未收入《书信选》(估计有几千封),但从莫申的引文中我们可以看出这些家信真诚有细节,不是几分钟里匆匆草就。伊娃写给儿子的信颇有琐碎的天分。这一段尤其生动:

> 你把所有衣服像那样全都摊床上,那我希望你至少得点儿暖和吧。当然你本来也不必换什么裤子——记着我当时的话,那样太不聪明了。

莫申在导语里说拉金的生平"没有太多变故"。这是一种说法。他给我们呈现的,是长篇累牍(英国版长达五百七十页)的休止状态。这是一种做法。拉金长大,去牛津上学,在图书馆里打了几份工(其他什么也没干过),长胖,身体变弱,去世。战争、旅行、婚姻、子女都与他无关。大事件的稀缺的最佳阐释就是莫申写进传记的那些琐事。拉金参加了一场婚礼,或者去看了音乐剧("他带莫妮卡去伦敦看《男朋友》"),他参与了赫尔大学图书馆的扩建("计划分两阶段:阶段一和阶段二,中央行政楼三层,南面是等高的两层辅楼"),他去北方几所大学出差为了研究"柜台陈列",这些都有写。没有大事发生过。拉金朝九晚五工作,然后写作,然后喝酒;他对付老妈,跟朋友写信,还可能谈过半打恋爱。这就是全部了。

阁楼寄居期从1943年拉金离开家开始,一直到1955年搬去赫尔(闷闷不乐地待到他去世为止)。1955年他写了一首《布里尼先生》("Mr Bleaney")纪念那些岁月:

"这曾是布里尼先生的房间……"
我就这样躺在
布里尼先生躺过的地方,在同一个
纪念品店的烟灰缸里摁灭烟屁股,试着

用棉球塞进耳朵,挡掉
他怂恿她买来的电器[①]里的喋喋不休。
我知道他的习惯——他何时下楼,
他喜爱酱汁甚于肉汁,为何

他在球赛季结束后还不停下注——
我还知道他们每年如何打发假期:弗林顿的伙计
给他提供夏季度假屋,
圣诞节他去斯托克的姐姐家。

但若他站着看寒风
吹乱云朵,躺在霉湿的床上
告诉自己这就是家,咧嘴笑,
打哆嗦,也抖不掉那忧惧。

[①] 原文是 set,可能是收音机或电视机,从购买需要劝诱的语境来看,更有可能是电视。——译者注

结局:赫尔的唐璜

> 我们如何生活丈量着我们的本性，
> 到了他的年纪已无可期
> 住在一个租来的盒子里让他确信
> 他无法过得更好，我不知道。

在这种居住环境里，拉金的本性也被丈量了。他的性向开始发酵，或者说固定下来。在牛津那会儿，他短暂地记录过梦境。莫申这样写：

> 梦里他和男人（圣约翰学院的朋友，一个"黑鬼"）同床的次数要超过他尝试勾引女人，但这些性事发生的场景都毫无生气、令人不快。纳粹、黑狗、粪便和地下室一次又一次出现，还有父母的形象总是冷漠又无处不在。

看上去肯定一团糟。他还花了大量的时间精力搞创作，用笔名布鲁内特·科尔曼写关于女孩的小说（"当帕姆终于把玛丽的外衣脱到了她穿着黑色丝袜的大腿下面，霍尔顿小姐从柜子里拿出了藤条……"）。在这期间，他发展出了一系列性态度，很明显是为了克服害羞（他口吃很厉害）和缺乏吸引力（"我的秃顶似乎一直在困顿中保持昂扬的情绪"——那年他才二十六），他害怕失败和没有回报的花销（他总是变态地抠门）。所以："女人……讨厌我到了极点。她们简直是屎。"或者"所有女人都是蠢货"。他对发小 J.B. 萨顿坦白了自己的焦虑和胆小（他担心自己"大概被'阉割'了"），但对同学他还得表现出桀骜不驯的样子：

你们难道不觉得这很可耻吗？男人为女人买单之后还不能睡她们是理所当然的？我觉得这恶心极了。这让我愤怒。男女关系里的欲擒故纵让我愤怒。全部一团糟。这大概是军队策划的，或者是粮食部。

还有一次，他承认，"当我可以用五分钟免费解决问题，然后把剩下的整晚留给自己，我可不想花上五镑请女孩出去玩"。

那五分钟通常要靠色情杂志帮忙，或者说那个年代假装成色情杂志的玩意儿。有一次拉金在伦敦的性用品店里晃荡，店主悄悄地问他："先生是中意捆绑吗？"还真是捆绑：捆绑、打屁股、缠在一起的女生。他第一次搞到一本叫《鞭打》的杂志时可满足了，他写信感谢送他杂志的朋友，"《鞭打》真是好东西"。（"我还想知道校长是把鸡巴塞进她的前门里还是后门里，不过我大概到死都不会知道了。"）这部分幻想在拉金的信里有所指涉，他抱怨怎么没有收到过这样的信。拉金的梦幻来信是这样的：

亲爱的拉金先生，我想您一定觉得一个女生……挺不要脸的——

亲爱的拉金博士，我和闺蜜争论谁的胸比较大，我们想请您做——

我最小的女儿十四岁，她为您的诗疯狂——她发育得特别早，但拒绝穿——

今天，我们都知道对此类"态度"或"脑筋"作何感想，或者说应该作何感想，尤其当我们剥夺其个性和自嘲时。莫申负责任地找到了最方便的词："厌女"，至少从理论上描述了一种症状，以及更成问题的

结局：赫尔的唐璜　　**161**

"性别歧视"。他看出了拉金几首诗背后的"自慰冲动":《野燕麦》《阳光灿烂的普雷斯坦廷》《大而冰冷的店》,"甚至《阿伦德尔墓》"。(这个"甚至"用得恰如其分。)莫申说《写在一位年轻女士照相簿上的诗行》"此诗让人联想到拉金喜欢凝视的另一类照片:色情杂志上的图片。它们代表的性生活——孤独的、剥削性的——是他从相册中获得的粗俗版愉悦"。"剥削性的"在这里是关键词。它暗示着:当你为性事苦恼,于是花点钱买一份《花花公子》的那一刻,你就支持了色情产业,你的苦恼就政治化了。事实上,色情刊物在哪里都只是可怜虫(其产业维度是无法逃避的现代主题)。它们存在是因为百万千万计的男人想看。搞死色情出版就像打死信使。拉金对色情刊物的"依赖"是我们男人的可怜,甚至应该得到同情。但莫申听到的是他的政治正确寻呼机发出的哔哔声,他马上立正。被他宣判为"性别歧视"的两首诗写于 1965 年,那时候"性别歧视"根本没人提,也没有意义。这只是一个微不足道的事件,但我不禁好奇那些个文学修正主义者和正典清洁员怎么好意思领工资。这就好比一群 16 世纪的艺术批评家花上大把时间嘲笑之前的画家不懂透视法。

具体到个人身上,"性别歧视"从来无法说清楚任何事。不像种族("种族主义"描述的是一种直截了当的敌意)之间的关系,两性之间的关系基于生物学上的互相依赖,表现出种种复杂的形式。尽管如此,拉金从未考虑过生物学的必然性。他本人直到二十三岁还是处男,特别喜欢处女。他的初恋露丝·鲍曼认识他时还是个少女,而且直到中年依旧保持着孩子般的容颜。(他们关系的终曲非常丧,拉金给了露丝一些钱,"帮助她支付髋关节置换手术的费用"。)他的另一位恋人梅芙·布伦南有原则、有信仰,磨了许多年才答应。拉金与梅芙的关系,是对他与另一位长期伴侣莫妮卡·琼斯的更稳定关系的调节与平衡。两位女性都知道对方的存在，拉金为了脚踩两条船花了不少力气。

在无数次拖延、无数次最后通牒后，拉金竟然又找了第三个女人——他的秘书贝蒂·马克雷斯（而且是在梅芙终于委身于他之后没多久），难怪读者会跟安德鲁·莫申一样震惊。

现在，你可能会觉得找一个女朋友是偶然事件，找两个女朋友是巧合，但找了第三个女朋友——这绝对是坏渣。莫申在发表了一通惊诧后，很快下结论："这跟【拉金】之前的行为模式相符合。"——自私、欺骗，甚至还有种封建社会的庄园领主味儿。我们几乎能听出莫申在乞求拉金去看心理医生。他为什么就不能更……通情达理、关爱他人、正常一些呢？然而，五十二岁时的拉金并不是有三个女人，他有四个。伊娃·拉金活得可久了。他在1977年写道："我母亲不能动、耳聋、不说话还不满足，现在又瞎了。你看，老而不死就会遭这些报应。"已经有人指出这本传记的主要书评里，没有一篇是女性写的。（是各大报刊文艺版的主编们感觉有必要保护女性吗？亲，离远点儿，这书龌龊得很。）于是写书评的任务就留给了吃苦耐劳的男性，让他们尽情发挥自己的不安全感和当代的自我价值。你可曾想过，也许女性未必会困惑，或厌恶拉金那种特异的混乱，也未必会动不动就甩当下的流行大词。就好像一个"庸人"不会把生命献给艺术（不管多笨拙），一个"厌女者"也不会把内在世界告诉女人（不管有多乱）。拉金的男性友人都退化成了笔友，他只与女人交心。

在探讨种族仇恨的指控前，有必要向（七十岁以下的）更年轻的读者解释：什么是通信？年轻一些的读者知道手机短信和传真，可能也知道信件。但他们不知道通信的涵义。说出的话不等于做出的事。在出版的诗歌里（我们先想到了艾略特的反犹问题），语言离行动要近一些。塞利纳的反犹教科书里，语言跟行动的距离要多近就有多近。在别人大门上乱涂诽谤就是行动。在一封通信里，语词甚至都不是语词，它们是无声的呼喊和耳语，正如拉金在政论文章里比喻的"几滴胆汁"；就好像说"我真是个又老又愁的讨厌鬼啊！"或者就只是表示不爽的"Grrr"。通信是一种自我戏剧化。无论如何，一封信里的一个词语永远不可能是你对任何话题的最后判语。拉金写爵士乐的文章（收入《爵士钩沉》[*All What Jazz*]）里，对黑人乐手的仰慕和怀旧有时会沾染一些纡尊降贵，但他对黑人并无公开的偏见，更无法从中解读出他有种族主义的行动。

　　《书信选》中的种族仇恨和恐惧反复出现；在当下眼光看来的确相当丑陋。"斯蒂芬·斯彭德说'西德尼·凯斯已经很出色'……那直布罗陀的石头和黑鬼的鸡巴也不差呀（拉金说这话时十九岁）"。"这本剑桥指南在我看来相当差：给黑鬼讲司各特的小说情节"（说这话时六十岁）。"黑鬼真他妈多"以及"地铁里我听到后面有加勒比海来的肥细菌在叨叨"——此类评论是说给那些喜欢听这些的收信人听的。老同学科林·贡纳能引出他最恶毒的一面："至于那些在马路上吵吵嚷嚷的黑皮垃圾——一队南非警察应该能把他们收拾得服服帖帖。"此处，言语的确在谈行动。（还好老天有眼，贡纳最后住进了旅行挂车，不算什么好归宿。）对莫申来说，拉金这些闲聊中的偏见应该被套上"种族主义"的帽子；他甚至还在（编得相当好的）索引中"拉金"一条下加了个子条目："种族主义，65 页、309 页、400 页、409—410 页。"这个词暗示了一种思想体系，而非不过大脑的闲扯，但后者才是更接近真实的，更接近俗套反应的筋筋绊绊。像情绪老套一样，拉金的种族恶语是遗传病，可耻地未经检验，丢人现眼地平庸。用乔治·艾略特的话来打比方，这些都是他的"凡俗之处"（spots of commonness）。他没能摆脱它们。

"政治正确"要比"正统思想"（bien pensant）好听，两者都表明了对某种群体直觉的强烈投入，但政治正确还暗示了必要的严格纪律。虽说其哲学根源是法国，但政治正确的起始是非常美式——同样也很迷人、高尚——的观念，也就是任何人都不应该对自己的出身或身份感到羞耻。可以为个人具体的行为或言论感到羞耻，但对身份不可以。从最宏大的角度看，政治正确是加速演化的尝试。要让我老实说的话（如果说实话还被允许），每个人都是"种族主义者"，或者有些种族偏见。这是因为人类倾向于喜欢相似的、熟悉的、遗传的东西。我是个种族主义者，但我没有我父母那么种族主义，我的子女也不会像我这么种族主义。（拉金不如他父母种族主义，他的后辈也不会比他更种族主义。）摆脱种族偏见是我们前行路上的期望，但政治正确已经等得不耐烦，寻求立刻解决问题——用一代人就解决。为了达到目标，它需要强力执行，大力监督。它实际上会导致在已有的无数错误意识上再加上一堆错误意识，然后还会遭致反弹。然而，我们还是走到了这一步。

读安德鲁·莫申的传记，我们总有种感觉，拉金怎么也达不到莫申想要的那种万里无云的健康情感。莫申总是援引和他想法类似的同时代人，让拉金接受一个更新、更干净、更勇敢、更清醒的世界的评判。拉金在1968年的《后代》（"Posterity"）一诗中想象了"我的传记作者杰克·巴罗考斯基"，杰克说"至少一年时间我被迫跟着这臭老头"，他也丝毫不费心去"掩盖那种对他命运的不耐烦"。"他什么样？/老天，我刚

结局：赫尔的唐璜　165

跟你说过……那种老派纯天然一团糟的人。"很明显杰克并不是适合这份工作；但仅仅几行诗的工夫，他已经比莫申看得深了。他问了自己正确的问题，而且立场中立：他那样的人和我这样的人有什么区别？当时的生活和现在的生活有什么区别？莫申保持着一个过劳的心理医生的语调，面对的又是一个顽固的抑郁症患者，叫人生气地对最新的现代治疗法毫无反应。这里没有任何肺腑之言，整本书的情绪只有不耐烦：不断积累的不耐烦。

  有时，烦恼的根源在于拉金出生于1922年，而不是更晚。他不仅没有与时俱进，而且根本不想这么做。他从未认真地要求自我改善，或个人成长。让拉金"改变他的生活方式"为时已晚。哪怕他注意到了困难，也"并不想对变化的过程进行分析"。他对性和旅行之类积极体验没有表现出健康的享受心情。对于初恋，"他庆贺肢体温存的方式至多是说'她的手没有加害的意思'"；对于一次迟到（且稀罕）的出国旅行，"他至多勉强承认他'幸存了下来'"。总的来说，拉金病态地拒绝关心女人、拒绝诚实相待：他"欺瞒"，是个"自我折磨的谎话精"，他的情史充满了"犹豫不决、谎言和前后不一"。没过多久，这书读着就像某种"感应性精神病"①，莫申被拉金的极度招怒给极度惹怒了；他总在抱怨拉金总是抱怨。我想到《书信选》里拉金对一个女性友人抱怨圣诞节的种种不便表示同情（也跟着抱怨了一通）："我能看出来，你的节日更难熬。相反，我的圣诞节只是发生了而已。"莫申只是写了传记，拉金可得过那生活呀。

  到了书的尾声，即便是拉金对死亡的恐惧（如此集中、如此重要、

---

① 原文为 folie à deux，指两个关系密切的人共同患有的精神病。

如此坚持)在莫申看来也不过就是不健康的自我中心主义又一连串的体现。拉金在看了《泰晤士报》上登的布鲁斯·蒙哥马利的讣告后,在信里写:"他是很亲近的朋友,这似乎让死变得更真实了。"莫申继续写道:"拉金在给罗伯特·康奎斯特的信里表达了同样的伤感但自我中心的情绪。他说:'葬礼是今天,一切都很悲伤,整个世界看上去都变得短暂了。'"什么时候开始在友人墓地旁感受到死亡的气息就成了"自我中心"了?也许所有这些思绪、也许死亡本身现在都成了嫌疑犯。别念叨死亡,那是反生命。

莫申对自我中心的敏感到了跳大神的程度,不禁让你好奇这到底是个人怪癖还是新思潮的一部分。冷静的唯物主义和机械的追逐名利是对八十年代不羁的回应吗?无论如何,当莫申监控着拉金的"自我中心",你得把脑子拧成一种新的扭曲状态,把拉金这样那样明显是直接了当的话视作"装模作样"或"策略性的"。比如拉金跟金斯利·艾米斯的友谊并不像"宽广的世界"以为的那样温暖,因为"这两人都花了大力气将他们的友谊宣传成一种巩固文学声誉的方式"。孝顺的我本来不想对此大做文章(不然会看上去太"策略"),但读了接下去的三十多页后我受不了了,莫申又在约翰·贝杰曼身上老调重弹:拉金和贝杰曼的关系"友好但是不……亲密";因为拉金身上有种"自我保护意识"。("他通过吹捧贝杰曼的好处制造了一种品位,由此希望他自己的作品也被这样评价。")莫申还说,拉金在编辑《牛津二十世纪英语诗集》(耗时七年)时也有同样目的:"拉金用牛津选集的影响力去定义和宣传他希望自己被鉴赏的那种品位。"甚至拉金与芭芭拉·皮姆的友谊——在《书信选》里可是美妙且无私的珍宝(在皮姆事业走下坡路时,拉金对她的帮助可比任何人都要多)——也莫名其妙地有了缺陷:莫申说,尽管"有真诚的温暖",拉金"对她说话的方式就好像知道有个听众在聆听",他"表现",他"炫耀"。"拉金甚至负担了皮姆的焦虑,他这样做是因为他知道自己永远不会被焦虑压垮。"拉金到底没通过哪项测试?真遗憾皮姆从来没有兑现给拉金免费精装本或一瓶牛奶的承诺,不然莫申又会说这段友谊"带着个人私利"了。噢,美丽的新超我世界,你们担负彼此的焦虑,男人永远不会骗女人,人们衰老、走向死亡的时候肯定昂首挺胸,人人都对"个人私利"有莫大的兴趣。

传记除了是一种低等营生外,也是易耗品。也许莫申(他认识拉金,熟悉赫尔,还是个诗人)的同情心被多年的(投入的)研究和(精工细作的)写作给磨平了。他的视角肯定已经变得致命的不可靠。他的《观察家》文章比军团操练阵型变化还多,在写到艺术与生活的关系时,"所有好的传记作家都坚持分隔,也坚持关联"。不,他们做的,或者说他们最后该做的,只是坚持关联。莫申的引申叫人腻味(ad nauseam):"明显是一时冲动","这些诗里有给露丝的讯息","把这些恐惧放进……的嘴里","准确的来源……很容易追溯","持续的争吵导致了","梅芙敦促……","他发泄了蓄积已久的怒火","他压抑已久的怒火对伊娃陡然释放","他的许多诗的唯一促成者",诸如此类。然而,唯一始作俑者是一种浪漫主义的惯俗:诗歌不可能只有一个促成者。莫申在某处说拉金的一位女性友人的影响力"超越了她露脸的诗歌"——露脸,就像玛拉·梅普尔斯在《威尔·罗杰斯歌舞团》里露脸一样。传记作者尽可以号称分隔,但他们情不自禁地坚持的仍是关联。他们必须这样,否则写什么传记啊?如果生平与艺术毫无关联,他们日复一日年复一年干的是什么鬼(八卦?敲响时代精神变化的钟声?)?

五十七岁的拉金写道:"你知道我从来不是孩子。"二十七岁的拉金写过:"我真的感到奄奄一息。时间啊,请用你宽恕的波浪带走我吧。"三十二岁搬到赫尔,他给母亲写信:"哦,天呐,未来看上去荒凉艰难极了。"正是在"艰难"一词中,我们听到了一个体弱多病之人的真实颤抖。当真的接近终点时,他写给一位女性友人:"我完了。"离终点更近时,他用"着迷的惊恐"告诉莫妮卡自己正"螺旋式下坠至消亡"。他的最后一句话是对一个女人说的——握着他手的护士。也许我们进入那个临终病房时都已经准备好了遗言。也许最重要的不是临终遗言有多好听,而是你是否有机会把它们说出口。拉金(虚弱地)说出了"我正在经历必然发生之事"。

必然发生之事是指死亡无可避免——它是命定,是固然。十八岁的拉金写过:"目前我什么也不想写。事实上我左思右想,只想死。我被自己这种未能实现的死亡向往打动了。"这种情况可能现在已经有了名称,比如叫早年死亡意识综合征。我们一般人到四十或四十五岁才有的想法,他一直都有。他从未试图改变什么,反而似乎在培养这种青春期厌世,他使之成为自己独树一帜的忧郁,并尝试在那方土壤里写诗。这也让他变成了一个老女人——像他的母亲。"我买了一双鞋,但它们在防水上一点都不给力。""我对那些能在一年中的任何时间出国的人怀有无情的偏见,尤其是复活节和圣诞节时。"只要给他机会翻花样,他能让《艾玛》(*Emma*)里的伍德豪斯先生变成飞车特技明星埃维尔·克尼维尔。"这周可真是糟心。必须去理个发了。想从玛莎百货再买一件深色毛衣,但又担心没时间或者他们没毛衣。"他对体重过度焦虑,连度假都会带着体重秤。1976年(这是他二十四年来头一次出国)他写

结局:赫尔的唐璜　169

道:"我刚从汉堡回来,他们都很和气,但是压力山大!最棒的是'迷你吧'——我宾馆房间里那种上了锁的酒柜。"口语化的"消息""成啊""铺床""冷柜"和"叫人尴尬"都会让他去寻找引号。"你可真勇敢啊,买了电动打字机。"1985年,他写信给一个朋友这么说。

令这种濛濛细雨成为丰碑的(也是令《书信选》成为一种文学体验而《作家的一生》只是流水账的),是直率带来的喜感。忧郁依然会带来痛苦,但它也有自己的喜剧解脱;这里尊严不重要。"美国版(《高窗》)出来了,我那照片简直是哭着喊着要加上图片说明'信仰治疗师还是没心没肺的骗子?'""还有我那下垂的脸,好像肥肉里嵌了一个蛋,还戴眼镜呢。""我没有一件衣服是合身的,只要一坐下,我的舌头就会掉出来。"生平是一种传记,而《书信选》则是另一种生平;但真正的故事是传主的内心,它在《诗集》里。与拉金诗的自我审视相比,莫申和近来跟风评判拉金的人显得那么青涩苍白。他们以为他们在评判他?不,是他在评判他们。他的个性化在评判他们的畏首畏尾,他的诚实在评判他们的谨小慎微:

> 如果我的爱人某天决定
> 不为我的目光停留,
> 而像爱丽丝那样穿着飘扬的衣裙跳进我的头脑……
>
> 她会发现自己被不断变化的诡异之光环绕,
> 一会儿猴子棕,一会儿鱼灰色,一串串被玷污的光圈
> 像恶霸一样游荡着,马上要聚集……
>
> ——《如果,我的爱人》

> 有种像极了蛤蟆的东西
>
> 也蹲在我心里；
>
> 它蹲得重如厄运，
>
> 冷如冰雪……
>
> ——《蛤蟆》

历史上的拉金其人与我们的区别在于自我是否变化。他那一代人就是那样，没什么可多说的。那一代人如磐石般坚定不移，我父亲也有这种特质。我不是这样，我们这一代没有人是这样。我们身上受到太多的作用力，要兼顾太多。在讲求自我提升的时代，自我有种冷酷的自觉。话说回来，不在乎别人如何看自己是要付出代价的，拉金付出了代价。他没法换掉手上摸到的牌（"当我们诚实面对彼此 / 握着的手却那么可怜"）。他的诗坚持了这种无奈：

> 那些阴暗的早晨我不经意看到自己的全脸
>
> 好似坚硬的铁面罩，
>
> 也能被世事无常刮得变了形。
>
> ——《先享受，后付款》

> 大多数事情并没有被计划发生。
>
> ——《去吧，去吧》

> 无敌慢的机器

结局：赫尔的唐璜

带来你将得到的一切。

——《有个洞的生活》

生命先是无聊，接着是恐惧。
无论我们虚度与否，它照样前行，
给我们留下什么选择也不得而知，
老去，之后是老去的唯一结局。

——《多克里和儿子》

我对拉金最早的记忆是集合式的，我十岁前住在南威尔士的斯旺西，他经常来我家。他是我哥哥的教父，我哥也叫菲利普。拉金每次来都很受欢迎，当时的习俗是教父要给教子钱（还有教子的兄弟），我们家叫"给孩子小费"。我的教父是布鲁斯·蒙哥马利，他在传记和书信里时常出现，不过越来越不愉快（不够有才，酗酒）。我小时候，布鲁斯总是很欢乐，大方得吓人。有一次——可能是1955年的篝火之夜，布鲁斯在平时都会给我和哥哥的弗洛林或半克朗零花钱之外，还加了张十先令大票子，让我们买烟花。我们简直不敢相信，就像《降灵节婚礼》中的新娘父亲一样，从未体验过"如此巨大的成功，又如此滑稽"。

拉金不太一样。家里人告诉我们拉金"不喜欢小孩"（"小孩/眼神肤浅又暴力"），我们也尽量不去招惹他。等到他给孩子小费的时候，我们站在那儿伸着小爪子，对自己作为一种凶恶亚种——小孩——的代表颇感自得。小费永远是大而黝黑的老便士硬币，他给的时候像神父一样沉默。三便士给马丁，四便士给菲利普（比我大一岁）。后来是六便士给我，九便士给菲利普。这钱对我们很有意义，因为我们凭直觉就能感

172 菲利普·拉金

到拉金对它们恋恋不舍。（顺便说，他是个真正的吝啬鬼。他去世前几周，靠"廉价红酒和康补宁奶粉"过活。他的遗产有二十五万英镑。）拉金不会到花园里跟我们嬉戏。（布鲁斯也不会。）他也不会给我们讲神奇的睡前故事。当我回忆儿时见到他的那种又热切又害怕的心情时，会想起他的古怪却可靠，他那种引而不发的幽默（需要的时候才放送），以及忧郁。在已消逝的世界的那个篝火之夜，我不停问，"什么时候天黑？什么时候天黑？"在那个已经消逝的世界里，在斯旺西，这个答案是下午三点，比赫尔还早，赫尔"下午四点就亮灯／又一年快结束了"。不论什么季节，天总在下雨。我记得拉金在雨天来，或准备出去：他会嘟囔抱怨，又得长期忍受。

　　雨作为一种要素和氛围，为生活和这个非常英国的故事提供了背景墙。"11月13日拉金冒着倾盆大雨去惠灵顿面试，腋下夹着绿封皮的《大不列颠的公立图书馆体系》。""大雨"，"倾盆大雨"，"暴雨"。拉金给母亲的一封信里写了"老年人五不要"："4.不要花时间担心下雨。这是个湿哒哒的国度，会下许多雨。过去如此，将来亦如此。"赫尔呢？赫尔跟雨一样阴惨。雨，是拉金觉得婚姻会变成的样子；雨，是爱和欲望最后会变成的样子。《降灵节婚礼》描写了一次去伦敦的火车之旅，诗人目睹了许多婚礼派对结束后，在每一站都有"新人"上车准备开始度蜜月和他们的余生。火车快到伦敦了：

　　　　又一次旅行快要结束了，一次
　　　　偶然的遇合，它的后果
　　　　正待以人生变化的全部力量
　　　　奔腾而出。火车慢了下来，

结局：赫尔的唐璜　173

> 当它完全停住的时候，出现了
> 一种感觉，像是从看不见的地方
> 射出了密集的箭，落下来变成了雨。
>
> （王佐良译）

人人都知道那句"把你搞砸的，是你爹和你妈"，那首诗（《这就是诗》["This Be the Verse"]）的最后一节也惊心动魄：

> 人们将苦难代代相传
> 　像深入海底的大陆架。
> 自己早死早超生，
> 　别再来把孩子生。

然而不论多不情愿，多么挫败，拉金永远有一种浪漫主义的平衡。《这就是诗》还有一首姐妹诗，叫《树》("The Trees")。诗完成后，拉金在手稿页末写下"真是糟糕的废话"。但最后几行诗是这样的：

> 然而蠢蠢欲动的城堡
> 每年五月都会被繁茂的浓绿包裹。
> 它们似乎在说，去年已逝，
> 重新，重新，重新开始。

《纽约客》1993年7月

正典

正曲

柯勒律治美妙的疾病

《柯勒律治：诗人与革命家，1772—1804》，约翰·康维尔著
Coleridge: Poet and Revolutionary, 1772—1804 by John Cornwell

批评性传记已经成为死的样式，这有几个缘由。如今批评的主要目的是为了提供智识上的刺激；而传记的主要目的（至少在本书评人看来）是娱乐六十岁以上的人。了解作家的生平也许能让人偶然洞察他的作品，但是你不需要是个结构主义者才能看出这样并列研究的危险。诗人的批评性传记作者是如何看待他的诗歌的呢？嗯，他带着宠溺的心态去了解诗人青少年时期的作品，往往会指责诗人"过分热情""模仿他人"等。他为诗人年轻时的作品欢呼，很高兴看到"真正的发展"的迹象，尽管他还是会给诗人一两个忠告，有关"控制"和"自律"。然后是鼓掌称赞第一首"成熟的"或者"主要的"诗篇，至于其他，传记作者会考虑扎实地着眼于诗人的生活，这样才能用一根传记的棍子来撬动他的全部作品。这首诗"反映了"这些事件，那首诗"泄露了"那些紧张心绪——作品成为对生活目瞪口呆的倾诉。我所知没有哪位传记作者能够为诗歌穿上一套新鲜的衣装，因此也许最好还是让它去，我们只需要知道在哪里能找到真正的批评即可。

在约翰·康维尔长达四百页的柯勒律治批评性传记中，有两百页非批评性篇幅，几乎没有怎么费神去展开批评。康维尔先生与其前任不同，他

以耐心和同情——这是非常必要的素质,如果人们要思考构成柯勒律治早年生活的种种幻灭与轻信的话——来审视柯勒律治的生平(直至1804年)。他逃离剑桥,用一个滑稽的假名参加了龙骑兵(康维尔先生承袭柯勒律治传记的宏伟传统,弄错了这个名字。——参见格里格斯[1]编辑的《柯勒律治通信集》,第1卷,第66页),可想而知的,因为发了疯而被退役。他徒步环行英格兰,假装是个革命家,讥笑"世俗的谨慎",靠朋友施舍度日。他抛弃了"大同世界"[2]计划(十二对男女成为自给自足的知识分子农夫,住在宾夕法尼亚),因为骚塞提议带着仆人,但是后来又试图重启这个计划,建议以西印度的农场作为场地,黑鬼作为家里的帮手。1798年1月的某个周六,他就任舒兹伯利一位论教会牧师,但是下一个星期三就辞职了,此时他已经从保护人那里弄到了一笔年金。他嘲笑骚塞考虑担任公职,而这本书结尾是他乘船前往马耳他就任总督秘书。尽管有其非学术的随意性,康维尔先生著作的这一部分是成功的;尤其是有关柯勒律治糟糕的婚姻、鸦片瘾和疾病的部分,叙述始终流畅明了、饶有智性。

但是这本书的其余部分以为自己在干什么?康维尔先生阐述他怀着深情视为"柯勒律治思想"的那个没有固定形状的巨兽,所用的方式只会令不知情的读者感到厌烦和困惑;而且更加严重的是,他在论述性和创意性写作之间来回摆动,仿佛两者之间有某种可靠的对等似的。柯勒律治在谈到费奈隆[3]的一个理论时说,它"也许是非常不着边际的哲学,却是非常容易理解的诗歌"。柯勒律治说,应该将诗歌视为自然而然的;"不要为了理解它而借用其他类似的事情,以至于绕过了它"。康维尔先

---

[1] Earl Leslie Griggs(1899—1975),英国作家,编辑有《柯勒律治通信集》。
[2] Pantisocrac:1794年,柯勒律治和骚塞筹划在美国宾夕法尼亚实现的乌托邦计划。
[3] François Fénelon(1651—1715),法国天主教大主教、神学家、诗人和作家,著有《太雷马克历险记》。

生引用了这两句话，显然是赞成的，但似乎并没有意识到这恰好就是他自己的方式。当谈到三首显然拒绝传记性或哲学性论证的诗作时，他摇摆不定了，这并不奇怪。《克利斯托贝尔》("Christabel")遭到忽视，《古舟子咏》(The Ancient Mariner)得到的是一连串乏味的讨论加上对其韵律和元音音调的辛苦分析。《忽必烈汗》("Kubla Khan")得到的重新诠释如此无精打采，以至于康维尔先生只能得出结论说"无论人们对《忽必烈汗》还有什么话要说，它都似乎以隐喻形式表达了柯勒律治对极端的紧张与妥协关系的一贯痴迷"。我出价五十便士打赌，没有哪首柯勒律治（或者任何人）的诗歌，是不能用这句话来形容的。也许宸维尔先生关于诗歌有些有趣的事情要说，但是传统传记的要求却束缚了他的双手。

如果这本书一直安守内容简介中划定的范围的话，可能还会更加具有连贯性："柯勒律治写诗的能力早就衰退，这是文学史上比较令人痛心的插曲之一。"实际上，这个问题只不过耽搁了康维尔先生几段话而已，并且他还给出了通常的理由：柯勒律治在智识上把自己拉扯得太薄了，加上不幸的家庭生活，被华兹华斯的光芒遮蔽，活在鸦片、疾病和焦虑的阴影里。关于最后一点，康维尔先生说："他知道得太清楚，要实现自己真正的潜力，就必须摆脱焦虑。"此处他表现出根本性的缺乏同理心。如果没有焦虑，那柯勒律治身上就什么都不会有了：恶性循环的身心疾病，"深刻的自我认识，如此与智识上的傲慢自大混杂在一起"，疑神疑鬼加上可怕的忽略自我，还有，在诗歌中，《古舟子咏》无根的末日般的恐惧，"睡眠的痛苦"和"该隐的流浪"。没有谁能像柯勒律治自己把这种悖论呈现得如此引人入胜（即使是曲折地）。

柯勒律治美妙的疾病　**179**

> 我有一个理论是，美德和天才是疑心病和肺结核患者的疾病……——类同于那种给某些树木着色、使其色彩斑斓的美丽疾病。

见证一下，当柯勒律治出现小肠脱垂时是如何关注他的生殖器的。他不去看医生，却采用"醋熏蒸""卤砂溶解在酸果汁中""三条水蛭""热衣服"和"碾碎的面包与浓铅溶液混在一起的敷剂"。得到的好处是——五处"愤怒的溃疡"。柯勒律治是那种总是会想出某种事情来让自己情绪低落的人。

他的传记作者通常会让柯勒律治的日子不好过，诺曼·弗鲁门[①]最近的尝试（《柯勒律治，受伤的大天使》[Coleridge, the Damaged Archangel]）表明，似乎是时候让柯勒律治接受这样不祥（而且毫无意义）的"重新评价"了。但是威廉·燕卜荪富有同情心的文章，介绍他和戴维·皮里埃编辑的柯勒律治诗选，应该会使批评的证券交易所恢复稳定；现在我们又有了一种富有同情心的生命观，尽管没有什么启发性。是否值得追问，究竟有多少柯勒律治幸存了下来？他的哲学有过一些影响，尽管大多是在美国；他留给我们的批评没有什么是我们必不可少的（例如，著名的幻想/想象之间的区别，只不过是另一种托词，让我们可以正式区分优秀的与不那么优秀的 [作品]），那么诗歌还剩下什么？对话式诗歌尽其微薄所能；有若干偶然的成功，人们已经提到过了；《沮丧：信件》过于个人化，《沮丧：颂歌》则过于正式，都不值得细致研究。只剩下那三首显而易见的好诗，而拥有更多好诗的作家不知为何却明显不如他伟大。也许柯勒律治的地位并不受到这本书或任何其

[①] Norman Fruman（1923—2012），美国学者，最著名的作品是 1971 年出版的这本研究柯勒律治的专著。

他贬损的威胁，纯粹因为我们首次接触他的年龄。如果说济慈是青少年时代的诗人，那么柯勒律治则是童年时代的诗人；他的世界有着孤独者的道路、闪烁的眼神和魔鬼爱人，过早地驻于我们心间，以至于无法被成年人清醒的光芒照亮。

《新政治家》1973 年 3 月

《柯勒律治诗选》，威廉·燕卜荪与戴维·皮里埃编
Coleridge's Verse: A Selection edited by William Empson and David Pirie[1]

自从 W.K. 维姆萨特于 1946 年发现了"意图谬误"之后，它就一直令编辑们恼火。威廉·燕卜荪在他这部长达一百页的新版柯勒律治诗选前言中，迅速地对这样的约束置之不理。他说，编辑必须猜测作者的意图，这样才能在诗歌被搞乱之前拦截它——毕竟诗人常常因为他们的作品而焦虑不安、变得不自然，当思绪停滞时，还会胡乱改动它；因此，编辑必须收集证据，做出知情者的揣测，琢磨诗人"其实想说什么"。换句话说，编辑选择的是他认为最有利于一首好诗的部分。（另一个"谬误"

---

[1] 该文刊登在《泰晤士报文学增刊》，我曾经在那里工作，担任实习助理编辑。当时我 23 岁。威廉·燕卜荪是《复义七型》和《弥尔顿的上帝》的作者，是我崇拜的英雄之一（无论是作为诗人还是作为批评家）。收到他致编辑部的那封令人泄气的信时，我不但担心自己的工作；我更感到像是一个鼓掌叫好的追星男孩，刚刚被阿诺德·斯瓦辛格所终结（见下文）。幸运的是，那时候《泰晤士报文学增刊》上所有的书评都不署名。——原注

可见诸燕卜荪教授此处的辩护；编辑至少也像作者一样可能知道什么是最佳诗作。）燕卜荪教授的经验主义思维的确让他意识到，创作过程比我们大多数人愿意承认的要远为私密和模棱两可得多，但他一如既往地学问渊博，生动活泼，而且当他说错了的时候常常最令人感到兴奋。

燕卜荪教授与戴维·皮里埃挑选了柯勒律治写下的所有好诗——没多少——包括《宗教沉思》这样冗长的失败之作中的段落，但将主要的精力集中于《古舟子咏》，柯勒律治从来乐此不疲，越改越糟糕，因此也就给编辑带来最严重的挑战，结果就是一部东拼西凑的文本，实际上是从1817年的基督教诗篇中拯救出1800年的多神教诗篇版本。1817年添加的散文体注释——燕卜荪教授曾经在某处将其形容为"空洞无力"，另一处则形容为试图涂上一层"油腻腻的不公正"——被完全忽略了。注释分散注意力，的确；而且还常常起到误导作用；但是也有其美妙的时刻，既然所有的学生和大部分好奇的读者都会想要查看柯勒律治后来的评论，那还不如将其收入附录中。现在的文本就这样没有注释，没有柯勒律治神经不安的补遗，《古舟子咏》反而成了一首更加黑暗更加令人担心的诗歌。

并不令人惊讶的是，燕卜荪教授声称《古舟子咏》不完全有别于《失乐园》，也是对基督教上帝的隐晦的控诉。可以说，柯勒律治的意图是"从内部动摇并破坏"，我们不再能察觉到诗歌的这一面，理由很简单，就是它是如此成功——如今让我们吃惊的，是听到竟然还有人主张那老水手实际上活该受到惩罚。也许可以说1817年的版本也包含了这个意思，即使不那么一目了然。在这首诗结尾，尽管老水手遭受了所有那些神圣的折磨，他依旧被罚游荡在乡间，用他的故事吓唬人们，这首诗中欢快的警句——"谁最爱万物，不论大小，/谁的祷告也最灵。"① "最懂得爱的人，祈祷最有效 / 众生既伟大又渺小"——实际上并没有说祈祷和爱会带给你任何好处。燕卜荪教授认为《古舟子咏》的作者是一个感觉宇宙缺乏道德秩序的人，这一点是准确的，他分析这首诗，认为它根本上与"神经质的愧疚"有关，这多少是无可辩驳的。

但是，可以辩驳的一点，是燕卜荪教授所说的，除了别的之外，《古舟子咏》还是个"历险故事"，部分有关"海上扩张"，还包括"奴隶贸易的恐怖"。燕卜荪教授因此将九死一生的只剩骨架的破船认作代表了一艘奴隶船。因为奴隶的身体发热，照例会使船身的木板在五到十次航行之后逐渐脱落，燕卜荪教授推断，"在思忖初稿时，柯勒律治感到"（燕卜荪教授喜欢炫弄这样的词句，例如"柯勒律治可能会想到"，"此处柯勒律治肯定感到"）"这一点可能不是对所有人都那么一目了然，因此在页边缘上写下了另一节诗，说船体'没有了木板'（plankless）"。当然，无论柯勒律治怎么感觉，无论他如何思忖，增加了这个词，也几乎不可能使这一点对所有人"一目了然"。也许柯勒律治只不过觉得这个意象很好而已。

燕卜荪教授关于"历险故事"这条线索的态度也是同样的佻达，带着男人对冒险的急切心情，他追查了如果老水手在航程结束时被当地官员逮捕的话，接下来会发生什么："谴责的鬼魂……将托梦给审判法庭的治安官毁谤他……老水手将会遭到放逐，很可能会被怀疑吃掉了其他船员。"约翰·凯里曾经谴责 C.S. 刘易斯写到《失乐园》时，仿佛那是发生在牛津北部的事情；燕卜荪教授此处写到《古舟子咏》，则仿佛那是 18 世纪顿河上的一场海盗侵扰。

关于柯勒律治的更加笼统的看法如此发人深省，以至于人们但愿有

---

① 此处沿用王佐良译本，引自《王佐良全集》(第 3 卷第 4 章《柯尔律治》)，外语教学与研究出版社，2015 年。

柯勒律治美妙的疾病　　183

更多一些才好。燕卜荪教授的批评总是有赖于他的反应的强度，不仅是对作品，而且还是对作者的反应，他在此处对柯勒律治展示了一种令人感动的同情——如果所有的批评家都如此富有智识的话——以至于我们所有人都巴不得永远忘却"意图谬误"。正如诺曼·弗鲁门在他最近的传记中深感担忧的严苛所表明的，人们越是研究柯勒律治，似乎就越是不喜欢他。燕卜荪教授则更加有耐心。他很快就指出柯勒律治几乎没写过几首好诗，他很善于谈论限制自己的愧疚和焦虑。他的即兴结论——"在〔柯勒律治的〕心中，我认为，他总是怪罪自己不该写好诗，因为那是在炫耀"（即，那只不过是累赘）——却是令人伤感而无可逃避的真理。①

《泰晤士报文学增刊》1972年12月

---

① 我所做的是：我读了这本书，把它卖了，然后写了书评，这可以部分解释我的确有愧于燕卜荪所指出的第一点，是这样的："书评人说与其从诗歌正文中移除《古舟子咏》的注释，那还不如放在附录中。但是实际上注释全文的确放在了第212—213页〔原文如此〕，还有具体诗行参照。还有，在第48页〔原文如此〕上，在这一点初次被提到之后，读者被两次告知哪里可以找到它。"以下是我当时战战兢兢的答复，除去一两处删减：

我们的书评人写道：（1）为第一点向燕卜荪教授道歉——很糟糕的疏漏。（2）我并没有断言皮里埃先生和燕卜荪教授"说过一位编辑应该'找出他认为成就最佳诗篇的那些部分'"，只不过说这是两位编辑最终所做的事情。（3）一位不偏不倚的读者，与一位生气的作者不同，应该同意，相对诗歌的道义立场而言，"从内部动摇"这一点以及基督教关于"虐待动物"的观念只是次要的。无论是柯勒律治还是燕卜荪教授的眼界肯定都不会仅止于此。（4）当我提到燕卜荪教授的"男人对冒险的急切心情"时，我并非指他的风格，而是指他的渴望，一个不同的角度，但此处他并未提出疑问。就我所知，燕卜荪教授写起来总是像个天使。——原注

徒劳的补缀

《桑迪顿》，简·奥斯丁、一位匿名女士著
Sandition: A Novel by Jane Austen and Another Lady

所有简·奥斯丁的小说都是喜剧——即，全都有关一对对年轻佳人终成眷属。男女主角全都会受到挫折或者偏离目标，他们会暂时因错认某个人而受骗，总少不了一些碍事的老家伙的压力和干涉，但困难最终都会被克服。在更深的背景里，还会有更加轻松地想象出来的一群老古董、傻瓜和势利鬼，他们在结构上的相关性通常总是次要的。

既然故事以貌似标准化的程序呈现，那就必定会出现一个人来完成简·奥斯丁未完成的小说《桑迪顿》。这是她于1817年去世前不久放弃的，现存的两万字的确已经包含了大部分要素：一位低调但易受他人影响的女主角，一位富有和机智但偏离中心的男主角，一个老暴君，一个亲爱的老好人，一个年轻的碧池，一个体弱多病的女继承人，两个打情骂俏的和三个疑神疑鬼的，似乎有足够的人来对付了。

简·奥斯丁腼腆的匿名合著者显然是一位非常"专业的"作家——人们猜想可能是一位更加审慎的芭芭拉·卡特兰[①]——她构想情节和塑造人物很有办法。更令人惊奇的是，她也基本上可信地延续了奥斯丁

---

① Barbara Cartland（1901—2000），英国畅销爱情小说家。

的文笔。当然，简的文笔也完全不像"简迷们"让你相信的那样无法模仿，合著者能够以一种欢快和自然的方式再现她语句里那种尖刻的直截了当——很少磕磕碰碰，尽管少了很多她本人作品的出彩和苛刻之处。如果《桑迪顿》本来就是以这种形式留传给我们的，那我想它会被视为一部稍微令人尴尬的步入老年后的作品，而不是一望而知的赝品。

但是这部未完成的小说究竟想要写什么？原始的《桑迪顿》不仅是一个残篇，而且还是初稿，是简·奥斯丁这位最刻苦地一改再改的人唯一一部没有机会销毁的作品。结果是既只有潦草框架又光秃秃，几乎没有什么题材作为基础让未来的合著者可以着手。根据仅有的材料来推断，《桑迪顿》应该包括某种轻松的文学讽刺，正如奥斯丁的前面三部小说讽刺了拉德克利夫太太①的《乌多尔福之谜》(*Udolpho*)和范妮·伯尼②的《伊芙琳娜》(*Evelina*)。早就迟迟疑疑地提到了伯尼的《卡米拉》(*Camilla*)———这很恰当，既然这本小说写的是一场浪漫史，与一些跑龙套的丑角和歇斯底里的角色一起呈现——有钱-机智的主角是尖刻的和装模作样懂得文学的人，欣赏理查逊③及其更加庸俗的抄书人。但是除了这条线索以及起初一些对时尚的嘲笑之外，合著者进行的是一次没有地图的旅行。

这当然不一定会让她的车马慢下来。总体而言，简·奥斯丁的小说有关好的举止，她次要的主题（例如《曼斯菲尔德庄园》[*Mansfield Park*]中的"授圣职"）实际上只是重新审视多少是静止的现实。奥斯

---

① Ann Radcliffe（1764—1823）英国小说家，哥特小说先驱。
② Fanny Burney（1752—1840），英国讽刺小说家、书简作家和剧作家，《伊芙琳娜》《卡米拉》分别是其写于1798和1796年的作品。
③ Samuel Richardson（1689—1761），英国小说家，著有《帕米拉》等。

丁式婚姻的进程往往与其说是自我发现，不如说是自我完善：每位主要角色都必须变成另一位值得与之嫁娶的人，你应该感到改善自身的需要将在象征性的最后一吻之后长久持续下去。这可能似乎会有助于这样的观点：奥斯丁小姐仅仅关注行为得体的问题。但是我会说小说所有的悲情与生动都源自角色对习俗的屈从：缄默和自制为情感的宁静潜流留出了余地，这在那些不那么节制的小说中是不可能激发出来的。

除去习俗，就没有多少剩下了——正如《桑迪顿》的合著者此处充分证明。小说写了还不到一半，主角那"爱戏弄人的光彩"就已经变得让女主角"相当无法抗拒"，当他顺便拜访时，她"一阵歌唱、惊叹和欢乐的心情"。但是，在正常的奥斯丁正典中，这一顿廉价激情的对象最后也不过归于小角色坏蛋联盟。他是个撒谎精，游手好闲，朋友私奔他是主谋（这会令他在奥斯丁小姐眼中无可挽回地受到谴责）；在某个时刻，女主角宽恕了他的弥天大谎和他的打情骂俏，因为毕竟，他只不过是在促成这个高贵的结局。同样，当女主角自己实际上被疯狂的花花公子劫持，她以最温和的感到好笑的心情看待这件事情。"上帝保佑！"当她把自己侥幸脱身这件事情告诉父亲时，也让他感到好笑。鉴于世界如此好说话，人们好奇究竟是什么阻止了男主角在起初几个章节里就动起手脚来。

我猜这全都要看你为什么要去读简·奥斯丁。合著者在她非常冒失的向读者"致歉"中，声称"我们读她，为了在飞机旅程中、家庭危机中以及在一个没有仆人的世界里纯粹的身体疲惫之后，消遣放松"。嗯，1975年是简·奥斯丁两百岁诞辰——这个时机正好表明她的吸引力肯定远不止此。

《观察家》1975年7月

徒劳的补缀

为弥尔顿辩护

《约翰·弥尔顿传》，A.N. 威尔逊著
The Life of John Milton by A.N. Wilson

弥尔顿的多国研究已经扩展得如此之广，以至于相关文献但凡有所增添，人们都必须加以询问。有关弥尔顿马夫的账单或者担任神职时的备忘录的专著也许已经就绪——但是又来一本传记？A.N. 威尔逊的传记并非学术传记，但也不是通俗书籍，既不是符号学研究，也不是心理历史学研究。它不是批评性传记，相反，是不加批评的专著。当一位年轻一点的小说家尝试去对付一位偶像级人物时，你指望有点什么不同寻常的东西，但《约翰·弥尔顿传》却是，就任何标准而言，令人印象深刻地固执、混乱和怪异。

结果人们发现，这本书是试图平反，是为传主本人，而非为他的作品平反申冤。弥尔顿跌宕起伏的生平，因为（作者）20 世纪的口味——艾略特的改弦易辙，利维斯的迎头痛击（"我们不喜欢他的诗歌"），克里斯托弗·瑞克斯[1]在《弥尔顿的宏伟风格》(Milton's Grand Style) 中的最后一搏——一点也引不起威尔逊的兴趣。他关注的是弥尔顿的个人形象，他觉得这个形象被庸俗的现代性污染了。

---

[1] Christopher Ricks（1933— ），英国文学评论家和学者。

威尔逊提到"弥尔顿的敌人"时，他并非指保皇党人、天主教徒和法国人。他指的是没有同情心的读者和评论家——不喜欢他的人。我们被提请注意耶鲁《散文全集》(*Complete Prose*) 的"天主教的偏见"，罗伯特·格雷夫斯①在《弥尔顿先生的妻子》(*Wife to Mr Milton*) 中挥动的"恶意和粗鲁的笔头"，约翰逊先生廉价的嚼舌。弥尔顿的敌人是那些执意要将他视为厌恶女人，独断专行的遗老的人，而实际上，威尔逊认为，他比这要好得多。

作者花了长到怪异的篇幅，早早就将他的传主打造成一个风趣迷人、相貌好看的人。弥尔顿是"无比高智商、非常美的年轻人"，看上去如此养眼，以至于"没有哪位版画家可以指望展现他细腻的肤色和质地优美的赤褐色头发"。他是"一位技巧高超的击剑手"，"机智、好看"，还有"充满笑容的年轻脸庞"。我们知道，弥尔顿"是个讨女人喜欢的男人"。（我以为他的意思是说"讨女人们喜欢的男人"，但这种疏漏也可能富有深意：弥尔顿的始终如一总是受到称赞。）正是因为举止优雅，大学时代的弥尔顿才得到"基督学院的女士"这样的绰号，而绝不是因为他娘娘腔或者怯懦，威尔逊先生是这样认为的。

想要纠正这些庸俗和充满敌意的误解，这就是《弥尔顿传》的主线。的确，弥尔顿在剑桥没有人缘，但是他对"男孩一般的愚蠢闲聊"和"令人烦透了的导师们"感到恼火。似乎的确是剑桥太轻浮，没能引起弥尔顿的兴趣。不，弥尔顿没有虐待或者疏离他第一位妻子玛丽·鲍威尔，是她离开了他：她的行为"愚蠢肤浅"，要么就是她被家人"劫持了"。他对女儿们也没有特别刻薄：她们是贼，游手好闲，他剥夺了

---

① Robert Graves（1895—1985），英国诗人、学者、小说家和翻译家。

为弥尔顿辩护

她们的继承权,这没什么不对。

在公共舞台上也是如此。威尔逊先生意识到这有些棘手,但总是想方设法,以一位充满爱心的小学校长的派头,给他的明星学生怀疑的福利。弥尔顿称赞离婚,并非出于自私,尽管当时似乎是他的妻子永远抛弃了他:"我们有《申辩辞后篇》("Defensio Secunda")① 为证",威尔逊信任地说,"他真正想到的是公共福祉"。弥尔顿曾经是审查制度的敌人,却为克伦威尔从事了若干"吹毛求疵"的审查工作——"也许对《论出版自由》("Areopagitic")② 的作者不是件愉快的事"。同样,弥尔顿撰写派性文章时的卑鄙下作,甚至连他的同时代人都认为足够肮脏,也只不过是"乐于享受"教会争议你来我往的"混战"和讨伐而已。

这样的开脱需要慷慨大度的威尔逊先生耗费很多猜测。在动用表达猜测的词库方面,他的书肯定是打破了某种记录:是可以设想的,令人不禁猜测,似乎很有可能,我相当怀疑是否,这并非幻想,如果我猜得不错的话,大概,肯定,无疑。威尔逊攻击七十一岁的玛丽·鲍威尔,在某处引用了弥尔顿第一位传记作者的话:"她的朋友,可能是有感于她的愿望,热切地要求……与她作伴"。威尔逊还塞进了一本正经的"请注意'可能'。"我们的确注意到了。我们还注意到,一千个词之前,威尔逊在仅仅一页之间就用到了"相当不大可能""没有理由认为""非常可能""可能""几乎可以肯定""也许"等等。

于是,这种选择性是肆无忌惮的,而且还受到威尔逊整个异想天开的传记风格的鼓动。马车"吱吱咯咯响着往北驶去",秋叶"密集婆

---

① 弥尔顿1654年发表的一篇公开宣言,完整标题是《为英国人民申辩辞后篇》("Defensio Secunda pro Populo Anglicano")。
② 弥尔顿写于1644年的一篇檄文。

娑"，弥尔顿"来回踱步"或者"漫无目的地闲逛"。"那里，每天早晨，弥尔顿都会踩着鸽子粪和［等等，等等］走过。"正如威尔逊先生随心所欲使用内心独白，这些幻想片段也对事实和同理心的安排有着难以预测的影响。

有时，A.N. 威尔逊听上去像是 A.L. 罗斯①（"这与弥尔顿所知道的国内的现实是多么鲜明的对照啊！但是与意大利一比，却又是多么无限的真实！"），有时候又像吉娜·劳洛勃丽吉达②（"这是什么样的教会，这个英国教会，弥尔顿竟然命中注定要在其中担任神职人员？"）。想到他像个八十岁老人那样说什么"电气火车"和"动力汽车"，他见到"二十三岁"左右或者儿童时期的弥尔顿已经"为那个缪斯的美酒所迷醉"（即津津有味地欣赏经典），人们很难不认为威尔逊是弥尔顿被流放的同时代人，专职保护他的老朋友免于遭受"现代"传记作家的恶行。他描述教堂内部——"某种 17 世纪晚期巴洛克风格的祭坛背臂，有着（明显）弗兰芒风格的栏杆"——他对学说纷争的热爱也带着令人印象深刻的时代错位，在很大程度上营造了这本书古董和古怪的魅力。

尽管已经讨论的够多了，但弥尔顿生平的关键依旧难以把握。他的生命耗费在等待成为一首史诗的作者上面，因此才有弥尔顿其他次要作品的因循守旧，因此他才会常常戏剧化地担忧过早行动。威尔逊当然意识到了这一点，但是他不肯接受其涵义。"当我们看待弥尔顿的自大时，我们必须总是记住他有可以自大的东西。"如后来所示，他有《失乐园》，但是这首诗并不能起到回溯辩解的作用。然而，威尔逊无所顾

---

① Alfred Leslie Rowse（1903—1997），英国历史学家。
② Gina Lollobrigida（1927—2023），意大利著名电影演员，主演过《巴黎圣母院》。

忌地纵容弥尔顿，也相应地对所有其他人都不怀慈悲之心。

最后，弥尔顿究竟是不是个好人，这有关系吗？威尔逊在他的诗篇中发现很多不由自主地自我流露（例如，《参孙》["Samson"]"恰好就是弥尔顿在复辟期间的处境"），这也许使他倾向于寻找作品与人的道德认同。他也许还有此处没有完全揭示出来的精神上的迫切需求。但是重要的诗人们并非特别谨慎或者和蔼可亲的一群人，次要的诗人也一样。弥尔顿写出了核心英语诗歌；计算写作它给人带来的损耗，这非常有趣，尽管没有什么意义。

《观察家》1983年1月

狄更斯黑暗的一面

《暴烈的形象：狄更斯想象力研究》，约翰·凯里著
The Violence Effigy: A Study of Dickens' Imagination by John Carey

狄更斯确切地知道自己是一位杰出的作家，但仍然不能肯定自己是不是严肃的作家。他坚持浪漫、情节剧和不具象的描写（像他更加糟糕的同代人那样），拒绝长大成人、内省、模仿他人（像维多利亚时代的重要作家那样）。批评家传统上对这样的差异感到不安，因此，六部分最近有关狄更斯的作品都催促他回到我们不怀好意地想象出来的"传统"——即社会现实主义传统之中。罗伯特·加里斯[①]的《狄更斯剧院》(The Dickens Theatre)强调狄更斯"社会先知"的天赋，解释说他之所以不现实，是因为他精明地施展了戏剧手法。约翰·卢卡斯[②]的《忧郁的人》强调狄更斯的社会批评和象征性结构，解释说他不现实，因为社会也不现实。利维斯的《小说家狄更斯》(Dickens the Novelist)强调狄更斯的道德智识、博学以及与詹姆斯、康拉德和乔治·艾略特的相似之处，解释说他是现实的。当问到他作品中随处可见的不可信、哭哭啼啼、夸张之处时，这些批评家往往回答说，狄更斯这样做是为了哄骗他的维多利亚公众。

---

① Robert Garis（1925—2001），美国狄更斯研究学者。
② John Lucas（1937— ），英国诗人、文学批评家。

约翰·凯里同样也愿意抛弃差不多一半狄更斯,不过是不那么同样的一半。他没有任何大惊小怪,就将皱着眉头沉思的狄更斯给打发了,又同样快乐地拥抱了喜剧性的兴高采烈的狄更斯。更加严肃的批评家通常会认真地以《董贝父子》(*Dombey and Son*)开始,从其后来者中尽量拯救可能的一切;凯里博士则对局部效果,对"想象的习惯"更加感兴趣,因此有底气给予《老古玩店》(*The Old Curiosity Shop*)这个当下的替罪羊更多篇幅,多于《小杜丽》(*Little Dorrit*)。因为"哪怕我们去掉狄更斯小说中所有严肃的部分,都不至于损害他身为作家的地位"。凯里博士的确是去除了所有。《暴烈的形象》是精彩的聪明文章(jeu d'esprit),光彩夺目的杰作(tour de force),这不足为奇;它矫枉过正,这也不足为奇。

那好吧。狄更斯这位社会思想家、有远见的人,就这样消失了。如凯里博士急切地提醒我们,狄更斯拥护死刑,称赞炮决反叛的印度兵,认为让黑鬼拥有选举权是荒谬的,推荐把处罚说脏话的人扔进监狱,对重婚者施加鞭刑,是一位坚定激烈的性别歧视者。至于狄更斯的小说本身,凯里博士发现里面大部分的社会批判要么可笑地语无伦次、论辩无力,要么是苍白的事后聪明。狄更斯"与其说是想呼唤改革,不如说是为了维系大量令他有利可图的读者群"。也许向奥威尔致敬在这个阶段并不是坏事,但是没有其伴随物那会多么好,每当狄更斯冒犯了现代自由主义的趣味时,都会有一连串花里胡哨的平等主义:《董贝父子》中的工人阶级杜德尔家的小孩是欢快地出场的,为了让"中产阶级可以在床上睡得安稳";而一旦作者研究了维多利亚时代扫烟囱的人的惨状,《雾都孤儿》中扫烟囱的孩子甘菲尔德就"突然"变得没那么好笑了,等等。首先,如凯里博士熟知,狄更斯并不是"非-平等主义"或者

"反-平等主义",而是"前-平等主义",至少是按照我们理解的方式。其次,如凯里博士熟知(他还在其他地方表达过这点),没有什么可以对幽默免疫:在《约瑟夫·安德鲁斯》(*Joseph Andrews*)的前言里,菲尔丁说"真正可笑之事的唯一来源……是装模作样",而在书中第十二页里,他就让我们讥笑"废话太太"的内翻足。第三,凯里博士恰好忘了,社会问题只应该对我们通常认为的幻想作品施加有条件的影响。

  接下来,狄更斯这位兜售象征的人也消失了。致力于发掘这些商品的批评家们,凯里博士说,很少会发现什么,除了陈词滥调就是无用的套话;他们把《小杜丽》浓缩为"世界是个大牢房",或者将《我们共同的朋友》(*Our Mutual Friend*)浓缩为"金钱如尘土"。凯里博士问道:"为何人们会想要读一本小说,结果只是得到了如此陈腐的东西?"这不仅仅是容易让批评家激动的情况——人们也会发现狄更斯"自己为类似的程式背书",例如卡克对作为伊迪斯·董贝替身的笼中鸟幸灾乐祸,或者路易莎·葛擂硬抱住胸脯,如此感情流露地惊叹道:"噢,父亲,看你做了什么呀?在这个荒寂的地方,这花园本来应该鲜花盛开!"凯里博士坚定地偏好一再出现的符号和形象,它们不需要依赖任何表面的对等就具有重要的意义:污秽的气氛,他笔下城市景象中坍塌的房屋,墓碑上的肖像和尸体,破破烂烂的家具。凯里博士再次低估了他的敌人(考虑到默多尔和默德斯通这样富有象征性的名字①,难道狄更斯真的从来没注意过诸如"金钱如粪土"这样的观念吗),但这是他比较有益的章节之一;即使没有什么其他用场,也还是可以悄悄地令几份博士论文结束煎熬。

---

① **Merdle** 和 **Murdstone** 分别为《小杜丽》和《大卫·科波菲尔》中的角色,发音都近似"谋杀"(murder)。前者是金融家,后者为了金钱与大卫·科波菲尔的母亲结婚,成为他的继父。

狄更斯黑暗的一面 195

身为人道主义贤哲、人际关系与人性研究者的狄更斯也尤为迅速地消失了。他的男女主角面目不清，实际上是连身体都没有的机器人。他的坏蛋要不就是最后令人难以置信地洗心革面，要不就受到了粗暴的惩罚，全都没有道德意义。除了大卫·科波菲尔和皮普之外，他的儿童全都是迷你成人，是设计来安慰老家伙的，是"与现代花园小矮人有着密切亲情"的侏儒。他的女人邋里邋遢，是傲慢的泼妇或者傻乎乎的家庭小妇人。他的情节全都不经推敲。狄更斯随时准备对别人布道，居高临下，对别人进行感伤教育；"眼睛盯着销量"，他拥抱每一个可能的机会来写下废话。但是不知为何，"他的艺术的胜利像岛屿那样突出，要辨别它们没有什么困难"。凯里博士最终在狄更斯身上辨别出来的是一个有才的傻瓜以及上好段落的集合。

在他那本关于弥尔顿妙趣横生充满颠覆性的著作中，凯里博士得出结论说："研究弥尔顿如何使用词语，会使其看上去比他本意想要的更像一位诗人。他在很大程度上是一种道德现象。"在他那篇关于"D.H.劳伦斯学说"妙趣横生充满颠覆性的文章中，凯里博士得出结论说："劳伦斯思想最后的悖论是，与他……明晰雄辩的本人分离，它就成为了任何流氓或者傻瓜的哲学"。类似的最后一分钟的拯救工作也在狄更斯身上尝试过了（他的"想象扭曲世界"；"他的笑声掌控世界"——两者相互依存），但是只剩下一个忧心忡忡的生动的幽默家。考虑到凯里博士批评偏好的适应性，如此断然地对狄更斯撤回同情心，这很令人失望。狄更斯从凯里博士那里得到的初始反应要比弥尔顿或者劳伦斯从他那里得到的有力得多。结果就是，《暴烈的形象》总是指向自身之外，却似乎从来不想抵达它所指的地方；人们看完这本书，很像凯里博士看完狄更斯，时不时体验到一阵快乐，以及一种强烈的徒劳感。

尽管凯里博士似乎并没有读过诺思罗普·弗莱①的《狄更斯与幽默的喜剧》("Dickens and the Comedy of Humours"),他这本书很大一部分读起来却像是对后者洞见的评注,只是少了弗莱那种连贯一致的感觉。简单而言,弗莱将狄更斯的小说结构视为两个社会群体之间的冲突,即以家庭为中心的"融洽"社会(通常围绕一对相当年轻也相当乏味的年轻人展开)与制度化的"阻碍"社会(通常是老年、死板和腐朽的),忠实于普劳图斯-泰伦斯新喜剧传统,将荒诞的虚假视为青春大获全胜和注定的快乐结局所必须付出的小小代价。融洽的社会,除了偶然出现的傻瓜或者饶舌者之外,大都没有特征,千人一面;而对阻碍的社会的想象则要生动活泼得多,人物塑造与其说是漫画不是说是幽默——有关虚伪、寄生虫生涯、迂腐。直到简·奥斯丁,这种结构都被相当惯常地用着,但是现在已经逐渐堕落了(它在现代的主要代表是迪士尼卡通,其中有一成不变的好人、生动地荒谬或者邪恶的坏人、半魔幻的变态等等)。在狄更斯更为庸俗化的浪漫背景中,相对立的两个社会逐渐融汇,变成隐匿的原始世界,兼有好与坏,修辞与情节剧,梦境与死亡,无动于衷与痴迷,舒适的田园牧歌与混乱的穷乡僻壤,在那个世界,好女孩成为天使,刻薄的男人成为木偶一般的魔鬼。根据弗莱的看法,狄更斯独一无二的能量源自这些极端;尽管人们可以任意抗议其生硬和非现实,但是没有这些的话,究竟还有多少狄更斯剩下来,就是个疑问了。

如同弗莱的许多批评一样,(他)对狄更斯的定位既程式化,又相当模糊不清。然而,在诸多关于狄更斯的批评中,只有它做到了全面概览,不受那种冲动左右,也即让他符合现代和常理的愿望。凯里博士也

---

① Northrop Frye(1912—1991),加拿大文学理论家,著有《批评的剖析》等。

回应了狄更斯黑暗与无政府主义的方面,这个方面令更加严厉的批评家感到尴尬,他的这本书始终是跟那些想要清理狄更斯的人的美妙对抗。但是,尽管面临我们20世纪的全部挑剔,狄更斯的另一面,甜腻腻的童话故事的那一面,也不会离开。这也与他的"倔强"密切相关,用凯里博士的话来说,他拒绝接受"通常人们只会看到自己认为应该看到的东西"。

《新政治家》1973年11月

背道者多恩

《约翰·多恩：生活、心灵和艺术》，约翰·凯里著
John Donne: Life, Mind and Art by John Carey

首先，看上去约翰·凯里要跟约翰·多恩过不去了。毕竟，多恩博士也有他的问题，凯里教授——一位足够严厉的散文家和书评人——对于他选中写一整本书谈论的作家总是很严厉。至于究竟凯里对这些人有什么不满之处则不是完全清楚。尽管出手不凡，凯里的批评仍然不同寻常地猛烈，富有个人特色，不怎么慈悲为怀。他的《弥尔顿》(*Milton*)给我们呈现的是一位幻灭的没有幽默感的暴君，他的《狄更斯》(*Dickens*)是一个低智商的感伤主义者，他的《萨克雷》(*Thackeray*)则是个洋洋自得和爱财的小市民。

的确，凯里对他选择的作家的敌意表现在戏谑讥讽的语气上，但这一点不至于决定性地导致他对他们作品的偏见。你感到他只是过于头脑冷静，过于现代和自由主义，因此对创造性素质的根本性乱糟糟没有多大同情心。似乎凯里情不自禁地感觉自己比那些乱七八糟的江湖骗子更加聪明，尤其是更加讲究实际，尽管这些人在历史上以及他们扭曲的生活中活蹦乱跳，同时还享有持久艺术的名声。

那么凯里会如何对待杰克·多恩这位圣保罗教堂教长、主宰机智的君王呢？不怎么样啊，人们会觉的——尽管尚有一些令人惊喜之处。"关

于多恩,首先必须记住他是天主教徒,"凯里一开始就说,"其次,他背叛了自己的信仰。"他母亲那一支是托马斯·莫尔的后代,多恩出生在1570年代无敌舰队之前的反天主教的恐怖中。他母亲在不服从国教的地下世界里很活跃;他哥哥是不情愿的殉教者,因为窝藏一位神父而坐牢,患鼠疫死在狱中……刺激多恩背教的主要因素,凯里告诉我们,是世俗的野心。他无法作为天主教徒而飞黄腾达,因此二十多岁时就改换了阵营,成为雄辩好斗的英国国教徒,如凯里指出,"很愿意在公众场合谴责那些因为信仰而走向断头台的勇敢的天主教徒。"

然后多恩一心投入从当时那些英国国教大人物身上找饭吃这件屈辱的事情。他表现得像是一个"可怜虫"、一块"黏土",他讨好宫廷里"那一堆游手好闲的人、告密的人和鸡奸犯",通过写乞求信和定制的诗体书信来搜罗保护人。他引起了埃塞克斯伯爵的注意,用凯里的措辞来描述,伯爵"风华正茂、豪爽勇敢","令所有人目眩神迷",多恩跟随他参加过几次去西班牙和亚速尔群岛的远征。

1601年,多恩与萨里一个地主的女儿秘密缔结婚约,他本以为这是英明的一招,结果很快颜面尽失。这位苦恼的廷臣居住在米彻姆一幢潮湿的小屋里,他的妻子不停地倒腾出一个又一个小孩,如此地乏味,以至于有次死了一个女儿,多恩在给朋友的信件中甚至"懒得告知详情"。这时候多恩又回到了先前那种溜须拍马的生涯。当詹姆斯一世牵扯到有关效忠宣言的争端中时,多恩拼凑出一篇反天主教的檄文,"急急忙忙专程赶去国王驻驾的罗伊斯通呈献一份"。最终结果却适得其反:正是在国王的亲自干预下,多恩1615年才被授神职。他只好不情愿地放弃了宫廷去教会就职。

凯里这里那里幸灾乐祸,如他引用的原文所示,但是大部分时间他都非同寻常的慷慨大度，甚至宽恕了多恩从头到尾的软弱。似乎凯里在多恩的生活和诗歌之间感受到了一种真正的连贯性，追溯性地荡涤了多恩的世俗罪过。多恩生涯的两个主题，灵魂的罪恶和世俗的苦恼，始终成功地滋养了他的诗歌。多恩的"精神生活"为我们有条不紊地保留在《圣十四行诗》（"Holy Sonnets"）中，而抒情与讽刺诗则"可以被视为对现实强加的限制和依赖的反应"。

尽管人们徒劳地在凯里的作品中找寻任何前后连贯的文学理论，但他最喜欢的艺术貌似是最符合生活的艺术。总之他就是这样反复表明他的偏好的。凯里不同寻常地回应多恩的诗歌，必须声称它们"比任何其他英国诗人的作品都更加深刻地具有自我的印记"。这个不顾一切的说法——无法印证，而且反正毫无意义——使得凯里可以随意对待这些诗歌，仿佛它们是给多恩的忏悔神父或者婚姻顾问的秘密备忘录，或者是给詹姆斯一世时代某个幽灵般的心理学家的备忘录。他谈论多恩"重新陷入"偏执；他在一首诗中察觉到"几乎忏悔一般的意义"，辩认出"支撑"另一首诗歌的"动机"。

对《圣十四行诗》第十七首（《自从我爱的她偿还了最后的债务》）的分析是他典型的方式。凯里说，"听上去像是有人在做出超人的努力来勇敢地面对世事"，但是"在第六行之后，这种努力崩溃了，多恩沮丧的情绪奔涌而出"。我们想象着面色阴沉的诗人英勇地完成了六行诗，然后在第七行崩溃了，直到最后两行冲破他的哭泣声"奔涌而出"。要不就是这并非我们的想象，而是我们记起了真正的真诚与文学性的真诚两者曾有的区别：当被告知妻子的死讯时，诗人可以流出眼泪，却无法写出抒情诗歌。《圣露西亚节》（"S. Lucies Day"）富有韵律节拍，被形容为"和自杀有关"。然而自杀要写的是遗书，不是挽歌。

新批评学派的评论家们貌似已经有点过时了,总之他们喜欢视所有诗歌为当代的和隐姓埋名的。凯里在此处和其他地方的方法,就是根据一位作家作品的细节和想象习惯来朝外摸索,根据其生活、时代和思想来看待它。当然,这常常能奏效。凯里既生动又博学,写下了许多对多恩游移不定、似是而非又错综复杂的诗歌激动人心的评论。然而,他对多恩这个人的同情既强化同时又搅乱了他对诗人多恩的感知,使得他这本书产生了奇怪的效果。凯里受到驱使,要缩小生活与艺术之间的差异,虽然这种缩小距离的努力恰好又被文学形式这样的事实所削弱。毕竟生活并不合拍,诗人必须在寻找韵律之前完成哭泣。

《观察家》1981年5月

沃的代表作；伍德豪斯的日落

《旧地重游》，伊夫林·沃著
Brideshead Revistied by Evelyn Waugh

《旧地重游》香艳的新版平装本在封面上自我推荐说是伊夫林·沃最受喜爱的小说。这种说法也许是准确的，但《旧地重游》也是沃最遭人恨的小说。它既诱人，又令人讨厌，是一部问题戏剧，像《曼斯菲尔德庄园》一样——忧心忡忡、不加节制、尴尬不自然，是一部摆脱了体裁的束缚，但看上去与其既定的作者从来不能真正融洽协调的书。势利，是对《旧地重游》最常见的谴责；而且乍一看，也是最没有杀伤力的。迄今为止，现代批评家已经指责基本上所有前现代小说家在阶级斗争中的绥靖妥协，或者狼狈为奸，但是这样的指责常常只不过是时代错位，告诉我们的只不过是当下自由派的焦虑，而不是其他什么。但是这句话对《旧地重游》不怎么管用，因为它就是直截了当地将平等主义视为敌人，然后就相应地着手将其当垃圾处理。

当然，现代世界、"胡珀[①]的时代"已经来临，即使适应得最好的野蛮人——垃圾食品、成人录像和被破坏的城市景观最无望的产物——

[①] Hooper，《旧地重游》中一位平民出身的低级军官，小说中的赖德认为也是"英国青年的象征"。

在他的新环境里也肯定会发现许多没有任何乐趣的东西。但是当下的年代到时候也会被哀悼，像上一个年代那样。好的年代已经离去，坏的全都会到来：这个主题就像文学一样古老，作家所做的只不过是风格和笔调的问题。

这部小说四处可见常常是可笑的对"大崩溃"的旁白。人们想到这样的场景，例如英国浴室衰落的段落（镀铬的水龙头去哪儿了？地毯去哪儿了？）；逃离马奇梅因夫人杂乱的客厅进入布莱兹赫德的大厅，"一个更好年代庄严阳刚的气氛"，在那个"高大傲慢的圆顶"之下；与无所不知、一无所知的雷克斯·莫特拉姆在巴黎那次痛苦的进餐，那里"勃艮第葡萄酒似乎在提醒人们世界是个比雷克斯所知道的更古老更好的地方，人类在其长久的激情中又学会了一个他不知道的智慧"。天哪，一杯酒就能够让赖德得到如此精致的安慰，他肯定是个灵魂单纯的人。

这些也许都是微不足道的愚行，可怜但无害。但是试试这个，看看对庸俗时代的真心痛恨："这些人〔马奇梅因夫人的兄弟们〕必须去死，只为了帮胡珀打天下……只为了让旅行推销员一路平安，戴着他那副多边夹鼻眼镜，他胖乎乎湿哒哒的握手，他一笑露出牙床。"或者这个，在得知雷克斯是离过婚的人之后："争论像只海鸥上下翻腾绕着圈子，一会儿冲向海洋……一会儿又落在漂浮着腐肉的水面上。"腐肉，呃？但是雷克斯（或曰"雷克斯那一类人"）是"只有这个糟糕的年代才能产生"的人，用茱莉亚·马奇梅因响亮的语言来形容。

沃在此处流露出来的势利是缺乏想象力的结果，是艺术上的失败；是老一套的应对，就像伤感情绪一样。这使得我们转向对这本书的第二个主要反对意见，在我看来，这与沃选择赞赏的庸俗浪漫主义版本的天主教相关。小说安排它三个最为不肯悔改的角色——塞巴斯蒂安、马奇梅因爵爷和茱莉亚——来收获最高的精神荣耀，在这种程序化的方式中有某种不顾脸面，甚至带有进攻性的意味。塞巴斯蒂安一生孜孜不倦地致力于游手好闲、随心所欲和酗酒，却成了一个神圣的傻瓜，混迹于麻风病人中间，睡在他的"僧人的小房间"里。马奇梅因爵爷也一样，他在七十年的生涯中除了随自己老套的兴之所至之外什么也没做，却在生命的最后一秒钟抓住了拯救的机会。"我见过比这更糟糕的情况，死时却很美。"神父搓着双手说，在马奇梅因把他从病房轰出来之后。还有茱莉亚……

在这本书前三分之二里，茱莉亚都与沃笔下虚构的女子没多大区别，就是那种标准的荡妇／令人心碎的人／轻率的人，她们被描述为市侩、意志和欲望的代表，尤其是道地的玩世不恭。始终令人难以理解的是，究竟是什么让茱莉亚在小说第三部中在道德上撞了大运。小说无所顾忌地强调她名声不好——她"邪恶地"出轨到了纽约，与赖德"活在罪孽中"。但是此处倒有她奇异的顿悟，长达两页的"悲哀的内心翻腾！"外加分号和泄露秘密的形容词：

> ……绝不要冰凉的坟墓和阴沉沉的布匹覆盖在石块上，绝不要黑暗洞穴里的灯油和香料，只要正午的阳光和天国的命定。

赖德对马奇梅因家的爱恋，似乎不仅因他们的高贵血统，而且还因为他们与生俱来的神圣。而读者是否在茱莉亚滔滔不绝的迷乱中感到很振奋，则令人怀疑。我猜读者感觉到的是糟糕艺术胖乎乎、湿答答的握手和一笑露出的牙床。

糟糕的艺术当然是《旧地重游》的一个重要主题，如果沃没有像这样两边下注的话，这本书就没有什么长久的影响力了。赖德的艺术才能正是就他对布赖兹赫德的迷恋本身而言的——就艺术鉴赏，还有英国的"魅力"而言。"住在这幢房子里是一种审美教育，"赖德说，"这是我对巴洛克的皈依。"这也是沃的皈依，却是皈依巴洛克的颓废、杂交的文学形式。"我曾经到过这里"：小说开头的叠句出自罗塞蒂，小说大部分读起来都像是新古典主义陈词滥调的金色库存：幻象、柔和的氛围、令人沉醉的花园、高贵的主人——祷告仪式的韵律、史诗般的明喻、头晕目眩。沃的皈依只是暂时的，他再也没有尝试过这种高大上的风格。的确文笔与小说内在的冰冷和蔑视格调不搭，因此关键性地导致其中心的失衡。

"大部分书评都是溢美之词，除了因为阶级怨恨而感到不满。"沃在他的《日记》中说（喝得醉醺醺的时候写下的）。在他的通信集中（宿醉时写的），沃反复称《旧地重游》为他的"代表作"——一本非常美的书，"我的第一部重要作品"。在给妻子劳拉的一封感人至深的信中，沃温柔地责怪她没有足够认真地对待（自己的）"代表作"，几乎是在埋怨遭到忽视。后来他承认自己"对它在美国的大受欢迎深为震撼"。"我又读了一遍《旧地重游》，"1950年他写信给格雷厄姆·格林说，"感到好可怕。"

也许沃会把这篇书评视为阶级怨恨的产物，是"胡珀"的抱怨，"胡珀"不知道该使用哪把叉子吃饭，他说"好咧"和"好呀好呀"。但我觉得不大可能。沃写《旧地重游》时速度飞快，带着一种陌生的兴奋，还有深感其为优秀之作的信念。生命长久的蹩脚货，真正好的糟糕之作，不可能用其他方式写出来。"青春的慵懒……流逝得多么快，多么不可挽回啊！"小说源于这种遗憾，某些人"开始变老"，会对此感觉更加痛切和迷茫。但是无论如何这些都会被转化为艺术，那才是麻烦真正开始的地方。

《观察家》1981年10月

《日落布兰丁斯城堡》，P.G. 伍德豪斯著，理查德·尤斯伯恩注释、编纂附录
Sunset at Blandings by P.G.Wodehouse
With Notes and Appendices by Richard Usborne

P.G. 伍德豪斯是某种形式的典型，数百年来没有哪位有智识的作家会把这种形式当真：喜剧田园牧歌。你必须回到莎士比亚喜剧中着魔的丛林才能找到哪怕是转瞬即逝的与他这些小说的类比——类比阿登森林[1]和伊利里亚[2]与世隔绝的绿色世界，那里爱情之结被欢快地解开，父母身份的谜团被破解而导致皆大欢喜，财富神奇地累积，一切都不费吹灰之力。当我们注意到伍德豪斯的绿色世界不但宽容地包含了英国乡村慈悲的草地，还包括了20世纪的伦敦和纽约时，我们才开始发现他这位作家真正的万里无云。

这是一个少了一切卑鄙能量的世界，其居民面对的最大的恐怖事件也只不过是社交场合轻微的尴尬、朋友们的欠债不还、偶然的单相思和

---

[1] Arden, 莎士比亚喜剧《皆大欢喜》中的森林。
[2] Illyria, 莎士比亚喜剧《第十二夜》中的地名。

可能被某个姨妈逼迫娶一位盛气凌人的表妹为妻。这些陷阱，当演绎为真实生活中粗暴的突然事件时，居然也能够造成真正的伤害和恐惧，这样的事实也只不过是增强了无害之事的光芒。伍德豪斯喜爱写对痛苦遭遇心平气和的无动于衷，这是数世纪以来不加思索的特权造成的。他的小说中我唯一能够记起的失却风度的时刻出现在早期的一篇故事中，吉夫斯像往常一样准时在六点钟给伯蒂·伍斯特端来他惯常的威士忌苏打。"正是这讨厌的单调，"遭到疏远的伯蒂埋怨道，"才使得一切似乎如此道地的讨厌。"顺便说说，"讨厌的"是公学里对"该死的"这个词的降格表述①。即使在这里，你看，事情也没有那么糟糕。

　　我是凭记忆引用的——这无疑会迫使理查德·尤斯伯恩，我们的顶尖伍德豪斯专家，去翻找他的索引卡片。尤斯伯恩先生是英国文学家团体的带头人，他们会在世界文学的万神殿里，将伍德豪斯置于荷马与但丁之间的某个地方。在编辑这本未完成的小说准备出版时（书名恰好出自英国出版商之手），尤斯伯恩先生总算是做到了充分表达他的痴迷：一百页左右的伍德豪斯的正文内容，另外填充了六十页作者的手稿和涂写，尤斯伯恩先生无用和偏题的正文注释，布兰丁斯城堡的结构图（附带示意地图），帕丁顿与布兰丁斯市场之间火车路线的详细解析（附带时刻表），以及等等。显然这样的热情与文学无关，我猜，它肯定与其他什么事情有关。伴随着对这个老话题的喋喋不休，人们还感觉到某种天真惆怅的势利——仿佛真能在时空中找到伍德豪斯的世界似的。安东尼·鲍威尔同样撰写上层阶级编年史，他是唯一另外一位赢得这种不可思议的痴迷待遇的现代作家。人们等待着有人同样地研究

---

① 此处这两个词原文分别为 bally 和 bloody，都略有下流意味。

艾伦·西利托①的诺丁汉，斯坦·巴斯托②的北方贫民窟。但那是等不到的。

然而，拯救行动本身很值得去做，伍德豪斯文本的质量使得尤斯伯恩先生闪烁的编者按语更加像是废话。如同伍德豪斯所有的最佳之作那样，布兰丁斯堡系列小说的快乐在于完全可以信赖，不会令人不安。有通常的挫折、惊吓、欺骗和误会，但哪怕是初读伍德豪斯的新手也会很快发现这个世界相当静止、容易抵达，它总是张开双手拥抱客人。伍德豪斯对他的读者提出的嘲弄的要求里面几乎有某种次文学的东西；他的幽灵徘徊在这本书上方，像是殷勤的吉夫斯，但愿他能帮你翻页。这跟其他形式的写作相当不一样，但是伍德豪斯本来在各方面也是独一无二的：他有无限的喜剧天才和有限到可笑的范畴。

但他只是让它看上去容易。根据小说附录的笔记来看，伍德豪斯似乎在安排《日落布兰丁斯城堡》的情节时遭遇过一些棘手的问题。那只饱受折磨的小手试验了好几打不同方式，最后才固定成我们今天读到的版本（最常见的潦草字迹是引导性的"试试这个"；"修改""行""好""非常好""非常好××"也很常见）。犹豫不决之处令人惊讶。尽管伍德豪斯的文字显然是喜欢和痴迷劳作的结果，但他的情节构思却似乎是他的作品里面最马虎的事情：布兰丁斯城堡系列小说，包括我手头这一本，全都是好脾气的老家伙/找麻烦的姨母/失恋的年轻人的排列组合，外加常见的信件、偷窃、巧合和戏剧性讽刺等手法。尤斯伯恩先生解释说，随着年纪增长，伍德豪斯失去了一些活力；他觉得

---

① Alan Sillitoe（1928—2010），英国著名工人作家，1950年代"愤怒的青年"代表人物，代表作有《长跑者的孤寂》。
② Stan Barstow（1928—2011），英国工人小说家，代表作是《一种爱》。

要朝前行动变得越来越苦恼了。P.G. 伍德豪斯去世时已经当了四十六天佩勒姆·伍德豪斯爵士。他九十三岁,打字机上还留着一份热乎的快活的小喜剧。直到最后,他那个世界的春光从未流逝。

《纽约时报书评周刊》1978 年 12 月

劳瑞：火山里

《愤怒所迫：马尔科姆·劳瑞传》，戈登·鲍克著
Pursued by Furies: A Life of Malcolm Lowry by Gordon Bowker

酒鬼要么是生来如此，要么他们到最后就变成了这副模样。马尔科姆·劳瑞在酒鬼领域相当出类拔萃，似乎他实际上早就打定主意要长成这样，从儿时开始。这种天赋并非出于遗传。在他早年一个短篇中，故事叙述者记录了他父亲（属于卫理公会）不欣赏当地一位律师，因为他缺乏"自律"。"他不知道，"劳瑞写道，"我已经秘密地决定等我长大了就要做个酒鬼。"当大多数小学生梦想着成为火车司机或者放牛郎时，小劳瑞梦想的是成为一个酗酒的人。梦想成真了。除了几次戒酒，在医院和监狱里，还有非常偶然的自我约束的禁酒期，马尔科姆·劳瑞有三十五年时间都是醉醺醺的。

对于作家本人我们需要知道多少？答案是无所谓。一无所知或者无所不知都令人满意。反正谁会在乎？如诺思罗普·弗莱所言，关于莎士比亚的生平，除了诗歌和戏剧之外，我们所知的唯一证据是一张显然是白痴的男人的肖像。传记是为好奇的人准备的；好奇心暴露出厌烦的开始。的确，当学术调查开始为我们提供专著谈论例如沙克利·马米昂[①]

[①] Shackerley Marmion（1603—1639），英国剧作家。

的洗衣清单或者拉塞尔斯·艾伯克龙比①的电车票等，我们会认为它太过分了。但是《火山下》的作者情况特殊，他的成瘾变成了我们的成瘾。总而言之，马尔科姆·劳瑞的酒吧账单能诉说大部分的故事情节，也不会比戈登·鲍克的六百页更短。这部传记很全面，也彻底地投入，既痴迷又令人着迷。不会再有人写得出来这样的东西了。

要想成功地做一个彻头彻尾的醉鬼，你还需要其他的素质：狡猾、随便、没有安全感和不知疲倦。劳瑞还需另外配上一根极其短小的阴茎，这似乎真的有用。他当然是个最善于创造自我神话的人，或者是个牛皮客，一个满嘴谎言的人，如果你愿意这么说的话。操场上摔跤在膝盖上留下的伤疤被说成是在中国内战时期遭受的枪伤。某次在墨西哥因为独自闹事而坐牢，他在写给朋友的信中列举了他遭受的磨难："他们还想要阉割我，某个美好的夜晚，我（有时）会很遗憾地说他们没有成功。"那个刚硬的"某个美好的夜晚"就像是某种谎言的信号。1939年，他利用战争爆发，以及他自己道地空洞的即将参军的誓言，在很多方面为自己谋私利，包括这封给爱人的信中大胆的一节："如果你真的爱我，像我爱你一样，那就像迎接一位长期出门在外偶然回来但马上又要离开的人一样迎接我吧，因为我必须离开。"这最后一个英勇的节拍暴露出天生的不诚实和津津乐道的自我诅咒。劳瑞是世界级的撒谎大师，即使他的逗号和冒号也都是谎言。

像衣修伍德和其他人一样，劳瑞属于那种必须离开英国的英国人，越快越好。他的父母是其时代和地方的普通产物，但正是他们的温顺听话困扰着他。当想象力遭遇无想象力时，每次都是无想象力获胜。所以

---

① Lascelles Abercrombie（1881—1938），英国诗人和评论家。

你必须离开。他十七岁时乘船东行去了中国，做船上的普通水手；一年以后又乘船西行去了美国，作为一名乘客去进行文学朝拜。结果却是北方和南方成了他个人指南针上的重要方位。南方意味着墨西哥，是他最不体面的放纵的背景。北方一开始意味着斯堪的纳维亚，结果变成了温哥华以及在冻土旷野上一个两间房的小屋；这里，只有在这里，他才能写作，其他任何地方，他都只是去喝醉酒夸夸其谈或者胡说八道。劳瑞是那种俄罗斯人形容为"海象"的人：他适合耐受长久冬天的艰辛，在零度以下的天气游泳，喜欢湛蓝的天空。他很努力地尝试，但做不到像自然的壁虎那样，最后只能在波波卡特佩特火山①脚下喝得烂醉如泥。

他的放逐开始之前（没有什么能诱惑他回到英国，除了免费医疗），劳瑞必须先磕磕碰碰读完大学，然后花费两三年时间在费兹罗维亚区②；混迹于一连串怀才不遇的诗人和吵吵嚷嚷的书评人之间。他的色情兴趣，如同他的文学兴趣一样，对于他的自我感觉——对于内心浪漫史——是关键性的，但是没有什么能够让他从对酒精的沉迷上分心。关于与一位有名的剑桥荡妇的风流轶事，劳瑞写道："夏洛特……把她的身体给了我——我喝了很多威士忌……吻她的时候几乎吐在她嘴里，她说她爱我。"

他拥有早熟的天赋：即使在二十岁出头时，他就不满足于通常的放荡和玩失踪那一套，已经在试验偏执的幻觉，涉及蝶螈③和男护士。等他（二十六岁时）去了墨西哥，他见什么喝什么，指望其中可能包含酒精：有次他喝下了"一整瓶橄榄油，以为那是头油"。

---

① Popocatepetl，位于墨西哥境内的火山。
② Fitzrovia，伦敦西区的酒吧区，文人们经常光顾的地方。
③ 有种蝶螈有毒，瘾君子将其提取物掺在酒里一起喝下，可致幻。

劳瑞成熟的岁月就这样展开：发疯、纵欲、被捕、射精、夜晚的尖叫、签证过期、护照丢失，外加警察局的一长串案底：家内纵火、盗窃、故意伤害。1938年，他的第一任妻子简给他"定量"一天一夸特酒，但是他藏下了私房钱去买"只要五十美分一加仑的高酒精度葡萄酒"。1947年，劳瑞的第二任妻子玛格丽注意到他在戒酒一段时间之后，开始在午餐前享用一种鸡尾酒——"而晚餐前的鸡尾酒下午三点钟就开始了"。1949年，他每天平均喝下三升红葡萄酒外加两升朗姆酒。他的静脉从腹股沟那里一直鼓起到脚踝。有天早上他倒下了，开始"吐出黑色的血"。然后我们就看到了紧身衣、软壁病房，同妻子和在场的医生严肃地讨论脑叶切除术的好处与坏处等等。

到最后，甚至劳瑞不断发作的怪诞事故和一连串灾难也开始有种极度的单调乏味。似乎普通的一小时会包含一大罐玻璃清洗剂或者眼药水，被锯子或者水泥搅拌机搞得鲜血淋淋，以及时不时笨手笨脚尝试砍掉妻子的脑袋。只要涉及马尔科姆和玛格丽，任何可以出问题的事情都会出问题。他洗澡时摔了一跤，摔断了一根动脉；"她想要打电话给医院，但是电话坏了；她冲上电梯，结果被夹在两层楼中间。"他在一条乡村小道上摔了一跤，摔断了腿；她跑去当地的药店，结果被邻居的狗"乱撕咬一顿"。他们的一些朋友总是在门口放着整理好的行李箱，这样的话如果劳瑞夫妇突然可怕地上门，希望住下来，他们就可以声称自己刚好要出门度假。她的心态是面对沮丧的天才时飞蛾扑火的冲动（"我害怕他会可怕地伤害我，然后第二天又感到非常难受"）。至于马尔科姆，他干脆就是无可救药，打定主意——一直到死——一犯再犯同样的错误。

像往常一样，这部传记的语境最不适合思考劳瑞的作品。当然我们对他的"工作习惯"了解了一二,这包括习惯性地剽窃,量大到惊人。剽窃是受虐狂最道地的罪行:垃圾可以随便易手,但是任何值得偷窃的东西都必定会被人察觉、揭发。劳瑞被揭发过,许多次。这本书叫作《愤怒所迫》,但是劳瑞的道路实际上却是靠别人的慈悲为怀才不那么坎坷:一小笔个人收入,忠实的女人,才能。全都摆在他面前。然而你不会希望鲍克先生深感可怕但总的来说宽大为怀的笔调变得更加尖锐。愤怒是内在的,一切都无可奈何。

那么小说怎么样呢——也就是说《火山下》怎么样,这本书基本上就是全部了。写作既让劳瑞感到必须也让他痛苦万分。回顾他生平黏糊糊的碎片,你好奇他怎么居然还写得出任何东西——他怎么签一张支票或者给送牛奶的留张纸条。唯一管用的东西是水上的那间小屋及其极度的简单。清醒时回忆的酒醉:被北方天空的清朗环绕,他才能够重构南方的汗水与堕落生涯。我记忆中的《火山下》是混乱的自白,仿佛意识的奔流。现在却感觉它正规、文学腔,甚至笔调也一本正经("酒吧"这个词还文质彬彬地加上引号)。《火山下》是劳瑞永远无法成为的样子:它流畅、有逻辑;它表现得很好。

《星期日独立报》1993 年 12 月

争抢风头

续钱德勒

《也许会做梦》[①],罗伯特·B. 帕克著
Perchance to Dream by Robert B. Parker

如果雷蒙德·钱德勒像罗伯特·B. 帕克一样写作,那他就不会是雷蒙德·钱德勒了,他会是罗伯特·B. 帕克,一个相当不那么受到推崇的存在。这部在钱德勒死后出版的狗尾续貂充其量也只不过是怀旧的好奇心而已。《也许会做梦》好不到哪里去,这并不令人感到惊讶,令人大感惊讶(对本书评人而言)的是,其实《长眠不醒》(*The Big Sleep*)也好不到哪里去;似乎自从我上次读过它之后,它戏剧性地上了年纪。但是《长眠不醒》自有它的好处,包括原创性和了不起的书名——在这两个方面《也许会做梦》都显而易见地经不住推敲。《可能会做梦》(*Maybe to Dream*)会好一些吗?或者《做梦(可能)》(*To Dream [Maybe]*)?或者《更加长眠不醒》(*The Bigger Sleep*)?或者《不醒长眠》(*Sleep Bigger*)?这么一想的话,本来在这个探索性的初创阶段可能就应该放弃这项任务了,但是帕克先生直到完成了任务才来放弃。然后就成这样了。

[①] 该书名也来自莎士比亚戏剧《哈姆雷特》中的一句台词:"To sleep: perchance to dream: ay, there's the rub."("睡眠,也许要做梦,这就麻烦了。")文末戏谑这本书的续篇可以叫《这就麻烦了》,出处即在此。

1."阳光像侍者领班的笑容那样空洞。"

2."他的笑容有着一个当铺老板查看你母亲的钻石时那种温暖。"

3."她接近我时的那种性感足以扰乱一个生意人的中饭。"

4."这个房间就像一堆咖啡渣那样迷人。"

引文1和3是钱德勒，2和4是帕克先生。的确，这些属于帕克先生最好的文字，而钱德勒的特色风格却只不过是他的常规写作而已；但是我其实看不到两者在等级上的很大差别。我记得钱德勒的文笔引人入胜，流畅不拗口，没有虚假的成分。但实际上并非如此；它到处都是踢伤的脚趾和擦破的脚踝。在这方面，帕克先生可以比得上他的导师，或轻易胜出。毕竟，钱德勒写出来的任何句子几乎都没有直截了当的灾难，而帕克先生经常制造这样的灾难：例如，"我看看锁，试了钥匙圈上的一把看上去般配的钥匙，是我从老墨餐厅那里拿来的"，或者"她身穿……一件泡泡袖低领口的丝绸上衣，一条宽松的丝绸裤掩盖了那双非常漂亮的腿，但又暗示如果你看得到的话，那腿的确会很迷人"。

钱德勒在性上面很克制和隐晦，而帕克先生露骨地幼稚："她俯身向我，展露出白色花边胸罩，还有很大一部分乳房。"钱德勒的马洛也许是侦探，但他不是偷窥者（他绝不会提到"胸罩"）。而且，帕克先生的菲利普·马洛先生比原型更加容易受人摆布，后者虽然让女人无法抵挡（"天哪，你这个英俊粗鲁的黑大个子！"），却是个说"不"的老手。的确，女人在性上面的堕落是《长眠不醒》黑暗的心脏：毒品、肮脏的电影（"难以形容的下流"）、垂涎欲滴的慕男狂。这在现代人听来既乖顺又恶心，正如从头到尾——而且相关的——有关同性恋的狂吠（"没有骨头的娘娘腔"，等等）。马洛重访第一次谋杀的现场，感到"有种暗暗的可恶，就像是基佬的派对"。嗯，"基佬的派对"不再会让人打个激灵，但我想也没有《也许会做梦》里面堕落的顶峰那么好笑，那里病态的亿万富翁和重度嗨的女继承人做坏事当场被人撞见了："她站在辛普森身旁，咯咯嗤笑着，用一把镶金的象牙发刷打他屁股。"那的确不是普通的发刷。自1939年以来，罪孽的定义似乎有了很大的变化。

亵渎以及犯罪的通常风格也是如此。地下世界比地上世界进步得更快，过时得也更快，结果是，钱德勒的重口味根本就不是重口味；他的肮脏的街道是干净的街道——干脆就是田园牧歌。因此，在《长眠不醒》中，当杀人犯讥讽地告诉马洛他该拿自己怎么办时，用了一个破折号来替代，而满嘴冒着白沫嘶喊的女杀人犯也只能骂他"一句脏话"。在语言上，钱德勒就像《纽约时报》一样纯洁。帕克先生显然努力将自己置入一个更加纯真的年代，但他始终还是一个九十年代的人。他让马洛赌咒发誓，也无法克制自己不去分派给他一个（相当不合适的）逢场作戏的恋情，当他跟一个有名的皮条客称兄道弟时也袖手旁观，但是《长眠不醒》中的马洛，带着他的烟斗和他的"六步"象棋问题，则过于斯文而不至于如此。这本书一个绝对的长处是将那个可笑的令人走神的"Okey"更正为了"Okay"。（读《长眠不醒》时，你会不断将"Okey"的重音放在第一个音节上，然后徒劳地想象一个俄克拉荷马的乡下佬。）帕克先生提到"虐待"，意为残酷行为而不是语言侮辱，①

---

① 此处原文为 abusive treatment，既可指虐待行为，也可指辱骂。

除了这种用法露馅之外,他总是避免具体用词上的时代错位。小说从头至尾,他总算是做到了没有让马洛系上安全带或者因为全球变暖问题而失眠。

人们可能会期待帕克先生在情节上有所弥补,因为钱德勒过于严肃、过于存在主义,无法讲个好故事。《长眠不醒》的前提(濒死的将军,两个野性的女儿,失踪的女婿)很文雅,但是谋杀线索内容重复,令人难以相信,不容易跟得上。似乎每过几页就有人敲门,读者就要眯着眼睛凝视一把新的枪管。帕克先生开始很有劲道,有一阵《也许会做梦》缓缓推进,有更多不那么复杂的冲劲,这是钱德勒从来都懒得拿出来的。马洛有一大堆难以对付的困难和长时间的逆境,但结局是混乱一团糟,令人厌烦地走捷径。难以对付的无赖会立即坦白,他的共犯"在搏斗中"消失了,因此,或许为《这就麻烦了》铺平了道路,那会是一个还没出生的惊险小说作家的狗-狗尾续貂。

最重要的是,马洛这个角色不堪一击。雷蒙德·钱德勒创造了一个人物,游离在偶像与神话之间:他既热又酷,既勇猛又呆板。他因为不愿唯利是图而付出了代价;他在所有意义上都是无法触碰的;他不受利诱,女人拿他没办法,金钱没办法,美国也没办法。"皮肤黝黑,英俊粗鲁的大个子",与我那本绿皮企鹅版封底的照片形成有趣的对照:他戴眼镜,发际退后了,嘴唇薄得像是被舔没了。《长眠不醒》中的马洛发现那个有钱的花痴躺在他床上("你挺可爱"),叫她走开,否则就要"不客气了,把你这样光溜溜地扔出去"。她走了,在她用那个下流的名字叫他之后,马洛让房间透透气,喝了他的酒,盯着她那"堕落的小小身体"在床单上留下的印记。这一章最后结尾,"我放下空酒杯,野蛮地把床单撕得粉碎"。

帕克先生的马洛更加现代一些，会给她一瓶软饮料，大谈一通她的毒品滥用问题。他没有翻腾的心灵，不需要克制内心的复杂情绪。帕克先生既不理解也不尊重马洛的内心禁忌：他把它们全部浪费了，无意识地追求某种当代粗糙的讨喜之处。到这本书的结尾，马洛已经成了和蔼可亲的傻子。这家伙咧嘴笑着，得意洋洋地开着玩笑。这个家伙话太多了。

《纽约时报书评周刊》1991年1月

侏罗纪公园 2

《失落的世界》，迈克尔·克莱顿著
The Lost World by Michael Crichton

　　孩子们终于放下彩色恐龙图画书，用恐龙牙刷和恐龙牙膏刷了牙，他们穿恐龙睡衣躺在那儿，盖着恐龙鸭绒被，孩子们想谈些什么？恐龙。由迈克尔·克莱顿（小说）和史蒂文·斯皮尔伯格（电影）的梦幻团队带给他们看的、逼真的、文学化了的恐龙。两年了，我儿子和我一直在把那些场景互相来回抛掷。在《侏罗纪公园2》中，他们会给我们带来什么，我们会看到些什么？

　　同我不到十岁的孩子们讨论问题，如克莱顿可能会说的那样，不断被争论纠缠。但是我们都肯定知道续集会从哪里开始：那个装满了恐龙胚胎的铁罐子被计算机怪才胖子丹尼斯·纳德利掉了下来，就在他被双冠龙弄得血肉模糊之前。这两孩子中的一个接下来就会提醒我们大家双冠龙不会吐出东西来，它们的脖子上没有那种疯老奶奶似的壳皱。现代父母对史前动物的 A-级标准迟疑不决，孩子们却全都是博士水准。总而言之，那个装胚胎的罐子必须是《侏罗纪公园2》的胚芽，那个罐子会让《侏罗纪公园2》完全围绕着它写出来。

　　猜测并不止于此。约翰·哈蒙德，自大狂的遗传学家或自大狂的筹款人，建造了恐龙公园，在小说中被克莱顿弄死了，被一群"细颈龙"

（食肉的鸟足恐龙）啄死了。但是斯皮尔伯格放了他一码。也许克莱顿会为我们克隆一个新的哈蒙德，或者提供一个想法一样的双胞胎兄弟。小说结尾，猛龙开始从岛上逃离，偷乘渡船。他们会抵达大陆吗？这些巨兽是否会占领曼哈顿，或至少占领迈阿密？

我们全都懒洋洋地同意一点：会有一系列新的恐龙。例如，克莱顿巧妙地简单提及，但是目前尚被斯皮尔伯格忽略的飞龙，而且，《大白鲨》(Jaws)的创作者怎么可能不将克莱顿引向深海里恐龙的表亲？想象一下：海滩派对，瘦削的金发泳者，远处隐现的蛇颈龙或沧龙或鱼龙……已知恐龙的一半都是最近二十年才发现的：每隔七个星期他们就会发现一种新的恐龙。因此，让1993年才得到正式命名和描述的犹他盗龙也扮演个角色如何？这只美丽的动物样子像伶盗龙，但个子要长三倍。犹他盗龙是身长二十英尺的搏击之王，每只脚上都有一个十五英寸的"剑"爪，被古生物学家詹姆斯·柯克兰[①]誉为"最恶毒的恐龙，也是智商最高的"。似乎化石记录也要迫不及待地参与新才艺表演了。

现在《失落的世界》来了，答案也揭晓了。没有胚胎铁罐，没有哈蒙德，没有对大陆的侵袭，没有双冠龙，没有海洋或者天空里巨大的捕食者。只有一种新的巨兽。让我们赶紧来对付新的巨兽，这让人有所期待。那是食肉牛龙，长了角的轻重量级，按照克莱顿的描述，它拥有近乎魔幻般的变色龙本领。"主食：肉类"，如我的恐龙百科全书平直地告诉我们的。这还真不错。在侏罗纪，如同在我们这个时代，素食者寡淡无味，肉食者更有人缘，更有力量。我欢迎食肉牛龙，但愿它只会消耗别人。等到它出现时，我们只剩下两个小孩和可口食物的骨架了，坏蛋

[①] James Ian Kirkland（1954— ），美国古生物学家和地质学家。

全都用完了。没有哪个孩子会去相信一个 PG 级电影里的这种事情。

还是来看克莱顿的故事吧！在翻过了尤其沉闷的一百三十一页之后，我们发现自己来到了一个非常像，而且肯定非常靠近《侏罗纪公园》小岛的小岛屿。但是那个岛屿是努布拉岛（自那以后就关闭了），我们知道了这个岛屿是索纳岛，是"哈蒙德肮脏的小小秘密，是公园黑暗的一面"。哈蒙德的克隆实验室和恐龙孵化室只不过是橱窗装饰。无论有什么新的生产技术，"起初的产量总是低的"。为了让他的公园得到新的物种，哈蒙德必须以工业生产规模来搞出胚胎。哪里？在迷雾笼罩的索纳岛上……

读者的心情像翼手龙那样直冲云霄。似乎可以期待索纳小岛是某种恐龙青少年犯罪教养所，这里囚禁着所有真正的棘手问题：无赖、无可救药屡教不改的罪犯，或者也许是反叛恐龙的饲养笼：混血的、杂交的、杂种的。然后我们也会宽容地容纳有病的恐龙：有足疾的龙、毒龙、生癌症的龙。无论克莱顿如何演绎，冲突升级的舞台已经设置好了。我们期待着更凶猛的恐龙，但总体而言，我们得到的还是更好一点的恐龙。

化石是静止的东西，但是在我们的想象中具有弹性，我们根据自己的需要来塑造它。在觍着脸分派在他小说里的一个迷你宣讲中，克莱顿解释道，我们心目中恐龙的形象自从一百五十年前发现以来已经经历了明显的改变。似乎努力向上的维多利亚时代人轻蔑地视恐龙为逆行动物是很恰当的：缓慢、蠢笨、笨重，跌跌撞撞地走向灭绝。"恐龙"成了某种不配活在世上的东西的同义词，20 世纪才开始它长长的平反过程。渐渐地，恐龙血升温了，它们的动作加快了，大脑扩展了。如今，至少克莱顿这样说，它们被某种迪士尼虚构所包裹：人格化了、和谐化了、半伤感化了。肮脏的歪歪倒倒的耗油大王全都换成了双门豪华客车，靠无铅燃料行驶——而且，对的，还有汽车贴纸说车上有婴儿。

克莱顿既不多愁善感也不吹毛求疵，他想强调的是我们无从控制一个已经消逝的错综复杂的世界。但是，他身上的艺术家（虽然的确体格微小，却是肯定的存在）依旧坚持尝试操纵两种互相竞争的模式。因此，恐龙群体现在实践的是"物种内共生"：身强体壮却近视的雷龙与体型略小视力却敏锐的皮萨诺龙在一起，形成对付捕食者的统一战线。三角龙在"群体防御行为"上训练有素，慈母龙致力于"复杂筑巢和哺育子女"。有追求异性的仪式和展示。这些动物睡在一起，走到哪都在一起。它们甚至成群上厕所。

最不可能从新面貌生态系统受益的是暴龙。如此处所描述，雷克斯先生和太太是杰出的公民，"小心谨慎，几乎是胆小怕事的动物"，承担"持续哺育子女的责任"。幸好，反潮流的是伶盗龙，因为并不完全清楚的原因，它们在过去的五年里走了下坡路，现在构成了岛上的下层阶级。它们的巢穴一塌糊涂，连克莱顿都感到震惊："蛋壳破了；一堆堆地遭到踩踏……幼恐龙看上去很瘦，营养不良"。在先前那本书中，伶盗龙是冲锋队；在这里它们是一群乱糟糟怪叫的新兵。也许一点也不叫人惊讶的是，它们也让人快乐。这些闪闪发亮的耶胡①偷走了《失落的世界》，正如它们偷走了《侏罗纪公园》，连书带电影一起。如果哈蒙德是努布拉岛的普洛斯彼罗②，那么伶盗龙则是索纳岛的卡利班。

在最佳状态下，克莱顿是斯蒂芬·杰伊·古尔德③和阿加莎·克里

---

① Yahoo，英国作家斯威夫特小说《格列佛游记》中的人形兽。
② Prospero 是莎士比亚戏剧《暴风雨》中的人物，被篡位的米兰大公。
③ Stephen Jay Gould（1941—2002），美国著名进化论科学家、古生物学家、科学史学家。

斯蒂的结合。他安插了一连串动物学神话，远比他小说情节传送带上的险境更有意思。动物——特别地，如果不是相当独一无二地——是他擅长的。他不擅长的是人。人，还有文字。

翻开《失落的世界》，你就进入了一个奇怪的地带，这里一章的篇幅只有一页，一段只有一句话，一句话只有一个字。你会凝视作者填充的厚厚的篷帐，那里是原始森林，森林"热"，有时"很热"。"马尔科姆擦擦他的前额。'这里很热。'"莱文同意："'是啊，好热。'"三十页之后，还是热。"'哎呀，这里很热。'艾迪说。"莱文再次同意："'是的，'莱文说，耸耸肩。"在那里，在绿色枝叶外，你看到了成群结队的陈词滥调在四下闲逛。你会"惊讶无语地"听到一声"非人的喊叫"或者"震耳欲聋的吼叫"。猛禽"很贪婪"，爬行动物"爬行"，疼痛总是"刺骨"。

人物描写的任务被分派给两三个用得俗滥的形容词。"道奇森恼怒地摇摇头"；"'处理什么？'道奇森恼怒地说。"所以道奇森很恼怒。但是"'我告诉你没问题。'莱文恼怒地说。""莱文恼怒地站起身。"所以莱文也很恼怒。"马尔科姆阴郁地向前望。""'我们不应该带孩子到这里来的。'马尔科姆阴郁地说。""阴郁地"似乎是马尔科姆专属；但是你恼怒地注意到罗斯特也表现得"阴郁"，你阴郁地发现马尔科姆表现得"恼怒"。且别说还有"紧张地"和"阴沉沉地"。别让我再来谈什么"沉思地"。

过了一阵，你终于意识到，这是出自另一种媒介的文字：

莱文把黑色氧化金属的林德斯特拉德①手枪从枪套里拿出来别

---

① 《侏罗纪公园》系列小说中虚构的枪支品牌。

在腰上。他又拿下手枪，检查了两次保险栓，把它放回枪套里。莱文站起来，朝道奇森挥手让迪亚戈跟着他。迪亚戈拉上背包拉链后又再次把它背起。

把这些句子改成现在时，你就知道它们是做什么的了：舞台说明。我肯定希望这是这本书的用途：给史蒂文·斯皮尔伯格的创意输入备忘录。克莱顿对于戏剧语言有一种反-才能（"振作起来，莎拉！""没时间耽搁了""这个岛上有什么地方不对头，伊恩"），但是他的许多场景都是为某种生动的事情勾勒的蓝图：火山海滩上被火焰喷射器照亮的神秘的尸体；在雷电风暴中瞥见伶盗龙的疯狂饕餮。阅读这些段落，哎呀，你几乎能听见摄影师在旋下他的镜头盖；你几乎能看见剧本改写团队在启动他们的手提电脑。

无所谓。克莱顿已经把恐龙往我们的心中又推得更深了一步。我们似乎很享受让它们待在那里。恐龙提醒我们，我们的地球跟任何我们能够想象的星球一样具有异域情调。实质上，《失落的世界》是一本儿童书籍。同所有好的烂书一样，它是带着急切的心情和热情打造出来的。

《星期日泰晤士报》1995 年 10 月

维持全靠埃尔莫尔·伦纳德

《骑马说唱》，埃尔莫尔·伦纳德著
Riding the Rap by Elmore Leonard

让我们试着缩小范围。埃尔莫尔·伦纳德是文学天才，写的是可以重读的惊险小说，因此他不属于主流，但属于类型小说（他写惊险小说之前写的是西部小说）。类型小说总体来说严重依赖情节，而众人皆知主流小说只有一打左右的情节可以来回重组（男孩邂逅女孩，好人打坏人，等等）。但是伦纳德先生只有一个情节。他所有的惊险小说都是《赦免者的故事》[①]，其中，死神在大地游荡——通常是在迈阿密或者底特律——伪装成金钱的模样。

然而，伦纳德先生拥有天赋——听力和眼力，把握时间和措辞——即使最势利的主流大师肯定也羡慕不已。问题在于：在他高效、不矫情和（令人快乐地）相似的故事铺陈上，他是怎么发挥这些天赋的？这些故事有关半文盲无赖、流氓、艳舞舞女、鸡尾酒女招待、放高利贷的、赏金猎人、敲诈者，还有犯罪集团打手。我的答案可能听上去有些简单化，但反正是这样的：埃尔莫尔的精粹在于他对现在分词的使用。

实际上，这意味着他已经发现了一种方式，可以放缓并且悬置英语

---

① *Pardoner's Tales*，乔叟《坎特伯雷故事》中的一个故事。

句子——或者就说是美语句子吧，因为伦纳德先生就像爵士乐那样具有美国腔调。伦纳德先生没有写"沃伦·甘兹三世住在棕榈海滩县马纳拉班"，他写的是，"沃伦·甘兹三世，是住在棕榈海滩县马纳拉班"。他写"鲍比是说[1]"，然后开始引用原话。他写"唐恩是说"，然后开始引用原话。我们看到的不是未完成时（"唐恩在说"），或者现在时（"唐恩说"）或者历史现在时（"唐恩说过"）。我们看到的是某种大麻混沌时态（"唐恩是说"），黏黏糊糊，犹豫不决，弱动词语态。这样的句子似乎在时间中开了一个口子，伦纳德先生轻易从中滑了过去，进入他的角色隐蔽的心灵。他不仅让你知道这些人说什么做什么，他还让你知道他们在哪里呼吸。

"荷兰人"伦纳德[2]像爵士乐那么具有美国腔调，而爵士起初也是一种幼稚的形式，但他不是路易斯·阿姆斯特朗。他能写出曲调，但他也像晚期科尔曼·霍金斯[3]那样硬朗地复杂。他理解后现代世界——变聪明了的乌合之众与零真实性的世界。他的角色具备的不是非让你相信的意味深长的童年或者案例史，而是脑中反复播放的情景喜剧、脱口秀和广告顺口溜，他们的梦想和担忧全都是转手货和二手货。他们不是迷失的灵魂或者死魂灵，他们可怕又可怜（而且常常是道地的亲切），干脆就是垃圾灵魂：足三两汉堡包，夹奶酪的。

在《骑马说唱》中，上了年纪的漂亮男孩、寄生虫和捕食者奇

---

[1] 此处原文是 Bobby saying，不合英语语法规则。马丁·艾米斯此处列举的其他几个例子均如此。
[2] 美国有两位著名的棒球手姓伦纳德，都被称为"荷兰人"，因此埃尔莫尔·伦纳德年轻时也被戏称为"荷兰人"。
[3] Coleman Randolph Hawkins（1904—1969），美国爵士中音萨克斯管演奏家。

普·甘兹计划犯下世纪大罪。不是这个世纪，而是下一个世纪。他的罪行会是一种新的罪行。"烧草"，"靠大麻维持"，满脑子大麻的奇普听到了有关贝鲁特人质的各种消息——"在电视上看到他们被释放，读过他们某个人写的书"。他的想法是找有钱的迈阿密人做人质。"你说的是绑架吗？"他的助手路易斯·刘易斯问。不，你不会要求赎金。你不会打电话给他家人。你等待着，然后你问受害人他的命值多少钱。

一开始，奇普想象一个潮湿的地下室到处爬着蜘蛛和蟑螂，管道滴着水，他的人质戴着锁链缩在墙边。他想要这地方像他读到的贝鲁特的那些地方一样糟糕。

他告诉路易斯，路易斯说，"我们在佛罗里达上哪里去找一个地下室？"

因此这几个坏人必须尽量凑合。他们抓到的人质不是政客也不是外交官；他是个招揽暴民的人，名叫哈利·阿莫。他们雇用的打手并非什叶派恐怖分子，而是波多黎各的收债人，名叫鲍比·迪奥格拉西亚斯。（这是伦纳德惯用的名字：一度他笔下有位女士名叫拉多娜，伙伴是个叫迪利昂的男人。①）他们使用的地下室不是恶臭的地窖，而是奇普母亲在棕榈海滩拥有的一个海边住宅的空闲卧室。他们给人质吃的食物不是面包和水，而是速冻食品和果冻。"路易斯说什叶派人士给他们的人质吃米饭和其他烂东西，但是无疑也会给他们电视晚餐，如果他们有的话。"

---

① 此处提到的三个人名 Deogracias、LaDonna 和 DeLeon 都有大写的字母 D。

当然情节展开最后变成了美国特色的混乱一团。伦纳德先生坚持不懈地告诉我们，犯罪总是半生半熟，也总是仓促草率，死亡（或生存，在牢里面）以快钱或者期待快钱的形式到来。跟这些磕磕碰碰老犯错的无赖相对应的是美国法警雷兰·吉文斯（和哈利·阿莫一样是从前一本书《当机立断》中照搬过来的）。雷兰也许是他所有作品中最干净的角色，公正不阿，"公事公办"，一位真正的执法者，不像灰色地带追踪躲债的人和送传票的人，那些人在伦纳德先生的作品中通常代表法律与秩序行业。雷兰并非后现代的；他是城外来的时间错位的人。他令人着迷，因为他让你知道伦纳德先生实际上珍视的是什么——是他能够在不同文字中、不同的美国韵律中，例如从罗伯特·弗罗斯特或者甚至还有马克·吐温那里招唤来的价值观：

他可以绕过官方的限制叫一个人出来……但没法随便走进一个人的房子，除非受到邀请，或者先出示搜查令再砸开门。

他就是这样被带大的，要彬彬有礼……那时候他们还住在一个煤矿营地，矿工们对杜克能源公司罢工：雷兰一年大半时间都在纠察线上，他老爹在家里因为尘肺病快要死了，公司里的打手来找雷兰的舅舅……他们从街对面过来，一共五个人，有两个人拿着镐柄，走到人行道上来，他母亲站在围廊上……打手们说他们要跟她弟弟说话……她告诉他们，"你不能就这么随便走进一个人的家，除非有人邀请你们。就连你们这样的人也应该相信这个。你们也有家，对吧？妻子和母亲看家？"……他们把她推搡到一边，用镐柄把将雷兰打倒在地……

她的话并不能阻挡他们。不，他们的所作所为留在了雷兰心里——她的话，她平静的声音语调——在二十多年之后，阻止了他闯入这个人的家。

我在一月中旬第一次读《骑马说唱》，到了三月中旬我又读了一遍。本书评人蜷成一团读着那些现在分词。早上重读埃尔莫尔·伦纳德，说这是工作。这种体验，像这本书一样，是邪恶和不可抗拒的。这是后现代的颓废，这是极乐。

《纽约时报书评周刊》1995年5月

一半是沃尔夫

《完整的人》，汤姆·沃尔夫著
A Man in Full by Tom Wolfe

　　这本书会成为你的好朋友，也许是你最好的朋友——或者有时候似乎会是这样。我在某次独自长途旅行一周的时候读了《完整的人》，它总在那里等着我：在飞机上和火车里躺在我的膝上，我很多次孤独进餐时给我带来乐趣，我终于回到酒店时忠实地在房间里等待着我。像它前面那本书《虚荣的篝火》(*The Bonfire of the Vanities*)一样，汤姆·沃尔夫的这本新小说立刻强烈地让人上瘾。但是它也在本质上和总体上令人失望，同时带来了一种不可避免的宿醉感觉，虽然是非常温和的反应，的确，考虑到你从中得到的快乐。

　　我们从浑身肌肉的人物查利·克罗克开始，他在自己宽广的南佐治亚农场上射猎鹌鹑，跟他在一起的是老派有钱人，亚特兰大的老朋友英曼·阿姆霍尔斯特。尽管克罗克是"从蚊虫泛滥的区域来的"红脖子半文盲，却很快积累了大笔地产财富，现在可以与阿姆霍尔斯特的财富匹敌。但是天道轮回——此处谓之资本主义——伺机等待着。克罗克的帝国为一个叫作克罗克大厦的"死大象"大出血："你可以带一个人去大厅，光是'灯带'就会让他惊呆……亨利·摩尔的雕塑在前厅，门廊上有大理石拱门……比利时挂毯，身着燕尾服的弹钢琴的人早上七点半就开始演奏古典音乐……"像往常一样,沃尔夫很擅长呈现奢靡消费的非现实和怪诞冗繁,这唤醒了他心中的嗜虐成分。克罗克像《虚荣的篝火》中的谢尔曼一样,将要被狠命地剥去一层皮。

现在我们转向一位精明的黑人律师罗杰·怀特,他忙着开车去赴与巴克·麦克纳特的紧急会面,后者是当地足球队的教练。麦克纳特是个密西西比的穷白人,脖子仿佛"连体焊接"在他的肩膀上,他的麻烦是手下的明星球员法利克·法农,一个贫民区长大的孩子,现在戴着一条金项链"那么粗大,你可以用它来把一辆五十铃皮卡车从红泥沟里拖上来"。法利克刚刚被人指控强奸亚特兰大白人大腕十八岁的女儿,那个大腕就是克罗克的老朋友英曼·阿姆霍尔斯特。

接下来的一章有个神秘的标题《马鞍袋》,是这本书之最佳。克罗克被召唤前去"计划银行"的早餐会见"训练团队",他欠这家银行五亿美元。舞台精心设置好了,克罗克坐的位子面对早晨太阳难以忍受的照射,面前一纸杯咖啡冒着"烧焦的 PVC 电缆气味",还有一个"巨大的、冷冰冰、黏糊糊、涂了奶酪,像牛粪饼那样的桂皮切达奶酪咖啡面包,令屋内每个人都心惊胆战,如果他们读到过有关血栓或者自由基的文章",训练团队的"迎新情况介绍"现在是"职位商誉";克罗克,曾经被人那么殷勤地请吃请喝,现在已经沦落到"白痴"的地步:"白痴"是银行和整个行业实际使用的术语,银行管理人员说"白痴"时理所当然的腔调,就像他们说"抵押""共同签署人"或者"债务人"一样,这些都是"白痴"的斯文一点的形式,因为没有哪个借钱的人会被叫作债务人,直到他"违约"。随着煎熬继续下去("兄弟,这是宿醉的结果"),我们接近了整个团队衷心期待的时刻。白痴腋下的两块汗迹终于融入他的胸骨,他的乳房看上去像是马鞍袋。

现在随着黑人市长的出现，我们似乎准备读到最受人欢迎的《虚荣的篝火》的再加热：一位洋洋自得的富豪将会冲破、烧毁种族断层线。但是此处小说却冲向了一个出人意料之外的方向——我很沮丧地不得不报告，例如，令人垂涎的麦克纳特和法利克的二重唱将会缺席五百页，我们遇见的是康拉德·亨斯利，一位完全（和完全不可能）健康的年轻人，受聘在克罗克靠近加利福尼亚奥克兰的一所肉类仓库担任"产品搬运工"抑或叫"冷库拣货员"。查利·克罗克果断的决定——解聘15%的雇员——使得受冤枉的康拉德开始一趟行程，将使他在接下来的几章中，经历美国生活可以提供的最了不起的反顿悟之一。想象一下：你在圣丽塔康复中心"臭气熏天的蜥蜴笼子里"，那个扎一大把马尾的名叫罗托的头目，大步走过鸽子笼一样的房间，来要求跟你约会，态度还不怎么好。

所有关于监狱的部分都那么恼人和具有喜剧性，尤其是道地彻底，你感觉沃尔夫在做他那有名的"研究"时，肯定自愿坐了五年牢。而且实际上，与了不起的罗杰的那场打斗是小说的高潮。此后，《完整的人》受到一种奇怪的郁闷情绪的影响，如同在大局叙述中总会发生的那样，第二部分变成了第一部分无精打采的小帮手。我们的作者有如此多的结构上的杂事要完成（例如把康拉德从圣丽塔转移到克罗克在亚特兰大巴克兰的房子里：这是真正的产品搬运），没有为沃尔夫的嘲讽笔调附带的乐趣留下多少余地或能量。而且，即使有他搭建的那些脚手架，还有那些他牢骚满腹从事的繁琐劳作，情节却就是没法站得住脚。为克罗克拼凑出来的命运令人无法信服，也失去了别人的同情。康拉德，"完整的人"的另一半，是一个为年青一代创作的二维人物，是感情用事的产物。

到了此时，你还有空闲去观察沃尔夫对独特风格和重复的依赖。"郁闷地、闷闷不乐地、阴郁地，罗杰往后一靠……"；"他遭受了可怕的、可耻的、羞辱人的失败"；在六七行之内，一个舞女就被形容为"淫荡的""色情的"和"好色的"。嗯，他们也都在我的同义词典里。后来，沃尔夫想到了挤满人的派对就像大海；因此，在十页之内，我们读到了"常见的台风""怒吼的大海""喧嚣的大海""咆哮的浪涛"和"沸腾的社交大海"（最后还有"灼人的牙齿"——盗自《虚荣的篝火》）。似乎沃尔夫的打字机也出了什么问题：一个坏了的重复键，也许。或者他本来就是想写"噢噢噢噢"和"啊啊啊啊"和"不不不不"和"嗯嗯嗯嗯嗯嗯嗯嗯"。

在一份常常被人引用的"新社会小说"宣言中，沃尔夫忠告作家对于灵感要悠着点，要认真做些真正的"研究"。了不起的故事在那里，而不是这里；小说的未来在于"基于新闻报道的高度详细的现实性"，新闻工作者显然很赞同这种意见，仍旧使用它来对付更加"文学性"的努力。在我看来似乎同样显而易见，而且的确冗余赘述的是，如果你采取新闻报道的态度，那你就会写出新闻小说。换句话说，转瞬即逝的局部事情会使你的文字失去通用性。汤姆·沃尔夫拥有具有建筑学意义上的明亮目光，他笔下的相关机构写得如此之好，以至于迫使你将他与他热爱的狄更斯相比。狄更斯非常喜欢造访机构，无疑"研究过"他写过的马夏尔西债务监狱、他的大法官法庭，等等。但是他同样也虚构了它们，而且根据自己心里的形象和他的喜剧逻辑重塑了它们。这就是为何它们经久流传，而沃尔夫构建的大厦看上去更加受限于时代。

*《卫报》*1998年11月

鲍勃·斯尼德打破沉默

《汉尼拔》，托马斯·哈里斯著
Hannibal by Thomas Harris

托马斯·哈里斯的《汉尼拔》中的恶棍梅森·韦尔热是一个邪恶到令人难以置信的家伙。这是一件他喜欢做的事情：他喜欢弄到一个"非裔美国小孩"——最好是孤儿——养在身边，给孩子讲一些可怕的事情。你的养母不爱你，因为你的皮肤太黑，你的宠物小猫咪会受伤会死。如果孩子哭了起来，护士会擦去眼泪，把"弄湿了的绷带放在梅森的马提尼酒杯里，酒杯冷藏在娱乐室冰箱里，放在橙汁和可乐旁边"。多么可怕的家伙，多么可怕的马提尼。但是对于梅森·韦尔热，一个非裔美国孤儿的眼泪却像最好的添加利金酒那么甜美和令人陶醉。

第六十六页就是这样结束的。还剩四百二十页。我老早曾经是哈里斯的粉丝，最后还是读完了这东西，伴随着很多疲惫的叹气，经常垂下头，翻白眼，时不时要给腋下扇点风。评价一本带有很多猪猡兴趣（吃人的公猪，专门为野蛮人饲养）的小说，似乎很适合大声广而告之，在所有的层面上，《汉尼拔》都是一只哼哧哼哧、死命刨地、呼噜呼噜的肉猪。

去告诉加大拉的猪群① 试试。六月份出版的《汉尼拔》为愚蠢节日

---

① The Gadarene swine，该典故出自《圣经·新约·马太福音》：耶稣将邪灵赶到猪群中，在邪灵的驱使下猪群逃跑，冲下山崖淹死。

剪彩，在美国，批判的共识充其量也只不过是宽容得叫人感到丢脸，尽管在英国，书评构成了道地的愚人队列。当然也有例外，大部分（我认为这意味深长）是女人写的。其他地方的读书栏目全都是莱克特博士。我坐着阅读一长串清单，列举出来的全是《汉尼拔》并不具备的（例如："杰出的通俗小说"），并没有做到的事情，它连蒙混糊弄都没有办到的事情。人们如此迫不及待情愿受骗的心情，让人感觉是全体不怀好意共享的。接下来时兴的是这个吗？庸人嬉皮士？新的厌倦虚空？

那些被这个不合格的媚俗的叉子"串"在座位上的可悲的白痴，对于他们你真的没有什么话好说了。我发现我可以稳稳地坐着，听那些博学人士谈论着哈里斯"真正的道德影响力"，"每一行……都充满了与最黑暗形式的邪恶进行殊死搏斗的感觉"，尽管清楚的事实是，这部小说是无可奈何地勉强、伤感和堕落。但是当我看到《汉尼拔》被纳入文学之列（"普利策奖可信的候选""重大成就"），我不得不拔下笔帽来奋笔疾书。

此时，"汉尼拔"系列的第一部和第二部——《红龙》(*Red Dragon*, 1981)和《沉默的羔羊》(*The Silence of the Lambs*, 1988)——哭着喊着要求得到重新审视，也毫不费力地经受住了审视。在这几本书中，哈里斯做了所有畅销作家希望做的事情：他创造了一个平行的世界，一个可怕的反地球，没有空气，神秘莫测，但具有内在的一致性。这是美国情境中人类食肉猛兽的世界（带着他的设备，他的武器，他的能动性），以及那些会最终捕猎他的人的世界。哈里斯的主题是捕食性——连环谋杀——但是他智识的眼睛却对其更安静的宣言保持警醒。看看《红龙》中这段貌似偶然的话，它描述了一个小报记者的职业生涯，有着库尔

特·冯内古特的嘲讽笔调:

  他一开始是癌症专栏编辑,年薪是他此前收入的两倍。他的态度令管理部门印象深刻……

  营销调查表明,一个大胆的有关"癌症治疗新方法"或曰"癌症神药"的头条消息会使任何一期《(国家)传闻报》在超市的销售猛增22.3%。如果把这个报道放在头版头条下面,而读者在等待结账,有时间浏览空虚的文章内容时,销售量就会减少6%。

  营销专家发现最好还是用头版彩色大标题,然后把详细报道放在中间版面,这样就不容易一边对付钱包和购物车,一边还要打开报纸。

  标准报道的特征是10号字体乐观的五段,然后缩小到8号字体,然后是6号字体,最后再提一下目前还没有"神药"。

现在再来看《沉默的羔羊》中这种关键性的笔调。场景是西弗吉尼亚州波特镇的一个乡下殡仪馆,年轻的克拉丽丝·史达琳正准备拉开一个尸袋,里面装着一具剥了头皮,身上也剥了一半皮的"浮尸"——一具被水浸泡的女尸,腿上脱了毛,手上涂了闪亮的指甲油。很快克拉丽丝就会初次感受到她正在追捕的杀人犯的性质("有时候这个人类种群,在那张人脸后面,会产生某种心态,其愉悦就在于此刻躺在瓷台子上的东西")。但是首先她必须把房间里这群叽叽喳喳的警官和警察赶出去,动用她的些许权力。注意到作者如何让我们心系受害者,借由克拉丽丝("让我来处理她"),让我们来哀悼台子上的女子:

史达琳取下围巾，扎在头发上，像个山村助产士那样。她从工具箱中拿出一双外科手套。当她第一次在波特开口说话时，她的声音里有一种不同往常的颤动，声音的力度使克劳福靠近门前来听。"先生们，先生们！警官们，先生们。请大家听我说。现在让我们来处理她。"她的手伸在他们面前，戴上手套。"对她还有些事情要做。你们把她带到了这里来，我知道她的家人会感谢你们，如果能够的话。现在请出去，让我来处理她。"

我们经常被告知，汉尼拔·莱克特"为了好玩"而做他所做的事情——或者，说得更准确点，他就爱这么玩刺激。不用说，如果我们认为他的创造者也是这样的话，这些书立刻就站不住脚了。"汉尼拔"系列的第一部和第二部是恐怖小说，充满痛苦和恐慌，以各种简单化和非现实（尤其是结尾，带着所有仪式上的满足）来吸引读者参与。这是通用礼仪，但哈里斯还是维持了人的得体之处。当他带我们去到那个恶龙霸凌羔羊之处时，他的文字硬朗、清醒和恰如其分地悲伤。

作者起初给《汉尼拔》取的书名似乎是《病态的灵魂》(*The Morbidity of the Soul*)。嗯，大概有人就此跟他说了什么，他们把它消减了一些（也许是先改成类似于《汉尼拔与病态的灵魂》和《变态、灵魂与汉尼拔》），最后才是《汉尼拔》，（英国版）封面的眉题是汉尼拔·莱克特的归来。现在有种吸引人的观念，认为连环杀手亚文化——汗津津的哑巴和溅血的性倒错者的兄弟联谊会——应该拥有一个孤独的高眉：汉尼拔，恶棍心理学家，杀戮的加缪，我再重复一次，他把人撕烂就为玩个刺激。但是此处有个不管不顾的重新构造。汉尼拔只是《红龙》

中的一个小角色、《沉默的羔羊》中的合奏乐手,现在却拥有了《汉尼拔》。其结果——哈里斯对此似乎只是隐约意识到——却具有地震效果,迫使我们这位被搞糊涂了的小说家改变语调,改变风格,改变样式。

《汉尼拔》一开篇,莱克特还逍遥法外,我们在佛罗伦萨追上了他,可笑(而且因此乏味)的是,在那里他是"卡波尼宫图书馆的翻译和馆长"。难道那个"of"不应该是"at"吗?① 或者莱克特既是图书馆翻译也管理图书馆?这也有可能:尽管莱克特制造出了空缺,谋杀了那个挡路的人,"一旦清理了道路,他就公平地赢得了这项工作,向艺术委员会展示出非凡的语言才能,一边看着就能直接翻译最密密麻麻的黑色哥特字体意大利和拉丁文中世纪手稿"。我们看到他在讲座中令一众世界级学者倾倒,而这样的讲座"只花了他三分多钟来准备"。试举例看看他的才华:"于是,贪婪和绞刑从古典时期就联系在一起,这样的形象一再出现在艺术中。"顺便说说,从不犯错的汉尼拔认为"imago"的复数形式是"imagi"②,毕竟他也不过是人而已。他是人吗?同时,经过很多跌宕起伏,一切在为莱克特遭遇撒丁岛上的"评审委员会"(吃人的公猪们)作铺垫。梅森·韦尔热为非裔美国孤儿的眼泪所陶醉,订定主意要报复莱克特之前的一次残害行为,当汉尼拔被推到评审委员会面前时,他想要一个"靠前的座位"。

汉尼拔回到佛罗伦萨,忙着自己的事情,你可能会瞥见他在皮科洛米尼剧院("一个镀金和丝绒的巴洛克珠宝盒"),"在一个高高的包厢里,独自一人,一丝不苟地打着白色的领带,他的面孔和衬衣的前胸似

---

① 原文为 translator and curator of the Capponi Library,按语法此处的 of 应为 at。
② Imago 指成虫/无意识意象,复数形式为 imagines 或 imagoes。

乎浮在镀金巴洛克雕刻围绕的深色包厢里",他在往下看。他在家里,穿着"一件丝绸夹晨衣","文雅,腰背挺直",坐在一台"华丽的钢琴"旁:"他闭着眼睛弹奏,不需要乐谱。"曲调"在宽敞的房间里回荡,最后沉寂"。"穿过宽大的前厅,他不需要灯光。汉尼拔·莱克特医生经过我们时像一阵微风,大门吱呀一声响……"卡波尼宫图书馆独一无二的古代文献收藏给了莱克特机会来调查他自己的家谱:重要的前辈包括贝维桑格① 和马基雅维利。"尽管他对这件事情有一种心不在焉的好奇心,却也并非与自我相关。"所有其他人的自我,当然,可以用寻常的方式来衡量,但是莱克特的自我,像他的智商和他的理智程度那样;却无法用寻常的方式来衡量。

莱克特杀了几次人之后,情节叙述把他送上了一架飞往底特律的波音747。哈里斯让我们注意到航空食品质量糟糕——尤其是我们的这位恶棍被迫乘坐的经济舱。莱克特不能也不肯吃"这种可怜的东西","这种航空涮水"。他从前面座位下面拿出了在巴黎的馥颂餐饮店购买的午餐盒,里面装着"松露鹅肝酱,还有安纳托利亚的无花果,还带着刚刚脱离枝干的泪滴"。他还有"半瓶最喜欢的圣埃斯特菲红酒,酒瓶的丝绸饰结轻声撕开……"莱克特在底特律着陆之后,去往南方,立刻给自己找了一幢好房子,一辆黑色捷豹,一间美食储藏室,一间枪支储藏室,还有一架18世纪晚期佛兰德地区的羽管键琴。我们知道他安居了下来:"夜深时,他的嘴唇沾着柏图斯酒庄红酒,一只小小的水晶杯盛着蜜色的滴金酒庄白葡萄酒放在烛台上,莱克特医生弹奏着巴赫。"

---

① Bevisangue,《汉尼拔》中的人物(直译是"喝血的人"),应该指 Giuliano Bevisangue,12世纪托斯卡纳的某位军阀,也可能纯粹是杜撰。

此时，我觉得已经很清楚，莱克特是那种最上层族类，这世界对于他们只不过是一团肉酱，可以无限地被他们的愿望和怪异的念头所摆布。（换句话说）他是那种令人生畏的存在，欧洲的贵族。他超有能力，"不需要"这个也"不需要"那个。实际上，他不需要"需要"：如果让他选择的话，他——还有哈里斯——更愿意说"要求"。莱克特医生并不真在乎他看上去有多么贵族，因为"莱克特医生并不需要那种惯常的表现来强调自己是贵族"。他出去买武器——或者说出去"采购"武器——告诉卖刀具的人，"我只要求一把"。哎呀，自从我上一次听到酒店客房服务说"愿为您效劳"之后，我还真是好久没感到这种极致纯粹的颤栗了。当莱克特忘记了什么事情的时候他说"真烦！"——不像我们大家那样说"该死"或"操"。细节见人品嘛。

莱克特这个人物的谱系在故事半当中展开。他的母亲，尽管"出身高贵"（意大利人，"侯爵夫人"），却属于12世纪不知从哪里出来的一个家族。但是莱克特的父亲却是立陶宛的伯爵，"头衔可追溯至10世纪"。那是大约公元900年的事情：才一千年前。为何不是3世纪呢？为何不是公元前10世纪呢？总之，在哈里斯的道德剧中，背景故事结果成了一种有用的倒腾道具的手段。"什么事情都没有发生在我身上，史达琳警官，是我发生了，"在《沉默的羔羊》里，莱克特告诉克拉丽丝，神清气爽地，"你无法把我框住，变成受这个那个因素影响的结果。"克拉丽丝无法办到——但是哈里斯可以。最后我们发现，莱克特在小时候受过创伤。德国坦克从俄罗斯撤退时，轰炸了莱克特家的庄园，杀死了"父母亲和大部分仆人"。然后小汉尼拔的姐姐米夏被饿坏了的士兵拖走了。这会让你网开一面，对吧，你的小妹妹被纳粹吃了？哈里斯渴望我们纵容这个受折磨的贵族血脉，他在从恶棍变成英雄的路途中某杀了

鲍勃·斯尼德打破沉默 245

十八个人（我的计算）。毕竟莱克特必须配得上那位女子。

吹嘘莱克特这个人物需要，或总而言之伴随着克拉丽丝·史达琳的能量减退。从头至尾，哈里斯写她时没有燃起哪怕是一点点作者之爱；作者因为汉尼拔变成了同性恋，显而易见地。他厌倦了克拉丽丝，她在小说中的主要功能就是谦卑地推进情节。看看他派给她的杂活（"一个镀铬挂锁和链条锁牢了大门，这不费什么力气。史达琳上下打量着道路，没有人来。这有点非法侵入"），看看他粗鲁地强加给她的感知（"[这女子]玉米丝一般的头发，发际线往后退了很多，使得史达琳好奇她是否用了类固醇，她只好用胶带把她的阴蒂贴住"），看看他让她开的那些玩笑（"保罗，我必须告诉你，使徒保罗……也憎恶女人。他应该取名饱啰才是"）。节奏混乱的令人难以置信的骚乱是这本书的高潮，这之后汉尼拔和克拉丽丝狂喜地避开了。更令人难以相信的是，此时：克拉丽丝竟然真的跟着这个杀人的杂种跑了，而汉尼拔竟然会为了这样一个毫无魅力的乡下妹子花费一点力气？（很难想象什么样的女人能有办法让汉尼拔消遣五秒钟以上。玛塔·哈丽？奥希兹男爵夫人①？叶卡捷琳娜女皇？）这两个孤儿互相交换了几句客套话，竟然就成功地"治愈了"彼此。然后是这一刻，火光"在金色的酒里跳跃"——次-福克纳高调风格的强人对着他的笔记本电脑发抖。让我看看我是否能忍受把这些字打出来（请注意快要结尾时乔伊斯式的措辞）

　　　"汉尼拔·莱克特，你母亲是否给你哺乳？"……

---

① Baroness Orczy（1865—1947），匈牙利裔英国作家、剧作家和艺术家。撰写过系列小说《红花侠》。

克拉丽丝·史达琳握着的手伸向她长裙开得很低的颈部，乳房露出来，立刻在空气中高耸。"你不用放弃这只乳房。"她说。她一直凝视着他的眼睛，食指把温暖的滴金酒庄葡萄酒从嘴边拿开，一滴浓浓的琼浆挂在她的乳头上，像一颗未雕琢的金色宝石，随着她的呼吸颤抖。

他迅速地从椅子上起身走向她，在她的椅前单膝跪下，他黑发光亮的脑袋低向她珊瑚色的乳脂。

三年之后我们最后一次瞥见一眼"这漂亮的一对"，在布宜诺斯艾利斯，哥伦布剧院正在上演亨德尔的《塔梅拉诺》，珠宝"璀璨"。一辆梅赛德斯迈巴赫"轻轻在路边停下"。这里你必须停止在意时态，因为哈里斯随意从过去时变换到现在时，有时在同一个段落里。中场休息时，在他们"华丽的包厢"里，"先生从侍者的托盘里拿起一杯香槟递给女士……"演出结束后，梅赛德斯"轻声"离开，"消失在法国大使馆附近一个雅致的古典装饰艺术风格建筑的庭院中"。① 他们现在怎样了——莱克特伯爵和伯爵夫人？我们这些底层垃圾，当然，只瞥见了诱人的几眼。克拉丽丝经常在吃饭时说意大利语（"她在这种语言的视觉微妙中发现一种奇异的自由"）。汉尼拔致力于每天"穿透克拉丽丝·史达琳，并且得到她贪婪的迎合与鼓励"。在《沉默的羔羊》中，克拉丽斯开始与这个囚禁在牢房里的吃人者交谈时，《国家传闻报》这份恶毒的八卦小报称她为"弗兰肯斯坦的新娘！！"这是某种形式的对称，哈里斯竟然能让自己回过神来给这样的头条标题添油加醋。

---

① 小说叙述中，动词应为过去时，但此处"轻声"和"消失"均为动词现在时。

"写得优美……哈里斯如此精心编织的意象之网——包含了我们最佳的作者也能够为之骄傲的写作——没有一个丑陋和死的句子……"——评论家们唱着类似的调调。《汉尼拔》是类型小说,所有的类型小说都包含死句子——除非你在下面这样的阶段中也能感到生活的脉动:"托马索把冷藏箱的盖子盖回去"或者"埃里克·皮克福德回答"或者"帕兹像个痴迷的人那样工作"或者"玛戈情不自禁地笑了起来"或者"鲍勃·斯尼德打破沉默"。我猜,这些评论家和文学编辑们想到的肯定是哈里斯膨胀和自命不凡的零零碎碎(每隔一个词语就有一个备胎),或者当他带着鬼鬼祟祟的诗意,让我们头昏脑胀地进入一个找死的自由落体运动:"史达琳寻找着一个机会,穿透墙壁,经过墙壁,出来是永恒的和镇静的她自己……""似乎是永久之前……""他深深地,深深地看入她的眼睛……""他黑色的眼睛牢牢掌控她……"不用说,哈里斯已经成为英语句式的连环杀手,而《汉尼拔》则是文字的坟场。

更换了类型,从侦探惊险小说到哥特幻想小说,所有内在的连贯性都失去了。广大评论家们纵容甚至欢迎这种丢失,这也许并不十分令人惊讶,因为消失的连贯性也是文学中介世界的一个特征。有一种平衡的冲动在起作用。说得简单一些,闲聊读书的庸人将其与才能的等级制度混在一起。在推销类型小说家(汤姆·沃尔夫是另一个候选人,尽管是更加有价值的候选人)时,他们贬损和他对等的主流小说家,这样做早就成了他们的欢乐和安慰。同时,我认为普通读者肯定已经厌倦了新的莱克特,并且感觉到了这位势利的性虐犯的华而不实:穿着他的吸烟服,系着他的阔领带,带着他冷冰冰命令嘲讽的口吻。

尤其令人感兴趣的是看见人们取笑哈里斯是民粹主义者,称赞对好的读物的诚实需求。因为在《汉尼拔》中，他将自己与平常事物分离，也正是这种分离摧毁了他的才能。莱克特在人群中行走时，"把香水手帕按在脸上"，这些日子哈里斯也是这样。莱克特在波音 747 的炼狱里局促不安，哈里斯也是如此，被吵闹的游客、哭哭啼啼的小孩、臭烘烘的婴儿烦透了。"看看这群人，"他写道（此处背景是"中大西洋区枪支刀具展览"），"邋里邋遢，怒气冲冲的歪瓜裂枣，的确是油脂心肝才能供养得出来。"（佳酿版哈里斯：说真的，"油脂心肝"是什么意思？①"歪瓜裂枣"会认为它是什么意思？）《红龙》和《沉默的羔羊》的作者会看着这群人，告诉我们关于它的有趣事情。哈里斯放弃了这种联系——连接他和我们和克拉丽丝·史达琳和躺在瓷台子上的女孩的东西。因此也许最终一切都会顺利。只有对庸俗之事背转身去，托马斯·哈里斯才能写得出这样一本附庸风雅的极度庸俗之作。

《清谈》1999 年 9 月

---

① 出自 W.B. 叶芝的诗歌《戏剧的两首歌曲》("Two Songs from A Play")：夜间的火焰 / 靠人的油脂心脏来维持（Whatever flames upon the night / Man's own resinous heart has fed.）。

弗拉基米尔·纳博科夫

生　平

《纳博科夫：不完全传记》，安德鲁·菲尔德著
Nabokov: His Life in Part by Andrew Field

作家现在都主动迎合他们的传记了，无论是否发生过什么事情，因为据信——当然这是早就已经被戳穿了的——这种研究有助于解释他们为何要那样写。例如，E.M. 福斯特活了九十一岁，一生基本上平淡得出奇，没有发生过任何事情，却是当下一部两卷本传记的受惠者——这样的生平无疑会有人一写再写的。

但弗拉基米尔·纳博科夫却的确经历过很多事情，这一事实可见于眼下这本书里各种讨人喜欢的怪异内容。他的生平是堂吉诃德式的，几乎像小说一样，光彩夺目，常常是闹剧式的、悲剧式的，常常（这种样式其实更适合他的小说）很崇高。纳博科夫当然视陈词滥调为糟糕艺术的关键所在，然而具有诱人讽刺意味的是，他的生活却往往类似陈词滥调。他的这个第一位传记作者频繁助长了这种印象——尽管菲尔德先生努力营造的糟糕艺术与其说是廉价的浪漫史，不如说是昂贵的心理"对话"。

纳博科夫家是革命前俄罗斯最阔绰的家族之一：富裕、古老、贵族（菲尔德先生不遗余力地对所有这些喋喋不休），纳博科夫家的人如此富有才华，以至于如果不把他们算作国家级显贵的话，那简直就是将其认作笨蛋或者白痴。作家的祖父是沙皇亚历山大二世和三世治下的司法部

长,他家有文化、严肃认真、思想开明:"在餐桌上说法语,儿童室说英语,其他地方说俄语。"纳博科夫的父亲是临时政府一位著名的自由派人士(尤其不受托洛茨基待见),他是如此具有"欧洲派头",以至于连衬衣都要送到伦敦去洗。

托尔斯泰伯爵弄乱过年轻的纳博科夫的头发,曼德尔斯塔姆到他学校来朗读过作品。纳博科夫十多岁时就单独继承了一笔价值百万卢布的财产。他自费把自己写的一些诗付印,并且开始追逐女孩子,成了圣彼得堡的某种头面人物。一些比他年纪稍大的骠骑兵-诗人朋友已经迫不及待地参加了白军去送死。

1919年,纳博科夫和家人乘坐逃离克里米亚的船只遭到布尔什维克的炮击,他们再也没有回去过。纳博科夫一家脱离了沦陷前俄罗斯的富裕繁华,没有怨言地接受了放逐生活的庸常匮乏。弗拉基米尔在剑桥三一学院度过了三年时光,外加几段浪漫恋情(菲尔德先生对这一章该用什么语气茫然失措),然后去了流亡者的圣地——柏林。纳博科夫的父亲在这里的一次会议上被人枪杀,当时他试图为一位政治对手挡住一个无政府主义者发射的枪弹。

也是在这里,纳博科夫开始着手写他的俄语小说,同时当家庭教师挣钱吃饭:他教授的科目是他的专长——英语、法语、拳击、网球和作诗。他娶了一个俄罗斯犹太人,薇拉·斯维斯伏纳,他所有的小说都题献给她,他去世后她依旧住在蒙特勒。他们尽可能安静地居住在魏玛时代的德国(依希伍[①]等人的世界,纳博科夫称其为"市侩的登峰造

[①] Herr Issyvoo,英国小说家克里斯多夫·衣修伍德(Christopher Isherwood, 1904—1986)半自传体小说《再见柏林》中,德国房东对衣修伍德名字的发音。

极")。1937年纳博科夫家怀着厌恶和恐惧的心情离开这里去巴黎时,犹太人已经在街上遭到恐吓和殴打。纳博科夫的弟弟谢尔盖是同性恋,后来死在一个纳粹集中营里。

在巴黎,纳博科夫的名声开始超出"流亡者"小圈子之外,反正此时这个圈子也开始解散了。有很多不安和争吵,如果人们表现得很糟糕,纳博科夫就会想要挑起决斗。乔伊斯曾经听过他一次演讲,他俩有过一次没有什么结果的会面。然而,德国国防军从德国追踪过来了,只是因为拉赫玛尼诺夫主动提供了一笔"借款",纳博科夫一家才得以在法国沦陷时再次踏上逃亡之路。他们乘坐最后一班犹太人组织的救援船去了美国;很有可能是纳博科夫父亲的名声(他是反犹主义的著名死敌)帮他们获得了船上的铺位。在美国,流亡者变成了普通的移民,他们为生活苦苦挣扎。学术和文学上的成功是逐渐取得的。《洛丽塔》(*Lolita*)的出版略有些一波三折(英国内阁显然就此书的出版进行过讨论),纳博科夫夫妇移居莱蒙湖边的一家酒店,安享无忧无虑的晚年——这本书到此结束。

这本书也从这里开始,因为这不是那种循规蹈矩按时间叙述的传记。菲尔德先生一开始就用长篇一手资料回忆上了年纪、隐居在蒙特勒酒店里的纳博科夫夫妇。这一段描述有点华而不实的新新闻主义风格,用黑体字装扮出来,菲尔丁自己竭力试图隐身,表现得狡猾,总体上呈现纳博科夫的风格。但这一章还是有种尽管偶然但真实的魅力。纳博科夫表现得足以积极参与……亲切、机智,总是迫不及待地给酒店雇员小费,很急切地想知道在菲尔德先生试探性的作品中"一切看上去会是什么样子"。

但是真正好玩的地方还在于菲尔德如何被年老的大师弄得团团转,

菲尔德不时意识到纳博科夫在揶揄他，郁闷地承认当时他感到很郁闷。而其他时候，他干脆记载了自己的愚钝。我最喜欢的例子涉及讨论一个谣传（书中后来加以反证），有关纳博科夫的父亲是祖母与亚历山大二世婚外情的产物。"是的，我有时感觉得到彼得大帝的血液在我身上流淌。"纳博科夫说，而传记作者满脑子糨糊地轻信了他。

"你们现在了解这个人了吗？"菲尔德在他可爱的"总结"中问道。不，并不真了解，但也算是开了个头吧：相比于纳博科夫有意含糊、风格化的自传《说吧，记忆》，你肯定从菲尔德的文字里更多地了解了他的为人。在第一章的某处，纳博科夫因为菲尔德先生工作习惯的某个方面温和地侮辱了他，然后菲尔德说："有些地方（我现在想到的并不是他的许多美德和特性），我太喜欢弗拉基米尔·纳博科夫了，以至于不愿意去评判他。"也许纳博科夫有这个凝神沉思又沾沾自喜的人在场，作为他正式公开倾诉知心话的对象，也还是不错的，换了任何其他人在半小时之内就会精神崩溃。《纳博科夫：不完全传记》起到了某种作用，即使只是作为防范性出击。此书既大胆也热情洋溢，而且，即使菲尔德竭尽全力，也还是很少令人感到乏味。

《观察家》1977 年 8 月

讲 稿

《文学讲稿》，弗拉基米尔·纳博科夫著，弗雷德森·鲍尔斯编
Lectures on Literature by Vladimir Nabokov, Edited by Fredson Bowers

阅读是一种技巧：要有人教你才知道如何阅读。这里有一些纳博科夫父亲般的忠告。

你不应该"认同"斯蒂芬·达得勒斯或者芬妮·普莱斯[①]；你不应该认为《包法利夫人》(*Madame Bovary*)是对资产阶级的谴责，《荒凉山庄》(*Bleak House*)是对法律体系的攻击；你不应该胡乱翻小说就为了找出那些夸张的问题，"想法"。一个好读者唯一需要的就是想象力、记忆力、一本词典和一些艺术感。此时这位好老师会俯身向前，提醒他的学生们，读者这个词他用得很宽泛。"说起来很奇怪，一个人无法读一本书：你只能重读一本书。"

阅读是一门艺术，弗拉基米尔·纳博科夫做到了尽善尽美。此处收录了纳博科夫1941年至1958年在韦斯利和康奈尔大学对他那些幸运的学生授课内容的将近一半，是弗雷德森·鲍尔斯拼凑在一起的——这个任务要求细致到令人发狂，如果再现纳博科夫狂乱的讲稿是值得做的事

[①] Stephen Dedalus 和 Fanny Price 分别是詹姆斯·乔伊斯小说《尤利西斯》和简·奥斯丁小说《曼斯菲尔德庄园》中的人物。

情的话。鲍尔斯教授还再现了纳博科夫画的《曼斯菲尔德庄园》草图、乔伊斯的都柏林地图、查尔斯·包法利那顶夹层帽子("可怜乏味的东西")的素描等赏心悦目的辅助资料。目前这部讲稿的第一卷包含对欧洲小说杰作的两篇概述和七个长篇讨论;据信第二卷将展示纳博科夫如何讨论俄罗斯作家。在所有意义上,这项工作都是令人愉快的文学再发现的里程碑。

人们可以说纳博科夫的教学方式别具一格,如果不是那么一板一眼地忠于其范本的话。毫不奇怪,纳博科夫蔑视英国文学这门行当的各种学派和运动、神话解析和兜售谬误的瞎掰。他以同行的自信、冷静和超级正统地位来应对他挑选的书籍。大教授们的冲动是武断地夸夸其谈和以偏概全,但纳博科夫从来不这样。总而言之,他全然没有什么学院派头。

乍一看,纳博科夫的方式似乎原始和老套,甚至漫不经心。他当然有点居高临下的态度,这样做无疑理由充足。约翰·厄普代克的前言在很大程度上确立了贯穿整个讲稿的那种授课的戏谑风格,按照他的说法,纳博科夫每次上课前都会说:"大家都坐好了吗?好。不要说话,不要抽烟,不要编织,不要看报纸,不要打瞌睡,看在上帝的分上,请做笔记。"然后他会开始鞭策和刺激那些最认真听课又闷闷不乐的学生们,迅速摧毁他们半瓶子醋先入为主的时髦观念。同样,他的期末考试也只不过是促使学生反复咀嚼大师本人的想法而已("讨论福楼拜如何使用'和'这个词")。

作为诠释者,纳博科夫采用了格朗维尔-巴克的[①]方法——即最为

[①] Harley Granville-Barker(1877—1946),英国演员、导演、评论家和戏剧理论家,以其对莎士比亚戏剧的评论著名。

戏剧性和最不做作的线性方式。纳博科夫带领我们浏览一遍文本,往往只不过是讲一遍故事,大量引用原文,有时奇怪地跑题、旁白、异想天开。"这个国家的杰弗逊刚刚通过了禁运法案(Embargo Act)……(如果你们倒过来读 embargo 这个词,那会是'O grab me'[①]。)"或者,在他关于《去斯万家那边》的文章中:"顺便说说,现代文学中最早的同性恋描写是在《安娜·卡列尼娜》里面,在第二部第十九章。"讲课总体是轻松、感到好笑的、活跃的——似乎也很狭隘,没有与讨论的小说保持距离。

然而,人们逐渐意识到,纳博科夫以自己的方式恰如其分地概述情节,强调句式结构和局部效果:完美地再现了原著的笔调和嘲讽性距离。纳博科夫引人发笑地谴责《包法利夫人》中的郝麦,对《曼斯菲尔德庄园》中病恹恹的芬妮表示出幽默的同情;对《变形记》的概述内向到几乎令人难以忍受,纳博科夫这位鳞翅目昆虫专家对变形的格里高尔心怀一种特殊的温柔:

> 足够奇怪的是,格里高尔这只甲虫居然从来没有发现在自己背上的硬壳下面有着翅膀……格里高尔,尽管现在是病入膏肓的甲虫了——被苹果砸伤的部位在溃烂,他快饿死了——却从在那些灰扑扑的垃圾里爬行找到了某种甲虫的快感。

他不赞同别人指责《荒凉山庄》中扫街人乔的死亡场景过于伤感,他的回应也是同样的纯粹和随和:"我想提请大家注意,那些谴责伤感

[①] 意为"抓住我"。

情绪的人通常不知道什么叫伤感。"纳博科夫此前曾经解释过,合格的读者并不用大脑或者心灵,而是用背来阅读,等待着"肩胛骨之间那种泄露秘密的震颤"。

大多数文学批评都会指向超出文学之外的某种东西,指向马克思主义,或者社会学,或者哲学,或者符号学——甚至生活,连利维斯博士[1]也总是强调自己一贯忠于这种新奇的商品。纳博科夫却指向事物本身、艺术本身,尝试令我们"不是分享书中人物,而是分享作者的情感"。他想要教会人们如何阅读,而且,也许是不自觉的,他尝试通过简单地表露自己对文学的热爱来灌输这种热爱。纳博科夫关于爱玛·包法利阅读习惯的评论有着恰到好处的语调,表达了心怀感激的严肃心情。

> 福楼拜在历数郝麦的种种庸俗之处时采用了同样的艺术手法。题材也许又粗鲁又令人厌恶,其表达却具有艺术性协调和平衡。这就是风格,这就是艺术。这是书中唯一重要的事情。

《观察家》1981年1月

---

[1] Frank Raymond Leavis(1895—1978),英国文学评论家。

戏　剧

《苏联来的人及其他戏剧》，弗拉基米尔·纳博科夫著，
德米特里·纳博科夫翻译、导读
The Man from the USSR and Other Plays by Vladimir Nabokov.
Translated and introduced by Dmitri Nabokov

　　我讨厌戏剧，认为就其历史而言，它是一种原始腐朽的形式，这种形式有一种石器时代的仪式和平民百姓胡闹的味道，尽管有个别天才作品的投入，比如说，伊丽莎白时代的诗歌，那是只读剧本的读者不由自主地从中发掘出来的东西。

　　这并非纳博科夫在说话：这是《洛丽塔》中的亨伯特·亨伯特。亨伯特鄙视戏剧，有他自己特殊的理由。他的小女友想要参加学校戏剧（《着魔的猎人》）的表演，这样就能亲密接触同年龄的男孩，相对那些"勉强允许"的活动，这种活动被亨伯特归入"绝对禁止"之类。当然，正是《着魔的猎人》的作者克莱尔·奎尔蒂抢走了令亨伯特着魔的女子，小洛。亨伯特当然是特殊情况，但是我认为反正他肯定会鄙视戏剧的——会得到纳博科夫的赞同，虽然他没资格这样。

　　《苏联来的人》本质上是引人入胜的青年时代作品，或者更恰当地说，边缘作品合集，好似一位重要雕塑家儿时在家做的木匠活。这本书

展示了一位艺术家在去其他地方寻找自己合适的角落之前，对某种次要和有限的形式的浅尝辄止。作为补偿，这本书最后是两篇言辞激烈的精彩文章，谈论戏剧艺术的微不足道，大约写于 1940 年（即写作《洛丽塔》之前十五年）。在这个阶段，纳博科夫对戏剧的蔑视表现得相当强烈。

此处收录的四部戏剧中，与合集大标题同名的戏剧是最成功的，部分是因为其鲜活的背景：1920 年代流亡者[1]的柏林，肮脏破旧的家庭旅馆，捉襟见肘维持的绅士风范，有贵族头衔的人充当酒吧招待，地主成了小酒馆业主。库兹内索夫这个苏联来的人在剧中游荡着，一个精彩塑造的不招人喜欢的角色。他这人丑陋、鲁莽、小气、没有魅力、没有素质，然而却神秘地受到整个戏剧界的尊崇，让男人吓得畏畏缩缩，让女人激动得满脸通红。

为什么？因为这位没有特色，成天乐呵呵亵渎神圣的库兹内索夫是个"进化了的造物"，一个 20 世纪的人，而那些挤成一团的移民——尽管情感丰富举止高雅——却感觉自己是一个逝去年代的毫无意义的残余。库兹内索夫与新政权的关系暧昧不清，但他肯定与面目不清的苏联达成了和解，如果愿意的话可以随时回去。为了能涉足俄罗斯的土地，柏林那些思乡的放逐者愿意付出一切，哪怕只是回去自掘坟墓。库兹内索夫是他们的弥赛亚——不用说当然是假的。"我是个大忙人，"他总是不忘指出这一点，"说实话，我连说我是个大忙人的时间都没有。"

《苏联来的人》意味深长，结构工整，这位才二十多岁的作家冷静的处理方式令人印象深刻。话虽如此说，其实整部戏剧中唯一一点"写

---

[1] 原文为 émigré，也可特指（法国大革命或俄国革命时的）逃亡贵族。

作"只不过是舞台指示而已。"左边……宽敞的通道上堆满了电影道具，营造出的效果令人同时想到一位摄影师的接待室，游乐场摊位里乱七八糟的东西，未来派画家画布上五颜六色的角落。"读者会突然想到，这下你终于在写了，你在写散文。纳博科夫确实热爱布置场景，但只有在这样的时刻他才能用文学来布置页面。

其他三个剧本中有两个是残篇，尝试借用传统方式来逃避散文戏剧的单调郁闷：这两篇是诗剧，一篇是苏格兰人在南极探险的挽歌，另一篇神思恍惚的故事，以大革命后的法国为背景，讲述一位贵族如何遭遇当年未能将他送上断头台的刽子手。这些是"形容词"戏剧，相对"动词"戏剧（按照纳博科夫后来介绍给我们的术语来说），花哨-静态相对简练-动态，进程足够平和，可以看到后来的主题已经潜伏其中——如德米特里·纳博科夫在他一如既往深情却严格的导言中所指出的那样。但它们只是束之高阁的陈列品，并没有什么真实用途。毕竟艾略特已经向我们展示过，一部戏剧无法在剧场演出，并不意味着读起来就一定很好玩。

篇幅最长但相比之下最无趣的剧作叫《事件》（"The Event"），严格地说是"无事件"，因为坏蛋根本没露面，但就人来人往，东西拿来拿去算是戏剧动作而言，它依旧是非常"动词的"戏剧。纳博科夫撰写，至少是写成《事件》这部剧作时间相当晚，是 1938 年，这个时候他已经早就写了《防守》（*The Defence*）和《黑暗中的笑声》这样的大师之作。这差不多是他最后一次与戏剧搏斗了；在其嘈杂与混乱中，我们看见他最后一次耗尽——并且穷尽——了戏剧形式。

大家都心感宽慰，然后我们读到了这本书最后两篇文章。此处纳博科夫直接陈述了事实："昨天最受人欢迎的戏剧与昨天最糟糕的小说处

戏 剧

于同一水平,今天最好的戏剧与杂志上的故事和厚厚的畅销书处于同一水平。"其中的理由也是不言自明的——戏剧惯常的疲沓和做作,以及对市场力量隐蔽的依赖(只需看看百老汇和沙夫茨伯里大街上的那些市场力量)。纳博科夫从列举埃斯库罗斯开始,一系列的剧情概要极具杀伤力,很少有人能逃脱这样的军事法庭,契诃夫,可能还有果戈理,若干萧伯纳,一点点易卜生,就这些了。

哦,对了,还有莎士比亚。莎士比亚居然会是一位剧作家,这是全宇宙最大的笑话——就好比莫扎特一辈子沦为某个萨尔茨堡噪音爵士乐团里面摆弄敲击板或者拨弦乐器的副手。(这也恰好证明莎士比亚是所有人们能想到的规则的例外。)就如任何舞台经纪人所言,底线如下:在提交一部戏剧用于演出或出版时,作家放弃了他的艺术作品,就仿佛那只是笔记本。他所做的不过是完成了对话而已;而且如任何小说家所知,相比写小说在其他方面耗费的精力,对话的要求几乎可以忽略不计。戏剧只占用了纳博科夫创作生涯的微小部分,可谓恰如其分。他有更好的事情要做:例如,梦想出一个亨伯特·亨伯特,以及合情合理地独抒己见。

《观察家》1985 年 2 月 24 日

书信集

《弗拉基米尔·纳博科夫：书信选集 1940—1977》，
迪米特里·纳博科夫、马修·J. 布鲁克利编
Vladimir Nabokov: Selected Letters 1940—1977,
edited by Dmitri Nabokov and Matthew J. Bruccoli

我猜我们对自己最热爱的作家多少抱有一些不知羞的幻想。我们在脑子里与他们相会——一切都很顺利。的确，我们成为我们最喜爱的人心目中最喜爱的人。这些心里面的感谢信当然通篇陈词滥调。例如，我们对博尔赫斯朗读吉卜林，令他着迷，他失明的双眼充满了泪水；我们在巴黎的酒吧跟乔伊斯拼酒比他喝得更多；J.D. 塞林格跟我们在一起度过一个小时之后，开始后悔不该避世隐居。与纳博科夫一起度过的梦中一日会包含富有成果的捕蝶之旅以及鏖战棋盘，等等。但是此时，即使想象力也有点踯躅不前了，即使在白日梦里，我们也因为谦卑和紧张而哑口无言，因为这位身居蒙特勒、对人不屑一顾的魔法师本人也许是我们最令人生畏的当代大师，就如一位杰出的犹太作家曾经如此说到 V.S. 奈保尔："只要他看一眼，我猜我就会忘了过赎罪日。"

这本书信集令人愉快，表明纳博科夫是一位令人愉快的人：忠实、慷慨、深情、非常风趣。但是，我还是必须指出，这早就是显而易见的事情，不仅仅是因为先前那三本书，他在书中对待我们没有那种艺术上

一本正经的兜圈子。《说吧,记忆》(*Speak, Memory*)这部自传实际上最少自我暴露,因为最具艺术性:它追溯了才能而非个性的形成。在《独抒己见》这本访谈和评论集中,纳博科夫往往无拘无束,但很少不正式着装:身着正装反传统。生动的亲密感始于《纳博科夫-威尔逊书信集,1940—1971》,这是一部二人完成的悲喜剧,其中弗拉基米尔始终远超那位才华有限、以保护人自居,而且羡慕得要命的埃德蒙。

这部新的《书信选集》给人性画面带来了深度和细节。那些本来就不同情纳博科夫声音的人会成功地发现此处有很多不值得同情的地方:一些附庸风雅,一些粗暴,很多傲慢,尴尬的政治观点,还有与《花花公子》的友好关系。他很骄傲,骄傲地守着隐私;了解他显然需要很长的时间,他依赖家庭,而非友情。但是他真正的粉丝将意识到这本书是一种巨大的凯旋般的证明:证明美德和力量在纳博科夫书写下的每一页文字上闪闪发光。每一页文字,即使是那些最具有摧毁力量、最残酷、最悲伤的文字。

如同《纳博科夫-威尔逊书信集》中一样,这本书的叙述从这家人茫然地到达美国开始。经过欧洲的恐慌和无法无天,"相比之下,我们每天的日常生活似乎是奢侈的顶峰,仿佛某个百万富翁粗糙的梦境……像我现在这样,在草地上铺张床单,在高高的草丛和鲜花中间沉思,是有点尴尬的……"欧洲的记忆——例如,纳博科夫在那里失去了弟弟谢尔盖("可怜的,可怜的谢廖沙……!")——必须留着等待发酵,正如这位非常杰出的,而且是完全不为人所知的二次流亡者着手重组第二种职业生涯,用第二种语言。结果这一过程远非轻而易举。

当然,第二种语言的学习突飞猛进,即使其异国情调似乎也恰到好处:"让我处于困境""理解我处于一种什么样的可笑处境""我没有八卦的才能"。但是第二个职业生涯迟迟不肯到来。到了1957年,穷忙了十七年之后,他还是"绝对一文不名"[原文如此]①。尽管没有自怜自艾,也没有埋怨,这些信件还是有种奇怪的掩饰不住的迫不及待的感觉:"你有没有试过让一些所谓的'读书俱乐部'感兴趣……?人家告诉我说那样可以赚不少钱。"这个句子里那个摸索的引号还不如打在"钱"字上面。巨大的精力消耗侵蚀健康,得到的补偿断断续续微不足道。纳博科夫常常——绝妙地——将他的辛劳比作一位临产母亲受到的煎熬。在完成《果戈理》之后:"我倒是想看看有没有哪个英国人能用俄语写一本关于莎士比亚的书。我非常虚弱,虚弱地微笑着,躺在我自己独自一人的产房里,期待着玫瑰花。"写完《庶出的标志》(*Bend Sinister*)之后:"我像一位崭新的母亲在成堆的蕾丝里静静地躺着,皮肤微微潮湿,鲜嫩苍白,所有的雀斑都出来了,一个婴孩躺在我身边的摇篮里,他的脸庞是轮胎内胎的颜色。"

纳博科夫事业成败的关键岁月于1950年代中期到来。1951年第一次提到(1947年第一次对威尔逊提到)《洛丽塔》——似乎无法出版;《普宁》(*Pnin*,也许是他最好读的杰作)出版不了;鸿篇巨制的《欧根·奥涅金》(*Eugene Onegin*)也出版不了。他仍旧在教书、写书评、翻译(将莱蒙托夫译成英文,《说吧,记忆》译成俄文),他欠了银行八百美元。回报终于到来,来得突然,为时长久。到了1959年,他放弃了大学教书工作(正在同斯坦利·库布里克电报往来);到了1961年,他成为瑞士的永久居民,或者更具体点,是蒙特勒皇宫酒店的永久居民。"但是所有这些三十年前就该发生了。"他干巴巴地指出。纳博科

---

① 原文是pennyless,正确的拼法应该是penniless。

书信集 267

夫现在解放了——可以继续专心致志劳作。到了1975年，他还是一如既往地"深陷工作之中"，直到临终前都一直兴致盎然地著述不断。孜孜不倦地奉献：这是他的使命，他存在的意义，他把自己的一切都给了它——也给了我们。

在这部《书信选集》中也是如此：这本书几乎没有一句话不风趣、精致、精确、令人警醒。甚至文学生涯琐碎的日常都被纳博科夫不知疲倦的敏感重新涂刷了一次。他遇见一位出版人（"一个美国百万富翁，脖颈上有个鲜亮的疖子"），一位文学代理人（"矮个子罗圈腿，有点令人生畏的女人，头发染成红得不像话"），一位忘恩负义的传记作者（"亲爱的菲尔德先生，您7月9日写来的卑鄙的信件……"），一位无能的插图画家（"扉页上的蝴蝶……就像《白鲸》书封上画着一条金枪鱼那样毫无意义"），一位想从他身上寻求吹捧文字的编辑："让我感谢，或不感谢你，寄来哈利·马修斯的《皈依》，那就是一堆乱七八糟装模作样的废话。"马修斯先生至少还有很好（很多）的人作伴，包括"假货"托马斯·曼（"那个江湖骗子"）和T.S.艾略特（"令人恶心、二流"），庞德（"还算体面的骗子"），保罗·鲍尔斯（"毫无天赋"）以及索尔·贝娄（"可悲的庸才"）。

埃德蒙·威尔逊认为纳博科夫酷爱"恶毒的幽默"。后来，在《纽约北部》中，这种谴责升级成了"幸灾乐祸"[1]。纳博科夫自己也心平气和地意识到了这种倾向。他给一位编辑写信说："第二章'令人不快'的性质是我的作品特有的素质；你还没有注意到第一章中也有同样的刻薄，同样的'现实主义'，同样的怜悯。"这些素质是一种贯穿全部

---

[1] 原文是德语 Schadenfreude。

作品的张力和恣意张扬：对风格绝对的信任（"对我而言风格就是'主旨'"）。对他不在身边的妻子薇拉："我每一分钟的东方都已经染上了我们即将见面的光彩，其他一切都黑暗、乏味、没有你①。"对他的姐姐埃琳娜（此处的主题是父母之爱，以及日渐长大的子女在他们心中还是原来的样子）："看——现在你必须在你心灵的拳头里紧紧抓牢日尔科奇卡的一切：那样的话，也会照亮他，很久很久。"

  这本书洋溢着父爱：作者与其合作编辑和合作译者德米特里·纳博科夫——米佳，或米秋沙，或米申卡，或米秋申卡，或德米特里什科。他们之间的爱非常圆满，非常公开，而且在我们西方人看来，非常俄罗斯。德米特里从高烧"四十度"的"小家伙"长成一个能力大到令人难以置信的大人（赛车手、登山者、歌剧演唱家），但他总是引起耐心的关注："我们这样担忧是相当不健康的（我们都已经一百二十岁了），我们简直不明白为何你不明白这一点。"纳博科夫的生活经历过双重流亡，有痴迷，有始终如一，有种浪漫的特色，其形式有着某种纯粹的艺术气息。因此，这本书的结尾是他给儿子写的最后一封信，令人揪心地恰如其分，信的开头是"我最亲爱的"，最后是："我拥抱你，为你感到骄傲，好好照顾自己，我亲爱的。"

《星期日独立报》1990 年 2 月

---

① 此处纳博科夫生造了一个英语单词 you-less。

洛丽塔的小妹妹

《魔法师》，弗拉基米尔·纳博科夫著，迪米特里·纳博科夫译
The Enchanter by Vladimir Nabokov. Translated by Dmitri Nabokov

纳博科夫提到《魔法师》(*The Enchanter*，俄语是 *Volshebnik*）时有各种说法：《洛丽塔》的"原型"，"某个前-《洛丽塔》中篇小说""一块废料""一篇俄罗斯美文"。那部篇幅较长的短篇还要等待二十年才能突然焕发新生成为著名小说，然后再等三十年才能凯旋。《魔法师》是了不起的发现，而除此之外，1987年就全是下坡路了。[1]

这两部作品究竟有什么共同之处呢？有同样痴迷的因素，情节中一两个关键支撑，措辞表面最高程度的紧致光洁。但是就阅读体验而言，两者大相径庭。你放松地坐在椅子上摊手摊脚地读《洛丽塔》，读得津津有味忘乎所以，一个劲地点头赞赏惊叹不已。你坐在椅子边上阅读《魔法师》，惊骇地敬佩，不断地抗拒，感到忐忑不安；你一直在说不、不、不。《洛丽塔》是戏剧，具有颠覆性却是非凡之作：它不知怎地就描写了一种上升。然而，《魔法师》却是道德恐怖故事，是死灵魂最后的一下抽搐。

这个男人四十来岁了，像亨伯特一样。他是位珠宝商人："这里有

---

[1] 此篇发表于1987年1月4日。作者后来关于《洛丽塔》的文章见本书第501至525页。

一个个数字，有各种色彩，有完整的晶系。"一开始，某种悲哀笼罩他灰蒙蒙的人生——常常懒洋洋地光顾公园，在女孩们在玩耍时躲避这些小暴君："明天不一样的人会光临，因此，在一连串的消失中，他的生命就这样消逝。"

像洛丽塔一样，这女孩十二岁。她对他立刻产生了作用："突然之间你仰面朝天被拖走，穿过灰尘，后脑碰撞着地面，拖过去，拉出肠子将整个人悬挂起来。"但令他鼓足勇气的并非激情，只不过是环境而已，他瞥见了一眼未来可能的放纵情景，这世界必须让它发生。他与女孩的母亲（一位寡妇）交了朋友，她病恹恹的，也许只能活一年，这倒叫人心怀期待。他形成了一个计划，或者说他让计划形成，或者说是计划自己形成。

在《洛丽塔》中，无论洛丽塔如何漫不经心，她都是魔法师，而此处则是蹂躏者承担了那个角色——或者说他尝试如此。但是实际上他对谁都不能施展魔法，除了对他自己。《魔法师》的世界尽管清澈明朗，却毫无情感，道德上已经死亡。主要人物都没有名字（尽管这一点表现得很巧妙，你几乎不会注意），时间和地点（三十年代，巴黎和普罗旺斯）的设置并不重要，实际上随意到乏味。除了其他之外，《洛丽塔》还是一部风俗小说，具有讽刺意味地固定在那个年代，而《魔法师》的堕落行为则似乎可发生在任何时间、任何地方。亨伯有着低吟流行歌手那样的表情，"广告模特一般的眉毛""引人注目，即使显得有那么点儿粗野的漂亮外貌"，与他不同，魔法师却是相当面目不清，除非他斜睨时；他只是微妙地比人类低一个档次。女孩则什么都不是，只有她普通人的天真、她的鲜嫩、她的崭新。

魔法师闷闷不乐地追求女孩病恹恹的母亲，听她诉说"长篇史诗般的病历"；他发出"哼哼唧唧的安慰声音"，表达虚假的温柔；也"无言地把她不祥地顺从的手贴在或放在他绷紧的面颊上"。具有讽刺意味的是，在这个故事童话般的格局里，她反倒是"魔鬼"，她那不长毛的赘疣，她冰冷的前额，她外科手术留下的伤疤，似乎孕育着"自己的死亡"。在他们的新婚之夜，魔法师虚情假意地拖延；但是"在他推说偏头痛的告别演说半当中"，他突然发现自己躺在了"奇迹般地死沉沉不省人事的女巨人"身边。成功的交媾，附带着可怕的预感，只发生过一次。很快，老婆就真死了，魔法师前往南方去跟他的小公主团聚。

只有到了这个时候，他才完全沉浸于他为小姑娘构建的性计划之中。"孤独的狼准备戴上外婆的睡帽。"整整四页口水滴答的痴心妄想——有一种炽热的恐怖——构成了魔法师不可饶恕的道德上的逾越：淫荡、野蛮和伤感。正因如此，而非实际的猥亵行为，魔术师才受到那样完全彻底的惩罚。性的抽搐还在他的雨衣上冷却，他就遭到了惊心动魄的血腥报应。女孩第三次成为孤儿，被抛弃了，就如她总是被抛弃、无人看顾。

将《魔法师》这种严酷的道德感与《洛丽塔》颓废的复杂性相比时，许多读者会觉得它具有某种俄罗斯东正教的意味。当然这属于纳博科夫的柏林时期，更具体地说，属于贯穿从《王，后，杰克》(*King, Queen, Knave*)到《绝望》一系列作品的古怪的残忍。总而言之，这是一部小小的杰作，锐利准确，道地令人震惊。我们要特别称赞译者，也许纳博科夫的去世反倒解放了他的这位偶尔的合作者，因为《魔法师》是天衣无缝的纳博科夫。

作家对"情欲增盛"[①]主题的明显执着引人注目，但只是因为这主

---

① "情欲增盛"（nympholepsy），从词源来说指着魔时的狂热，后也指为追求某种不能达到对理想而引起的狂乱、入迷。

题本身引人注目，它并不比纳博科夫对双身、镜子、象棋、偏执的兴趣更执着——更远远比不上他对失意艺术家的兴趣，然而两者的关系重要。《洛丽塔》有种救赎的形式。作为叙述者的亨伯特怀着赎罪的心情给予了我们某种东西：他给了我们这本该死的书。他还给了我们有关这个灰暗主题完整的道德叙述。罪孽深重；罪过历历在目；而正是这本后来的、"更老一点"的书使人物最终达到了平衡，就如在一家美国医院里，每一只沾满眼泪的枕套，每一张污损的纸巾，最终都会得到回应。

《观察家》1987 年 1 月

美式文章

梅勒的高潮与低谷

《梅勒精选集》，诺曼·梅勒著
The Essential Mailer by Norman Mailer

诺曼·梅勒的新书带着一个每年要付五十万美元赡养费的作家的全部痕迹——所有的水印，所有的纹章。从梅勒全部作品中截取了互不相干、过时的两大块，拼凑在一起，然后托付给新英语图书馆出版社——一家不那么有声望的精装本经销商。这本书收入了故事、散文、诗歌翻译、书信（写给作者的和作者自己写的）、书评（作者写的和有关作者的）、访谈、演讲、文选，其他七拼八凑的东西，以及很多拼写错误。封面上是迄今公开过的梅勒第二差的照片：梅勒穿一件V领汗衫，汗津津地靠在拳击场围栏第一道绳索上面朝外直视。梅勒公开过的最糟糕的一张照片则是《我们为什么在越南？》(*Why Are We in Vietnam*, 1967) 的美国版封面，封面上的梅勒眼眶带着一大块淤青。

的确，梅勒用不着诉诸于视觉辅助也能看上去很可笑——用不着诉诸于他高调的惨败历史（他对杀人犯和词语大师杰克·亨利·艾伯特[①]的支持是一长串名单中的最新一例）。在文字史上，即使算上威廉·托

[①] Jack Henry Abbott（1944—2002），美国罪犯和作家，自述其生活和经历的著作受到了包括诺曼·梅勒在内的许多作家的称赞。

帕斯·麦格纳格尔①或者斯派克·米利根②或者D.H.劳伦斯，都还没有谁能如此对别人破坏性的寻章摘句敞开胸怀。随便挑选一句试试："杀人犯在杀人的时候能够体会到一种如同圣人情怀那样道地的美感和完美感。"或者这样的："电影是一种类似死亡的现象，然而这一点却被忽视太久。"字体变化是他自己加的。

梅勒写的每一页都会弄出一种格式，既粗糙又高大上，这也是人们可以预料的。也可以预料书评人会在某处转折性地来上一句"但是"或者"然而"，然后说"不知怎地"梅勒"无所畏惧的诚实"补偿了他臭名昭著的过分夸张。他不怕耸人听闻；他不怕出洋相；而且尤其是，他不怕令人厌烦。嗯，害怕也是有用处的，也许他应该不那么害怕被吓住才是。

梅勒想到哪儿写到哪儿，不怎么用脑子，他的文字这里那里轻重缓急错乱，重心不断转移，充满看台上传来的喊叫声：不，耶，**OK**，就这样打，看这里，看远一点，对的，错了，说得像样点。如果每个作家都有自己专属的同义词库，薄薄一本关键词组合，那么梅勒的读上去会是这样的：自我、婊子、血腥、下流、神经、屁股、灵魂、眼泪、危机、胆量、危险、死亡。尤其是死亡。电影让梅勒想到了死亡，因为一切事情都令梅勒想到了死亡、危险、胆量，等等。"的确是亲吻了魔鬼"，梅勒说。他写了什么？有奖拳击比赛？过马路？"粗暴–粗鲁、亲密、嘲讽、抓、摸、流口水……"结果梅勒竟然是在写有关书评的文章。但是，他对待事物的态度的确是常常个人情绪化的。

---

① William Topaz McGonagall（1825—1902），爱尔兰血统的苏格兰诗人，以作品糟糕透顶，且完全不在乎同行的意见而著名。
② Spike Milligan（1918—2002），英国–爱尔兰演员和作家，著有七卷本自传，代表作有《阿道夫·希特勒：我在他垮台中的角色》等。

他尖刻地嘲讽纽约的剧院，还有百老汇的普通观众："这一大堆自由派自命不凡拜物贪婪塞满药丸焦虑不安厌烦透顶心底悲惨无能为力的郊区夫妇们……巴不得被操纵。"这种咆哮还是有点粗糙的道理的；但实际上梅勒满腹牢骚，是因为自己的剧作《鹿苑》(*The Deer Park*)在城里到处遭遇惨败。他的影片"变成了有史以来拍过的最满嘴脏话的影片，因此极具当代风格，彻底的先锋派头"。

诗歌也如此，政治也如此，我们这位"文艺复兴人士"涉猎过的任何事情全都如此。梅勒的生活和工作中颇具杀伤力的悖论是，这个被众人惯坏了的超级幼儿，这个原始呐喊专业人员和耍脾气专家，这个爱哭喊的人、大嘴巴、上过无数次电视热衷登上头条新闻的人，一直被"受到忽视"的痛苦感觉折磨着。梅勒在六十年代后期曾竞选纽约市长（在一个形似绞刑架或者枷锁的台上），宣称"文学人士……应该知道如何对人民说话——他们不得不以声音的美妙艺术来执政"。在下一页，我们领教了梅勒的市长演说之一，那是劝导者的舒缓语调：

> 我说话时你如果打断我你就不是我的朋友，因为那刚好破坏了我的心情，所以也操你妈的。好吧，我说过你们全是一群惯坏了的孩子……我就是这样说的，我就是这样说的。你们坐着不动撸自己，开了二十二年的玩笑。耶！

结果他还是不明白为何自己的竞选没有着落。

"我们人类中的每一只雄狮——都会面对一大群蠢猪，蠢猪会连根刨起任何好东西。"要不就是"作诗"："你刺牛背 / 沿着它长长的脊梁一路下去……你锯去牛角 / 喃喃道 / ……啊，牛不再是 / 从前的样子。"

孤独的雄狮，受伤的、被激怒的公牛——年老的雄鹰为何要伸展翅膀？在《花花公子》的一次访谈中，梅勒受邀谈谈他对上帝的看法："我可以看见他像其他人一样，只不过更加高贵，受到更多磨难，更加期盼一种他愿意得到也愿意赐予别人的善良——这是一种他也许无法成就的曲折复杂的伦理活动。"喂，等等：难道他没有让你想到某人吗？

人们的兴趣当然集中在他的散文上，《存在主义使命》（"Existential Errands"）第一次渡过了大西洋；但应该强调的是，《梅勒精选集》包含了作者大量的短篇小说。令人吃惊的是，梅勒没有为他的短篇小说（有些作品基本上是青少年水平）收取很高的报酬。但是此处梅勒的优势还是时常可见：袒露的神经和敏锐的感觉，强烈地认同一切形式的身体极端化，尤其是听觉，精准地表达了普通美国声音中的渴望和幽默。这是一种不同寻常的才能。结果如何了呢？

梅勒有十五年没有出版过小说了，这段时间他貌似在寻找"最大的矿藏"。一直有很多关于梅勒"巨作"的谣传；许下了很多诺言，预付稿酬也被用光了。至少还是有了大纲，是长达三千页包罗万象的鸿篇巨制：第一部的背景是古代世界，第二部追溯一个美国家庭从独立战争时期到现在的经历，第三部的背景是宇宙飞船。[①] 作者对一些精挑细选的纽约听众朗读过一点点内容，据说令人震惊，富有魔力，神圣。也许这本书会是梅勒的精华。也许不是。让我们祈祷吧。

《观察家》1982 年 8 月

[①] 《古老的夜》（*Ancient Evenings*），见下述。——原注

《硬汉不跳舞》，诺曼·梅勒著
Tough Guys Don't Dance by Norman Mailer

  《硬汉不跳舞》半当中，叙述者蒂姆·马登在科德角一条僻静的街上遭到两个凶恶强盗的袭击，他们挥舞着刀和轮胎铁，但这给了蒂姆很好的理由来展示他是个什么样的人："我有两颗金发女士的头守在我的汽车后备厢里。"是的，不是一颗，而是两颗割下来的头，两个被杀的荡妇的头。蒂姆的狗扑倒了一个强盗，蒂姆自己对付另一个，右拳"闪电一般"打倒了这个人。"然后我犯了个错误，踢了他的脑袋，"叙述者咆哮着说，"结果弄断了我的大脚趾。"

  在这样的时候，读者的反应（我的反应是情不自禁地笑出声来）是安静下来，变得审慎起来。这究竟是夸张还是漫画？的确，这本书从标题开始似乎就一直在反复玩弄着讽刺。蒂姆·马登是个坐过牢的人、失意作家、酒鬼和断片艺术家；他的妻子佩蒂·洛雷恩是一位爱嘲笑人的金发女郎，一半天使一半巫婆；博洛是她的前男友，一位黑人大个子前拳击手；雷金西，口若悬河的神经病警察；米克斯·华德利·西比三世，哭哭啼啼的白人新教徒基佬：全都陷入这部血腥翻腾的惊悚小说之中，梅勒先生写得很快，原因尽人皆知。什么时候，噢，什么时候，所有的孩子才能全都长大成人，所有的妻子全都再嫁人？

  尽管梅勒也许能做到恶作剧、仓促和草率，但没有办法设计整体戏剧效果。尽管他很机智、爱讽刺、精力充沛，但他根本还是个不懂幽默的人：这么说吧，梅勒的笑源自仔细观察本来就好笑的事情，幽默从来不转向内心。此外，如果一个人在职业生涯的这个阶段对着镜子笑，那他的全部作品就死定了。自我模仿不是梅勒的风格。那什么是梅勒的风格呢？

这部新小说显然与《一个美国梦》(*An American Dream*)很亲近，那部小说写得也很快，写的也是被谋杀的妻子、挥舞手枪的警察、法医检查的微妙细节、冒冒失失的高空作业。然而，此前那本书却是在真正情绪高昂（有时是化学药品造成的）时写就的，受到劳伦斯/萨特各种有关极端糟糕行为其实本质纯洁等观念的鼓励。尽管主题如此，《硬汉》还是回到了一种更加犹豫和细致的模式，是《巴巴里海岸》(*Barbary Shore*)和《鹿苑》的模式。这两部小说写在《裸者与死者》之后，在《为我自己做广告》以及那本书开启的神话化进程之前。

他的声音比过去悲伤了一点，明智了一点。这是一个（目的就是要你感觉到）遭遇了他分内该有的打击、折磨和臭鼬时间[1]的人；一个深刻思考过世界如何运作的人；尤其是一个了解男人如何应付女人的人。但是其风格常常有些笨拙、尴尬——不自然。它热衷于使用苍白的修饰词（"只不过""几乎不""有一点"），书呆子的迂腐措辞（"非我同跻""惯于此行""沉郁的""不祥的"），吹毛求疵的双重否定（"并非不像""并非不同于"），还有——我个人最喜欢的——"并非完全没有男子气概"。蒂姆思忖着自己的文字，发出"轻轻的声音，赞赏某个句法的恰如其分"：真是一种奇妙的"作家般"的想法，如果真有这种想法的话，就好比津津乐道一个虚拟语气。但无论如何，即使有那么多的肮脏和血腥，句法的恰如其分才是这本书力求满篇皆是的。

因此，这真是一种高度扭曲的表演，包含着太多无法施展的能量。

---

[1] "Skunk Hour"，美国诗人罗伯特·洛威尔的诗作，发表在他的开创性诗歌集《生命研究》(*Life Studies*)中，被视为自白诗的重要早期范例。

也许《硬汉》只不过是其之前的作品在经历了诸多拘束和憋屈之后短暂放纵的休憩。人们欣赏《古老的夜》之雄心勃勃,因为就只剩下这个可以欣赏了。这本书也就仅此而已了:长达七百页的雄心勃勃。这本新书止于才能,而非天才,带来更为平常的愉悦:对地方和天气的自然敏感,对人生沧桑生动的意识,即使是最普通的日子也会有的粗粝毛边。

此前已经指出,有些读者会发现《硬汉》只有荒谬,其他读者会觉得它的喜剧效果令人振奋。结果幽默感却出自毫无幽默、目光狭隘、过于执着于旧日的痴迷和欲望。这些现在似乎都极度过时了:所有那些一本正经拥抱的粗鲁的精神无政府主义,所有那些酒精、打闹和公牛。男人气概的理想被当作一种类似索伦·克尔凯郭尔和奥利弗·里德①的怪异混合。有关女人的理想更加离谱:婊子-女神,恐怖和欲望的对象,即使如此,也必须被赋予该有的感伤情怀。既然婊子-女神总是无一例外在从事婊子-女神活动(奚落人、噘嘴撒娇、带上枪、为陌生人口交,等等),作者就不得不尝试抒情上超凡入圣的最不可能的技巧:"好似小孩嘴里的金银花梗那样鲜嫩""如同阳光那样的情感""她爱心的丝绒"。硬汉不跳舞,但他们不怕哭泣。

梅勒对他忠贞不渝遵循的海明威传统的主要贡献就是增添了妄想症因素。海明威的英雄看见自己面临的危险,会认识到那就是危险。梅勒的英雄对整个威胁问题更加大惊小怪,不那么确定其来头。是真的吗?或者只是自己想象的?(《硬汉》直面潜伏的同性恋倾向的幻影,也许为无意识自我模仿加了分量。)但是恐慌让梅勒兴奋,令他写得好起来:

---

① Oliver Reed(1938—1999),1970 年代中期英国最著名的影星。

……他具有许多强壮大个子将不安藏在身体不同部位的能力。他能够像一只庞大的野兽那样一动不动坐在椅子上，但是如果他还有尾巴的话，就会扫着椅子横档了。

梅勒在书中的存在就具有如此的性质——强迫感、不舒适，与其自身的性能力非常不般配。这种存在让你充满不安，但你必须有足够的胆量才能起身离开房间。

《观察家》1984 年 10 月

《奥斯瓦尔德的故事：一个美国神秘事件》，诺曼·梅勒著
Oswald's Tale: An American Mystery by Norman Mailer

在诺曼·梅勒这部惊人的——而且是令人吃惊地被低估的——有关 CIA 的小说《夏洛特的亡灵》(*Harlot's Ghost*) 的第一千二百八十八页，1963 年 11 月 22 日，作者带我们走上了中情局总部的第七层楼，守护国家安全的高手、努力成为"美国大脑"的人们聚集在局长的会议室。"我们坐在那里"，在第一千二百八十八页上，在六十万字的阴谋诡计、事后猜测、双重身份、三重交易之后，一位官员回忆道：

> 我们坐在那里……这是我唯一一次见到如此众多雄心勃勃、足智多谋的杰出人士——就这么坐在那里。最后（探员）麦康说，"这个奥斯瓦尔德是谁？"接下来是世界级的寂静无声，是那种客队

在第一局就得了八分时的寂静无声。

《奥斯瓦尔德的故事》试图填充这种寂静，花了上百万个小时的人力来"追踪朝后的子弹轨迹"，从总统被打烂的豪华轿车"到盘踞在阴影里的生命"，用唐·德里罗在《天秤星座》（*Libra*，1988）中的话来形容，这是他有关奥斯瓦尔德的才华横溢的小说。但是梅勒的副标题总是会部分涵盖暗杀的事实。我们知道些什么？地方和时间已经是图腾一般尽人皆知。我们还知道谁，如果还不知道如何以及同谁一起的话。我们知道方式和机会；我们不知道动机。《奥斯瓦尔德的故事》是非虚构作品，但是梅勒可以依赖小说家的修辞才能：他知道如果我们恰当地思考谁这个问题，就会得到为什么。然后，也许就能在这个镜子组成的荒野中瞥见意义。

1959年的冬天，李·哈维·奥斯瓦尔德去做了一件有趣的事情。经过没有父亲的孤独童年，阴郁的政治化的青春期，在海军陆战队（他在那里的绰号是奥斯瓦尔德太太、奥斯瓦尔德科维奇和搅屎棍）浅尝辄止之后，奥斯瓦尔德叛逃到了苏联。很有可能如他所见，苏联支持小人物——奥斯瓦尔德的确是个小人物。这也挺行的，在某种程度上。偶然地、不祥地，而且立即地，他使自己的地位从平庸提升到了富有异国情调。他是个"真正的美国人，没结婚"，一个照料他的人指出，"年轻女子甚至跑到旅馆来问，'我们怎么才能见到这个人？'"在新奥尔良或者布朗克斯做个美国人从来没有如此春风得意。

当局——"机构"——很快就把他调出了莫斯科，放到了明斯克，他从前听都没听过这个城市。他们给了他一套公寓和一个工作，对他略加监视：如果奥斯瓦尔德知道他的克格勃助手认为他很"原始——只是个基本的情况",政治价值为"零",他肯定会感到很丢人。但他还是跌跌撞撞地跟着,总是干劲十足,没有好奇心,愚笨。有天早上七点,他被选举工作人员喊醒了(是某种必要选举的日子),"李不肯开门。他一直喊叫着,'这是个自由的国家。'"他爱上了一位名叫埃拉的女孩,遭到了拒绝。他娶了一个名叫玛丽娜的女孩(为了伤害埃拉,根据他在日记中的说法),很快就安心地过起了吵吵嚷嚷,挥挥拳头,提前射精的丈夫生涯。他喜欢俄罗斯的夏天,但不喜欢俄罗斯的冬天。自从埃拉之后,他就老想着要想个办法哄骗别人让他回美国去(他的确有本领在智力和时间上超越巨大的官僚作派)。1962年他带着妻子和女儿乘船去了纽约,然后又去了得克萨斯。他搞砸了一连串不上台面的工作,他买了把蟑螂喷枪,他搞到了一把步枪。他还有一年时间。

当然,有关奥斯瓦尔德的文献,无论是正史还是野史,现在都多得堆山塞海。德里罗想象《沃伦报告》是"乔伊斯会写的那种百万吨级的小说,如果他搬到了爱荷华去住,活到了一百来岁";沃伦像乔伊斯那样催生了一个产业。梅勒受到鼓舞把他的书也添加到了这个库存上面,当时他得到了"俄克拉荷马州土地抢占"① 一般的新鲜资料:克格勃的奥斯瓦尔德档案,还得到了机会去访谈他在莫斯科和明斯克的同志和上司。美国的奥斯瓦尔德档案因为不断的曝光而百孔千疮臃肿庞大,俄罗斯的资料却一直严密封锁着。它有三十五年了,却是全新未开封的。在这些令人信服、富有艺术性的文件里,奥斯瓦尔德不再是那个各种听证会和死后调查的幽灵一般畏畏缩缩的对象,他活过来了。他看

---

① 始于1889年4月的"俄克拉荷马州土地抢占"是美国普通人第一次进入此前政府尚未分配的前印第安领地,方式为"所到即所得",有62000人左右参加了这次行动,俄克拉荷马州由此发展而来。

上去熟悉得叫人可怕。这是克格勃窃听录音的文字版("窃听对象LHO-2983"[①])：

> LHO：闭嘴。把你的宝贝抱走（婴儿在哭）……
>
> 妻子：（哭泣）别那样看我——没人怕你。去死吧，你个混蛋。
>
> LHO：你好得很。
>
> 妻子：你可以自己一个人回你的美国去，但愿你死在路上。

奥斯瓦尔德的确回了他的美国。在迪利广场，他在6.9秒之内打断了历史的进程。

于是，似乎我们在思考的是一个严重失衡的故事。简单地说就是，世界上最炙手可热最前程远大的人物居然被一个恶毒的查理·卓别林拿一把烂步枪加上两三个远大理想就把脑浆给打了出来。现在，梅勒身上的一切都反抗这种解读。如果奥斯瓦尔德是个无名小卒，单独行动，我们就只剩下了荒谬——更多的垃圾，更多的随意性和破烂。显然只有两条路摆脱困境。或者奥斯瓦尔德不是单独行动——或者他不是无名小卒。他是个复杂的人，饱受折磨；他身上具有"悲剧性"。

最初让我们感到惊讶的是，梅勒居然拒绝阴谋论。按照奥利弗·斯通狂热的电影《刺杀肯尼迪》的说法，这场刺杀基本上涉及了百分之五十的美国人。全国性的掩盖真相不大可能，这似乎会压倒更加局部性证据缺失的考量——神枪手奥斯瓦尔德，"魔幻子弹"，杰克·鲁比——这些都只不过是"具有证据价值"，都取决于敌对主张的来来回回。更

[①] LHO是李·哈维·奥斯瓦尔德（Lee Harvey Oswald）的名字首字母缩写。

加关键的是，此前我们已经谈到过奥斯瓦尔德的性格，所有的阴谋论在遭遇他性格的岩礁时都溃败了。没有什么协同的努力，无论有多疯狂，能够将奥斯瓦尔德置于领导地位。即使作为替死鬼，他都是一个人家不会去聘请的人。

这样关键的事实似乎使人无法试图再去提升奥斯瓦尔德，使其脱离落拓无能和妄想的档次。但是梅勒坚持不懈，小心翼翼地，坦率地（没有捏造任何事情），直到他能够辨认出一位"年轻的知识分子"，尽管无法施展抱负；有着"愿景"，无论如何扭曲。就这样，梅勒"肆意"美化了奥斯瓦尔德的阅读障碍，毕竟他只不过是一个真正的残废，而不是一个普通的慷慨激昂的文盲。为了展示他的"最佳状态"，梅勒摘引了一些奥斯瓦尔德写的东西，"这里那里修改了一些拼写错误和标点符号"。嗯，奥斯瓦尔德的拼写是纯粹的一锅糨糊：他可以在同一个条款里把"乌克兰人/语"（Ukrainian）拼作"Urakranion"和"Urakrinuien"。纠正他的拼写似乎只是慈悲为怀；但是纠正他的标点符号（在我们这个时代，可以说连分号都是公开的深奥秘密）则将他突然抬举到了文化精英的行列。何况，不善言辞是奥斯瓦尔德受挫的关键。他是个打老婆的人；一个会打老婆的人，除了是个找不到话来说的人——他总是张口结舌——还能是什么？奥斯瓦尔德在他关于明斯克生活的文章里附上了一段"作者简介"。他写道，父亲的死亡"留下了一条因忽似①而造成的独立的长久细微痕迹"。这里的奥斯瓦尔德困在由一个词组成的诗里面："忽似"……

梅勒在他自己的年代写过一些相当疯狂的书，但这本并非其中之

---

① 此处应为"忽视"，英文应当是 neglect，奥斯瓦尔德误将其拼作 negleck。

一。如同前面那本《夏洛特的亡灵》一样，这本书也是作者津津有味地展示自己的力量和敏锐的感受能力。想到他那样鼓吹不肯悔改的罪犯杰克·亨利·艾伯特，我们就可以知道他仍然像过去那样偏爱任何困惑不安地翻阅几页马克思的杀人犯。但是梅勒的确对遭到挫折和被抹去的存在有着真实的情感，他在这里对赫鲁晓夫时代苏联的描绘再现了他另一本堪称不朽的非虚构作品《刽子手之歌》(*The Executioner's Song*)中流畅的同理心。晚期的梅勒搜罗深层的资源。《奥斯瓦尔德的故事》同德里罗的《天秤星座》一起，高踞于达拉斯的陵墓之上。梅勒提供宽广的建筑，德里罗提供幸灾乐祸讪笑的怪兽滴水嘴。在某种意义上，这两本书构成了奥斯瓦尔德最首尾连贯的成就，也是他的遗产中唯一有价值的东西。

再回到副标题：《一个美国神秘事件》。梅勒说他本来也可以选择《一个美国悲剧》这样的标题，如果没有被西奥多·德莱塞抢了先的话。结果，梅勒差不多解开了谜团，但他从来没有让悲剧得以成立。德莱塞的故事具有悲剧性，是美国式的，因为它每天都在发生，而奥斯瓦尔德只在日历上留下了一个印记。这毫无意义；他只不过是用粗暴的方式让一个机场换了名字①。他的故事因其包罗万象而具有美国性：他将华盛顿社交界名人休·奥钦科洛斯②与杰克·鲁比聘请的脱衣舞女布伦达·琼·森萨堡联系在一起，1965年，人们发现她用自己的紧身裤吊死在俄克拉荷马的一个监狱里。

---

① 纽约的肯尼迪机场原名为"纽约国际机场"，肯尼迪遇刺后改名。
② Hugh Auchincloss（1897—1976），美国股票经纪人、律师。他是美国作家戈尔·维达尔的继父（维达尔的母亲是其第二任妻子），也是杰奎琳·肯尼迪的继父（肯尼迪的母亲是其第三任妻子）。

奥斯瓦尔德的一生不是痛苦的呼喊，只不过是哼哼唧唧为了引人注意。他通过最短的捷径取得了地缘政治意义。他不是后现代荒谬性的范例，却是其弥赛亚之一：是迷惘的孤独者的灵感来源。他杀死肯尼迪不是为了引起朱迪·福斯特的关注，他杀死肯尼迪是为了引起历史缪斯克利俄的关注。

尽管奥斯瓦尔德从来没有成为悲剧人物，他还是配得上伴随悲剧的讽刺和怜悯，这就是奥斯瓦尔德的母亲、炽热的玛格丽特（到现在我们已经看到奥斯瓦尔德痛哭过很多很多次了），她这样描述儿子的尸体：

> 玛丽娜先上前。她分开他的眼睑……这是个非常非常坚强的女孩，竟然可以去分开一个死人的眼睑，她说，"他哭，他的眼睛湿的。"这是对医生说的。医生说，"是的。"

费了很多周折才找到一位牧师和一个坟墓。他们用他最后一个、也最屈辱的匿名埋葬了他，威廉·波波。他的眼睛是湿的，他只有二十四岁。

《星期日泰晤士报》1995年9月

维达尔的镜子

《重写手稿》,戈尔·维达尔著
Palimpsest by Gore Vidal

戈尔·维达尔的《重写手稿》是出乎意料之外的故事。考虑到它那颇有艺术性和讲究的标题(也许要用完全西特韦尔[1]式的精致讲究来发音"Pelimpsest"),它漂亮地"融为一体"的照片(豪宅,古罗马式外形),它的巨大篇幅,它那全是名人的索引,人们准备要好好享受一番,享受维达尔的长篇大论,他那高调的愤世嫉俗令人心情振奋,何况还有很多八卦闲言。

我以为我了解他所有的手法。我知道维达尔会让我皱眉和点头、微笑和傻笑——带着赞赏和懊恼,还有感到震惊的无法苟同。但我做梦都没想到维达尔居然会让我流泪,让我悲哀地凝视着窗外,发出一声声悲叹(许多叹息音调虚弱苍老)。维达尔快要七十岁了,现在认同了人类的心灵,而且还显露出他也有同样的心灵。《重写手稿》从头至尾读起来很费点工夫,它也是一本自豪、严肃和真实的书籍。

但是,首先,那些熟悉的题外话,熟悉的幽默,频繁地和典型地令

---

[1] 指 Edith Louisa Sitwell(1887—1964),英国诗人和评论家,得到包括维达尔在内的美国当代文学家的推崇。

人感觉像是出于无心。这怎么可能？难道维达尔像李尔王一样，竟然不怎么了解自己了吗？或者他只不过是想两样兼得——样样兼得？我相信应该是后者。维达尔打定主意：1）要置身人与事中，而且要2）高于人事纷争之上。他认识所有人，但不想认识任何人。他有上千个情人，尽管"没做任何事情——至少不是刻意地——去取悦他人"。他公开对美国政治制度表示失望，但还是参加了国会议员竞选（后来，在这本书涵盖的岁月之后，还参加了总统竞选）。这种模棱两可贯穿了维达尔一生所到之处和轨迹，使他置身于许多装饰性的矛盾之中。

闲言碎语，尤其是与性有关的闲言碎语，被视为真相的死敌。追求真实，对于维达尔而言，一直是自然美德的君主。但是热爱八卦的人会在《重写手稿》中找到很多可以八卦的东西。在第七页上，杰姬·肯尼迪就已经扯起长袍向维达尔的同母异父妹妹妮妮展示"在性交之后如何清洗自己"。在另一处，我们被告知马龙·白兰度曾经为了报酬而"监督两个为别人堕胎的人"。"看看那张屁股"，田纳西·威廉斯"若有所思地"说，当时他正跟在杰克·肯尼迪后面走过一个门廊。然后还有纽瑞耶夫[①]关于鲍比[②]的梦一般的暗示。性乱交"在有权有势的世界里……是完全正常的"，正如杰姬所知。戈尔自己也有点人缘："杰克左侧身从枕上抬起头来看着我。"但是别紧张，这不是杰克·肯尼迪。这只是杰克·凯鲁亚克。

这本书快要结束时，维达尔承认说他不喜欢社交聚会。但是显然这位憎恶派对的人去过数千场派对，也许只是为了确定自己不喜欢。维达

---

① Rudolf Nureyev（1938—1993），俄罗斯著名芭蕾舞蹈家，1961年投奔西方，后入籍奥地利。
② 指 Robert Francis Kennedy（1925—1968），据说曾与纽瑞耶夫有过恋情。

尔从来不需要去寻找派对，跟杜鲁门·卡波蒂什么的不一样——维达尔总是在派对上碰见他——还有威廉斯、凯鲁亚克、衣修伍德等人。（"避开作家"，维达尔提醒我们，不止一次。）"名人无一例外都疯狂地追求名气"，他倦怠地说，已经规划好了又一个在穷白人中（上至 / 也包括温莎公爵和玛格丽特公主）度过的"社交季节"。维达尔不会一直提那些大人物的名字。还有谁在那里？银河般璀璨的群星总是围绕在这颗超亮的文学明星及其巨大的万有引力旁边。隔壁办公室那个傻瓜是费德里柯·费里尼（"弗雷迪，我这样叫他"），现任室友是保罗·纽曼和乔安·伍德沃德①。在这本书中，普通人才是真正的异数——例如霍华德·奥斯丁，他没有写过歌剧，没有统治过哪个国家，没有继承任何财富，维达尔与他一起纯洁无瑕地度过了四十年。

如今，维达尔无可奈何地意识到他不知怎地就获得了外貌党的名声。这似乎难以解释，因为他从来不吹嘘自己长相如何。他可能会谈谈他父亲展示的"惊人英俊的"形象，可能会提到他继承来的"戈尔家大大张开的鼻孔，就如当下的副总统（远房表亲）也有的那样。但关于这个问题他就说了这些。别人可以想说什么就说什么，维达尔当然可以随便引用他们的证词，白底黑字。哈罗德·阿克顿发现他"英俊逼人"，塞西莉亚·史坦伯格②认为他的脸庞"奇异地具有旧世界特征，好像一张希腊面具"。伊莱恩·丹迪③写道，"只要看一眼戈尔，立刻就有荡涤我的味觉的效果——就好像某种酸柠檬冰沙一样"（"他现在还很英俊"）。

---

① Joanne Woodward（1930— ），美国电影女演员，奥斯卡最佳女主角奖得主之一，保罗·纽曼的妻子。
② Cecilia Sternberg（1908—1983），出生于捷克的女作家，著有自传《面具》等。
③ Elaine Dundy（1921—2008），美国作家、新闻记者和女演员。

看过"装饰他新著的那张照片",威廉·巴勒斯急迫地想要知道:"戈尔·维达尔究竟是不是同性恋?"

对这个问题的回答是合格到令人奇怪的"是的"。维达尔是同性恋,算是吧:反正在维达尔的世界里大家全都是。卡波蒂、威廉斯、衣修伍德、凯鲁亚克、鲍德温、E.M.福斯特,等等。但即使是疯狂追逐女人的那些人——马龙、杰克、鲍比——也都暴露出某种倾向。葛丽泰·嘉宝"对女孩另眼相看";在好莱坞,"几乎每位明星或者明星的太太"也都这样。肯尼思·泰南①也是"与生俱来铁打的蕾丝边"。战争期间,在维达尔全是同性恋的军队里,"大部分男孩"拥抱这个机会"做他们彼此天生就该做的事情"。早年,在维达尔全是同性恋的学校,男孩们"认为亲吻是女孩们发明的……当雌激素流量增加使她们的口水味道变得糟糕时,这对我们并非总是愉快的事情"。不,不愉快的事情并非总是愉快的,但是我此前从来没听人有一个字抱怨那个雌激素流量,提都无人提过。也许我认识的男孩子"天生"不一样。如同他的作品中其他地方那样,维达尔给人的印象是相信整个异性恋架构——登记处、《罗密欧与朱丽叶》(*Romeo and Juliet*)、一次性尿布——都只不过是自我催眠和群体歇斯底里的悲伤故事:一场骗局,一个骗术,要不就是纯粹的宣传。

就性而言——此处我们接近了这本书的核心和实质——维达尔是个传奇式的野兽,也许是只独角兽,或是有一整套严格规则的半人羊。"我从来不跟朋友上床",他写道。维达尔是个高度活跃招蜂引蝶的人,但

---

① Kenneth Tynan(1927—1980),英国戏剧评论家和作家,异装癖爱好者,颇有影响力并经常引起争议。

从来没有过一次恋情。的确,"既然我不懂别人的'爱恋'是什么意思,我避免用这个词"。但是他知道他自己这个词的意思;最终这个词还是无法避免。有一次,仅有一次,他"远远超越了性或者色情,进入了爱情,还有沉船的宽广领域"。

总之,小说家厌恶心理分析这桩事。纳博科夫花在诅咒弗洛伊德上面的时间,很可能会让他多写出一两本书来。自我——维持心灵各部分之间的运作——才是小说家觉得自己必须要摸索的对象:他们不想从 A 看到 Z。当然,维达尔非常不情愿地视自己为一种清晰明了的案例,但是他有勇气让模式出现,带着它所有令人尴尬的对称性。

两种关系似乎决定了他的一切,那是早年建立的关系,出现在书中也早,具有热情的力量。"绝不能要儿女,只能要孙儿女。"维达尔的祖父 T.P. 戈尔告诉他。T.P. 戈尔分别在两次事故中失明,一次瞎掉一只眼睛,后来他成为第一位来自俄克拉荷马的参议员,是具有鼓舞全国力量的人物。参议员戈尔在他的孙儿(有时也是被监护人)身上发现了一种关键素质:小戈尔会非常热切地为他读书,一小时又一小时——不知疲倦的假声。在这样的童年之后,有过这样的榜样,维达尔注定要过清心寡欲的生活。他以这本书中最刚硬的措辞写道,任何弱点都可以被"那些打定主意要获胜的人"打造成一种力量。

第二个塑造了他的人物是那位消失的年轻人,名叫吉米·特林布尔。维达尔第一次也是唯一一次恋爱被不断概括为一种失去的两重性:"我不是什么,他就是什么,反之亦然""吉米,当然是另一回事——是我""他是我的另一半,从来没有长大过"。吉米 1945 年战死在硫磺岛。他从来没有长大,没有变老,从来没有失去他的原始光泽。《重写手稿》如此羞怯地邀请我们将维达尔视为某种古典型的纳西索斯,他与幻觉搏斗，与失望和死亡搏斗。这个要求有点高，但笔者足够心甘情愿地同意这一点。纳西索斯死后变成了那种以他命名的花朵，维达尔想要不同的命运：他想要生存下来并且取胜。

《重写手稿》拥有复杂的双重时间编排，精巧地重新排列组合往事，混合鲁莽的坦率和得体的缄默，是相当有艺术性的作品，而吉米这个隐蔽的他者则照亮了其核心。作为一个角色，一个创作对象，他似乎独自照亮全书，完全靠他自己；但这其实是一种作者精心策划才达到的效果。他成为普世的——好似威尔弗雷德·欧文《奇怪的相遇》("Strange Meeting")中的德国士兵（"我是你杀死的敌人，我的朋友"）。当然，吉米是美国人，他在后来写给母亲的一封信中是这样结尾的："我所有的爱给世上最了不起的妈妈。"维达尔很明智地引用了另一封信，出自硫磺岛上另一位海军战士之手，其中巧妙的重复（"有他在就是快乐"）恰好营造了一种再无更多可说的感觉：

> 我们全都为吉米·特林布尔感到非常骄傲，所有人都是。有他在就是快乐。他有个好性格，总是在开玩笑。我知道他想回家，回家去上学，打职业棒球。有他在就是快乐。

《星期日泰晤士报》1995年10月

菲利普·罗斯与自我

《我作为男人的一生》，菲利普·罗斯著
My Life As a Man by Philip Roth

尽管自《波特诺伊的怨诉》（1969）之后，菲利普·罗斯的小说变得越来越愚蠢，但他的文笔倒是一直在进步。罗斯用华丽的辞藻来重塑《伟大的美国小说》(*The Great American Novel*，1973）的温和幻想，使得相比之下，即使是《再见，哥伦布》(*Goodbye, Columbus*，1959）中最令人印象深刻的段落似乎也相当虔敬。《我作为男人的一生》是罗斯奇迹般一团糟的新小说，标志着回到了早年作品中人类心痛的循环——最为明显的是《放手》(*Letting Go*，1962）中的循环——但在其他方面，它还是遵循了最近的传统：无论罗斯现在变得有多懒散、爱幻想、闷闷不乐，他还是语句精巧、语调铿锵，总是具有故事性，从来不滞塞。

但我们依旧还是有些问题。《我作为男人的一生》开始有两个自传性短篇故事，以一位自传小说家自传作品的形式呈现，有关一位年轻的自传作家。这本书的其他部分是这位自传小说家的第一人称叙述，有关他如何尝试写一本自传小说以及他最后如何放弃、选择写不加修饰的自传。因而并不容易对这样坦诚的忏悔表示嗤嗤不屑，在开始写这篇书评之前，我必须抵抗想要抹黑罗斯的诱惑。实际上已经有足够

的内在证据在解决这个问题。总是有的。人们甚至可以忽略标题页上一本正经的透露，说这本书的一些内容已经"以略微不同的形式"出现在《纽约时报》《现代场合》以及（最主要的）《婚姻与离异》等报刊上。

结果如此拼凑出来的作品讲述了年轻犹太小说家彼得·塔诺波尔与一个名叫莫琳的世界级掠夺者之间的自杀性关系、他们的分手，以及彼得与斯皮沃格尔医生（又一个《波特诺伊的怨诉》中的遗老人物）的长篇心理分析，他接下来与一位非掠夺性的盎格鲁-撒克逊白人的恋情，以及他如何试图以文学形式来祛除莫琳的魔力，即使在她暴死之后。这一路我们都遭遇了罗斯标准的偏见。拥有一颗过度文学化的心灵的危险——《乳房》(*The Breast*，1972）曾毫无洞见地戏剧化呈现的那种危险——再一次得到了检验；塔诺波尔娶了莫琳，因为人们在备受折磨的小说中通常就是这么做的，然后又试图把她变成一本备受折磨的小说："是文学让我这样的，"他写道，"文学必须让我摆脱它。"与这种怨诉联手的是旧时的"波特诺伊"式怨诉，有关"与欢乐愉悦和谐相处"的性情上的无能，那是一种症状，它说服你抛弃那些太性感智商太高的女孩，结果却是让你自己每天晚上都脑梗，而你只不过是想要让智商不高性冷淡的床伴达到高潮。至于实验性，这是罗斯最近三本书的特有领域，我们只得到了那奇怪的温柔-读者幕间插曲（必须承认这毕竟也是对《乳房》中粗鲁的、地上垃圾一般的读者旁白的一种改善），以及文学批评和文学之间的惯常混乱。然后，当然还有犹太忧郁蓝调。

或者这些事件和相关内容是自我启示，或者《我作为男人的一生》是变态之集大成。唯我论有两种主要形式。首先，表现在罗斯神经质地看重他自己的神经。(这本书唯一乏味的部分是斯皮沃格尔章节,有些比较乏味的轶事读起来好似心理分析时病人回忆的经历。)毕竟心理精确性与文学形态并非一回事。心理分析师不会做的一件事情就是收缩①,如同律师和其他社会寄生虫一样,对他们有利的事情是孜孜不倦地增加;就艺术而言,罗斯还不如每月一两次对月而吠。其次,表现在小说的表面内容上,《我作为男人的一生》因过多属于生活而非艺术的细节而显得累赘;它展示了对无关紧要之事木呆呆的忠诚,过分拘泥于除了真实之外没有意义的细节。

但是这本书有活力。我读了两遍,经常心怀不满,但并没有失去兴趣和心情愉悦。然而,在告辞之前,我还是要提醒罗斯,在昨天你遭遇的事情与理查德·尼克松试图从胚胎那儿哄骗选票②(《我们这一帮》[*Our Gang*])之间,在抱怨你老婆和变成一条乳腺之间,在你心理医生的躺椅和棒球的腹地之间,还是有很多文学天地的:我指的是他曾经在《她是好女人的时候》(*When She Was Good*,1967)中瞥见的天地。总而言之,除了犹太中产阶级英语文学教授之外,世上还有其他人。用莫伊·塔诺波尔——他是这一本破烂旅行包似的书中超级精炼的浮雕之一——的话来说,对他们说得已经足够多了。

《新政治家》1974 年 11 月

---

① 此处"心理分析师"原文为 shrink,也可作"收缩"解。
② 小说中,尼克松试图通过反堕胎政策来拉拢选民。

《被释放的祖克曼》，菲利普·罗斯著
Zuckerman Unbound by Philip Roth

这是一种新的自传体小说，是一本有关写作自传体小说是什么感觉的自传体小说……问题在于：我们需要这种自传体小说吗？没有它，我们似乎都活得不错。

这本书的主角是内森·祖克曼。内森是菲利普·罗斯虚构的第二自我，这是他第三次连续出场。罗斯过去也曾经用过其他更为虚构的第二自我——例如《我作为男人的一生》中的彼得·塔诺波尔，他与罗斯至少在一两个很大的方面颇为不同，但是在内森·祖克曼身上并没有什么另一个，他不如说就是自我本身。就所有意图和目的而言——迄今仍然不清楚这些究竟是什么——祖克曼和罗斯似乎就是同一个人。自传体小说一个奇异的副作用就是它令读者对作者的私生活产生一种旺盛的好奇心。在这本书到我手里之前，我本来只是在专心地做自己的事情。

在《被释放的祖克曼》中，内森刚刚出版了《卡诺夫斯基》(*Carnovsky*)，一本有关他青春期和刚成年那会儿的自传体小说，描述了一位掠夺性的犹太母亲、一位软弱的犹太父亲，还有在纽瓦克的家中那套公寓的浴室里很多次狂乱的自撸。那是1969年，当然是罗斯发表《波特诺伊的怨诉》那一年，那是一本有关他青春期的自传体小说，描述一位犹太人等等，等等。两本书都享有压都压不住的成功。内森和菲利普一夜醒来，发现自己成了头条新闻人物、百万富翁和自我吹嘘的半人羊萨梯。

"喂，你真的像在那本书里那么干的吗？跟所有那些小妞？你真的不一样哎，伙计。"查水表的人告诉祖克曼。查水表的人……对于这样

笼统的妄想狂症，纽约是个好地方，那里所有人都喜欢打探名人的热闹事情。"这些封面故事对一位作家的作家朋友都已经是足够的考验，更别提对一位半文盲的精神病人了，他可能不会知道他在国际笔会做的那些好事情。"内森尽职地与曼哈顿的疯子怪人，大街上自命的另一个自我周旋，收罗着他的粉丝邮件和仇恨邮件、匿名电话，以及八卦专栏里面耸人听闻的猜测。

罗斯先前在《阅读自己和他人》(*Reading Myself and Others*)中也写过他生活中的这个阶段，是以非虚构的方式。那本书里的文章语调充满困惑和懊恼。在出版了《波特诺伊的怨诉》之后，罗斯的名字就跟芭芭拉·史翠珊的名字联系在一起了；他阅读报上关于他自己精神崩溃（那么多手淫终于有了后果）的报道；低俗小说家杰奎琳·苏珊在一次访谈节目中说她愿意跟菲利普·罗斯见面，但不想同他握手。"所有人中竟然是她这样说"，罗斯写道，这是自尊——与其说是个人自尊，不如说是代表了艺术的尊严——受到了伤害的真实笔调。"他们将小说人格化误作自我告白了，"祖克曼说，"竟然会对一个活在书中的角色吆喝。"嗯，《波特诺伊的怨诉》可能是这样，但如果说《被释放的祖克曼》也这样，那真是从何谈起？

小说主要的伦理和情感重负涉及祖克曼的父母：尽管在《卡诺夫斯基》里面，他们可能没有遭遇直接的诋毁，但是人们的确是这么想的。祖克曼先生和太太遭受痛苦；内森再次因为文学热情自身的缘故，并没有很快意识到他们的痛苦。他后来勉强做到了弥补与母亲之间的不和（正如你觉得罗斯也是这么做的：这本书中有一位崭新的波特诺伊太太——她是个好心肠的人），但是父亲临终前说出来的词却是"杂种"。"你这个自私的杂种"，书快要结尾时，祖克曼的弟弟也重复了这样的

菲利普·罗斯与自我　301

话。"你不相信你写的有关别人的那些事会产生真实的后果。"这可是具有挑战性的东西。但是——那这本小说呢,还有它的后果?这本书的标题还有结尾,均表明了一种新的自由,一种对仅仅个人的、仅仅局部性的事物的摒弃。但是,这里并没有兑现诺言。内森还是被绑在他的岩石上,老鹰还是拿他的肝脏做午餐。

"是文学让我这样的。"《我作为男人的一生》中,心力交瘁的塔诺波尔说,"文学必须让我摆脱它"。这始终是个好标语。尽管有所有这些显而易见的自我沉浸,《被释放的祖克曼》读起来仍然很畅快:的确,你不知不觉就读完了。在"如何做"类书籍、案例记录和答疑解惑专栏成堆的年代,这种东西也还是有种放肆的吸引力;任何能够阅读的人现在也都养成了一种阅读自己生平的习惯。像菲利普·罗斯这种重量级的才子总是会赋予其一点普世性的。阅读他的生平有种类同于阅读自己的生平的满足感。啊,生活:《被释放的祖克曼》当然是生活,但它是否也是文学呢?

《观察家》1981 年 8 月

《反生活》,菲利普·罗斯著
The Counterlife by Philip Roth

菲利普·罗斯的新小说好得令人生畏,变态得令人惊讶,因此引发了一个问题:他是怎么做到的?他绕来绕去怎么会变成这样?拥有十本书,花了几乎二十年,罗斯忍受了公众奇怪的不耐烦,这种不耐烦类似被激怒或者隐约受伤的感觉。我认为原因似乎非常直截了当。罗斯是一位喜剧天才，喜剧天才从来就不够多——从来就不能满足所有人的需求。1969 年，他发表了《波特诺伊的怨诉》，这是他第四部小说，已经摆脱了兢兢业业的生手那一套，他找到了自己的声音。我们坐下来往后一靠，要求更多。但他给我们的更少。

他究竟给了我们什么？首先是正规讽刺的三部曲，如果你愿意这么说的话：《我们这一帮》《乳房》《伟大的美国小说》。这些貌似喜剧，但与我们的愿望相反，实际操作上的喜剧性却只不过是浮光掠影。我们以勉强宽容的表情观看着，允许罗斯放个假，镇静地等待着喜剧天才重新履行职责。然后来了《我作为男人的一生》和《欲望教授》(*The Professor of Desire*)，这两本小说人们也普遍认为不够滑稽。那么如果不够滑稽的话，罗斯是哪里出了岔呢？不，《我作为男人的一生》和《欲望教授》错在迂腐、内省和焦虑。我们想要这老家伙站起来走路。我们得到的回报是被祖克曼三部曲惊到了，这也许是现代文学所知最为局促和顽固的自我检测练习。如书名所示，《反生活》标志着分道扬镳，尽管这导向出乎意料之外的方向。祖克曼还在那里；祖克曼还在孤独中，但罗斯已经回到了街上。

人们并不指望独特性会有程度或者强度之分，然而罗斯却不知为何出乎意料之外地独一无二。罗斯就他妈的是他自己，他自己，也自己。祖克曼的问题，自我作为文学概念的问题，就是没有主题。《反生活》中，从实验开始，已经过去了一千页，最后，具有讽刺意味的是，因为这个飘忽不定的真理，我们必须感谢祖克曼，因此才有大部分早期祖克曼作品迫不及待的篇幅短小，难以忍受的轻松。它多么渴望逃入具体，哭泣着恳求实际内容。人们感觉罗斯不可能走得更远——的确，没有地方可走得更远了。但是他依旧继续走着，带着典型的以及（现在看来似乎）英勇的顽强劲头。罗斯仿佛一颗正在消失的星星，徘徊在灾难性崩溃的边缘。然而，随着《反生活》的出版，超新星来到了，几乎亮瞎了眼睛。

中介，催化剂，无疑是以色列。这是个恰当的主题，甚至有可能罗斯花费了半辈子的时间来采纳这个主题。他曾经去过那里，带着波特诺伊的护照，这地方打败了他：以色列部分是《波特诺伊的怨诉》中唯一的主要弱点，我们还能以此衡量我们究竟走了多远。与《反生活》对照，先前那本书看上去倒行逆施走投无路；尽管有股子蛮横的光彩，《波特诺伊的怨诉》是对青春期的告别，罗斯必须对那一切告别。然而犹太性，不管是什么形式——越痴迷越好——才是真正激发他的雄辩的东西。人们甚至可以半轻率地指责早期更加软弱的祖克曼具有同化主义者的倾向，注定要尝试不真实的生活：《被释放的祖克曼》的名人交往，《解剖课》(The Anatomy Lesson) 痛切的悔恨，《布拉格狂欢》(The Prague Orgy) 的文化世界性。总而言之，罗斯现在回家了，艺术性地回家了。"犹太人中的犹太人""专注犹太的""充满犹太的""犹太犹太犹太"：这就是才子的第一线。

他的犹太章节，"犹地亚"和"在天上"（在一架以色列航空飞机上），是相互争斗的声音的合唱，是长着金耳朵的人喊出的一连串喜剧性独白。祖克曼难以置信地注意到，《圣经》是他们的《圣经》。对的，也是他们的巴别塔。舒基·埃尔哈南是特拉维夫的一位自由派记者："这地方变成了美国-犹太澳大利亚，现在我们有的是东方犹太人和俄罗斯犹太人和……布鲁克林来的戴着犹太小圆帽的大老粗。"舒基的父亲："看见那只鸟了吗？那是只犹太鸟。看见吗，在那上面？一片犹太云……我们住在一个犹太剧院里，你们住在一个犹太博物馆里！"摩德凯·利普曼是西岸拓荒者："他们对犹太人扔石头。每一块石头都是反犹的石头。"一位以色列航空公司的保安说："软弱的矮子犹太人没事，那个开着拖拉机和穿短裤的犹太乡巴佬，他想要对谁耍诡计，他想要骗谁？但是，突然……真正的犹太人可能会！"

祖克曼似乎带着完美的怀疑态度嘲讽地穿越这些杂声。舒基说在以色列"活着就够了——你用不着做别的事情，结果上床时还是累得要命"，但是祖克曼精明地判断这里"所有事情都从所有人那里一直迸发，因此很可能其意义还没有你想象的一半那么重要"。祖克曼在哭墙那里遇见一位哭泣的人，他坦白说自己四任妻子都是非犹太人①。"为什么，先生？""我就是这样的犹太人，马克。"他心满意足地被同化了，心满意足地"颓废"。在犹地亚，祖克曼被告知"希特勒在奥斯维辛没有办成的事情，犹太人自己在卧室里办到了"，他耸耸肩没有吭声，盼望着回到伦敦，回到他怀孕的玛利亚身边，那是他新的跨种族婚姻，他在"基督教"里的新生活。但这也没成功；在罗斯的世界里从来就不会有成功，有的是现成的剧烈顿悟，不合圣约的皈依。玛利亚的婴儿是个男孩。在迪岑哥夫大街，祖克曼告诉舒基，割礼像其他《圣经》诫命一样，"可能对我的'我'不合适"。实际上他的整个存在都有赖于那一个问题，割礼。那是犹太现实的标志，"这种古老，古老的东西"。

要实施这样一种大转弯，还需要祖克曼担忧英国的反犹主义，"深藏的，阴险的建制派的反犹主义"，而且还要在一个晚上的时间里担忧。作为一个英国人，我既羞愧也惊讶地说，罗斯还真忽悠成功了——

---

① Shiksas，源自意第绪语，对非犹太姑娘／妇女的贬义称呼。

菲利普·罗斯与自我

他使得这种阴暗的事情发生在书中，画面有点倾斜，直白地倾斜，全怪"［玛利亚的］一个像疯婆子一样倒霉的姐姐"（更别提那个母狗丈母娘，什么名字不好叫，竟然叫做"新鲜田地"太太①）；但是罗斯察觉到的确存在一种现象，特别强烈地令人厌恶，就像特权的某种肮脏的习惯，而且还鬼鬼祟祟地，在退缩中。罗斯听得很清楚，捕捉得很好；但他就是这样诠释世界的——他倾听着。

在《反生活》中还有很多其他的事情。例如，它是对成功的——人们几乎还可以说具有可读性的——累人的后现代小说的杰出补充。此处的罗斯放肆、阴郁地玩笑，几乎有着巴黎派头（却是放逐者的巴黎——米兰·昆德拉如此说）。他让一个两难境地跨越两种生活，祖克曼的生活和他"了无情趣的"弟弟亨利的生活。兄弟们"如何认识彼此，依照我的经验来看，是某种他们自己的变形"；通过交叉表现他们的现实，罗斯能够从事他对"困境的真正智慧"的标志性的追寻。困境必须包括性无能及其对立面、死亡及其对立面，对逃避遗传身份的渴望，对预设真实性筋疲力尽的痴迷，以及对脱离了他人的认知几乎不存在的自我的夸张演绎。"我能明确告诉你的只是，我这个人，没有自我。"罗斯最后说，这话并没有什么深刻性，但非常恰如其分，"我不愿意，也没有能力永久地将自我这个笑话强加于我自身。有关我自己，的确让我觉得是个笑话。其实我有的只是各种各样我能够做到的人格化……"有关自我的笑话：这还是个糟糕的笑话，并不令人感到好笑。

这本书专注于以色列这一主题，但只是泛泛而谈，没有那么有条有

---

① 原文为 Mrs. Freshfield，字面意思为"新鲜田地"。

理，尤其是，没有那么循循善诱。在我看来，似乎有件事在主题上无法自圆其说，那就是罗斯个人完全被自传体小说带来的后果深深困扰。肯定是因为历史原因，现代小说比以往任何时候都更接近作者的独特现实：自由跳跃幻想的概念似乎不再那么合乎标准。历史从来没有从历史角度来看这些问题，只是从个人角度。这怎么能同以色列搭界呢？因为它倾向于利用和吞噬半成品的生命？嗯，我觉得这样说有点太牵强了，也没有必要或者意图朝其他方面牵强。有个问题感觉尤其令人满意：以色列与菲利普·罗斯之间的问题。在《尤利西斯》中，乔伊斯称犹地亚为"世界的灰色干瘪阴户"。我不想说罗斯对这个地方做了些什么，带着什么样复杂混乱的情感；但两者的结合具有爆炸力。如同以色列那样，他令你筋疲力尽，他令你不安，他刺激你回应。在这本书中（了不起的尖锐，令人不安的紧张）他令人振奋。

《大西洋月刊》1987 年 2 月

《萨巴斯剧院》，菲利普·罗斯著
Sabbath Theater by Philip Roth

我思忖着《萨巴斯剧院》，坐着歇一口气，想到了要用那个新的研讨会时髦用词：表述行为的。这个概念的意思是，表述行为文学哄劝读者进入其主题的个人演绎。因此，如果以表述行为方式来阅读《失乐园》，有可能会让你同情撒旦、亚当、夏娃；有可能会让你怀疑上帝的智慧和上帝的公正；有可能会让你迷失方向，犯下罪过，堕落。《萨巴斯剧院》将你拖入一场长达四百五十页的歇斯底里痉挛。它是有关一位歇斯底里男人的歇斯底里的歇斯底里小说,最后也让你感到歇斯底里。

菲利普·罗斯一直是位富有但吝啬的喜剧天才。罗斯囤积喜剧,然后以更加微妙的变态和扭曲的形式来获取复利。嗯,《萨巴斯剧院》并不好笑。从书中发出的那些断断续续的咯咯声听上去也许像是笑声,但歇斯底里从来就不好笑。作为一种景象,歇斯底里令人尴尬,然后令人惊恐,然后使人失去个性。歇斯底里能做到的只不过是支撑自己,直至筋疲力尽。在这部小说中,罗斯很是发了一阵脾气:针对那个悲-喜剧二重唱,性欲死亡而发作的脾气。书看到半当中,你开始想到:对的,病态色情狂肯定就是这样的感觉。这是脑子里发痒:大脑荨麻疹。

《萨巴斯剧院》是一本充满骚乱的小说,危机小说,嚎叫小说。它的真实性力量毋庸置疑,但人们很快便开始质问其普遍性。米奇·萨巴斯遭遇的命运究竟有多么普遍,我们是否都可以开始动笔这样写?谈到另一个意外,米奇的一位熟人评论道:"某种震荡在六十岁左右时就会让他们完蛋,板块移动,大地开始摇晃,墙上所有的画都掉落下来。"萨巴斯长大成人之后一直都感到这种地震般的动荡,引发他个人大地震的是他情妇德伦卡的去世,她是"他生命中的色情之光",罗斯这样写道,笔调不同寻常地和缓。

我为一份家庭报纸写这篇书评,但是《萨巴斯剧院》很难给一篇家庭书评带来灵感。这不是一部家庭小说;在好几种意义上而言,这是一部反-家庭小说。而且它还脏得叫人难以置信,德伦卡真是个尤物,"一位愿意做任何事情的保守女子":"这个女人身上是一个像男人那样思考的女人。"肉体的极乐感觉,如我们所知,多少都不可能召唤出来。因此，谦卑地概述一下情节，就只能算是对德伦卡表示敬意。萨巴斯惯常去墓地，有次他准备在德伦卡墓前手淫，结果发现已经有另外一个情人占据了他的地盘。下一次又想尝试时，发现又有另外一个情人占据了他的地盘。实际上有人在那排队等着，或者一圈人在自撸。德伦卡就有这么好。

多头并进地书写性事的危险数都数不清，而罗斯居然一个都没有落下。他左边是便宜货斯库拉，右边是色情的卡律布狄斯。因此我们就这样被撞来撞去，从"始终没有停止吸引他的柔软丰满的乳房"到石器时代克罗马努人一般的咕噜声"啊，啊，啊"和"那里，不，那里！对……那里！那里！那里！那里！对！那里！"以及"噢！噢！米奇！噢，我的上帝！啊！啊！啊！"罗斯甚至把便宜货跟色情结合在一起，例如德伦卡第一次尝到米奇的皮带抽在她背上（"这是温柔在撒野！"），或者是对构成这部小说高潮的性交排尿的高昂颂歌。色情文字要么苍白笼统，要么专业得让人看不下去，普遍性碎裂成一堆怪癖垃圾。过了一阵之后，它只刺激了读者一种欲望：想要略过的欲望。你勉力向前，寻找着一点点干净之处。

那都是些什么呢？尽管有着刻意的野蛮，《萨巴斯剧院》却并非原始人的作品。老米奇曾经是街头卖艺的人物，一个木偶艺人；木偶剧题材标准的两面——惰性和操纵——不言而喻是并存的。同样，尽管罗斯对各种治疗秘方（十二步骤疗法，"治愈的勇气"矫正机构）怀有敌意，他还是将米奇描述为一种可以理解的事例。他可怕的旺盛性欲骚动被视为对无所不在即将来临的死亡的回应。米奇趔趄地走过由殡仪馆、尸体、坟墓、老糊涂、医院和临终床铺构成的墓地，当然他表现得很糟糕；"如果你还能做些什么事情的话，那当然要去做！"这不是米奇的错，要怪死神。

也许任何小说最为重要的片段都出现得很早，通常都以"出自同一个作者"开头。考虑到这种崇高成就的中流砥柱，你会意识到笼罩着《萨巴斯剧院》的那种忧郁和幽默总是出现在罗斯的作品中：肆无忌惮的愤世嫉俗，令人害怕的不受幻想左右的智识，递减的性能力，反社会的笑声。这些越界的倾向因为一系列先入为主的偏见而得到平衡。在他非常早期的小说中，是大学院校严肃认真的文化；后来，是一大堆关于犹太身份认同的问题，最终在以色列问题上找到了重心；是虚构小说与自传之间的互动或者互联；最后是对文学形式热情的奉献。《反生活》是如此光彩夺目、形式完美的文学作品，多多少少令后现代小说出局，而且很可能会成为其作者的巨大奖杯。也许《萨巴斯剧院》是反小说。罗斯一直都是一个分裂的自我，但这是第一次海德先生获得了发言权。

萨巴斯把托尔斯泰简化了，表示所有的婚姻都是不幸的婚姻，所有的夫妻都是糟糕的夫妻。因此，不忠成了神圣誓言；甚至死亡看上去也不错，如果你把它当作马上离婚的话。萨巴斯像其创造者一样也没有孩子：他是坚定地不要孩子。就算他结了婚，也没有蠢到那个地步。你怀疑这里有很多没有明确表达的情绪。罗斯有名地诋毁犹太母亲，但又温柔地回忆自己的父母亲：尤其见于《遗产》(*Patrimony*，1991)一书。《萨巴斯剧院》给我们演出了一场可怕的父亲的怪胎秀，"一个酗酒自杀的父亲，吓坏了［自己的女儿］""一个欺凌别人的庸俗生意人""一个更加欺凌别人的庸俗生意人""一个叫人难以忍受的混蛋"。罗斯的男性角色或许会很悲惨，但他不卖惨。嗯，人们要孩子是有很重要的理由的，如果不是很好的理由。无论他们会做些什么事情，孩子会延续你的故事。他们护送你离开生物的沙漠,那里你听到的只有关于性与死亡的胡言乱语。而性与死亡,当然是最可怕的一对夫妻。

《星期日泰晤士报》1995 年 9 月

名叫威廉·巴勒斯

《野孩子：死者之书》，威廉·巴勒斯著
The Wild Boys: A Book of the Dead by William Burroughs

如果一只体弱的狒狒遭到一只强壮狒狒的攻击，它有两种逃跑的方式：它可以翘起它那可怕的红屁股承受一次性交，或者设个计策带头去攻击更加体弱的狒狒。因此，在《裸体午餐》中，班威医生是这样说教的："狒狒在争斗中总是攻击最弱的一方。这也没什么不对。我们绝不应该忘记我们从猿猴身上继承的光荣遗产。"威廉·巴勒斯的角色很少会处于这样的危险之中，他们是这位讽刺家眼中没有得到滋养的自然，好似斯威夫特笔下的怪物耶胡——肮脏、奸诈、迷迷糊糊、邪恶、好色。

"野孩子"是一群四肢发达头脑简单的阿拉伯恐怖分子，致力于没脑子的暴力活动（他们用敌人的阴囊做装大麻的袋子）和阴沉沉仪式化的男性狂欢。好捉弄人却无害的 A.J.——他有钱到开个年度大派对都会令货币崩溃的程度——资助他们，这些野孩子最后打败了军队，开始摧毁文明。在最后一句话中人们瞥见他们第一次露出笑容，"璀璨空旷的天空中星星被吹走"，似乎他们颠覆了整个宇宙。但这只是故事情节而已。

这本书大部分内容，如同巴勒斯大部分的小说一样，是精神错乱的色情图像特技表演，剪接拼凑好似意识流电影剧本。绝对避开异性恋，"两只正在缓慢鸡奸的半透明蝾螈，金色眼睛中闪烁着神秘的欲望……蕾

丝电鳗蠕动着"——等等。半当中有整整四十页的直肠黏液、彩虹射精、悬垂的阳具和一瓶瓶用得干干净净的凡士林——全都以虔诚的抒情笔调写出来，对于异性恋读者来说，却只有理论意义。虽然强度和言语上的扭曲还在那儿，但人们觉得巴勒斯已经失去了一些自然、一些浑然天成，正是这些才使得他早期的小说那么令人生畏，那么叫人捧腹。

吹捧者称《野孩子》是科幻小说，对你解释说在这本书里巴勒斯是有多么"具有先见"，但我们恰好不能这样来读他。科幻小说总是试图显得真实，巴勒斯从来不这样。有些批评者感到困惑，因为他缺少现实感，他们感到沮丧，因为他们相信世界比他让我们相信的更加体面健全。但是如果一个受过教育和心态平衡的人竟然会因为一本书而感到沮丧，那肯定是因为作者是个令人厌烦的东西（人们可以灰心地以《李尔王》[King Lear] 为例来说明有这种可能性，那是英语文学中最令人痛苦也最令人振奋的作品）。艺术可以具有阐释作用，这种情况下重要的是其主题，要么它可以依赖玩弄词语、概念和机智。巴勒斯并不想让我们改变信念或者说服我们；他只想写好，他也常常做到了。

《观察家》1972 年 6 月

《红夜之城》，威廉·巴勒斯著
Cities of the Red Night by William Burroughs

首先，《红夜之城》读起来像是威廉·巴勒斯的新起点：有情节，有角色，你差不多可以知道是怎么回事。这的确是大胆的事情，出自毒品-嗨和性-死亡的活力诗人,好斗的垮掉的一代,《裸体午餐》以及另外六部混乱幻觉试验之作的作者。

小说开始是一系列历史——以及未来——短文。卫生官员法恩斯沃斯被发配在最遥远的殖民地前哨站,时间大约是1920年。在投机冒险的今天,军事科学家寻找着病毒战争的新的角度。乌托邦海盗斯特罗布船长在海上航行,在中美与西班牙人纠缠,时间大约是1700年。这些章节对于巴勒斯而言,是糊里糊涂地直截了当——刻意地用了一些俗语套话("穷途潦倒""炎热难当""痛苦煎熬"),常常离戈尔丁《成人礼》(*Rites of Passages*)这样和缓的拼凑作品不远。

跟叙述掺杂在一起的是风格对立的故事,背景是不久的未来。然而,在这个故事线索后面的声音却更加熟悉:"名叫克莱姆·斯奈德。我私底下就是个混蛋"(大概相对私底下的卵蛋而言?)。克莱姆以一种放松、略带俚语、钱德勒似的笔调,讲述了他如何调查希腊一桩与性有关的谋杀案——"彻底乱糟糟的一次爱之死亡"。这个侦探故事甚至还有点悬念的因素,这是一种巴勒斯此前的作品中不曾出现的商品。所有这些自然主义——似乎非常不自然。怎么一回事?巴勒斯居然变直了?

并非真的如此。警觉和警惕的读者会注意到所有的叙述线条都越来越遭到巴勒斯无政府主义冲动惯常抽搐的威胁。有断片也有崩溃,时间在扭曲,恐惧在试探。对身体移情怪异的痴迷开始频繁冒出头来:"亚当身上有点什么熟悉的东西,奥德丽想道。为什么……竟然是我!""'不!不!'奥德丽喊叫着,没有喉咙,没有舌头。"角色从一个叙述中变换到另一个叙述中,样式也开始乱糟糟:有科幻小说、西部小说、童话故事片段。没多久,此前克制住的能量喷涌而出,我们又回到了已知的巴勒斯的世界里,幽灵般的呓语、戒毒反应、城市崩溃、猖獗的故意破坏，以及没有女人的世界。因此在红夜之城，DNA 警察镇压 ID 骚乱。变色龙年轻人和食腐肉男孩骚扰掠夺妓院和鬼魂一般的便士街机。梦幻杀手随着毒品引发的黑人憎恨高热而痉挛抽搐。

> 抓狗的人会逮住他们在公平竞赛场地碰见的任何年轻人，把他们卖给上吊工作室或者精子掮客……男孩们绕过尸体，跑进了一条小巷……日子像电影高速追逐场景那样一闪而过……咒日越来越近……

有经验的巴勒斯读者如今已经相当熟悉这一套了。另一方面，新手则会感觉像是个路人，街头遇见个阿拉伯人对他"做一个毫无疑问地下流，但又难以理解的动作"。这种困惑合情合理。巴勒斯会"总体看来不错"吗？他会不会仅仅是一个对动荡不安的状况啰哩啰嗦幸灾乐祸的人呢？

总有人是这样认为的。学院派的机器在忙着解码他，这里派发一个象征那里派发一个结构。例如，埃里克·莫特拉姆[①]在他冗长乏味的专著《需求的代数学》(*The Algebra of Need*)中宣称巴勒斯痴迷男孩的性虐上吊（这部新小说中大概有不止一百个绞架场景），这只不过构成了一种"批判性无政府主义"。嗯，你是这么说的。实情是，巴勒斯无论如何微妙复杂，也始终只是个原始、极端、几乎精神不正常的艺术家。他的作品在许多方面都令人琢磨不透地鬼鬼祟祟，叫人害怕地不顾个人隐私。

---

① Eric Mottram（1924—1995），评论家、编辑和诗人。

那些坚持读巴勒斯的人为的是他的风格偶然提供的快乐：肌肉强劲，富有音乐感，不怕亵渎。他对口语的听觉无与伦比地敏感，他显然有着戏仿当代声音的无限才能。也许不可避免的是，尽管他最近涉足叙述，但他的文字还是无法抗拒地碎裂成同样的街景，同样渎神的幻境，同样无所不在的崩溃感，这也许是不可避免的。巴勒斯要在这条道上走多久才会彻底着陆呢？咒日似乎越来越近了。

《观察家》1981 年 3 月

《酷儿》，威廉·巴勒斯著
Queer by William Burroughs

威廉·巴勒斯再次让全世界震惊，写了一部有关单恋的慎重而敏感的研究著作。请注意，他早就写好了——1950 年代早期，在纪实性的《瘾君子》(*Junky*) 与谵妄性的《裸体午餐》之间。作者在满怀痛苦的前言中解释了为何长期以来这部手稿都是一旦触及必定会引起苦恼的东西。"这本书是由一次从未提及的事件引发和促成的……我妻子琼意外被枪杀"（是他亲手杀的）。因此《酷儿》诡异地被巴勒斯个人的巫毒魔法控制；这本书既像他也不像他；令人惊讶地流畅感人，叫人一望而知地古怪和野性。

这场单恋当然是同性恋情。威廉·李（作者经常会用到的替身）躲在墨西哥城，住在一幢烂尾楼里，那里全是丢了工作的美国人或者交了保释金逃跑的罪犯，全都在拼命忙着满足他们的"呃，癖好"。"'莫里斯像我一样是个酷儿,'乔打了个嗝,'原谅我。如果不比我更是个酷儿的话……实际上,他酷得那么厉害,我都对他没兴趣了。'"李执拗地渴望着貌似不可能的事情:同性之爱,要来真的。从来不管用,但李也"从来没有听天由命"。通过一系列淘汰过程,他看上了尤金·阿勒顿,一个没什么素质的人(他甚至都不是酷儿),倒是个单相思的合适对象。

障碍之一似乎是钱,因为同性之性爱总是要用钱来买,早晚的事情。李很有钱,用钱引诱了阿勒顿,又因为钱而失去了他。过了一阵,他又用钱赢回了他。这是一种"办法",用执勤的性爱来交换免费的历险假日。他们去了南美洲,找寻一种"改造"药物,李开玩笑说,这药物会使得李不那么酷儿,或者使得阿勒顿酷儿得厉害一些。更多的不可能。这本书的结尾是一个可怕的梦境,梦中李来骚扰阿勒顿,索要债款,"我好奇你是否知道'或者其他'是什么意思,吉恩?"

总之,当一个男性想要另一个男性时,是怎么一回事?和想要成为另一个人有关吗?"我想要我自己,跟想要别人是一样的……因为某种原因我不能使用我自己的身体。"在这本书里,灵肉分离是常在的主题,和巴勒斯所有的作品中一样。更早些时候,李梦见过自己在一个年轻男孩的身体里。

> 现在他在一个竹屋里。一盏油灯照着一个女人的身体。李能够通过别人的身体感知对这个女人的欲望。"我不是个酷儿,"他想,"我只是灵肉分离。"

也许吧。那么我们的确瞥见了一眼死去的妻子、婚姻,还有其他的不可能性。

名叫威廉·巴勒斯

阿勒顿什么都不怕，但李什么都放纵无度。他对爱的需求有种撕裂一切的劲头，本身就令人厌恶。李是不可能的，他知道这个。两个情侣为是否分床睡吵闹不休：" '如果我们就这样滚作一大团是不是很可怕？……我是不是让你很害怕？''是的，你的确是的。'"李通过他称之为"例行公事"的方式来发泄紧张情绪：梦幻一般的独白，故意叫人尴尬、粗俗、病态。如同其他局部手段（"娈童的沮丧""如此恶毒""另一个角度很污秽""就像音乐在起风的街道上畅响"）那样，它们全都指向那个最大的、扩展"程式"，《裸体午餐》："我是个幽灵，想要所有幽灵都想要的东西———一个身体。"

这本书追溯性地使巴勒斯的写作变得仁慈了一些。这是一种人们从来不肯放弃的可能性：这也是像其他写作理由一样的理由。《酷儿》也有助于解释巴勒斯那种特有的幽默风格，他的绝望一钱不值的喜剧性。在森林中的一幕：

"吉恩，我听见那边有什么在呱呱叫。我去把它打下来。"
"是什么？"
"我怎么知道？反正是活的东西，对吧？"

《观察家》1986年4月

库尔特的宇宙

《加拉帕戈斯群岛》，库尔特·冯内古特著
Galapagos by Kurt Vonnegut

这无疑是库尔特·冯内古特自从《五号屠场》(*Slaughterhouse 5*) 以来最好的小说，然而，这样说本身并没有什么意义——尤其是当你看一下库尔特·冯内古特在《五号屠场》之前的小说的话，那包括一部精美复杂的太空科幻——《泰坦的女妖》(*The Sirens of Titan*)，对人类毁灭行为的精彩讽刺——《猫的摇篮》(*Cat's Cradle*)(*Cat's Cradle*，他的粉丝常常称之为"九号冰之书"，或干脆"九号冰"），还有那部几乎完美无缺的道德和喜剧之作——《茫茫黑夜》(*Mother Night*)。据我所知，《茫茫黑夜》是人们迄今写过，或者说是尝试写过的唯一一本有关第三帝国的滑稽作品。也许竟然不是一位犹太人，而是一位德国人，一位参加过"二战"的德裔美国人，写出了这样一本书，才是最恰如其分的。

《加拉帕戈斯群岛》一开头就才气横溢地描写了一位冯内古特式的无赖。没人会像冯内古特写无赖那样写无赖（如《茫茫黑夜》所示）：他使他们看上去像实验室里的老鼠，愚蠢地完成他们的项目和规划，对"老鼠控制台"上的人们感到恶心的笑声充耳不闻。例如，詹姆斯·韦特第一次出现在厄瓜多尔的瓜亚基尔城埃尔多拉多酒店的酒吧里，表现得完全没有什么与众不同，"灰不溜秋的没有朋友"，因为内心深深的悲伤平淡又温吞。"他矮矮胖胖,面色很糟糕,好像廉价餐厅里馅饼的皮子。"实际上,韦特曾经是个同性恋妓男,做"秘密"生意挣了一百万,娶了又毁了一些有钱的老寡妇。冯内古特认为,人类的邪恶,最终只不过是根深蒂固的冷漠。

> 外面比地狱还要……更热。外面没有一丝风,但他不在乎,因为他在室内,酒店也有空调,反正他也马上要离开这里了。

詹姆斯·韦特刚从纽约乘飞机来。"他刚刚榨干并且抛弃了他第十七个老婆。"

韦特到厄瓜多尔来开始他的"大自然世纪游轮之旅",目的地是加拉帕戈斯半岛的豪华游。跟他一起旅行的是一群自大狂和无名小卒,大家全都迷恋可笑甚至恶作剧的非价值体系:大生意、盲目的科学冒险、美国纯真的神话(一位幕后的角色,名叫鲍比·金的精力充沛的倒霉蛋,令人记忆深刻地体现了公共关系的非价值)。如果冯内古特的粉丝们知道叙述者是一个幽灵,一个不死的灵魂,在一百万年之后讲述他的故事,他们也不会感到惊讶。这是必要的距离,如果你的主题是进化的话。

冯内古特并不会因为达尔文的视角而感到尴尬,因为他总是仿佛从某个宇宙时空的高度凝视着地球人的困惑。按照列昂·托洛特(1946—1001986)[①]的看法,再过一百万年,人类的智商也不会比蓝脚呆头鸟更高。根据进化论的观点,当人脑的发展超过灵魂时,人就不对头了。

---

① 《加拉帕戈斯群岛》的叙述者。

"在这个杰出大脑的时代,能做到的事情都会做到——所以还是乖乖待着吧。"

这本书的第一部分充满稀奇古怪的联系和生动的比喻,我们心怀敬意地将其与《五号屠场》之前的早期冯内古特联系在一起。有组织地将各种动物暴露在核爆炸的影响之下,在一位经历过比基尼岛核试验的不安的退伍军人看来,"恰好就是诺亚方舟的对立面"。在这里杀人叫作"比他们活得更久"(一个带枪的疯子到处肆虐,希望"找到更多的敌人来让自己比他们活得更久")。就这个讽刺而言,所有的邪恶都源自观念,源自杰出的大脑。加拉帕戈斯群岛在达尔文发现其启发性意义之前是微不足道的:"达尔文并没有改变这个岛,改变的只是人们对它的看法。"同样:

> 根据人类对自己施加的暴行和互相施加的暴行,以及对所有生物施加的暴行来看……另一个星球的来访者可能会认为是环境出了岔子,人们都发了疯,因为大自然正准备弄死他们。
> 但是这个地球一百万年之前其实跟现在一样湿润和物产丰茂……改变的只不过是人们对这地方的看法而已。

我们有点不情愿地将这本书的第二部分与《五号屠场》之后的晚期冯内古特联系在一起:也即倾向于没有形式、随意、散漫、爱讲闲闻轶事。冯内古特总是受到无聊小事带来的快乐的诱惑,变得越来越留恋他偏爱的怪异好笑之事,以至于不再注重它们在结构上的作用。也许这是后期(冯内古特)另一种弱点的残余,即伤感情绪。但这只不过是残余而已,而《加拉帕戈斯群岛》是他自从《茫茫黑夜》以来最硬心肠的

库尔特的宇宙

作品。

早期冯内古特予人最纯粹的快乐就是措辞。如同埃尔莫尔·伦纳德[1]那样（他至少在这个方面是一位可与之相匹敌的通俗艺术家），你可以读上几个小时也不会遭遇半点虚假的成分。《加拉帕戈斯群岛》一开始的确是有这样的乐感和节奏的，它令读者因愉悦，也因紧张而出汗。如果说小说结尾没么好，那它一路上毕竟还是发出了很奇妙的喧嚣声。

《观察家》1985 年 11 月

---

[1] Elmore Leonard（1925—2013），美国著名犯罪小说作家，本书第 230 页，作者评价了他的小说《骑马说唱》。

杜鲁门的回忆

《应许的祈祷》，杜鲁门·卡波蒂著
Answered Prayers by Truman Capote

  这是一本"关于有钱人"的长篇作品，本来应该是卡波蒂的杰作，或至少卡波蒂曾经这样宣称。它将再次循环利用作者不名一文微不足道的过去，结合私密到可怕的二十年的通信和日记、鼓吹感情脆弱的女主人和啰哩啰嗦的亿万富翁困倦的告白，从而精彩地展示恶毒的丑闻，但尽管如此，也还是会力求普鲁斯特那种结构上的妄自尊大，至少卡波蒂曾经这样宣称过。

  有钱人以为卡波蒂是他们的吉祥物或者哈巴狗，实际上他却是他们眼都不眨的记事人。躺椅上或者床脚那位声音柔和的宝贝其实是一位无情的讽刺者，等待着时机。"他们还能指望什么？"卡波蒂说，"我是个作家。"

  但是卡波蒂自己究竟指望什么？这本小说于1975年和1976年分四次刊登在《绅士》杂志上后，有钱人抛弃了卡波蒂。卡波蒂并没有不在乎，并没有继续当他们的作家，而是精神崩溃，被一吨毒品和酒精压垮了。后来他往往轻描淡写和重新解释他的沮丧，反正他又从来没有喜欢过这些有钱人。那些发表出来的部分只不过是先开枪警告一下；反正小说还在温室里发芽生长。他不怕的。"等着吧，"他说，"等他们看到其他部分。"

戈尔·维达尔就从来没相信过还有"其他部分"。他在1979年的一次访谈中说道：

> 因为这是美国，因为如果你宣传一本根本不存在的书足够久，它几乎能变得触手可及。如果他能依赖《应许的祈祷》获得诺贝尔奖，那倒也不错，但他实际上根本就没写这本书。曾经有几个长短不一的片段，本来可能会是一本八卦小说的内容，发表在《绅士》杂志上，其他就只有沉默了；还有诉讼和……电视上的喧嚣。

不幸的是，维达尔说对了。这部作者死后出版的小说只包含三个部分，"原姿原态的怪物"、"凯特·麦克劳德"、"巴斯克海岸餐厅"。人们推定的第四部分被纳入了勉强充数的集子《致变色龙的音乐》(*Music for Chameleons*, 1980)，并且一直留在了里面。第五和第六部分是"游艇与其他"和"严重有辱智商"，尽管卡波蒂经常津津乐道，它们却还是未能面世。《应许的祈祷》即使页页有标题，即使页缘很宽，还有充裕花哨的行距，也只不过是一部疲沓的中篇小说。我怀疑卡波蒂在接下来的岁月中根本就没有精心照看它，让它慢慢丰满成熟，而是看都没去看它一眼。根据内容来判断，似乎显然如此，因为从各方面来说，《应许的祈祷》都是没完成的作品。在《致变色龙的音乐》前言中，卡波蒂满意地指出，他的文笔已经凝练成了一种自由自在的纯净。"大多数作家，甚至是最好的作家，也会过度写作。我更愿意少写，写得简单清澈，就像乡间的小溪。"然而《应许的祈祷》却用了很多俚语，写得粗糙，没有自我约束——退化了。那些耸人听闻的片段也许在《绅士》杂志上还可以凑合，但很难想象心智健全的卡波蒂也会让它去充塞精装本。卡波蒂是一位好工匠,《应许的祈祷》却令人感觉很粗糙。

例如,"兴高采烈的士兵-水手-海军陆战队-大麻-浸透的牛仔服-越野-狂欢","或者是在巴勒莫遇见的肚子里装满通心粉的意大利屌丝,无限多年前认识并且狠狠操了一个热辣辣的西西里人"。这是威尼斯:"海上的迷雾飘过广场,贡多拉的银铃声摇动了雾色笼罩的运河。"这是宾夕法尼亚农村:"起伏的农场上满是果树和闲逛的母牛和激流小溪"。"起伏"和"闲逛"?文笔也像叙述者本人一样乱七八糟。"她的阴毛同她齐肩的蜜红色头发完全相配;她是个真正的红头发,就是的。"(这是谁?钱德勒?斯皮兰?)"我摩挲着她的颈项,手指滑下她的脊背,她的身体颤动起来,像一只打呼噜的猫咪。"这又是谁?威玛?[1] 泽尔达?[2]

这是关于有钱人的小说,因此意象往往有点异国情调——或至少是昂贵的。科莱特[3]的朋友巴尔尼小姐[4]说话的"腔调像阿尔卑斯山一样冰冷"。对页上,科莱特自己有着"一双对斜眼,像威玛猎犬的眼睛那样清澈,涂着黑眼圈"。无论这看上去像什么。一只柯基犬戴着廉价的墨镜也会有同样的刺激效果,尽管远没有那么阔绰。同样,一个关于醉酒无语的普通八卦也不过就是个普通八卦,即使这位无语的酒鬼是蒙哥马利·克利夫特[5]。

并不是美好的世界对于卡波蒂的才能来说太大了,而是美好的世界

---

[1] Velma Dinkley 是史酷比(Scooby-Doo)系列小说中的虚构人物,梳着齐肩红头发。
[2] Zelda Fitzgerald(1900—1948),美国小说家,作家斯科特·菲茨杰拉德的妻子。
[3] Sidonie-Gabrielle Colette(1873—1954),法国女作家。
[4] Natalie Barney(1890—1954),法国女作家,诗人。
[5] Montgomery Clift(1920—1966),美国电影演员。

太小了。至少，用人的话来说，这里的有钱人太穷了。有趣的是，他们并不有趣；难以置信的是，他们甚至都不可信。他们肯定不是卡波蒂某一章标题的"原姿原态的怪物"：他们是变态的平庸之辈，他们是令人生厌的怪物。迷恋双陆棋的人，冒汗的香槟酒桶，"网球俱乐部、赛马、林克斯高尔夫俱乐部、怀特绅士俱乐部""老佛爷、殖民地、格雷诺耶餐厅、卡拉维耶爵士餐厅""威登箱子，巴蒂斯托尼衬衫、浪凡西服、皮尔鞋"：一位作家对这些能保持多大程度的热诚呢？

杜鲁门·卡波蒂的最后十年都花在假装在写一本其实根本不存在的书上面。为什么？我认为他强硬得很，不至于会害怕上流社会更多的报复或者排挤，他没写那本书，因为那本书根本就不存在——从艺术上来说。卡波蒂肯定感到丢了面子，因为他渐渐有一种受骗的感觉。在《应许的祈祷》中残留的那种感觉必定和意料中的拒绝有关，当你发现你的朋友其实是陌生人，一直是陌生人。把自己归于被毁了的剧作家之列：

> 我想到的是：这是个矮胖子，有着戏剧性的心灵，他就像自己笔下某位随波逐流的女主角那样，把半信不信的谎言放在完全的陌生人面前，以此寻求关注和同情。陌生人，因为他没有朋友，他没有朋友，因为他唯一怜悯的人是他自己笔下的角色以及他自己——其他人全都是观众。

《观察家》1986 年 11 月

唐·德里罗的力量

《毛二世》，唐·德里罗著
Mao II by Don DeLillo

　　小说的后现代主义从来都不是像超现实主义或者象征主义那样的一个学派或一场运动，也没有任何革命性装饰——执行委员会，特别的握手，咖啡馆里雄心勃勃的年轻酒鬼拼凑在一起的宣言。它是进化性的：是各地许多作家开始发现自己大约同时在做的事情。甚至后现代主义的鼓吹者也能看出来，它潜藏着巨大的枯燥乏味。为何有这些恶作剧和自我反思？为何作家们不再讲故事，却开始喋喋不休地谈论他们是如何讲故事的？嗯，如今的世界在许多方面看上去是相当后现代了，既异想天开又学聪明了。形象管理与不纯真的现实争抢风头。后现代主义或许起不了多大作用；但它也不是虚晃一枪。它具有极大的预示力量。

　　唐·德里罗就是典型的后现代主义者。也许他还指向超出它之外的某个地方。虽然德里罗的同代人受到内在、滑稽、封闭的事物的吸引，但他对待事物的方式不同。他书写新现实——以现实主义的态度。他的小说具有公众性，他的剧中人物是偶像和明星：政客、杀手、阴谋家、搞个人崇拜的人。他的社会有两种阶级：那些塑造现代心智的人，以及那些心智被妥妥塑造的人。德里罗最长、最好和最新的小说《天秤星座》的主角是李·哈维·奥斯瓦尔德，这是完全恰如其分的：一位白日梦游的空想家，一举获得了偶像的不朽，成为全国性恐慌的流量管。

总体而言，《毛二世》看上去几乎是最为齐齐整整的后现代和超媒体叙事之作。书名听上去像是自身的续篇，书名并非指书封上丝网印刷的毛头像，而是1973年的线条画——当然是沃霍尔画的，他是最擅长置换、贬低形象和偶像的人。这本书的每一部分前面都有一幅精美的故意模糊的照片：北京的集会，统一教集体婚礼，① 希尔斯堡球场看台上被踩踏的人群，② 霍梅尼的葬礼，贝鲁特开裂的街道。纪录片的感觉很恰当，德里罗将其直截了当地给了我们：对究竟发生了什么没有半点疑虑。我们在最明亮的光照下自由移动，而跌跌撞撞摸索着行走的只是角色们。吹捧者可能会称角色的构成"不大可能"，但他们多少都是我们熟悉的德里罗笔下参与游戏的人：恐怖分子、人质、恐怖分子说客或者公关人员、一位遁世的（的确是鬼魂般的）美国小说家、痴迷他的粉丝和档案馆员、为他树碑立传的人、一位偏执的摄影师，以及唯一一个部分摆脱文大师毒化思想的门徒。

我们当下处于一种强化了的千禧年状态，即末日——统一教徒称之为"加快年代"。"当旧日的上帝离开世界时，"德里罗写道，"那些尚未消耗的信仰该怎么办呢？"并非人们会开始相信任何事情，他们会开始相信一切事情。"当旧日的上帝离开时，他们就会向苍蝇和瓶盖子祈祷。"卡伦最早出现在洋基体育场举办的盲约集体婚礼的墨西哥人浪③ 中，是

---

① 统一教由韩国人文鲜明（Sun Myung Moon，1920—2012）创立，教徒被称为Moonie，教会的祝福仪式即集体婚礼（Moonie wedding）。
② 指1989年4月15日在英格兰希尔斯堡球场发生的踩踏事故，造成97名利物浦球迷死亡。
③ Mexican wave，原指体育比赛常见的观众席表达助威和欢庆的活动，因1986年在墨西哥举办的世界杯足球赛而闻名。

在场的新娘之一,她其实只不过是一种(貌似)一般状况的最为极端的症状。后现代世界将自我放大到无法支撑的地步;那些不能忍耐的人就只能向某种观念或者——更加容易一点——向某种人物投降。这种霸主式偶像当然是神秘莫测的主席本人,他试图用一种思想来取代十几亿人的思想,同时,那个人将人民群众英雄化,他们是黑暗的众人,德里罗暗示,未来"属于"他们。

布雷塔是受这种观念驱使的摄影师,她过去拍摄废弃的房屋,但现在改拍作家了(任何作家,所有作家)。她毕生从事的工作是某种"物种计算",用画面来做人口统计。"我对摄影不感兴趣,"她告诉卡伦,"我对作家感兴趣。"卡伦问得很有道理:"那么你为何不待在家里读书?"但我们都知道二手经验已经不够密切了,或者还可以说那是三手经验。事件或者人才是第一手,电视是二手,书籍是三手。

布雷塔得到个机会,受邀去为世界著名的隐居作家比尔·格雷摄影。全世界都知道比尔再也写不出东西了,江郎才尽了。人们一直认为他那两本"薄薄的小说"是经典之作,但他写第三本书却花了二十年——只是光说不练。比尔刻意隐姓埋名,与忠心耿耿的司各特生活在一起,后者是一位讨人喜欢的异性恋,"年轻得出奇,才三十岁出头",他几乎是那种美国名人最不需要的粉丝:那种带着枪上门的粉丝,"脸上挂着酝酿了好几个星期的无赖的笑容"。

布雷塔几乎是被别人蒙着眼睛带往比尔家的。她拍了照,说了话,倾听了说话,按照原计划在那里过了夜。但不知怎的她的拜访变得具有关键意义,导致了比尔戏剧性的重新露面以及最终的死亡。人们猜测,正是偷拍和传播比尔的照片这一简单的行为("图像的世界是腐败的")将他从自己神秘的孤独中释放出来。实际上,用索尔·贝娄的话来说,让他进入当代行为的核心,进入"事件的光彩",这使得比尔去了纽约,去了伦敦,去了雅典,去了尼科西亚,去了贝鲁特。

《毛二世》的主要问题在于了解我们应该如何认真、心怀敬意地对待比尔和比尔的想法,他的很多想法令本读者感到既不真实也很无趣。德里罗写起"普通的"怪人来好得很:司各特和卡伦写得无可挑剔,具有深度;有关贝鲁特人质的那几页精彩描写,尽管一开始貌似尽责地附庸风雅,却常常是精湛的。但比尔是失衡的。这位小说中的小说家自动获得了一种后现代的权威性,逐渐成为这本书的发言人或者主持人。很快,每个人都开始像主角那样说话(这是观念小说中常见的倾向)。大家都忙着同意他的观念:"我喜欢你这样生气。""有意思。""的确很好。"在某个时刻,卡伦说,"我从来不去想未来。"然后我们就读到:"'你来自未来',比尔平静地说。"当主角"平静地"说话时,你知道那意思就是内容很好。

比尔认为"有种奇异的绳结将小说家与恐怖分子捆绑在一起""恐怖是唯一有意义的动作""恐怖分子得到的,就是小说家失去的……他们代表危险,就如同我们无法做到具有危险性"。这部小说似乎花了太多篇幅来证实比尔说得有道理——"把他三道围住"①。布雷塔把他的书房比作"一个大掩体";在去比尔家的路上时,她感到像是"被带去探访某个恐怖分子首领的隐蔽居所"。"某个"恐怖分子首领?是什么样的恐怖分子首领会住在韦斯特切斯特②或随便什么地方,写作小说并且躲避公众的目光?

---

① 原句 Weave a circle round him thrice,柯勒律治诗歌《忽必烈汗》中的一行,此处沿用屠岸译本。
② 美国纽约州东南部的一个县。

德里罗在诠释而非提出问题时做得更好——做得太好了。他的形态建构独特：硬朗、具有金属性、结结实实，就像统一教徒卡伦的头脑风暴，那种风暴袭来时"闪亮，一层电化光彩，不知来自何处的光亮，大脑造就，是你这个人怪异的闪光"。他书写城市（"倒影的深流，窗口浮动的人头，出租车门上流动的高塔，身体抖动和拉长"），然后说："没有什么会告诉你应该如何看待这件事情。"但是德里罗在告诉你，一直都在告诉你。这是比尔，在对一台电话应答机说话：

> 这机器让一切都成为留言，这——摧毁了无人在家的诗意。家是个没有付诸实践的念头，人们不再在家或不在家。他们只是或者拿起电话或者不拿起电话。

《星期日独立报》1991 年 9 月

《地下世界》，唐·德里罗著
Underworld by Don Delillo

期待下一句话包含很多意义。除了其他长处之外，唐·德里罗才华横溢的新小说的标题给了美国小说这个大问题一个便利的回答：主流藏在哪里？了不起的老人，世纪中晚期的普世声音（主要是杰出的犹太人，还有约翰·厄普代克），变得越来越老越来越了不起，但是他们把持的土地似乎在缩小。另外，似乎他们在数目上也没有得到补充，没有足够的可与之匹敌、占据中心地位的作家。这是时代的变迁，大范围的消失吗？不，这只是战略性的暂时停滞。

有某种因素使主流分化。下一代天才就在那里，但还不可见，还未公开。鉴于主流是个机构，这些作家不能够在其中工作，他们就去了地下，他们寻求回音和阴影的地下世界：隐姓埋名，不与人交往，默默地持有异见。他们的文学名声大部分依赖偶像式维持。但是造成美国文学巨大中断的状况结束了，小说家爬出了掩体。唐·德里罗的同时代人罗伯特·斯通和托马斯·品钦似乎在静候更完整的扩展，然而唐·德里罗自己突然如日中天。《地下世界》也许是、也许不是一部伟大的小说，但无疑它使德里罗成为了伟大的小说家。

不用说，他的作品已经等量齐身，令人敬畏，这位作家拥有高超的智性，粗犷的原创性，具有非凡的目光和听觉天赋——以及嗅觉、味觉和触觉天赋。一开始——《美国风情》(*Americana*，1971)——德里罗貌似笨手笨脚，捉襟见肘，他的文笔硬朗，像金属薄片。当他还是位年轻作家时，当然还只能断断续续地完全掌控自己的精力。接下来四部小说，包括钻石般的喜剧原创作品《球门区》(*End Zone*)，还有那部鸿篇巨制但注定失败的《拉特纳之星》(*Ratner's Star*)，表现出了一种类似的不稳定的强度；作为叙述，它们傲然地没有形状，几乎幽默地静止不动。它们没有走向目标；它们走向一条死胡同，经常调头，手动刹车，在交通堵塞中等待。尤其是它们没有"结束"，它们只是停了下来。德里罗的疏离从来不止于表面也并非条件反射，而是浓郁、黑暗和危险。但他依旧还是一条翻腾的支流在寻找主流。

《走狗》(*Running Dog*，1978)标志着新的迸发。这部吝惜文字、精准到位的政治惊悚小说只有薄薄一本，它之后是一次漫长、异常流畅的起航，《名字》(*The Names*)是德里罗的欧洲——或地中海——小说。当然，德里罗一直是一位文学作家：拥有一种深刻且秘密的文学性。在《名字》中，高昂的文风常常感觉僵硬和没有弹性；他能写，但他看上去肌肉紧缩。总之，这部实验之作显然是致敬之作，因为此后我们就遇见了母矿。首先是那个美好温柔的焦虑梦境《白噪音》(*White Noise*)，接着是顶级杰作《天秤星座》，然后是《毛二世》中绝妙的形式艺术性，之后是这部作品。

这部新小说是唐·德里罗为冷战守灵。按照其论点，美国文化生活的中断有一个主要原因：核武器。断裂始于那一天，杜鲁门为了对付那些让远东陷入战争的人，释放了（核）能量，连太阳都从中吸收能量，后来当苏联成了劲敌时，这种断裂就被制度化了。现在是凡人的三、是国家，在玩弄宇宙的力量，作出相应的调整。国家是你的敌人的敌人；但是核逻辑注定国家不再是你的朋友。在这本小说的一个童年场景中，小学老师（一位修女）用狗标签来装备她的班级：

> 标签是设计用来帮助救援人员在核战争发生数小时之后找到迷路、失踪、受伤、受到残害、失去知觉或者死亡的儿童……现在他们有了标签，他们的名字刻在薄薄的铁片上，现在这个演习并非遥远的练习，而是全部与他们相关，核战争也如此。

核战争从未发生，但这是核体验，出生太早或太迟的人是无法知道的。要知道那是什么，你必须是个小学生，躲在书桌下，希望它能保护你免于世界末日。在这样充满噬骨的恐怖和荒谬的精神空虚中，人们如何安排自己的生活，这是德里罗的主题，也许一直如此。总而言之，这部新小说是长达八百二十七页的对损害的核查。

《地下世界》涌动着贯穿时间（最后半个世纪）和空间（哈莱姆、凤凰城、越南、哈萨克斯坦、得克萨斯、布朗克斯）的专横自信，将虚构的角色与文化史上各种重要人物（辛纳屈、胡佛、莱尼·布鲁斯[①]）混在一起，但其真正的中心却是"地图上的空白之处"，试验场地，它的主要活动者是心理上处于下风的人，核爆炸放射性坠尘的受害者——实际上和想象中的核爆炸。德里罗这位妄想狂和"世界喧嚣"的诗人，不动声色地追随他的主题；他坚持不懈但并没有倾向性。但即使他对温和的、饶有希望的后现代之前的美国生活——他的美国风情——的描绘也闪烁着背信弃义和纯真遭到诋毁或滥用的变态光芒。"大大的投影"现在已经隐退，恐怖回到了局部地带。MAD[②]（共同毁灭机制）被引爆；炸弹却没有爆炸。但是曾经佩戴身份识别牌的被强行征召的儿童必须在心智和心灵上带着曾经中断的岁月继续活下去。德里罗的序言标题为《死神的凯旋》，根据勃鲁盖尔的油画命名。最后，死神并没有胜利，它只是统治着，统治了四十年。我理解德里罗是在说我们所有更好的感情在这几十年中都遭遇了挫折，笼罩四周的极度害怕情绪抑制了我们。爱，即使是父母之爱，也越来越难了。

主角尼克·谢伊为一家名叫"废物管理"的公司工作。除其他之外，《地下世界》还是对屎尿、排泄物、残羹剩饭、垃圾、废弃物、残渣碎屑的戏剧性敏锐思考。1951年，道奇 VS 巨人队棒球加时赛上，一位醉醺醺的观众突然朝前俯身，吐出一长条"法兰绒一样的东西。他似乎是在呕吐某人的一件褐灰色睡衣"。一位新郎在蜜月旅行中发现"他

[①] Lenny Bruce（1925—1966），美国单口喜剧演员、社会批评家和讽刺作者。
[②] 全称 Mutual Assured Destruction。

的大便"（每日的"卫生"是另一种委婉的说法）"在调头对付他"："那天晚上马文必须紧急冲向酒店的卫生间，他在那里喷射出了一阵化学垃圾组成的枪林弹雨。"这是人的垃圾，可以原谅的废料。然而还有核废料：再也不会离开，连老天都要掩鼻的东西。在题为《资本论》的灵感非凡的尾声中，谢伊去参观塞米巴拉金斯克基地①的意外事件博物馆，看见了保存在亨氏咸菜罐里的胚胎。然后他又去参观放射病诊所，除了其他之外，还看见了"一位面容未损，但不知为何只剩下半边脸的女子，一切都嵌在一个倾斜的弧形中，漂浮在她肩上，好似弦月一般"。

在《白噪音》中，著名的"空气放毒事件"是一次军事工业事故的产物，但也是德里罗用来形容电视的比喻——形容剧毒的媒体花粉无所不在。谢伊的同事在解释他女儿最近的一次愚蠢行为时，"用手比划出一台电视机，拇指平行，食指竖起。他从框里朝外看着我，眼神交叉，舌头在嘴里发出嘟囔声"。德里罗处理对话的方式不仅具有无与伦比的喜剧效果，还对我们电视成瘾时代扭曲杂乱的声音骚扰发起了进攻。"我要引用你说过的话。""她身体棒极了，可以养多少个孩子？""他们该把你这种婊子养的人关在牢里，你活该坐牢。""如果你要问我的话，我是个人。你想要知道我是谁？如果你太好奇的话，我是个人，我会完全屏蔽你。""这就是我整个辩论的要点"。

最后应该说下，坚持看完这本书的人会体会到一种完全出乎意料之外的回报。《地下世界》四下蔓生，而非一部巨著，以长篇小说不一定非得如此的方式摊得太开。半当中，当故事演绎变得过于安静时有个

---

① Semipalatinsk，曾是苏联一处主要的核武器试验基地，位于哈萨克斯坦东北部与额尔齐斯河南部河谷地带。

间隔，但接下来又重整旗鼓，重新聚集所有的力量。我注意到德里罗的含糊其辞数量之多到了令人惊讶的程度（"某种悲伤""近似于半温文尔雅""一种稀奇古怪的什么东西"），我对作者的感觉开始改变了。阅读他的全部作品，感觉到他语言的严谨，他几乎非人的严谨的感知和严肃的目光，你常常为此人的心态平衡感到担忧。但此人是谁？德里罗通常不在他的小说中出现——只是个幽灵般的智识。《地下世界》是他读起来最费力的小说，但也是最透明的，有一种个人痛苦的暗流，与青春年华注定一去不复返有关——这是德里罗此前从未触及的领域。这并非作者见面会，这是你赢得的但特有的亲密，是你完整了解了作者之后获得的——是利维斯称为"孕育着紧张魅力感"的东西。

"但炸弹并未掷下……导弹停留在旋转发射架上。人们回家了，城市未被摧毁。"就这样了。现在冷战已经过去，地球变得没有那么"有意思"了，至少在中国人看来是这样（古代的诅咒：愿你得享乱世之趣①）。但并非每天，甚至并非每个年代，人们都会有幸遇见一位杰出的作家崭露头角，那意味着从此以后我们大家全都活在更有滋有味的年代。这就是我的全部要点。

《纽约时报书评周刊》1997 年 10 月

---

① 原句是 May you live in interesting times。据考证，该表述进入英语最早是英国国会议员奥斯丁·张伯伦（Austen Chamberlain）1936 年在一次演讲中引用，来源是一个曾出使中国的熟人的转述，似双方误解所致，中国并没有这样的古话。大概意思是和平年代多半无趣，"有趣的年代"多是乱世，祝别人活在有趣的年代就是变相诅咒他遭遇乱世。

甚至更晚

《真情》，索尔·贝娄著[①]
The Actual by Saul Bellow

小说家不像哲学家老得那么快，哲学家往往在将近三十岁时就进入了专业上的老年期。小说家不像诗人老得那么慢，有些诗人（例如叶芝）一直歌唱，他们凡人的衣装上每出现一点破损都唱得更欢。小说家是出售精力的人，埋头苦干的人，朝九晚五的人，他们的职业曲线遵循人类努力的寻常轨迹。他们在三十岁时表现得很好，在五十岁时达到事业顶峰（"正典"绝大部分都是处于中年早期的男女的作品）；小说家到了七十岁，已经可以被踢到楼上去待着了。他们有多少能够做到心平气和地度过和超越第八十个年头呢？索尔·贝娄的《真情》中有一个词形容这种猜测："坟场算术"。这本新书也证实了贝娄，年届八十二岁，对抗了人世的法则。

也许对抗了两次。十五年前，我认为作为一个阶段，晚期的贝娄以《院长的十二月》(*The Dean's December*) 开始。贝娄如日中天时带来的视觉冲击（《奥吉·马奇历险记》《赫索格》《洪堡的礼物》）似乎已经沉静下来，具有了一种更为严谨凛然的艺术性；气氛稀薄了，但更清澈，

[①] 关于贝娄更多的讨论，也可见本书第473至500页。——原注

冷冽，尖锐。然后是无比尖刻和精准的短篇小说集《多嘴多舌》(*Him with His Foot in His Mouth and Other Stories*)，然后是《更多的人死于心碎》(*More Die of Heartbreak*)，但这部作品现在看起来像是另一部过渡期作品，是昔日史诗般流畅的最后一次回望。作者已经七十岁了，但这还不是晚期贝娄。晚期贝娄，甚至更晚期的贝娄，还在凝练成晶体。

贝娄在 1991 年的一篇文章中引用了契诃夫："奇怪，我现在对简短有一种疯狂。每当我阅读自己或者别人的作品时，都感觉似乎不够简短。"然后他又说："我发现我自己决然同意这个看法。"晚期贝娄包括三部中篇小说《偷窃》(*A Theft*)、《贝拉罗萨暗道》(*The Bellarosa Connection*)、《真情》(*The Actual*) 和两个短篇小说(《以此记住我》["Something to Remember Me By"] 和《圣劳伦斯河岸》["By the St Lawrence"])，全部加起来大约有三百页，的确是在某种程度上落实了简短。当我们四处寻找可与之相比的文学长寿者（辛格？韦尔蒂？品钦？）的例子时，似乎自然而然也不可避免地会进入表达更加简约的领域。

当然，这幅画面也许会再次完全改变（见下述）。作家过去的经纪人哈丽特·沃塞曼冗长多余的回忆录（《漂亮：与索尔·贝娄一起历险》[*Handsome Is: Adventures with Saul Bellow*]）中，差不多唯一有用的一句话提到了还存在两部未完成的小说，将来也许还会出现。甚至这样的泄密都令人感觉不妥当。相比詹姆斯·阿特拉斯将于 2000 年出版的解剖式巨著《索尔·贝娄传》，沃塞曼的那本书（我拿到的快样书的最后一部分干脆裁去了，但对其总体文风并没有什么影响）只不过是走马观花，想到这一点，我下意识的保护心理受到了强烈的触动。除了很多其他因素之外，《真情》还令我们想到虚构小说是真实的、诚实的记录。

小说的叙述者哈里·特雷尔曼说道：

> 您的内心应该是，也配得上是一种秘密，无人需要为此感到激动。如同那个古老的笑话。问："无知与无视之间的区别是什么？"回答："我不知道，也不在乎。"

尽管贝娄曾经谈到"在这条道路尽头"能够获得的"多多少少算是令人愉悦的清澈流畅"，但并非那种用格言警句、忠告和"答案"来实现的清澈流畅（"无人再会期待感情的圆满，他们会放弃再去尝试圆满，那本来就是无法企及的"）。《集腋成裘集》(*It All Adds Up*)是贝娄散文集欢快的标题，但是想象的生涯并不允许自信的聚集。和《真情》相比，《晃来晃去的人》(*Dangling Man*, 1944)的作者更喜欢断言、提出问题。例如，虽然《赛姆勒先生的行星》(*Mr. Sammler's Planet*)将大屠杀表现为一场可以领会的历史事件，而《贝拉罗萨暗道》则完全拒绝理解。《圣劳伦斯河岸》这个故事里有一位完全贴切的人物："重症监护室的护士告诉他说监视他心脏的电子屏幕终于用完了所有的图表、波形曲线和符号，现在只能磕磕碰碰地闪现出问号了。"晚期贝娄是浓缩的精华，但并非智慧的浓缩。才能已经走向消极，只局限于那些可以被得体表达的东西。这些思考都是关于人的感情维系，最显而易见或公开的即是犹太人特有的宗族纽带。

《贝拉罗萨暗道》的叙述者遇见一位中欧难民对他固执地倾诉内心痛苦，于是沉默地给予忠告："忘了吧，去做你的美国人吧。"这种忠告当然是肤浅的，是他在自己身上发现的"美国幼稚病"的症状；但也是一种很流行的选择。幸存下来的老人饱经磨难，满心创伤，无可奈何地

甚至更晚 339

看着他们的孩子服从美国式头脑简单,被一种肉欲文化所同化。犹太人有一种特殊的向心性,是20世纪重新加诸于他们的;但是现在他们正在摆脱他们的特异性、他们记忆的纽带、他们超验的才能。《贝拉罗萨暗道》结尾处,叙述者就遇见了这么一位归化的犹太人,后者嘲笑他老式的伤感情怀。最后一页优美地记载了正在失去的东西的分量:

> 假设我跟他谈到情感中的记忆根系——谈到收集和维系记忆的主题,如果我告诉他留住过去实际上意味着什么,诸如:"如果睡眠时忘记,忘记也是睡眠,睡眠之于意识就如死亡之于生命。因此犹太人甚至请求上帝记住,'愿上帝铭记'①"。
>
> 上帝不会忘记,但是你特别祈求他记住你的死者。

心爱的人即使不死亡也有可能缺席,晚期贝娄心怀许多各种不同的爱的遗憾、痛苦、怀旧,以及思想的实验。顺便让我们从两种视角来观察一下:让我淹没某些时髦的低语声,高声宣扬肯定没有人能像贝娄那样深入内心地描写女人。看看索蕾拉,看看阿德莱斯基太太;看看《偷窃》里面的克拉拉·韦尔达,她只需一句话就得到了完全的体现(文学经济专业学生应该检查一下它的逗号):"她嘴长得很好看,但笑起来和哭起来时张得非常大。"当你爱时,你身上与生俱来的东西会变得温顺起来;因此爱塑造了你。在《以此记住我》和《圣劳伦斯河岸》中,这种塑造一路回到了青春觉醒的时刻,又受限于一种相伴的对死亡的妥协。行骗的荡妇,棺材里的小孩,妓院外的等候,铁轨上的尸体:贝娄

---

① 原文为希伯来语 *Yiskor Elohim*。

让我们感觉到了这些原始构造死一般的掌控。

《真情》甚至比前一本小说写得更加严谨。我们注意到"黑沉沉的湖畔街上干燥的城市黏土","在豪华轿车电视机灰色的屏幕前",我们瞥见了一个剪影;一位古代的亿万富翁"好像裹着丝缎的蚕蛹"。但是经过了八十年满怀热情的共同生活,作者与语言的关系已经进化成了某种类似兄弟姐妹情感一般和谐的东西。对于先知预言的热情并没有消减,但是伴随它的并没有夸夸其谈,没有时髦的装扮。贝娄的文笔一直是不断予人愉悦的源泉,因为它对所有虚假的意识都明白表示免疫,做法非常直截了当。"我的梦境各种各样,"贝娄笔下的一位主角人物坦白说,"我做焦虑的梦,好玩的梦,欲望的梦,象征的梦。"然而,也有全都是做正经事的梦,直接切入主题。晚期的贝娄就有点这样:全都是正经事。

我准备结束这篇文章时,一份文学杂志的创刊号摆在了我的桌上:《文坛新闻》,索尔·贝娄和基思·博茨福德主编,第一篇就是贝娄新写的短篇小说,标题是《重症监护室感想》("View from Intensive Care"),备注说是"选自正在写作中的作品"。①《重症监护室感想》从《圣劳伦斯河岸》中拾起若干细节,它以英勇的、令人害怕的,而且几乎是喜剧性的无动于衷,描写了一起医疗上的死里逃生:"做笔记是我工作内容的一部分。存在就是——或曾经是——工作。"

---

① 《重症监护室感想》成了《拉维尔斯坦》(*Ravelstein*,2000)的一部分。《拉维尔斯坦》是一部完整的长篇小说,在我看来,也是无与伦比的杰作。世人从来没见过这样的文笔:如此微妙颤动着晶莹透亮之美的文笔。(顺便说说,前面提到的詹姆斯·阿特拉斯的传记结果是一个道地的灾难;怀有敌意、不准确、文笔糟糕,是长达 600 页的戏剧化自卑情结。)——原注

嗯，存在仍旧是工作。新故事扩展了晚期贝娄的范畴，却没有质的改变。在这些短篇小说里有很多事情在进行中，有纠缠在一起的情节（纠缠在一起的生活）以及强烈的形式上的艺术性。但是如何解释其不同寻常的影响力呢？当我们阅读时，我们并不仅仅是在享受书页上的文字——故事、角色、形象、观念。我们是在与作者的心灵交流，或者，在此情形中，与某种更加深刻地属于他的东西交流。贝娄的名字是拼写错了："a"本当是"o"才对。①

《观察家》1997 年 5 月

---

① 索尔·贝娄原文为 Saul Bellow，用 o 替代 a，则会拼作 soul，意为"灵魂"。

痴迷与好奇

象棋是他们的生命

《寻找鲍比·费舍尔：一位父亲与他才华横溢的儿子在痴迷国际象棋的世界里的历险记》，弗雷德·维茨金著
Searching for Bobby Fischer: The Adventures of a Father and his Brilliantly Gifted Son in the Obsessional World of International Chess by Fred Waitzkin

今年夏初，我跟世界排名第三的选手奈杰尔·肖特下了一盘棋手们称之为慈善"车轮战"或曰多盘同时对弈的棋局，我输了。棋赛是一边倒的，输得很惨；但我猜我遭受的羞辱没有对阵其他"世界第三"的选手那么大的动静——例如，假设我胆敢挑战鲍里斯·贝克尔[①]，让他来卡斯特雷恩路上的帕丁顿体育俱乐部，面对我猛烈的反手削球。那天大厅里还有另外两位大师级棋手，我向他们请求指导，他们很乐意地提供了指导，而且语速很快。但是没有什么用，那就像是听从某个疯子乡下佬的交通指挥一样；等他长篇大论说完了第三段后，你只想问道路尽头究竟是左转还是右转。年轻的奈杰尔（1965年出生）还要照看另外大约三十盘棋局，一开始他到我的棋盘旁边来还算很放松，频率不高；但是后来，随着局势逐渐明朗，对手一个个放弃，他那张戴着眼镜、嘴唇丰

---

① Boris Franz Becker（1967— ），德国著名男子网球运动员。

满的圆脸就似乎总是出现在我面前了。这张脸与其说是看不出年龄，不如说是完全没有成形：你觉得它还会在看见一套新的化学实验用具或者巧克力冰淇淋时兴高采烈，但同时他的那双手又对白色棋子拥有可怕的力量。他那些相互关联的兵卒——噢，它们对我做了些什么啊。它们根本就不是正常意义上的兵卒；它们会长大，变胖；它们更像是象或者车。不，我觉得它们像是后，当它们步步逼近我的防守中心时。

《寻找鲍比·费舍尔》[1]是一部生动、热情、令人不安的著作。贯穿整部作品的是一种淡淡的狂热，充满焦虑的自负和充满焦虑的爱。弗雷德·维茨金这位"象棋家长"、记者、理智的人，清楚地意识到自己在做什么，而他在做的事情并不总是上得了台面。他满怀困惑、怀疑、固执的自我责备以及庸俗到好笑的雄心，一直操纵儿子遭到扭曲的童年。他的妻子伯妮对他有点温和的影响力，"频繁提醒我们在下棋之后还有生活"；但弗雷德·维茨金从来没怎么承认过这一点，至少就小乔希·维茨金而言，在下棋之前根本就没有生活。在每一种运动中，在每一种不同寻常的努力中，又当教练又跑腿的父亲都必须拿妥协的现在来赌不确定的未来。但是随便赌哪一种活动都没有如此矛盾和极端。美国每一位棋手都在"寻找鲍比·费舍尔"或者他的化身，千年一回地寻找一位弥赛亚，一位解救者，另一个世界冠军。但是旧日的救赎者现在在哪里？他在干什么？如维茨金最后会展示的那样，他是个自命不凡的乡巴佬，只住便宜旅店的小气鬼，在洛杉矶的某个地方蜷缩在床上，看着

---

[1] Bobby Fischer（1943—2008），国际象棋世界冠军，1972年在冰岛首都雷克雅维克举行的世界冠军挑战赛上击败前国际象棋世界冠军、苏联的鲍里斯·斯帕斯基。根据这本书改编的电影通常译为《王者之旅》。

《六百万人死亡的传说》(*The Myth of Six Million Dead*[①])和《锡安长老会纪要》(*The Protocols of the Elders of Zion*[②])。

　　这本书有赖于这种对照：棋赛纯净出世，却总是被混乱不堪的人世围绕。这种对照恰好在维茨金的家乡最明显："象棋构造严谨，手法高明，攻击微妙，具有紧张性和出乎意料之外的爆发性，就好似一座城池"——这座城池就是纽约。小乔希六岁时在华盛顿广场公园发现了象棋；他缠着母亲带他去那里；"他说他喜欢棋子的模样"。但他是否喜欢棋手们，喜欢他们的模样呢？伊斯雷尔·吉尔伯[③]是一位国际大师，"他一身尿骚臭，对脑子里的声音大吼大叫"；杰瑞"是一位强壮的 A 级棋手，也是个酒鬼，曾经与妻子拔枪互射；或者更为典型的维尼，一位大师级棋手，他"常常没有零钱买地铁票"。他们是瘾君子、无赖、老顽固、惯犯——天才，白痴。这是霍夫曼，二十年前从哥伦比亚大学退学：

　　　　下棋这种买卖很糟糕。它与经济一起下行，O.T.B.［场外投注］和彩票会伤人。它不是赌鬼的游戏，因为棋手过于理性过于保守。你必须找到一个真正会上瘾的人也恰好是个下棋的人——某个本质上喜欢受虐、享受被人羞辱的人。我最好的一位顾客是个拉比……我打败了他，他咒骂喊叫着，求我怜悯他。我告诉他说："你真是个笨蛋，我要把你打得一败涂地。"我从他那里弄到了很多钱，不幸的是他现在已经死了。

[①] 有些反犹宣传质疑大屠杀究竟是否造成 600 万犹太人死亡。
[②] 1903 年在沙俄出版的反犹太主题的书。
[③] Josif Israel Zilber（1933—　），国际象棋选手，1958 年赢得拉脱维亚国际象棋锦标赛。

即便当你进入职业上升期时，反差也依然强烈。乔希的象棋教练布鲁斯·潘多尔菲尼①是曼哈顿象棋俱乐部的经理，这听上去很光彩，直到你瞥见他在那里刷马桶。象棋天才们的主要赛事在披萨店灰不溜秋的前厅里举办，污迹斑斑的墙壁，破旧的地毯，"电线从天花板上的洞里荡下来"。即使在最好的联赛上，"棋手们也是乌合之众，汗津津，阴沉沉，穿着糟糕，大口吞着快餐，从根本上就是一群失败者"。没有友谊；没有人与人之间的好奇心。象棋怪才们偶然会嘟囔着要放弃下棋，找点别的事情做做什么的，"这很合理，考虑到即使是最有才华的人都穷途潦倒"。除此之外，也不过就是木头棋子，还有六十四格而已。

　　这是美国方式：自由市场上的象棋，有天才来沉迷其中。在这本书前面一部分，弗雷德带乔希去莫斯科参加卡尔波夫②对卡斯帕罗夫③的世界锦标赛。他们出发之前，维茨金与一位苏联叛逃者谈话，后者很想找到异见人士、国际象棋冠军鲍里斯·古尔科④：

　　　　你需要去联系一位我认识的人，他是著名的大师，专门擅长残局。他也是克格勃特务，但别担心，他是个完全的腐败分子。你见到他的第一天，送他一个价值十五、二十美元的礼物——一块数码

---

① Bruce Pandolfini（1947— ）美国国际象棋作家、教练，被认为是美国最有经验的国际象棋老师。
② Anatoly Karpov（1951— ），俄罗斯国际象棋大师。
③ Garry Kimovich Kasparov（1963— ），俄罗斯国际象棋棋手，国际象棋特级大师。1984年与卡尔波夫在世界象棋锦标赛中首次对阵。
④ Boris Gulko（1947— ），美国俄裔国际象棋棋手、特级大师，上世纪90年代移民美国。

手表什么的……他会建议一起吃饭。吃饭时再送他色情书刊，他就有可能为你安排去见古尔科。

然后我们果然就领教了苏联的版本：政治投机、牵线搭桥、吸毒，以及根深蒂固的反犹——吃激素下象棋，用枪指着棋手的太阳穴。在美国，一位前全国象棋冠军可能会失业，睡觉都没个好地方；而在苏联，你会看到他在街上被警察找出来打一顿。通常人们会因为这些典型的不公而本能地怪罪社会，但是，读了《寻找鲍比·费舍尔》之后，人们会更愿意怪罪比赛。为什么几乎每次大的象棋赛事都是一大堆丑闻、腐败和歇斯底里呢？如戴维·斯潘尼尔[①]在《象棋总览》(*Total Chess*)中所指出，只有外人才会为这些烦人的东西感到惊讶，真正的棋手知道象棋就是这个样子。

尽管没有任何成功的希望，维茨金最后还是尽心尽责地开始实实在在地寻找鲍比·费舍尔，是这人把象棋带到美国，然后似乎又把它"带走了"。他没有找到他，却带回了这位有史以来"最强大的"棋手挥之不去的剪影。一时间费舍尔貌似经典的白痴仆人。以下出自布拉德·达拉克[②]的费舍尔传记：

当他对一串思绪失去兴趣时，他的腿干脆就不管用了，他会像一个老人那样蹒跚走开去上床睡觉。有一次他在吃饭时我问了他一个问题，他的脑回路一下子乱了套，叉子都戳在了脸上。

---

① David Spanier（1932—2000），《泰晤士报》记者。
② Brad Darrach（1921—1997），美国新闻记者。

费舍尔各种乔装打扮，在洛杉矶的贫民窟中穿行，"从一家蹩脚的旅馆搬到另一家"，通常登记时都用了"詹姆斯先生"这个名字。他在当地反犹的书店里可以打折买书，因为他的光顾非常受欢迎。不久前他把补的牙全都弄掉了；他不想要头上有任何人工的东西，怕万一会被无线电波发现。此处我们只需要一个像米克·贾格尔[1]那样的人物就能凑齐现代精神分裂的悲惨五星了，加上新奇的电子器件、媒体垃圾碎片，还有窃笑的反犹诽谤[2]。

年轻的乔希走的是一条相当不寻常的道路；乔希是这本书的主角，一位幽默、亲热和体面的小男孩。他下棋时，脸孔"变得沉静"，"他看上去不像七岁的孩子"。他睡觉时也会喊着象棋的走子，扯着头发，结果弄秃了一小块。但是他在衣冠不整的傻瓜业余棋手、突击者和观棋者[3]中举止自信。弗雷德坦白说，乔希输棋时，他觉得很难去拥抱儿子，还注意到走在街上时两人离得更远了。但是他们这种共有的强烈情感在某种程度上令人羡慕。当维茨金回忆起他与弟弟和父亲一起出门钓鱼时，你觉得有一种实在的诗意：

> 我们把鱼拉上来，他站在我们身后，像任何一位少年棒球联盟成员的父亲那样，仿佛我们是在完成一生中的伟大业绩。有时我感觉自己仿佛融化在他的爱中。

---

[1] Mick Jagger（1943— ），英国摇滚乐手，滚石乐团创始成员之一。
[2] Blood libels，指的是一则反犹谣言，声称犹太人会谋杀信奉基督教的儿童，用他们的血来进行宗教仪式。
[3] 原文此处是两组同韵词，putzes and patzers, the blitzers and kibitzers。

反犹主义像反复发作的疾病一样贯穿这本书。我在阅读《寻找鲍比·费舍尔》时，我自己的孩子像往常一样，在屋子里乱跑乱爬，两人都全副武装。我常常会想到我很容易把他们变成反犹分子，变成蛮横的小纳粹。当然我不会有心思去做这种事情，而要把他们变成象棋神童就更花时间了。在后一种情形下你的迟疑，尽管不是一回事，但仍有可比性。象棋天才生活在——或者不断战斗在——神经健全的边缘——如纳博科夫所知；但是《防守》(1929)中卢金的困惑似乎已经是浪漫的老古董。《更多人死于心碎》是另一本有关"纯粹"科学家的小说，索尔·贝娄在其中写道："疯子总是先锋，正如鹬鸟总是跑在海滩上的泡沫线前面。"这是一种象棋战术组合——在当代场景中的精神失衡——这只会变得越来越不可爱。需要一本非常坦率的书来提醒我们，象棋是美妙的，而且也证实我们或掩盖或遗忘的怀疑：不知为何，象棋也是不洁的。

《泰晤士报文学增刊》1989 年 7 月

《致命的比赛》，弗雷德·维茨金著；《象棋是我的生命》，维克多·科奇诺伊著；《卡斯帕罗夫对阵肖特：1993 年》，雷蒙德·基恩著
Mortal Games by Fred Waitzkin; *Chess Is My Life* by Viktor Korchnoi; *Kasparov-Short: 1993* by Raymond Keene

象棋的面貌在改变，至少好看起来了，似乎戴眼镜的怪人，嘟嘟囔囔自言自语的自闭症患者，以及臭烘烘的逆向生长的人都不见了。大

师分析室不再像《菜鸟大反攻》(*Revenge of the Nerds*)的有声电影摄影棚。再看看电视团队：丹尼尔·金①可以是丹尼尔·戴-刘易斯的替身，约翰·斯佩尔曼②是挣扎中的艺术家的浪漫形象，生活拮据但头颅高扬——年轻的库尔贝，也许吧；雷蒙德·基恩③曾经是特级大师，现在是个忙碌的棋赛经纪人，从谨小慎微的小学教师变成了出手大方的企业家，变成了身着白色西服的主办者。直到不久之前，棋手往往都像奈杰尔·肖特，像是被扔进大人群里的神童。现在他们往往像加里·卡斯帕罗夫了。肖特，带着他成熟的、感到困扰的凝视目光，依旧看起来很吸引人，也许因为他更加忠实地迎合了外人关于这种比赛的想象。他表达了它斟酌沉思的痛苦：低眨眼频率，动作和反应时间像梦一般地迟缓。而卡斯帕罗夫尽管因为其标志性的强度众所周知，现在看上去也完全是个尘世中人了。他看上去像是在参加另一种董事会议——例如在国际货币基金组织什么的，赞成把那五百亿给巴西人。

　　弗拉基米尔·纳博科夫自己就是个不容小觑的棋题设计师，写过两部有关象棋或围绕象棋的小说。在《塞巴斯蒂安·奈特的真实生活》(*The Real Life of Sebastian Knight*, 1941)中，利害关系是结构性的和比喻性的：捉摸不定的塞巴斯蒂安像棋子那样移动，像马那样是唯一（除了王车易位时的车）能够离开棋盘然后又回来的棋子。他是个为精致微妙的棋赛而生的人。另一部早一点的小说《防守》则带着更扎实、甚至直截了当的写实主义。在这本小说里，我们遇见了一位特级大师卢金，

---

① Daniel King (1963—)，英国象棋特级大师。
② Jonathan Simon Speelman (1956—)，英国象棋特级大师、数学家、媒体主播。
③ Raymond Dennis Keene (1948—)，英国象棋特级大师，国际棋联国际仲裁员，国际象棋组织者。

他缓慢行动的身体和高速活跃的思维。卢金痴迷和悲剧性地追求无懈可击的"防守"——对付白色棋子，对付生活。卢金作为前现代的典型特级大师是可以的，他是纯粹的科学家、疯狂的教授、发育受阻的青少年。他那面目模糊的爱人从看见他的那一刻起，就知道这个人每天早上都必须有人帮着好好检查一番才能出门：袜子不配对、裤子没扣好、两只耳朵里都有一团剃须膏。他在她身上唤醒的色情感觉几乎完全是母性的。他根深蒂固的脆弱将会导致崩溃，然后是自杀。邋里邋遢、自我中心、易受骗、心不在焉、饱受折磨、注定不幸：这当然就是我们象棋天才的柏拉图式理想。

再不是这样了。邋里邋遢的人和内向的人，满身烟灰和胡子沾满面包屑的人那个时代，全都过去了。现代象棋已经专业化、技术化——涂上了一层光彩。新闻发布室有视频显示装置、手提电脑、展示屏幕和模拟棋盘，也向电视的花里胡哨屈服了：摩登时代的花里胡哨。一切都只不过是动动手指按按键，大师们几乎总是穿着实验室的服装，信息好像计算机数据库里的数字那样忽闪移动。"我们完了！"一位分析师对另一位喊着，此时下到了第十二步棋，一位棋手展示了（如象棋男子汉所指示的那样）他最近的"新奇一着"：这个新奇一着，他希望它将成为一项创新。我们注意到，进攻和防守不再被称为"开局"：现在它们叫作体系。后台的场景感觉像是从旧观念更换到新观念的戏剧化呈现。例如，"1……P-QB4"变成了简洁、无情和数字化的"1……c5"。

加里·卡斯帕罗夫1985年成为世界冠军。毫无疑问，他是个确定风格的执政者，就像任期两届的总统执政那样。你看到角色模型下渗到各个地方，从分析室到象棋酒吧或咖啡屋；可能甚至到了华盛顿广场公园，那里是流浪汉以及与社会格格不入者的世界（那里每一个夸夸其谈

象棋是他们的生命　　353

的家伙都是厄运附身的特级大师），弗雷德·维茨金在《寻找鲍比·费舍尔》中对他们的描述是那么精彩。这些年里，卡斯帕罗夫拒绝受困于自己的名气，拒绝被漫画化，他的自尊依旧很真诚（没有盲点）；他说话时仍然扭动着跳动着；他的笑声仍然无拘无束到令人惊愕。但是他找到了广阔天地：象棋是他的力量，而不是陷阱。

在《致命的比赛》中，他告诉弗雷德·维茨金，"我失去了童年，我从来没有过真正的童年"。"对有些人，象棋比童年的感觉更强。"维克多·科奇诺伊给他的自传取了个令人困惑的标题——《象棋是我的生命》。这是什么样的说法？吹嘘、坦白，对显而易见的事情无奈的确认？正如当代大部分的工作领域一样，象棋服从与日俱增的专业化规则。1985 年，卡斯帕罗夫二十二岁，已经专业化到了空洞无意义的地步。然后发生了什么。象棋也许占据了他的童年，但他似乎在成人时期应付得还不错。

扩展显然部分是具有政治性的。我这里指的不是利益和个性的强烈冲突，这种冲突导致卡斯帕罗夫和肖特离开世界国际象棋联合会，另外组了自己的团体（摇摆不定的国际象棋协会），也不是卡斯帕罗夫与卡尔波夫之间很大程度上象征性的对阵，当时卡尔波夫下的是白子，或白色-俄罗斯（代表苏联国家机器或者帝国），而卡斯帕罗夫下黑子（代表永恒、去中心化和民主）。1989 年和 1990 年之交的冬天，卡斯帕罗夫的家乡、阿塞拜疆的巴库成为一种对照试验——卡斯帕罗夫认为是戈尔巴乔夫操纵的——强硬的联邦警察运作，或者是残忍的种族管理。正如在波斯尼亚，成功的多元文化社会被强制的种族化的返祖行为侵染了，接下来的血洗是戈尔巴乔夫对他动荡不安的加盟共和国的示意。卡斯帕罗夫当时在那里；他被卷进去了，他有危险，他尽力帮助可以帮助的人。

他再也不像从前了。这些事件不但摧毁了他的过去——而且玷污了过去。他真的没有其他选择，只能重新塑造自己。

所有俄罗斯棋手都是知名的政治人物，无论他们是否喜欢如此。科奇诺伊与卡尔波夫似乎构成了可见的色谱的两端：科奇诺伊在叛逃前和叛逃后都受到良心上的迫害，而卡尔波夫（至少可以说）则成为一种登峰造极的禄虫、一个密探、一个马屁精。这就是知识分子、艺术家和运动员的传统选择。正是索尔仁尼琴在远为更加艰难的时期付出了远为更加高昂的代价，才表明还有第三种方式：他展示了你可以如何直接跳下船去。如果你是个有足够分量的人物，你可以直接挑战国家，作为一个平等的人，因为世人的舆论已经准备好了，等待着重新调整差异。

卡斯帕罗夫已经表明下象棋的人也可以是玩弄政治的人，他不仅仅是个卒子；他也不仅仅是个数据库，不是膨胀的小脑、封闭的六十四个方格体系中悸动的疯子。其效果相当具有自由解放力量，它将新鲜空气带到了象棋的洞穴，使棋手苍白的面孔有了血色。你可以谨慎地争辩说，象棋天才的思维无关任何其他，只有关权力的应用，它极其需要另一个维度，才能保持稳定。费舍尔并没有被迫进入一种政治生活，因此他的迫害妄想创造了一种，结果是一团糟。因此，这是卡斯帕罗夫传达的简单信息：多样化，如果你敢的话。棋下得高超，但同时也活跃在我们熟悉的世界里。他的许多对手因此恨他——因为他背叛了同行共享的偏执狂热，而其他许多人看到卡斯帕罗夫的行为，则会学他的样。

漂亮的棋子、新鲜的组合，至少部分人性化了，象棋静候一旁，深呼吸，准备作为一种全球性观众运动冲到舞台上。要的就是这种想法，这当然是卡斯帕罗夫的想法。象棋给观众提供了两方对立真实厮杀的肥皂剧，展示无限的装模作样、虚张声势、陷阱、毫无新意的诗歌用词、深奥、才

象棋是他们的生命　355

华横溢,加上一大堆附带的失误、可笑的错误、挥霍、酗酒、回扣、一败涂地……是什么挡了路?不是棋赛史诗般的慢速度,也不是它雕塑一般的静止不动。挡路的是观者与被观者之间的差距、鸿沟、深渊,难度就是那将普通棋手与加里·卡斯帕罗夫区分开的东西,难度就是难度。

这里是分析室里的通常闲聊,讨人喜欢的纯粹主义者扑在棋盘上,扑在象棋电脑、象棋杂志、象棋打印资料上,在闭路电视上跟踪比赛。"然后你攻击我的 e7。""我们准备走 Nd1。""你走 Bf4,e5,Be3,然后 d5。""Nf2!""我们赢了这个棋子吗?Qd7?""我总是认为它在 f3 上什么都不是。""这不错。不,看上去好可怕。""又对我来这一手?这么快?""Kh8。""Kh8?""Kh8。""E3。""不是 f4。"(大声嗤笑。)"Bg5。""我们不是要走振飞车吗?""奈杰尔走了这一步。""Nc7 怎么样?""他不会走 e7 的。""Nd4,Qc4,Qd2,E5?""D5?""我会考虑走 a5。""再走 Nd7 怎么样?""F4!"(哄笑。)

我们现在转向萨伏伊剧场,那里参赛者坐在中央舞台上,背后藏着两位裁判,好似绅士俱乐部里心怀不满的看门人,偶尔晃晃一个牌子,上面写着"肃静"。观众们看着巨大的屏幕跟踪比赛,听着耳机里看不见的评论团队的解说指导。轮值的特级大师在他们的位子上比在分析室里要更守规矩,但还是一样的无穷无尽地开玩笑、刻薄、讥讽、抱团排他①。随着局面逐渐稳固和明确,你在这里得到的是同样的解说风暴加上很多共情的扭动。上周,在速度象棋比赛中,特级大师们放弃了斡旋中的一切矫饰,干脆就在那儿相互叽叽喳喳、幸灾乐祸、吆喝叫好。他们很兴奋,他们能够互相传达的也就是兴奋情绪了。他们分析的速度之

---

① 作者此处用了一组押韵词,"jokey,catty,sarky and cliquey"。

快,以及第二天性般的熟悉程度,使其根本无法为普通人所理解。然而,即使一个人坐在那里听不懂特级大师们说些什么,至少想到特级大师们懂得肖特和卡斯帕罗夫,也是好的。但他们不懂。

例如第十九场比赛,卡斯帕罗夫是西班牙开局,肖特是俄罗斯防守(4……d6)。到了第十二步棋,肖特典型地搞乱了他自己的卒子结构,大胆希望能让他的象有更多活动,车有开线。到了第二十步,萨伏依的特级大师们全都一致认为平局了。白子的第二十一步之后,他们又都一致认为黑子要输了。黑子的第二十二步棋之后,他们一致认为黑子输了。

"奈杰尔有什么是我们没有看到的?""没有什么!""下完了。""结束了。""晚安,查理!"白子下了第二十六步之后比赛才结束,此时特级大师们一致认为肖特已经放弃了。并不:舞台上,棋手们都在冷静地耸肩,讥笑地看着棋子,一致同意是平局。接下来的分析似乎确认在这样的棋局中是无法取胜的。但谁知道呢?"让我们正视它,"肖特说(据雷蒙德·基恩的急就章《卡斯帕罗夫对阵肖特:1993年》),"我们完全不知道在发生什么。""最后的棋局一团糟,"卡斯帕罗夫说,"极其复杂。"

总之,不明就里的层次还是足够清楚的。我不懂特级大师们的奥秘;特级大师们不懂肖特和卡斯帕罗夫的奥秘;肖特和卡斯帕罗夫不懂得他们自己棋局的奥秘。我们大家谁都不懂。多么叫人高兴,推崇象棋的人不应该试图瞎干涉,或者低估比赛近乎无限的难度;他们根本无法摆脱它。它是带着神圣的敬畏盘踞在棋盘四周的东西——函数级别的,天文数字级别的。所以他们究竟在那里干些什么呢?大概干些什么?因为没人真正知道。似乎相对而言并没花多少时间在棋盘上做你和我所做的事情:手忙脚乱地回应当地和当下的紧急情况(所有这些都突如其来)。我们充其量也只是战术性的;而他们却是深刻的战略性的。他们

象棋是他们的生命

试图坚持下去，使局面明亮起来，使之开出鲜花，这是一种连贯一致的景象，也许会也许不会包含在棋子的安排中。当然他们从来没有被独自留下来继续这种寻求。象棋是野蛮无情的人际活动：既是精神比赛，也是接触运动。它像什么？章鱼扭抱在一起的搏斗？蜈蚣的跆拳道？在它表面的沉闷倦怠、暗中竭力维持的平衡中，每位棋手都沉浸在惊骇的痴迷之中，等待着知道他的对手已经知道的事情，或不知道的事情，人们可能会想到亚诺马米人① 的某种惩罚性仪式。长久的迟疑之后只能出一招，出招的人花了很多分钟来瞄准；接招的人花了很多分钟等待。加里·卡斯帕罗夫是有史以来最擅长此道的人，他知道象棋是什么。"公众必须意识到象棋是一种狂暴的运动，"他说，"象棋是精神折磨。"

《星期日独立报》1993 年 11 月

《运动场景：雷克雅未克的白色骑士》，乔治·斯坦纳著
The Sporting Scene: White Knights of Reykjavik by George Steiner

象棋结合了深刻与平庸、脑力与欺骗、自动动力对称与星云状结构，因此与乔治·斯坦纳② 的批评和思想有着显然的亲和力，对他显然也有吸引力：象棋类似音乐和数学，制造了奇才，其中许多是犹太人；

---

① Yanomami，艾米斯此处误写成 Yanomani，巴西和委内瑞拉边境亚马孙雨林的原住民。
② George Steiner（1929—2020），法国裔美国文学批评家和思想家，写过大量关于语言文学以及大屠杀影响的著作。

尽管这种比赛显然是"有限的",但令人感到受宠若惊的是,在这方面计算机还不如我们(我们最快的计算机需要地球年龄的好几千倍时间才能计算出开局二十五步);它使得神经系统如此高度集中,以至于棋盘六十四格服从了(用斯坦纳的话来说)"艺术无限的严谨"。而且,当这位高瞻远瞩、知识渊博、用词夸张的博士踏上雷克雅未克的停机坪时,1972 年费舍尔-斯帕斯基世界竞标赛的回响——政治冲突、前所未有的宣传、新旧象棋价值观的冲突——肯定会让他张大了鼻孔。

但是斯坦纳的新书最具有吸引力的一点是,它是那么令人耳目一新,简直不像是斯坦纳的风格。没有一处拿比赛与巴赫的《赋格的艺术》细细作比较,一页页地翻过去,都没有一个字提到奥斯维辛。除了几处例外,他也没有降级去对诸如象棋的熵变趋势做个偷偷摸摸的总结。这本书起初是《纽约客》的一系列文章,是文学报道,而非专家的专著。吸引斯坦纳想象力的是人的戏剧和读书人的兴奋——喜欢这两者的人都不能错过《运动场景》。

尽管副标题指参赛者为雷克雅未克的"白色"骑士,但是在斯坦纳眼里,费舍尔总是规规矩矩地下黑子。的确,斯帕斯基受到来自莫斯科的压力,反复遭到费舍尔一些噱头的羞辱,有可能输掉一切,但从头至尾都表现出彬彬有礼的悲伤和尊严;另一方面,费舍尔可以赢得一切,却似乎是个无知、贪婪的、只会看《花花公子》、骂共产党的好出风头的人。斯坦纳因此呈现了一副感人的斯帕斯基的面貌,但他对待费舍尔则往往缺少同情心。例如,我们总听见他啰啰嗦嗦抱怨费舍尔"婴儿一般的贪婪"——这是显而易见的简单化,因为费舍尔的嬉笑吵闹常常与他的物质利益是对立的。同样,"当事情不顺利时",斯坦纳取笑说,"费舍尔马上又会愤怒地演戏"。其实并非如此:要晚到第十八场比赛,

象棋是他们的生命　359

当费舍尔威胁要"一并终结"他已经不大可能输掉的一场比赛时,才会回到这样的状态。斯韦托扎尔·格利戈里奇[1]曾经指出费舍尔其实不大明白什么东西最要紧,无论是就钱还是就自夸而言;正如传说费舍尔在酒店房间里与他自己下棋时,会喊叫"杀!""剁!""咬!",他的要求和坏脾气都纯粹是过剩的战斗意志的表现——最后展示出斯帕斯基缺乏的素质,也许对他有好处。指出费舍尔像许多其他大师那样只不过是发了疯,也许并不恰当,但是需要说的是,尽管他是个具有掠夺性的天才,他多少还是个纯真的人。

当斯坦纳从心理猜测转向哲学猜测时,心智健全的读者开始认为这本书具有倾向性。斯坦纳在(冒险)去召唤纳博科夫所谓"象棋深渊的全部恐怖"之前,在象棋与音乐和数学等其他自动非语言性架构之间建构了一些听上去响亮、貌似可信的联系。在有些方面,这些都是令人激动的描写;但是当释放在抽象之中时,斯坦纳从来都离旧日启示录一般的健美男子不远:

> 甚至在开始下棋之前,棋子带着它们近似人类恶意的微妙影射,在电流一般的静寂中相互对阵。在走第一步时,那种静寂似乎像绷紧的丝绸那样挣断了(也许是 1 N-QR3,你的对手心里乐开了花,但几乎不会是 1 P-K4)……所有的质量和能量都在一个如此精致编造、如此多维度的网格中相互作用,以至于我们几乎无法构想一个模式。整个比赛的动态配合,轮廓分明的框架渐次展开的分支在第一步就具有内爆发力……当一个人呼吸到胜利的第一道气

---

[1] Svetozar Gligoric(1923—2012),塞尔维亚与南斯拉夫国际象棋棋手,特级大师。

味——一种麝香般的、令人上头、略带金属味的气息，对于一位不是棋手的人来说完全无法言传——太阳穴旁的皮肤收紧，手指抽动。关于性高潮诗人都撒谎了。

等等：如果的确是无以言传，那就别去言传。在这个花哨的篝火中什么地方有一星意义的火花——但是要召唤出这种理解，必须要有犹豫、讽刺、自我诋毁，一句话，要有斯坦纳所缺乏的一切素质，这里没有，其他地方也没有。从一本妙语连珠的书中引用那么多糟糕的句子也许会招人反感；然而，斯坦纳是时候停止让自己被他自身巨大的天赋所蒙蔽，是时候注意到才华横溢与花里胡哨之间有重要的区别了。

《新政治家》1973 年 4 月

足球疯狂

《足球部落》，德斯蒙德·莫利斯著
The Soccer Tribe by Desmond Morris

　　喜欢足球的《伦敦书评》的读者也许如此喜欢足球，以至于一旦开始读这篇文章，就有必要读完它。这太对我的胃口了。知识分子足球爱好者是一个有组织的团体，同时受到书呆子和足球爱好者的鄙视，他们视我们的加入为装模作样、假无产阶级，甚至还略微有点同性恋。我们已经习惯了这个；我们与世无争——啊，我们是如何不得不缩头缩脑躲藏啊！如果你还在注意听我说话，那我猜想你肯定是我们中的一员，渴望社会认可，渴望就这种高贵的比赛进行开明的讨论。这就使我处于一种快乐境地，并不真的在乎我写些什么，反正你会读下去的。呵呵。如果我能够在文中吹上一声口哨的话（一声漫不经心的口哨，手插在口袋里，高扬着头闲逛），那这就是我会用上的——但还是让我们先聊一下足球吧。

　　顺便说说，我写这篇文章是在 1981 年 11 月英国对匈牙利的比赛之前，等你读到的时候，任何可能都已经发生了。布莱恩·克拉夫[①]或者鲍勃·斯托克[②]或者艾尔顿·约翰也许会是新的英国国家队教练，带着伤痕累累的梦想为 1986 年世界杯做准备。另一方面，罗恩·格林伍德

[①] Brian Clough（1939—2004），英国足球运动员和著名教练。
[②] Robert Stokoe（1930—2004），英国足球运动员兼经纪人。

爵士①现在甚至会在毕尔巴鄂②心满意足地视察酒店，希望明年夏天能为这些小伙子找到一个像样的场地。多亏了一连串令人喷饭的巧合事件，英国竟然只需要同匈牙利打平手就能够取得资格，因此差不多可以打赌，这个球队最后会挤进决赛。然而，这并不会是对任何事情或者任何人的开脱。英国的尊严已经失去了，在挪威和瑞士的比赛场上，尴尬的处境并未改变我们。现实一点的前景是什么？我们能去哪里寻求安慰，寻求救助，西班牙吗？

　　您是否注意到，在挪威比赛时，随着比赛进行，我们足球明星们的面色是如何变得越来越沮丧的？凯文·基冈③在场中央转着硬币时，兼有马克·波伦④和唐尼·奥斯蒙⑤的风范，到了中场就开始像做鬼脸的马格维奇⑥。保罗·马里纳⑦则委实一副俱乐部水平的受宠、表演过火的自恋模样，他从比赛场步履沉重地走出来时，让我想到了银行假日周末过后，令人沮丧地定期出现在南海岸治安法庭上的标准、软弱得令人心烦的时髦小白脸。特雷弗·弗朗西斯⑧平时是外貌平平无奇的诗人、梦想家和中学六年级生的心动对象，当他在后半场错过了那个头球时，看上去就像是心怀恶意闹事的醉汉了。至于泰利·麦克德莫特⑨，在最佳

---

① Ronald Greenwood（1921—2006），英国足球运动员兼教练，1977年至1982年担任英国国家足球队教练。
② Bilbao，西班牙北部沿海城市。
③ Kevin Keegan（1951—　），英国足球运动员及主教练。
④ Marc Bolan（1947—1977），英国创作歌手、音乐家和诗人。
⑤ Donny Osmond（1957—　），美国歌手、词曲作者、电视主持人。
⑥ Magwitch，狄更斯的小说《远大前程》中的主要虚构人物。
⑦ Paul Mariner（1953—2021），英国足球运动员。
⑧ Trevor John Francis（1954—　），英国足球运动员。
⑨ Terence McDermott（1951—　），英国足球中场球员。

状态下呈现的也是一副不怎么靠谱的样子……在终场哨声响起时，英国队看上去就像是一支临时从青少年犯教养院抓人拼凑的球队，而挪威人，他们的金发在空中上下起伏，就像受宠的大学生那样嬉闹着。

很奇怪，许多足球解说中自然而然的比喻，无论是写下来的还是说出来的，都与教育的概念相关。深思熟虑的传球，有文化的脚后跟传球，足球大脑。的确，还有教育有方的右脚。你不用像我那样去观看BBC二台近年来足球系列所有的节目，也会想到这些概念在训练场上其实派不到什么用场。"魔幻的""经典的""杰出的""很好""太好了"和"运气不好"似乎才是那里可以找到的主要形容词。在进球后的狂欢中，当球员高兴成那样在地上打滚、拥抱和跳跃时，他们互相都说些什么？"睿智"？"深刻"？"深奥"？"条理清晰"？总的来说，不大可能。我想要指出的是，可以想象，我们的足球遭受的是其占主导地位的劳动人民的情感。在北欧其他地方，他们似乎没有这个问题——那里，实际上，他们貌似完全摆脱了工人阶级。有人说我们的足球队员报酬太高了，也许应该用其他东西来做报酬：购书券，讲座门票，夜校笔记，文化活动券。

稍微离点题。数年前，某个星期天午餐时，我发现自己走进了维多利亚堤岸一家昂贵的餐馆——公司记账，免费酒吧，身穿燕尾服的钢琴家，健美的援交女孩，还有许多出手阔绰高谈阔论的人深陷在沙发里大声嚷嚷。坐在吧台旁的竟然是马尔科姆·艾里森[1]（当时是水晶宫的经理）和马丁·齐弗斯（当时是热刺足球队和英格兰国家队的中锋）。他们坐在吧台凳子上，这些现代王子一般的大人物在亲切认真地交谈，喝酒时厚实的肩膀紧张地耸起。当然，我挪着靠近齐弗和大马尔，想听

---

[1] Malcolm Allison（1929—2010），英国足球运动员兼教练。英国足球界最引人注目的人物之一，绰号"大马尔"（Big Mal）。

见——什么呢？流畅微妙地谈论定位球、短角球、长掷界外球、一对一、职业犯规、香蕉球？结果我听见的是类似这样的话。

"你学的越多，知道的就越多。"

"是这样的。"

"是这样的。"

"你知道的越多，学的就越多。"

"是这样的。"

"在生活中，如果你学到了什么，你……"

"你就不会忘记了。"

"是这样的。"

"所以……"

"你年岁……"

"增长……"

"你就总是会……"

"学到东西。"

"是这样的。"

但是马尔和大齐弗并不是在谈论足球，他们谈的是哲学。

在那一晚，在比赛场上，在挪威和瑞士的那两场关键性的资格赛中，英格兰出了什么问题？"五分钟的疯狂"，罗恩·格林伍德这样解释在挪威的惨败，而此前在瑞士，只花了"两分钟的疯狂"就让我们输了比赛。在这疯狂的七分钟里，英格兰输了四个球给有一半是由业余运动员组成的球队——这些球队，媒体曾经严肃地提醒我们，会"在乙级联赛时挣扎"。在两次比赛中，英格兰队输了一个球造成的歇斯底里马上又导致输了第二个球。"球进去了！进球了！"评论员布莱恩·摩尔说，温柔地、难以置信地悲叹道；这个了不起的人还没来得及清清嗓子，马上又必须加上这么一句："还有……又进了一个球！英格兰队的灾难。"老天，简直太糟糕了，任何球队都可能会让这样的情形发生一次（瑞士的进球，至少布局很美妙）。但是竟然两次？

当然，指责罗恩·格林伍德太容易了，但我觉得还是应该指责他，无论是否太容易。他在挪威选择了雷蒙德·克莱门斯①，让我们输了第一个球，第一个球让我们输了第二个球（还要感谢泰利·麦克德莫在罚球区域对那个孤零零的挪威人技巧高超的"轻轻一点"）。大雷在托特纳姆球场梦魇一般的开球之后，显然处于一种很糟糕的状况。他侧身旋转离线，为一点没啥了不起的横传挥动双手；整个晚上他看上去都好像可以被浮水气球穿裆过人。直接无视众人的意见，对他的球员"表示信任"，这是格林伍德典型的做法，但是这种故作镇静显然吓到了其他队员。很多人都写到我们的球员缺少技巧，也许他们的确如此。他们缺乏的另一样东西是展示他们的确拥有才能的信心。眼下球队相当缺乏心理凝聚力。格林伍德没有给球员信心：他给予他们的是恐惧。

为了分析的缘故，很方便将 1970 年以来的英格兰国家队教练管理的历史视为一种戏剧，或者悲剧，分三部或者三个阶段。第一部分的标题可以是《阿尔夫·拉姆西②的精神崩溃》，第二部分《唐·里维③的精

---

① Raymond Neal Clemence（1948—2020），英格兰国家队守门员。
② Alf Ramsey（1920—1999），英国足球运动员和教练，1963 年至 1974 年担任英国国家队经理。
③ Don Revie（1927—1989），英格兰足球运动员和主教练，1974 年至 1977 年担任英国国家队主教练。

神崩溃》,第三部分还在进行中,是《罗恩·格林伍德的精神崩溃》。每一部分的高潮或者结局都是同样的危机或"认识":未能出线世界杯赛。

三位悲剧主角都以独特的风格表演自己的角色,阿尔夫·拉姆西性格温和、自我保护、长篇大论滔滔不绝,因往日的辉煌和触手可及的爵位而鼓足了勇气。在最初几次比赛之后,唐·里维的面孔成了令人不安的熟悉景象:黑黢黢发亮、心急如焚的面具。里维[①],当然,在第五场半中腰时辞职了,因为走漏消息给他的老朋友、《每日邮报》的杰夫·鲍威尔。他跑去了迪拜,这样就抓住了极好的机会,保住了他家庭的经济安全。

格林伍德的风格又是另一回事。《罗恩·格林伍德的精神崩溃》现在甚至能发展出一个尾声或者续集,很可能标题会是《罗恩·格林伍德奇妙的康复》;但是罗恩悲剧的线条现在已经很清楚了。在这个事例中,暗淡的心理戏剧以神秘莫测的沉静体现出来。这种沉静是后天养成的,并不牢靠,实际上,根本就不存在;但是沉静却是表演的基调。你们是否记得今年在温布利球场的英国本土四角锦标赛上,被苏格兰队打败时,格林伍德一直强力支撑的安详又无邪的微笑?一个骇人的景象,在电视镜头中徘徊了很久。那抹微笑暗示这场输球,像其他所有输球一样,不过是只有罗恩自己知道的神秘莫测的庞大计划中又一个佯攻或者虚晃一枪而已。我几乎用不着再补充说这层伪装后来都剥落了,差不多消失在格林伍德现在坦然释放的偏执狂的热雾后面。可怜的人!但是他在英国国家队的位子上什么也没做,除了让人们淡忘唐·里维。

那么,我们要上哪里去找我们下一个"激励者",下一个黄金时光

[①] 我打字时输入错误,把"里维"(Revie)写成"评论"(Review)了。——原注

足球疯狂

和镇静剂的人选呢？根据体育之声的说法——我指的是《太阳报》的弗兰克·克拉夫——"人民的选择"是布莱恩·克拉夫①，他俩不是亲戚。根据布莱恩·格兰维尔②在《星期日泰晤士报》上的说法，则是杰克·查尔顿③——一个不同寻常的发现。我猜查尔顿比他的对手有优势，因为他已经患有命名性失语症，一直说错所有球员的名字。但是杰克还为自己做了些什么呢？作为一个名人、有影响力的人物，查尔顿最值得一提的，就是众所周知他是所有穿过英格兰队球衣的球员中最"有型"的。这肯定就是做出人民的选择的人民最渴望的事情：回归英国比赛的"传统优势"。

布莱恩·克拉夫当然已经疯了，但他根本没有像他曾经那么疯，也许在英格兰球队的职位上还能拥有某种免疫力。马尔科姆·艾里森前些日子也疯了，因为水晶宫足球俱乐部在接连两个赛季被降级。关于和蔼可亲的鲍比·罗布森④最常见的保留意见涉及一种关键的担忧：我们听人谈到过他"容易兴奋"。至于诺里奇和曼彻斯特城的疯子约翰·邦德⑤……最后我不禁想得出结论，担任足球队教练会让人发疯。但我仍然认为这个诊断太简单了一点。并非担任足球队教练让他们发疯，上电视才真的会。

那么，也许我们可以谦虚地想象未来的英格兰国家队教练是个比较安静的角色：更加避世，更加深思熟虑，更有点书生气。然而，在任何情况下，都不应该让这老头单独同德斯蒙德·莫利斯单独在一起从事他

---

① Brian Clough（1935—2004），英格兰足球运动员和教练。
② Brian Glanville（1931—   ），英国足球作家和小说家。
③ Jack Charlton（1935—2020），英格兰足球运动员和教练。
④ Bobby Robson（1933—2009），英格兰足球主教练，足球运动员。
⑤ John Frederick Bond（1932—2012），英国足球运动员和教练。

新的工作：他肯定会发疯的，或干脆就会发疯死掉。在《足球部落》中，德斯蒙德勾勒出"古代浴血运动"和"现代球赛"之间的联系。如今，球门是"猎物"，球是"武器"，试图进球是"仪式性瞄准伪猎物"。是真的吗？或者，更为重要的是，这有趣吗？德斯蒙德·莫利斯继续说，"在英格兰球队有四个'分支'，是对社会阶层体系的仿效"。然后他又追寻足球与宗教之间的类比："明星球员受到宠爱他们的粉丝的崇拜，被视为年轻的天神。"后来，他又发展出了一种远为强势的主题，争辩说……

啊，但时间不多了。今天关于足球就说这些。我只有时间补充说，德斯蒙德·莫利斯的书装帧很漂亮，照片好极了，迷人，很精彩，等等，内容则显然是一丝不苟、毫不犹豫地浓缩了那些显而易见、明显虚假的东西。

《伦敦书评》1981 年 12 月

《在恶棍当中》，比尔·布福德著
Among the Thugs by Bill Buford

电影《沉默的羔羊》开始不久，第一位受害者被拖出河——一个小镇上十多岁的女孩，裸体，剥了皮，身体肿胀——躺在验尸官的台子上，作者写道："在人类的面孔后面，有时候人类会造出一种心灵，其乐趣就在于躺在瓷台子上的东西。"托马斯·哈里斯[1]打开了那个隐藏

---

[1] Thomas Harris（1940— ），美国犯罪小说作家，《沉默的羔羊》的作者。

的心灵，使其可以自圆其说。在《在恶棍当中》里，比尔·布福德实现了一个类似的外来的世界，一个违法的人在人群中犯罪，另一个则绝对独自一人，但是恶棍与连环杀手有很多共同之处：反社会变态、谵妄，以及完全致力于丑陋。

每一位英国男性都在某个时候最后一次在现场看足球赛。这也很可能是他第一场足球赛。然后你就待在家里，在电视上看比赛。在我的最后一场足球赛上，我注意到粉丝的面色和体味都有一股奶酪香葱土豆片的感觉，眼睛像比特犬一样。但是我感觉最彻底的，从上到下从左至右，则全是丑陋——以及对丑陋的热爱。1983年的一天，布福德发现自己坐在切尔西的谢赫德看台，紧紧夹在一大堆骂骂咧咧、汗流浃背、干呕、打着饱嗝的人群里。在我们大多数人看来，这种情形代表一种个人灾难，应该逃避，并从中恢复过来，绝不能再重复。然而，布福德不但没有想少要一些，他还想要更多。

布福德是个美国人，而且作为《格兰塔》[①]杂志的创始人，他是，往轻里说，他那个时代最著名的文学中介之一。我指望《在恶棍之中》遵循某种格式：有脸面的人物追寻可怕的题材，寻找糟糕的年代，为了写一本好书。但是这样一种方式，尽管按其自己的方式足够体面，对无赖却不会起作用。自然而然的厌恶，更别提自然而然的恐怖，过早就会出现。布福德囿于一种真正的痴迷，当然是变态的，和他自己易受影响的气质关联甚大。他开始写这本书，因为"想要知道为何英国的年轻男

[①] 文学杂志《格兰塔》(Granta)，1889年创刊于剑桥大学，名字取自剑桥附近的格兰塔河。1970年，《格兰塔》因资金等原因停刊。1979年，剑桥大学的两位美国留学生比尔·布福德和乔纳森·莱维对当时文坛格局不满，便接手《格兰塔》，以季刊的形式重新出版。

性每到周六就要暴乱一场"。答案是：因为他们喜欢这样。布福德写了这本书，因为他也喜欢这样。他喜欢人群、力量，以及失去自我。

身为美国人还是有用场的，布福德也希望如此。《在恶棍之中》充满各种小谬误（听着，伙计：顶上的那个叫做横梁［bar］而不是门柱［post］，是两轮比赛［two legs］而不是两局［two games］，你不会说平局［tie the score］，你可以说富勒姆路［the Fulham Road］，但你从来不说富勒姆大道［the Fulham Broadway］，知道吗？）。但是布福德开始一家家体验伦敦比赛场地，我们也开始再次体验其肮脏的异国情调。"狗岛对面冷吹巷的巢穴"。这真是太好了。起初似乎布福德并没有让我们看到我们还不曾去过的地方，但是我们上次去那里是什么时候？我们难道不是因为讽刺、疲惫和厌恶与它们隔绝开了吗？难道我们这些年不是一直刻意不去看它吗？

很快，布福德就已经同曼联的小伙子们一起飞到了图林。国外，当然是足球迷们抛弃拘谨，开始活跃过来的地方。那里他站在一个文艺复兴的场景中，头上戴着联合旗短裤，额上纹着布莱恩·罗布森①的名字，赤裸着上身，肥胖，苍白，脚下全是呕吐物，令本地妇女儿童害怕，对着喷泉撒尿，唱着《操你妈的教皇》和《天佑我皇》，酩酊大醉。这还是在比赛前，这才早上九点。

比赛之后，悄悄低语开始四下散开。"要开始了……要开始了。"然后是齐声叫喊：团结起来，团结起来，团结起来，团结起来，布福德挤在二百人规模的群氓中间，走得飞快，但还没有跑起来，手放在前面那个人肩上，在城里到处走动。领头的萨米，带着他那一群年轻的喽啰，

---

① Bryan Robson（1957— ），曾是英格兰国家足球队队长。

足球疯狂　**371**

朝后跑下去，齐声喊着："力量……力量高涨，感受我们的力量。"然后就开始了："暴力、打砸抢、狂暴的罪行，每砸碎一块玻璃，每用一次力，就自然升级一次，直到萨米说，这座城是我们的……我们的，我们的，我们的。"布福德还想起了开始时另一位年轻人说的话。他说"他非常非常高兴，他不记得曾经如此高兴过……"

如他们所言，布福德是否够格要打个问号——他是否适合参与，适合描述。在图林，他被一只装得满满的啤酒罐子砸了一下，挨了一警棍，在贝里圣埃德蒙兹被一个国民阵线党徒把头撞在灯柱子上，在撒丁岛被防暴警察狠狠揍了一顿。"我不会去描述暴力。"他说过不止一次。布福德施加过多少暴力，以谁为代价？的确，大部分活动中他都不在最佳状态：例如，在第 71 页，他"醉得非常非常厉害"，而在第 144 页，他只是决定要去"大醉一场"。书写到后来，痴迷减退了，可以理解的是，他越来越"厌烦了""无所谓了""筋疲力尽了"。我们只看到了一眼他那基本上没怎么发掘的兽性，从图林回来后，在地铁里的阶梯上，一对老年夫妇挡了他的路，他"用力"把他们推到一边，走到他们前面，转过头来说："滚你妈的蛋，滚你妈的蛋，老逼。"

一开始，布福德还相信足球暴力有个理由，或至少有种解释。抗议／叛逆／异化／阶级／失业／足球本身。"这是种宗教。""我们为英格兰这样做。""就好比战争。"布福德求助于埃利亚斯·卡内蒂[1]（《群众与权力》[Crowds and Power]），风格上则请益于海明威，你甚至会怀疑他还找了《现代启示录》里的马龙·白兰度帮忙："你在人群里找到的是空无一

---

[1] Elias Canetti（1905—1994），保加利亚出生的犹太小说家、评论家、社会学家和剧作家，1981 年诺贝尔奖得主。

物。空无一物之美，简单，虚无的纯净。"尽管所有的"理由"一个个地都剥落了。"我无法相信，"布福德写道，"我看见的一切就是那里的一切。"但他后来的确是相信了：他看见的就是一切。

在已故的阿兰·克拉克[①]无情又杰出的电视剧《会社》(*The Firm*)中，在某个时刻，我们足球流氓的中心人物围坐在一起，看一部有关足球流氓的纪录片。足球流氓为何那样行事？"是为了寻找意义。"屏幕上的社会学家说。这帮年轻人中的一个——南基——插了一句嘴："他为什么不干脆说我们就是爱揍人？"然后，伴随着《我们走吧》的曲调，年轻人开始唱起来："操—操—操，操—操—操，操—操—操。操—操—操，操—操—操，操—操—操……"为什么有人爱揍别人，则当然是个永恒之谜。《会社》中的流氓头子贝克西被他老婆问到这个问题：为什么？"我需要刺激，"他低声说，几乎有点抱歉。她回答说："那去买他妈的一个马蜂窝！"不，马蜂窝绝对不行——对贝克西不行。马蜂窝帮不了他和阳痿和（尤其是）无聊的痛苦斗争。

《星期日独立报》1991 年 10 月

[①] Alan John Clarke（1935—1990），英国电视和电影导演、制片人和作家。

多伊尔流派

《镇上最大的游戏》，阿·阿尔瓦雷斯著
The Biggest Game in Town by A. Alvarez

任何人如果一生中很早就开始躺平，就总是容易遭遇扑克牌的排场。梭哈、观望、削牌、加注、停止加注、一对二、王后、最后通吃、跟注、弃牌、翻牌；你玩克里比奇或者凯纳斯特纸牌时从来没有机会听上去如此夸张和具有电影效果。金钱，他们说，是"扑克的语言"，但是扑克语言也有它自己的吸引力。就像毒品语言或者犯罪语言一样，扑克语言鬼鬼祟祟，男性至上，而且不可救药地杨基腔，倾向于自我戏剧化和英勇的独白。我的全盛扑克期是十多岁时，我告诉过你们我上了当，连坐巴士的钱都输掉了么？

"恩戈摊开一手同花顺子，对史密斯的一对 6 和大顺子，击败了他……"阿·阿尔瓦雷斯[1]一辈子都打扑克成瘾，而且是伦敦和纽约各种流派令人害怕的成员。然而，为了写这本生动的小书，他并没有跟自己在牌桌上经历的无常磨蹭。他直接抵达顶峰：去了拉斯维加斯的世界扑克系列大赛无限下注冠军赛。

---

[1] Alfred Alvarez（1929—2019），英国诗人、小说家、散文家和评论家。1983 年出版的《镇上最大的游戏》详细介绍了 1981 年世界扑克系列赛。

本来我们玩扑克——或者象棋，或者斯诺克，或者英国弹戏——技术会好得多，如果我们整天其他什么事情都不干的话。在拉斯维加斯，他们整天什么事情都不干：一天十二小时，一周七天。"我觉得我打牌都要打死了，"一位目光呆痴的家伙说，"我专业打扑克已经二十年了。同样的扑克牌赛，真的。我的意思是，一个扑克牌赛有多久？"闪光峡谷街区①扑克牌室里的那帮怪人成天就是打牌、吃饭、睡觉，偶然"找个婊子"。比尼恩马蹄赌场有的老牌手连越南战争都从来没听说过。

阿尔瓦雷斯解释说，这样的悬浮和麻木已经融入拉斯维加斯的生态环境。早上十点钟，打高尔夫球或者网球，甚至游泳，都太热了。除了闪婚、快餐、色情、妓女和当铺，这个沙漠中的城市只有冒险可以提供。没有钟表，没有窗户；没有外在的现实。1976年某一天上午，拉斯维加斯《评论杂志》的通栏大标题写着《发牌人输给了税务局！》而在最下面的角落里才是一段正经的报道，标题是《吉米·卡特就任新总统》。

"发明赌博的人真了不起，"纽约赌客大朱莉曾经说过，"但发明了筹码的人是天才。"筹码在拉斯维加斯是法定货币，是可以购买食物、酒、性和货物的玩具钱。经过同样的自我催眠过程，下注一个"王分"、一个"十分"和一个"大五分"，实际意为下注五百美元、一千美元和一万美元。因此，下注五个大五分——五个无伤大雅的塑料牌子——你就输掉了你的房子。

当然，这种老手的共谋绝对高级，可以骗住冤大头、失败者、"狗"——那一群群浑身闪闪发亮，戴着水貂皮牛仔帽，染了头发，肚子里塞满了麦当劳的下注者，这些人每年都进城来，奉上他们的存款、

---

① 拉斯维加斯步行街的一个街区。

多伊尔流派

养老金、社会保障支票和残疾人津贴。但是幸存下来的人，从这个体系一年盗取上百万的人，恰好就是那些最为彻底地默许普遍存在的非现实的人。如阿尔瓦雷斯明确指出，真正下大注的赌徒对金钱根本不在乎。

金钱是扑克的语言，但是对于专业牌手而言，这种语言没有更多用途。"那只是一种工具，你唯一注意到它的时候是它用完了的时候。"同样，当下大注的赌徒赢了一大笔时，他立刻就会把赢来的钱花光在随意和无知的赌注上面。1981年扑克牌赛冠军斯杜·恩戈被问到会怎么用他刚装入口袋的那三十七万五千美元时，他打了个哈欠说，"输掉它"。下大注的赌徒纵情享受自由，是我们这个靠劳动挣钱的建制的局外人、颠覆者、斗士，但随之也会受累于他们奇异才能的精神错乱。

拉斯维加斯是游记半岛上的一个小岛，被专家们踏平了。阿尔瓦雷斯并不总是津津乐道陈词滥调（"在那样令人头晕目眩的高度""在一个臭名昭著的变换世界里稳固的一点""偷觑一眼""意味深长地眨眨眼"）。但是《镇上最大的游戏》会被所有玩扑克牌的人、赌博的人、比赛的人、成瘾的人——被所有观察极端行为的人捧起来。阿尔瓦雷斯兴趣广泛，是一位诗人和学者，他忠于自己庸俗虚荣的激情，因此也不受其左右。当这位《多恩流派》(*The School of Donne*)的作者将其注意力转向多伊尔·布朗森、克兰德尔·阿丁顿，普吉·皮尔森、拜伦·沃尔福德和疯子麦克·卡洛[1]等人时，人们也许会期待他的书有一种热烈的古怪俏皮。

《观察家》1983年9月

---

[1] Doyle Brunson, Crandall Addington, Puggy Pearson, Byron Cowboy Wolford, Crazy Mike Caro，均为美国职业扑克玩家。

信不信由你

《吉尼斯世界纪录大全》
The Guinness Book of Records

本书评注意到这本书的第十八版预览了"数件事情,展示了纪录似乎被打破的速度"。除了其他之外,这些事情还告诉我们,腌洋葱的消费纪录被打破了,一位九十多岁的高尔夫球手一杆进洞,一只知名的哥本哈根癞蛤蟆也许根本就不是五十四岁。还有,世界上最胖的足球守门员的纪录早在 1900 年就创下了,据说刚刚才为人所知。我在此处看到了现有类别之间开始了一种刺激性的相互影响的过程。我期待明年会听到有关美国最高的平房,伦敦最少人光顾的餐馆,世界上最博闻强记的图书馆员,等等。

《吉尼斯世界纪录大全》是一本逐年修订的年鉴,显然吉尼斯世界纪录有限公司有迫切的理由来制造一种印象,他们所有的员工能做到的就是跟上速度。但是如果没有多少现成的纪录,那总还是有可以创造新纪录的领域。煎蛋饼、推童车、吹烟圈、逐店饮酒、打脸竞赛等受人尊敬的世界自从去年十月以来已经相当革命化了,你现在可以得到有关最大的图腾柱、最早有纪录的椎间盘脱落、世界上跑得最远的打字机的明确纪录。这一版的篇幅比前面一版要大得多,一共三百二十页,新扩展的体育运动章节(人们期待已久的比格犬步行追猎和盖尔式足球部分)

占据了很多篇幅,书中所有的事实都得到了更有意识的记载。实际上,有一种学者的冗长啰嗦很好地填充了书页:200的智商"属于西德法兰克福的约翰·沃夫冈·冯·歌德(1749—1832)"。他们指的是歌德。

但是,这本书编排得很好,插图也漂亮,很可能值得替代你大概已经拥有的早前的版本,尤其是如果它记载切斯特·杜福特,或随便什么人,达到了每小时九十五英里的陆上速度纪录。而且,这本书很大的吸引力在于包含了相当偶然的信息,以充满诱惑力的神秘形式表现出来:

> 如果将地球的年龄比作一年,那么直立猿人大约12月31日晚上8:35出现,不列颠最早的居民11:32出现,基督教时代在半夜前13秒开始。

> 中文里 I 的第四声有84种意思,从"衣服""打嗝"到"淫荡"不等。

而且,这个持久的系列具有了不起的信不信由你的强制力量,想要否认这一点,那是不诚实的。书中每一项最高纪录都有助于增强人们对有关身为人类意味着什么的概念(不幸的是,没有其他方法来形容)。这一点最直接适用于"人类",第一部分,我总是以每年更新的恐惧和痴迷来读它。此处很少突破,除了最近发现了一种新的世界级巨人。我看到霍普金·霍普金斯(三十一英寸)还是最矮的英国人,鲍勃·休斯仍然是世界上最胖的,他的棺材是钢琴包装箱改装的,仍然需要用起吊机来放下。我还看到长寿纪录降低了两年(编辑们总是狠狠抱怨没完没了的欺骗,老年昏聩的虚荣心,等等),现在是令人失望的一百一十三岁了。

　　这部分的另一个优点是它令你觉得自己身体健康矫健。怪异的事情不再滑稽，而是开始变得悲伤了。不妨考虑一下这两件事情。马克斯·塔博斯基二十一岁时身高三英尺十英寸；十年后，他身高超过七英尺；他身体严重虚弱，年仅五十一岁就死了，此前很多年一直病卧在床。十九岁的卡尔文·菲利普斯身高二十六英寸，哪怕穿着所有衣服体重也不到十四磅；两年后他死于早衰，一种少有的疾病，特征是"侏儒症"和未老先衰。

《观察家》1971 年 12 月

并非好笑的事情

《最佳现代幽默》，摩迪凯·里希勒编辑
The Best of Modern Humour edited by Mordecai Richler

幽默感是严肃的事情；没有的话，是不好玩的。观察一下那些没有幽默感的人：他们监督所有谈话的盛气凌人和鬼鬼祟祟的方式，他们意会不到讽刺和夸张时的慌张，他们跟着大家一起无意义哄笑时感到的宽慰。没有幽默的人可以调整自己的心态去欣赏滑稽戏和闹剧——也就这样了。他们脑子有残疾，或者是精神上"受到挑战"，用美国人的话来说（委婉词本身就是拒绝幽默）。问题在于挑战赢了，每次都赢，轻而易举。没有幽默的人不知道怎么回事，根本无法理解任何事情。

例如，请一位加拿大人来编撰一本滑稽文选集是否很滑稽？[①] "加拿大幽默精华"毕竟是这些滑稽小书竞赛的常规参赛者——还有"澳大利亚礼仪""意大利战争英雄"等等。摩迪凯·里希勒是一位卓有成就的喜剧小说家，虽然是属于那种疯狂的、强制性的，喷火式类型：回看一眼他的东西，就可以确定他最不"幽默"的时候才最好笑。在这样"最佳"的语境中，幽默本身就是一个很糟糕的词，对吗？没有幽默的人会买这本书，指望会美妙地增加他们大笑的次数和识别笑话的形象。但这

[①] 本书主编 Mordecai Richler（1931—2001）是加拿大作家。

其实只能加倍增加他们的困惑。

像里希勒的小说一样，这本选集差不多是两个不相关联的类别的对半分：第一，无与伦比的、精彩的、让人笑得发癫的滑稽文字，（因此）一点也不滑稽；第二，自顾自的文字内容，正如本当如此，只是偶然好笑或者次要地好笑，或相当好笑，或者（在许多情况下）根本不好笑。里希勒先生显然喜欢好好笑一场，指责他没有幽默是没有意义的，我愿意颇有信心地说，总的来说，里希勒先生还是有些幽默感的。但我们大家都有自己的盲点，而幽默是一件好笑的事情。

对没有幽默感的人而言，具有显而易见吸引力的是作者本人，他穿着小丑衣装或者金刚的外套跑到舞台上来，戴着派对的帽子穿着后宫女人的拖鞋，还有香蕉皮和奶油馅饼。这里来了一位幽默作家。这样的写作有六种主要形式：

1. 随心所欲的滑稽模仿。"格特鲁德抬起头来，两眼直视着年轻的贵族，眼睛的表情跟眼睛一模一样，滴溜溜圆，而罗纳尔德爵士双眼凝视着轻便马车上的人，如此目不转睛地凝视，以至于只有羚羊或者煤气管道，才有如此的强度。"没有人会因为这样的笑话发笑，除了作者自己（斯蒂芬·李科克[①]），他灾难性地咯咯笑出了声。恐怕 J.B. 莫顿[②] 也会归在这一类别中。有些我认为有趣的人觉得"海滨流浪汉"很好笑，但是他并不好笑。他可能有一次在外科手术等候室里曾经让你轻松了一下。但那是几年以前的事情了，在一堆精装书中？女士治孕反药（片剂）瓶？芹菜呕屁？锁牢库房和酒桶爵士？

[①] Stephen Leacock（1869—1944），加拿大幽默作家。
[②] J.B.Morton（1893—1979），英国幽默作家，"海滨流浪汉"（Beachcomber）是他在《每日电讯报》上采用的笔名。

2. 散文戏仿（必须总是如此表达自己，以防万一）。戏仿的恰当形式是短诗。佩雷尔曼[1]戏仿钱德勒很有趣，E.B. 怀特戏仿海明威也如此，沃尔科特·吉布斯[2]模仿《时代》周刊的爆料也如此；但还不到半页，他们那种过剩的才智就会让你看得精疲力尽。至于吉恩·克尔[3]模仿弗朗索瓦·萨冈：既然原作者已经那么令人烦闷，为何还要乐此不疲？

3. 自传性闲闻轶事。这一样式是另一种破烂，尽管此处不伤人的代表是诺拉·艾芙伦、约翰·莫蒂默、杰西卡·米特福德。他们语调舒适亲密，叙述往往有点磕磕碰碰，但最后还行。"我们小心翼翼地瞥一眼窗外""我们赶紧冲过街角"，等等。

4. 喜剧专栏。有一条合情合理的规则始终是，滑稽新闻报道只能作为某种更大的东西的分支或者副业才能成功。任何除此之外什么都不是的滑稽新闻工作者写不出来任何会一直好笑的东西。因此，最近的东西（艾伦·科林、加里森·凯勒、伊恩·弗雷泽）看上去不错，因为他们讲述中的兴奋感依旧是流行的。不那么新的东西看上去就不好了，而最新的东西很快就会看上去像不那么新的东西。

5. 仿英雄体，不管以任何形式。这里有亚历山大·索鲁的一个例子："这是下午茶时间：英国人热情洋溢的礼仪，每天使特邀的贵客处于甜蜜的氛围，除非有重大失职行为、雷劈、敌国入侵或天灾，才能指望终结这件事情。"这种刻意的平庸也许可以对第五类人起到一种教训作用。这句话糟糕透顶：丑陋、失实、文盲一般；即使是就附庸风

---

[1] S.J. Perelman（1904—1979），美国幽默作家和编剧。
[2] Wolcott Gibbs（1902—1958），美国编辑，幽默作家。
[3] Jean Kerr（1922—2003），爱尔兰裔美国作家和剧作家。

雅的变异而言,你也不能先用 which 来引领一个从句,然后又变换成 that。①

6. 派对上的对话。冗长的字谜或者游戏,在托马斯·爱德华·米汉、丹·格林伯格、乔治·S. 考夫曼等人日常劳动的手中,足够予人娱乐,但是对弗兰恩·奥布莱恩这样一位喜剧天才作家,却只选取了他故作伤感的"济慈和查普曼"②的调制品,则是故作姿态。"'掐断了继承权。'济慈说。""他的建筑师只管造房不管住人。"③济慈说。双关语对没有幽默的人而言是提示语或者机关,双倍双关语显然比单个双关语要好笑一倍。可怜的弗兰恩!他在午饭后肯定是以醉醺醺的蔑视或者玩世不恭的绝望心态编造出了这些胡话。

对于他的许多作者,里希勒先生做得更少但相当具有危害性,抓住了他们顾此失彼左支右拙的时候。像杜鲁门·卡波蒂、特里·索森、布鲁斯·杰伊·弗里德曼、威尔弗里德·希德等能干的中量级人物只是作为爱开玩笑的记者被收入;对高产的索尔·贝娄只是用了一个游记片段

---

① 这句话原文为:It was high tea: the perfervid ritual in England which daily sweetens the ambiance of the discriminately invited and that nothing short of ... could ever hope to bring to an end. 此处两个从句开始的 which 和 that 的不统一不太符合文法。
② 济慈有一首名诗"On First Looking into Chapman's Homer"(《初读查普曼译荷马有感》。George Chapman(1559—1634)为维多利亚时代翻译荷马史诗的著名剧作家、译者。爱尔兰喜剧作家弗兰恩·奥布莱恩(Flann O'brien,1911—1966)著有《济慈和查普曼的不同人生》,是作者在《爱尔兰时报》上的讽刺小品专栏汇编,以不同的双关语讲述了济慈和查普曼的交往等。
③ 这两句话原文分别是 There is a nip in the heir,发音类同俗语 There is a nip in the air(空气冷得刺骨);His B. Arch is worse than his bight,发音类同俗语 His bark is worse than his bite(他光叫不咬),源出济慈和查普曼谈论有钱邻居聘请某建筑师(architect)在荒凉的海湾(bight)建造了一所房子,济慈嘲笑谁会去这种地方住。

并非好笑的事情 383

搪塞过去；杰出的创新作家彼得·德·弗里斯遭到的羞辱是只选了一段他对福克纳乏味的戏仿。编辑表现出了不起的勤奋，居然还想办法翻出了肯尼斯·泰南一段轻率的评论，以及 H.L. 门肯一篇半点也不好笑的文章。

除此之外，里希勒先生收入了一些篇幅得体的摘选，出自尤多拉·韦尔蒂、托马斯·伯杰、斯坦利·埃尔金、贝里尔·班布里奇、约翰·契弗、V.S. 奈保尔、库尔特·冯内古特、约瑟夫·海勒以及这本书中最成功的——菲利普·罗斯——等人的主流小说。有些选段只不过是稍微好笑而已，而其本意根本就不在好笑，其松散的喜剧性和幽默、喜剧是相对的，后两者是那样一个世界——其中最大的罪过是愚蠢和装模作样，终极的解脱只是笑声而已。你对这些作家在最佳状态时的反应，是始终如一赞赏的微笑——这也许是里希勒先生应该一直追求的目标。

寻求笑声或者仅仅寻求笑声，有点像卖笑，而且如此追寻的过程肯定非常磨人。我很少带着如此强烈的恐惧看着一本半成品的书。给我一本八百页的危地马拉魔幻现实主义作家的洋洋洒洒之作；给我一本有关德国会计的书。嗯，只有乖乖听话不得不写的书评人才会勉为其难翻完这一整本书。这是可以办到的。就像遭遇人生所有的危机和磨难时一样，你只能保持一些幽默感了。

《观察家》1984 年 7 月

约翰·厄普代克

写生课

《过往短文集》，约翰·厄普代克著
Picked-Up Pieces by John Updike

好的书评有各种各样的敌人，但人们很少提到最大的那个——也许因为它无所不在。我们常常听说，尤其是学术界人士说，书评不够学术；的确，诸如"伊夫·克涅夫—论—克尔凯郭尔"[1]这类书评常常显得书评人太过牵强附会。我们常听说，尤其是听出版人说，书评人把书籍当作胡思乱想的跳板；的确，如果以往那种想到什么就写什么的酒鬼得到复活，图书市场也许会得到很大的改善。我们常听说，尤其是听作者说到"炫耀"，说到都市人的怨恨，说到码字人不该有的苛刻——"那就是，无礼"，正如F.W.贝特森[2]曾经对这种趋势的形容。这些罪恶也许存在，但它并不能严重损伤智识生活中文学新闻报道占据的那一个角落。这些关键的缺陷其实与其他写作形式的缺陷没什么不同：那就是枯燥乏味。文学栏目上挤满了不管怎样你对他们都没有什么感情的人——除了一点，你压根儿不想读到他们。

---

[1] Evel Knievel（1938—2007），美国特技演员，1967年在拉斯维加斯骑摩托车飞跃恺撒宫喷泉而出名，这场表演让他浑身多处骨折，昏迷二十九天。其与哲学家克尔凯郭尔显然完全不相干，作者造出这个词组明显有反讽之意。
[2] Frederick Wilse Bateson（1901—1978），英国文学评论家。

作为一位文学媒体人，约翰·厄普代克具有那种独一无二的无价美德：只要读过他一次，你几乎是叹息一声对自己承认，你必须读完他写的所有东西。在书评人沦为战前"矿井里的金丝雀"①那种角色的年代，厄普代克让你意识到，书评以其初生牛犊的方式，还是能成为某种艺术品，或至少是呈现各种观念、感情和心智的饶有价值的工具。他的姿态是那种经久耐用的姿态：敏感和带有讽刺的业外人，不慌不忙地漠视文学的商业世界（的确，"我可能是少有的拥有文学士学位却从未见过罗伯特·洛威尔或诺曼·梅勒的美国人"）。他那种滋滋冒泡的辛辣尖锐文笔与他强烈、即便古怪的回应是匹配的。厄普代克的书评劲头十足，足够为他赢得文学评论的名声——也就是说，它不断提出一个问题（这个问题比初听上去更加有趣），"文学是什么？"

关于《过往短文集》，人们最多的不满就是其中许多文章根本就不该被收进来——至少应该先修订一下。抱怨某本小说的价格或者一本书的页边距，放进《纽约客》的专栏也许还不错，但在精装本中就显得有点无聊了。几处关于收到乏味的神学家赠书的简短备注应该被驱逐，你也很难不会让他给桑顿·怀尔德写的六十个词长的嘉奖给吓一跳（包含五十个词长的脚注，毫无幽默感地为收入它而辩护）。收入就收入呗：此处，厄普代克更在意的显然是他个人的存档体系，而不是他通常对读者的彬彬有礼。然后，人们还时不时可以感到贯穿这种书籍的那种热烘烘的嗜好的呼哧声。例如，厄普代克疯狂热爱高尔夫，因此不失时机地重印了三篇激动的关于这一娱乐活动文章。无疑，问题部分在于，一位常规书评人常常必须从不够标准的书中拼凑出标准长度的文章。不可避

---

① 原文是 canary in a (pre-war) coalmine，英语俚语，指预警机制。

免地，厄普代克有时看上去就像是一位奥林匹克级别的游泳选手在浴缸里扑腾。

然而，《过往短文集》的核心是其小说书评，这里厄普代克总还是可以回到他的首要原则，因此得以保持不被他手头原料的寡淡无味牵连。厄普代克以一种他认为小说是什么的坚定观念看待小说，但是他无可比拟的好处在于能传达一位作者文笔的分量，能勾勒文字后面那种才华的轮廓。即使当他在嘲笑貌似值得推崇的内容，或者称赞貌似可恶的内容时，也从来不会对相关问题态度暧昧。但他的解读是执拗的说教，甚至是好辩的；尽管厄普代克的方法近乎无可指摘，但人们只能以好辩的态度来应对他的看法。

因为某种原因，厄普代克选择评论的大部分小说都是翻译小说，因为他愿意阅读西蒙·施瓦茨-巴特①、扬博·乌洛格②、埃泽基尔·姆法莱③、保罗·凡·奥斯泰恩④等人的作品，我开始还以为他肯定贪婪成性地渴望地方特色。当然，人们甚至会出于一种歉疚的职责去阅读外国经典，以获得某种模糊的轮廓，就如人们去看一些无法理解的油画的照片。但是厄普代克将语言障碍视为任何一只青蛙都可以跨越的车辙：

> 明显没有乐感，至少在译文中……至少对于一位不懂波兰语原文的读者而言……就我所知，[译者]尽可能做到了最佳……而且，

---

① Simone Schwarz-Bart（1938— ），法国瓜德罗普岛裔小说家、剧作家。
② Yambo Ouologuem（1940—2019），马里作家。
③ Ezekiel Mphahlele（1919—2008），南非作家。
④ Paul van Ostaijen（1896—1928），比利时的荷兰语诗人和作家。

我猜想，从荷兰语翻译过来的版本也是非常好的。

厄普代克能够一本正经地强调翻译过来的"阿拉伯语和班图语感叹词"特有的语言风味；他也完全能够谈论从波兰语译成法语再转译成英语的小说的风格——这就好比分析布朗尼蛋糕上的刷法。这种迟钝和麻木，表明厄普代克有关小说作用的观念有不平衡之处，这种不平衡也潜藏在他就小说表达的全部看法中。

哪怕是纳博科夫的小说——关于纳博科夫的七篇文章也许是这本书中最有价值的东西。厄普代克趾高气扬的文笔为纳博科夫傲气十足的文笔提供了一扇理想的窗口，几乎涵盖了他过度的语言（"他的文笔从未像这样用才华横溢的学识渊博威胁缩头缩脑的读者"）和他的精华："纳博科夫的风格真是情爱的一种，它渴望将朦胧的精确搂在它毛茸茸的手臂里。"此处你感到的确实是一位完美无瑕地胜任并且迎合其作者的评论家。但是此处，突然地，厄普代克的语言眼罩（例如德米特里·纳博科夫翻译的《荣耀》中的形容词得到了温柔的称赞，仿佛那活脱就是纳博科夫自己写的一样）被扯开，结果露出来的是紧闭的双眼。"艺术是一种游戏吗？纳博科夫用自己的职业生涯来下注"；他制作了"密不透风的盒子……甚至与构造它们的语言保持距离"。如果你将"甚至……保持距离"换成"体现了"，你可能倒是会相当接近纳博科夫的艺术，但是此时厄普代克已经全面撤退了。纳博科夫，可怕的写作[1]，蔑视"心理学和社会学"，"用一部刻意低估其人道主义内容的小说"来挑战我们。

---

[1] 原文是 horribile scriptu。

哦哦，你心想。厄普代克是那种小镇酒神派的新教徒，这对他的写作没啥坏处；但他同时还是个人道主义者，是守护者太阳神那种类型的，这的确能够解释藏在他小说和评论那种随意而兴奋的风格。因此，奥登的"炫技使人怀疑他灵感的迫切性"（那么，据此推测，也许厄普代克对俳句形式的无知，是对厄普代克本人迫切性的一种间接称颂）。因此，埃丽卡·容那本道地自传性的小说《怕飞》写得糟糕透顶，却是"可爱的赏心悦目的小说"，因为，嗯，在厄普代克看来，埃丽卡·容有一种可爱的赏心悦目的生活方式。难道厄普代克能够以作家的生平"比他的作品更重要"为依据来为此辩护吗？或者，如厄普代克在五页后所言，书籍"作为文学不如作为生活那么长久"？

　　生活。"生活"。有些人似乎非常乐于强调他们赞成这种商品，几乎像是我们其他人没时间享用这种东西似的。厄普代克喜欢让小说相信"改善"和"更好的世界"，果断地声称"通过小说我们领会了对现实的模仿而非对它的摒弃"，并据此给小说打分。但是，这有什么难的？无论如何生活要继续，如果遭到小说的摒弃，现实也不会在乎。这种混淆由来已久，也正是它要为一些真实的痛苦负责。如果厄普代克像对待生活一样给予艺术同样虔敬的自治权利，的确会发生一些"改善"：他会成为一个好一点的评论家。同时，要好好了解这位基督教绅士，他的殷勤总是可靠地惠及所有底层的、普通的、历经磨难的、陌生的或柔弱的东西。厄普代克友善对待落伍的、失意的、与人为善的无用之人和有用之人，因此在称赞广受认可的明星和大师时保持谨慎，他对20世纪文学的看法是四平八稳的。才能，如同生活一样，应该是大家共有的。

《政治家》1976年3月

《罗杰教授的版本》,约翰·厄普代克著
Roger's Version by John Updike

如果强核力量比现在强 2% 的话,那宇宙就会完全由氦气构成;如果减弱百分之五的话,太阳就不会灼人了。如果弱核力量比现在弱一点的话,宇宙中就不会有重元素,不会有结构。如果中子的质量只有实际质量的 99.8%,就根本不会有原子。一句话,宇宙——世界、人类生活——是荒谬的偶然之作。你可以用许多个零填满这一页,而几乎不知道要对付的是什么样的逆境:

> 他教训我:"随便你往哪里看,都有这些极妙地调整好的恒量,这些恒量必须如此……这些恒量如此,并没有内在的理由,只能说是上帝令其如此。上帝创造了天地,这是科学得出的结论。相信我。"

说话的人是戴尔·科勒,一位满脸疙疙瘩瘩、面色苍白、精明好学的学生,他想要得到一笔奖学金,能让他证实上帝的存在——在他的电脑上。听者,则很恰当地是一位研究异教邪说的专家:罗杰·兰伯特,我们的叙述者,曾经的公理会牧师,现在是英格兰一家神学院的教授(如他所言,他曾经是在宗教事业单位的"分配"一端,但这些日子他从事"质量管理")。罗杰既厌恶戴尔,也受到他的吸引——对几乎其他所有人所有事情也都如此(这部小说有各种沉甸甸的二元对立)。也许,他在戴尔身上看到了年轻的自己,虽然是无望地被现代"大脑文化"、被大脑时代和各种细微情感所侵蚀。

总之,罗杰帮助戴尔获得了奖学金,赞助他注定要失败的亵渎天庭

的研究项目。作为回报,戴尔帮助罗杰重新找到了一位失联的亲戚——怨天怨地满嘴脏话的维尔娜。维尔娜是住在保障房里的单亲妈妈,是罗杰离家出走的外甥女、他同父异母姐姐的女儿:这一点点血脉联系足够让他们的纠缠不清带上点乱伦的气息。同时,通过几乎接近精神病或者小说创新的共情(人们可以称之为"游荡的"或"漂流的"叙述者),罗杰开始"通过"戴尔"生活",通过他的眼睛来看事情,通过他的裤腰下的部位来渴望。这是罗杰特别消耗精力的一个嗜好,因为戴尔现在把他的时间分别用于找寻上帝存在的证据,以及另一个更加成功的追求:备受罗杰忽视的年轻妻子埃丝特。

这当然都是罗杰说的。这只是罗杰的版本,罗杰福音。例如,人们从来不清楚,戴尔是否真同埃丝特有恋情,或者罗杰只是沉溺于自己放纵的色情幻想,想象着他们如何缠绕在一起、如何松开彼此,他们的盘坐和喷射。此处我们又遭遇了厄普代克少有的过失或者过度之处,他不分好歹地热爱细节。面对一个角色的生殖器,我们得到的不是我们认为可以凑合的一个词组或一句话:我们得到的是整整一大段近景。另一方面,也许此处的痴迷有其结构性的地位:它是罗杰的痴迷,让人尽管过度却必要地瞥见了他双面的、升华的、梦游的灵魂。

即使按照中晚期厄普代克的标准,罗杰也是个相当自相矛盾的人物,既高尚又魔鬼,既没有心肝又多情伤感,既慷慨又小气:一个"阴沉沉老穿着花呢衣服的无赖","[他]狡猾谨慎的面孔上有着松弛和打折的肌理,记录了半个世纪的利己主义刻出的一道道肉欲和怨恨的皱纹"。他身陷天堂与地狱——或天堂与尘世——之间,这些日子倒也还行。他对色情和神学同样兴致盎然,他同样痴迷戴尔用来寻找上帝的电脑上的"鼠迹"和不能自已的恋旧情怀,这使他回到维尔娜那无电梯楼

写生课 393

房的两室户的气味和分泌物。她说他"邪恶"——他觉得那是恭维。他沉迷于自己的异教邪说:"刻意行事变态,为了扩展和加深上帝的宽恕能够全力施展的领域。"

  这是一本极其专业的小说。厄普代克现在已经是"完全彻底"的玩家,一位速度一点没有减退,打得别人满场子乱跑的魔术师。至于罗杰,承载这本书厌恶情绪的化身(厌恶肉欲,厌恶当代)被幽默、感受和顿悟的光彩完全抵消。戴尔·科勒寻找设计师的宇宙,我让他去看约翰·厄普代克的小说。那是个非常精致的地方——过于精致,也许。我嗅出了天才的痕迹,但并没有伟大小说的那种巨大冲击,还没有。我感觉像罗杰一样,踮脚走过这些项目(这里是典型的干净利落的几行诗):

> 两位身手敏捷的年轻人三步一并地攀上铁楼梯,动作完全悄然无声。他们以极快的速度朝我跑来,穿着旧的瘦腿牛仔裤、闪亮的篮球服和巨大的无声跑步鞋,他们分开在我两边经过,初看像是一辆汽车的头灯,结果却是两辆摩托车。

《观察家》1986年10月

《自觉:回忆录》,约翰·厄普代克著
Self-Consciousness: Memoirs by John Updike

  "这些回忆,"约翰·厄普代克写道,"感觉寒碜……勉强……竭力想要暴露本当是——为了得体地保存能力——藏起来的东西。"《自觉》

是厄普代克拼凑而成的自传，之所以写出来，或者拼凑出来，是为了回应别人要写《(厄普代克)传记》的传闻。它有巨大的缺陷，也有更加巨大的（无关联的）美德。但是困扰厄普代克的寒碜却是普遍现象——是这一领域与生俱来的；足够好笑的是，这是骗子的寒碜。小说家躲藏在自我的锅炉房里，他在自己臭烘烘的单间里工作，穿着露出尾节骨的牛仔裤。在自传中，他带你重回那里正式参观，或是带着公关性质的露面散步，身着领班挺括的工装。

自传作者有着一切职责要履行。当然，人们准备读到一定量的个人史，深藏的背景；当然还有纱窗和前廊，僻静的街道和后院，那个玩具，那个场地，那种质地——儿童时代的房产——不厌其烦地全都翻了出来。厄普代克是个温顺的孩子，在学校"过分受宠"（"希林顿运动场忠实的小常客"），他长大后一直有条不紊。就这样我们还了解了个人前历史——还有突然的崩溃，是厄普代克自己的，变成了近乎虐待狂似的饶舌。这四十页的喋喋不休是他写得最糟糕的东西。

厄普代克也许缺少安东尼·鲍威尔的谱系，我依稀记得，后者在回忆录中沿着格林杜尔[①]和洛克斯利的罗宾，把自己的族谱一直追溯到了某个类似贝尔武甫的人物。但是厄普代克还是让我们知晓了乔治表弟和贝西姨妈和阿奇姨父。然后我们读到了这个：

让人高兴的是1889年纽约阿尔巴尼私人印刷的查尔斯·威尔逊·奥普代克撰写的《奥普代克家谱》也关照了新泽西州的厄普代

---

① 此处应指 Owain ap Gruffydd（也作 Owen Glendower，约1354—约1415），威尔士统治者，1400年发动威尔士叛乱，对抗英王亨利四世，后下落不明。

写生课

克家族，哈特利的祖父彼得出现在第333页上……

第三百三十三页？现在是乔治·奥普代克和吉斯波特·奥普·登·代克和路瑞斯·简尼森·奥普·代克生了乔纳斯·奥普代克，后者又生了劳伦斯·厄普代克。"健壮的血统"，"一个活力十足的种族"——噢，那样刚强的品种！当你知道"吉斯波特自己拥有整个科尼岛"时，你必须提醒自己你不是在读约翰·契弗非常搞笑的什么东西。但你的确不是：你在读某种一点也不好笑的东西——某种非常一本正经和自我炫耀的东西——约翰·厄普代克写的。这样读了一小时之后，我也不得不想起我对自己家系的兴趣，这种兴趣在我十六岁时就结束了，当时我疑疑惑惑地查一部姓氏字典看了一下艾米斯，我看见的内容大致是这样的："关联，下层阶级，尤其是奴隶。"大概并非是虚荣心促使厄普代克写下这些；那感觉更像是一种嗜好或者作者的节俭。总之，我们此处看见的厄普代克是赤裸裸的，不带一丝讽刺或者艺术性。

所有小说都暴露自我，却是最好的——或最有趣的——自我，升温、净化成更精妙一些的东西。例如，没有理由认为，为何一位小说家的意见或者"立场"应该具有特殊价值，遑论特殊权威。厄普代克也证实的确如此，他在一篇小心翼翼地支持越南战争的文章里表达了自己的社会-政治信念。伴随他的地方天才的是时间天才，《论不做鸽派》("On Not Being A Dove")则是对美国六十年代的丰富再现，厚颜无耻、歇斯底里、崇拜青春、智识溃散。厄普代克穿戴着"花哨的短袖套衫和爱的珠串"，和詹尼斯·乔普林[①]"跳弗鲁格舞"，他喜欢乱交；但他不喜欢

---

① Janis Joplin（1943—1970），美国歌手和音乐家。

激进主义——他不喜欢心智的乱交。这样看来,他支持越战主要还是因为不喜欢反战的人。

对于他,和平运动成了一种莫名其妙的累赘("现在来了这个运动"),而不是越战对美国的实际影响的直接症状。厄普代克的文字充斥着行话、整句话整句话的陈词滥调,还有拘谨的冷嘲热讽:

> 像瑞典和加拿大这样的文明小国躲藏在我们的核保护伞下啰哩啰嗦,欢迎我们的逃兵和逃避征兵的人,当然很不错,但美国无处可藏。必须维持信用,权力本来就是肮脏的交易……

厄普代克聪明地在他的回应中袒露某种原始的东西,但没有哪种返祖精神应该导致他陷入如此精准的虚假:"顶着和平运动的旗号……少数特权阶层对政权和选举该政权的美国大众发起了战争。"在《兔子归来》(*Rabbit Redux*,1971)中,这样的情感几乎使得哈利·安格斯特罗姆被大家哄笑着赶出了城——那个城镇就是宾夕法尼亚州的布鲁尔。而且,甚至哈利也遭遇到了一个厄普代克要避免的问题。至于谴责一场你太老了无法参加的战争,只有一件事情你需要问自己:当你在一个外省的机场与你去参战的儿子挥手告别时,你胸中有何感觉?

他到底怎么回事?在帐篷里沉思,他渴望行动吗?文学自传还有另一个障碍,尽管是令厄普代克最终受益的障碍:作家从来不出门。虽然成吉思汗的回忆录肯定会具有吸引力,但如果没有反复令人焦虑的万年独处,小说家就什么都不是了——根本就不是小说家。这有益于好奇的自我:静态的、自我尝试,独自一人时最有活力。这本书无可挑战的成功就在于探索了这种与世隔绝的素质。如往常一样,厄普代克关于人的

写生课 397

灵魂有很多话要说；但令他的书与众不同的是他对人的身体的评论。

厄普代克的身体是一件奇怪和亲热的仪器，是所有那些出错的基因和神经不安的状态能够恶毒地设计鼓捣出来的东西：牛皮癣、哮喘、幽闭恐惧症、恐水症、蜘蛛恐惧症，吃饭喝水都容易噎住，还有结巴得让人难受。他写到这些，不是心怀羞惭，而是满怀热忱，像一只会说话的动物。厄普代克尤其是一位令人尴尬的作家：这是他反复出现的弱点，也是他具有统一别人的力量。他总是能成功地把你带向你并不真在乎要去的什么地方。

这本书的最后一部分，"论永远的自我"是就我所知人们有关变老这个话题所写的最佳之作：年老，以及年老的唯一终结。

失眠提供了一种范式：心智无法睡去，只要它还在观察自己。一旦观察到滑脱进入无理智思想的状态，我们又立刻猛醒，渴望地期待，贪婪地想要入睡。

像这样的文字赢得了人们最深切的同意；似乎扩充了人类的团体。但是现在我已经发现自己在想，这样的语句太好了，太普世了，不适用于论述作品，而属于艺术作品（我希望而且相信，它们很快就会出现在那里的）。《自觉》用一种古怪而独特的方式展示了正封照片上的那个人（约翰尼五岁时，顽固、好奇、快活）是如何成为封底照片里的那个人的。有许多精彩的页面，但最精彩的一页没有页码，差不多在一开始，就是这一页说到他写了《贝克之书》（*Bech: A Book*）和《兔子富了》（*Rabbit is Rich*）。

《观察家》1989 年 5 月

《兔子歇了》，约翰·厄普代克著
Rabbit at Rest by John Updike

《兔子歇了》读了一半，读者会开始听到背景中有种嘶哑的低语声。你可能会觉得那是你自己的心脏在嘟囔（因为这本书全都和变老、中风和血管堵塞有关；它自身就是终结）。后来，虽然，声音变得更加吵闹更加普遍：也许它属于运动场地或者报告厅；有某种群体本能在里面，吸引你愉快地失去个人性。最终你承认这只不过是鼓掌叫好的声音，美国人的鼓掌：啊，呀，跺脚声，响亮的哨声。《兔子，快跑》(*Rabbit, Run*)、《兔子归来》和《兔子富了》，约翰·厄普代克是满垒打，而《兔子歇了》则是全垒打。我们现在又可以看到他了，慢动作，老击球员绕着球场慢跑，他严肃地与裁判员和培训员击掌。他的头狡猾地朝前，他回到本垒板——回到板凳暴走迎接——还有全场大声的吼叫。

厄普代克称他们为"安格斯特罗姆小说"，但我们更加熟悉它们是"兔子系列"，跨越三十年，一千五百页，讲述一位宾夕法尼亚州的汽车推销员从年轻到死亡的故事：他像大家一样心怀偏见，沙文主义，也许不同寻常地贪吃和好色，但其他方面委实都没什么特别之处。就好似讲述了双倍长度的《尤利西斯》，而且叙述者不是斯蒂芬、布鲁姆、莫莉，而是基尔南酒吧[①]某个比较粗鲁的保镖。

厄普代克说的——或者终极展示的——是非常简单的事情：未经检验的生活值得检验，的确它充满了教训和欢乐。在关于美国世纪的散文体作品中，很少有明显比兔子系列更好的。《奥吉·马奇历险记》，

[①] Kiernan's bar,《尤利西斯》中的一处重要场所。

大概还有《洛丽塔》，可能还有约瑟夫·海勒的《出事了》(*Something Happened*)。然后呢？如果说厄普代克缺乏愿景和进攻性，那他也以不知疲倦和意志坚强加以补偿了。他像安东尼·伯吉斯一样，是19世纪格局的人，早上写好他的二十封信和三十页小说，下午忙于公职，下午茶时去打猎，然后从晚餐前在写的史诗上抬起头来对妻子说："呸，生活太安静了：我想要工作。"

《兔子歇了》开始和结束都在佛罗里达，里根时代末期，美国刻意维持的富裕生活的余晖里，哈利·安格斯特罗姆退休了，他很快就要死了，因此他还能去哪里？除了去日落州，更加具体地说，去一个叫做英灵殿①（《简明牛津词典》释义："遇害英雄的灵魂欢庆的殿堂"）的公寓楼里度日。购物中心里到处都是"阳光过分明媚的诊所——牙医、脊柱按摩、心脏病康复中心、法律事务所、专理医疗保健和医疗事故案件的诊所"；走廊里"有一股空气清新剂的气味，掩盖渗入每一个封闭空间的霉味"。"在佛罗里达，大家全都小心翼翼，仿佛喝了两罐啤酒就会摔倒弄断一根髋骨。整个州的感觉都很脆弱。"

> 公路上全是美国那种配有减震装置和动力辅助转向的白色大车，开车的全是老人，他们老缩到几乎都只能看到车前盖。任何时候你去什么地方如果没有迎头撞车，那就是对世界上这块地方老年医学、兴奋丸、维他命注射还有薄血药的致敬。

高个子、不好动的哈利刚过了五十五岁，兔子富了，但也发福了，

---

① Valhalla，也译作瓦尔哈拉殿堂，北欧神话中主神兼死亡之神奥丁（Odin）接待战死者英灵的殿堂。

"飘浮的一个人",睡觉蜷缩着,给"肚子一点空间摊下去";"每天早上刮胡子,感觉像是有成吨的肥皂泡沫要抹去。"在海滩上他盯着自己的脚看:"那么白,像纸一样!仿佛他已经站在老年齐膝深的深坑里了。"《兔子富了》里的"内心忐忑"在《兔子歇了》里已经变成一种硬化和孤独的宿命感。很快,医生就在告诉哈利说他有"典型的美国心脏"。但这个我们已经知道了。妻儿的事情很快就"令他厌倦","其他人,甚至所谓爱的人",也不过是日常生活中的沉重负担而已。兔子含泪对一位前情人坦白,他之所以不能离开他的妻子珍妮丝,"因为,没有她,我就是一团屎"。然后他的心脏,是典型的:"累了,僵硬了,堆满了渣滓"。

哈利还经历了另一种更加叫人惊讶的扩展:智识上的增长。他仍然还是那个粗鲁的土包子,仍旧满嘴黑话胡说八道,厄普代克也没有拒绝给我们大家期待的喜剧。在汽车展示大厅的墙上挂着《花花公子》年历,这个月的女郎打扮成光屁股的复活节兔子,哈利不大肯定是否妥当";后来,在接待一位丰田公司的经理时,哈利唠叨着:"大岛小姐,我是说岛田先生"——哈利一直在练着说这个名字,告诉自己说那就"像是说华美达,开头带个屎字"。① 但是作者和主角之间可以保持的距离已经部分缩小了,《兔子富了》里最好笑的情景之一是当哈利自豪地打量他的"窝",好奇是否"在这间屋子里他可以开始看书,而不仅仅是杂志和报纸,开始学点历史什么的"。嗯,这还真发生了。他也许不怎么懂地理(在讨论葡萄牙时:"那边我唯一想去的地方是西藏"),但

---

① 原文为"like Ramada with shit at the beginning"。"大岛"和"岛田"英吾发音分别为 Oshima 和 Shimada。

写生课

他还真的学了地理,这是最后一次死神驱使的朝向"大画面"的冲刺。

毕竟哈利自己很快也将成为历史。这幅大画面也是厄普代克的目标。哈利只有半年时间在佛罗里达消磨,其他时间他还是回到宾夕法尼亚铁锈地带布鲁尔。佛罗里达的历史,小说开头在几次团体游览当地景点时浮光掠影地提过。但那里历史已经结束了、静止了、组织坏死了,布鲁尔才是持续的美国经验发生的场所,此处,厄普代克在慷慨激昂的几段话里,营造了一种这座城市在人口统计上可怜的感觉:动荡和重新塑造,"发展"的搅动和吞噬,人与物质的腐朽碎屑。哈利曾经去过那里,带着他典型的美国心脏。当你开始好奇兔子究竟是否够格成为一个全国性比喻时,他受邀去领队七月四日游行,扮演山姆大叔。接下来的场景简直就是令人害怕的登峰造极了:

两侧是大量年轻人类及其混乱的活力,兔子大步前进,动情地流泪哭泣("海洋,白色的浪涛"),他心脏怦怦跳得"越来越糟糕",恶心头晕,"仿佛他被高举起来察看整个人类历史"。"作为忠诚的美国人",哈利·安格斯特罗姆不会试图去对他的祖国进行任何过激的批评,但还是有一些令他心烦意乱的思索。有一次(他毫无魅力的儿子尼尔森从戒毒所刚刚回家),哈利感觉被"药物造成的镇静和稳定"弄得喘不过气来。他转向孙女,"寻求一个口子,一条裂缝,一丝没有医生照料的光线",但并没有找到。"没有医生照料的"哈利被医疗包围着(他在一个监视仪上观看自己的血管成形手术,仿佛那只是电视上发生的别人的事情);他被医生照看的想法、医生照看的感觉和医生的语言包围着。"我需要处理一下""你应该增强他的体力""我正在重新适应"。把日常存在职业化:这是内在的敌人。

在《兔子歇了》中,对美国最为坦率的预测是丰田公司的经理说的，就是那位名字像是以屎开头的经理。他说美国必须改变她的方式，但兔子并不会改变他自己的。"他们应该让人们去死。"他说。"是现代科学，你应该感恩才是。"他的妻子说。务实的珍妮丝长着"扁平门把手一样的塌鼻子，像抽屉把手一样没有什么性格"。哈利的死亡的本质得到美妙的呈现，暗示着幻觉和怀旧的补偿力量。山姆大叔已经步入老年了，跳着舞崇拜他业已消失的活力。

厄普代克的书中处处可见对美国的超级富裕的致敬和纪念。的确，兔子系列的韵律总是倾向于列举历数和百科全书式，这是厄普代克孩子气的聪明博学的副作用；像《世界的标杆》(*Cursor Mundi*[①])的作者一样，他写下他知道的一切事情，作为一种神知的类比。在最近两部小说《东镇女巫》(*The Witches of Eastwick*)和《罗杰教授的版本》中，厄普代克硬是在宇宙学、计算机、神学、达尔文主义、招魂术、陶瓷和大提琴等方面将自己拔高到了博士的水平。《兔子歇了》还额外赠送了营养学、成瘾、心脏手术和房地产。大画面由许多小画面构成，同样，在外部世界里，杂七杂八的东西全都吸收纳入，以审慎和包容的高速手眼相随，厄普代克的贪婪令你害怕，令你佩服得皱眉和摇头。

无拘无束的风格是四部曲的豪赌一把，这是在每一张经过的照片和布告栏上都看见了全局——时间和空间——的风格。人们有时指责厄普代克让哈利糊涂的脑子负担过重；但兔子系列如果只是记忆练习的话，那就太苍白无力了。他让普通人歌唱和兴致高昂，因为反正普通人就是会兴致高昂地歌唱的，尽管是无声地，直到小说家介入。那种誓言守贫

[①] 14世纪早期一首以中古英语撰写的宗教诗歌，广泛再现了从创世到世界末日的基督教历史。

的文字不是为厄普代克准备的,而且,穷鬼比王子更容易立下这样的誓言。厄普代克在他的会计室里很快乐。这部小说对疲惫、老年和厌恶等话题始终乐此不疲,文笔总是清新、青春、不会凋败。此处,在半夜开车穿越低地布鲁尔时时,厄普代克的文字将兔子带往"那里",去了葡萄牙,去了西藏:

> 街边停着的汽车展示出一系列非此尘世的色彩,不再是红色、绿色和奶油色,而是灰蒙蒙的月光色,不像你在白日能见到或者想象得到的任何东西……收拾得干干净净的院子里修剪过的大灌木丛、红豆杉、侧柏和杜鹃花,在夜色中看上去很警觉,仿佛丛林野兽到水边来喝水,被照相机的闪光灯照亮。

《星期日独立报》1990 年 10 月

《零散之作:评论文集》,约翰·厄普代克著
Odd Jobs: Essays and Criticism by John Updike

我们总是会想到文学上的成双成对,例如海明威和菲兹杰拉德等。但文学上的死对头呢?豪尔赫·路易斯·博尔赫斯对乔伊斯·卡罗尔·欧茨,尼科尔森·贝克对利昂·马库斯·乌里斯,托马斯·品钦对 C.P. 斯诺,诺曼·梅勒对安妮塔·布鲁克纳。约翰·厄普代克没有显而易见的灵魂伴侣或接近平起平坐的人(尽管安东尼·伯吉斯也拥有类似的过度活跃的大脑皮层),但他的确有个对立面,而且还是截然相反的

对立面：萨缪尔·贝克特。

贝克特是写作即痛苦学校的校长。日子好的时候，他会盯着墙看上十八个小时左右，感觉糟糕透顶；如果他运气好的话，会有几个词例如绝不或者结束或者什么都没有或者不可能烙在他充血的眼睛上。而当然，厄普代克是健谈的精神错乱的圣诞老人，从他这个那个书房里出来（据说他有四个），带着早上的一大袋子书评、演讲、回忆录、思想片段、序言、前言、导言、故事、短剧和诗歌。水壶在炉子上唱着歌，他准备着他的低因速溶咖啡，脸上带着惯常的表情：遭遇有趣的小事而感到尴尬困扰的表情。电话铃开始响了，一家科学杂志想要一篇关于次原子热力学原理的精辟看法；一家时尚杂志想让他写一万字谈谈他最喜欢的颜色。没问题——但是他们能等等吗？厄普代克还要再去一下楼上，赶出一部小说。

《零散之作：评论文集》是他第四本高级新闻报道合集，此前还有《杂文集》(*Assorted Prose*)、《过往短文集》、《拥抱海岸》(*Hugging the Shore*)。它给我们展示了一个既塞得满满又有条不紊的心灵。如果作家——如果大家——有的书桌干净整洁，有的书桌乱糟糟（我在惯常熟悉的那个草堆下写这些文字），那么厄普代克则是一尘不染的桌面加上关得紧紧的抽屉：他很有条理，似乎他还无所不知，例如，精通进化论（"小行星或彗星的因果关系"相对"间断平衡"）。至于《圣经》的学问（马太福音 = 马可福音 + Q，《路加福音》=《马可福音》+ Q + 只存在于《路加福音》的大量叙述和布道，大致如此）。或者还有这个：

爱德华是著名画家杰西·巴尔特兰姆和情妇克洛伊·瓦利斯通的儿子，斯图亚特是著名作家卡西米尔·古诺的儿子哈利的儿子，他娶了当时还怀着爱德华的克洛伊，哈利的第一任妻子特丽莎（娘家姓奥尼尔）是新西兰的一位天主教徒，像克洛伊一样年纪轻轻就去世了，曾经生过一个男孩。

约翰·厄普代克竟然还知道艾丽丝·默多克一部小说中发生的事情。①

总体上，他关于自己受过的正规教育很谦虚。"我在大学一年级时是尖子学生，"他写道，"用一篇枯燥的论文和答辩时啰哩啰嗦地展示无知完成了我的学术生涯。"从那以后，在青春早熟的恍惚状态中，他就自学成才了：做作业和写文章。自学的人总是试图给别人——母亲、父亲、圣人似的小学教师、他们自己柏拉图式的自我——留下深刻印象，这是常见的事情。但没必要问此处厄普代克在寻求谁的赞同。他以自己的方式力求达到六翼天使的程度，同时遵循各种关于善良、自我克制和磨难之价值的《新约》式忠告。

这并非第一或其实也不是第二件令你印象深刻的事情，但《零散之作》是近乎《圣经》般磨难的记录。（也许书名的第二部分应该发长 o 音。②）厄普代克在评论阿纳托利·雷巴科夫③的《阿尔巴特街的儿女》(*Children of the Arbat*) 时，在某处坚忍地指出，"文字黯淡无光，几乎没有任何情节发展"：那本书长达六百八十五页。然而，各种所谓的杰作仍然在垫子上堆积，来自智利，来自巴拉圭，来自奥地利，来自阿尔

---

① 上述为英国小说家艾丽丝·默多克小说《好学徒》的内容。
② 《零散之作》原文为 *Odd Jobs*，job（o 发短音）意为"工作"，但 Job（o 发长音，约伯）也是《圣经》中的约伯，一位历经磨难仍坚信上帝的人物。
③ Anatoly Rybakov（1911—1998），苏联作家，著有《阿尔巴特街的儿女》《沉重的黄沙》等。

巴尼亚。你只需要看一下参考文献大标题,就能感到你的嘴唇在颤抖:"阿卜杜勒·穆尼夫①的《盐之城》(*Cities of Salt*),由彼得·索鲁译自阿拉伯语,六百二十七页。"六百二十七页译自阿拉伯语……然而铁打的约翰对付完了这一项,还准备对付更多。我们常常发现他轻松快乐地迎接"生气勃勃的第一部小说"或者是一家"勇敢的小出版商"最新的书籍。有许多作家无法打动厄普代克(乐趣、热情和活力都不够),只有一小撮(作家)成功地打动他:叶夫根尼·叶夫图申科②、托马斯·伯恩哈德③、雅克·德里达。

在对约翰·契弗表达钦佩的四篇文章当中的一篇里,厄普代克深情地回顾了 1964 年他们一起去俄国的旅行,契弗"生气勃勃的好奇心和勇敢的活力四射"使得暗淡的旅程"像四月在巴黎那样快乐"。因此在几页之后,我们也同样感受了厄普代克的震惊("带着某种惊讶我读到……"),因为他在《约翰·契弗通信集》中看到了以下内容:

> 厄普代克,我知道他是一位了不起的人,去年秋天他跟我一起在俄罗斯旅行,我情愿不惜成本和周折来躲避跟他做伴。我觉得他只是貌似宽宏大量【原文如此】,他作品的动机出自贪心、暴露狂和铁石心肠。

我们还在为这段震惊,接下来又读到了 S.J. 佩雷尔曼写给奥格登·纳什④的信件,谈到"这位年轻人在纸上操练时,我特别恶心"。

---

① Abdelrahman Munif(1933—2004),沙特阿拉伯作家。
② Yevgeny Yevtushenko(1932—2017),俄罗斯诗人。
③ Thomas Bernhard(1931—1989),奥地利小说家、剧作家、诗人。
④ Frederic Ogden Nash(1902—1971),美国诗人。

厄普代克难咽下这口气,但他还是咽了下去;他对那些人的推崇不会衰减。在向上爬的过程中,这位勇敢奋进的人视文学名声为一艘远洋邮轮,头等舱有香槟酒会在等着他。一旦上去了,他碰到的却是"某种美杜莎之筏",到处是张牙舞爪的尸骨。

实际上,《零散之作》的愚钝之处不仅仅体现而且证实了厄普代克的宽宏大量。正如卡尔·巴特[①]说莫扎特,"快乐超越了悲伤,但并没有熄灭它……'是'永远比一直在场的'否'更响亮";厄普代克总是在精神上致力于"肯定"。奇怪的是,正是他的慷慨大方导致他陷入了唯一的麻烦——与一本正经的左派的麻烦。他最近那本古怪的自传《自觉》,包含了一篇关于越南的扭曲的文章。此处,厄普代克选择性失明,他不愿有不好的想法,这导致他拒斥有关疾病、阴谋和偏执狂的一揽子激进想法——因此支持越战。收入《零散之作》的一篇演讲,标题是《国家如何想象》,是 1986 年他在第 48 届国际笔会大会上做的演讲,厄普代克热情地赞扬美国邮政服务。后记告诉我们演讲进行得有多糟糕,处于"高热的激愤和条件反射式反美情绪的鬼魅气氛之中"。厄普代克在这个讽刺和沮丧的年代有时似乎是个孤独和不合时宜的人物,但只有愤世嫉俗的人才会指责他愤世嫉俗,因为愤世嫉俗的人命中注定到处都会看到愤世嫉俗。

在《自觉》中,厄普代克表明他的父亲在晚年习惯戴着一顶用羊毛编织的海军帽子:"给他的头保暖,但也使他看上去像个傻子。"这是老年人变态的安慰之一,厄普代克争辩说:以貌似傻瓜、怪异、没有自知为乐。也许人们在小厄普代克身上也能见到类似的气质(他自己现在整

---

① Karl Barth(1886—1969),瑞士籍新教神学家。

个冬天也戴着一顶编织帽子,无论是在室内还是室外)。有种滚滚奔流的感觉,越来越沉溺于其中:太多怀旧手推车和美国人的棒球手套,太多祖先崇拜,太多虔诚。在他的艺术评论集《观赏》(*Just Looking*)中,厄普代克似乎常常更喜欢冒牌货而不是天才。此处,你也觉得他同舍伍德·安德森和威廉·迪恩·豪威尔斯① 这一类人在一起时,比同索尔·贝娄和弗拉基米尔·纳博科夫——美国世纪后半叶仅有的明显比他更优秀的人——等人在一起时更放松。

但让我们说明白,这本书滔滔不绝、措辞到位地行使公正:格雷厄姆·格林"相当欢快的病态敏感";托尔斯泰遭受的"目光过分清醒的疾病";翁贝托·埃科永恒的"摘录释义的狂欢";约翰·奥哈拉,在他的作品中,"各种不相关的事情纠缠在一起,几乎像是书签";T.S. 艾略特传记中"略微油腻的僵硬腔调",仿佛"[彼得·]阿克罗伊德试图与一位怪异的老家伙进行一场恰好沉闷的谈话,被迫要与他共同度过一个长得可怕的酒会";或者卡夫卡的感觉:

> 焦虑和羞耻,其核心无法探明,因此无法抚慰;一种事物中无限困难的感觉,阻碍每一步;一种超出实用性的敏感,仿佛神经系统,被剥去了社会用途和宗教信仰的旧皮,每一次触碰都感觉疼痛。

《纽约时报书评周刊》1991 年 11 月

---

① William Dean Howells(1837—1920),美国现实主义小说家、文学评论家和剧作家。

写生课　409

超凡脱俗

全都在场

《二十世纪文学名人录》,马丁·西摩-史密斯著
Who's Who in Twentieth Century Literature by Martin Seymour-Smith

据说柯勒律治是最后一位什么都读过的人。他不再是了。马丁·西摩-史密斯先生才是。四卷本《现代世界文学指南》的作者(如此的全景之作以至于几乎无人胆敢写书评)现在又给我们带来了同样高瞻远瞩的《二十世纪文学名人录》。此处,西摩-史密斯君不但再次让我们感觉他读过所有人用所有语言撰写的有关所有人的东西;而且还让我们感觉他读过两次所有人用所有语言撰写的有关所有人的东西。

尽管西摩-史密斯的博学实在令人感到自卑,但他不断炫耀无所不知,说得温和一点,则并非没有好笑之处。他并不为自己的无所不知表示歉意,实际上正是在这一点上他像冻原地带一样无边无际地毫无幽默感,才使得这本书如此令人欢乐。连续读了"A"条目下面有关一位罗马尼亚诗人、一位阿根廷小说家、一位阿尔萨斯雕塑家、一位法国剧作家和一位危地马拉"虚构小说作家"的几篇文章之后,我又回到读导言时注意到的一句话,是这样的:"选择的结果因此当然是偏向英国和美国作者。"我不仅嘟囔着"名人是谁?"而且偶然还嘟囔"那人是谁",我跌跌撞撞地走过有关丹麦论战者、塞内加尔诗人、意大利回忆录作家、南非白人女诗人、尼日利亚剧作家、巴斯克哲学家、德国散文作

家、俄罗斯调和论者的作品片段。

西摩-史密斯令人欢乐的一个习惯就是对委实像银河般浩瀚的学问发表看法——然后再通过展示背后那个集书狂的全新宇宙来压倒它。丹尼尔·法贡瓦①是第一位重要的约鲁巴语作家,而《千妖之林》(*Ogboju ode ninu igbo irunmale*)肯定是他最好的作品。啊,但他并没有像对待"图托拉②(请参见该条目)"那样构建一个约鲁巴宇宙哲学的诗意叙述。冰岛人哈尔多尔·拉克斯内斯③的小说,我们都同意,"并没有那么完整"。但您是否意识到,他大量受惠于"从未被翻译过来的"索尔布格尔·索达臣④,"后者也许是更高明的作家"?

同样,有一些看法如此具有异国情调,以至于你无法想象竟然会有任何人类持有此类看法,但见多了世面的西摩-史密斯却常常使其听上去平淡和二手。例如,"现在很时髦的是,蔑视他的诗歌,但承认他巨大的影响力。"此人是谁?鲁文·达里奥,1916年就死了的尼加拉瓜诗人。嗯,如果这的确时髦的话,我会立刻开始蔑视达里奥的诗歌,同时当然承认他的巨大影响力。你很好奇,西摩-史密斯是如何做到一直与如此众多的文化保持联系的?人们是否会时不时给他打个电话问:"这里又有人学会了读和写"?我翻着这本书,心里有点指望着"X"部分是最长的:肯定所有"真正"未知的作家都能在那里找到归宿。

这不公平,当然。尽管西摩-史密斯的全部作品还包括《虚张声势

---

① Daniel Fagunwa(1903—1963),尼日利亚约鲁巴语作家。
② Amos Tutuola(1920—1997),尼日利亚作家,其著作部分基于约鲁巴人的民间故事。
③ Halldór Kiljan Laxness(1902—1998),冰岛小说家,1955年诺贝尔奖获得者。
④ Thorbergur Thordarson(1988—1974),冰岛作家、世界语使用者。

文学指南》(The Bluffer's Guide to Literature)，我还是愿意认可此处展示的至少一半的学问——这本身就是巨大的赞赏。虽然这样的书对任何人，除了乔治·斯坦纳之外，究竟有多少用途，还是个有争议的问题。至于那些的确能让我想起的作家，西摩-史密斯的态度则各种各样轮着来，不偏不倚、带有偏见、恶毒、宽恕、渴望、同情、笨拙、微妙、琐碎和深刻。薇拉·凯瑟是否"本世纪最重要的美国作家之一"？皮兰德娄是否"本世纪最杰出的短篇小说家"？肯尼斯·伯克是否"本世纪最值得一读的英语评论家"？格雷夫斯是否被劳拉·里丁①"最终抛弃"了？吉卜林是否"（无意识地）爱上了"他第二任妻子的弟弟？天知道，西摩-史密斯先生也知道，但是一个阅读文学的新手要知道这些问题做什么？

这样的摘要应该是一个委员会或者单调头脑的工作。西摩-史密斯不是委员会，他的心智也不单调。相反，他对文学评论的回应既杂乱又深刻。这本书诉诸国际主义而非目录指南，它提出的主要问题是，它能使读者不那么目光狭隘还是更加目光狭隘？既然被吸引进入西摩-史密斯超现实的世界——那么接下来呢？——包括柬埔寨的争议人士、车里雅宾斯克②的具体派、马哈拉施特拉邦的宣言主义者、卡林姆科沃③修打字机的人、辽宁的回形针商人。我决定找机会先读一下《温莎的风流娘儿们》(The Merry Wives of Windsor)，然后我们再来看。

《观察家》1976年6月

---

① Laura Riding Jackson（1901—1991），以劳拉·里丁闻名，美国诗人和文学评论家，曾与罗伯特·格雷夫斯有很长一段恋情。
② 俄罗斯城市。
③ 哈萨克斯坦地名。

俄罗斯的幽灵

《岛民》《捕人者》，叶甫盖尼·扎米亚京著，
索菲·富勒、朱利安·萨奇译
Islanders and *The Fisher of Men* by Yevgeny Zamyatin,
Translated by Sophie Fuller and Julian Sacchi

与别雷、蒲宁和布尔加科夫一起，叶甫盖尼·扎米亚京乘上了俄罗斯小说的最后一波浪潮。他在二十年代早期发表的一篇有关威尔斯的文章中写道："革命后的俄国成为当今欧洲最为神奇的国家，无疑将会……在科幻文学中反映这一点。"但是当然，这种文学根本就没有发生；它被集体化了，囚禁了，清除了，现在只能以流散和扭曲的形式继续存在。它的幽灵可见于《庶出的标志》和《斩首之约》的纳博科夫，见于"未出生的"俄罗斯作家例如索尔·贝娄等人哆哆嗦嗦的神秘主义，见于亚历山大·季诺维耶夫[1]等遭到驱逐的幸存者的嘲讽性史诗中；当然还有索尔仁尼琴[2]。别雷的《彼得堡》(*Peterburg*)、布尔加科夫的《大师和玛格丽特》(*The Master and Margarita*)和扎米亚京的《我们》(*We*)——高昂、狂喜、沸腾着幽默和放肆——是消失了的文学的旗舰。

---

[1] Alexander Zinoviev（1922—2006），俄罗斯哲学家、作家和新闻工作者。
[2] 毫无疑问，还有瓦西里·格罗斯曼（Vasily Grossman），其不朽的《生活与命运》(*Life and Fate*)在他死后于1985年出版。——原注

眼前这本书包含此前未翻译过的中篇小说和姐妹篇《捕人者》。这本书在所有方面都不同凡响，不仅仅在于其来源和内涵。扎米亚京是一位海军建筑师，1916 年和 1917 年大部分时间都在纽卡斯尔，为沙皇督造十艘破冰船；这是一个诱人怪异的偶然，就好比，打比方说 D.H. 劳伦斯在符拉迪沃斯托克设计飞机。两个故事的背景都是英国——《岛民》是在那里写的——表露了扎米亚京对我们这个国家精神特质的复杂依恋。（在他同时代的俄罗斯波西米亚人中间，身着花呢外套的叶甫盖尼被人认作"英国人"；他翻译过谢里丹和威尔斯，评论过培根和萧伯纳等。）在扎米亚京的古怪诊断分析中，本地人表现得吹毛求疵和异想天开，顽固且变化无常，忙碌地理性化他们持久的压抑。《岛民》写作时间早于《我们》三年，在细节上是后者的铺垫，尽管后者的背景和时间设定经过了极大的调整。人们一时间还会有这种不可思议的想法，与其说《我们》是对成熟的苏联暴政的未来主义的讽刺，不如说是对英国实用主义的温和的嘲讽。"受惠者"（The Benefactor），《我们》中的老大哥，当然是列宁；但他也是狄更斯的汤玛斯·葛莱恩①，被极度地放大了。

正如《我们》中的"大一统王国"（One State）由守时戒律表操控，《岛民》中的杜利神父洋洋自得地迷恋自我施加的由时间表控制的生活。在一张时间表上，"尤其与杜利太太有关……每隔三周的星期六都标注了"——是爱情游戏的时间，此处又是《我们》的铺垫，有性交日和交媾券（"她朝我伸出粉红色的小嘴——还有她那一小张红色的票。我扯去票根"）。英国的资产阶级私下渴望伟大的国家机器，它将铲除人类的

---

① Thomas Gradgrind，狄更斯小说《艰难时世》中的人物，是国会议员、教育家、五金批发商。

俄罗斯的幽灵　417

波动和变异。甚至大自然热情洋溢的特性都令循规蹈矩的公民感到厌恶："没教养"的太阳"肆无忌惮地明亮地"照耀，鸟儿"毫无理由地"歌唱着，花朵毁了"体面的、修剪得好好的树木"。和《我们》一样，谎言受到致意，仿佛是进化的成就（撒谎改变了糟糕的现实；何况，动物做不到这些，因此那肯定是好事）；人们害怕和憎恶梦中的夜生活，因为它代表了混乱、创造和欲望，这是好公民最着急要压制的东西。

当然，要点在于扎米亚京自己在想象中受到他丑化和嘲讽的那种倾向的吸引。身为艺术家和工程师，他对人类秩序和机械和谐的不可能的愿景作出回应。《我们》（标题带着惊人的得意洋洋，骄傲地否定一切独特性）喜剧性的大师笔触是要让叙述者 D-503 成为"大一统王国"的热情拥趸，傲慢地为身边的恐怖雀跃不已。扎米亚京有着未来主义者的想象力和路德分子①的心肠；他的天才就生存在这样的断层之上。此书译文和伯纳德·格尔尼②翻译的《我们》一样，流畅典雅，十分精彩——也许是因为扎米亚京的"英式风格"使他的文笔易于翻译。我们现在等待着他散文和喜剧的复活。

《观察家》1984 年 11 月

---

① Luddite，19 世纪初参加捣毁机器运动的英国手工业者。
② Bernard Guilbert Guerney（1894—1979），俄裔美国作家和翻译家。

没什么是理所应当，一切都逆来顺受

《弗朗兹·卡夫卡短篇小说全集》《弗朗兹·卡夫卡小说全集》，
埃德温和薇拉·缪尔主译
The Complete Short Stories of Franz Kafka; *The Complete Novels* of *Franz Kafka. Principal translators*: Edwin and Willa Muir

  关于卡夫卡的罪感和孤立、他对父亲和米莱娜·杰森斯卡执着的爱、他的疾病和坏情绪、卡夫卡"困境"充满先见之明的普遍性，人们已经说了很多，也写了很多。这些漂亮的书卷在他诞辰百年之际出版，为人们提供了一个机会来重新打量卡夫卡的一个方面，过去它常常消失在专家学问和学术八卦之中，消失在被那个迷糊的标语"卡夫卡式"（如今用来形容火车延误或者邮局的长队）所涵盖的半印象中，即，东西本身——作品、艺术。

  企鹅版《短篇小说全集》狡猾地以"两则导读寓言"开头——《法律门前》（"Before the Law"）和《圣旨》（"An Imperial Message"）——两篇篇幅大约都是一页出头。第一个故事中，农村来的一个人走近法律的大门，恳求可畏的守门人让他进去，反复得到的答复是"此刻不行"。如果此人擅自入门，就还会有其他的守门人，每一个都比前一个更可怕。第一个守门人说，"第三个守门人就已经那么可怕了，即使我都不敢看他。"这个人坐着，等着，等了几个月、几年，已经年老体衰。此人临死前用尽最后一口气问，为何没有其他人来进入法律之门。守门的人对着这位濒死的人耳朵大喊道："其他人根本到不了这里，因为这扇门是专为你准备的。我现在要关门了。"

第二个故事《圣旨》中，一位濒死的皇帝对你下了一道圣旨——"你，卑下的臣民，无足轻重的影子，缩在帝国阳光所及最遥远的地方"。圣旨如此重要，以至于皇帝瘫倒在床上临死前还让人轻声再说给他听。信使是"一位身强力壮不知疲倦的人"，他立刻开始穿越拥挤的候见室的旅程。但人群众多无可计数，还有无尽的房间，他跑了一辈子都无法离开皇宫最里面的大厅。"如果他最终能冲出最外面的大门——但这绝对、绝对不可能发生——帝国的首都就会在他面前展开，世界的中心，挤得水泄不通……"因此圣旨永远抵达不了你这里。"但夜幕降临时，你可以坐在窗边自己梦想它。"

《法律门前》相当明显地指向《审判》(*The Trial*)，《圣旨》则指向《城堡》(*The Castle*)。但这两则寓言指向更远，可视为构成卡夫卡世界的两个支柱——或曰其货币的双面硬币。一方面有种受压迫感、无谓的监视、令人厌恶的排斥（《变形记》《在流放地》《致科学院的报告》["The Metamorphosis" "In the Penal Colony" "A Report to an Academy"]）；另一方面（在《拒绝》《一个小妇人》《中国长城》["The Refusal" "A Little Woman" "The Great Wall of China"] 中），人们会有一种痛苦无限度的感觉，感到痛苦的重复，感到在无动于衷的无限之前人类毫无价值。例如，据说《审判》"有关"神的公正，《城堡》则"有关"神的恩赐。但其实大家都知道卡夫卡的艺术更加接近日常生活。

卡夫卡的两种梦魇——幽闭恐惧症和广场恐惧症——其实是同一个；清晨到来时这种梦魇也不会结束。人们总不禁想要勉强把卡夫卡视为隐匿的梦境世界的诠释者，的确没有谁能读他而不感觉到自己已经梦见过他：自由落体和转身，因果关系的脱节，无论远近的折磨，转瞬即逝的诱人女子，扩散的疼痛，受阻的愉悦。尽管在某种程度上，如果我们能够将卡夫卡远远地置于无意识的深处，我们还是能与他保持距离。他笔下的荒唐和不安，也让我们知道了清醒意识的徒劳无益，知道那只不过是神经质的胡言乱语，偶然短暂地勉强进入某种权宜的秩序。

卡夫卡是书写日常恐惧、羞耻和坚忍渴望的古怪诗人，他的艺术具有颠覆性，甚至好开玩笑。他描写从来无人怨恨的野蛮的不公平，含泪珍惜的可怜酬劳。没什么是理所应当，一切都逆来顺受，带着滑稽的非人性的迂腐。对那些用其现代性令我们却步的作家，我们保持一本正经。然而，经过应有的同化过程之后，我们会发现，只有艺术才是创新的，担忧属于生活的主流，属于其幽默和悲哀。

豪尔赫·路易·博尔赫斯——他受惠于卡夫卡这一点常常被提及，也日益明显——近来声称卡夫卡作品中"基调"的首要性使得其短篇小说比长篇更优秀。这种说法令人感觉很准确。短篇《司炉》（"The Stoker"）是一篇杰作，比小说《美国》（America）演绎得更充分，该短篇构成了后者的第一章。他的小说的力量被削弱了——也是刻意如此。"它们是悬置和延宕的史诗，从来无法完全成为艺术。"卡夫卡的天才正是在短篇中才最为明白无误地闪闪发光：体现在故事的语调、节奏、迂回上，还有结尾精致的蕴含深意中。例如《饥饿艺术家》（"A Hunger Artist"）写的是一位马戏表演者，他的"表演"包括把自己独自关在一个笼子里进行四十天的绝食。后来绝食艺术渐渐地不时兴了，这位饥饿艺术家不为人注意地死在笼子里。

"那好吧，处理一下这一堆乱七八糟的东西！"领班说，他们把绝食艺术家连草席一起埋了。他们现在把一只小豹子放进笼子里。即使是最迟钝的人现在看到这只野蛮的动物在那个曾经如此长久地了无生机的笼子里蹦跶，也会由衷地感到宽慰。他什么都不缺……甚至连自由他貌似也不缺；那个高贵的身体，拥有需要的一切，似乎自带自由——好像就藏在牙齿上；因为自己活着而感到的纯粹的快乐使得这只野兽的吼声如此响亮，以至于观众都几乎很难站稳脚跟。然而，他们有意识地拥在笼子前，一旦站在那里，就再也不肯动了。①

这个结尾有着同《变形记》("The Metamorphosis")一样狂暴扭曲的辛酸：饥饿和溃烂的甲虫独自死在房间里，家人去乡间旅行，父母愉快地看到女儿第一个站起来，"伸展她年轻的身体"。因为，或者尽管他身上有犹太意识，卡夫卡视艺术家的孤独为基督式的——拥有无限的温柔、承受无限的磨难，但他还是能够皱着眉头笑。尽管我们对重新出版《日记》和《通信》感激不尽，我们无疑也会深受即将出版的绘本和立体图书的吸引，但我们并不需要更多东西来证明卡夫卡的痛苦以及他是如何忍受痛苦的。

《观察家》1983 年 7 月

---

① J.A. 安德伍德（J.A. Underwood）翻译，他翻译的卡夫卡《短篇小说 1904—1924》常常比缪尔夫妇译的《短篇小说全集》更高明。——原注

受过教育的魔鬼

《拾荒者》，希瓦·奈保尔著
The Chip-Chip Gatherers by Shiva Naipaul

在《放逐之乐》(*The Pleasure of Exile*)中，乔治·拉明[1]谴责了 V.S. 奈保尔，他无疑也会骂奈保尔的弟弟希瓦，因为后者对特立尼达社会状况采取了过于温和的立场，在他本当愤怒的地方却只是沾沾自喜，还因为他的写作是"被阉割的嘲讽"。这当然就像称《红隼》(*Windhover*[2])为"被阉割的史诗"。奈保尔两兄弟写的是讽刺，而不是嘲讽，而讽刺从定义上来说就不是好斗的。如果他们决定放弃原创性写作而改写宣传小册子，那么拉明先生的说法就会有点分量；而实际上，加勒比海的社会状况对于他们小说家而言，只是有种想象的意义而已。

的确，原始社会对于其作者而言，提供了一种霍布森[3]式风格的选择：爱发脾气、高贵的野蛮，或者是讽刺和怜悯的混合。但如同所有限制一样，这也带来了特别的自由。讽刺和怜悯是从根本上向下看的观

---

[1] George Lamming（1927—2022），巴巴多斯小说家和诗人，加勒比海文学重要人物之一，处女作是《我的皮肤城堡》。
[2] 英国诗人 Gerard Manley Hopkins（1844—1889）的一首十四行诗。
[3] John Atkinson Hobson（1858—1940），英国经济学家、社会科学家、帝国主义批评家。

点，因此用文盲的陈词滥调说话和思想的怪人、傻瓜、势利鬼、爱炫耀的人、循规蹈矩的人和天真幼稚的人，对于像希瓦·奈保尔这种有着精致笔触的作家抱有明显趾高气扬的态度。他第一部小说《萤火虫》（*Fireflies*）讲述芭比·卢奇曼试图脱离自己的家庭，与丈夫一起过自己的生活，小说中有一句话展示了作者的老辣世故与其笔下角色之间充满喜感的不协调："人们通常认为卢奇曼太太（在寻求一定程度的独立时）是刻意让自己很难搞，'就显得'，如乌尔米拉所言，'在摆架子'①"。这么说吧，尽管奈保尔先生必须保持疏离，但这并没有隔断同情，还是营造了情感克制之下的逆流（正如卢奇曼婚姻生活中几乎是决定性的那种辛酸）。在写作的纯粹性质中有着同情，但从来不需要明言。

和他第一部小说一样，奈保尔的第二部小说主要围绕着特立尼达生活中的一个问题：当落后的人民开始教育自己时，会发生什么？最具有想象性吸引力的回答是，旧时的返祖本能并未被超越，只不过是稀释了而已；过去用谩骂和殴打来表示的态度现在变成了未说出口的威胁；担忧变成了焦虑，怀旧变成了遗憾，冷漠变成了病态，模糊的向往变成了执着的野心。像许多其他事情一样，这些能够通过亲子关系观察到，奈保尔再次需要一块更宽的画布，以及四十年的时间来涵盖它。

《拾荒者》开始的场景是在"保留居住地"，一种吉卜赛风格的社区，在特立尼达的边远地带。此处，积极进取的、奎尔普②一般的拉姆萨兰和更软弱温和的伯莱打算（像那里所有其他人那样）搬出定居点，挤进专业人士阶层。拉姆萨兰走了，伯莱留下了；小说渐渐地展开了更

---

① 原文是俚语，too big…for her boots。
② Daniel Quilp，狄更斯小说《老古玩店》中的角色，是一个恶毒、脾气暴躁、怪诞的侏儒。

加广大的讽刺。拉姆萨兰张扬地迎娶了比自己家境差的女子,养育了一个儿子,他谋求用自己压抑的生活毁掉他儿子的精神世界;而留在居住地的伯莱,娶了一个比自己社会地位高的女子,他荒废自己的一生只为了儿子的自由和解放。掠食者拉姆萨兰养大了性格阴沉的威尔伯特;性格阴沉的伯莱养大了掠食者朱利安。拉姆萨兰"拼劲全力务必让威尔伯特得到……一种扭曲的生活体验",而伯莱,在遭到比他更有教养的儿女们的公开蔑视时,只能耸耸肩,"他们变成这样也没啥叫人惊讶的。毕竟我们就是想要他们变成这样的——变得跟我们不一样,变得更好"。威尔伯特按部就班地进入了一场了无情趣的婚姻,娶了伯莱家最刻薄的女孩。朱利安按部就班地抛弃了拉姆萨兰家的那个恋人,拿了奖学金去了国外。伯莱受刺激后终于变得有点稀里糊涂地口才好了起来,我们听见他告诉他家小孩的最后一件事,也许可以作为这本书的警句格言:

> 你受过教育——就算是受过吧,你拿它做什么呢?你把它藏在什么地方?魔鬼们。这就是你们所有人的名字。受过教育的魔鬼,这是最糟糕的魔鬼。

在这部小说最后一页上,我们让富有、注定失败、无爱的威尔伯特看着特立尼达的穷人拾荒者们,在海滩上搜寻着一点点食物,不为"他们的劳动与所获之间的失衡"而受阻,"在这片大风吹过,颤抖的海滩上,只有饥饿的狗、拾荒者和他自己的海滩上"。如果说这本书并没有像惊人成熟的《萤火虫》那么成功,那是因为奈保尔已经开始处理焦点的问题。他关注微妙细节而非气氛,精简他的句子,小心翼翼地把握他巨大的——也许是狄更斯式的——喜剧天才。但是对于一位二十多岁的作家来说，这更多是早熟，而非压抑的表现，无疑他接下来的小说将使他成为他这一代人中最有成就的、最易读的作家。

《新政治家》1973 年 4 月

《黑与白》，希瓦·奈保尔著
Black and White by Shiva Naipaul

圭亚那的琼斯城发生了什么——1978 年 11 月那一天，吉姆·琼斯牧师的声音出现在广播系统里，召唤他的信众来到等待着他们的装满酷爱果汁和氰化物的大桶前。此前发生了什么？

在掌管他的旧金山信众团体时，琼斯曾经是加州社交界的台柱之一，他不但得到像简·方达和汤姆·海登①这样上当的傻子的拥趸，而且还有像杰里·布朗②和沃尔特·蒙代尔③（他认为琼斯是"一个榜样"）等硬核政客的赞扬。琼斯关心那些无人关心的人——莫洛克人，地下的无产阶级，蹩脚货：不再有活力的嬉皮士、逃避社会的人、瘾君子、反社会人士、妓女、老弱病残、无法就业的人。1976 年，《洛杉矶先驱报》提名他为年度人道主义者。琼斯支撑他的社团（大部分

---

① Tom Hayden（1939—2016），美国社会运动家与政治人物，曾与女星简·方达结婚。
② Jerry Brown（1938—　），美国政治人物，曾两度担任加州州长。
③ Walter Mondale（1928—2021），美国民主党政治人物，第 42 任副总统。

是黑人），怀着对法西斯-种族主义报复的恐慌担忧。但他随后搬去圭亚那却是一种怀抱希望和解放的行动，是前往有意识的乌托邦主义的搬迁。

根据许多报道，那个乌托邦精彩地实现了。在南美遥远的丛林里，琼斯城的居民过着拥有抒情诗般的自由和生产活力的生活，他们大口吞食蛋白质丰富的食品，在田野里歌唱。这是共产主义，而且还挺管用。他们住在清洁卫生的"小屋"里；教育和医疗都是一流的，吉姆总是随叫随到给予忠告，有时给予治愈；老人成天笑着，整晚跳舞。全世界的访客一直对这种高贵的实验"印象深刻"。

根据其他报道，琼斯城从头到尾都是一个恐怖之地。1978年2月，一千名信众中有一半遭受腹泻和营养不良的折磨，整个城市都在发烂。"眼睛下的黑圈或者体重急剧减轻被视为忠诚的标志。"儿童时常遭到酷刑折磨，地位较低的黑人被当作奴隶对待。也许最糟糕的是身患疾病并且吸毒嗨翻的琼斯不知疲倦地通过公共广播系统炫耀他的自大狂——常常是一天六小时，有时长得多。当末日来临时，琼斯城的大多数人肯定都已经准备好离开了。

希瓦·奈保尔对这些报道的互相矛盾之处感到着迷——非白即黑，没有任何中间地带。这证实了与吉姆·琼斯如影随形的歇斯底里，而这种歇斯底里既掌控了他的信众，也掌控了他的敌人。"他们的歇斯底里驱使琼斯城走向毁灭。"相应的情况是，琼斯没有保护和安慰他被困的教民，他用自己的恐惧来摧毁他们的灵魂。在某种程度上，琼斯城的一千人在对世界说着所有自杀者都会说的话：看看你们把我们逼成了什么样子。

有人争辩说，"人民圣殿教"是理想主义出了差错的悲剧范例，而

受过教育的魔鬼

奈保尔认为，它从来就没有对过，只不过是某种更大的虚空的登峰造极。"吉姆·琼斯是海滩流浪汉，"奈保尔写道，"拾捡六十年代沉船漂浮的烂渣。"他对黑人事业的鼓吹也只不过是机会主义："教会什么都不是，就一小撮老顽固，直到我带进来一些黑人。"琼斯私下吹嘘说。"那该死的宗教事业就是这样发达起来的。"在他写的最蛊惑人心的一段话里，奈保尔争辩说琼斯其实没别的感情，除了憎恨他挽救的那些黑人——"如此深深扎根的憎恨，如此折磨人，在怒不可遏时，它翻了个底朝天，自称为爱"。

《黑与白》（请注意并没有任何副标题）并非对琼斯城灾难卖弄性的急就章，而是一本严肃的，也许是过于野心勃勃的有关种族扭曲和变态的书籍。与此同时，奈保尔总是引人入胜、敏锐准确。如同在他的中非游记《南之北》（*North of South*）中那样，他将自己及其紧张神经放在叙述中央。他有着奈保尔式的信念，认为他觉得有趣的事情我们也会感兴趣。这并非高能量报道；奈保尔不到处东张西望打探信息——他只是行走中动用了全部的敏感，但结果还是具有随意性。奈保尔的分寸把握和优先选择常常似乎显得可疑。有对南美政治背景和加利福尼亚的迷信崇拜过于大篇幅的偏题论述；奈保尔太乐意用一本圭亚那扫盲手册、琼斯城指南、嬉皮士宣言等来消遣，希冀在其中间挤出一条路来。

同时，推测希瓦·奈保尔的文学生涯也很令人着迷。他早期两部小说《萤火虫》（1971）和《拾荒者》（1973）是早熟的杰作，在人们记忆中闪光、令人不安。我肯定奈保尔不需要别人来提醒他已经有差不多十年没有出版过任何小说了。许多作家都可以尝试去写琼斯城，尽管也许不会有同样的能力。但只有一位作家可以尝试去写希瓦·

奈保尔的小说。①

《观察家》1980年11月

《观察家》1985年8月

---

① 以下为本篇的增补部分:

任何知道——或读过——希瓦·奈保尔的人都会因为他上周去世——年仅四十岁——而感到可怕的失落。

一读完他第一部作品《萤火虫》,我就感到很高兴与这样一位作家生活在同一个时代。我在朋友们中分发这本书(我肯定买了半打这本书的企鹅版),有很多人,同他们在一起时我只需要开个头,就可以带出人们引用一长串他的话——以及笑声——都是出自那一本书:拉姆·卢奇曼受自己嗜好摄影的折磨(他喜欢自己冲洗底片,在床底下:"他妈的又去了一张。这里看快要像一条该死的湖泊了");他麻烦不断烦恼多多的生活一旦出现什么令他感到屈辱的挫折,他就会有的口头禅:"就像他妈的那个照相机";还有他的妻子芭比必须经受家人对她的放逐,因为她就这么与平庸的拉姆混在一起:人们通常认为芭比故意让自己表现得很难搞,"就显得,"如乌尔米拉所言,"在摆架子。"

我引用的话出自记忆。也许对于死者人们总是必须如此——根据记忆引用。第二部小说《拾荒者》完全维系了远大的希望,以及杰出的成就。我大约是那时认识他的(七十年代早期),他是一位幽默、固执、好谴责的人。他那时还不到三十岁。许多人因为他当时写作生涯的转向而感到不耐烦。他的游记《南之北》和《黑与白》很精彩,带着他标志性的精彩。但是小说在哪里?

小说在酝酿中。希瓦的第三部小说《炙热的国家》,标志着转向和强韧,挥舞着枪支。随他一起失去的,还有三十年未付诸文字、逝去的天赋:锐利的政治智识,动人的喜剧,展示最为宽容的怜悯和讽刺,如同此人一样的憨直和深情。

我曾经问过他怎么看我们都认识的一位编辑,一位我喜欢的编辑。希瓦笑着说:"杀了这样一个人,都不能算是谋杀。"原来这位编辑曾经删除了希瓦校样的三行字,要不就是晚了一天付稿酬。这样猛烈的情绪有一部分是在开玩笑,因为他是个温和的人。还有一天我在路上经过他身边时按了一下喇叭,他朝我挥手和微笑,谴责的目光看着我。我对他比其他我更了解的人抱有更多的温情。他善于予人温暖,如同他善于许多其他事情。他属于那种走进房间,就会让你心情振奋的人。

受过教育的魔鬼

绝 不

《拉达克之旅》，安德鲁·哈维著
A Journey in Ladakh by Andrew Harvey

保罗·索鲁在《星期日泰晤士报》上评论琼·狄迪恩的《萨尔瓦多》，说那是一本有关"神经紧张不安"的好书，但并没怎么说到萨尔瓦多。游记一直还主要是欧洲的样式——一种新世界尚待使用的样式。于是立刻就出现了各种解释和借口。在《耶路撒冷去来》(To Jerusalem and Back) 中，索尔·贝娄指出美国更像是个世界而非国家；也许这就是为何最佳美国游记几乎总不外乎是国内旅游。在英国，最近出现了新一代有才华的游客：有布鲁斯·查特文和乔纳森·拉班①；V.S. 奈保尔和希瓦·奈保尔。在美国，并没有这样的传统可以维持。（你们有索鲁，的确，但他现在同我们一起住在伦敦。）令人尴尬的回答也许是，住在英国的旅行家因为一个帝国欠缺反思的残余而胆大起来。我们一点都不紧张不安：我们先前这些全都干过。结合勇敢和缺乏想象力，英国人大踏步走进世界，带回来故事。管他是死是活。

然而还有一条道路，甚至文化殖民主义者也走得小心翼翼，那就是

---

① Jonathan Raban（1942— ），英国旅行作家，评论家和小说家，代表作有《柔软的城市》《朱诺之旅》等。

道路，或者小路——"嬉皮小道"，去往东方启蒙的中心和启发的堡垒。这些旅行文学在现代减少消失了：旅行者被腹泻或毒品折磨，或者忘记了该如何写作，或者再也没回来，或者回来了，但理解难以言说，无法付诸文字。东方之路是令人感到卑微的道路；徒步者踮着脚徒步，或干脆四脚着地，残酷地背负着他西方的愧疚和自责的包袱；他渴望匍匐在第一位微笑的精神导师面前，让他救赎自己，给予自己合法地位，用祝福之吻赶走自己的困惑和忧愁。你开始读安德鲁·哈维的书，感觉自己像通常那种败坏腐化的西方人，读完之后你的状态糟糕得多。我不知道读者是否想要追溯哈维寻求之路的脚步，但肯定会考虑去短暂访问一个健康农场。至少这本书让我们想到我们西方社会中的人，在面目全非的城市景观里面大汗淋漓时，也许是时候去减少抽烟喝酒、减少成人录像带和麦当劳巨无霸的消耗量了。

正如书名中的介词在某种程度上暗示的那样，《拉达克之旅》描述了一场精神上的奥德赛。但是从各方面来看，这场旅行从一开始就非常传统。哈维因他二十多岁时的"痛苦和孤独"而疲惫，遭到"欧洲复杂文明的讽刺和忧郁"的困扰，他是一位有才华、脾气不好的牛津学者，开启他期待已久的前往印度北部拉达克的朝圣之旅，那是"世界上最后一个……可以体验藏传佛教社会的地方"。他从德里出发，思忖着《法句经》[①]（*Dhammapada*）的说法："一个人的罪恶，一个人清偿，没有谁能够净化别人。"哈维是一位富有经验的旅行家，却还是被大山的"雄伟壮丽"和巴士的"破旧和不舒服"所震撼，他在拉达克结识了平平常

[①] 《法句经》(梵语：धर्मपद)，又译为《昙钵经》《昙钵偈》，为佛教重要典籍，是佛陀所说偈颂的合集。

常的艾哈迈德，是那种常见的话多的导游。"随便你提到什么，我都完全了解。这是真的，先生。"

哈维还没有开始寻找"真理"，他还能自由地满怀激情，热切地描写拉达克新鲜的景色、人民的温和与单纯。结果他发现拉达克是一个被时间遗忘的地方——或者是时间刚刚开始想到的地方。它是一种濒危文化，遭到二十世纪及其自身前伊甸园时代的纯真的威胁。但是哈维自己听上去也很纯真，他充满渴望的慷慨，而当"沉默的壮丽景色"着手"洗净"作者的心灵，"荡涤一切只留下安宁"，读者不能肯定还有什么作者是没有观察到的。"我很少见到残忍的事，"一位美国心理学家对哈维保证，"有次我看见一个孩子折磨一条狗。三年就这么一次。"拉达克人被告知每个活物在上一次轮回里都曾经是他们的母亲。拉达克民间文化中没有悲伤的爱情歌曲，拉达克文学中没有悲剧的概念。哈维到处都受到人们善良的对待，感受好客和好脾气——一种逗人发笑的快乐。直到最高层次的"开悟"，他发现（藏传）佛教强调的是快乐而非禁欲。"别担忧，"一位喇嘛告诉他，他们共享一瓶泰象啤酒，"莲花生大士自己就喝酒，喝很多。"

同时，哈维还遇见了熟悉的西方探寻者、发现者、预言家。他最后遗憾地注意到，在拉达克也还是有"丑陋"现象的，他只用了很短的一段提及这点，这是书中第一次暗示哈维拜访的是地球上最穷苦的国家之一的某个贫困角落。例如，这里有"满身疥疮和虱子的狗在阴沟里搜寻食物"。读到这里，我一开始还以为哈维并没有真正去观看那些狗——"疥疮"和"满身虱子"是普通的、随口而出的形容词；下贱的狗除了在阴沟里搜寻食物以外还能干什么呢？（印度的狗实际上是非常独特的动物：他们看上去像突然得到升级的耗子，因为自己突然的提升感到好笑,渴望静悄悄地回到自己啮齿动物的王国。)几十页之后哈维才提醒我们他童年的大部分时间都在印度度过;我们必须再次承认,虽然这个事实在文中很少被提及,却是关键性地决定了《拉达克之旅》的倾向性。

哈维的印度童年为他提供了其他精神旅行者和读者缺少的各种免疫以及文化冲击减震器。在《幽暗的国度》(*An Area of Darkness*)里,奈保尔说印度的公共设施"无视显而易见的"——无视受苦受难的人们,无视排泄物,以及起初会令西方人窒息的臭气。印度人看不到我们看到的,哈维也看不到。选择性近视是印度必要的神秘主义;吉卜林谈到那些普通、城市又陌生的印度人身上的"狂喜"时指的就是这个,他们的生活由宗教信仰营造的宽慰来点缀和维系。哈维也有某种这样的超凡入圣。在某种他并没有进行充分讨论或者认可的程度上,与其说他是朝圣者,不如说是浪子回家。

然而,在这本书半当中,哈维还必须沿着小路走下去。他的写作信马由缰,无论是走路还是聊天。他讲述令他烦恼不安的梦境,还有他在山中时不时声音嘶哑的哭叫。但是他心情振奋的时刻与多神教的狂喜并没有太大区别。拉达克具有荡涤力量的极度美感在这些文字中得到概述,不是通过描述,而是通过哈维有关这块土地给予他快乐的详细报道。即使心灵污染最严重的读者也会感到,如果他们花更多时间在拉达克而不是,比方说皮卡迪利广场的话,那他们无需真正费力也可以提升自己的精神状态。尽管此时,哈维相当无心地恰好遇见了他的精神导师、他的仁波切,从此处开始,《拉达克之旅》就跟随着哈维在这位伟人脚下领受教诲了。

这本书变得不那么好看了,但随着哈维自己的性情成为其戏剧核心,这本书却变得更具原创性。从头至尾,哈维都坦率地、平铺直叙地呈现自己,仿佛这本书只不过是一本日记,偶然落到出版商的手中。他表现得迫切,不放过自己,也许对自己的痛苦相当无助,少有幽默感,充满狂暴的渴望;而读者则感到要保护他那脆弱的容易兴奋的倾向。

突谢仁波切一点都没有薄伽梵·拉者尼舍[①]那种口齿不清的大吹大擂。他表现得亲切可爱,带着令人信服的神圣和睿智。他通过以下方式达到了这种状态:禁欲、祈祷、学习、打坐,以及在一个山洞里独自待了十年。独自在山洞里待十年显然具有相当大的难度。你能够跳过这一步骤的唯一机会是生下来就是转世灵童,就像竹钦仁波切那样,他是另一位口若悬河的天才——二十岁时就成了精神小王公,身着他"简单的僧人袍子",很快活地居住在他"小小的空房间"里。哈维开始入门了。时间短暂,但他努力做到了在最后一个晚上有了大的突破,在山上跟老迈的仁波切一起:经历过了虚空,初次瞥见了空之后,哈维终于被领入慈悲之路。

此处读者的处境就是被强迫倾听一位皈依者有关神示的叙述。无论如何勉强,你还是不得不问自己,他告诉我这些干什么?哈维的写作并没有以一种新的强度铭记和珍藏这个时刻。第十五页,哈维从巴士上下来,情绪高昂:

> ……每一条蜿蜒暗黑的河流,每一片爬在道路两旁的小灌木丛,每一只鸟,似乎都充满了自身的精华,似乎徘徊在分解的边

[①] Bhagwan Rajneesh(1931—1990),印度上师,1989 年改名奥修,曾经旅居美国,1960 年代在印度到处作公共演讲。

缘，如此充满了活力，以至于我常常担忧它自身难以存活下去——

倒数第三十页，他处于"空"的极度恍惚状态中：

> 每一件东西看起来都既令人惊讶地、强烈地真实——又完全地人造……甚至仁波切看起来也既威严又像个木偶。他面前的水果似乎既坚实，又如此脆弱，以至于吹一口气都能将它吹走或者折断。

其实在能量，更确切地说，在内容上面，这两者之间并没有多大区别。

还有其他事情困扰着本书评人——这个被囚禁在他自己的内墟的西方人。这本书大约一半内容是对话形式，或者是分散的独白，哈维让书记员和神秘主义者充分发挥。很难想象哈维问仁波切，"您能教我观音默念吗？"同时一个手指紧张地放在索尼的录音按钮上。杰姆·杨是拉达克的一位熟人，提到过哈维"黑色的大笔记本，写满了难以辨认的字迹"。但这些笔录是什么时候做的？哈维被赐予"完满的记忆力"了吗？这些问题在快要结尾时变得更加紧迫，到了此时，哈维已经幸福感满满，除了沐浴在仁波切的目光之下，无法再做任何其他事情。但他还是做了笔记，一页页复杂的技术性指导，全都用无可挑剔的英语写下来。

此外，人们总是认为，像哈维所领受的这种入门启发就像符咒一样难以转达，但是哈维什么都没有落下。的确，他本来貌似可以就此写出一整本书了。宣传自己胜利地摒弃俗世的经历并且从中获利，难道这不是"唯物主义"，或者至少有点悖论吗？即使人们得知王室成员会直接

绝 不　　435

去拉达克的儿童之家，仍然还是会有某些焦虑，而这些是哈维本当帮助消除的。

哈维在其西方的转世轮回中是一位诗人和教师。他的诗总是带着过度的早熟和炫耀，但是作为一种写作行为，《拉达克之旅》却是一种克制的表演。这是刻意的：先前，哈维弃绝"妄语"的诱惑，学会了珍惜"静悟的福分"。他问仁波切的关键问题之一涉及精神与艺术之间的冲突。如果精神增长，难道艺术不会终结吗？仁波切回答得好。他最后说：

> 随着时间的推移，怀抱真诚的态度，你将会发现一种工作和写作的方式，不会伤害你的精神，不会诱惑你崇尚虚荣，这就是你精神的最深刻的表达，你将会发现一种不仅仅是你的声音的声音，而是现实自身的声音，没有任何妄想和个性的污染。

哈维这次旅行是在1981年，他没有告诉我们他获得的启示是否一直维持到了再次进入那个地区。他没有告诉我们——他大概现在还不知道——他的艺术在软弱任性的西方是否能繁荣兴旺，西方的神是才华、努力工作和沉浸于共识的现实。宗教过去曾经是那种共识的一部分，但现在不再是了，哈维必须决定要尊崇哪一位神。《拉达克之旅》并非那种让读者自由体验感受和思索的书；它不寻求被游记占据的艺术角落接纳，它因被暴露在更崇高的光芒下而泛白。

《大西洋月刊》1983年7月

更多尸骨

《寻找中心》，V.S. 奈保尔著
Finding the Center by V.S. Naipaul

"你他妈的真会写，年轻人，"在《重访加勒比》(*The Middle Passage*, 1962) 里，一位上了年纪的旅行者这样告诉奈保尔，"是啊，伙计，我在亚速尔群岛邮电局里就看着你。那些卡片写得他妈的那么快，我都看不清你在写什么。"

人们常常猜测奈保尔这些卡片的内容。"日子过得不怎么样"；或者对一位敌人，"希望你也在这里"？詹姆斯·芬顿[①]最近在《格兰塔》杂志上说游记往往会倾向于"享乐主义"，但是这种形式还是有其清心寡欲，甚至自我惩罚的从业者。不安、徒劳、腐败、半成品社会、幽暗的地带：这都是让奈保尔兴奋的事情，并且激发了他最好的作品。

起初，《寻找中心》貌似是一部机会主义的或者进行扫尾工作的书籍，包括两个一先一后写下的不相干的"叙述"，"主要是因为这个原因才放在一本书里"。起初，这两部分貌似令人惊讶地缺乏能量和力量，节奏犹豫不决，文笔散漫，未加协调，排练不充分。然而，我们还是鼓励犹豫不决的读者把这本书暂时放在一边，鼓足勇气来读，比方说，

[①] James Fenton（1949— ），英国诗人，新闻记者和文学评论家。

才华横溢的《信徒的国度》(*Among the Believers*)或者《过度拥挤的奴隶收容所》(*The Overcrowded Barracoon*)。等回过头来，他们就会发现《发现中心》以其安静的方式，是一部具有原创性和高度艺术性的作品。两个叙述构成了微妙和令人满意的整体，奈保尔选择形式的本能是很好的。

第一部分，"自传序言"，开始是亲切地让人瞥见年轻的维迪亚，刚从牛津肄业，在朗庭大楼为BBC加勒比海电台撰稿。他坐在打字机前，膝盖抬起来，鞋子放在椅子横挡上，"就像一只蹲着的猴子"——印度人值夜的典型姿势。他带着迷信一般的自我诋毁，写着特立尼达生活的初稿；他在写《米格尔大街》(*Miguel Street*)。奈保尔无法回到他愚昧的小岛（即使父亲去世），发现虚构小说提供了一种心智上的回归，一种回家的形式。"不成为一名作家，我就无法回家……我写了书；我又写了一本书。我开始回家了。"

那时旅途艰辛，现在也不容易。人们在这篇文章的拘谨和困难中看到，奈保尔的作品中自我出现的频率多么低。小说中用到了过去，但没有用到自我。在游记中则存在着一种具有控制力的智识，但自我依旧不可测，没有泄露（即使在他频繁失去自我掌控的时候）。他有一种天生的挑剔，一种婆罗门的距离，必须要得到抚慰或者安抚；还有奇怪的出身来源要同化。

在朗庭大楼做心智旅行时，奈保尔施展了"魔术"——不仅仅是召唤文学才华，奈保尔的魔术是迷信的、抚慰性的。他总是使用偷来的"不会窸窣作响"的BBC的纸张（"似乎更不会招引失败"）。他从来不在纸张上加页码，"怕写不到头"。在起初四部书中，他从来不写自己的名字。"那么焦虑，那么野心勃勃。"那么温和的巫术，但这也是必要地再现隐蔽的过去。

奈保尔的父亲塞珀塞德·奈保尔,"无师自通当上了新闻工作者",就职于《特立尼达卫报》:对这位性格阴郁、自学成才的人而言是巨大的成就,他自己是一位移民农民的儿子。他撰写本地——即乡下、印第安人、印度人的——新闻报道,署名"学者"(大致的意思是"精神导师")。年轻的维迪亚对塞珀塞德的工作产生了足够的兴趣,当这项工作终止时,也感到同样的沮丧。但直到1970年,他才发现父亲职业上的羞辱和个人衰落的令人惊讶的原因。

在调查印度人的诸多积怨之一时,惊恐的塞珀塞德报道了查瓜纳斯①乡下的一次血祭,然后他收到了死亡恐吓:"他会在一周之内死去,除非他也举行他批评过的仪式"。他屈从了:"给山羊膏油,戴上木槿花环……砍刀插在树桩上"。这场争吵变得人尽皆知,老奈保尔别无选择,只能用他向迦梨女神祈祷的一段回忆企图蒙混过关:

> 他绝不会再献祭,他说;他现在知道自己的信仰了。他谈到自己没有穿缠腰布,算是一种小小的胜利……奇怪的、没有逻辑的喧嚣第二天在周日报纸的头版继续下去,奈保尔先生向你们致意!——昨晚没有毒药。"大家早上好!如你们所见,迦梨女神还没有找上我……"

很快他就被降职了。他精神出了问题;他开始走向死亡。1972年,奈保尔问母亲父亲是怎么发疯的。"有天他看着镜子,"她回答道,"看

---

① Chaguanas,特立尼达和多巴哥最大的城市。

不到他自己，于是他开始尖叫起来。"

有关第二个叙述不需要说那么多。《亚穆苏克罗的鳄鱼》("The Crocodiles of Yamoussoukro")是奈保尔式旅行更加惯常的操练，是神经和感觉熟悉的自我暴露，也是对一个新兴国家现状的精神报告。在这个例子中，象牙海岸接受了精神分析；此处奈保尔第一次瞥见了"非洲隧道尽头的光亮"，非洲"完整性"的可能。一方面是繁荣和富裕；另一方面则有着一种从未减退的（哪怕充满幻觉而且常常令人厌恶的）文化完整性的感觉：非洲幻想的夜晚世界，以及与白日头脑清醒并存的图腾力量。第二个叙述以一种愉快而诱人的方式，展开了第一种叙述仅作陈述的主题。如其美丽的标题所示，它有关魔术和秩序；它有关命名和识别；它有关写作。

《寻找中心》也许不是奈保尔最重要的作品之一，但可能具有重大的过渡意义。实际上，两个叙述都是成功故事：象牙海岸的高塔高耸于其邻国之上（"利比亚，文盲、贫穷"，"圭亚那，一个杀人不眨眼的暴君"——这是更易识别的声音）；塞珀塞德·奈保尔遭受了失意作家的虚空，他的儿子却精彩地实现了那个失落的野心。尽管自相矛盾的是，奈保尔最喜欢悲惨，最深刻地被失败打动。毕竟，报告天气很好食物可口的明信片无论是写还是读起来，都不如报告错过了转机、肚子出了问题、护照被抢以及旅店坍塌等有意思。

还可以走得更远一点。奈保尔在所有的作品中都是通过描写文明的缺失来描写文明。他突出的主题是放逐、移民、没有社会关系的人。我们接受这些作为 20 世纪的核心体验，但我们大概低估了其艰辛。那不是纳博科夫式的挽歌和玩笑一般疏离的体验，而是绝望、恐惧，以及尤其是憎恨的体验——《自由国度》(*In a Free State*)中沉默的旅行者的旅

程,他永远不会知道:

  我们到了车站时会乘什么巴士,或其他什么火车,我们会走下什么样的街道,会经过什么样的大门,我们会打开通向什么房间的门。

(《告诉我该杀死谁》)

《观察家》1984 年 5 月

《伊娃·庇隆的归来》《特立尼达的杀戮》,V.S. 奈保尔著
The Return of Eva Peron, with *The Killing in Trinidad* by V.S. Naipaul

  迈克尔·X[1]在计划谋杀盖尔·安·本森[2]时,居然还找到了时间来动手写一本小说。叙述者是一位名叫莱娜·博伊德–理查德森的三十五岁的英国女子,但主角,或明星,则是迈克尔·X 自己。一开始莱娜认为"这些本地人全是不安分的无赖",然后她遇见了神秘莫测的 M。她奇怪地受到这位奇怪的男人的吸引("他身上有种东西把你往他那吸引");她看见他"靠在椰子树上就像一个雕塑在底座上,像个神一

---

[1] Michael X(1933—1975),原名迈克尔·德·弗雷塔斯(Michael de Freitas),出生于特立尼达和多巴哥,1960 年代活动在伦敦的自诩的公民权利活动家。1972 年因谋杀盖尔·安·本森被判死刑,1975 年死于西班牙港的皇家监狱。

[2] Gale Ann Benson(1944—1972),英国模特、社交名流,保守党议员的女儿,在特立尼达和多巴哥被迈克尔·X 及其黑人权力组织成员谋杀。

样"；传说"他在国内的追随者多到出奇"；她听见街上的叫喊声——"我们去给他加冕为王"。有一天莱娜去这个怪人威风堂皇的家里做客。他给她播放了《契可斯基1812序曲》①，她赞赏他"巨大的书架"；"我发现他不但有这些书，还真的读过而且能看懂，我绝对惊呆了，简直是。我坐下来，盯着这个神奇的人，迈克。"

迈克尔·X写下的这样文盲的片段对奈保尔来说显然是天赐——不仅对他的新闻报道而言。《特立尼达的杀戮》写于1973年。然后奈保尔回家把整个故事重写成了小说。在《游击队员》(*Guerrillas*, 1975)中，黑社会打手吉米·艾哈迈德在写一本小说，或者说是幻想故事；他是主角，但叙述者是被他迷住的白人女孩克拉丽莎："这个人占据了我全部心灵，以至于排除了其他一切琐事……一位我这个阶层的女人能够看出来他的本来面目……"在小说中，在奈保尔的小说中，吉米谋杀了他的"克拉丽莎"，正如在迈克尔·X的小说中，迈克无疑必须杀了莱娜·博伊德-理查德森。在真实世界里，通过这些虚无缥缈的投射，迈克尔·X的确真的谋杀了盖尔·本森。

奈保尔精彩地讲述了这个故事。迈克尔·X在英国成为名人之后，在特立尼达成立了一个公社。迈克尔·X这个前皮条客和流氓，受到了英国新闻界人士、摇滚乐歌星和富二代的追捧，等待着领导一场永远不会发生的革命。他满脑子危险的垃圾——行话和自怜自爱。盖尔·本森恰好在错误的时间出现在错误的地方。她是个逃避中产阶级的人，痴迷游击队的人，迈克尔手下一个中尉的情妇。谋杀没有动机，但并非毫无意义。迈克尔的"小说"，半途而废，带着渴望跻身白人社会的屈辱，

---

① 原文是"the Thihikosky 1812"，表明小说人物对柴可夫斯基的发音带浓厚口音。

告诉我们一切我们需要知道的事情——肯定比迈克尔·X能够有意识地表达的要多得多。小说是解开女孩死亡之谜的钥匙，如奈保尔敏锐地感觉到的那样："这是一场文学谋杀，如果真有文学谋杀这回事的话。"

对于小说，迈克尔·X有种类似反才能的东西：粗糙、自说自话，尤其是透明到叫人可怜。"但是当他将其幻想转化为现实生活时，"奈保尔写道，"他就像那种他自己愿意成为的小说家那样工作。如此的情节构思，如此的象征主义！"迈克尔和他手下的人杀死一头牛喝了它的血，为了杀人前放松一下。他们谈到有必要洒这女孩心脏的血；迈克尔"想要心脏"。迈克尔手下的人笨拙地乱砍女孩时，她在沟里挣扎；然后斯蒂夫·耶茨给了她致命的一击，在脖子上，他是伊斯兰果实运动上校，迈克尔·X的黑人解放军的中校。女孩的尸体埋在粪堆里。这些人在河里洗干净了自己，在河岸上点了一堆火……几个星期之后，迈克尔的公社就崩溃了。还有一次毫无意义的谋杀、淹死人、点火——然后迈克尔逃往圭亚那。1975年他在西班牙港的皇家监狱被处以绞刑。

特立尼达这个背景笼罩在迈克尔·X的故事之上。仿佛他的死亡只不过是对那种虚空和任意放纵的肮脏处境的戏剧化答复，奈保尔是在这样的环境中找到他的。在希瓦·奈保尔的小说中，特立尼达被重新想象为狄更斯式的喜剧、悲悯和狂放的漫画的背景；但是大哥维迪亚却只看到了政治崩溃和经济腐朽的变态的恐怖。"黑色乌鸦守着西班牙港的大门……"奈保尔以他走访报道新闻的精神，成为人间穷困者的散文诗人；他还变得厌倦世界——或至少是第三世界。也许这就是放逐的状况：被迫出行，注定找不到任何新鲜事物。

> 这是个很适于迷失自己的地方……在多年之后，它将自身定义

为由一片片未知土地分割的一堆林间空地,穿越其中的是一条条最狭窄的小路。

这是哪里?特立尼达?乌干达?婆罗洲?不,这是奈保尔1964年关于自己第一次去伦敦的描述。

《伊娃·庇隆的回归》是书中另一个主要的故事,它使奈保尔去了阿根廷和乌拉圭。他吸收消化一个地方的方式现在我们已经熟悉了。他一开始充满激情地有倾向性地概述了一遍这个国家最近的历史,风格可被视为《看生活》纪录片(片中一个拥挤的难民营可能会被描述为一种勤奋的劳动力,呼喊着要求人家试一下他们)的绝对反面。一个世纪之前,阿根廷人,主要是被放逐的西班牙人和意大利人,将当地印第安人赶尽杀绝。他们在"偷来的血淋淋的土地上建立了宽广的庄园"。在几页之间,奈保尔就随意地提到了"荒凉的大地""陌生的大地""枯萎的大地"。场景如此,情绪也如此。对于奈保尔来说,两者多少是同一件事情。

奈保尔接下来营造了一连串由本地声音构成的阴沉的杂音:"拍电影的人说""出版商-卖书的人说""大使夫人说""外省的生意人说"。他们说的话总是惋惜的、偏执的、音调不和谐的。接下来,无论恰好有哪种现成的原住民文化,奈保尔都一件件处理了。这是阿根廷,他有比往常更大的事情要对付,那就是豪尔赫·路易斯·博尔赫斯这个人;但是他定下心来完成任务,专门分配了一章给博尔赫斯,"博尔赫斯与伪造的过去"。"博尔赫斯用祖先崇拜来替代对他国家的历史进行思考",等等。奈保尔自己的小说被斥为缺乏社会政治内容,看见他揪着博尔赫斯穿过同样的老圈套令人感到困惑。我从来不认为博尔赫斯是阿根廷问题的博学权威,也不怎么认为他是其历史的思考者,但是,当然,他的确做了这些事情,如所有艺术家都会做的那样。像《巴比伦彩票》("The Lottery in Babylon")和《巴别图书馆》("The Library of Babel")这样的短篇小说可以解读为强烈生动地反映了阿根廷的惰性、了无生气的狂热以及滥用的招魂活动(espiritsmo)。然而,奈保尔的同情和回应是有克制的,博尔赫斯被恰到好处地纳入他的退化和衰落的观念。"博尔赫斯是阿根廷最伟大的人物。"换句话说——他们就只能做到这样了吗?

最后,也最令人记忆深刻的,是奈保尔出门与民众混在一起:痛切的感受。我们看见他在机场叹息和受罪,在废墟中行走,无动于衷地屈尊出席强颜欢笑的晚宴,与官僚争吵,观察街景、纪念碑、酒店房间——总是防备着模仿、虚假、任何假冒文明的行为。他被孤立了,单独守着他先入为主的观念,往往与性、粪便、邪恶有关。奈保尔与在布宜诺斯艾利斯街上昂首阔步着叫喊的男子汉混在一起:"金钱造就了男子汉,男子汉气概需要、强化了普遍的业余卖淫;这是个呕吐在自己身上的社会。"在接下来有关扎伊尔的那个短篇中,奈保尔看着两个老头带着十几岁的雏妓出来逛:"老头:他们享用这种年轻血液的最后机会。"到了这个阶段,奈保尔已经准备给这个国家或者这个大陆贴上标签了,带着他的读者已经开始期待的响亮的抽象文笔(最好是带头韵的):"印度的虚空""阿根廷的贫瘠和荒废""南美的梦魇""非洲的虚无主义""非洲的绝望无助"。

奈保尔有关第三世界最好的书是《幽暗的国度》,这很可能一直会是他有关第三世界的最好的书。这本书写于六十年代,有种他后来的旅行作品缺失的人性丰富的维度。这种维度自然跟奈保尔与印度的历史联系有关,但更多是这位尚未经淬炼的旅行者遭遇他自己脆弱神经

更多尸骨 445

的问题。"我渴望越来越大的衰败，更多破烂和肮脏，更多尸骨。"等到 1975 年、1976 年，他回到印度写下《受伤的文明》(*India: A Wounded Civilisation*) 时，他的文笔更刚硬了，变得公开和"负责任"。这种聚焦也许是自我保护的必要形式。奈保尔此时已经见过足够的尸骨了。

这本新书结尾是有关康拉德的一个短篇——《康拉德的黑暗》("Conrad's Darkness")，相对奈保尔的黑暗。它记述了一次个人旅行和个人的亏欠：

> 但是在新世界，我感到土地在我脚下移动。新的政治，人们对那种他们在损害的机构体制的奇怪依赖，信念的单纯以及行为的可恶的单纯，事业的腐败，似乎注定一直是半生半熟的社会：这些就是开始让我产生先入为主观念的事情。

掌控了年轻奈保尔的"政治恐慌"还没有离开，它已经被吸收为一种姿态，一种措辞上的态度。他书写各民族，仿佛他们只是一种人——精神病院的病人，带着他们的"歇斯底里""疯狂""退行病症"和"精神沮丧"。但是这种姿态却具有严苛的道德态度——而且，当然，也具有强烈的文学性。有种时髦的诱惑，将历史视为一种无助、盲目运动的进程。奈保尔对此并不服从。他认为每个人都要做出选择，即使他们还没有开始选择，很可能根本就不会选择。

《新政治家》1980 年 7 月

伟大的作品

折断的长矛

《堂吉诃德》,米格尔·德·塞万提斯著,托比亚斯·斯摩莱特译
The Adventures of Don Quixote de la Mancho by Miguel de Cervantes, Translated by Tobias Smollett

　　《堂吉诃德》显然是不可撼动的杰作,但它有一样相当严重的缺陷——那就是简直无法卒读。本书评人当然知道这一点,因为他刚读过它。这本书浑身散发着美感、魅力、崇高的喜剧;它同时也大段大段(大约四分之三)枯燥乏味到使人无法读得下去。犹如堂遭受的异想天开的磨难,它是一个巨人,"有着高耸的尖塔一般的双腿,巨大战船桅杆一般的手臂;两只眼睛像磨坊水车轮子那么大,像玻璃火炉那样灼热闪光"。但是巨人有巨人的体重问题,已经上了年纪,脑子还有点糊涂。阅读《堂吉诃德》的感觉颇似你的一位最不讲道理的老年亲戚来访久待着不走,带着他所有的恶作剧、肮脏的习惯、歇不下来的回忆过去,还有可怕的老朋友。等这一切结束,老家伙终于离开(已经是第八百四十六页——文字一个个紧挨着,没有对话夹在中间),你会落泪的:不是松了一口气或者感到遗憾的眼泪,而是自豪的眼泪。你做到了,尽管《堂吉诃德》使出了浑身解数来对付你。

　　《堂吉诃德》写于小说书评出现之前的年代——的确,是写于小说之前的年代——从来就没打算让人以现代的方式来阅读:那就是一口气

读完。一群人或者一家人每天晚上读一章，这很可能是塞万提斯指望大家能做到的了。他的史诗只在长度上算是史诗；它没有节奏，没有活力。它是部选集，一个集合体，干脆就是不断地累积。"然后会发生什么？"这个问题根本没有意义，因为在《堂吉诃德》的世界里根本就没有"然后"：只有"更多"。透过《堂吉诃德》，我们注视着虚构小说的一锅原汤噗噗冒着热气，嘶嘶地饱含潜在的生命力，充满粗糙辛辣的原型人物。

在导读中，卡洛斯·富恩特斯（他的姓恰巧也在文中被一笔带过："富恩特斯意为……喷泉"）向《堂吉诃德》致敬，称其为核心的、包罗万象的超小说。吉诃德以其怪诞的书呆子气息以及与之对立的现实，很明显在富恩特斯本人作品深处掀起波澜。但是他的传统并非我们的传统。拉丁美洲小说一直都是吉诃德式的——玩笑的、自我意识的、魔幻现实的。然而，在北大西洋小说主流中，现实提供了更加沉重的暗流，由讽刺而非魔幻来调和。而且，尽管我们必须适应过去奇奇怪怪的杰出小说，这些小说也有必要适应我们，随时间改变（正如简·奥斯丁被莱昂内尔·特里林①等人"现代化"），以便迎接每一代新人。用博尔赫斯漂亮的话来说，"吉诃德"是如何营造自己来适应20世纪及其干瘪的现实呢？它是如何配合的？

下面几个例子会让大家了解这本书读起来是什么样。它的前二十章邋里邋遢、野蛮、磕磕碰碰——实际上倒是相当适合现代趣味。一位名叫阿隆索·吉诃德的卑微的绅士闲得发慌的日子"占据了一年大半时间"，他痴迷骑士小说，像所有瘾君子一样，很快就一贫如洗，只能孤

---

① Lionel Trilling（1905—1975），美国文学评论家，代表作有《诚与真》等。

独度日过一把瘾。现在，这位风格一新的堂·吉诃德·德·拉曼恰——"又瘦又长又干枯"，或者如塞万提斯后来所形容的，"又瘦又长，满脸枯黄"——骑上他"瘦骨嶙峋，又长又干枯"的驽马罗西南多①。不久之后他身边又多了桑丘·潘沙，后者带着西班牙人那种神气十足的派头"舍弃了妻子儿女"，不辞而别，为了更好地侍奉他的主人。那个黄金时代其实一直不过是虚构；现在，到了 1605 年，连人们的记忆中都没有了它。但他们还是上了路。骑士疯疯癫癫野心勃勃，桑丘愚蠢贪婪，他们冲进了西班牙乡下没有骑士风度的现实世界里（"这个该死的年代""这个黑铁时代""这些堕落的岁月"）。

他们的成就如下。除了骑士无来由的妄想之外并没受到任何挑衅，堂吉诃德揍了一个搬运夫一顿（"本意如此之好""揍得如此有效"），还打烂了他无辜同伴的脑壳。他干涉一场吵架，导致一位根本无可指摘的年轻乡下人被棍子揍得"那么厉害，他几乎情愿当场死掉算了"。接下来，堂大人想要去揍一个商人一顿，结果掉下马来，自己挨了一顿棍子（"揍得那么厉害"）。然后就是大战风车那件事了，"骑士和马都被甩到空中"，（"怒气冲天"），扔到了地上，搞得狼狈不堪。在一次交手中，轮到桑丘被"无情地"揍了一顿。堂吉诃德想要杀死一位比斯开的旅行者，结果对方反击得"那么有力、那么怒气冲天"，差不多割去了堂半个耳朵。

堂吉诃德遭遇这些"流氓无赖"，被搞得"衣衫褴褛"，只好继续攻击搬运夫（把其中一人"[身上的短皮袄]②斫破，还带下一大片肩

---

① Rosinante, 也有译为驾驿难得、若昔难得。
② 括号内为编者所加。此处引用杨绛译本，人民文学出版社，2014 年。

膀"),结果后者奋力还击,"身手敏捷迫不及待地"打得他昏迷不醒躺在罗西南多的脚下。堂吉诃德在客店斗殴,被"狠狠打了一下——整个一张脸都鲜血淋淋",而且还浸在了热油中。第二天,堂想象一群羊是大军前来,冲进去,砍烂了"大约七只"小羔羊,直到牧羊人劈头盖脸扔过来一阵石头("最小的也有一只普通人的拳头那么大"),打断了他两根肋骨,打碎了一半牙齿。桑丘查看伤情,"肚子里一阵翻腾,翻肠倒肚全吐在了主人身上——一大堆咸菜"。堂吉诃德继续走他反社会的道路,攻击一些手无寸铁的送葬人,抢劫一位理发师,打残了一个出差的监狱看守("出手那么妙""伤得很危险"),释放了一队罪犯,结果他们反过来对付解救他们的人("那么凶狠""最为狂暴的动作"),抢劫了他,剥光了他的衣服,彻底打倒了他。

此时读者意识到后面还有七百页。你觉得塞万提斯很快就该改弦易辙吧——趁他的主角手脚还健全。的确如此。尽管我的笔记继续点缀着乱七八糟的灾难("揍得极为悲惨""痛打一顿""狠揍一顿""一顿猛揍"),尽管一路上还有很多棍棒齐下的猛揍和劈头盖脸的痛骂,但塞万提斯的确开始换了一些花样。他开始灌水了。

而且一直填充。塞万提斯持续拉长故事,用上了那个时代通俗文学中所有的垃圾、所有的干草和稻草,桑丘和堂沦为无可奈何的旁观者。这真是匪夷所思不顾体面的奇观,打个比方,仿佛富恩特斯先生用半打超市里的浪漫小说填塞了《阿尔特米奥·克罗斯之死》(*The Death of Artemio Cruz*[①])。这里有牧羊人的故事、赶驴人的故事、俘虏的故事;

[①] Carlos Fuentes(1928—2012)于 1962 年出版的小说,被认为是拉丁美洲文学爆炸时期的一部里程碑式作品。

这里有三十页跑题变成叙述迷宫一般的阴谋诡计（甚至企鹅出版社的译者都求你略过不看）；这里有歌谣、小夜曲、爱情受挫的晕厥和哭泣；这里有十足的巧合、惊喜的重逢、手到病除。塞万提斯将错误堆积在前言不搭后语之上，累累赘赘，维持着欢快的一团糟，第一卷进入了最后的失控状态，终于摇摇晃晃地结束了。

　　作者花了十年时间从《堂吉诃德》第一卷中恢复过来，又出版了第二卷。当然，现代读者却享受不到这样的假期，他们不久就发现自己在打量着堡垒一般的第二卷。幸运的是，因为各种冲突的原因，第二卷获得了前一卷无法比肩的成就。似乎幽默的喜剧（此处西班牙的传统的确与我们自己的交汇）通过消耗和镇静的双重程序发生作用：获得你昏昏欲睡和精疲力尽的同意，角色用不着比以往做得更多。到了这个阶段，你开始注意到这本书有种执拗的杰出性。你翘起双脚又放下，总想着你还能做些什么，你追随着可怜的走火入魔的骑士和他大腹便便的随从走向他们遥远的顿悟。

　　《堂吉诃德》的技巧是不断兜圈子和优雅精确的重复，什么事情都说（至少）两遍，因此下半部分是上半部分的镜像——只有一个重要的逆转——这很恰当。在塞万提斯的真实世界和小说的虚构世界里，第一卷的出版都在国际上引起轰动。堂吉诃德没有读过《堂吉诃德》，但以得体的谨慎等待公众反应的消息。他获悉，他的"冒险"受到批评，因为可以预见的原因——频频跑题，"粗心大意的错误"（例如潘沙先生居然有三个不同的名字），那些残忍无情"没完没了的殴打"——但堂的大名现在已经尽人皆知，即使出名的原因不靠谱。他再次带着他的扈从踏上征程，走到哪儿都遭到现实的迎头痛击，被哄骗欺瞒。他在第一卷中毫无来由的想象，通过一连串刻意的欺骗（常常像堂大人早先派发

折断的长矛　　453

的那些殴打一样残酷和无缘无故），在可见的世界里得到了伪生活。堂吉诃德被书弄疯了，现在他进入了一个被《堂吉诃德》弄疯了的现实世界。

对于堂吉诃德而言，幻想生活的覆灭或者取消是某种道德悲剧，是糟糕透顶持续不断的羞辱，而愤世嫉俗的现实一步步使骑士沦落潦倒，使他背离自己曾经狂放的创造力。堂吉诃德遭遇许多象征性的地狱和牢笼，被嘲笑驱赶回到自己的村子，遭到猫的狂暴攻击、家庭女教师的揪打、少女的捉弄，被捡破烂的人从马上掀下来，上阵惨败，先后遭到公牛和母猪的践踏。随着曼恰音乐淡去，我们扔下他独自"闷闷不乐、忧郁、遍体鳞伤、瘦骨嶙峋"，被现实碾得粉碎。

如果堂吉诃德能够活下来的话，他会恢复调整到适合牧歌般的场景，"充分发挥他热情洋溢的情感"，小说从头至尾，这些情感的对象都是一位他几乎不认识的女子。她只是个村姑，堂吉诃德却给她冠上杜尔西内娅的大名，给予她压根不具备的美貌。他告诉桑丘，"我的迷恋，并没有其他原因，只是因为游侠骑士必须爱恋某人"。一方面他清楚地知道她是什么人，但"我用自己的想象，按照我的愿望来描绘她"。他所有的业绩都是以她的名义来完成的，尽管她既不知情也不领情，这才是最悲催的故事。堂吉诃德·德·拉曼恰，最了不起的失意艺术家：他试图去亲身体验自己无法写出来的生活。

受制于习俗和喋喋不休，《堂吉诃德》始终只是个美好的想法。应该强调的是，在任何一个具体的年代，当一部杰作进入沉睡阶段，那么失败的是这个年代：这个年代将和书一样接受裁决。托比亚斯·斯摩莱特的译本受到忽视，却令人惊叹地生动有力，是与原著真正相辅相成的作品，尽管也可能以盎格鲁-撒克逊人的欢乐方式犯了点错误。他给了我们一个18世纪的堂吉诃德；他没有做到的是给我们一个20世纪更加黑暗、更加西班牙式的堂吉诃德。我现在以尊敬外加一些蔑视的态度提出建议，卡洛斯·富恩特斯或他的某位同行现在应该承担这个任务。这需要很多切、割、剁、削，需要无尽的敲打。

《大西洋月刊》1986年

爱情的力量

《傲慢与偏见》，简·奥斯丁著
Pride and Prejudice by Jane Austen

要撰写《傲慢与偏见》的书评，你面对的第一个挑战就是读完第一句话而不会先说出"普遍认同的真理……"，做到了这一点（移除了这个障碍），接下来你才能着手更加棘手的问题。例如，为何读者如此无可遏制地热切盼望伊丽莎白·班纳特和达西先生结婚？为何读者几乎以同样的热度为简和宾利先生的波澜起伏扼腕叹息？简和伊丽莎白的母亲班纳特太太（愚蠢、喋喋不休、粗糙、贪婪）是文学中最大的一个喜剧梦魇，而我们焦躁不安地为她的女儿们构想远大前程，按捺不住的心态同她不相上下。简·奥斯丁让我们大家都变成了班纳特太太。这是怎么做到的？

更加令人不解的是，这个令人头晕目眩的狂热焦虑经受住了反复阅读。第五次或者第六次读完这本书之后，笔者依然像过去那样感到谢天谢地地松了一口气：净化效果不减当初，这些日子，的确，假如能读到更加详细描写的结局，我也不会在意的——例如，男女主角二十页的性场景描写，而且达西先生必须身手非凡。（这样的场面当然不会发生在一个乡下小店或者镇上名声可疑的客栈，而是在彭伯利的优雅舒适环境里，有它的绿地和开阔视野，还有每年一万英镑。）简·奥斯丁用她爱的神曲，总是毫不费力地为每一代读者（还有评论家们：道德家、马克思主义者、神话挖掘者、结构主义者——让大家都欢天喜地）更新自己。人们好奇她对当下这群二十一二岁的年轻人会说些什么，在他们看来，"爱情"并不完全是过去那个样子。今天爱情面临新的挣扎：要对付现实主义、没有未来、实用主义，以及全国性的避孕套运动。但是也许旧日对立的两面，激情和谨慎，从来没有真正改变过；只不过是在一根轴上来回摆动而已。

让我们首先确定达西先生以及地球上每一位男性读者爱情盛开的时刻。鲜花盛开的时刻是我手中版本的第三十三页（《牛津插图本简·奥斯丁》，1923）。我们有梅里顿舞会、拘束的茶舞、本地居民看见条件合格的绅士及其随行人员进门时激动不已；我们带着保护心态忍受了达西先生对我们女主的出言不逊："她还过得去；但还没漂亮到足以吸引我……"不久之后，简·班纳特——温顺、甜蜜、不那么复杂——受邀去内瑟菲尔德与时髦的新邻居共进晚餐。"我能坐马车去吗？"她问母亲。"不行，亲爱的，你最好还是骑马去，因为看上去可能会下雨；那样的话你就必须待上一整晚了。"简骑马去了，果然下了雨，她病了——不能移动。伊丽莎白的焦虑是我们很容易理解的：根据我们对19世纪小说的体验，我们知道这些弱不禁风的美人儿几乎一个晚上就有可能崩溃。因此第二天，伊丽莎白受到姐妹之爱的驱使，骑马跨越十二月的泥浆前往内瑟菲尔德，去那个特权傲视别人的堡垒。她这位不速之客居然无人陪伴就上门，"双腿疲乏，袜子上沾了泥，脸庞因为运动而发热，红光满面"。现在男性读者的心已经放下了（的确，他已经单腿跪下了），但是达西的怦然心动才刚刚开始。

至于女性多情的心灵——至于谈到爱上他——达西先生，我认为，

爱情的力量

他初次露面就捕获了全体女性的心:

> 达西先生身材高大挺拔,面容英俊,举止高贵,很快就吸引了全场的注意力;尤其是进门不到五分钟就尽人皆知,他每年有一万英镑。

这个,再加上——

> "你在城里有住宅,对吧?"
> 达西点点头。

——大概就行了。奥登跟许多其他人一样,被简·奥斯丁赞扬"铜钱的催情效果"吓到了:她说的是金钱,而且还是老钱。金钱在她的世界里是至关紧要的物质;一旦你进入这个世界,立即会感到没钱的赤裸裸的恐怖,就像老处女不言而喻的恐怖处境一样强烈。足以好笑的是,我们对伊丽莎白和达西所寄予的希望居然是平等主义的,而且也没那么贪婪。我们想要爱情带来财富的重新分配,启发这样一个男人产生无私的愿望,不盈利的愿望,这才是浪漫的核心。

伊丽莎白·班纳特是简·奥斯丁本人,但更加精力充沛、具有颠覆性热情,尤其是相貌出众。尽管作家的生平只不过是人们在思考其作品时的附加选择,但简·奥斯丁老处女生涯的乏味事实——她相貌平平,没有儿女,到死都是处女——给她的喜剧增添了失望感,还有一种受挫的回归感。这也证实了人们感觉到她后来的女主角外貌特征减退:不引人注目,不易为人察觉的芬妮·普赖斯;严肃的爱玛(还有她温和慈祥的奈特利先生）；沉着到令人感到刺痛的安妮·艾略特。令人难以置信的是，简·奥斯丁开始写《傲慢与偏见》时，年龄与伊丽莎白相仿（"我又不是二十一岁"），伊丽莎白是她唯一令人信服的性感的女主角。甚至她的父亲、漫不经心的班纳特先生，都充分意识到她热情的性格，给予不同寻常的警告："羞辱和痛苦"会等着她，她"也可能会既不幸福也不受人尊敬"，一场无爱的婚姻。他自己的婚姻就是无爱的，其他人也一样；他们也都凑合着过下去，但他知道伊丽莎白绝不会没有爱也凑合下去。

我们是如何感受这样一个社会的？这个世界，有着它的禁忌、规矩，以及梯次排列的情感？也许最清楚呈现给我们的就是它的语言。达西先生名叫费茨威廉，很好的名字——但伊丽莎白从来不用这个名字，她称他"达西先生"或者偶然会说"我亲爱的达西先生"。就好比你称你母亲"太太"，称父亲"先生"。如果舞场上"挤孟了"① 人，年轻的小姐可能会"头疼"。你可以"捉浓"一位绅士，如果你"原意"的话，如果他同意被"超笑"的话。如果恰逢十月六日，那么"昨天狄晚上"已经庆祝了"米迦勒节"。"啊"，我们多么"狂喜"啊！大家都为"秘密"深深"牵累"，还必须注意他们的"花费"。有钱的男人必须娶有钱的女人，以免"降低档次"或者甚至说是被"污染"。但是没钱的男人也应该娶有钱的女人，为了获得"还算过得去的独立"。那谁来娶所有那些穷女人呢——可怜的女人，她们怎么找到"一个丈夫"呢？她们如何周旋于激情和谨慎、理智与情感、爱情与金钱之间？

---

① 本段中原文引用的奥斯丁小说中，使用的"crouded""headach""teaze""chuse""laught"均是不再使用的英语，故译者用谐音突出。

爱情的力量　459

两个极端的情形在《傲慢与偏见》中得到了探索，或者说没有得到探索和检验；它们定义了简·奥斯丁坦率的有限性，也许还有艺术的有限性。首先是完全理智、完全为了金钱（也没多少钱）的婚姻：柯林斯先生和夏洛特的婚姻。夏洛特是伊丽莎白的邻居和密友，柯林斯先生当然是世界级的怪人；他有种黏黏糊糊的警觉性，连波斯纳普先生[①]可能都会羡慕。"他会是个有理智的人吗，先生？"伊丽莎白问她父亲，事先已经知悉了柯林斯先生的自荐信。本班纳特先生的回答带着他典型的滑稽和灾难性的放纵：

> 不，亲爱的：我认为不会。我可以预料他会完全相反。他这封信混杂了卑躬屈膝和自命不凡，这倒也令人期待。我等不及要见到他。

柯林斯先生来小住几天。因为班纳特先生的家产附带着那个著名的"附加内容"，导致女孩会被忽略，而表亲柯林斯就是下一位继承人。因此他觉得自己有责任娶班纳特众多儿中的一位。他的目光起初落在简身上，然后（一天之后）又落在伊丽莎白身上，（八天之后）他向她求婚未遂，最后固定在夏洛特身上（一天之后）。一天之后他向她求婚，她接受了他的求婚。

简·奥斯丁很少费心去描写身体外貌，她的角色"漂亮"或"悦目"或"一点不漂亮"。五官的逐样列举她留给爱唠叨的婆娘和泼妇（宾利小姐是这样说伊丽莎白的："她的脸太瘦……鼻子没什么特征……

[①] Mr. Podsnap，狄更斯小说《我们共同的朋友》中傲慢可笑的角色。

牙齿还过得去，但也就是平平常常而已"）。她关心的是气质，关心在场；她的创意以某种个人风格充满某个空间，这些都由其语言特征来塑造。关于威廉·柯林斯牧师，我们只被告知："他是个五英尺二高的高大笨重的年轻人。"但还是详细呈现了他外在的乏味（在这种情况下，少了那二十页的性描写场景并不那么叫人遗憾。"我渴望你的纵容，我亲爱的柯林斯太太，如果在这么早的时节就……"）。

总之，是夏洛特去了柯林斯称之为他简陋居所的地方，她的生活就这样结束了。简·奥斯丁以一种深谙世情的激愤来解释这件事情：夏洛特接受了柯林斯，纯粹"出于一种无动于衷的对有个着落的愿望"；婚姻只是如此处境的女人"唯一体面的出路"，"肯定算是维持她们免于穷困的方式里面最为叫人愉快的一种"。伊丽莎白尚未如此迫于形势，但是她对闺蜜的权宜之计所感到的"震惊"很快就缓和下来，转而平静地相信"她俩之间不可能再有真正的推心置腹"。等她去拜访这对新婚夫妇时，她决定"所有的亲密无间都过去了"，于是，疏离是夏洛特要付出的代价之一，她本人也预料到了。伊丽莎白竟然都觉得她可以与达西先生讨论她最好的朋友的处境了，而其实此时她还完全不喜欢达西（［"柯林斯先生的］朋友倒是可以高兴他居然遇见了一位少有的有理智的女人会接纳他"）；但她觉得无法与自己最好的朋友讨论最好的朋友的处境。为什么不能？嗯，反正就是不能呗。伊丽莎白没有理由要想到去质疑这种痛苦的沉默，但也许简·奥斯丁是应该想到了的。伊丽莎白很快就在这件事情中找到了悲哀的幽默之处，而简·奥斯丁甚至更快地在其中找到了毫不悲惨的幽默之处（我们听见夏洛特的母亲询问"她大女儿的福祉以及养了多少鸡鸭"）。这场婚姻令人怜悯，叫人起鸡皮疙瘩；但也还是正常的令人怜悯、叫人起鸡皮疙瘩；这就是日常生活。

另一种逃离爱情-金钱、激情-谨慎的轴心的方式就是伊丽莎白最小的妹妹莉迪亚选择的逃离：只要爱情，或者至少是激情，或者总之是不要谨慎（当然肯定没有金钱）。小莉迪亚与不负责任的威克汉姆中尉私奔了，在简·奥斯丁的世界里，私奔也是一种轻罪，除非逃犯很快结婚，最好是在夜幕降临之前。然而，如果她忽视结婚的选择，女子将面对远比夏洛特·卢卡斯更为彻底的疏离："无可挽回的名声败坏"，被社会扫地出门，变成"风流女人"。莉迪亚跟威克汉姆在一起整整厮混了两周之后，这件事情才得到补救和买通（后来才知道基本上是达西在帮忙）；就这样莉迪亚的德行才算是侥幸保留，而且实际上是事后得到保留。威克汉姆在得到大量贿赂之后，同意让她做个体面女人。

那么我们应该怎么看待莉迪亚呢？在发生丑闻的早期，混蛋柯林斯先生致信班纳特先生，"相比这样，你的女儿还不如死了更好"。在后来的一封信中，因为"这件叫人遗憾的事情被掩盖补救得如此之好"，柯林斯感到"很快乐"，又补充写道：

> *我简直难以……按捺我的惊奇之心，如实相告，听说这对年轻人一结婚您就接纳他们进了家门，这是纵容罪恶——作为基督徒您当然应该原谅他们，但绝不能听由他们跑到您面前，或者让别人提到他们的名字。*

班纳特先生说，"这才是他所谓基督徒的宽恕观念！"但是简·奥斯丁的观念是什么？我们可以相信作为基督徒，她会原谅莉迪亚，但是我们也想知道，作为艺术家，她是否会原谅她呢？

安居于彭伯利"舒适优雅"的环境之中，伊丽莎白会时不时送给威克汉姆夫妇一点零钱,"偶尔"还接待一下妹妹。可以说莉迪亚被推到了一边,不会有人认真把她当回事,姐姐也不会把她看在眼里,即使她有如下减罪的理由(出于殷勤,也出于良心,我们必须列举如下):伊丽莎白早就精确生动地预见到了莉迪亚的沦落;这种事情发生的可能性应该归咎于父母和家庭的放任;伊丽莎白自己也曾经完全被威克汉姆的魅力和谎言所蒙骗;在小说情节发生的时间段里,莉迪亚也才刚刚过了十六岁。简·奥斯丁召唤她作为褊狭的无所不知者的特权,将莉迪亚的婚姻派发给了共同的坟墓("他对她的感情很快就减退为漠不关心;她的感情则历时稍微长一点"),强调其被排除在皆大欢喜的结局之外。莉迪亚一开始的出场描写是那么美(健康、自私、笨拙、完全透明:内瑟菲尔德的舞会之后,"连莉迪亚都累到没话了,只是偶然说一声'天哪,我好累啊!'伴随着猛地一个哈欠"),现在则完全被排除在叙述之外了。我觉得此处读者会开始感到艺术家按理应该比这更加明白事理吧;我们期待艺术家不仅要批评他们所处的特殊环境,而且还要批评他们的社会、他们的时代。他们不应该恰恰在"体面"——或曰成见——忽视的地方,忽视自己的造物。

尽管有所有这些小小的沾沾自喜和盲点,尽管有压抑和狭隘之处,《傲慢与偏见》仍然是简·奥斯丁最社会性的小说——而且奇怪的是,还是她最有社会理想主义的小说。实际上那种冲动强烈地存在着。因为这是浪漫喜剧,冲动通过不大可能的人物费茨威廉·达西先生来自我表达。达西并不是这部小说始终保持幽默和活力的原因,但他的确能解释小说经久不衰地打动人心的力量。伊丽莎白的偏见很容易对付:她只需要看见事实摆在面前。然而要化解达西的傲慢则需要激烈的变革,他的第一次声明("我徒然挣扎着")和第二次("你太慷慨,不会与我计

爱情的力量　463

较")之间的差别。解决莉迪亚的麻烦需要达西破费,但同时也迫使他屈尊迁就无所顾忌的担忧和欲望的混沌状态——那是简·奥斯丁本人害怕久留之地,哪怕在想象中。最后一段让我们看到的惊人场景,是达西伸出双臂欢迎伊丽莎白的舅舅舅母光临宅邸,后者挣的钱全都来自做生意。简·奥斯丁写道,达西"的确爱他们"。这是整部小说中最狂放不羁的浪漫情节:像达西这样的人,被爱情的力量磨炼,变得深刻,最后具有了民主意识。

《大西洋月刊》1990年2月

与陈词滥调一战

《尤利西斯》，詹姆斯·乔伊斯著
Ulysses by James Joyce

今年新版的《尤利西斯》收入了大约五千字的补遗，大部分是"偶然的"：疏漏，此前未尽的修订，此前排字工不肯置信造成的错误，因为作者眼神不好或记忆有误造成的错误——这样那样各种各样的疏忽。的确，有些修订相当实在：斯蒂芬在巴黎收到召他回家的电报，"母亡速归父"，现在是"毋亡速归父"，"年轻女郎的眼睛下颤抖马尔韦丰满的波波我的面包房温克尔红拖鞋陈年的睡眠游荡多年梦境归来"，我觉得显然比"年轻女郎的眼睛下颤抖马尔韦丰满的多年梦境归来"更好，而"不的，是是"①的确也不同于"是的，不是"。但新版本并不会回荡太远，它会使一两个博士生手忙脚乱，令几个评论脚注感到尴尬，推翻一两篇学问渊博的文章，也就这些了。如果你像我一样，以前也试过读《尤利西斯》，读了大约一半（这是它在普通读者那里的共同命运），那么重整面容的文本就提供了再试一次的借口。记住我说过的话：你不会注意到有什么不同。

如今，《尤利西斯》的选民们是谁？谁在读它？谁带着《尤利西斯》

---

① 原文是"Nes. Yo"。

上床睡觉？它得到了彻头彻尾的研究，无微不至的拆解翻找，相当大的解构，但是谁会为了读《尤利西斯》而读它？我认识一位诗人成天在背包里装着《尤利西斯》，我知道一位小说家每晚睡前会看一两眼《尤利西斯》，我知道一位散文家机智地把《尤利西斯》供在厕所书架上。他们会读它，但他们是照读者的那种方式，从头读到尾吗？真相是，《尤利西斯》读者-不友好。众所周知詹姆斯·乔伊斯是一位作家们的作家。也许人们还可以进一步说，詹姆斯·乔伊斯是一位作家的作家，他是自我-友好；他是詹姆斯·乔伊斯-友好。

他还是个天才。人们带着某种自信这么说：他使得贝克特看上去平庸，劳伦斯看上去简洁，纳博科夫看上去诚实无欺。在乔伊斯的作品中，人们看着他一步步地不再满足于仅仅施展才华：完全能读下去的《都柏林人》的故事，多多少少还是可以理解的《一个青年艺术家的画像》，然后是《尤利西斯》，然后乔伊斯才整装着手撰写终极敌视读者、核毁灭读者的《芬尼根的守灵夜》，这本书中每个字都是多语言双关。这位为人典范的天才，也是为人典范的现代派，疯狂的长篇大论，富有创新，立意深奥，没有任何责任要去讨好广大读者（乔伊斯有保护人，可以替代政府资助或者保护性的大学）。他脱离缰绳，不受束缚，飞升完成天才的使命；或者如果你愿意说的话，他写作是为了让自己高兴。所有作家都这样做，或者想这样做，或者如果胆敢的话会这样做，只有乔伊斯以超凡绝伦的才华这样做到了。

《尤利西斯》起初竟然只是短篇小说，这既有喜剧性，也是恰如其分的。在某个方面来说，《尤利西斯》最终也不过如此：是三十多万字的短篇小说，是乔伊斯把自己所知道的一切纳入其中的短篇小说。这部小说疯狂的包罗万象是一场讽刺性的圣礼，是神识的人间版本：乔伊斯的确是无所不知的叙述者。人们还是能够想象原始的故事会如何发展，以早期作品那种文质彬彬的转弯抹角，讲述一位四十来岁的犹太人在都柏林街上闲逛，他深受折磨，因为即将到来的性嫉妒，因为他的妻子正准备开始新的不忠；另一位冒冒失失、二十来岁的天主教徒走的是平行的路径，他深受折磨，因为回想起已故的母亲而感到愧疚；他们会面；他们谈话；他们分手。故事结束。在平静朴实的故事里，在其时空的限制中，乔伊斯看见——或说是以意愿实现了——史诗的框架：降级的史诗，现代史诗。

《尤利西斯》中只有一个事件：布鲁姆与斯蒂芬的相遇。（这是长达一百页的反高潮；但这本来也是一部反小说。）剩下的全是"生活，生活"，用布鲁姆的话来说。每种生活都是许多日子，日复一日，如斯蒂芬所言，"我们经过自己，遇见强盗、幽灵、巨人、老头、小伙子、妻子、寡妇、友爱兄弟，但总是遇见我们自己。"传统上认为主宰这本书的生命力是莫莉——叽叽咕咕、满怀渴望、流血的、扭动的、活在两个时间里的莫莉·布鲁姆。然而真正的超级动力是乔伊斯的文字，这令人难以置信的手段，一半是魔杖一半是武器。实际上小说文字与女主有很多共同之处，同样反复无常、倔强和爱好虚荣。这一刻她准备好了要去幽会，打扮齐整、卖弄风情、深谙卧室那一套功夫，而且擅长实战；下一刻她却沉浸在无从排解的酸楚郁闷之中。我们只知道：她不达目的不罢休。

让我们来看看这些文字的内容及其强烈的规模。首先是黄页。花匠："戴着围裙，罩着一张马修·阿诺德的脸，他在阴沉沉的草地上推着割草机，仔细看着飞溅跳跃的草茎。"酒吧女招待："她突然猛地松开她紧扣着的松紧吊袜带还带着体温贴着她滋滋有味女人身着热裤的大腿。"送牛奶的女人："黎明时分，蹲在沃野上一头耐心的母牛身边，活像是巫婆坐在毒蘑菇上，皱巴巴的手指快速挤着溅出奶汁的乳头。它们咩咩叫围着这位它们认识的女人，像露珠一般滑润的牛群。"

然后进入了动物世界。一只蝙蝠："好似身着披风的小人，细小的手掌，微小的骨头。几乎看见它们在闪着微光，某种蓝白色。"一只耗子："一只痴肥的灰色耗子在地窖旁跌跌撞撞，带动了鹅卵石。一位老手：曾祖父，他了解路数。那只灰色的活物冲撞在底座下，摆动着挤了进去。"一只猫："——喵！猫大声说。她眨了眨那双急切的不知羞的眼睛，对他露出乳白色的牙齿。他看着黑色的眼缝贪婪地变得越来越窄，直到整双眼睛变成两块绿石。"

直到我们抵达没有活力的、没有生命的物体。烟："两缕轻烟从屋顶上冒出来，袅袅直上，一阵微风轻轻地吹散。"灰尘："灰尘躺在一卷卷暗淡无光的铜丝和银丝上，一块块辰砂上，红宝石色、青色和酒红色的石头上。"水："海洋的白色乳房，成双成对缠绕着流淌。一只手拨弄着竖琴弦，融合缠绕的和声。"天空——这本书最具冲击力的句子："群星璀璨的天树挂满夜空蓝色的湿润果实。"

乔伊斯的全部作品勾勒出进入语言远离生活的旅程——从来不会停滞或沉寂太久的生活。《尤利西斯》是他对人类世界的终极呈现，是一次热爱与懒洋洋的告别；没有谁像他这样如此着迷地描写过日常生活的韵律和状态。但是乔伊斯想要更多：他想要梦幻世界，要《芬尼根的守灵夜》那样词的世界，他自己的《死亡之书》。我们就这样看着他凝炼为晶体。

美丽的文字如此自然地抵达乔伊斯，以至于他常常沉溺于变态地被其反面吸引：丑陋的文字、碎裂的镜面、停止钟摆的文字。《尤利西斯》

戏仿一切，从《世界的运行者》到小报头条。有奢侈品："她丈夫给她的钞票全都花在去店里买裙子和最昂贵的花边内衣，为他买，为拉乌尔买！"但大部分戏仿都令人感到像是故意考验读者的耐性。多么有趣啊——至少在理论上——当精致的风格大师开始听上去像是一位警官或是一本电话簿或者醉鬼或者一部经书。马夫车棚内的场景据说是戏仿假新闻；但其实更像是戏仿写作，是充满重复、同义反复、双重否定、优雅的变体、愚蠢的错误、垂悬分词结构①的梦魇："莫扎特的《第12号弥撒曲》②他简直就沉浸在，其中的'天主在天受光荣'是，在他看来，一流音乐的巅峰之作，委实扔其他的一切进了一顶三角帽"，等等：充满忧郁的陈词滥调的精彩演绎比这篇书评长十倍。仿佛乔伊斯用死的文字和巨量的枯燥乏味——史诗级的厌烦，《圣经》级别的厌烦——来平衡其他所有地方的耳目清新和生气勃勃。结构性的陈词滥调，结构性的厌烦：乔伊斯是一位严厉的大师。

你想到《尤利西斯》就是有关陈词滥调的，它写的是继承来的、陈腐平庸的程式，僵化的比喻——最引人注意的是那些属于爱尔兰天主教的和反犹的。毕竟，偏见就是陈词滥调：是二手仇恨。不管乔伊斯糅合其主题的手法是多么惊人，写"市民"③那章，收债人跌跌撞撞从酒吧出来上厕所，深信布鲁姆在那天的盛大赛马会上偷偷地发了一笔横财。乔伊斯不仅跟着他笔下的角色去了卧室，还去了浴室，这是乔伊斯现代

---

① Dangler，垂悬分词结构，英语语法中逻辑主语不明确的分词。
② 一首于19世纪初出版、声称是莫扎特创作的合唱作品，其中最有名的一段称为"天主在天受光荣"（Gloria in Excelsis Deo）。
③ 市民（Citizen），《尤利西斯》中的排外的爱尔兰民族主义者，出现在第二部第十二章，和主人公布鲁姆在巴尼·基尔南酒吧有过争执，其部分原型是爱尔兰民族主义者 Michael Cusack（1847—1906）。

性的标志:

……操我对自己说我知道他不自在——在他内心脱靶(一百先令就是五镑)当他们在(深色马)尿鬼伯卡告诉我纸牌聚会上假装那孩子病了……全是计划好的让他可以带着赌注溜走如果他赢了的话或者(天哪,我都要呕吐了)没有许可做生意(噢!)爱尔兰我的国家说他(呃!哗!)从来对付不了那些该死的(这是最后的了)耶路撒冷(啊!)乌龟王八蛋①。

"这是你要的犹太人!"他后来想到,"全都是头号的,像茅房里的耗子那么可爱。"但我们已经见过了茅房里的耗子,哗啦啦一顿把他的怨恨和平庸全都冲进快要满出来的小便池。在下面一章里(文学史上最杰出的一段文字之一),我们看见了"市民"的孙女格蒂·麦克道尔,在她遗传的应付别人的套话下解体;她本人就是一套美丽辞藻的蹩脚货。乔伊斯从来不会无故用到一个陈词滥调。当他谈论一个阴沉沉的建筑时,"整个地方都见了鬼",我们会提醒自己那地方曾经住过一个杀人犯。

《尤利西斯》需要花一星期才能读完,如果你其他什么事都不做的话。有很多引人发笑之处;很多地方还能引起羡慕加欣赏的笑容;有真正的冷颤,在结尾时令人倍受吸引。还有很多诅咒、喊叫和颤抖。这本书有两个主要人物在场,斯蒂芬和布鲁姆。和他的创造者一样,斯蒂芬

---

① 原文是 cuckoos(杜鹃),杜鹃占其他鸟的窝下蛋,此处是对犹太复国主义者的蔑称。

是一位艺术鉴赏级别的谈话高手、一个才华横溢的书呆子:

> 它容易受到相距甚远的节点或模式的影响,例如超弗里吉亚调式与混合利底亚调式的影响,以及如此大相径庭的文本内容的影响,例如牧师四面围绕着大卫的也就是女妖喀耳刻的或者什么谷神刻瑞斯的祭坛,大卫从马厩向他的首席巴松管吹奏家指出他的无所不能是理所当然的。

够了!即使斯蒂芬知道什么时候该停下来,他还是会继续说下去;斯蒂芬会一直坚持下去。你一直都渴望布鲁姆出场,渴望乔伊斯充满逻辑性和抒情性的音乐,这位作家有能力把你带去任何地方(没有什么是他无法企及的);但他总是带你去你不想去的地方。

学者们向我们保证《尤利西斯》像《芬尼根的守灵夜》一样,"会好起来"。这真让人高兴。我们喜欢艰深的书籍,这是莱昂内尔·特里林说的,这种说法已经成为现代主义的口号。然而,究竟谁是我们?学院派人士和诠释家喜欢艰深的书,乔伊斯帮助创立了他们侍奉的产业;跟现代天才打交道,你必须要有中间人。我承认,这件事情始终没人去问问读者的意见。讲述一个梦境,失去一位读者,这是亨利·詹姆斯说的。乔伊斯讲述了一场梦境,《芬尼根的守灵夜》,他是用双关语讲述的——这被视为表现机智的最低级的方式,话糙理不粗。这表现出了奇妙的勇气,以及奇妙的内省。真相是乔伊斯并不爱读者,不像你必须的那样。嗯,他给了我们《尤利西斯》这部现代主义无可争议最重要的杰作;无法想象任何未来的小说能够给予这种形式如此猛烈进化性的倾向。尽管你不由得好奇,乔伊斯本来可以是学校最受欢迎的男孩,最滑稽、最聪明、最和善。结果他却具有了更加模棱两可的特征：他成了老师的宠儿。

*《大西洋月刊》*1986 年 9 月

美国雄鹰

《奥吉·马奇历险记》,索尔·贝娄著
The Adventures of Augie March by Saul Bellow

《奥吉·马奇历险记》就是伟大的美国小说。不用再往前找寻了,四十二年前所有的线索都冷了场。找寻的结果是找寻很少会有此结果:它结束了。

但那找寻又是什么——自身在本质上就如此具有美国特征?美国宪法中没有提到过文学杰作或者联邦史诗并确保它们是众人实际上享有的特权和待遇,如同自由和生命以及拥有电脑控机关枪的自由一样。但是,我们依然很容易想象如何会产生这样的向往。当美国文化在进化,文化自我意识出现时,美国发现自己是一个年轻、宽广和多样化的国家,由非美洲人居住着。那么这地方怎么样?它是否一个跨越全大陆的收容营地,容纳希腊人、犹太人、英国人、意大利人、斯堪的纳维亚人和立陶宛人,以及残余的冰河时代从蒙古来的美国印第安人?或者它是一个民族,有自己的身份认同——有灵魂?谁能开始给出答案?在如此多样化的人群中,谁能提炼美国体验?

像大多数找寻一样,寻找伟大的美国小说的努力似乎注定是无休无止的。你不会找到那只神兽,那座圣杯,那个地上伊甸园——尽管你必须不断找寻。至于追求幸福,追求本身就是目的;你反正永远追不上。

坚持要拥有一部伟大的美国小说，就这样淘汰掉美国人享有的所有其他福利，这是非常美国式的。从来没有人曾经担忧过伟大的法国小说或伟大的俄罗斯小说（尽管完全可以理解人们应该也多少要谈谈伟大的澳大利亚小说）。试图找到伟大的美国小说，撸起你的衣袖尝试写一本出来：这就是美国式的做法，因此也会永远持续下去，正如文学从来不会进步或者改善，只不过就是进化和提供典范。伟大的美国小说是个假想的怪物；这只神兽是长了翅膀的猪。然而，神奇的是，而且不按约定的是，索尔·贝娄把这野兽带回了家。他在1953年出版了这本书，把它题献给父亲，然后又坐下来着手写《抓住时机》(*Seize the Day*)。

文学批评，以通常的方式，往往会妨碍像《奥吉·马奇历险记》这样的小说。这本书的形式（宽泛地）类似《奥德赛》，充满（没有系统的）渊博知识——带着祈求和咒语——这本书很容易沦为那些玩词汇拼图的人琢磨的对象，他们必须要找到形式：找到模式、装饰、叠层结构、色彩方案。但是这些并非这本书对你所产生的作用。书籍部分有关生活，部分有关其他书籍。有些书在很大程度上有关其他书籍，然而又催生其他书籍。《奥吉·马奇历险记》全都有关生活：它使你面对生活的死胡同。贝娄的第三本小说，遵循《晃来晃去的人》和《受害者》(*The Victim*) 略有些勉强的表达，首先是自由的——没有禁忌。它是有关所谓普通事物的史诗，是难以遏制的激情迸发的奇观。因此，作为评论者，你没有感到迫切需要插手其中，你的任务是循序渐进至你想要引用的段落。你是一个美术馆里的导览，那里有标识示意"请保持安静"；你带领你的团队从一个奇观走向另一个奇观——敬畏、自惭形秽，而且还要尽可能闭上嘴。

概述一下。《奥吉·马奇历险记》有关身份认同、有关灵魂的形成——有关一位没有父母、不名一文的男孩如何在大萧条前后的芝加哥长大。奥吉的母亲"头脑简单",最小的弟弟乔吉也一样,他"生来就是个白痴"。他的哥哥西蒙头脑倔强:西蒙就是他的一切。家庭的构成早就确定了,带着典型的悲悯和真实性:

只有在这样的时候,出于必要,才会提到我父亲。我声称记得他;西蒙否认我记得,西蒙是对的。我只是喜欢这样想象而已。
"他穿着制服,"我说,"我当然记得。他是个军人。"
"军人个鬼。你什么都不知道。"
"也许是海员。"
"见鬼。他为马什菲尔德街上的霍尔兄弟洗衣店开卡车,他干的就这事。是我说的他过去穿制服。猴子看见了,猴子照做了;猴子听说了,猴子照着说。"

他母亲在维尔斯街一个顶楼的服装厂里钉纽扣,他父亲给洗衣店开车;奥吉只不过是"一位旅行推销员的私生子"。

这本书前面一点——小说第一场——记述了人们在刚硬和柔软之间深深的鸿沟。家是个封闭的圈子,尝试柔软,而外部世界则全都刚硬——不是吗?(看上去的确刚硬。)乔吉是柔软的,他伸出"下嘴唇"寻求一个吻,"纯洁的、笨拙的、抚慰的、温柔的和殷切的"。他中饭时得到了鸡胗,他"吹着这块凹凸不平的东西,倒不是要吹凉它,只是因为舍不得吃"。后来,乔吉坐在厨房桌旁"一只脚踩着另一只",而别人在讨论他暗淡的未来。接下来就是那个有名的令人不忍卒读的场景,奥

美国雄鹰

吉陪弟弟去福利院：

我们还有差不多一小时就到福利院了——怪异的窗户，防狗进出的铁丝网围栏，沥青铺地的院子，阴郁沉闷……我们得到允许同他一起去宿舍，那里有其他孩子站在墙上高高的暖气管下面，看着我们。妈妈脱下乔奇的外衣和那顶男子汉的帽子，他身穿有大纽扣的衬衣，苍白的头发，白色的大手指冰凉——手指看上去像成人的一样大，叫人感到不安——他一直靠紧我站在床旁，我又再次给他示范如何使用书包锁这样的简单技巧。但我没法让他转移注意力，让他忘了对这地方以及对像他一样的男孩的恐惧——他过去从来没见过这样的地方。现在他意识到我们会离开他，他现在开始发出心声，也就是说，发出呜咽，这对我们来说比眼泪更糟糕，尽管声音比哭泣低很多。然后妈妈一屁股坐下来，完全垮了。她把他那一头长着硬发的特别的脑袋搂在怀里，开始哭起来。等我过了一会儿开始拉她离开时，他想要跟着，我也哭了。我把他带回到床边，说道，"坐在这里。"他就坐了下来，继续呜咽着。我们下楼走到车站，站在嗡嗡作响的黑色杆子旁等待电车从城郊回来。

妈妈也是柔软的，她头脑简单，被人抛弃，是爱情的傻瓜。如同对乔吉一样，奥吉想起母亲时，会赋予母亲孩童般的美与神秘。家庭的解体（有很多）令她害怕："她身体笔直，仿佛在等待痛苦过去；仿佛会有乐队指挥喊'停'那样。"但她的痛苦也是属于成人的，令人生畏，无法抵达。在决定把乔吉送去福利院之后，妈妈：

> 没有大惊小怪，也没有人看见她哭泣，但她以一种极端和可怕的方式似乎在看着厨房窗外，直到你走近才会看见她被泪水加深的绿色眼珠、粉红的面庞、缺了牙的嘴……她默默地躺在那里，静候着两种力量斗争的结果，心里没有任何想法……

奥吉的童年世界里有着犹豫彷徨和敏锐的感觉，仿佛每个人都过于娇弱不能触碰，过于柔软，或者过于刚硬——像西蒙那样。西蒙是奥吉的平行自我：是奥吉没有走的那条路。西蒙唯一做的事情就是为自己定下任务，成为一个高级美国野蛮人；但是他在书里拥有莎士比亚笔下人物的刚强，具有狄更斯的力量。此处有一种超负荷的逻辑。对弟弟而言，哥哥就是天空，而且会具有这些不神圣的维度。小说中西蒙大汗淋漓怒气冲冲，即使不在场的时候也总是在那里。

没有父母也没有钱，这两样本来是基本的人生资源。奥吉不名一文，他需要工作。如果说另一位杰出的芝加哥人西奥多·德莱塞的小说有时感觉像是一长串应聘面谈，那么《奥吉·马奇历险记》则往往像是一本超现实学徒实习目录。在整部小说中，奥吉（先后）当过散发宣传单的人、报童、一元店装货员、报贩、玩具商店圣诞节帮手、送花人、管家、卖鞋的、马鞍店导购、给狗洗澡的人、偷书贼、橡胶漆推销员、煤场帮手、住房调查员、工会组织者、动物驯养员、赌徒、文献检索员、商用机器销售员、海员、发战争财的人的中介等等。一直到了第二百一十八页，奥吉还在仔细研究杂志查找"就业线索"。

"一切对我有影响的人都在等着我。我一生下来，他们就等着塑造我……"奥吉具有可塑性，多才多艺，"很容易受人影响"，忙于"试这试那"，他是天生的被保护人，无论谁是现成的"现实指导"，他都是自愿的猎物：未来的"大人物，命运的支配者，智囊，马基雅维利式的政治家和狡猾的作恶者，大亨和骗子，专制主义者"。首先是劳希奶奶（并非他的亲属），她是命令和操纵马奇家的老寡妇，带着优生学家那种痴迷权力者的无动于衷。"她白眼一翻表示蔑视，一打哈欠就可怕地裸露出牙床，缩紧脸庞一言不发地表达想法"，劳希奶奶绝对是刚硬的类型。但她属于旧世界，是敖德萨人，"东方的"；奥吉后来的导师们全是具体美国战略和愿景的代表，如他们的名字所示：艾恩霍恩、丁贝特、任林、乔·戈尔曼、曼尼·帕迪拉、克莱蒙·坦波夫、卡尤·奥伯马克、罗贝、明图基安、贝斯特肖①：还有西蒙（总是西蒙）。奥吉总是同这些小资本"普世主义者"——他们相信无论他们恰好站在哪里，"最大的律法都（在）脚下"——走了相当一段路程之后才发现自己处于适应性的"球门区"。然后他挣脱了。

那么所有这些角色和榜样都是些什么东西呢？这些衣装和制服，这些工作？奥吉总是在旅途中，但他哪里都没去，如果说他有目的地的话，那也只不过是称为全意识的一站。在某种意义上，奥吉正前往他将成为自己故事的作者的那个地方。他并不一定要有能力写出故事，但他将会有能力思考这个故事。这正是采用第一人称这个惯例的意味。叙述者表达他的想法，小说家将其付诸笔端。像所有叙述者那样，奥吉是表演艺术家（作为一位年轻人）。正是贝娄为他提供了画像。

艺术家，也许独一无二地度过一生而不属于任何事物，这也构成了它的定义：不属于哪个机构，不属于哪个人类聚合体。奥吉家庭轨道上

---

① 书中的这些角色或者本人是或者其家族是德国人、卢森堡人、俄国人、犹太人、荷兰人、墨西哥人、亚美尼亚人等。

的每个人最终都被关在一个机构里——甚至西蒙，他效忠于美国金钱协会。奥吉是随意的影响之风中的一片树叶，在各种权势人物、大公司、联盟、帮派和犯罪集团中飘荡。当他这么做时，越来越清楚的一点是，无论身份认同是什么，无论灵魂是什么，机构都是其反面，是其敌人。在奥吉的凝视下，这种常事不再是常事。人类统一体攻击他的感官系统，激发了动物的困惑和想象的愤怒。狄更斯的机构是怪异的；贝娄的（机构）是精神变态的。小并不总是意味着美，大却回荡着疯狂的力量。

这是诊所：

就像梦中许多牙医诊所的椅子那样，成百只陈列在像军械库般巨大的场地里，绿色的碗上面有玻璃葡萄图案，钻头像昆虫腿那样曲折伸出来，瓷质旋转托盘上的煤气火焰——哈里森大街上沉闷的轰响声，街上有县级机构的石灰石房屋和笨重的红色有轨电车，车窗上有金属格栅，前后排障器上有君王那样的钢铁胡须。刹车油箱在冬日下午褐色的泥土中或者夏日裸露的褐色石块中喘息，沾满烟灰、烟雾和原野尘埃，街车拖拖拉拉轰轰隆隆，在诊所车站停留很久，放下行动不便的人、瘸子、驼背、装假腿的、拄着拐杖的、牙齿眼睛有毛病的，以及其他各种各样的人。

这是一元店：

那个铁皮一般坚韧、吱吱作响、花里胡哨的集市，出售铁器、玻璃器皿、巧克力、鸡食、珠宝、干货、油布……甚至承担了它的重负，在地板下，听着地板如何承受成百人走来走去的重量，隔壁电影院电扇的呼呼声和喘息声，还有芝加哥大道下来的电车的轰隆隆声——风吹灰烬的星期六血色笼罩的阴郁，五层楼房黪黑的轮廓伫立在圣诞节明晃晃的店铺映衬下北方的苍茫中。

这是老人院，（劳希）奶奶去了那里：

> 我们走上人行道，两旁是行动缓慢、心思重重、蓬头垢面的老家伙，满脸褐斑，血管堵塞着糟粕，硬邦邦的秃脑壳，或者浮肿着，没有衣领的脖子上一条条青筋鼓胀，饱受堪萨斯的炎热和怀俄明的寒冷侵袭，白发苍苍，疙疙瘩瘩静脉凸起的双手握着拐杖、扇子、各种语言和文字的报纸，面孔沟壑纵横，目光疲惫。这些人坐在外面的阳光和烧树叶的气味中，或者屋里的霉斑和肉汁的酸臭中。

这些文字的动力当然源自爱以及怜悯和抗议。有一些机构和权力结构对奥吉具有不可抗拒的吸引力，例如，弹子房，以及反制度的犯罪。这是奥吉，穿着某种新的制服：

> 劳希奶奶会以为她对我说过的最难听的话对我也太轻了，如果她看见我坐在绿桌上方擦皮鞋的凳子上，戴着一顶帽子，上面有菱形气孔，装饰着铜制帽针和阿尔·史密斯纽扣[1]，身着马裤和莫霍克

---

[1] 为民主党政客 Alfred Emanuel Smith（1873—1944）1928 年竞选美国总统制作的纪念纽扣。

印第安人套头衫。四周有沸腾的爵士乐和棒球赛广播的喧闹声、记分器的嘀嗒声、击打台球的声音、吐掉的瓜子壳,脚下踩烂的蓝色粉笔和擦手的滑石粉尘浮在空气里。带血腥味的牛皮客、新沼来的暴徒、偷车贼、打家劫舍的男人、壮汉保镖……街区留着杰克·霍尔特①连鬓胡牛仔打扮的青年,大学生模样的、冒充阔佬的人、小打小闹的敲诈勒索犯和打手……

沸腾的爵士乐!罪犯很有吸引力,因为他们强烈的个人化的能量似乎在既定的社会安排外发生作用。奥吉为人非常坦率,但他并不特别老实。奥吉受邀参加一起入室抢劫活动,他答应去,并没有任何理由;他干脆就是宣布他没有说不。

"你真是个流氓吗?"艾恩霍恩先生问道,"你有使命在身吗?"此时艾恩霍恩先生这位地产掮客("他有脑子,有许多门生意,还有真正指挥别人的权利")仍然还是奥吉的主要导师。艾恩霍恩先生懂得人情世故;他了解罪犯和收容所。此处,在这本书最令人记忆深刻的一次发言中,他责备了奥吉。几乎不用说贝娄有着细致入微的听觉,喜欢精确的捕捉:例如,狗贩子纪尧姆过于信赖他的皮下注射("这样嗨一把太过瘾了!");或者"嗨皮"·凯勒曼——西蒙手下经常遭受虐待的煤场经理("对那些大事情我从来不关心个屁");或者妈妈的表亲安娜·柯布林("欧吉,电话宁在响,接一下!")。当然,贝娄能做到这些,但是他时不时也会为他自己的目的操纵一位角色的话语,保持声音的大致格调,同时又往上推一把,尽量派头大一点。久经考验的贝娄读者已经学会了

---

① Jack Holt(1888—1951),美国电影演员,演过多部西部片。

将这个视为惯例,我们依旧能听见艾恩霍恩(的声音),但这是被其创作者渗透的艾恩霍恩:

> 奥吉,别这么傻,掉进人家为你挖的第一个坑。像你这样从小到大运气都不好的人,就天然是要去填牢房的——还有劳教所收容所那些地方。州政府早就为你们这些人订好了面包和豆子饭,人家知道有的人就是会被关进牢房去吃这些东西的。要不就是知道能砸出多少石块来铺路,知道有哪些人肯定会来砸石头……这差不多是注定的。如果你想让天注定你也这样,你就是个傻瓜。人家猜的一点不错。那些糟透了的地方正等着你去——那些牢房和戒毒所和排队等汤的队伍知道谁天生就要挨揍被打得稀烂,变得老朽无用,屁都不是,无足轻重。如果你也这样,谁会觉得有啥奇怪呢?你就是为这预制的。

然而,小说接近第二场结尾时,奥吉继续感到迫切需要探底。至少底是牢固的,不需要掉得更深——他生活中就没有别的什么是牢固的了。艾尔霍恩说了这番话不久之后,奥吉又开始另一段马里马虎的旅程(在一辆热烘烘的汽车里)跟同一个扒手(乔·格曼,入室盗窃犯)北上去托莱多。奥吉避开了州警察的追捕,却在底特律因为另一件罪行被关了起来:

> "把他们全都锁起来。"
> 我们必须把口袋掏空;他们在收缴刀和火柴等等有害的东西。但在我看来并不是这么回事,只不过是重要一点的人物要掌控你们

这些小人物而已,让你学乖点知道没收东西表示你不再是你自己的主人,在街上,你口袋里装什么内容是你自己的事情:这才是目的。因此我们交出自己的东西,被带下去,经过一个个牢房和像动物园里一样沙沙响的干草……一天到晚亮着一盏大灯看上去沉甸甸的,就像坟墓门口压着的石头。

然而,奥吉从芝加哥起锚,改道在中西部的逗留是内在的、精神上的。此处他第一次看到人生的悲惨境地在自然景色中伸展:战争老兵、失业的人,"命运排挤的"流浪汉,在铁道四周徘徊(他们"排成乱七八糟的队列,仿佛一个工段养路班,看见夜晚火车开过来的炫目灯光就撤下来,只是人要多得多"),一堆堆睡在废弃火车车厢的地板上。

现在不是醒来的时候,四周是哼哼唧唧,生病的咳嗽声,糟糕食物引起的胃肠胀气咕咕声,报纸和稻草的窸窣声,就像是不满足的叹息和呼吸……糟糕的夜晚——雨先激烈敲打在一边,然后另一边,好像是有人在钉一个箱子,或者鸟笼,我像一只会思想的动物那样在感觉,感受很深、悲哀、无可安慰,我的心像一个球体,填得太满,胸膛已经容纳不下了。

——"不是出于厌恶,"奥吉又说,"我得说我并不感到厌恶。"我们相信他。奥吉被动地、没有方向地去探访野兽般的黑暗地域,那里居住着像他母亲和弟弟那样无法"用脑子"的人。在先前的某段叙述中,在经历了极度羞辱之后,奥吉说道:

我觉得我全身都遭到了某种东西的践踏，那东西的重量多少与我母亲和弟弟乔治有关，乔治此刻可能就在拿把扫帚扫地或正在放下扫帚拖着步子去吃晚饭；或者跟劳希奶奶在内尔森养老院里——不知为何仿佛被和他们形影不离的野兽所压倒，我还以为我可以安然地避开野兽呢。

等到奥吉一瘸一拐回到芝加哥时，他的家已经没有了。西蒙离开了，丢脸蒙羞；妈妈被寄养在别人家；劳希奶奶死了（"我无法忍住，我用袖子遮着眼睛流泪"）。童年——第一场——结束了，房子变得"更黑暗、更小；曾经闪光和受到敬重的东西失去了吸引力、丰富性和重要性。铁皮底露了出来，有了裂缝，搪瓷剥落留下的黑斑，露线更厉害了，地毯中央的图案磨光了，所有的光彩和油漆、所有的厚重和繁华的感觉都被抹去了"。第二场——青春——结束了，没有什么可以回去，因为家不再是一个地方了。

乔奇·马奇，奥吉，西米①
维尼·马奇，斐常斐常爱，妈妈。

乔奇曾经这样唱着，在小说第一页。这并不完全真实。劳希奶奶的小狗维尼（"一只肥胖的喂得过饱的老狗""成天昏昏欲睡长叹息怪脾气的狗"）不爱妈妈；而西蒙是否爱过任何人，也一直是个痛苦的问题。乔奇也许修改了他的歌，所以最后是：斐常斐常奥吉爱。西蒙满怀芝加

---

① Simey 指西蒙。下句中乔奇把"very"（非常）念成"evwy"（斐常）。

哥人的傲慢，告诉奥吉，"你没法忍住满肚子的爱，对吧？"这是真的。奥吉高个子，寡言少语，红光满面，"面色红润"，"满头冲起的头发"，总是"模棱两可"，但总是"固执"，毫不扭捏地含情脉脉。要说到爱，奥吉总是拒绝当真。

这使他在当地与众不同，娘娘腔地不合时宜——他的善良也一样。"你没有与时俱进。你跟历史对着干"，曼尼·帕迪拉说。"如今人们要研究的最大问题是一个人能够坏到什么程度，而不是能够好到什么程度。"通常，在文学中，善良往往遭人厌弃。如蒙泰朗①所言，幸福——正能量价值观——"写出来泛白"。也许只有托尔斯泰才能使幸福在书中生气勃勃。善良写出来泛紫。我们永远无法知道俄罗斯小说家会如何对待现代的善良。在纳博科夫的俄语小说中——相对于他的美国小说，好人散发出一股贵族的得意洋洋气息（这是他的一个假惺惺的说法），大步走，大嗓门，嘴里嚼着东西，哈哈大笑。但贝娄既是美国人，也是俄国人；他使善良生气勃勃。当然，奥吉的确是不合时宜，但他在大范围内还是能与人共情，并没有疏离。他遭受的苦难是反应性的而非存在性的，他不是一个不满分子：文明，如果他能沾上边的话，很适合他。他相信灵魂，相信人类可以完善。作为一部20世纪中叶的小说的主角，奥吉是异常活跃的；他如此勇敢，活跃得不像话。

奥吉对待女人表现出一种几乎带有讽刺性的敏感。初恋，或说是初次渴望，使他像高中二年级生那样张皇失措。

> 我爱得很苦，有着压抑和苦恋的经典病状，热切地期待，极其

---

① Henry de Montherlant（1896—1972），法国散文家、小说家和剧作家。

讲究体面外表……结果只能做到可怜地随便装装样子，私下狂喜地劲头十足，痛苦地泪涟涟，我脚步沉重地走着……我没有停止这种满心悲伤、满心崇拜的跌跌撞撞，没有停止在忧郁的下午像一个彩绘木桩那样站在裁缝店铺的街对面。她瘦削的父亲在忙着针线活，低头弯腰，肯定完全不在意他在街上亮灯的玻璃窗内看上去像什么样子；她小鸡一般瘦弱的妹妹穿着运动衣在用一把大剪刀裁纸。

奥吉从来没跟裁缝的女儿希尔达·诺温森说过一句话，但在下一个爱慕对象埃丝特·芬切尔那里则略微有点进展。此时奥吉在有钱的任婷太太那里受教，穿着打扮像牧场上玩耍的花花公子，在密歇根湖的一家豪华酒店度假。同时他也开始知晓"性的刺激"（例如很快就会注意到纪尧姆的女朋友是个"屁股柔软摇摆，有着奶酪一般巨大胸脯的尤物"）。然而，奥吉继续远远地爱慕着埃丝特，而且还是高格调的："世界从未如此色彩斑斓，精确地，或者说是更好更合理地表达了我的感受，也从未给过我这么多美妙的烦恼。我觉得我身处实实在在的世界……"有天晚上奥吉瞥见埃丝特独自在音乐室；他"尴尬慌张地"走近她，说道：

"芬切尔小姐，不知你是否哪天晚上有空可以跟我一起去大卫之家。"她惊讶地从乐谱上抬起头。"他们每晚都有舞会。"

除了败下阵来，我看不到还有其他可能，我从说出第一个词开始就感到被打垮了，从四面八方遭到打击。

"跟你去？我会说不，我肯定不去。"

血液从全身往外涌，头、脖子、肩膀，我不省人事。

典范和反典范总是包围着奥吉,告诉他在战前的芝加哥,对于爱情该做些什么,不该做些什么。首先有惯常的道路,任婷太太粗暴地描绘过,奥吉的老朋友吉米·克莱恩也照着做了——成千上万的人都这么做的,那就是失去童贞又恰逢意外怀孕和不想结婚时的安排:婚姻作为一种制度,别无其他。另一种选择是波希米亚式道路(概括一下,那就是非法堕胎、产褥热、败血症),这是与奥吉同租一楼的咪咪·维拉斯所走的道路。"女人没用,奥吉,"她警告他,"她们没鸟——用。"(这些删节号比提到诸如桑地诺在尼加拉瓜的活动或者西班牙斗牛场里斗牛士没有备鞍的马匹更能让人注意到这本书的年代。除此之外,《奥吉·马奇历险记》并不过时,反倒令人感觉像是本世纪末的正当时的小说。)"他们想要家里有个男人,"咪咪说,"就在那里,在屋子里。坐在椅子上。"奥吉犹豫着,然后想得美滋滋的:

> 我还没资格与这种事情为敌,只好也跟着取笑这种会让人全毁了的老婆,因为她们女人有各种软肋。我太纵容她们了,纵容那些久了会变味然后会有毒的床铺,因为它们女管家的想法是雪尼尔和麻纱的征服力量,是用帘子遮蔽光亮,把客厅沙发上爱冒险的男人困在资产阶级昏黄的灯光里。这些事情在我看来还没那么危险,我是……一个傻瓜(在咪咪眼里),这人也可以弯曲着腿,被困在那个白色蜘蛛的分泌物里,在女人精心构建的安全窝里瘫痪。

还有另一条路:西蒙的道路。"我是个美国人。"奥吉一上来就这么说。但他并不是西蒙那样的正宗美国人:"我想要钱,我说想要就是想要;我可以对付。这些是我的财产。"后来,当艾恩霍恩先生告诉奥吉有关工会的内幕时,他带着极度的愤世嫉俗宣布:"再来一个大的组织,大的组织要能弄钱,否则就长不了。如果它弄钱,那它就是为钱的。"意味着站在钱这一边:为钱。西蒙,本质上,就是为钱的。这能使他脑子里摆脱掉所有分神的事情。

西蒙与一位之前从未谋面的女孩缔结了别人安排的婚姻,夏洛特·马格努斯是大块头的芝加哥商人和中产市民的后代,他们自身就是一个机构,是彼此关系紧密的荷兰人——西蒙的保护人或赞助人。他们的世界用家具和织物来概括,巨大的寓所有着"铺了厚实的地毯和褐色天鹅绒沙发的平静",他们的汽车驰骋在软轮胎上,是"移动的纹章",奔向大酒店"悬挂的彩球和月亮",还有他们"朱庇特一般的庄严沉重和繁复的大理石细节,追求越来越多,引进另一个太大了没法装花的罐子,另一个雕塑人像,另一个白色铁制品"。在马格努斯家,夜晚,"挤满富人的大厅"被月光"盘点"。看着夏洛特准备她的婚礼,奥吉想到:

> 她女士华而不实的装饰,浑身上下定制服装的细节,他们布置公寓时的各种装饰——其实都不要紧。只有在与银行、股票、税收有关系的地方,头靠头讨论这些,在决定真正主宰权的关键问题上所做的清清楚楚、关键性的盘算以及彼此建立的信任,这才是缔结婚姻真正的关键之处。

此处的交易——这就是交易——结果不言而喻是浮士德式的。尽管马格努斯准备好了要拿他下注,西蒙还是必须施展他允诺的能力来让自己成为富翁,使自己有资格加入美国金钱团体。

春天他租了一个煤场。已经接近采煤季节尾声了。没有架空轨道，只有很长的一条专用线，第一场雨就让整个地方成了沼泽地。我花很多时间在办公室；因为［西蒙］抓住我的手腕，几乎醉醺醺地，因为长久神经质地说话，嘴唇脏兮兮地都脱了皮，他放低声音，哑着嗓子，恶狠狠地告诉我，"这里必须有我可以信任的人，必须有！"我无法拒绝。

在接下来精彩的——而且关键的——数页里，煤场成为西蒙婚姻和生活的比喻：

　　那边是牲畜饲养场的专用线，灰尘满身的动物在等待着的车上吼叫，红红的嘴鼻挨着板条；卡车轮胎陷在融化的沥青里，一堆堆煤炭绽开，脏兮兮的，牛蒡草茎枯死了。煤场一个角落里有耗子，不会因为任何人而动弹一下或者跑开，一窝窝地，全在那养孩子，到处爬，吃东西。

　　一个名叫古津斯基的醉醺醺的老板从泥泞的煤场出来，撞在秤上，白色的蒸汽从他打烂的散热器里冒出来。我让一个检修工去把那个秤搬走，但是古津斯基拿着把铲子守着他的煤炭，人一靠近就劈过去。西蒙赶来时，嗨皮科勒曼正在打电话叫警车……在卡车和办公室之间的狭窄空间里，西蒙抓住了他，掐住了他的脖子，用枪托砸他的脸。这就发生在嗨皮和我下面；我们站在方窗前，我们看见古津斯基被困住了，龇着牙，眼神可怕，脸色铁青，双手圈起，

美国雄鹰　489

不敢去夺那把枪，西蒙又砸了他一下，把他的脸打开了花。伤口绽开时，我的心都收紧了，我想，那个家伙出血了，这会让西蒙明白知道自己在干什么吗？

他在这个夏日闷热的黑色藻海一般的煤场上的悲惨模样有时会让我的血液在身上恐怖地冻结……我觉得西蒙的耐心和忍气吞声比他的怒火或者炫耀更糟糕——那是一种蹩脚的、强迫性的肉体的忍耐。另一桩令人难受的事，是他给夏洛特打电话时总是放低声音，给人一种勉强在忍耐的感觉，低三下四地重复回答她的问题，差不多要缴械了。

仿佛所有制度的重负和镣铐，大部门和大忧虑的重力，都压在西蒙身上；奥吉把自己的生活投掷在哥哥平行的轨道上（他甚至也有马格努斯家另一个苛刻的女儿可以追求），必须带着兄弟情感遭受这种压力替代的折磨，但带着他自己也完全无意拥有的清醒头脑。小说第一页有一句有关压抑的著名的话："每个人都知道压抑无所谓精细或者精确；如果你压下一件事情，你也压下了旁边的事情。"我们现在已经到了这句话指向的地方。很久之后，奥吉已经完全脱离了芝加哥，他又回到了这个城市，带着净化过的双眼，他能够看见这种压抑像油漆那样涂抹在所有的景色之上：

嗯，又到了这里，从这扇窗子西望，乱糟糟的灰色城市，一条条硬邦邦的黑色铁轨，庞大的工厂及其产生的废气在空中抖动，建设中或拆除中的脚手架耸起或者坍塌像平顶山，在此之上，各种权力和次权力像斯芬克斯那样虎视眈眈。可怕的沉寂笼罩着它，仿佛永远找不到语言来表达的裁决。

但是现在接近第三场高潮了。从这深度的纠缠中，从这些坎坷道路的交汇中（西蒙；同马格努斯家女孩以及马格努斯家金钱的订婚；爱情以及对待爱情的方式），奥吉必须缺席。他照一贯逃离任何事情的方式逃离了；通过漫不经心的疏忽。新年夜要来了，奥吉忽视他作为一名追求者对于马格努斯家的节日义务，陪伴咪咪·维拉斯去找一个僻静街角里的堕胎医生。这一忠诚和单纯的行为被发现了、遭到误解，也意味着他被美国金钱支配的学徒期的终结——另一段顿悟的文字标志着这个阶段的终结，这一切发生在一家医院（倒数第二的机构）里，就是奥吉把生病的咪咪带去的地方。此处我们理解了奥吉还没有准备好要应对的事情：

我经过这里去另一个部门，是产房所在的地方，一个个隔离开的小间，我在那里看见女人们在挣扎，奇怪的疼痛，变形的大肚子，一张强有力的面孔陷在皱褶里，大声发出唱歌一般的声音，用下流话咒骂着她的丈夫……正在此时，从附近的电梯里传来了哭叫声。我停下来等待着从玻璃窗透过来的缓缓上升的光亮，门开了；我面前出现了一位坐在轮椅上的妇女，她膝上放着一个刚刚在出租车或者警车或者医院大厅里出生的婴儿，婴儿满身是血，哭叫着，你都能从他的挣扎中看见肌肉、结实的胸脯和肩膀，这个光秃秃的小孩，血淋淋的，也弄得她一身血淋淋。她也惊慌失措，在哭，两只手向上紧握着拳，眼睛惊恐地睁大，她和婴儿看上去像是要吞下彼此的敌人。

"你在这里干什么？"护士满脸生气地说。我没有权利在那里。

一首十四行诗可以完美无缺，一部短篇小说好到无法再好，一部中篇小说差不多无懈可击，一部小说离柏拉图的理想只有一步之遥。但是长篇小说的艺术是一门无法精确的艺术，一部长篇小说在构思的时候，就已经向精准、向其他限制告别了。现在，当《奥吉·马奇历险记》进入第四场时，不可思议的事发生了，某种非常奇怪的事情。在第三百五十八页，奥吉还在我们预料他会在的地方：躲在芝加哥麦迪逊大街的一个电影院里，那是在诺森伯兰酒店寝具室里发生的破坏工会活动之后。第三百八十八页，他又在另一家电影院里，在墨西哥的新拉雷多，手臂上多了一只成年的鹰。这其中发生了什么？答案是西娅·芬切尔（之前密歇根湖度假地那个埃丝特的姐姐）。奥吉·马奇和《奥吉·马奇历险记》都被搞得晕头颠脑了。

西娅即是情人也是导师，这也许是种不靠谱的结合。奥吉现在已经习惯了怪人，读者也习惯了；但西娅是一位意志坚决的有钱女人，她之所以是个怪人，仅仅是因为她愿意做个怪人——并非因为遗传或个人历史或盲目的环境导致脾气怪异。总之，奥吉换上了一套新装，护送西娅去南方。他们的计划是去买一只鹰，然后训练它捕猎巨鬣蜥，"墨西哥城南部山里这些性情暴烈的巨大蜥蜴，中生代的遗物"。我们跟随他们，急切地但晕晕乎乎地渡过格兰德河，走过奇形怪状的地貌和臭烘烘的炎热天气，经过了他们焦急、不对称、强烈的激情波动。那么老鹰呢？

从芝加哥出发之前，奥吉去了一次动物园——去看看老鹰大概长什么样：

　　［老鹰］栖息在笼内一根树干上，笼子四十英尺高，锥形，像

客厅的鹦鹉笼子那样。它那烟灰色和太阳色中掺杂着某种绿色，有着两足动物的雄姿和土耳其或说是土耳其禁卫兵裤子一般的羽毛——低俯的头，凶狠的眼睛，羽毛深层的生命。噢！

近看他们自己的老鹰（"加利古拉"），奥吉发现"这个张开的阴影会用它的气味和力量封禁你的心灵——埃特纳火山迸发一般的羽毛和钩喙张开"，"他张开双翅发出几乎无声的呼哨"，还有"扇形的翼尖，死神一般的腋下隐藏的铁锈色"：

> 然而，他却英俊威武，头向上高扬，黄白色羽毛夹杂在暗色中，宝石一般的眼睛露出凶光，眯成一条缝时表现出的只有残酷无情，他到这里来只是出于自己的需求；他本身就是道地的需求宣言……树木、灌木、石头，就像那种炎热能够营造的炫目光芒和刺激那样一目了然。这只巨大的鸟，当西娅把他放出来时，似乎以一种上升的感知肩负着这一要求。我睡得太久了，炎热的光芒从道路到岩石升腾，令我有点头晕。

加利古拉是文学中最栩栩如生的动物之一（甚至比《雨王亨德森》中的狮子还要生动）。但是尽管如此，当奥吉自问："为什么一定要只老鹰？"时，你还是必须分享奥吉的困惑，有些觉得这是事后的批评，你知道小说在这里出了问题，因为你偏偏一直在寻求文学批评的庇护。老鹰（天鹰[①]）是奥吉吗，还是他身上遗留的野兽本性？老鹰是金钱吗？

[①] 原文是西班牙语，aguila。

美国雄鹰

如二十五美分的硬币至今依然宣扬的那样?（美国）老鹰干脆就是美国吗？但《奥吉·马奇历险记》并非一本追求意味深长的小说：它是一部直觉小说，它不依赖词语的等义，而是依赖声音和感情的自由流动。

加利古拉的魔力打动你；只有当他离开（西娅也离开了，爱情淡漠了）之后，你才会意识到他对小说的整体性的伤害。毕竟，如果"伟大的美国小说"什么错都没有的话，那也是不对的。"你并不特殊，"西娅分别时对奥吉说，"你跟别人一样。"小说现在勾勒的是奥吉如何渐入普通人行列的。经过墨西哥的高热和巫毒巫术之后，他重新被清醒的芝加哥纳入怀中。爱情失败了，他的青春已经消散，他青春的幻觉离开了他的思想。可怜的奥吉胡说八道着自己的梦幻（关于失望和丑恶的悲伤的梦），犹抱着无望的希望，期待与白痴乔奇和失明的妈妈重新在一所乡间的小屋团圆，身边围绕着小孩和动物。这些普通人的悲伤也许是他与生俱来的权利和遗产。当奥吉南行去墨西哥，凝视着天空时，也许他正走向某种注定之事：

> 因为只要我随便朝任何空间望去，我都会想起高架林立的街上层次分明的热浪中四处飞扬的尘埃，苍蝇蚊子乱飞——例如湖街，那里有废品和旧玻璃瓶堆场——就像一个疯子构思的可怕教堂，还有它的一个个车站，了无尽头，在那里敬拜者们拖着他们一车车的破烂和骨头缓缓而来。有时候想到我自己居然也是这种地方的造物，悲伤压倒了我。为什么人类会屈从过去历史的欺骗，而鸟兽却只是用它们天生的眼睛去看世界呢？

小说快要结束时非常有力地恢复了往常的状态，我们最后一次看见奥吉已经定居在战后欧洲那疲惫不堪、哈欠连天、如做梦般不真实的环境中的非现实中。他是个非法生意人（"有个弗洛伦萨叔叔是罗马的大腕，我还要用钱打发他，他是那样一个文明的人，我有一个动机他就有五个"），他有个不靠谱的老婆，斯特拉（也许是"克瑞西达[①]那样的类型"，"过着双重生活的人"）。他可以宣布自己不受任何影响了，摆脱了所有的马基雅维利（"我发誓不再受影响"），然后又说，带着喜剧性的预知，"兄弟！你从来就没有看透，你只是以为自己看透了！"的确，西蒙——折磨者，反-导师，被深爱，也被深刻怜悯——用他破碎的自己为逐渐和不情愿的结局画上了句号。最终留给我们的是一个劳累和孤独的形象，却是创造性劳动，创造性孤独。奥吉养成了每天下午去咖啡馆的习惯，"我坐在一张桌旁，声称我是美国人，出生在芝加哥，还有所有那些事件和观念"。因此他准备写作——或者只是想象——他的故事：

> 你一直想着你在懒散地闲逛，而别人在做着艰苦的工作。艰苦的工作，挖掘、采矿、钻隧道、推拉抬举、搬运岩石，工作、工作、工作、工作、喘气、推拉抬举。没有哪种工作被外人看到，全是内部完成。它之所以发生，是因为你没有力量，无法去任何地方，无法争取公正和酬劳，因此你只能劳累自己，你辛劳抗争，清理旧账，记住受到的侮辱，打斗、答复、否认、胡说八道、训斥、胜利、智胜别人、战胜、复仇、叫喊、坚持、赦免、死亡和复活。全都靠你

[①] Cressida，亦作 Criseyde，中世纪关于特洛伊战争传奇中一个对其情人 Troilus（特洛伊罗斯）不忠的女子。

自己！大家都在哪里？在你胸膛内在你皮肤内，所有这一切。

我希望用心的读者会注意到这是写作非凡的一部小说，有着独特的风格和特征，用词全都扭捏着互相推搡。复合词——"忧心-忡忡""潜伏-不出""血色-笼罩""满脸痘痘的-傲慢""嚼着口香糖的-纯真"——在贝娄富有弹性的韵律中，有时飞速营造出能摧毁火车的压力：特拉夫顿的健身房，"搽剂熏人，拳台拦索来回摆动，锡柜乒乓作响，一片昏暗的房间。"还有动词成对组合：电车"轰隆隆叮叮当"，弹子球"触碰弹跳"，车流"起伏动荡"，汽车"呼哧颤抖"或"颤动闪烁"。这种风格热爱、拥抱笨拙，蔑视优雅，视其为虚假，词语按照它们自己选择的次序翻滚碰撞："牙齿闪亮，饿了""试试看你能跟什么样的人一起活下去""海洋长长的悸动上下推动着腐烂的橘子""平脚板，穿着健身鞋，长着狮子鼻的老妇人""[他] 在孤独的空当中抽泣""我希望地平线上会出现什么东西""我并不觉得恋爱没有它，会有什么特殊之处""虚伪的""最最诚实的""最最古老的""他脆弱的脖颈会折断""醒来的绝望"① "大声播放的音乐"。为何一元店里"大声播放的音乐"会比"大声"的更好？因为它暗示了任性、庸俗和年轻，而"大声"只不过是"大声"。《奥吉·马奇历险记》不是用英式英语写的；它的任务是让你感到美国语言有多美，有活泼狂放的动词："令我打血液里感到幸福""做成一笔生意""让［一个硬币］滚成一笔财富"，"我们的航速是十二海里""在房子里跑来跑去"（四处走动），"逃单"（不买单

---

① 原文为"hypocritic, honestest, ancientest, his brittle neck would be broke"，拼写和语法略有点问题。

就走),"勾搭上咪咪"(诱惑),"这就是我要甩掉你的地方,奥吉"(拒绝)。千万别在意好的文字是否用词彬彬有礼,无论什么,只要管用就行。

当然,风格并非常规文字另外再抓取点什么东西;它是内在的感受。我们喜欢区分风格和内容(为了分析,等等),但它们是无可区分的;它们来自同一个地方。风格即道德,风格作出裁断。没有哪位作家、没有哪部小说令你更确认这一点。仿佛贝娄把自己兜底翻了个儿,让可以观察的世界挑拨、刺痛他的每一根神经。他并非仅仅描述事物,而是记述、衡量和估量它们对你灵魂的重压。

河流:

> 最后[西蒙]冷冷地回答我,眼光中冷冷地冒火,大桥冷硬的黑色钢铁支架跨越河上,河水无名的缓滞混流携带着垃圾往后流淌。

街上的人:

> 当问题有关忠诚或者荣誉时,他从来都是道道地地认真的人;他瘦骨嶙峋的双手已经握拳以待,他的中跟鞋响亮地落下;他布满皱纹的下巴已经感觉到了在他浆硬衬衣肩膀上倔强的位置,准备好开始跺脚跳舞,开始出击。

咪咪·维拉斯在打电话:

美国雄鹰 497

"你活着时绝对不会听到我乞求任何东西。"这是咪咪对弗雷泽说的最后一句话,她摔下话筒,带着冷酷,仿佛一位音乐家无所畏惧、完美无瑕地演奏完暴风骤雨般高难度的曲调之后合下钢琴盖。

康复病房:

摊手耷肩的、一瘸一拐的、绑着绷带的和打着石膏的、挂着拐杖的、盯着墙壁的、头上紧包着绷带坐在轮椅上的,伤口的臭味和从纱布里、从五颜六色的恐怖景象中、从深水槽中散发出来的药味。

警察局:

那些歪瓜裂枣们驼背弯腰,一瘸一拐,迈开脚步,瞪着眼,害怕、投降、满不在乎……你好奇那生来为人、形状像人的所有东西……也别忘记那些警官像泥土一样硬邦邦、像油面和生肉。

芝加哥的屋顶景观:

不断的重复,耗尽了你对细节和单元的想象力,单元比大脑细胞和巴别塔的砖块还多。以西结所言愤怒的锅[①],装满了骨头。神秘的震颤、灰尘、蒸汽、巨大的努力的发散在空气中传播,在我头上,在大机构的顶上,到处都是,在诊所上、牢房上、工厂上、廉

---

① 《圣经·旧约·以西结书》中多次提到新耶路撒冷城是一口大锅。

价旅店上、停尸房上、贫民窟上。

海洋：

在瑰丽或幽冥的色彩中，视你的心情而定，海洋和天空进行日夜循环，水面波光粼粼，夜晚闪烁的怒火沉静下来……同时，船只在光亮玻璃般的闪烁中穿行，醉醺醺地漂浮晃动。

最后，《奥吉·马奇历险记》之所以是"伟大的美国小说"，是因为它精彩的包罗万象，多元多层次，无所顾忌的杂乱。在贝娄文字广阔的民主世界里，最高级的与最低级的混杂在一起。这里什么都有，有被挫败的、兴高采烈的，还有中间所有的等级，从厨房里的醉鬼——

他那双长年累月洗盘子的手皮肤红肿，人疲得像匹瘦马，一口长牙，泪眼迷糊，在星光小街夜晚……在他脆弱的脑壳下，他在漏洞百出地思索着。

——到美国之鹰。当老鹰飞翔时，不是"任何一只随兴之所至起落飞翔的小鸟的简单机械，而是大量整体管理的任务"。这是加利古拉，展翅飞上"高高蓝天的震颤"。这是索尔·贝娄，时年三十八岁，超越老鹰之上——不是一个人，而是一个信使：

总之，他高高飞翔，在天空盘旋，身姿如此矫健，好似凌驾于大气火焰之上，仿佛他在那之上掌控着一切，如果说他的动机是贪婪，一切有赖于谋杀行为，那么他还有种特性，能感知一路向上翱翔抵达血肉能够抵达的顶峰，它凭借意志这样做，不像其他生命，例如孢子花粉和降落伞一般的种子，它们去往那样的高度，并非作为个体，而是作为物种的信使。

《大西洋月刊》1995 年 10 月

纳博科夫的大满贯

《洛丽塔》，弗拉基米尔·纳博科夫著
Lolita by Vladimir Nabokov

就像因性欲和愧疚而冒汗，死亡的汗水滴答贯穿《洛丽塔》。我好奇有多少读者有幸读完这本书之后还没有意识到它的女主角，这么说吧，一上来就是死人，像她的孩子一样。她俩简短的讣告藏在"编辑"的序文里，是一种漫不经心的中学校报的形式：

> 蒙娜·达尔现在在巴黎上学，"丽塔"最近嫁给了佛罗里达州一家饭店的老板。一九五二年圣诞节那天，"理查德·F. 希勒"太太在西北部最遥远的居民点"灰星镇"因为分娩而死去，生下一个女性死婴。"维维安·达克布鲁姆"写了一部传记……[1]

然后，这本书一开始，亨伯特儿时的恋人安娜贝尔就死了，年仅十三岁（伤寒），他的第一个妻子瓦莱丽亚死了（也死于难产），他第二个妻子夏洛特死了（"不幸的意外"——尽管当然这次的死亡是结构上

---

[1] 除个别情况外，本文所有《洛丽塔》引文均采用主万《洛丽塔》译本，上海译文出版社，2005 年。

的需要），夏洛特的朋友琼·法洛三十三岁时死了（癌症），洛丽塔年轻的引诱者查理·霍姆斯死了（朝鲜战争），她年长的引诱者奎尔蒂死了（死于谋杀：另一个结构性安排的下场）。然后亨伯特死了（冠状动脉血栓症）。然后洛丽塔死了，她的女儿也死了。在某种意义上，《洛丽塔》太杰出了，对它自己没有好处，它冲击读者的大脑，仿佛某种娱乐性毒品，力道超过任何目前已经被发现或发明出来的东西。与其叙述者一样，它既叫人无法抵抗也无法原谅。但最终问题还是全都解决了。我将指出道路，通向我认为是它剧烈颤动的铁青的心脏——而它本身就处于血栓形成前的混乱，充满了起伏兴奋和躁动。

与其去模仿纳博科夫著名讲稿的解说风格（不用提供高度图示、公路地图、汽车旅馆的折叠火柴，等等），还不如去确定在《洛丽塔》这本书里究竟发生了什么：在道德层面上。确定这一切有多么糟糕——在书面上，总而言之？尽管亨伯特·亨伯特以习惯性的傲慢让自己与"煤棚和小巷"、直喘粗气的疯子和警察大呼小叫的世界保持距离，但他毫无疑问是一位对上帝诚实无欺、显而易见的性欲错乱者，表现出经典的冷酷无情、诡计多端以及（尤其是）对细节的关注。例如，他把车停在学校门口，在孩子们出现时强迫洛抚摸他。亨伯特花六十五美分就在她的教室里得到了类似的抚摸，一边还在欣赏洛的一位有着银灰色秀发的同学。口交的价钱在顶峰时是一次四美元，后来亨伯特大幅度地降低了她的身价，"要她艰苦而令人作呕地赢得参加学校演戏活动的许可"。另一方面，当他的继女发烧躺下时，他："我却无法抗拒那种给我带来意想不到的乐趣剧烈的热量——稍微有点儿发热的维纳斯[1]，尽管在我怀

---

[1] 原文是拉丁语，**Venus febriculosa**。

抱里呻吟、咳嗽、颤抖的是一个十分倦怠无力的洛丽塔。"

亨伯特对待自己的第一位妻子瓦莱丽亚显然表现得像某个资产阶级性虐狂,他幻想着"几巴掌把她的乳房打得错位"或者"穿上[他的]登山靴、一个劲地猛踢她的屁股",但实际上只不过就是"扭着胖瓦莱丽亚脆弱的手腕"(就是她从自行车上摔下来时弄坏的那只)说,"听着,你这个傻胖子,我才是做决定的人①"。没力气的那只手腕正好,施虐者知道有关弱点的一切。亨伯特只打过洛丽塔一次("狠狠地反手一巴掌"),在一次嫉妒狂怒发作时,其他时候都是用贿赂、恐吓等办法,还有三个主要的威胁——(洛被送去)偏僻的乡下、孤儿院、教养院:

> 如果我们俩的事儿给人家发觉了,他们就会用精神分析法治疗你,把你关到一所教养院去,我的宝贝儿,就是这么回事儿②。你就会住在,我的洛丽塔就会(过来,我的褐色花儿)跟其他三十九个傻瓜在一些可怕的女舍监的管教下,住在一所肮脏的宿舍里(不,请你让我把话说完)。情况就是这样,只有这么一种选择。你想想,在这种情况下,多洛蕾丝·黑兹是不是情愿守着她的老爸更好一些呢?

的确,亨伯特接下来犯了谋杀罪:他杀死了情敌克莱尔·奎尔蒂。尽管那个场面是可怕的喜剧,尽管奎尔蒂无论是作为剧作家还是作为公民都一钱不值,这一行为还是没有消除其原始色彩。毕竟,奎尔蒂是亨

---

① 原文为法语,c'est moi qui décide。
② 原文为法语,c'est tout。

纳博科夫的大满贯　503

伯特的"兄弟",是跟他分享秘密的人。他们在玩弄字眼和女人这些事情上面难道不是趣味相投吗?他们难道不是有同样的声音吗?"放下那把枪,"他对亨伯特说,"让我们理智一些。你只会把我打成重伤,随后自己就在监狱里日渐憔悴,而我会在热带的气候环境下恢复健康。"奎尔蒂是个毫无心肠的小丑和偷窥者,是现实生活中的色情狂。我认为,大部分读者都会同意亨伯特最后一页裁断的公正性:"因为一些比实际看来更为明显的理由,我反对死刑……如果我站到我自己的面前受审,我就会以强奸罪判处亨伯特至少三十五年徒刑,而对其余的指控不予受理。"奎尔蒂的死亡并非悲剧性的,亨伯特的命运也一样,《洛丽塔》的命运也不是悲剧性的。但洛丽塔在她有限的生命中,是个悲剧人物。如果悲剧探索受挫的力量和可能性,那么洛丽塔就是悲剧性的——断然的悲剧性。而且始终存在这样一个不解之谜:纳博科夫是如何将她的故事纳入这个长达三百页滔滔不绝的叙述——如此令人坐立不安,如此不可遏制的灵感喷发,而且如此不可想象地充满刺激?

如人们已经指出的,文学并非生活;它肯定不是公共生活;没有"品德问题"。也许知道纳博科夫为人善良是桩额外的犒赏,那些传记资料也这样告诉我们。实际上他笔下的一切事情都这样告诉我们。《洛丽塔》也如是告诉我们。但问题并非这么简单。《洛丽塔》是一本有关残酷的残酷的书。它也是善良的,在你的敌人的敌人就是你的朋友这个层面上,无论他各方面看上去如何令人害怕。作为评论家,纳博科夫对文学中的残酷比一般人更敏感,我猜我们这些辛苦阅读塞万提斯的人,在最初的惊诧之后,会笑呵呵地让自己习惯那些由这位骨瘦如柴的西班牙绅士或下令进行或自己承受的"无休无止的殴打"。然而,纳博科夫在他的《堂吉诃德讲稿》中,几乎不忍心审视这部"残酷、粗糙的古书"

不加思索的"拇指夹刑具"一般的暴行。

> 作者似乎是这样计划的：跟我来，没有教养的读者，你们喜欢看一条狗被吹得鼓胀，像足球那样被踢来踢去；读者喜欢在一个星期天早晨，在去教堂或者从教堂回来的路上，用他的拐杖去捅戴着枷锁的无赖，或者对他吐口水；来吧……我希望你会对我提供的东西感到有趣。

尽管如此，纳博科夫却是残酷的桂冠大师。别的地方几乎都算不上存在着残酷；无需近距离审视就知道，和亨伯特·亨伯特、赫尔曼·赫尔曼（这是他在《绝望》中意义重大的先驱）、《黑暗中的笑声》里的雷克斯和玛戈，还有《王，后，杰克》中的玛莎比起来，所有的洛夫莱斯①和奥斯蒙德②结果都只不过是无赖和暴君。纳博科夫了解残酷；他精通其道；他知道其特殊的音调——例如《黑暗中的笑声》中这一段的节奏，此处，在镇静自若的"熟练地"这个词之后，这句话剩下的部分就塌陷为残酷的日常：

> "可以让你亲吻，"她抽泣着说，"可请你不要乱来。"小伙子耸耸肩……她步行回了家，奥托曾看见她离家，他朝她脖颈上打了一拳，又熟练地踢了她一脚，她摔到缝纫机上，撞伤了。

---

① 指罗伯特·洛夫莱斯，英国作家 Samuel Richardson（1689—1761）小说《克拉丽莎》中的浪荡公子。
② 指基尔伯特·奥斯蒙德，亨利·詹姆斯小说《一位贵妇的画像》中的角色，外貌儒雅斯文，实为无赖。

亨伯特对待洛丽塔当然非常残酷，并非仅仅在于他要她坚决且必不可少①的臣服，也并非当她短暂的最佳状态消逝时，他一边叹气一边想着要"想个办法"甩掉她，也不在于他挑剔地观察自己"性冷淡"和"上了年纪的情妇"是否表现出疲惫的迹象。亨伯特在利用洛丽塔来施展自己的机智和玩弄文字时，是超级残酷的——他的文字有时近似于"一位四十岁的粗野放浪的汉子"在"把他的阳物猛地插到他那年轻的新娘的体内"之前，随意且合法地脱下的"汗水浸透的华丽衣装"（如愤愤不平的亨伯特所指出的，两个半球上的居民都会认为这并没什么不对）。从道德上说，这部小说全是弹跳与反弹。无论亨伯特对洛丽塔有多么残酷，纳博科夫对亨伯特却更加残酷——手段巧妙地残酷。当叙述者以下面这样一句话开始性贿赂一章的叙述时，我们全都能体会到他的沾沾自喜："现在我面临这件令人不快的工作，要来明确地记录洛丽塔品行的堕落。"但是当这得意的笑凝固时，我们只能瞪眼看着在皱起的眉毛下面，现在已经成为一团道德重压的亨伯特。叫人无法抵抗也无法原谅，复杂而无法确定。即便如此，事情就是这样的。

洛丽塔自己如今已经变成了文学选集中必不可少的一部分，即使不读这部小说的人，闭上眼睛也能看见她在网球场上或游泳池中或者蜷缩在汽车座位上或者汽车旅馆的双人床上，看着她"可笑的"漫画。我们往往会忘记这令人目眩的尤物始终只是一个作品，一个亨伯特·亨伯特的作品。我们只有亨伯特关于她的叙述。无论亨伯特错在哪里，甚至他生命短暂的母亲——"（野餐，闪电）"——也无法声称她儿子手

---

① 原文为拉丁语，sine qua non。

里玩着的是一副完整的牌。（实际上他个人那副牌可能会有整整五十二张，却挤满了大小王和百搭牌，没有花色的二，还有三只眼的王后。）亨伯特是严格意义上的可靠叙述者，但在其他方面并不可靠；让我们记住纳博科夫是有本领写出完整虚构小说的——《绝望》《眼睛》《微暗的火》——在这些小说中叙述者完全不知道究竟发生了什么。我相信，《洛丽塔》因为太有名了，以至于部分被孤立和曲解。企鹅初版的封面上称其为"现代小说中最杰出的销魂之作"，在封底也告诉我们，亨伯特是英国人。

难道我们没有先入为主地感到《洛丽塔》是自成一类①的，是一只黑羊②，是一部趣味优雅、实际"优美"的色情作品，纳博科夫自己不知怎么地也被这部小说"左右"了吗？然而，伟大的作家是从来不会被左右的，即便是一般的作者其实也从来不会被左右。写了一部小说之后又重拾新闻报道或者会计老行当的人（"声音大一点，婊子！"）——他们才会忘乎所以。《洛丽塔》的严苛超过销魂，如所有的写作那样；我带着越来越敬畏的心情，将其视为恰恰就是那种其前辈作品所指向的小说。它构建了一个心灵，就好比写散文的勃朗宁通过严谨的戏剧性独白可能会做的那样。也许洛丽塔本人，至少一开始，是一位比亨伯特愿意记住或能够记住的那个形象的更悲伤、更陈腐和更普通的人（像是她遭到嘲弄的母亲眼中"相貌绝对平常的孩子"）。也许洛丽塔，和被她的故事"启动的""美国地理"几乎合二为一，在某种程度上是一位放逐者昏乱的杜撰。她不只是一个臆造的人物（她不只是堂吉诃德的杜尔西内

---

① 原文为拉丁语，sui generis。
② 英语中的 black sheep 也有害群之马、家中声名狼藉的成员的意思。

娅），她还是亨伯特闪闪发光的本质的外在表现。

亨伯特是个自恋狂。人们犹豫着是否要探寻自恋与经典恋童癖之间的——如果有的话——心理联系（人们猜想，弗洛伊德肯定也还是有点长处的，否则不会折磨得伟大的纳博科夫如此发狂），但是两种情形显然都是退行性或者厌食性的，表现出不情愿抛弃被感伤地缩减的完美青春。"跳绳，跳房子……啊，别来跟我搅和，"亨伯特呻吟着，"在我生机旺盛的公园里，待在我长满青苔的花园里。让她们永远在我四周玩耍，永远不要长大。"甚至小说早些时候，亨伯特回忆他孩童时的恋人安娜贝尔，描述他俩的一张已经丢失的照片，安娜贝尔"照得不好"（她正低头望着手中的巧克力冰淇淋）；"而我，"亨伯特热情洋溢地说，

> 坐在离开其余的人稍远一点儿的地方，照得倒特别地清晰：一个闷闷不乐、眉头紧皱的男孩，穿一件深色运动衫和一条裁剪合体的白色短裤，两腿交叉，侧身坐在那儿，眼睛望着旁边。

特别地、闷闷不乐、裁剪合体、眼睛望着旁边：这才是罗曼史的要旨。自爱的道路总是坎坷不平，但是亨伯特和亨伯特共享的爱情，尽管有着所有的坎坷和平顺，却毫无疑问是真实的。

我认为，文学中没有哪位叙述者会像《洛丽塔》的叙述者那样热情可笑地津津乐道自己外貌英俊。年轻的亨伯特住在巴黎，拥有"引人注目、即使显得有那么点儿野的漂亮外貌"，他完全知道自己只要弹弹手指就能够随意挑选那些"冲击"他"无情岩石的疯狂的美人"：

> 让我平静而有力地再说一遍：尽管经历了种种不幸，我过去

是，现在依然是一个异常英俊的男人；身材高大，动作稳健，生着柔软的黑头发，露出阴沉却更加富有魅力的神态。男子异常旺盛的元气往往……[等等，等等。]

亨伯特初遇洛丽塔时，慢悠悠经过她身边，带着自诩为是他"成年人的伪装（电影里那种高大英俊、富有魅力的男子形体）"。"这些特征我倒全有"，他接下来解释道：

> 根据专门研究儿童性兴趣的作家所言，有些特征会引起小女孩心中蠢动的反应：轮廓分明的下巴，肌肉发达的手，深沉洪亮的嗓音，宽阔的肩膀。而且，据说我还像洛迷恋的某个低声哼唱流行歌曲的男歌手或是男演员。

几页之后，他想着他是否能迅速获得一个电影界的拥抱："一个现代的小孩，一个电影杂志的热切读者，一个梦幻一般缓慢的特写镜头的老手也许不会认为这太离奇，假如一个相貌英俊、富有男子气概的成年朋友——太晚了。"不久之后，亨伯特就在镜前试穿一条新的游泳裤，顺理成章地成为（他现在已经娶了那位母亲）沙漏湖"晒得黝黑、富有魅力的男子"。

小说进行到大约三分之一时，亨伯特猛男的魅力已经塑造确立，纳博科夫让亨伯特说话，带着无人可及的跃跃欲试：

> 我不知道在这份悲惨的记录里，我是否充分强调过作者那英俊的容貌——仿真凯尔特人、类人猿的魅力、男孩子似的威武气

概——对各个年龄和各种环境中的女人所具有的那种特殊的"传送"作用。当然，用第一人称宣布这种情况听起来也许相当可笑。可是每隔一阵子，我就不得不提醒读者注意我的仪表，颇像一位职业小说家，给自己笔下的一个人物安排了某种怪癖或一条狗，每逢这个人物……出现的时候，他就得继续提到那条狗或那种怪癖。在目前这种情况下，也许还不止此。如果我的故事想得到正确的理解，那就应当把我忧伤、漂亮的容貌牢记在心。青春焕发的洛就像被打呃一般的音乐疯魔了似的被亨伯特的魅力弄得神魂颠倒……

"打呃一般的"恰到好处地总结了那个时代梗着脖子吞咽的歌手，那些少女"梦中男性"万神殿中"悸动和抽泣"的偶像，如亨伯特后来提醒洛丽塔，他在那里面也曾经拥有漫步的特权。在"后序"中，当纳博科夫谈到"庸俗粗鄙的快感"时，他说的不仅仅是洛丽塔，或汽车旅馆，或美国。"古北区和近北区在举止态度上［即旧世界和新世界之间］并没有内在的不同。芝加哥的任何无产阶级都可以像一位公爵那样布尔乔亚（福楼拜那种意义上的）"。亨伯特有着"好似广告画上的浓密的黑眉毛"，选了一个很好的猎物，因为洛是"广告就是为她这种人而做的理想的消费者，既是各种讨厌的广告招贴的主体，又是其客体"。就像钉在洛床头墙上的"一整页广告……广告上是一个黑头发的年轻丈夫……洛对着那个形容枯槁的情人的脸开玩笑地画了一个箭头，并且用印刷体大写字母写了：亨·亨"。亨伯特承认，"惊人的"相像。"我还是头一回看见一个男人穿吸烟衫，先生，""洛的一位目光异常敏锐的同学"这样说，"当然，在电影里见过。"无疑洛-亨的故事最终会非常精彩，在好莱坞，在梦幻世界，或者广告世界里。但这只是美国，汽车工具和草地浇水器的美国,亨是洛的继父,比她年长三倍,而在整整两年的时间里,他每天至少强奸她两次。

更确切地说,亨伯特的情形简直是奇妙的扭曲和极端。小说的核心奇迹恰好就是:因为环境一连串的激烈变化,这位小小牢房里小小的狂人在艺术上成了一位拥有无限空间的霸主。就其单调的结构而言,《洛丽塔》是一个猥亵癖的故事——这并非最为自由的叙述方案。人们可以理解为何会有出版商让纳博科夫修改小说,让其不那么狰狞,离现实更远。根据作者的后序:

> 有一个审稿的编辑表示,他的公司也许可以考虑出版我的书,假如我把我的洛丽塔改成十二岁的男孩,在地处阴森、荒凉环境的一个粮仓里,被一个叫亨伯特的农民诱奸了。故事的讲述要用简短、有力、"逼真的"句子("他疯了。我看,我们都疯了。我看上帝疯了。"等等)。

结果,纳博科夫在亨伯特黑暗的囚禁中发现了一种不受约束的自由,以发现父母、婚姻、嫉妒、美国、艺术和爱情的新鲜感来写作。角度是备受折磨的偷窥者,但视野却宽广无垠。

十二岁女孩的父母和保护人会注意到他们的受监护人往往难以对付。他们也许可以相信亨伯特的话,当你十二岁的女孩同时也是你十二岁的女朋友时,事情要困难得多——实际上完全不可能。下次你跟女儿一起出门时,想象你在跟女儿出门约会。我们知道"界限和规则"适用于父亲的抚摸这样的事情,"少女的卖弄风情是变化不定的,至少孩子气地微妙得叫年长的同伴难以把握";但是野心勃勃的猥亵者最好

纳博科夫的大满贯　　511

还是掌握好技巧,而且要快,如果被他照管的人没有"在厌恶和惊恐中往后退缩"。除了没小孩的,其他人都会静悄悄地点头同意,当亨伯特谈到洛"时时发作的毫无规律的厌烦情绪,来势汹汹的强烈的不满,她那种摊手摊脚、无精打采、眼神迟钝的样子,以及所谓游手好闲的习性——一种散漫、可笑的态度……"或者如下的情景(这难道不可怕吗?):

> 有一天,在我收回了头天晚上为了达到目的而向她作出的许诺(不论她幼稚可笑地一心想得到的是什么——去一家有特殊塑料地面的旱冰溜冰场溜冰或者想独自去看一次日场电影)之后,我凭借倾斜的镜子和半开的门的偶然配合,在浴室里正好瞥见了她脸上的一种神情……那种神情我无法准确地加以描绘……一种无可奈何的表情,显得那么纯粹,因此它似乎又渐渐变为一种相当安逸的空虚茫然的神情,就因为这已是委屈和失望的极限——而每一极限必定含有某种超出极限以外的东西……

而且,因为纳博科夫的胆量和实诚(还因为残酷在艺术上的对立面不是善良而是脆弱),最为刺人地呈现洛丽塔的纯真的场景是在"着魔的猎人"旅馆那命定的夜晚:当(微微受到药物催眠)的洛在床上坐起"目不转睛地看着我,口齿不清地把我叫作'巴巴拉'";当她"从我搂抱的阴影中脱出身去——她这么做并无意识,也不用劲,也不带有任何个人的反感,只发出一个要求正常休息的孩子的那种平常的哀怨的嘀咕";或者当得到了要喝的水之后,"小洛丽塔做了一个比任何肉体的爱抚更令人销魂的娇憨动作,在我的肩膀上擦了擦她的嘴"。

同样，当他的女儿开始对异性产生健康的兴趣时，每位父亲都会感到心痛。但是如果女儿的追求者也是父亲的情敌时，这种痛苦会有多么加倍炙烈啊（这是弗洛伊德成真了）。亨伯特带着恐惧和挑剔的心情观看着洛丽塔的崇拜者那令人作呕的小圈子的情景，也有着极大的喜剧性："坐着豪华汽车的傻瓜、待在蓝色水池附近的黑人白痴""金发的高中丑八怪，浑身肌肉发达，患有淋病""一群穿着圆领长袖运动衫的讨厌的臭烘烘的中学男生，用火红的面颊紧贴着她的脸蛋儿"——的确，各种各样浑身臭气的瘦削男青年，"从'一握手'就激动得浑身冒汗的傻瓜，到驾着一辆加大马力的汽车、满脸粉刺、傲慢自负的强奸犯"（青春痘到处都有：甚至连卡车都有不住闪动的"后灯的红斑"）。当情敌是奎尔蒂，一位成年人，一个"兄弟"（他的外貌像亨伯特的一位表亲），当崇拜受到"这个下贱而又叫人疼爱的小娼妇"的回报时，文字就会凝结着诗一般的厌恶；这种厌恶是真实的，因为它最终是指向自己。在游泳池边：

> 他站在那儿，在阳光和树荫的掩蔽下，被阳光和树荫改变了外形，也被自己赤裸裸的身子所遮挡，他湿哒哒的黑发或者说是剩下的那点儿黑发紧贴在他的圆脑袋上，他的小胡子是一块潮湿的污迹，他胸口的汗毛像一个对称的图案似地展开，他的肚脐不断颤动，多毛的大腿滴下亮晶晶的水珠；他肥大的阴囊好像一个遮盖他那颠倒的兽性的护垫似的被朝上往后拉去，就在那个地方，他那湿淋淋的紧身黑色游泳裤强健有力地鼓着，好像就要绷开。

纳博科夫的大满贯 513

丈夫有时也会觉得妻子有点烦，尤其是如果她是那种完美的美国家庭主妇（笃笃定定无所不知）自我建构的劣质仿造品，尤其是当他计划对她十二岁的女儿下药并且强奸她时。亨伯特娶了他第一任妻子瓦莱丽亚（"充满生气的女性阴部""毫无头脑的粗俗女人"），作为一种"可怜的妥协"：吸引他的是"她模仿小女孩的那种神态"。他娶夏洛特则出于最冷酷的算计；接下来在书中早些时候这些精彩绝伦的描述文字中，是对婚姻之乐的恶毒的戏仿：夏洛特美化爱巢，专心致志研究《你的家就是你》，而亨伯特英俊的脸阴沉沉的，幸灾乐祸，"在缓慢的、孩子气的微笑后面藏着一大堆腐朽凶恶的坏念头"。感情上无动于衷（"我面无笑容的愠怒在她看来却是爱情的沉默"），亨伯特可以自由欣赏"她脖子上粗糙的粉红色皮肤"，或者她的鼻翼"上面的粉已经脱落或蒸发掉了"，或者她"无聊的遐想"，预言那个夭折的孩子的灵魂（又一个死孩子）会以"她这次婚姻所怀的孩子的形式"回来。跟瓦莱丽亚在一起时，亨伯特好歹也算能行使性功能，可以让她穿着女孩子那种寻常的睡衣（"结婚的当夜，我得到了一些乐趣，到日出时搞得那个白痴歇斯底里"）。跟夏洛特在一起，他只能依赖好酒，"两三种维他命"和"最营养丰富的食物"，试图在洛丽塔的卧室里跟她厮混，他"开头还是碰上一些麻烦，不过他精彩地施展了许多传统的亲昵方式，让她得到了充分的补偿"。然后，在他们同居的五十天里，令他维持下去的是遗传上的共同之处：

> 于是我像雄猫似的悄悄透过岁月的围篱，对着一些阴暗的小窗户朝里窥视。等到她凭借热烈可怜、天真挑逗的爱抚，以丰盈的乳头和壮实的大腿准备好让我履行夜晚的责任时，我吼叫着穿过黑暗、衰萎的林间矮树丛绝望地想要嗅到的，仍是一个性感

少女的气味。

在《洛丽塔》中，即使按照当地时兴的标准来看，夏洛特也是遭到了异乎寻常的贬低。可怜的夏洛特：冷淡、虔心宗教、势利、令人生畏，是那种虚伪作假的真诚的典范（并非亨伯特需要很多坦诚）。小说用死亡打发了她，当然，但她作为一个角色还是活了下来；而她的复活能力则是年轻美国的复活能力。纳博科夫嘲弄这种观念，但是亨伯特·亨伯特这个粗人中的波希米亚人，带着他细致的讽刺和欲望，降临在美国青涩果实①的头上，在某种程度上是恋童癖的造访。如同洛丽塔，美国毕竟还是年轻的，"那种天真纯朴、默默无闻的柔顺品质是我那表面光洁、像玩具一样鲜亮的瑞士村庄和受到无穷赞誉的阿尔卑斯山所不再具备的"。纳博科夫以无与伦比的敏锐眼光和听力，捕捉到了美国道路上的节奏韵律。但是对于亨伯特而言，周遭的"旷野"代表了一种羞辱，而且是一种嘲弄；其敞开自由是对他鬼鬼祟祟的行为和卑鄙下流的克制的责备。请欣赏这段精湛的韵律，其中迅速的蔑视在焦急情绪更加沉重的水流中渐渐缓慢下来：

> 我们了解了各种类型的汽车旅馆的经营人：男性中有改过自新的犯人、退休教师和事业上失败的人；女性中有慈母似的、装作贵妇人的和老鸨似的各种不同的人。有时，火车会在异常湿热的夜晚带着撕心裂肺的不祥的隆隆声，发出一声绝望的长啸，其中混杂着力量和歇斯底里。

---

① 原文是法语，fruit vert，指未成年少女。

纳博科夫的六满贯 515

或者此处，亨伯特表达了自己沮丧的后见之明：

> 于是我们驶到了东部……我们到过各个地方，实际上却什么也没有看到。今天我总认为我们的长途旅行只是用一条弯弯曲曲的蜒蚰黏液条痕玷污了这片充满信任、梦幻一般迷人的辽阔的国土，回想起来，这片国土当时在我们的眼中不过就是搜集在一起的折角地图、破旧的旅行指南、旧轮胎和她在夜晚的抽泣——每天夜晚，每天夜晚——在我刚假装睡着时就开始的抽泣。

人们经常指出《洛丽塔》的"道德问题"并非内在固有的，只是拖在最后的东西，就像希区柯克的《惊魂记》最后一个场景那样，一位黑黝黝的心理学家出场用头头是道的术语来解释一个不同寻常的汽车旅馆里不同寻常的邪恶行为。仿佛经过了二百六十页的放荡不羁（纳博科夫忘乎所以了）之后，作者清醒过来，挥手敏捷地对着他的阴茎往下一砍，开始用几句挽救脸面的精神格言粉饰性地给出他的收场。亨伯特在山坡上请求洛丽塔和美国景色的宽恕，亨伯特最后一次拜访相貌平平已经怀孕的理查德·F.希勒太太（我们应该指出，此处他的残酷并未消退："离开你偶然碰到的狄克，离开这个糟透了的狭小的地方……"），亨伯特最后记忆中的洛丽塔，是她一直所是的道地普普通通的女孩，贯穿了一切：这些场景理当著名（它们仍然能使本读者流下像亨伯特一样的热泪），即使持不同意见的评论家也会认为这里有着一定的情感力量。但我们并未被假惺惺的编者按所打动。我们被《洛丽塔》的结尾打动，被其终结和公正所打动，因为——也许只是潜意识里——我们知道本来

516　伟大的作品

就会这样。即便今天，两倍于洛丽塔寿命那么长的时间过后，人们还依旧跑去德米特里·纳博科夫那里询问，有个脏老头做爸爸是什么感觉。即使成熟老练的读者也依旧感觉纳博科夫必须要为什么事情感到羞愧。伟大的小说令人震惊；而震惊平息之后，你又会有余悸。

初读者往往会忽略《洛丽塔》的突出形象（我知道多年之前我就忽略了），"序文"简单勾勒了一下这个形象：洛丽塔因为分娩死了，还有她死去的女婴。让我们看看纳博科夫给予这个鲜明的剪影什么样的形式和色彩。在巴黎，亨伯特只能限于找妓女，"她们因年轻可以使［他免］于染上某些可怕的疾病"，他去找一个能够做出安排的专业人士，第二天，

> 有个患气喘病的女人粗俗地抹着脂粉，说话唠唠叨叨，满嘴大蒜气味，带着几乎滑稽的普罗旺斯口音，发紫的嘴唇上还有两撇黑胡子，她把我带到显然是她自己的住处。在那儿，她吧嗒吧嗒地亲了亲自己胖乎乎的手指那隆起的指尖，表明她的货色的质量像玫瑰骨朵一样美好。接着她演戏似地拉开一块帷幕，露出房间的另一部分，我猜那是一个不太挑剔的大家庭通常睡觉的地方。眼下那儿空空荡荡，只有一个胖得出奇、肤色灰黄、平凡得叫人厌恶的姑娘，年纪至少有十五岁，头上有几根用红缎带扎着的粗粗的黑辫子，她坐在一张椅子上，漫不经心地摆弄着一个没有头发的布娃娃。

最后一句话也许淹没在此前大量类似表达中；但精确对应了"咬紧牙齿，温柔而又十分可怕的怪相"，在前一页上，这是亨伯特在另一个"小小伊甸园"里与另一个雏妓狎亵时在一面指责他的镜中看见的。这

就是"在装扮成小女孩的非常年轻的妓女中",家庭感情的扭曲("几乎滑稽的","演戏似的")。人世间这些畸形、半死不活、残酷的人生错位的形象,给予《洛丽塔》一种光彩,和小说女主角的尸体一样僵化、苍白。

小说充斥着这些光秃秃的玩偶和干瘪的人体模型——老的装扮年轻,年轻的扮老。在诱惑那"致命的快感"前夕,亨伯特写道:"(从洛丽塔——真正的孩子洛丽塔或是在她身后某个形容枯槁的天使——身上的某种气质向我显示出的那些征兆来看)我早该知道我从期待的销魂中所得到的结果只会是痛苦和厌恶。"第二天早上,当他准备离开旅店时:

> 但我还是迫不得已,花了长得危险的时间……去整理床铺,弄得看上去像是一个辗转反侧的父亲跟他顽皮的女儿所丢下的卧榻,而不是一个出狱罪犯跟两三个肥胖的老娼妇恣意放浪的场景。随后,我穿好衣服,叫那个头发花白的侍者上来帮我拿行李。

在下一页,洛丽塔既是"装扮成一个女孩儿的长生不死的恶魔的身体",也是"我刚刚杀死的一个人的小小幽灵"。死去的夏洛特就像一只玩偶,"布娃娃那样极小的职业妇女",被开车撞倒她的人弄成了一张示意图(这非常美国)。亨伯特在去夏令营接洛的路上为她购物,身边全是"跟真人一般大小的塌鼻子的儿童塑料模型,带着一张张暗褐色、淡绿色、棕色小点、农牧神似的脸"。在后来的一个店铺前,恰好在洛丽塔最后离开之前,这些形象又重新出现,被肢解:"没戴假发,也没有胳膊……堆放着三只细长的胳膊和一副金黄色的假发。其中两只胳膊恰好缠绕在一起,那种姿势似乎表示因恐惧和恳求而双手紧握在一起。"

所有这些可怜的残片和早衰的错位,都将在大山一般巨大的痛苦重压下,在洛离开后亨伯特的梦境中可怕地混杂在一起:

> 她确实经常出现在我的睡梦中,但她经过古怪可笑的乔装改扮,样子就像瓦莱丽亚或夏洛特,或者兼有她们俩的体貌。这个合成的幽灵总是来到我的面前,在一种十分忧郁、叫人厌恶的气氛中换下一件件衣服,还会带着懒洋洋的撩人的姿态倚靠在一条狭窄的木板或硬靠椅上,肉体半遮半露,好似一个足球球胆的橡反活门。我总发现自己待在讨厌的备有家具的房间里,假牙断裂了或者束手无策也忘了给搁在哪儿,我应邀参加那儿的一些单调乏味的解剖活体动物的宴会,那种活动的结尾总是夏洛特或瓦莱丽亚依偎在我血淋淋的怀抱中哭泣,受到我那兄弟一般的嘴唇充满温情的亲吻;在这种颠倒错乱的梦境中有受到拍卖的维也纳的小摆设,有怜悯也有阳痿,还有刚刚喝醉酒的非常可怜的老妇人的褐色假发。

在后记里,纳博科夫解释说《洛丽塔》的第一次灵感的"触动"来源于报刊上关于一只猴子的新闻报道,"它经过科学家几个月的调教,创作了第一幅动物的画作:画中涂抹着囚禁这个可怜东西的笼子的铁条"。灵感不用非常贴切;但是这"第一次小小的悸动"之贴切合适也许被错误地强调了。并非说洛丽塔是被关在笼子里受到奴役,尽管她的确是受到奴役,亨伯特的罪行是强迫她违背了天性——强迫一个小孩饱受痛苦成为女人,侮辱和糟践了她儿童的本性。纳博科夫说最初的冲动与接下来的小说并没有"文字记录相联系",但实际上至少有两处向后的回望。瓦莱丽娅很快就要死于难产,她在生命的最后一段时间在仿效

纳博科夫的大满贯

一只动物，只吃香蕉和枣，作为一种有偿人种学试验的一部分。亨伯特旅行时去了一次动物园，"那里一大群猴子聚集在［一个？］用混凝土仿制的克里斯托弗·哥伦布的旗舰上"，就这样在那里默默无言地度过一生，作为美国的象征。洛丽塔受到训练（意即宠溺和恐吓）；她依靠苹果和糖块为生，那是人家给她用来换取她的动物性功能的。她只有一次是被如此具体想象的；那是不同寻常的扩展的时刻之一，此时纳博科夫的文字像曳光弹那样划过黑暗的天空。性行为发生在一个山坡上：

> 我记得交合完毕，完全完毕后她伏在我的怀里哭泣——在其他方面都十分美满的那一年中，她变得三天两头儿生闷气，当时就是在这么发作过后的一阵缓解的呜咽！我们那样躺着。忽然我大吃一惊，就是叫我可怜的心房失常地乱跳的那种震惊，我看见两个陌生而美丽的孩子那一眨不眨的黑乌乌的眼睛……［然后］变成一个梳着乌黑短发逐渐直起身来的矮胖的女子。她一边无意识地往她的花束里添了一朵野百合，一边回头从她那仿佛用蓝砂岩塑成的可爱的孩子身后目不转睛地看着我们……我用一个人在最狼狈的处境中对一头汗水淋漓、心慌意乱、畏畏缩缩、训练有素的动物发出的那种低声细语的命令（是什么疯狂的希望或仇恨使那头幼小的牲畜的两胁颤动，是什么不祥的命运刺穿了驯养人的心脏！），让洛站起身来。我们先端庄得体地迈着步子，接着便很不雅观地急匆匆地跑到汽车跟前……我们喀嚓嚓向旁滑了一下，驾着车子离开了，洛仍在挣扎着穿衣服，一边还对我骂骂咧咧，用的语言是我连做梦也想不到女孩子会知道的，更不用说使用了。

容易受惊的亨伯特,他居然会认为脏话如此"恶心"。我颤抖地想到他的幽灵,穿着幽灵一般的吸烟服,会因为我骂他是庸俗的市侩而对我大发脾气。实际上他属于一种更加危险、更加稀有的类型(尽管这种类型在纳博科夫的作品中得到了完全的呈现):这样的人,因为无法从生活中营造出艺术,便使他们的生活成为了艺术。亨伯特是失意的艺术家。要看到性感少女的魔力,"你必须同时是艺术家和疯子",亨伯特很早就声称("噢,你得如何退缩和躲藏啊!")。从家庭医生那里骗到更加作用强大的安眠药(为了尽情享用软弱无力的性感少女),他带走了紫蓝色的胶囊,"不是给那些一杯水就可以安静下来的神经官能症患者用的……而是给失眠的伟大艺术家们用的,他们必须死去几个小时才能活上几个世纪"。哭哭啼啼的亨伯特比一般人洒的泪水多一些,"那种诗人和情人们洒下的浑浊的乳白色热泪"。他是"她的卡图卢斯",他是"可怜的卡图卢斯":"我悄悄穿过的那些温和朦胧的境地是诗人留下的财产,而不是罪恶的渊薮。"这当然全是亵渎的胡言乱语。除了亨之外还有谁会将他精心延缓的高潮(在沙发上,跟还纯真的洛在一起)说成是"可与艺术领域里某种技巧媲美的一种微妙的生理平衡"?"强调一下,我们不是杀人犯,"亨伯特恳切地说,"诗人从不杀人。"但这个诗人杀了人。他扣动扳机之前背诵了一首诗:一首戏仿的诗——在当时的情景下,是拙劣的模仿——《圣灰星期三》。纳博科夫从来都不怎么把艾略特当回事。

亨伯特·亨伯特本人必然是不吹毛求疵的(一位邻居是"退休的法院执行官或是宗教小册子的撰写人"——谁在乎呢),他终其一生都向往大的灾难、爆炸、地震,"什么都无关紧要"的情形,"什么都不再要紧,什么都是可行的"("一次船只失事。一个环状珊瑚岛。单独跟一个淹死了的旅客瑟瑟发抖的孩子待在一起。亲爱的，这只是一场游戏！"）。在某种意义上，在艺术上，什么都无关紧要；没有人会受伤；它只不过是游戏而已。但艺术思考必须完成，而且，对纳博科夫而言，艺术本身就提供了责备和惩罚。他的失意人物因为他们的放肆，因为他们的惹是生非而付出了高昂的代价：《黑暗中的笑声》里的欧比纳斯想把旧日大师的作品变成动画的计划；《微暗的火》中的金伯特用他的史诗以及对约翰·谢德诗歌的破坏性自我中心误读；《绝望》中的赫尔曼·赫尔曼，另一位自我中心主义者，用命定失败的罪行和命定失败的小说。既然《洛丽塔》是亨伯特的造物，那么他就部分得到了赎救，给我们留下了这本书，"里面有粘在上面的些许骨髓，有血，有美丽的绿得发亮的苍蝇"。那些苍蝇：我们想到的却是他们"可怕地久经考验"的兄弟们，在某个肮脏饭馆里"黏糊糊的糖汁上窜来窜去"，在某个阴沉沉的曾经是大草原的州里。本书并非全部出自亨伯特笔下，他不负责序文，我们从序文中知道了洛丽塔的死亡，她死于难产。亨伯特的罪过是生物性的，是对寻常事物犯下的罪过。他使得寻常的生物学成为不可能：婚姻、生儿育女、女儿、寻常的幸福、寻常的健康，在"灰星镇，最遥远西北部的一个定居地"，而且如纳博科夫所指出，那里也是"这本书的首府"。知道他写的这本书并非爱情故事，而只不过是拙劣的模仿，可能会也可能不会令亨伯特感到吃惊。

是什么使人类发笑？并不仅仅是欢乐或者讽刺。笑声会驱赶严肃，这是常常由没有幽默感的人——由大众不轻易发笑的人、有幽默障碍的人或天赋不够的人——制造的错误概念。如果你注意的话，会知道人类用笑声来表达宽慰、恼怒、坚忍、歇斯底里、尴尬、厌恶和残忍。《洛丽塔》也许是英语中最滑稽的小说，因为它让笑声充分施展其复杂性和限度。当亨伯特用他的"宝贝"来展示他的机智和文字游戏时,我们听到了它典型的机锋:当我们辨认出我们道德卑鄙堕落彻底的绝对性时,这是我们听到的笑声(不那么经常听到,我希望)。"卑鄙"这个词非常值得注意,因为它在亨伯特的故事中基本缺席,它唯一一次自我导向性的出场,我想,是(在括号中)出现在"着魔的猎人"旅馆,当时他承认安眠药这种事情本身是"一个相当卑鄙的勾当,只在我们之间说说"①。此处用到的那个附庸风雅的法语是亨伯特刻薄面具的一个重要组成部分。当亨伯特不情愿地欣赏理查德·F.希勒(洛先生)漂亮有型的双手时,有种终于笑不出来的感觉,他写道:

> 我的这双可怜的扭曲的手极其过分地伤害过太多人的身体,我无法为它们感到自豪。法国特性、多塞特乡巴佬的指关节、奥地利裁缝平板的指尖——这就是亨伯特·亨伯特。

有一次,纳博科夫在将自己与乔伊斯相比时,说道:"我的英语对于[他的]冠军秀只不过是棉花球。"另一场合,他把《堂吉诃德》漫无边际的抱怨比作网球赛(堂大人艰难地打了四场)。我们都记得网球场上的洛丽塔,按照女校长的说法,她的外形"好至超好",但是按照亨伯特的说法,她的风度"如此僵硬"。尽管乔伊斯和纳博科夫当然从未在比赛中交过手,但是在我看来似乎纳博科夫是那位更加"全面"的赛手。乔伊斯貌似同时在所有的表面上梭巡,令人发疯地沉迷于他在高

---

① 原文是法语,entre nous soit dit。

压点上的假抽球——他的粉碎扣球，他的侧旋半凌空抽射。纳博科夫就是直接出去把事情办了，身手敏捷、精力充沛、细致入微。（假设）一开始就输在法语上，乔伊斯会动身去卡萨布兰卡表演赛展示各种各样陈旧的传奇，着手他的大斜线胯下正手拍吊球；而纳博科夫及其随从则会离开法国网球公开赛的赭色赛场去某个例如赫尔或者内尔希[①]的地方，准备参加在我们被踩得稀烂、湿淋淋的草地上举行的温布尔顿网球赛。我们仍然不断谈论凉亭中的乔伊斯：步法、流动、梦一般的反手、可能性、本来可能的事情，那次他左手跟右腿铐在一起也赢了意大利人等等。然后我们再转向那位伟大的俄罗斯人，眼睛移向荣誉委员会——然后是纳博科夫肥肥的一个大满贯。

　　当读到一些智慧或机智，或愚蠢或滑稽的东西，或某些显然对整体而言有必要的文字，热情起来的读者会用他们放在书旁的铅笔在书页上画一小条竖线。因此，完美小说的每一页的页边都会有完美的竖线从上到下画满。当然实际从来不会像这样，因为小说是一件复杂的事情，会随着年月的推移变换形状。我读过《洛丽塔》八九遍，并不总是同一个版本；但是我常看的那本精装本的页边上落满了记号、问号、惊叹号、直线和歪歪扭扭的线、双重线和三重线。我意识到，我用铅笔写下的评语，形成了某种对整体的超现实的概括：

> 但是你不能……不断的侮辱……耳朵……假装……嘲弄陀思妥耶夫斯基……爱的继续……非常非常好……移动的眼睛……一只小狗和至少三只重要的狗……又是吸血鬼……噢，噢……福楼

[①] 赫尔（Hun）和内尔希（Nailsea）均为英国地名。

（拜）……共同编辑……自行车……可怜的，可怜的多莉……满溢出来……相当疯狂……现在独自一人了……对着一双运动鞋哭……一直！……全都死了……可怕地体验……

显然，这些并非学者的评语，并不意味着成就任何理解或完成的大业，而只是一阵阵不断更新的惊讶不已。我还打算再读这部小说许多遍，我都没有干净的空白之处了。

《大西洋月刊》1992 年 9 月

人名对照表

A.G. 穆杰塔巴伊　Mojtabai, A.G.
A.N. 威尔逊　Wilson, A.N.
A. 威尔逊　A. Wilson
C.P. 斯诺　Snow, C.P.
C.S. 刘易斯　Lewis, C.S.
D.H. 劳伦斯　Lawrence, D.H.
D.M. 托马斯　Thomas, D.M.
E.B. 怀特　White, E.B.
E.L. 多克托罗　Doctorow, E.L.
E.M. 福斯特　Forster, E.M.
E. 威尔逊　E.Wilson
F.R. 利维斯　Leavis, F.R.
H.L. 门肯　Mencken, H.L.
I.A. 瑞恰慈　Richards, I.A.
J.A. 安德伍德　Underwood, J.A.
J.B. 莫顿　Morton, J.B.
J.G. 巴拉德　Ballard, J.G.
J.M.G. 勒克莱齐奥　Le Clézio, J.M.G.
P.G. 伍德豪斯　Wodehouse, P.G.
S.J. 佩雷尔曼　Perelman, S.J.
S. 奈保尔　S. Naipaul
T.P. 戈尔　Gore, T.P.
T.S. 艾略特　Eliot, T.S.
V.S. 奈保尔　Naipaul, V.S.
V.S. 普里切特　Pritchett, V.S.
W.H. 奥登　Auden, W.H.
W.K. 维姆萨特　Wimsatt, W.K.

A

阿卜杜勒拉曼·穆尼夫　Munif, Abdelrahman
阿卜杜勒·穆尼夫　Munif, Abdelrahman
阿尔·阿尔瓦雷斯　Alvarez, A.
阿尔伯特·Z. 弗里德曼　Freedman, Albert Z.
阿尔伯特·艾利斯　Ellis, Dr Albert
阿尔夫·拉姆齐　Ramsey, Alf
阿尔·戈尔　Gore, Al
阿兰·克拉克　Clarke, Alan
阿伦·查尔方特　Chalfont, Alun
阿莫斯·图图奥拉　Tutuola, Amos
阿纳托利·卡尔波夫　Karpov, Anatoly
阿纳托利·库兹涅佐夫　Kuznetsov, Anatoli
阿妮塔·布鲁克纳　Brookner, Anita
阿瑟·佩恩　Penn, Arthur
埃尔莫·伦纳德　Leonard, Elmore
埃尔维斯·普雷斯利　Presley, Elvis
埃里克·莫特拉姆　Mottram, Eric
埃里克·雅各布斯　Jacobs, Eric
埃丽卡·容　Jong, Erica
埃兹拉·庞德　Pound, Ezra
艾德蒙·威尔逊　Wilson, Edmund
艾丽丝·默多克　Murdoch, Iris
艾伦·科伦　Coren, Alan
艾玛·泰南特　Tennant, Emma

526　人名对照表

艾薇·康普顿-伯内特 Compton-Burnett, Ivy
安德烈·别雷 Bely, Andrei
安德鲁·菲尔德 Field, Andrew
安德鲁·哈维 Harvey, Andrew
安德鲁·劳埃德·韦伯 Webber, Andrew Lloyd
安德鲁·莫申 Motion, Andrew
安德鲁·约翰逊 Johnson, Andrew
安迪·沃霍尔 Warhol, Andy
安东·契诃夫 Chekhov, Anton
安东尼·鲍威尔 Powell, Anthony
安东尼·伯吉斯 Burgess, Anthony
安东尼·斯维特 Thwaite, Anthony
安东尼奥·马查多 Machado, Antonio
安格斯·威尔逊 Wilson, Angus
安吉拉·瑟克尔 Thirkell, Angela
安纳托利·里巴科夫 Rybakov, Anatoly
奥黛丽·卡拉汉 Callaghan, Audrey
奥利弗·斯通 Stone, Oliver

B

芭芭拉·布什 Bush, Barbara
芭芭拉·费恩曼 Feinman, Barbara
芭芭拉·皮姆 Pym, Barbara
宝莱特·戈达尔 Goddard, Paulette
保罗·鲍尔斯 Bowles, Paul
保罗·马里纳 Mariner, Paul
保罗·纽曼 Newman, Paul
保罗·索鲁 Theroux, Paul
鲍比·费舍尔 Fischer, Bobby
鲍比·罗布森 Robson, Bobby
鲍勃·休斯 Hughes, Bob
鲍里斯·斯帕斯基 Spassky, Boris
贝蒂·马克雷斯 Mackereth, Betty

贝里尔·班布里奇 Bainbridge, Beryl
比尔·布福德 Buford, Bill
比尔·克林顿 Clinton, President Bill
比尔·麦克吉本 McKibben, Bill
彼得·阿克罗伊德 Ackroyd, Peter
彼得·昆内尔 Quennell, Peter
彼得·叶茨 Yates, Peter
伯纳德·格尼 Guerney, Bernard
布莱恩·阿普尔亚德 Appleyard, Bryan
布莱恩·格兰维尔 Glanville, Brian
布莱恩·克劳夫 Clough, Brian
布莱克·莫里森 Morrison, Blake
布赖恩·奥尔迪斯 Aldiss, Brian
布赖恩·摩尔 Moore, Brian
布鲁斯·查特温 Chatwin, Bruce
布鲁斯·杰伊·弗里德曼 Friedman, Bruce Jay
布鲁斯·蒙哥马利 Montgomery, Bruce

C

查尔斯·狄更斯 Dickens, Charles

D

大卫·赫伯特·唐纳德 Donald, David Herbert
大卫·柯南伯格 Cronenberg, David
大卫·洛奇 Lodge, David
大卫·普特南 Puttnam, David
大卫·斯托里 Storey, David
大卫·斯托帕 Stoppard, David
戴维·欧文 Irving, David
戴维·斯潘尼尔 Spanier, David
丹·格林伯格 Greenburg, Dan
丹尼尔·法贡瓦 Fagunwa, Daniel
丹尼尔·金 King, Daniel

丹尼斯·多诺霍　Donoghue, Denis
丹尼斯·撒切尔　Thatcher, Denis
德米特里·纳博科夫　Nabokov, Dmitri
德斯蒙德·莫里斯　Morris, Desmond
迪·普雷斯利　Presley, Dee
杜鲁门·卡波蒂　Capote, Truman

F
范妮·伯尼　Burney, Fanny
菲利普·拉金　Larkin, Philip
菲利普·罗斯　Roth, Philip
费·维尔登　Weldon, Fay
弗吉尼亚·伍尔夫　Woolf, Virginia
弗拉基米尔·纳博科夫　Nabokov, Vladimir
弗兰·奥布莱恩　O'Brien, Flann
弗兰克·克劳夫　Clough, Frank
弗兰克·科莫德　Kermode, Frank
弗兰纳里·奥康纳　O'Connor, Flannery
弗朗索瓦·密特朗　Mitterrand, François
弗朗兹·卡夫卡　Kafka, Franz
弗雷德·维茨金　Waitzkin, Fred
弗雷德森·鲍尔斯　Bowers, Fredson

G
戈登·鲍克　Bowker, Gordon
戈尔·维达尔　Vidal, Gore
格雷厄姆·格林　Greene, Graham
格洛丽亚·斯坦纳姆　Steinem, Gloria
葛丽泰·嘉宝　Garbo, Greta
古斯塔夫·福楼拜　Flaubert, Gustave

H
哈尔多尔·拉克斯内斯　Laxness, Halldór
哈里·马修斯　Matthews, Harry
哈丽特·沃塞曼　Wasserman, Harriet

哈罗德·阿克顿　Acton, Harold
豪尔赫·路易斯·博尔赫斯　Borges, Jorge Luis
赫尔曼·黑塞　Hesse, Hermann
赫尔曼·沃克　Wouk, Herman
亨利·德·蒙泰朗　Montherlant, Henri de
亨利·菲尔丁　Fielding, Henry
亨利·格林　Green, Henry
亨利·詹姆斯　James, Henry
霍华德·奥斯丁　Austen, Howard
霍普金·霍普金斯　Hopkins, Hopkin

J
基思·博茨福德　Botsford, Keith
吉恩·克尔　Kerr, Jean
吉米·史华格　Swaggart, Jimmy
吉米·特里姆布尔　Trimble, Jimmie
吉姆·琼斯　Jones, Jim
加里·卡斯帕罗夫　Kasparov, Garry
加里森·基勒　Keillor, Garrison
简·奥斯丁　Austen, Jane
简·里斯　Rhys, Jean
杰夫·鲍威尔　Powell, Jeff
杰克·查尔顿　Charlton, Jack
杰克·亨利·艾伯特　Abbott, Jack Henry
杰克·凯鲁亚克　Kerouac, Jack
杰克·鲁比　Ruby, Jack
杰克·汤普森　Thompson, Jack
杰奎琳·肯尼迪　Kennedy, Jacqueline
杰奎琳·苏珊　Susann, Jacqueline
杰瑞·法威尔　Falwell, Rev. Jerry
杰西卡·米特福德　Mitford, Jessica
金斯利·艾米斯　Amis, Kingsley

K
卡尔·巴特　Barth, Karl

卡尔文・菲利普斯　Phillips, Calvin
卡斯帕・韦恩伯格　Weinberger, Caspar
凯文・基根　Keegan, Kevin
科林・贡纳　Gunner, Colin
克莱夫・詹姆斯　James, Clive
克里斯蒂娜・斯特德　Stead, Christina
克里斯汀・布鲁克-罗斯　Brooke-Rose, Christine
克里斯托弗・里克斯　Ricks, Christopher
克里斯托弗・希钦斯　Hitchens, Christopher
克里斯托弗・衣修伍德　Isherwood, Christopher
肯尼思・伯克　Burke, Kenneth
肯尼斯・泰南　Tynan, Kenneth
库尔特・冯内古特　Vonnegut, Kurt

L

拉什・林堡　Limbaugh, Rush
莱昂・埃德尔　Edel, Leon
莱昂内尔・特里林　Trilling, Lionel
雷・克莱门斯　Clemence, Ray
雷蒙德・基恩　Keene, Raymond
雷蒙德・钱德勒　Chandler, Raymond
李・哈维・奥斯瓦尔德　Oswald, Lee Harvey
理查德・罗兹　Rhodes, Richard
理查德・尼克松　Nixon, Richard
理查德・威德马克　Widmark, Richard
理查德・尤斯伯恩　Usborne, Richard
利昂・乌里斯　Uris, Leon
列夫・托尔斯泰　Tolstoy, Lev
林登・约翰逊　Johnson, Lyndon B.
鲁本・达里奥　Dario, Rubén
鲁道夫・吉卜林　Kipling, Rudyard

鲁恩・格林伍德　Greenwood, Ron
露丝・鲍曼　Bowman, Ruth
路易-费迪南・塞利纳　Céline, Louis-Ferdinand
路易吉・皮兰德罗　Pirandello, Luigi
罗伯特・B. 帕克　Parker, Robert B.
罗伯特・布莱　Bly, Robert
罗伯特・格雷夫斯　Graves, Robert
罗伯特・加里斯　Garis, Robert
罗伯特・杰・利夫顿　Lifton, Robert Jay
罗伯特・麦克纳马拉　McNamara, Robert
罗伯特・斯通　Stone, Robert
罗伯特・希尔　Scheer, Robert
罗纳德・保特罗　Bottrall, Ronald
罗纳德・里根　Reagan, Ronald
罗萨琳・卡特　Carter, Rosalyn
罗伊斯・埃尔姆斯　Elms, Royce
伦道夫・斯托　Stow, Randolph

M

马丁・齐弗斯　Chivers, Martin
马丁・托戈夫　Torgoff, Martin
马丁・西摩-史密斯　Seymour-Smith, Martin
马尔科姆・艾里森　Allison, Malcolm
马尔科姆・劳瑞　Lowry, Malcolm
马克斯・比尔博姆　Beerbohm, Max
马克斯・塔博斯基　Taborsky, Max
马龙・白兰度　Brando, Marlon
马塞尔・普鲁斯特　Proust, Marcel
马修・J. 布鲁克利　Bruccoli, Matthew J.
玛格丽特・撒切尔　Thatcher, Margaret
玛丽・林肯　Lincoln, Mary
玛丽・沃斯通克拉夫特　Wollstonecraft, Mary

迈克尔·克莱顿　Crichton, Michael
迈克尔·梅德韦德　Medved, Michael
麦克·马奎尔　McGwire, Michael
梅芙·布伦南　Brennan, Maeve
米格尔·德·塞万提斯　Cervantes, Miguel de
米哈伊尔·布尔加科夫　Bulgakov, Mikhail
米哈伊尔·戈尔巴乔夫　Gorbachev, Mikhail
莫德凯·里奇勒　Richler, Mordecai
莫妮卡·琼斯　Jones, Monica

N

奈杰尔·肖特　Short, Nigel
南希·里根　Reagan, Nancy
南希·米特福德　Mitford, Nancy
尼科尔森·贝克　Baker, Nicholson
纽特·金里奇　Gingrich, Newt
诺拉·埃夫隆　Ephron, Nora
诺曼·弗鲁门　Fruman, Norman
诺曼·梅勒　Mailer, Norman
诺思罗普·弗莱　Frye, Northrop

P

帕特·哈克特　Hackett, Pat
皮娅·扎多拉　Zadora, Pia
普莉希拉·普雷斯利　Presley, Priscilla

Q

乔恩·康奈尔　Connell, Jon
乔纳森·拉班　Raban, Jonathan
乔纳森·谢尔　Schell, Jonathan
乔伊斯·卡罗尔·欧茨　Oates, Joyce Carol
乔治·艾略特　Eliot, George
乔治·奥威尔　Orwell, George
乔治·布什　Bush, George
乔治·吉辛　Gissing, George
乔治·考夫曼　Kaufman, George
乔治·拉明　Lamming, George
乔治·梅瑞狄斯　Meredith, George
乔治·舒尔茨　Shultz, George
乔治·斯坦纳　Steiner, George
切尔西·克林顿　Clinton, Chelsea
钦努阿·阿契贝　Achebe, Chinua

S

萨姆·佩金帕　Peckinpah, Sam
塞缪尔·贝克特　Beckett, Samuel
塞缪尔·泰勒·柯勒律治　Coleridge, Samuel Taylor
塞珀塞德·奈保尔　Naipaul, Seepersad
塞西莉亚·史坦伯格　Sternberg, Cecilia
桑顿·怀尔德　Wilder, Thornton
史蒂文·斯皮尔伯格　Spielberg, Steven
斯蒂芬·李科克　Leacock, Stephen
斯坦利·埃尔金　Elkin, Stanley
斯图·温加尔　Ungar, Stu
斯图亚特·阿尔索普　Alsop, Stewart
斯韦托扎尔·格利戈里奇　Gligoric, Svetozar
苏珊·卡珀　Capper, Suzanne
索尔·贝娄　Bellow, Saul

T

泰利·麦克德莫特　McDermott, Terry
汤姆·波林　Paulin, Tom
汤姆·沃尔夫　Wolfe, Tom
唐·德里罗　DeLillo, Don
唐·里维　Revie, Don
唐纳德·霍德尔　Hodel, Donald

桃莉·巴顿　Parton, Dolly
田纳西·威廉斯　Williams, Tennessee
托马斯·伯恩哈德　Bernhard, Thomas
托马斯·伯格　Berger, Thomas
托马斯·哈里斯　Harris, Thomas
托马斯·曼　Mann, Thomas
托马斯·米汉　Meehan, Thomas
托马斯·品钦　Pynchon, Thomas
陀思妥耶夫斯基　Dostoevsky, Fyodor

W

瓦西里·格罗斯曼　Grossman, Vasily
威尔弗里德·希德　Sheed, Wilfrid
薇拉·凯瑟　Cather, Willa
威廉·M. 萨克雷　Thackeray, William M.
威廉·巴勒斯　Burroughs, William
威廉·布罗德　Broad, William
威廉·戈德温　Godwin, William
威廉·库珀　Cooper, William
威廉·莫顿·威勒　Wheeler, William Morton
威廉·萨菲尔　Safire, William
威廉·莎士比亚　Shakespeare, William
威廉·斯泰隆　Styron, William
威廉·燕卜荪　Empson, William
维克多·科奇诺伊　Korchnoi, Viktor
温斯顿·丘吉尔爵士　Churchill, Sir Winston
文森特·福斯特　Foster, Vincent
翁贝托·埃科　Eco, Umberto
沃尔科特·吉布斯　Gibbs, Wolcott
沃尔特·蒙代尔　Mondale, Walter

X

西奥多·德莱塞　Dreiser, Theodore

西德尼·拉金　Larkin, Sydney
西里尔·康诺利　Connolly, Cyril
西蒙·沃森·泰勒　Taylor, Simon Watson
希拉里·罗德汉姆·克林顿　Clinton, Hillary Rodham
希瓦·奈保尔　Naipaul, Shiva
谢尔盖·拉赫玛尼诺夫　Rachmaninov, Sergei
休·奥钦科洛斯　Auchincloss, Hugh

Y

雅克·德里达　Derrida, Jacques
亚历山大·季诺维耶夫　Zinoviev, Alexander
亚历山大·普希金　Pushkin, Alexander
亚历山大·索尔仁尼琴　Solzhenitsyn, Alexander
亚历山大·索鲁　Theroux, Alexander
亚西尔·阿拉法特　Arafat, Yasser
叶夫根尼·叶夫图申科　Yevtushenko, Yevgeny
叶夫根尼·扎米亚京　Zamyatin, Yevgeny
伊恩·弗雷泽　Frazier, Ian
伊恩·罗宾逊　Robinson, Ian
伊恩·麦克格雷戈　McGregor, Ian
伊夫林·沃　Waugh, Evelyn
伊莱恩·丹迪　Dundy, Elain
伊丽莎白·梅耶斯　Myers, Elizabeth
尤多拉·韦尔蒂　Welty, Eudora
雨果·扬　Young, Hugo
约翰·F. 肯尼迪　Kennedy, John F.
约翰·奥哈拉　O'Hara, John
约翰·邦德　Bond, John
约翰·贝杰曼　Betjeman, John

约翰·伯格	Berger, John
约翰·多恩	Donne, John
约翰·厄普代克	Updike, John
约翰·冯·歌德	Goethe, Johann von
约翰·福尔斯	Fowles, John
约翰·凯里	Carey, John
约翰·康维尔	Cornwell, John
约翰·考柏·波伊斯	Powys, John Cowper
约翰·卢卡斯	Lucas, John
约翰·弥尔顿	Milton, John
约翰·莫蒂默	Mortimer, John
约翰·契弗	Cheever, John
约翰·斯佩尔曼	Speelman, John
约瑟夫·海勒	Heller, Joseph

Z

詹姆斯·阿特拉斯	Atlas, James
詹姆斯·巴尔杰	Bulger, James
詹姆斯·鲍德温	Baldwin, James
詹姆斯·芬顿	Fenton, James
詹姆斯·乔伊斯	Joyce, James
朱迪·玛穆	Mamou, Judy
朱莉·博奇尔	Burchill, Julie